TIM KROHN, geboren 1965 in Nordrhein-Westfalen, wuchs in Glarus in den Schweizer Alpen auf und lebt als freier Schriftsteller in Santa Maria im Münstertal. Seine Romane *Quatemberkinder* und *Vrenelis Gärtli* sind Kultbücher, mit Büchern wie *Nachts in Vals* oder der Romanserie *Menschliche Regungen* erweist er sich immer wieder aufs Neue als einer der vielseitigsten und originellsten Autoren der Schweiz.

Tim Krohn

Erich Wyss übt den freien Fall

Menschliche Regungen Band 2

ROMAN

Diogenes

Die Erstausgabe erschien 2017 im
Galiani Verlag, Berlin

Lizenzausgabe mit freundlicher Genehmigung
Covermotiv: Artwork by Marek Okrassa

Veröffentlicht als Diogenes Taschenbuch, 2019

www.diogenes.ch
40/19/36/1
ISBN 978 3 257 24471 7

Gemütlichkeit

Als Paul Lutz die Tür zu seiner neuen Wohnung aufschließen wollte, stellte er fest, dass von innen bereits ein Schlüssel stecken musste.

Er sah die vielen Kinderschuhe auf dem Treppenabsatz und vergewisserte sich nochmals, dass auf dem Klingelschild »Dienstwohnung BGT« stand. Er klingelte, und als er in der Wohnung jemanden in einer Sprache schimpfen hörte, die ihm völlig fremd war, schulterte er wieder seine Tasche, die er abgestellt hatte, weil sein Handwerkszeug so schwer war.

»Hier bin ich, Lutz mein Name«, sagte er, als eine Frau mittleren Alters öffnete, reichte ihr die linke Hand, weil die Tasche abzurutschen drohte und er den Riemen halten musste, und schob sich an ihr vorbei. In der Wohnung herrschte gemütliches Chaos, aber die Kinder, die hier getobt haben mussten, waren ausgeflogen.

»Welches ist denn mein Zimmer?«, fragte er, dann fiel ihm ein, dass die Frau vielleicht nicht wusste, wer er war. »Ich bin der neue Hauswart, ich fange morgen an«, erklärte er. »Das ist die Hauswartswohnung. Aber es stört mich nicht, sie mit Ihnen zu teilen, im Gegenteil. Gesellschaft tut mir gut. Zeigen Sie mir nur, wo ich schlafe.«

Die Frau trat stattdessen ins Treppenhaus und schrie:

»Efgenia! Adamo!«, und wieder etwas in jener Sprache, deren Klang ihm außerordentlich gefiel.

»Ist das Russisch?«, fragte er, als sie ihre kleine Litanei beendet hatte. Doch bevor sie Antwort geben konnte, rief von oben eine Frau zurück, und nun ging es eine Weile hin und her. Schließlich ließ er die Tasche wieder zu Boden gleiten und gesellte sich zu ihr ins Treppenhaus.

Inzwischen kam ein Mann mit Pferdeschwanz die Treppe herab. »Wer sind Sie, und was tun Sie hier?«, fragte er.

»Ich bin der neue Hauswart, ich fange morgen an«, erklärte Paul und gab ihm die Hand. »Lutz.«

Der Mann stutzte, dann ergriff er sie und sagte: »Adamo. Adamo Costa. Uns hat keiner gesagt, dass du kommst.«

»Also dann, Paul«, sagte Paul Lutz, als er hörte, dass der andere ihn duzte. »Das ist doch aber die Dienstwohnung, oder?«

»Ja, nur ...«, begann Adamo und brach wieder ab. Mittlerweile war ihm eine zweite Frau die Treppe hinab gefolgt, die der ersten glich, sie sah nur älter aus. Sie hatte beim Gehen Beschwerden. »Das ist Lutz«, sagte Adamo zu ihr, »er ist der neue Hauswart. Er braucht die Wohnung.«

Paul winkte ab: »Nein, nein«, doch bevor er weiterreden konnte, sagte die zweite: »Das ist er also.« Und nach kurzem Zögern gab sie ihm die Hand. »Efgenia.«

»Also Paul«, sagte er. »Paul Lutz. Und es stört mich gar nicht, wenn hier Leute wohnen. Ich brauche nicht viel Platz.«

Efgenia redete in jener schönen Sprache auf die erste Frau ein, dann nahm sie ihn am Handgelenk und sagte: »Gehen wir erst mal zu uns.«

Aufwärts lief sie besser. Er begleitete sie in den dritten Stock, während Adamo und die erste Frau unten blieben. »Was sprecht ihr, Russisch? Oder Polnisch?«, wollte Paul wissen.

»Griechisch«, antwortete sie. »Die ganze Familie ist zu Besuch, meine Eltern oben, die Schwester mit den Kindern unten – dachten wir. Sollen sie meinetwegen hochziehen, jetzt ist es ja endlich Sommer geworden, und Adamo und ich können auf dem Balkon schlafen.«

»Ich will wirklich keine Umstände machen«, sagte Paul abermals. »Ich fühle mich in Gesellschaft sehr wohl.« Doch Efgenia überhörte ihn.

Auch in der oberen Wohnung fühlte er sich gleich zu Hause. Es roch nach ganz vielem, unter anderem nach Essen, Kleider lagen überall, irgendwo lief ein Radio. Efgenia führte ihn auf einen kleinen, hübschen Balkon, auf dem ein Grill, Stühle, ein Hocker und ein Tischlein standen und Geranien blühten. Er konnte sich beim besten Willen nicht vorstellen, wie Efgenia und Adamo hier nachts Platz finden sollten. Aber die Sicht auf die nahe Kirche begeisterte ihn, und dass er mit ausgestrecktem Arm und gerecktem Körper fast in die Krone eines der japanischen Schnurbäume greifen konnte, die die Röntgenstrasse säumten, erinnerte ihn an ein Buch, das ihm vor Langem vorgelesen worden war, die Geschichte eines Barons, der in Baumkronen lebte und nie herabstieg.

Als Efgenia mit einem Krug Eistee und Gläsern wiederkam, hatte er sich auf den Hocker gesetzt und sagte: »Richtig lauschig ist es hier bei euch.« Sie goss ihm nur ein und ging wieder – wenn er recht verstanden hatte, war sie durch seine Ankunft beim Bügeln gestört worden. Kurz darauf zeigte sich Adamo in der Balkontür, er hatte zwei Koffer ins Wohnzimmer gestellt und erkundigte sich, ob er gut versorgt sei.

»Ich habe es hier herrlich«, sagte Paul, dann war er wieder allein. Doch nun hörte er unten auf der Straße abermals Griechisch sprechen, er beugte sich übers Geländer und sah Kinder, dahinter zwei Erwachsene mit Strohhüten. Kurz darauf betraten sie die Wohnung, die Erwachsenen – dem Aussehen nach Efgenias Eltern – hängten im Wohnzimmer Badekleidung und Tücher über die Stühle und setzten sich zu ihm auf den Balkon. Sie mussten sich alle etwas quetschen, denn der Grill stand wirklich unglücklich.

»Kalispera«, sagten sie und schenkten sich Eistee ein, dann bot der Mann ihm eine Zigarette an (Paul rauchte aber nicht). Er zündete sich selber eine an und wollte wissen, ob er ein Freund von Adamo sei. Er sprach mit Akzent, aber fließend Deutsch.

»Nein, ich bin der neue Hauswart«, sagte Paul. »Sie sind Efgenias Eltern, richtig?«

»Richtig«, bestätigte er und übersetzte für seine Frau. Die schlug ihn freundlich vor die Stirn und sagte zwei, drei Worte. »Meine Frau hat mich darauf aufmerksam gemacht, dass Efgenia uns gerade eben von Ihnen erzählt hat«, erklärte er. »Sie benötigen die Wohnung, deshalb muss Eleni mit den Kindern hochziehen.«

»Nein, das wäre mir nicht recht«, widersprach Paul, »und es ist auch nicht nötig. Ich brauche nicht viel Platz.«

Efgenias Vater übersetzte wieder, und die Mutter gab Antwort, dann ging sie hinein.

»Ich habe sie doch nicht vertrieben?«, fragte Paul. »Ich möchte niemanden vertreiben.«

»Sie geht nur kochen«, sagte der Vater. »Für Sie.«

»Für mich?«, rief Paul, »warum für mich?«

Er antwortete: »Ich hatte ihr übersetzt, dass Sie die Wohnung mit Eleni teilen möchten, und sie meinte, es wäre nicht das Schlechteste, wenn Sie Eleni schwängern. Dass Sie bestimmt der bessere Mann wären als der, mit dem Eleni zusammenlebt, und sie außerdem dann mit den Kindern hierbleiben könnte.«

»Oh«, sagte Paul und wurde rot, »so weit hatte ich gar nicht gedacht.«

Damit endete das Gespräch, denn die drei Kinder drängten gleichzeitig auf den Balkon und stritten sich um den Eistee. Dabei gingen zwei Gläser zu Bruch, und Adamo musste hinunter zu den Nachbarn, weil auf deren Balkon Scherben lagen. Dort war allerdings keiner zu Hause.

»Bestimmt sind sie in diesem Schwimmbad vorn am Fluss, wie heißt es noch gleich?«, sagte Efgenias Vater, den sie im Übrigen Babas nannten, und nachdem Paul gestanden hatte, dass er sich in Zürich noch nicht auskannte, schwärmte Babas lange von jenem Bad gleich um die Ecke, von halb nackten Teenagern, schön wie der Tag, und davon, wie wenig Immigranten es gab. Paul hörte ihm sehr gern zu, obwohl er nicht in allem mit ihm einigging.

Schließlich kam Efgenias Mutter wieder, die sie Mana nannten, und wollte, dass er mit ihr in die Küche kam. Dort war alles voller Dampf und Rauch, denn sie kochte und briet bei geschlossenem Fenster, und auf allen Platten, ebenso im Backofen. »Sonntags macht sie immer großes

Familienessen«, erklärte Babas, der ihnen gefolgt war, und schob ihm einen Stuhl in die Kniekehlen. Mana redete nun mehr, als Babas übersetzen mochte. »Sie findet, Sie sind zu mager, und will Sie mästen«, sagte er nur, und so saß Paul die ganze Zeit über neben dem Herd, während Efgenia und Adamo den Tisch auszogen und deckten, Mana ihre Rezepte erläuterte, Babas bei Ouzo auf Eis seine Sehnsucht nach einem Großgriechenland im Geiste Alexanders des Großen ausbreitete, das die Welt wieder an die alten hellenischen Werte heranführen und vor der zionistischen Weltverschwörung retten sollte, Eleni im Wohnzimmer schimpfend Koffer auspackte und den Kindern Notbetten herrichtete, das kleine Mädchen sich erbrach, weil es von den Büschen am Weg gegessen haben musste, was es angeblich dauernd und überall tat – »die reinste Ziege«, sagte Babas –, und die beiden Buben sich schlugen. Paul kam sich vor wie ein König, vor ihm tobte die Welt, und er brauchte nur gelegentlich den Mund zu öffnen, damit Mana ihm die Kochkelle hineinschieben und ihn mit einer weiteren Delikatesse ihrer Familie vertraut machen konnte, die, wenn er recht begriff, aus einer Vorstadt von Athen stammte.

Zum eigentlichen Essen war er leider nicht mehr eingeladen. Kurz bevor es losging, kam Adamo, der für eine Weile verschwunden war, und sagte: »Auf geht's, Lutz, deine Wohnung ist geräumt und geputzt. Willst du noch ein Bier mit nach unten nehmen?«

»Nein, ich bin schon reich beschenkt«, sagte er, und nachdem Mana ihm noch schnell einen Löffel von etwas in den Mund geschoben hatte, das laut Babas das Gelbe eines hart gekochten Eis an selbst fermentierter Fischsauce war, reichte er allen reihum die Hand (die Kinderhände waren klebrig) und ging hinunter.

Seine Wohnung lag schon im Schatten, und sie sah jetzt sehr karg aus. Aber er konnte noch die Kinder riechen, und als er das Bettsofa von der Wand schob, weil ihm schien, dass eine Schraube lose war, fand er eine unanständige Zeichnung auf die Tapete gekritzelt. Mit einer Mischung aus Wehmut und Befremden dachte er an seine eigenen ersten Fantasien und nahm sich vor, am nächsten Tag die Stelle neu zu streichen.

Kurz experimentierte er damit, seine Kleider in der Wohnung zu verstreuen wie die Costas, doch er merkte schnell, dass es nicht dasselbe war, sammelte sie wieder ein und legte sie gefaltet in den Schrank. Danach machte er einen Spaziergang zum Letten, sah den Jugendlichen zu, wie sie vom Brückengeländer in den Fluss sprangen, und genoss die Sonne, die hier noch überhaupt nicht an Abend und Alleinsein denken ließ.

Geradlinigkeit

Abends nach zehn, als endlich die Dämmerung hereinbrach, hatte Paul Lutz noch alle Gebäude der Kolonie Röntgen abgeschritten und sich notiert, wo in den Treppenhäusern Glühbirnen zu ersetzen waren. Danach hatte er sich schlafen gelegt. Doch er verbrachte eine sehr unruhige Nacht, denn vor Aufregung über den Stellenbeginn hatte er Bauchkrämpfe, und schon vor sechs Uhr erhob er sich, um seine Arbeit anzutreten.

Als Erstes sichtete er im Hof die Werkstatteinrichtung und das Materiallager, dann studierte er die Manuale einiger Maschinen und vereinbarte Termine mit der Sanitärfirma, um sich die Technik und den Wartungsstand von Heizungen, Wasserleitungen und Waschküchentechnik erklären zu lassen. Um neun Uhr ging er kurz zu Coop, um das Nötigste einzukaufen und im Stehen zu frühstücken, dann erst wagte er, des Schepperns der Leiter wegen, in den Treppenhäusern die defekten Glühbirnen zu ersetzen und die Schließer mancher Haustüren zu justieren, damit sie sanfter schlossen.

Als Genossenschaftssekretär Dr. Häberli und Koloniechef Läubli kamen, um ihn zu begrüßen und durch seine neue Wirkungsstätte zu führen, war ihm das meiste daher schon vertraut, und er fand Gelegenheit, sein Fachwissen unter Beweis zu stellen. So teilte er ihnen mit, dass es für die Treppenhausbeleuchtung Glühbirnen einer anderen Marke gebe, die weit weniger empfindlich auf Erschütterung reagierten und zudem leicht günstiger seien. Für die Türschließer reiche einfacher Gummi, um witterungsbedingte Spannungen auszugleichen und zu verhindern, dass die Tür bei nassem Wetter überhaupt nicht schließe, bei trockenem hingegen fast ungebremst ins Futter falle (und dabei ebenjene heiklen Birnen verschleiße).

Er fühlte sich auf gutem Wege, als er seine Chefs verabschiedete, und erlaubte sich, früh Mittagspause zu machen, denn er wollte sich so bald als möglich seinen neuen Nachbarn vorstellen.

Er begann oben links, bei Frau May. Als er klingelte, rief sie: »Nur herein, es ist offen.« Also trat er ein und sah sie am Küchentisch sitzen und stopfen. Der Anblick war so herzerwärmend, dass er kurz ins Stottern geriet.

»Lutz, also Paul«, sagte er, »ich bin der neue Hauswart, aber deswegen bin ich gar nicht hier. Ich bin nämlich zugleich Ihr neuer Nachbar, und als der wollte ich mich vorstellen.«

»Wer ist denn ausgezogen?«, fragte sie verwundert.

»Niemand«, sagte er, »ich habe die Dienstwohnung bezogen. Also doch, das Ehepaar Costa hatte darin Gäste untergebracht.«

Inzwischen hatte sie das Loch im Wollrock geflickt und gab ihm die Hand, dann rieb sie mit einem Silberlöffel über die Stelle. »Ein Hausfrauentrick, um das neue Garn speckig wirken zu lassen«, verriet sie. »Sehen Sie, jetzt fällt die Flickstelle kaum auf.«

»Sind Sie Schneiderin oder so?«, fragte er.

»Nein, Schauspielerin«, antwortete sie und nahm das nächste Loch in Angriff. »Ich werde die Mutter Courage spielen. Sie ist Händlerin an der Front im Dreißigjährigen Krieg. Ich stelle mir vor, dass sie viele Kleider von Gefallenen flickt und weiterverkauft – woher sonst sollte sie sie auch haben. Und wenn es nach mir geht, sogar die von ihrem eigenen Sohn, der im Stück vor ihren Augen erschossen wird.«

»Wie furchtbar«, sagte er und wagte es, ungefragt auf einem Schemel Platz zu nehmen. »Aber würde eine Mutter das tun?«

»Oh, die schon«, sagte sie. »Der geht der Handel über alles, sie ist da ganz konsequent. Erzählen Sie aber von sich, Herr Paul, wann haben Sie hier angefangen?«

»Heute früh um sechs«, sagte er und kam gar nicht dazu, das Missverständnis um seinen Namen zu klären.

Denn sie rief schon aus: »Da sind Sie ja einer von der schnellen Sorte! Und etwas altmodisch, nicht? Ist es heutzutage noch üblich, sich den Nachbarn vorzustellen?«

»Ich weiß es nicht, ich zwinge mich dazu«, sagte er ehrlich. »Sie müssen wissen, ich bin ein Mensch, der zur Vereinsamung neigt. Deshalb hat meine Mutter mir ein Gespräch mit einem ihrer Bekannten vermittelt, einem Seelsorger. Ich hatte nicht darum gebeten und wollte erst gar nicht hin, aber ich muss sagen, es hat sich gelohnt. Er hat mir nur zwei Fragen gestellt. Die erste: ›Was ist Ihr Ziel im Leben, oder Ihre größte Sehnsucht?‹ Gesellig zu sein, sagte ich. ›Und was ist Ihre größte Furcht?‹ Meine größte Furcht, Frau May, ist, den Menschen zur Last zu fallen, und das habe ich ihm auch gesagt. Danach sah er mich nur an und bemerkte: ›Dann wissen Sie ja, was Sie zu tun haben.‹ ›Moment, Sie fragen gar nicht nach dem Grund für diese Furcht, ich habe nämlich gute Gründe‹, sagte ich. Doch er antwortete – und das war überhaupt das Entscheidende: ›Ihre Gründe interessieren mich kein bisschen, Herr Lutz. Wenn Ihr Wunsch so groß ist, werden Sie die Furcht besiegen, ganz egal, wie begründet sie ist. Denn es gibt keinen anderen Weg.‹«

Mit diesen Worten wollte Paul Lutz sich zurücklehnen, weil er ganz vergessen hatte, dass er auf einem Hocker saß, und konnte sich im letzten Augenblick an der Tischkante festhalten.

Frau May überspielte die Panne, indem sie bat: »Mir verraten Sie aber, was die Gründe für Ihre Furcht sind, oder?«

»Gern«, sagte er. »Meine Mutter hatte meinetwegen schwere Zeiten. Ich bin unehelich geboren, mein Vater gilt als unbekannt. Tatsächlich ist er ein überaus bedeutender Mann in unserer Gemeinde. Meine Mutter hatte als Sekretärin für ihn gearbeitet. Er ist verheiratet und hat drei Kinder, und dummerweise bin ich ihm wie aus dem Gesicht geschnitten. – Ha, ich weiß, was Sie jetzt denken!«

»Nein, das wissen Sie nicht«, entgegnete sie. »Woher sollten Sie?«

»Weil das alle denken«, sagte er. »›Wie kann einer, der aussieht wie der Lutz, ein bedeutender Mann sein?‹«

»Nein, überhaupt nicht«, sagte sie. »Offen gestanden habe ich überlegt, ob ich Ihre Geschichte irgendwie für meine Rolle nutzen kann. Mutter Courage hat drei Kinder von drei verschiedenen Vätern. Allerdings sind die Väter in diesem Stück nicht wichtig. Ich glaube also nicht, dass mir das etwas nützt.«

Er begann zu strahlen. »So wie Sie will ich auch werden. Alles einem Gedanken unterordnen. Das ist toll. Deshalb habe ich mir nach dem Gespräch mit dem Seelsorger auch vorgenommen, mutiger zu sein und auf die Menschen zuzugehen. Um die Stelle als Koloniewart habe ich mich nur deshalb beworben. Ich war Schulabwart in Rapperswil – glauben Sie mir, das ist ein ganz schön einsamer Beruf. Davor habe ich das Areal einer stillgelegten Fabrik in Uster gewartet, Sie verstehen schon. Hier werde ich erstmals wirklich mit Menschen zu tun haben, mit Menschen in ihrem privaten Umfeld. Gestern war ich schon bei Familie Costa zum Essen eingeladen, sozusagen jedenfalls.«

»Das kann ich Ihnen leider nicht bieten«, sagte Frau May offen. »Ich reise viel, und bin ich zu Hause, möchte ich in Ruhe gelassen werden.« Bei diesen Worten hatte sie auch die zweite Flickstelle mit dem Löffel abgerieben und stand auf, um sich den Wollrock vor den Schoß zu halten. »Sieht man noch etwas?«, fragte sie.

»Vom Geflickten nicht, aber da ist noch ein Loch«, sagte er und zeigte es ihr.

»Motten«, seufzte sie, setzte sich wieder und zog weiteres Garn in die Nadel ein.

»Das erinnert mich an einen Witz«, sagte Paul Lutz, »ich weiß nur nicht, ob er gut ist.«

»Zu spät«, rief sie, »raus damit!«

»Also gut, ich habe Sie gewarnt«, sagte er. »Ein Mann sieht im Restaurant, dass alle Kellner einen Löffel in der

Hosentasche tragen. Er fragt, warum. Der Kellner sagt: ›So will es der Chef. Wir sparen damit Zeit, und Zeit ist Geld. Jeden Tag fallen hier etwa vierzig Löffel zu Boden. Müssten wir jedes Mal einen in der Küche holen, würde das pro Schicht eine Stunde Arbeitszeit verschlingen.‹ Das leuchtet dem Gast ein. Er hat aber außerdem bemerkt, dass allen Kellnern ein schwarzer Faden aus dem Hosenlatz hängt. ›Wozu ist der gut?‹, fragt er. Der Kellner wird rot und raunt ihm zu: ›Daran ist unser Johnny befestigt, wenn Sie wissen, was ich meine. So müssen wir ihn auf dem Klo nicht anfassen, brauchen die Hände nicht zu waschen und sparen damit nochmals eine Stunde Arbeitszeit.‹ Der Gast stutzt und fragt: ›Wie bringen Sie ihn danach wieder in den Schlitz?‹ ›Ich weiß nicht, wie die anderen das machen‹, sagt der Kellner, ›aber ich benutze dazu den Löffel.‹«

»Autsch, der ist wirklich mehr als schlecht«, beschwerte sich Frau May.

»Tut mir leid, ich hatte Sie gewarnt«, sagte er und stand gleich auf.

Sie legte das Nähzeug zur Seite und führte ihn zur Tür. »Sie sehen gar nicht aus wie jemand, der Witze erzählt«, stellte sie fest.

»Den und fünf andere habe ich extra auswendig gelernt«, gestand er. »Ich hatte gelesen, dass Frauen Männer mögen, die sie zum Lachen bringen. Das Lachen stimuliert ihren Beckenboden, das soll lustvoll sein.«

Jetzt lachte sie wirklich. »Das hat was, machen Sie so weiter«, sagte sie, und er hörte sie noch lachen, als die Tür schon zu war.

Beflügelt klingelte er gleich bei »Sommer«, und als dort

niemand öffnete, einen Stock tiefer, wo auch die Costas wohnten, bei »Wyss«.

Herr Wyss musste wohl achtzig sein und hielt eine Kochkelle in der Hand. »Was gibt's, wer sind Sie?«, fragte er gereizt.

»Paul Lutz, der neue Hauswart«, sagte er. »Doch vor allem bin ich Ihr …«

Weiter kam er nicht, denn dieser Herr Wyss machte sofort seinem Ärger Luft. »Sehen Sie das?«, fragte er und zeigte mit der Kelle auf die Schuhe der Costas. »Elf Paar habe ich heute früh gezählt, elf«, erklärte er. »Bis gestern waren es vier, das ist schlimm genug. Die Hausordnung verbietet das ganz klar. Und fragen Sie mich nicht, was die da drinnen treiben, in unserer Küche können wir uns zu gewissen Zeiten nicht mehr verständigen, so groß ist der Lärm. Und erst der Gestank. Ich habe denen schon vor zwei Wochen verboten, bei offenem Fenster zu kochen, und sie halten sich daran, will ich meinen. Der Gestank dringt aber durch die Mauern – weiß der Geier, was die da verkochen, Leichen oder Schlimmeres.«

Paul sah seine nächtlichen Bauchschmerzen in neuem Licht. Trotzdem sah er sich gedrängt, die Costas zu verteidigen. »Ich bin nicht unschuldig am Rummel hier oben«, begann er, »aber der ist auch nur vorübergehend.«

»Was wollen Sie damit sagen?«, rief Herr Wyss und fuchtelte immer heftiger mit der Kelle. »Sie haben dafür zu sorgen, dass die Hausordnung befolgt wird, dafür sind Sie eingestellt. Haben Sie sie überhaupt gelesen?«

»Das habe ich«, versicherte Paul, »und ich meinte nur, dass die Schwester mit den Kindern …«

»Ich habe keine Zeit für Geschichten, ich muss kochen«, unterbrach Herr Wyss ihn wieder. »Aber ich sage Ihnen, wenn Sie den Laden nicht innerhalb Ihrer Probezeit auf Vordermann bringen, sorge ich dafür, dass Sie fliegen. Ein so durchmischtes Haus wie dieses – und darin steckt keine Wertung, ich wähle SP, wenn Sie es genau wissen wollen – braucht eine starke Hand. Wussten Sie, dass auf dem Estrich wild kampiert wird? Und die Schlösser sind kaputt, ich will nicht wissen, wer hier unbehelligt ein- und ausgeht. Doch als Erstes räumen Sie gefälligst diese Wohnung.« Damit schwang er nochmals heftig die Kelle, dann schlug er ihm die Tür vor der Nase zu.

Die Szene machte Paul Lutz betroffen, und er bekam wieder Bauchkrämpfe. Deshalb wollte er vor dem Mittagessen noch einen Versuch wagen, in der Hoffnung, versöhnt zum Essen gehen zu können. Im zweiten Stock öffnete wieder keiner, und damit war er schon bei seinem direkten Nachbarn. Er klingelte, obwohl er hörte, dass in der Wohnung musiziert wurde.

Der Mann hieß Hubert Brechbühl und war im besten Alter oder knapp darüber. »Ist schon Mittag?«, fragte er. »Ich spiele nur den Marsch zu Ende.«

»Nein, nein«, rief Paul, als Herr Brechbühl die Tür schon wieder schließen wollte, »ich bin gekommen, um mich vorzustellen. Ich bin Ihr neuer Nachbar, Lutz, Paul Lutz, und außerdem der neue Hauswart.«

»Schön, Herr Lutz, willkommen«, sagte Herr Brechbühl, »ich will aber wirklich noch den Marsch beenden, ehe es zwölf Uhr schlägt.«

Das verstand er. »Spielen Sie etwa Waldhorn?«, fragte er

nur noch schnell. »Ich wollte auch immer Waldhorn lernen. Stattdessen wurde es Klavier, aber auch nur kurz, bis mich ein Barpianist warnte, dass Pianospieler der einsamste Beruf überhaupt sei. Und mein Lehrer fand, bei meiner Musikalität empfehle er mir eine Drehorgel. Als sei man als Drehorgelspieler nicht einsam.«

»Ich spiele Tuba«, sagte Hubert Brechbühl, und dann schlug es schon zwölf. »Nun bitte ich Sie sehr, mich zu entschuldigen.«

»Tuba, wirklich? Bringen Sie mir ein paar Töne bei?«, fragte Paul noch, als die Tür zuging. Sie blieb auch zu, obwohl Herr Brechbühl gar nicht mehr spielte.

Unterhaltsamkeit

Der dicke Brief, den Moritz Schneuwly in seiner Post fand – fast schon ein Päckchen –, verwirrte ihn zuerst, denn der Briefumschlag war von einer Qualität, die ihn an Ostblock denken ließ. Er war zudem speckig und an den Ecken eingerissen, allerdings klebten darauf die neuen A-Post-Marken der Schweizer Post, und abgestempelt war er in Zürich. »M.-C. Arden«, stand als Absender ganz klein an den linken Rand geschmiegt, und das Y in seinem Nachnamen war mädchenhaft zu einer Girlande oder Ranke ausgezogen, die die ganze Adresse einfasste.

Im Umschlag fand er ein vollgeschriebenes Heft in derselben wunderbar schäbigen Papierqualität, in das auch einige Fotos geklebt waren, außerdem einen kleinen, vergilbten Sprachführer aus dem Jahr 1961, der ihm endlich auf die Sprünge half:

Language Guide
(Fante Version)
Bureau of Ghana Languages, Accr.

Bevor ihm Marys Name wieder einfiel, sah er ihr dichtes, offensichtlich gestrecktes Haar vor sich und fragte sich, ob sie wohl in Ghana wieder Locken trug. Das Heft beantwortete diese Frage – wie überhaupt alle nur denkbaren Fragen.

Es begann mit den Zeilen: »Lieber Moritz, es fiel mir nicht leicht, dich zu verlassen. Nun bin ich seit zehn Tagen in Accra, und irgendwie bist du immer noch bei mir. Unser Gespräch hörte, nachdem ich damals aus deiner Wohnung gegangen war, einfach nicht auf, und hier brauche ich dringend jemanden wie dich, mit dem ich mich so blendend unterhalten kann. Auch wenn wir uns nur flüchtig begegnet sind, bist du mir hier, in dieser Situation, doch sonderbarerweise der Mensch, dem ich mich am allernächsten fühle. Und so esse ich mit dir jeden Morgen Rührei mit Tomate in Weißbrot und trinke eine halbe Plastiktasse Milo, die die mollige Ashante-Frau am Ende der Straße auf offenem Feuer zubereitet. Ich hörte dich schallend lachen, als ich weinend am Flughafen auf meinem Koffer saß und vergeblich darauf wartete, dass mich jemand abholt. Onkel Jeremy habe ich bis heute nicht gefunden, sein Auffanglager scheint eine Erfindung zu sein, mit der er Geld gescheffelt hat. Am Strand von Accra lernte ich Deutsche und Holländer kennen, die ihn einen guten Bekannten nennen, aber das sind Leute, die vor allem Karten spielen und trinken, und keiner von ihnen konnte mir sagen, was er eigentlich arbeitet. Es scheint ihn übrigens auch niemand zu vermissen. Egal, Ghana ist ein großes Abenteuer, und es wäre zum Lachen, wenn ich mich hier nicht durchschlüge. Automechaniker sind jedenfalls Mangelware, fast jedes Auto, das vorbeifährt, hat einen hörbaren Schaden. Ab morgen bin ich aber erst einmal Ko-Chauffeurin für eine schwedische Forschergruppe, die unheimlich witzig drauf ist. Also auf nach Kumasi!«

Danach hatte sie ihm alle paar Tage geschrieben und von Reisen auf dem Dach eines Saurer-Busses aus den 40ern zwischen Käfigen mit Hühnern erzählt, von einer Schiffsreise den Voltasee empor – inklusive Foto, das ein versunkenes Dorf zeigte – und von ihrem ersten Malariaanfall. Sie schilderte den Besuch der Krokodile von Paga und die Audienz beim König, dem das Dorf und der Teich gehörten: »Er war sehr charmant (er oder der Dolmetscher), und hätte ich gewollt, wäre ich jetzt Königin. Und wer weiß, ob ich nicht Ja gesagt hätte, hätte ich nicht deinen festen Griff am Handgelenk gespürt und wäre wieder in den Bus gestiegen. Es war übrigens nicht mein erster Heiratsantrag hier. Doch ebenso häufig ruft man mir ›Nutte‹ nach. Die traurige Wahrheit ist, ich lebe so keusch wie Sylvaine, die Nonne, von der ich dir erzählt hatte und die übrigens meine zweite Begleitung ist.« Interessanterweise hatte sie von ihrem zweiten Malariaanfall ein Foto eingeklebt, das ihre schmalen, sehr schönen Füße auf einer abgewetzten Matratze mit verrutschtem Laken zeigte, und zwar neben einem zweiten Paar Füße, einem dunkelhäutigen und ziemlich sicher männlichen. Das ganze Heft war voller solcher Rätsel. Generell zeigte sie auf den Fotos nur Fragmente von sich: einmal einen Haufen frisch geschnittener Haare auf den Fliesen (Locken), einmal einen Kratzer an der Wade, daneben eine erschlagene Kobra. *»Lucky me«*, stand darunter. Und sehr humorvoll schilderte sie ihre Odyssee durch Krankenzimmer voller Blutlachen und Spitäler ohne fließend Wasser, ihren desaströsen Durchfall und Fieberattacken alle 48 Stunden.

Er las das Heft in einem durch. Es schloss mit drei kürzeren Episoden: »Heute im *Trotro* zum Arzt der Reichen, eingeklemmt zwischen zwei Soldaten mit Maschinenpistole, Ashantes, die mir in freundlichem Ton mitteilten, dass der Tag nicht fern sei, an dem sie Afrika endgültig von den Weißen befreien würden. Ich fragte, warum das nötig sei, die Staaten seien doch in ihrer Hand. Sie sagten, das sei eine philosophische Frage, damit würden sie sich nicht auskennen, aber Afrika sei nicht frei, solange ein Weißer darin lebe. ›Und wie werdet ihr es anstellen?‹, fragte ich. ›Mit der Machete‹, war die Antwort.«

Dann: »Habe dem Arzt, einem steinalten Deutschen, von den Soldaten im *Trotro* erzählt. Er konterte mit einer Geschichte von 1957: ›Das erste Schiff, dessen Fracht nach Inkrafttreten der Unabhängigkeit im Hafen von Accra gelöscht wurde, sank auch gleich. Die Hafenarbeiter hatten es von vorn nach hinten gelöscht statt von der Mitte nach den Rändern hin, wie es die Vernunft verlangt. Es waren dieselben Arbeiter, die all die Jahre über die Schiffe gelöscht hatten. Doch nachdem sie den weißen Vorarbeiter zum Teufel gejagt hatten, wussten sie nicht, wie es geht. Sie hatten sich nie überlegt, was sie da eigentlich tun. Das ist Afrika.‹ Dabei fiel mir die Geschichte eines Jungen aus Accra ein, Jimmy, etwa 16. Er war überzeugt, wir Weißen fliegen wie Superman durch die Lüfte. Dabei fliegen jeden Tag die Passagierjets über die Stadt. Immerhin glaubte er nicht, die Weißen seien verhext, sondern bildete sich ein, er könne selbst auch so fliegen, wenn er erst in Amerika lebe. Dieses Land ist so kindlich, Moritz, du würdest es lieben! Ich wurde noch nie so viel betrogen wie hier, aber auf welch herzliche Art!«

Der letzte Eintrag war: »Shirley nimmt mich mit nach New York! Sie ist Rechtsanwältin mit Schwerpunkt Internationales Handelsrecht. Ich glaube, sie ist in mich verliebt, aber das soll nicht mein Problem sein. Sie sagt, ich sei Gold wert in ihrem Büro, weil ich so leicht Sprachen lerne, inzwischen kann ich auch schon recht gut Fante. Und rate, Moritz, wo sie ihr Büro hat: Im World Trade Center – *wohoo!* Gibt es einen radikaleren Gegensatz? Komm mich dort besuchen, ja? Oder lerne etwas Fante, und wir treffen uns am Flughafen in Accra – damit ich dort doch noch einmal glücklich von meinem Köfferchen aufspringen und jemandem um den Hals fallen kann. Dieses Heft gebe ich einer Freundin aus Zürich mit, die gerade hier ist, meine liebe, gute Bäckermeisterin Gisela, sie wird es dir bringen oder schicken. Und du, in jener Nacht, in der nichts geschah und die nun so unwirklich weit weg ist, konnte ich danach nicht schlafen und habe dir in der Gästewohnung etwas hinterlassen. Ich schäme mich ein bisschen dafür, aber du könntest dich freuen.«

Gleich ging Moritz einen Stock tiefer und klingelte, wo sie damals gewohnt hatte. Dass die Wohnung wieder belegt war, hatte er natürlich mitbekommen. Doch nicht die Griechin oder eines ihrer wilden Kinder öffnete, sondern ein blasser Enddreißiger mit hochgeschlossenem Karohemd, der gerade telefonierte.

»Moritz Schneuwly, von oben«, sagte er, als der Mann kurz den Hörer sinken ließ.

»Ich komme gleich hoch«, versprach der Mann und telefonierte weiter. Als er kam, hatte Moritz gerade die wenigen mit Bleistift unterstrichenen Sätze im Sprachführer auf ein Blatt geschrieben, weil er irgendwie erwartete, darin einen verborgenen Sinn zu finden. Doch mehr als Poesie entdeckte er nicht:

He likes arithmetic
Yes, I am waiting for him
You can buy herrings under those trees
The lighthouse is near the Fort, and you can get there by canoe
Show me the new knives, please

»Ich wollte mich Ihnen schon heute Mittag vorstellen«, erzählte der Mann, der Paul Lutz hieß. »Ich bin Ihr neuer Nachbar und der neue Koloniewart.«

»Und ich würde gern kurz in Ihre Wohnung gehen«, sagte Moritz offen. »Eine Freundin hat mir darin etwas hinterlassen. Ich weiß nicht, was und wo, aber ich bin sehr gespannt.«

»Oh, da war nichts, als ich einzog«, entgegnete Paul Lutz, »fragen Sie die Costas, die haben geputzt.«

»Es könnte sehr verborgen sein«, sagte Moritz.

»Ist Ihr Kühlschrank eigentlich in Ordnung?«, fragte der Hauswart völlig unvermittelt, »er klingt fast etwas aggressiv.«

Damit schob er sich in die Wohnung, und kaum war er drin und sah das Labor, rief er: »Oh, wie wunderbar! Sind Sie Physiker?« Er klatschte wie ein Kind in die Hände und fasste alles an. »Donnerwetter, das sind noch Magnetspulen«, sagte er. »Ich habe ja eine Leidenschaft für so was. Woran forschen Sie, wenn ich fragen darf?«

»Momentan im Bereich der Motorik«, antwortete Moritz pauschal.

Doch der Hauswart ließ nicht locker, und er schien auch etwas technisches Wissen zu haben. »Magnetfelder und Bewegung, das klingt nach Schwebebahn, tippe ich richtig?«, fragte er und strahlte.

»So halb, ich bin nicht praxisorientiert«, sagte Moritz. »Ich habe einfach gern Spaß. Zurzeit würde ich gern ein Perpetuum mobile bauen, ein ganz simples: einen Kreisel, der sich ewig dreht. Natürlich ist mir klar, dass das ohne Energiezufuhr nicht möglich ist, aber die bloße Illusion wäre schon aufregend genug. Ich denke, wenn man etwas Licht oder Wärme umwandeln könnte, ginge es. Es braucht ja verschwindend wenig Energie, um einen schwebenden Kreisel in Schwung zu halten.«

»Das ist großartig«, rief Paul Lutz wieder. »Lassen Sie mich raten, hat es mit der Lorentzkraft zu tun?« Er untersuchte einen der kleinen Kreisel, die herumlagen, und versuchte, ihn auf dem Magnetfeld zu halten.

»Die Lorentzkraft ist nur eine der Kräfte«, sagte Moritz. »Doch wenn Sie mögen, vergnügen Sie sich hier etwas, und ich gehe so lange in Ihre Wohnung.«

»Ja, aber kommen Sie schnell wieder, zu zweit macht es doppelt so viel Spaß«, sagte Paul Lutz. »Und Achtung, schieben Sie das Bettsofa noch nicht zur Wand, ich habe dort etwas überstrichen.«

»Was haben Sie überstrichen?«, wollte Moritz wissen.

Der Hauswart sagte: »Nur eine kleine Schweinigelei der Costa-Buben, denke ich.«

Moritz nahm Lappen und Eimer mit, ging hinunter und

wusch die neue Farbe von der Wand. Leider fand er keine Zeichnung mehr. Doch als er die anderen Möbel von den Wänden rückte, entdeckte er hinter dem Bett, dem Schrank und einem Sessel kleine Kohle- oder Bleistiftzeichnungen von kopulierenden Paaren, und sie taten es an Orten, die mit ihrem damaligen Gespräch zu tun hatten, einmal mitten im Nudelauflauf, einmal im Beichtstuhl, einmal auf dem Rücken eines Flugzeugs. Er holte den Fotoapparat.

»Haben Sie etwas gefunden?«, fragte Paul Lutz, als Moritz ins Zimmer kam. Offenbar war er an den Kreiseln gescheitert.

»Legen Sie die Plexiglasplatte auf den Magneten, bringen Sie darauf den Kreisel in Schwung und heben Sie die Platte langsam hoch, dann schwebt er«, sagte Moritz, um Zeit zu gewinnen, lief wieder hinunter und schoss eine ganze Reihe Fotos, ehe Paul Lutz nachkam.

»Ja, so ein Bildchen war das auch«, sagte der Hauswart.

»Was war denn drauf?«, fragte Moritz.

»Eine Art Kreuzgang und ein Paar, das es trieb«, sagte Paul. »Nichts für die Ewigkeit, wenn Sie mich fragen.«

Moritz lachte. »Was ist schon für die Ewigkeit, außer mein Kreisel.«

»Dann darf ich überstreichen?«, fragte Paul Lutz.

Moritz nickte und sagte: »Mary hatte ihren Spaß, und ich auch. Und was ist mit dem Kühlschrank?«

»Den hatte ich ganz vergessen«, gestand Paul Lutz. »Aber morgen ist ein Sibir-Techniker im Haus.«

»Tut mir leid, ich verreise morgen früh, ich muss Geld verdienen«, sagte Moritz. »Ach, noch für den Fall, dass Herr Wyss sich über mich beschweren sollte: Wir haben im Estrich ein Zelt aufgebaut. Das ist aber ganz harmlos, ein kleines Mädchen aus dem vierten Stock spielt dort vielleicht mal.«

»Ich glaube nicht, dass mich das etwas angeht«, sagte Paul Lutz. »Allerdings habe ich das Schloss repariert. Wie lange verreisen Sie denn? Ich sah mich schon mit Ihnen experimentieren.«

»Den ganzen Sommer über«, antwortete Moritz. »Mein Vater führt in Biel einen Eisenwarenladen, den hüte ich. Damit ich im Herbst nach New York kann.«

Besonnenheit

Als Julia Sommer von Selina hörte, dass die Kolonie einen neuen Hauswart hatte, rief sie ihn gleich an. Denn die Balkonjalousie klemmte, und die Morgensonne fiel ungehindert ins Wohnzimmer. Die Dachwohnungen heizten sich ohnehin schon sehr auf, und so sah sie einem ungemütlich heißen Hochsommer entgegen. Der Hauswart versprach, gleich am nächsten Morgen zu kommen. Als es, während sie beim Frühstück saß, im Treppenhaus polterte, nahm sie daher an, er sei es, und öffnete die Tür. Der Lärm kam allerdings von weiter unten, sie linste zwischen den Handläufen hindurch und sah, dass Gerda Wyss auf dem Treppenabsatz stand, mit beiden Händen am Geländer, so als fürchte sie zu stürzen, während Erich Wyss eine halbe Treppe darunter etwas aufzusammeln schien.

»Kann ich helfen?«, rief sie und ging hinab.

»Siehst du, sie ist doch da«, sagte Gerda Wyss zu ihrem Mann, dann wandte sie sich an Julia: »Wir wollten Sie und Mona schon längst einladen, mit uns auszugehen, wir schulden Ihnen so viel. Aber Erich war überzeugt, dass Sie arbeiten.«

»Tue ich auch, nur zu Hause. Aber kann ich Ihnen irgendwie helfen?«, fragte Julia nochmals.

Gerda schüttelte den Kopf. »Erich, den Stuhl«, rief sie,

und Erich trug eilig den Stuhl wieder hoch, der ihm offenbar zuvor aus den Händen geglitten war, schob ihn ihr unter, und sie setzte sich vorsichtig, während sie vor Anstrengung zitterte. »Nein, nein, wir haben alles im Griff«, sagte sie dann, »was, Erich? Aber möchten Sie mitkommen? Ich muss zum Optiker, mit meiner Brille sehe ich inzwischen noch schlechter als ohne. Danach wollen wir einkehren.«

»Jetzt, um acht Uhr in der Früh?«, fragte Julia.

»Morgens geht es mir am besten, später kommen die Schmerzen«, sagte Gerda. »Und der Optiker hat nun mal jetzt Zeit. Ich gehe nur noch ein paarmal im Jahr aus, da will alles geplant sein.«

»Mona hat bei meiner Mutter übernachtet und geht von dort direkt in den Hort«, sagte Julia. »aber ich komme gern mit. Ich ziehe nur schnell etwas anderes an.«

Sie rannte hoch, schlüpfte in ein Kleid und Sandalen und stürzte noch eben den Kaffee hinunter. Als sie zurückkam, hatten Wyssens sich bereits an den Abstieg gemacht. Der Stuhl stand wieder auf dem unteren Treppenabsatz, Gerda hatte sich bei Erich untergehakt und nahm sehr konzentriert Stufe um Stufe. Als sie den Absatz erreichte, schob er ihr wieder den Stuhl unter, und sie setzte sich.

»Rast«, sagte sie strahlend zu Julia. »Sie hätten sich gar nicht zu beeilen brauchen, das dauert hier noch etwas.«

Sie stemmte sich gerade wieder hoch, da kam ein Mann im Overall die Treppe empor.

Erich Wyss fuhr ihn gleich an: »Die Sippschaft der Costas haust hier noch immer, lange dulde ich das nicht mehr.«

»Ist das der neue Hauswart?«, fragte Gerda, dann wandte sie sich Paul Lutz zu: »Entschuldigen Sie vielmals, mein

Mann ist manchmal etwas aufbrausend. Ja, es stimmt schon, die Costas machen Lärm. Aber mit dem Alter wird man auch empfindlicher.«

»Ich muss mich entschuldigen«, erwiderte der Hauswart, »die Kolonie war einige Monate so gut wie unbetreut, ich hinke allem hinterher.«

»Ich nehme an, Sie sind unterwegs zu mir – Sommer, die Jalousie«, sagte Julia. »Ich kann jetzt nur nicht, wir gehen aus.«

Gerda hatte sich inzwischen wieder in Bewegung gesetzt.

»Wenn Sie sich auf den Stuhl setzen, können Frau Sommer und ich Sie vielleicht tragen«, schlug Paul Lutz vor.

»Nein, nein, keine Experimente«, antwortete sie zwischen zwei Stufen, »Das Treppensteigen hält ja auch jung. Man darf nicht jeder Beschwernis aus dem Weg gehen, sonst verweichlicht man.«

»Kann ich wenigstens mal stützen?«, fragte Julia.

»Gern«, antwortete Erich. Julia nahm seine Stelle ein, und er stieg hinab zum Stuhl, um sich zu setzen.

»Das hattest du früher nie nötig«, sagte Gerda.

»Ich glaube aber auch, du hast zugenommen«, antwortete er.

»Quatsch, in meinem Alter nimmt man nicht mehr zu«, sagte sie.

»Doch, doch«, rief er, »und es steht dir nicht schlecht. Das macht der Kuchen, du hast ja mit den Leuten in der letzten Zeit dauernd Kuchen gegessen.«

»Und heute gibt es wieder welchen«, sagte sie, »den lasse ich mir nicht nehmen.«

»Der Hauswart steht immer noch dumm rum«, stellte Erich Wyss fest.

»Nein, ich bin schon unterwegs«, sagte Paul Lutz und machte kehrt.

»Kommen Sie nach Mittag«, rief Julia ihm nach. »Dann knallt die Sonne auch nicht mehr so auf den Balkon.«

Der Weg zum Tram dauerte eine halbe Stunde, der Ablauf war sehr routiniert. Sie deponierten den Stuhl unter der Kellertreppe, gingen bis zur Ecke Heinrichstrasse, wo sich Gerda kurz aufs Mäuerchen setzte, dann hielten sie wieder beim Fahrradgeschäft. Dort kannte man sie schon und reichte einen Schemel raus. »Was tun Sie, wenn das Geschäft zu ist?«, fragte Julia.

»Dann sind auch die Fahrräder weg, und ich setze mich aufs Fenstersims«, erklärte Gerda. Das tat sie diesmal nur bei Schuhmacher Fridli, der sie ebenfalls kannte und launig meinte, sie trage nur die falschen Schuhe, mit besseren würde sie hüpfen wie ein Schulmädchen.

»Ich trage diese Schuhe seit dreißig Jahren, Herr Fridli«, sagte Gerda. »Ich glaube sogar, Ihr Papa hat sie mir verkauft. An denen gibt es nichts auszusetzen.«

Mit der nächsten Etappe erreichten sie das Tram, fuhren eine Station und standen schon fast vor dem Optiker.

Den Gang dorthin hätten sie sich allerdings sparen können. Er warf einen kurzen Blick in Gerdas Augen und sagte: »Frau Wyss, Sie brauchen keinen Optiker, sondern einen Arzt. Das kann alles sein: Diabetes, Grauer Star, Grüner Star, Makuladegeneration. An der Brille liegt es jedenfalls nicht, außer dass man sie mal gründlich putzen sollte.«

Das tat er denn auch, und Gerda Wyss sagte zufrieden:

»Sehen Sie, da konnten Sie ja doch etwas tun. Zum Arzt bringen Sie mich jedenfalls nicht mehr, die Ärzte wollen immer operieren, und man weiß ja, was man sich im Krankenhaus alles einfängt. Wir Wyssens sterben zu Hause, nicht wahr, Erich? Das haben wir so beschlossen.«

Danach schlug Julia vor, ins Café El Greco zu gehen. »Dort gibt es nicht nur den besten Kaffee der Stadt«, sagte sie, »sondern auch wunderbar weiche Plüschsessel.«

Doch Erich Wyss entgegnete: »Wir gehen immer ins Migros-Restaurant. Dort stimmen die Preise und die Qualität, und wir kennen das Angebot.« Sie hatten sogar ihren Stammplatz, nahe genug an Toilette und Theke, weit genug entfernt vom Lärm.

Julia bot an, etwas zu holen, aber Erich bestand darauf, sie einzuladen. »Und zu einer Einladung«, sagte er, »gehört auch der Service.«

Während er an der Theke anstand, unterhielt sie sich mit Gerda, und über Kuchen, Geselligkeit und die Mühe des Treppensteigens kamen sie zum derzeit großen Thema der Wyssens.

»Erich gründet für uns gerade eine Alters-WG«, erzählte Gerda. »Deshalb hatte ich überhaupt diese vielen Besuche. Es ging alles schneller, als wir dachten, für Erich wohl zu schnell, er scheint mir etwas durch den Wind zu sein. Vor nicht einem Monat hat er das Inserat entworfen, und schon haben wir nicht nur drei reizende Paare zur Auswahl, sondern sogar eine Wohnung – im Parterre, mit Garten und bezahlbar, es ist wie im Märchen.«

»Donnerwetter«, sagte Julia.

»Ja, und legen alle Paare zusammen, können wir uns sogar eine Haushaltshilfe leisten, jemanden, der einkauft, vorliest, solche Dinge. Nicht den Toilettenkram, den soll die Spitex machen. Ich stelle mir eine Art Gouvernante vor«, sagte sie mit leuchtenden Augen.

»Das klingt tausendmal besser als ein Heim«, stellte Julia fest.

»Vor allem, wenn einer von uns stirbt«, stimmte Gerda zu. »Ich hätte Angst um Erich, wenn er allein ist. Er hat sich Heime angesehen, aber da würde er vereinsamen. Er ist nicht der Geselligste.«

Da kam er auch schon mit dem Kuchen. Julia holte noch das Tablett mit dem Kaffee, dann wünschten sie sich guten Appetit.

»Sind Sie nicht im Verlagswesen tätig?«, fragte Erich nach der ersten Gabel. »Ist das eine lukrative Branche?«

»Nein, das kann man nicht sagen«, antwortete Julia. »Ich weiß nicht, wie das kommt, schließlich werden alle immer reicher. Aber für Bücher ist immer weniger Geld da. Entsprechend gehässig ist der Umgangston bei uns im Verlag. Ich überlege mir gerade, mich selbstständig zu machen.«

»Oh, das will gut überlegt sein. Als was denn?«, fragte er.

»Ich gehe davon aus, dass ich mehrere Standbeine hätte«, erzählte sie. »Ich habe schließlich ein Kind, das verpflichtet. Zum einen würde ich weiter als Lektorin arbeiten, doch im Auftragsverhältnis. In diesen Wochen überarbeite ich aber auch erstmals ein Drehbuch und habe enorm viel Spaß daran.«

»Andererseits«, sagte Erich, »haben Sie erst einmal gekündigt, kommen Sie nicht mehr so schnell zu einer festen Stelle, oder?«

»Vermutlich nicht«, sagte sie. »Aber wenn ich die Wahl habe, Mona in Armut großzuziehen, dafür mit Zeit, oder aber in bescheidenem Wohlstand, dafür täglich fremdbetreut, ist die Antwort klar, oder nicht?«

»Seien Sie nicht vorschnell«, warnte er. »Plötzlich sind Sie 62 und froh um eine geregelte Pension. Darauf, dass Ihr Kind Sie einst ernährt, sollten Sie jedenfalls nicht bauen.«

Gerda hatte ganz im Stillen ihr Stück Himbeerschnitte gegessen. Nun wischte sie sich manierlich den Mund ab und sagte: »Mir kommt da eine ganz verwegene Idee. Ich habe Frau Sommer erzählt, dass wir eine Gouvernante einstellen wollen. Wir dachten, Frau Sommer, dabei an unseren Enkel Augustin. Aber Hand aufs Herz, habe ich die Wahl …«

»Das sind ungelegte Eier«, unterbrach sie Erich.

»Lass mich ausreden«, bat sie freundlich und legte die Hand auf seine. »Eine volle Stelle wäre das kaum, Sie hätten also Zeit für Ihre Bücher und Drehbücher. Und für Mona. Sie könnten sie sogar zu uns mitnehmen, wir hätten ja dann einen Garten.«

»Ein Kind ist doch keine Ziege, die man einfach im Garten anbindet«, herrschte Erich sie an. »Frau Sommer hätte schließlich eine Arbeit zu erledigen. Und nochmals, das sind alles ungelegte Eier. Inzwischen sehe ich das Ganze sehr viel differenzierter.«

»Ach, du hast doch nur die Hose voll«, sagte Gerda Wyss unerwartet spitz. »Ich habe dich bisher machen lassen, Erich, aber deshalb ist es noch lange nicht dein Projekt allein. Und von Augustin haben wir nichts gehört, seit er aus der Tür ging. Er hat es nicht einmal für nötig gehalten uns mitzuteilen, ob er heil angekommen ist.«

»Aber ich rede doch nicht von Augustin«, rief er, »sondern von dem ganzen WG-Kram. Wir müssen das alles nochmals sehr sorgfältig überdenken.«

»Ja, gut«, sagte sie, »überstürzen will ich auch nichts. Vor allem aber musst du die Santinis und Meyers und Kreislers treffen. Du wirst sehen, das sind richtig feine Leute. Und solltest du womöglich Angst haben, dass dir das Projekt über den Kopf wächst und zu viel wird, bin ich sicher, die organisieren gern mit. Die Wohnungssuche haben die Meyers uns ja schon erspart.«

»Ha, zu viel – lächerlich!«, murrte er und stand auf. »Ich gehe auf die Toilette.«

»Müssen Sie vielleicht auch mal?«, fragte Julia, als er weg war.

»Ich gehe immer erst, kurz bevor wir aufbrechen, sonst gibt es unterwegs noch ein Malheur«, antwortete Gerda mit einem Augenzwinkern. »Der Arme, ich glaube, er vermisst den Augustin. Irgendwie hatten die zwei es richtig gut miteinander.«

»Dann wäre Augustin wohl doch der Richtige als Gouvernante«, sagte Julia.

»Um Himmels willen, nein, auf den ist kein Verlass«, sagte Gerda. »Und von Sentimentalitäten sollten wir uns nicht leiten lassen. Aber mit wem redet er denn da?«

Julia folgte ihrem Blick und sah Erich mit einem alten Ehepaar im Gespräch.

»Ich kenne diese Leute nicht«, sagte Gerda nervös. »Und wenn ich ihn so sehe, erkenne ich auch Erich kaum. Er sieht fast irr aus, finden Sie nicht?« Tatsächlich wirkte er auf sonderbare Weise bedrängt.

»Ich bringe mal eben das Geschirr weg«, sagte Julia und suchte einen Trolley, der in Hörweite zu den dreien stand.

»Ihr Projekt wirkte wirklich sehr bestechend«, sagte der Mann soeben, »deshalb haben wir gleich das Geld überwiesen, als der Einzahlungsschein kam. Aber je länger wir darüber nachdenken ...«

»Wir haben hier Enkelkinder«, unterbrach ihn seine Frau, »und bald ein Urenkelchen. Was sollen wir da in Ungarn?«

»Abgesehen davon, dass die Jungen das Geld viel dringender brauchen«, sagte wieder der Mann. »Und darum wären wir auch froh, wenn Sie es uns rücküberweisen. Abzüglich Ihrer Unkosten natürlich.«

»Sie haben ja selbst Enkel und werden uns verstehen«, fügte die Frau hinzu. »Wer konnte auch ahnen, dass gerade jetzt Nachwuchs kommt.«

»Ihr Augustin ist übrigens ein patenter Bursche«, sagte der Mann. »Der wird seinen Weg machen, so viel ist sicher.«

Das ganze Gespräch über sagte Erich nur: »Jaja«, zu allem immer: »Jaja«, und tastete dabei mit den Händen, als wollte er sich irgendwo halten.

Da ging plötzlich Gerda quer durchs Lokal auf ihn zu, sie schien Julia stolz und zerbrechlich zugleich. »Erich, willst du uns nicht vorstellen?«, fragte sie und nahm seinen Arm, als müsse sie sich halten. Doch sie hielt eher ihn. »Ich bin die Gattin«, erklärte sie dem Ehepaar.

Die Leute hießen Scholl. »Ihr Mann hat uns von Ihnen erzählt«, sagte Frau Scholl voller Bewunderung. »Wie Sie sich so selbstlos hintanstellen, in Ihrem Alter, das hat mir Eindruck gemacht.«

»Ja, mir auch«, sagte Herr Scholl. »›So wie der Kapitän als Letzter ins Rettungsboot steigt, werden wir als Letzte umziehen.‹ Das hatte Klasse. Überhaupt das Ganze hatte Klasse, allein wenn ich an die Größe des Vorhabens denke! Wie viele Wohneinheiten planen Sie, dreißig?«

»Eine ganze Stadt, Horst«, erinnerte ihn seine Frau.

»Ja, genau – und dann noch in Ungarn!«, sagte Horst.

»Jaja«, sagte nun auch Gerda. »Aber Erich, ich muss mich setzen.«

»Natürlich«, sagte er und führte sie zu einem Stuhl.

Die Scholls nahmen das als Aufforderung zu gehen. Gerda thronte wie eine Königin im Schalenstuhl, während sie ihnen die Hände schüttelte. »Wir danken für Ihre freundlichen Worte«, sagte sie, und Scholls drückten nochmals ihr Bedauern aus und wünschten alles Gute.

Dann waren sie fort, und Gerda sagte: »Erich, setz dich. Was ist in Ungarn?«

Sympathie

Petzi hatte sich den Sommer in der Röntgenstrasse anders vorgestellt, mit stillen, heißen Tagen, an denen Staubgeruch durch die weit offenen Fenster dringen und sie sich halb nackt in der Wohnung fläzen würden. In Wahrheit war die Hitze mäßig, Zeit zum Fläzen hatten sie auch kaum, und der Lärm war unerträglich. Der Besuch der Costas prägte ihren Tagesablauf, oben schrien die Alten, unten die Kinder. Dann zogen die Kinder um nach oben, und wenn sie dort durch die Wohnung rannten, rutschten auf dem Tisch die Gläser. Nachts liebten die Costas sich auf dem Balkon, tagsüber grillten sie, oder die Kinder veranstalteten Wasserbombenschlachten im Hof. Pit und Petzi hatten Arbeiten zu schreiben. Pit steckte sich einfach Stöpsel in die Ohren, drehte die Musik auf und war sofort in seiner eigenen Welt. Petzi konnte das nicht, sie brauchte Raum um sich, und den fand sie zu Hause nicht.

Außerdem bekam es ihrer Beziehung schlecht, dass sie während der Semesterferien so viel Zeit zu Hause verbrachten. Auch das hatte Petzi sich wunderbar ausgemalt: beide hinter Büchern, ab und zu ein Kuss auf einen verstrubbelten Hinterkopf, der vom Denken raucht, gemeinsam kochen, dabei diskutieren, küssen, Liebe machen, und wieder hinter die Bücher. Doch ihre Arbeitsrhythmen waren verschieden, Petzi schrieb am liebsten in sonnendurchfluteten Räumen, Pit nur nachts, in der Küche, die morgens, wenn Petzi ihren Frühstückskaffee kochte, nach kalter Zigarettenasche stank. (Sie selbst rauchte nur gelegentlich mal eine mit.) Zudem wälzten beide dauernd Gedanken, waren bloß halb ansprechbar und wurden nervös, wenn sie länger als zehn Minuten miteinander schliefen – von Küssen ganz zu schweigen. Auf einer Art Krisensitzung beschlossen sie, täglich zwei Stunden für die Beziehung zu reservieren, und zwar von fünf bis sieben Uhr nachmittags, daneben sollte jeder für sich sehen. Seitdem arbeitete Petzi wieder in der Zentralbibliothek, zu Mittag aß sie auf einem Mäuerchen im Park der Musikologen, meist einen kleinen Salat oder Müsli. Sie las und schrieb acht Stunden lang konzentriert, und wenn sie heimfuhr, wollte sie sich mit »zwei Stunden Pit« belohnen. Doch selbst das missriet. Oft quälte er sich erst aus dem Bett, wenn sie kam, meist mit Kopfschmerzen, weil er zu faul gewesen war, die Rollläden zu schließen, und in der prallen Sonne geschlafen hatte. Dann musste er essen, rauchen, Kaffee trinken, danach reichte die Zeit für sie höchstens noch, um am Letten kurz ins Wasser zu springen, sich von der Strömung ans Gitter quetschen zu lassen und etwas zu knutschen.

»Ich möchte, dass du parat bist, wenn ich nach Hause komme, sonst macht unsere Abmachung keinen Sinn«, sagte sie nach ein paar Tagen.

»Aber wie?«, fragte er. »Ich habe nun mal nachts die besten Ideen, und irgendwann muss ich auch schlafen.«

»Was tust du denn den ganzen Tag?«, fragte sie. »Du kommst meist um fünf Uhr früh ins Bett, stimmt's? Wenn ich heimkomme, ist es wieder fünf. Du wirst doch nicht zwölf Stunden schlafen!«

»Nein«, sagte er, »von zehn bis etwa drei Uhr gehe ich schwimmen, treffe Freunde, spaziere zur Werdinsel und denke nach. Dann bin ich schon wieder k. o., denn mittags ist es draußen inzwischen ganz schön heiß. Also haue ich mich kurz hin, bis du mich weckst.«

»Aber warum verabreden wir uns dann nicht mittags, wenn du Zeit hast?«, fragte sie.

»Du hast doch gerade gehört, der Mittag ist verplant«, erklärte er. »Und mir passt unsere Vereinbarung sehr gut. Wach werden muss ich sowieso irgendwann, und dich dabei neben mir zu haben, ist meistens ganz nett. Triff du doch mittags auch mal jemanden.«

»Denkst du etwa, das tue ich nicht?«, fragte sie schnippisch, obwohl sie höchstens mal ein Schwätzchen mit einer Studienkollegin hielt, die sie in der Bibliothek traf, sie hatte in Zürich noch keine Freundschaften geschlossen.

»Ach ja, wen denn?«, hakte Pit auch gleich nach.

»Oh, du bist manchmal so ... so ...«, rief sie, und weil ihr in der Wut kein Wort einfiel, das stark genug gewesen wäre, ließ sie ihn einfach in der Badeanstalt sitzen und spazierte allein bis zur Werdinsel, um sich abzuregen. Dort aß sie ein Eis, ließ die Füße ins Wasser baumeln und war erst gegen elf Uhr nachts zu Hause.

Sie hatte erwartet, dass Pit an der Arbeit wäre, aber er saß mit einem Fremden auf dem Balkon. Sie ging direkt in die Küche und schmierte sich ein Brot. Erst als er ihr nachkam, um ein neues Päckchen Zigaretten zu holen, fragte sie: »Wer ist das? Warum arbeitest du nicht?«

»Das ist Paul, unser neuer Hauswart«, sagte er. »Er wohnt jetzt unter uns. Er hatte mich vorher gebeten, die Leiter zu halten, während er die Föhre im Hof schnitt, und wollte mich dafür zum Bier einladen. Und weil ich noch nichts Richtiges gegessen hatte, habe ich ihn mit zu uns genommen.«

»Das muss ein toller Hecht sein, dass du deine Pläne für ihn umschmeißt«, sagte sie.

»Ja, irgendwie ist er das«, antwortete er. »Wir können jedenfalls richtig gut reden. Komm, ich stelle euch vor.«

Sie ging mit hinaus, gab Paul die Hand und wechselte mit ihm ein paar Worte, aber sie konnte sich nicht helfen, sie fand ihn furchtbar blass.

»Ich gehe schlafen«, sagte sie bei der ersten kleinen Redepause. »Und Pit, lass uns morgen mal nichts abmachen, ja? Ich brauche etwas Zeit für mich.« Er sagte nichts dazu, und sie hatte ein schlechtes Gewissen, weil es sich anfühlte, als würde sie ihn versetzen.

Am nächsten Tag kam sie dennoch um kurz vor fünf Uhr nach Hause, weil sie sich plötzlich nicht mehr sicher war, ob sie nicht doch am liebsten bei ihm sein wollte. Als sie aber um die Sankt-Josefs-Kirche bog, sah sie ihn gerade mit dem Hauswart in Richtung Lettenbad gehen. Er sah sie auch und winkte flüchtig, aber er hielt nicht an, und sie fragte sich, warum sie ihn überhaupt liebte.

Dann trat sie in den Hausflur und hörte großes Geschrei, es waren aber diesmal nicht die Costa-Kinder, sondern das kleine Mädchen von oben, dem sie ab und zu auf der Treppe begegnete. Selina aus dem vierten Stock hatte bei ihrem letzten Gespräch erwähnt, dass sie Mona hieß. Sie schluchzte und rief ganz verzweifelt: »Ich will aber Moritz! Ich gehe nur mit Moritz!«

Und weil Petzi auch gerade gedacht hatte, dass es schön wäre, jetzt Moritz zu sehen, ging sie dem Weinen und Zetern nach.

»Hallo, ich bin Petzi«, sagte sie. »Wo steckt denn Moritz?«

»Er ist leider verreist«, sagte Monas Mutter und gab ihr die Hand. »Ich bin übrigens Julia. Die beiden hatten sich unterm Dach eine Hütte gebaut, jetzt wollte ich mit Mona dort picknicken. Aber du hörst ja, sie will nur mit Moritz.«

»Siehst du, Mama, du hast nämlich keine Ahnung«, rief Mona entrüstet, »es ist ein Zelt, keine Hütte. Außerdem kennst du gar nicht die Lieder.«

»Für wie lange ist er denn verreist?«, wollte Petzi wissen.

»Den ganzen Sommer über«, gab Julia Auskunft. »Vielleicht kommt er an den Wochenenden einmal her, aber unter der Woche hütet er den Laden seines Vaters.«

»Oh, das ist lange!«, sagte Petzi.

»Siehst du, Mama?«, rief Mona, »sie sagt auch, es ist lange.«

»Für manche ist das eben lange, für andere nicht«, antwortete Julia leicht gereizt.

Mona rief: »Du bist so was von unsympathisch, Mama«, dann griff sie mit beiden Händen nach Petzis Arm. »Wieso heißt du Petzi? Bist du eine, die petzt?«

Petzi stutzte. »Nein, es ist ein Kosename, glaubte ich jedenfalls immer. Eigentlich heiße ich Patrizia.«

»Ich habe nämlich schon mal gepetzt«, erzählte Mona. »Aber Petzen ist nicht schön.«

»Ach, es gibt Schlimmeres«, meinte Petzi.

»Was zum Beispiel?«, schaltete sich Julia neugierig ein.

»Das wollte ich gerade fragen, Mama«, protestierte Mona, »du bist so was von unsympathisch!«

»Meinetwegen bin ich unsympathisch, aber deshalb interessiert es mich doch«, sagte Julia.

Petzi dachte nach. »Ich weiß gar nicht«, sagte sie mehr zu Mona als zu Julia. »Vielleicht stimmt das auch nicht. Vielleicht ist es eher so, dass schlimme Sachen gar nicht so schlimm sind, wenn man die Person mag, und gar nicht so schlimme Sachen sind plötzlich richtig schlimm, wenn man die Person eben nicht mag. Zum Beispiel finde ich den Krach schlimm, den die Costas machen, vor allem ihr Besuch, aber als ich dich schreien hörte, und du warst ja nicht gerade leise, fand ich das überhaupt nicht schlimm.«

»Heißt das, du magst mich?«, fragte Mona.

»Ja, offenbar mag ich dich«, sagte Petzi.

»Dann mag ich dich auch«, erklärte Mona. »Soll ich dir das Zelt von Moritz zeigen?«

»Oh ja, gern«, sagte Petzi und ließ sich von ihr die Stufen hochziehen.

»Mama, was bummelst du wieder so?«, rief Mona, als sie schon halb oben waren. »Du musst aufschließen!«

»Dann darf ich jetzt doch mit?«, fragte Julia und setzte sich in Bewegung.

»Nein, du darfst aufschließen, danach hast du frei«, sagte Mona.

Petzi und Julia wechselten Blicke, dann sagte Petzi: »Ist gut, ich kümmere mich um sie«, und nahm ihr den Picknickkorb ab.

»Wenn was ist, ich bleibe in der Wohnung«, sagte Julia. »Und danke.«

Auf dem Estrich war es so stickig, staubig und ermattend, wie Petzi sich den Sommer ausgemalt hatte.

Außerdem roch sie Vanille, und das weckte wieder die Sehnsucht nach Moritz – nicht weil sie erinnert hätte, dass er nach Vanille roch, doch Vanille war einer ihrer Lieblingsdüfte, und deshalb roch er zumindest in ihrer Fantasie so.

Sie setzten sich ins Zelt, und Petzi fragte: »Was habt ihr denn hier oben jeweils so gemacht?«

»Nichts, nur gequatscht«, sagte Mona.

»Hattest du nicht etwas von Liedern gesagt?«, hakte Petzi nach.

»Doch, wir haben auch gesungen. Aber das Wichtige war das Quatschen«, sagte Mona nochmals. »Mit Moritz kann ich total gut quatschen. Hast du jemanden, mit dem du total gut quatschen kannst?«

Petzi zögerte. Sie hätte gern gesagt: »Mit Pit«, allerdings stimmte das nicht. »Mit Moritz« hätte zumindest halbwegs gestimmt, aber eben nur halbwegs. Außerdem gehörte er gerade Mona. »Mit Selina«, sagte sie schließlich, »ja, da stimmt einfach die Chemie.«

Das fand Mona furchtbar lustig ausgedrückt, und als sie picknickten, sagte sie von allem, was sie aßen: »Da stimmt einfach die Chemie.«

Irgendwann fragte Petzi: »Findest du deine Mama eigentlich wirklich unsympathisch?« Sie fand den Gedanken sehr mutig.

»I wo«, sagte Mona. »Das sagen wir eben so, sie sagt das

auch.« Dann zögerte sie aber. »Mama weiß schon, dass ich sie nicht wirklich unsympathisch finde, oder?«

»Keine Ahnung«, antwortete Petzi offen. »Ich würde glauben, du meinst das so, aber ich bin keine Mutter.«

Mona rutschte nervös hin und her, dann sprang sie auf und wollte nach Hause.

»Ja, geh nur, ich räume auf«, sagte Petzi. Sie brachte sie bis vor die Tür, dann ging sie wieder hoch, wischte Krümel zusammen, tat Papier und Plastikgeschirr ins Körbchen zurück und legte sich auf den Schlafsack. Während sie die verwaschene Synthetikdecke des FC Basel betrachtete, die sich über ihr spannte, stellte sie sich erst vor, mit Moritz hier zu liegen. Das war ihr aber doch zu nah an Pit und an ihrem Daheim, deshalb schloss sie die Augen und dachte sich Moritz und sie in einer Senke im Grünen, nahe einem Fluss, in der er die FC-Basel-Decke ausgebreitet hatte. Sie küsste ihren Daumenknöchel, als küsste sie Moritz, fuhr mit zwei Fingern ihre Schamlippen entlang, durch das leichte Baumwollkleid und ihr Höschen hindurch, und mochte sich selbst in dem Moment total gut leiden.

Tatkraft

Vielleicht war Pauls spontaner Entscheid, die Föhre zu stutzen, ein Fehler gewesen. Während der Arbeit hatte es sich prächtig angefühlt, der nette Junge aus 2R ging ihm nicht nur zur Hand, er war auch ein sehr anregender Gesprächspartner. Wie sich herausstellte, war sein Vater ebenfalls Hauswart, beziehungsweise betreute er die Blindenhörbücherei in Albisrieden, und dass er ihn dorthin nie hatte mitnehmen wollen, hatte offensichtlich eine Wunde hinterlassen. Jedenfalls zeigte Pit sich äußerst dankbar dafür, dass Paul ihn an seiner Arbeit teilhaben ließ, und war in einer Weise zutraulich, die nicht selbstverständlich war.

Sie sprachen über Sex und die üblichen Nöte eines Zwanzigjährigen, über Beziehungssorgen und Zukunftsängste. Paul Lutz sorgte sich anfangs, er könnte dem Jungen falsche Ratschläge geben, da er selbst in keinem der angesprochenen Themen besonders versiert war. Doch Pit erwartete gar keinen Ratschlag, er wollte sich nur mitteilen, um, wie er sagte, endlich klar zu sehen. Er wollte erkennen, wie er handeln musste, um zu dem Menschen zu werden, der er gern sein wollte, und das zumindest wusste er bereits ganz klar: »Unbestechlich will ich sein, gefühlsecht, wenn du weißt, was ich meine, und anderen Menschen ein Fels in der Brandung. Nicht mehr und nicht weniger.«

Das fand Paul beeindruckend, und als sie sich trennten und er zurückblieb, um noch das Schnittholz einzusammeln und mit der Schere zu zerkleinern, fühlte er sich aufgehoben und beseelt. Dann kamen die Kinder von Eleni Costa mit dem Fußball in den Hof, und ihr Großvater begleitete sie. Paul freute sich, ihn zu sehen, er winkte, und als Babas auf ihn zukam, stellte er sich auf ein Schwätzchen ein.

Doch Babas schimpfte, erst auf Griechisch, dann auf Deutsch, er zeigte ihm sogar den Vogel. »Was sind Sie für ein Hauswart, der keine Ahnung von Bäumen hat?«, rief er. »Schneiden Sie in dieser Hitze eine Föhre, blutet sie aus. Föhren schneidet man im Winter! Und Sie können sie nicht einfach oben absägen! Diesen Baum haben Sie getötet, das sage ich Ihnen. Jedenfalls führt er kein würdiges Leben mehr.«

»Babas«, versuchte Paul ihn mehrmals zu unterbrechen, »Babas«, denn er hatte ja gar nichts dagegen, sich belehren zu lassen, nur nicht in diesem Ton. Aber Babas ließ ihn nicht zu Wort kommen, und als er fertig war, wandte er sich um und ging. Paul war nicht einmal sicher, ob Babas ihn erkannt hatte.

Danach war er erst erschüttert, doch in den kommenden Minuten kam Groll auf. Darauf war er nicht stolz, er mochte ihn aber auch nicht unterdrücken. Und so raffte er sich endlich auf, bei der Geschäftsstelle anzurufen und Frau Zbinden zu fragen, wie er die Überbelegung der Wohnung 3R in der Röntgenstrasse 93 zu regeln habe.

Davor wollte er aber die Costas über den geplanten Schritt informieren. »Efgenia, ich fürchte, ich kann nicht länger ein Auge zudrücken«, sagte er, als sie die Tür öffnete. »Ihr seid einfach zu viele in der Wohnung, die Nachbarn beschweren sich.« Während er noch redete, entdeckte er gepackte Taschen und Koffer im Flur.

»Sie haben uns doch längst gemeldet, Herr Paul«, sagte Efgenia scharf, »und Sie sollten sich dafür schämen. Sie verjagen meine Schwester erst aus der unteren Wohnung, dann aus dieser. Und dabei waren Sie erst gerade unser Gast. Das nennt man Nägel mit Köpfen machen, aber stolz sollten Sie darauf nicht sein.«

»Nein, nein, das war nie meine Absicht«, versicherte er. »Im Gegenteil, ich hätte nichts dagegen, wenn sie unten wieder einzieht. Und euer ... Ihr Empfang bei meiner Ankunft ist mir in kostbarer Erinnerung.«

»Wer soll uns dann gemeldet haben?«, fragte sie – es war offensichtlich, dass sie ihm nicht glaubte. »Pit und Petzi waren es nicht, die habe ich gefragt, die Sommer über uns auch nicht, die hat selbst ein Kind und weiß, was wir das ganze Jahr durch alles schlucken. Dass der böse Mensch von drüben Sie beauftragt hat, war dagegen nicht zu überhören, also stehen Sie dazu!«

Paul sah keinen Sinn darin, sich weiter zu verteidigen, und rief die Verwaltung an.

»Sie haben die Föhre im Hof gekappt«, sagte Frau Zbinden, ehe er sein Anliegen vorbringen konnte. »Das war voreilig. Hätten Sie mich erst angerufen, hätte ich Ihnen gesagt, dass sie geschützt ist.«

»Geschützt, von wem geschützt?«, fragte er erschrocken.

»Vom Gartenbauamt natürlich«, antwortete sie.

»Das tut mir leid«, sagte er. »Aber sie nahm der unteren

Wohnung alles Licht. Ohne Licht schimmeln die Wände, und das greift irgendwann die Bausubstanz an. Das müsste auch das Gartenbauamt begreifen.«

»Das Problem ist uns bekannt«, sagte sie. »Doch man muss es umfassender angehen. Herr Häberli wird sich deswegen mit Ihnen in Verbindung setzen.«

Das klang, als wolle sie schon auflegen. »Deswegen habe ich gar nicht angerufen«, sagte er eilig. »Costas in der 93 haben Besuch, etwas viel und lauten Besuch.«

»Das haben wir inzwischen geregelt«, informierte sie ihn. »Angeblich wollten Sie da ja nicht einschreiten.«

»Nein. Doch. Wer behauptet das?«, fragte er verwirrt.

Sie sagte nur: »Das brauchen Sie nicht zu wissen. Unsere Genossenschafter haben ein Anrecht auf Privatsphäre. Nun legen Sie aber auf, damit ich Herrn Häberli avisieren kann.«

Das tat er denn auch, obwohl er nicht begriff, was jetzt eigentlich geschehen würde. Zehn Minuten später rief sie wieder an und zitierte ihn für den nächsten Morgen in Max Häberlis Büro.

Nach diesem Gespräch war er – neben vielen anderen kleinen Einsätzen, für die sich nach der Pensionierung seines Vorgängers niemand zuständig gefühlt hatte – bei Julia Sommer, um ihre Jalousie zu reparieren. Zwei Spritzer WD40 genügten, und sie ließ sich wieder ausrollen, darüber war er froh, denn er arbeitete im Qualm – die Costas grillten Fisch.

»Tun sie das öfter?«, fragte er.

»Im Sommer fast täglich«, antwortete Julia. »Ich habe mich bei der Genossenschaft erkundigt, ob sie das dürfen. Gas- und Elektrogrills sind erlaubt.«

»Bleibt zu hoffen, dass sie weniger grillen, jetzt, wo die Familie abreist«, sagte er. »Abreisen *muss.*«

»Oje, hoffentlich bin daran nicht ich schuld«, rief sie. »Ich habe am Telefon erwähnt, dass sie täglich für acht Münder kochen.«

»Und wenn«, sagte Paul, weil er nett sein wollte, »so was gehört sich ja auch nicht.«

»Ach, wissen Sie«, sagte Julia, »ich finde es ganz schön, wenn manchmal jemand etwas tut, ohne erst alle Konsequenzen abzuwägen. So ein entschiedenes Dreinfahren hat doch was. Aber vielleicht sage ich das nur, weil ich es gerade lerne. Ich muss ein Filmskript drehtauglich machen, und oft geht es nur brachial: *Kill your darlings.*«

Den Spruch kannte er noch nicht und beschloss ihn sich zu merken.

Am nächsten Tag bei Herrn Häberli im Büro war er auf alles gefasst. Er fand ja, dass er bisher einen guten Job machte, aber nach den jüngsten Ereignissen rechnete er mit einer Rüge oder Schlimmerem. So fing das Gespräch auch an. Dr. Max Häberli war ein zart gebauter Mann, der eine randlose Brille trug und trotz der Hitze eine Strickkrawatte. »Ich kann mir vorstellen, dass das eine anstrengende erste Woche für Sie war«, sagte er zur Begrüßung.

»Ich bin zufrieden«, sagte Paul Lutz.

»Ach ja?«, fragte Herr Häberli. »Nun, nach allem, was ich gehört habe, scheinen Sie wie ein junges Fohlen zu sein, das nicht immer weiß, wie es sinnvoll seine Kraft auslebt. Ihr Einstand war beeindruckend, dagegen ist nichts zu sagen – der Gummi für die Türschließer und der Wechsel der Glühbirnenfirma, das war schnell und gut entschieden. Die

Sache mit der Föhre dagegen wird uns eine kräftige Buße einbringen. Und warum Sie bei der Familie Costa so zögerlich waren, will mir nicht in den Kopf. Schön, Sie wohnen im selben Haus und wollen es sich nicht verscherzen, das kann ich nachvollziehen. Aber wir haben Sie nicht eingestellt, damit Sie sich ein behagliches Nest bauen.«

»Ach«, sagte Paul.

»Ihre Vergangenheit zeigt im Gegenteil, dass Sie einstecken können, und das war einer der Gründe für Ihre Wahl«, fuhr Herr Häberli fort. »Denn die Luft wird dünner. Wir sind zwar eine altehrwürdige Genossenschaft, aber zugleich ein modern geführtes Unternehmen, und Sie kennen die allgemeine Wirtschaftslage: Das Kapital ist beschränkt, immer mehr wollen sich ein Stück abschneiden. Der BG Transport geht es noch gut, aber die Konkurrenz schläft nicht. Unsere Wohnungen werden von der Stadt überdurchschnittlich gut subventioniert. Andere Genossenschaften möchten uns das streitig machen, und sie geben Gas. Seit ein paar Jahren tobt eine regelrechte Schlacht, und kämpfen wir nicht mit, gehen wir früher oder später unter.«

»Ich verstehe nicht ganz«, sagte Paul.

»Werden Sie gleich«, sagte Herr Häberli. »Früher, Herr Lutz, reichte es, günstigen Wohnraum zur Verfügung zu stellen, um eine gute Genossenschaft zu sein. Inzwischen müssen Wohnungen, Häuser und die ganzen Areale kindgerecht, behindertengerecht und der kulturellen Vielfalt unserer Gesellschaft angemessen sein. Sogar Sexyness ist ein Begriff, der immer wieder fällt.«

Paul lachte darüber, doch nur kurz. Denn Herr Häberli sagte: »Und hier kommen Sie ins Spiel. Wir haben beschlossen, die Kolonie Röntgen, die unsere älteste Kolonie ist und in gewisser Weise legendär, zu einer Musterkolonie modernen Genossenschaftswesens zu machen. Und zwar bis 2006, dann startet die Stadt eine neue Vergaberunde. Nun, wie soll das gehen? Ich verrate Ihnen, wie es die anderen machen. Sie schreiben Ideenwettbewerbe unter ihren Mitgliedern aus, installieren Kummerkästen und kaufen für horrendes Geld Experten, die die Lage evaluieren und Vorschläge unterbreiten. Wir haben Sie geholt.«

»Mich?«, rief Paul erschrocken.

Herr Häberli fuhr ebenso trocken fort: »Wer, sagten wir uns, hat einen besseren Einblick in die Kolonie als der Koloniewart? Besetzen wir die Stelle mit dem richtigen Mann, liefert er uns alle Informationen, die wir brauchen, um die Kolonie auf eine Art zu modernisieren, die nicht nur nach außen hin attraktiv wirkt – das wäre schnell gemacht –, sondern, und in allererster Linie, nach innen wirkt. Unsere Genossenschafter, Frauen immer inbegriffen, sollen glückliche Menschen sein. Ihre strahlenden Gesichter möchten wir als Ausweis unserer Wohnqualität.«

Paul atmete tief durch. »Donnerwetter«, sagte er. »Ich meine, das klingt großartig. Die Menschen glücklich machen, wer wollte das nicht. Ich kann nur noch immer nicht begreifen, was das für mich konkret bedeutet.«

»Ich auch nicht«, sagte Herr Häberli nüchtern. »Das Ganze war ein Vorstandsentscheid. Die meisten im Vorstand sind Laien, und wie Laien es so an sich haben, ziehen sie konkreten, handfesten Projekten, die man anpackt und rigoros durchzieht, ein romantisches Geschwurbel vor. Ich persönlich gehe davon aus, dass Sie scheitern. Das macht aber nichts, denn danach ist der Weg frei, um die Sache richtig anzugehen. Wir dürfen nur nicht lange fackeln.«

»Kill your darlings«, sagte Paul, merkte aber gleich, dass der Satz nicht wirklich passte, und fragte: »Bis wann erwarten Sie denn Resultate?«

»Die Frage gebe ich zurück. Was denken Sie, wie lange brauchen Sie, um die Kolonie Röntgen zu durchleuchten?«, fragte Herr Häberli süffisant.

»Mein Problem ist: Wie komme ich an die Menschen heran?«, sagte Paul. »An sich müsste ich allen nur zwei Fragen stellen, zwei Fragen genügen in der Regel. Was mir fehlt, ist der Ausweis. Als Hauswart …«

»Koloniewart«, korrigierte ihn Herr Häberli, »und nein, kein Ausweis. Wenn die Leute wissen, was Sie suchen, wachsen ihre Begehrlichkeiten in den Himmel. Das könnte mir nur recht sein, doch allzu einfach darf ich Ihnen das Scheitern nicht machen. Inkognito also. Wie lange?«

Paul sagte aufs Geratewohl: »Ein paar Monate. Aber wenn ich durch bin, Herr Häberli, entlassen Sie mich dann?«

»Nein, von da an sind Sie einfach nur Koloniewart«, sagte Herr Häberli. »Falls Ihnen das dann noch genügt.«

Genusssinn

»Ich möchte meine Trauer um die nepalesische Königsfamilie beenden«, sagte Edith-Samyra Meyer, als sie Hubert Brechbühl eines Morgens anrief, »und ich möchte Sie einladen, mich zu begleiten.«

Natürlich sagte er sofort Ja, er hatte schon überlegt, wie er ein Wiedersehen arrangieren könnte, sich bisher aber nicht getraut. Nach all seinen Erlebnissen in der ersten Jahreshälfte war er ausgesprochen neugierig, was das Schicksal noch für ihn bereithalten mochte.

»Nur wohin begleiten?«, wollte er wissen. »Doch nicht etwa nach Nepal?«

Sie lachte. »Nein, wir machen eine Wanderung im Glarnerland und singen.«

Weil Hubert Brechbühl ein schlechter Sänger war, übte er auf der Tuba einige Märsche, die sich eignen mochten: die Trauermärsche von Chopin und Händel, *When the Saints go marching in* und ein Lied der russischen Arbeiterbewegung, das er aus seiner Zeit im »Blasmusikkorps Industrie« kannte: *Unsterbliche Opfer, ihr sanket dahin.* Er kaufte sich auch kleine Steigeisen, die sich an die Wanderschuhe zurren ließen, und Teleskopwanderstöcke, denn die Berge im Glarnerland waren steil.

Wie vereinbart klingelte er Edith-Samyra morgens um

halb sieben aus der Wohnung. Der Tag hatte prächtig begonnen, mit perlmuttfarbenem Himmel, und die Luft duftete nach frisch gewaschenem Straßenpflaster und Flieder.

»Um Gottes willen«, entfuhr es ihm, als er Edith-Samyras Wanderkleidung sah, denn sie trug ein weißes, luftig fallendes Kleid oder eher eine Toga, Riemchensandalen und über der Schulter einen Stoffbeutel im Orange buddhistischer Mönchskutten. Dazu hatte sie einen Strohhut mit einer langen Nadel im Haar festgesteckt. »So wollen Sie in die Berge?«

»Warum nicht?«, entgegnete sie, »ich werde es auf alle Fälle bequemer haben als Sie.« Dann küsste sie ihn auf die Wangen und sagte: »Über 2000 Metern duzt man sich, wussten Sie das? Warum also nicht schon jetzt?« Das gab allem eine neue Färbung.

Sie nahmen den Zug nach Ennenda, um von dort mit dem Äugstenbähnli auf den Bärenboden zu fahren. Im Zug sprachen sie über alles Mögliche, zuerst über Alices Sinn für Katzen, über Huberts Tubaspiel und Edith-Samyras Zeit als Krankenschwester am Glarner Kantonsspital, später über die Ausbrüche des Ätna und eines Vulkans namens Mayon auf den Philippinen.

»Die Indianer, ich weiß nur gerade nicht mehr welche«, erzählte Edith-Samyra, »gehen davon aus, dass Vulkane ausbrechen, wenn in der Unterwelt ein Gelage tobt, die Toten zu viel Feuerwasser getrunken haben und sich erbrechen. Sie amüsieren sich darüber, und wer in der Lava umkommt, gilt als Glückspilz.« Sie selbst hatte auch ein Fläschlein Gebranntes dabei, aber das war, wie sie sagte, für den Abstieg reserviert.

Von ihrer Trauer war zunächst nichts zu spüren. Erst als sie in Ziegelbrücke umgestiegen waren und die Bergwände hoch und eng wurden, sah sie manchmal entrückt aus dem Fenster und summte vor sich hin. Immer wieder schaute sie Hubert dabei an, als wollte sie ihn einladen mitzusummen, doch er ignorierte das.

Als sie im Äugstenbähnli saßen, einer simplen offenen Heuseilbahn, und auf die Abfahrt warteten, erinnerte er sich, dass er unterwegs noch hatte Sonnencreme kaufen wollen. »Ja, das wäre klug gewesen«, sagte Edith-Samyra und ließ ihn ein wenig zappeln, bevor sie eine Tube Sonnencreme aus dem Beutel zog. Er mochte, wie sie ihn geneckt hatte, und hätte es ihr gern vergolten, ihm fiel nur nicht ein, wie.

»Komm, spiel mir was, Hubert«, bat sie, als die Bahn gerade abfuhr – schnell waren sie zwanzig, dreißig Meter hoch erst über Gärten, dann Wald und schließlich nacktem Fels –, er packte seine Tuba aus und blies den Gospel. Aber irgendwie blieb der Effekt aus.

»Da, Rehe oder Gämsen«, sagte sie nur nach dem letzten Ton, während er das Speichelventil öffnete, und zeigte in den Wald. Da hatte er sie schon verpasst.

Nachdem sie am Bärenboden ausgestiegen waren, musste sie für kleine Mädchen und ging dafür hinter die Hütte. »Ja, wenn die Natur kommt, Herr Hauptmann«, sagte sie fröhlich, als sie wiederkehrte, das musste ein Zitat sein. Und sie hatte die Sandalen ausgezogen. »Geh du auch barfuß«, riet sie ihm. »Du wirst sehen, der Berg erschließt sich dir ganz anders.«

Er wollte ihr nicht sagen, dass er Schweißfüße hatte, und

antwortete nur: »Oh, der erschließt sich mir schon tüchtig. Außerdem habe ich von Kindheit an schwache Gelenke.«

Der Weg führte bald steil bergauf, die Tuba wog schwer. Hubert hatte manchmal Angst abzurutschen und war froh über seine Stöcke. Gern hätte er auch die Steigeisen montiert, er wagte es aber nicht, denn Edith-Samyra bewegte sich fast wie ein Schmetterling den Hang empor. Er bewunderte sie und war sehr dankbar dafür, dass er mit ihr hier sein durfte.

Die Idylle wurde nur ein bisschen dadurch gestört, dass die ganze Zeit Verkehrslärm aus dem Tal empordrang, auch die Glocken der Bahnschranken hörten sie und immer wieder einen Helikopter, der, wie Edith-Samyra meinte, wohl Material für eine Berghütte transportierte. Dann überwanden sie aber einen kleinen Grat, und plötzlich herrschte Stille – nein, nicht Stille, aber eine Ruhe, wie Hubert sie lange nicht mehr erlebt hatte. Man hörte nur gerade einen Vogel tschilpen, und irgendwo murmelte ein Bächlein. Die harten Sohlen seiner Wanderschuhe auf dem Boden waren das Lauteste, selbst wenn er auf Moos und Erde ging.

Nach einer guten Stunde erreichten sie das Heustockseelein, einen fast spiegelglatten Teich in einer Senke. »Das ist unser Ziel«, sagte sie. »Hier werde ich meine Trauerzeit beenden.«

»Ein wunderbarer Ort für so etwas«, sagte er. »Was kann ich tun?« Gleichzeitig packte er schon mal die Tuba aus.

Doch Edith-Samyra sagte: »Zieh dich aus«, war selbst keine zwei Sekunden später nackt, richtig nackt, und watete hinaus.

Hubert zog zumindest die Schuhe aus, wusch Socken

und Füße und legte die Socken etwas höher am Hang zum Trocknen aus. Edith-Samyra stand bereits in der Mitte des Teichs, schwenkte die Arme überm Kopf und sang, allerdings kein herkömmliches Lied, sondern frei schwebend – vielleicht war das indianisch.

»Komm, komm, nicht scheu«, rief sie zwei-, dreimal, wandte sich aber immer gleich wieder von ihm ab und widmete sich ihrem Ritual. Hierbei war sie so schön anzusehen, dass er nicht wagte, näherzutreten. Stattdessen suchte er sich ein Plätzchen, an dem er mit der Tuba gut sitzen konnte, und spielte eine Rumba, das schien ihm angebrachter als die Märsche. Edith-Samyra passte sich ihm sofort an, sie wippte im Takt mit ihren ausladenden, in der Morgensonne milchweiß schimmernden Hüften. Sobald er allerdings – *bamm, babababamm!* – die letzten Töne gesetzt hatte, tief B, stimmte sie wieder ihren schwebenden Gesang an, als sei nichts geschehen. Und so beschloss er, das Schauspiel einfach zu genießen.

Bald tanzte sie nicht mehr, sondern machte eine Art Kniebeugen – *»Hamba, hamba!«*, rief sie dabei – immer tiefer, bis sie untertauchte, fast so lange, bis der See wieder ruhig war. Danach erschien nur noch ihr Kopf, sie lachte, während sie sich vielleicht unter Wasser die Trauer vom Leib wusch. Als sie wieder aufstand, klebte ihr das Haar am Rücken, sie seufzte wohlig und watete an Land.

Solange sie sich abtrocknete – sie benutzte dazu ihre Toga –, sah er höflich weg. Als er wieder hinsah, trug sie eine neue Toga, eine sonnengelbe, die vom nassen Haar dunkle Stellen hatte, an einer dieser Stellen schimmerte die Brust durch.

»Das war ein berührendes Ritual«, sagte er.

Doch gleich hüpfte sie zu ihm, wieder leicht wie ein Vogel, legte ihm den Finger auf die Lippen und flüsterte: »Wir sind noch mittendrin.«

Sie zog eine Art Pistole aus rosafarbenem Plastik aus der Tasche, kletterte damit in Richtung Heustockfurggel – sie hatte den Wind gesucht, erklärte sie ihm später –, rief etwas wie: *»Tchabtschoi, schin tschobtschen, kaitschin«*, was, wie er ebenfalls später erfuhr, hieß: »Lebt wohl, grüßt die Götter, werdet Götter!«, und schoss eine Ladung Konfetti in die Luft, die der Wind verwehte, nicht sehr weit allerdings. Das war ihr aber egal. Beim Abstieg sang sie nochmals und schwenkte die Arme, dann holte sie aus dem Beutel ein Fläschlein und spuckte einen Mundvoll seines Inhalts in jede Himmelsrichtung.

Jetzt erst wrang und schüttelte sie das Haar aus, das Fläschlein hielt sie solange mit den Knien fest. »Ich bin fertig«, sagte sie, »du auch? Oder willst du doch noch baden? Sonst, würde ich sagen, machen wir uns an den Abstieg. In spätestens zwei Stunden wimmelt es hier von Ausflüglern.«

Das wollte er nicht erleben, daher holte er die Socken, zog sie an, obwohl sie noch nicht trocken waren, schlüpfte in die Schuhe und stieg Seite an Seite mit ihr talwärts.

Er hatte sich vorgenommen zu schweigen, denn gewiss wollte sie die Zeremonie nachklingen lassen, doch die Neugierde war zu groß. »Das Konfetti«, fragte er, »was hat es damit auf sich?«

»Auf jedes Blättchen habe ich einen Buchstaben eines Namens der getöteten nepalesischen Königsfamilie geschrieben. Das Papier zersetzt sich und wird wieder eins mit dem Berg, mit der Natur. Es zersetzt sich sehr schnell, ich habe mich erkundigt. So konnte ich dem Berg meine Trauer übergeben«, erklärte Edith-Samyra. »Und nun Prost.« Sie setzte wieder das Fläschlein an, und diesmal schluckte sie auch, bevor sie es an ihn weiterreichte. »Franzbranntwein« stand mit Schreibmaschine geschrieben auf dem Etikett. Er nippte höflich, doch er mochte nicht trinken.

Eine Weile irrten sie in der Mulde unterm Heustockseelein umher, weil sie den Weg verloren hatten, schließlich wagten sie sich eine regelrechte kleine Klippe hinab – die Tuba ließ er auf dem Gras gar kurz schlittern. Edith-Samyra trank dabei das Fläschlein leer und wurde schnell beschwipst. Bei den Fessisseelein trafen sie die ersten Wanderer. *»Tchabtschoi«*, rief sie ihnen nach, und nachdem sie darauf bestanden hatte, Hubert ihre Toga umzubinden, um seinen Kopf vor der Mittagssonne zu schützen, lernte er ein Lied von ihr, das sie sangen, bis sie bei der Bärenhütte waren und Schnitzel mit Salat und Hauswein bestellten.

O when I die
Don't bury me at all
Just put my bones
In alcohol
And a bottle of gin
Besides my coffin
So I will find
My way to heaven.

»Weißt du, Hubert, was wir jetzt tun sollten?«, fragte Edith-Samyra, als sie wieder im Bähnchen saßen.

»Nein«, sagte Hubert. »Aber stimmt, der Tag ist noch jung.«

»Alt, uralt«, rief sie. »Und ebendeshalb sollten wir uns im Tal ein Zimmer nehmen und uns hinhauen, du und ich, und deine Tuba.«

»Oh, das kommt etwas unvorbereitet«, gestand er.

»Das Leben ist kurz, und gewiss ist nur der Tod«, sagte sie. »Oder gefalle ich dir etwa nicht?«

»Oh«, sagte er wieder, »mir gefiel noch keine Frau besser! Es ist nur …«

Geduldig wartete sie, dass er einen guten Grund nannte, ihren Vorschlag abzulehnen.

»Es ist nur so, dass ich Schweißfüße habe«, sagte er endlich.

Sie sah ihm gerade in die Augen, als sie antwortete: »Das weiß ich doch, Hubert, und ich habe mir schon vorgenommen, dir Zimtsohlen zu bestellen. Abgesehen davon bin ich Krankenschwester, und nichts Menschliches ist mir mehr fremd.«

Interesse

Sein Interesse an Paul Lutz war Pit selbst nicht recht begreiflich. Es war zu einfach zu sagen, dass Paul so war, wie Pit sich seinen Vater gewünscht hätte: neugierig, an allem interessiert, für alles zu haben. Da war noch etwas anderes, eine in ihrem Grunde wollüstige Regung. Paul Lutz hatte eine ansteckende Naivität, Pit kam es so vor, als seien sie beide erst sechzehn, und wie ein Sechzehnjähriger spielte er Paul gegenüber den Altklugen.

Überhaupt maßen sie sich gern aneinander. Beide waren der Ansicht, ein überdurchschnittliches Allgemeinwissen zu haben, doch sie verstanden darunter ganz unterschiedliche Dinge. Eines ihrer Spiele ging so: Pit zog ein Wörterbuch vom Regal und gab es Paul. »Such irgendein Wort aus, und ich erzähle dir etwas dazu, was du noch nicht wusstest«, sagte er.

Paul schlug das Buch auf. »Tante.«

»Das ist jetzt gerade ein schlechtes Beispiel«, antwortete Pit, »ich habe keine Tante.«

»Ich schon«, sagte Paul. »Meine Mutter hat drei Schwestern, und interessanterweise hat jede dieser Schwestern wieder nur Töchter, außer meine Mutter. Dazu kommt, dass nicht nur meine Großmutter geschieden ist, sondern auch alle meine Tanten. Es ist ein reiner Frauenhaushalt.

Wenn die Familie sich trifft, sitzt meine Mutter immer etwas abseits, je nach Situation am unteren Ende des Tischs oder am Nebentisch. Ich habe nie verstanden, ob sie das so will oder die anderen, und ich habe auch nie verstanden, ob der Grund dafür ist, dass sie einen Sohn und keine Tochter zur Welt gebracht hat, oder der, dass sie mit ihren Schwestern und der Mutter das Schicksal nicht teilt, geschieden zu sein, weil sie ja höchstens eine Affäre meines Vaters war. Ich habe meine Mutter danach gefragt, aber sie war sich nicht einmal dessen bewusst, dass sie abseits saß. Auch eine meiner Cousinen habe ich gefragt, ein unfassbar schönes Mädchen übrigens, das der Schauspielerin von 4L ähnelt. Sie hatte immerhin eine Theorie: ›Ich glaube, sie identifizieren sich alle so sehr mit ihrem Schicksal als Sitzengelassene, dass sie es nicht verkraften, dass deine Mutter das noch schlimmere Schicksal hat. Das würden sie sich aber nie eingestehen.‹ Und wirklich, als meine Cousine ihre Mutter darauf ansprach, gab die ganz andere Gründe an. Sie sagte: ›Martha‹ – meine Mutter – ›ist eine der Frauen, die uns unsere Männer ausgespannt haben. Sie hat ebenfalls eine Ehefrau betrogen. Sie gehört deshalb auch nicht mehr zu uns, nur hat sie das nicht begriffen, sonst hätte sie wohl den Anstand, unseren Familientreffen fernzubleiben.‹ Und weißt du, Pit, was ich das Faszinierendste daran finde? Dass drei Töchter das haargenau Gleiche durchmachen wie ihre Mutter, und doch gehen sie davon aus, dass die Männer schuld sind, nicht sie.«

Pit wurmte es etwas, dass Paul eine Geschichte zu erzählen hatte, die schön und wahr und überhaupt nicht angelesen wirkte, und wäre am liebsten gleich zum nächsten

Begriff gesprungen. Aber eine Frage beschäftigte ihn zu sehr: »Wo sitzt du bei den Familientreffen?«

»Neben meiner Mutter, oder noch dahinter«, sagte Paul. »Aber in der Regel sitze ich gar nicht. Sie bringen alle immer furchtbar viel zu reparieren mit, ich bin ja der einzige Mann in der Verwandtschaft. ›Damit du dich mit uns Weibern nicht langweilst‹, sagen sie. Dass ich in der Lage bin, fast alles zu reparieren, macht wiederum meine Mutter stolz, und deshalb sage ich auch nie Nein. Sie hat ja sonst nichts.«

»Fair enough«, sagte Pit zum Abschluss – das war gerade eine seiner Lieblingsfloskeln. »Und was kommt nach ›Tante‹?«

Paul sah nach. »Tantra.«

Darüber konnte nun Pit stundenlang dozieren, zumindest über das Tantra der Liebe, und es gefiel ihm, sagen zu können, dass er mit Petzi alles probiert hatte, was physisch machbar war.

Paul hörte äußerst aufmerksam zu und ließ, was Pit etwas enttäuschte, keinerlei Neid erkennen. Mit viel Respekt fragte er dies und jenes nach, dann sagte er: »Bei mir in der Wohnung sind übrigens auch so Bildchen an den Wänden. Ich dachte erst, es sind Schmierereien der Costa-Kinder, aber Moritz Schneuwly aus der 2L behauptet, es sei Kunst, und womöglich ist es sogar Tantra. Willst du sie sehen?«

»Klar«, sagte Pit und ging mit ihm einen Stock tiefer.

»Ich muss sie überstreichen, ich bin nur noch nicht dazu gekommen«, sagte Paul und schob einige Möbel zur Seite, um die Zeichnungen freizulegen.

»Wer hat sie denn gemacht?«, fragte Pit.

»Eine Bekannte von Moritz Schneuwly, mehr weiß ich nicht«, sagte Paul.

Pit fand die Situation erregend. Schon als er Paul auf dem Balkon von seinen und Petzis Tantraversuchen erzählt hatte, war ihm eine Erektion gewachsen. Und dies hier war noch stärker, denn einerseits waren es Zeichnungen einer Frau, sehr obszöne Zeichnungen, und er wollte schon immer gern eine Frau kennenlernen, die ihre Lust offen zelebrierte. Diese hier kannte er nicht, doch Moritz kannte sie, und damit war sie immerhin in Griffnähe. Aber auch mit dem etwas abgelebten und irgendwie faden, zugleich faszinierenden Paul hier zu kauern, um sich Ferkeleien anzusehen, machte Lust – auf eine ähnlich düstere Weise, wie es lustvoll gewesen war, in der Waschküche in Efgenia Costas stinkendes Geschlecht einzudringen. Er stellte sich Pauls steifen Schwanz vor und malte sich aus, wie er abends hier knien mochte und sich beim Anblick der kopulierenden Paare einen runterholte. Zu gern hätte er gewusst, was in diesem Moment in Pauls Kopf abging, aber er zweifelte nicht daran, dass er so spitz war wie er selbst.

Als Paul die Möbel zurückschob, traute er sich zu fragen: »Kann ich deinen Schwanz sehen?«

Offenbar war Paul aber doch nicht so geil. »Pit, ich bin nicht schwul«, sagte er.

Pit bereute, dass er gefragt hatte, doch er musste da jetzt durch. »Ich doch auch nicht«, sagte er. »Ich will nur mal einen fremden Schwanz anfassen, das fehlt nämlich noch in meinem Erfahrungsschatz.«

»Meinetwegen«, sagte Paul, öffnete die Hose und zog die Unterhose herunter. Er hatte viel Haar, dazwischen war kaum etwas zu sehen. »Ich nehme nicht an, dass er sich anders anfühlt als deiner.«

»Meiner ist immerhin steif«, entgegnete Pit, denn inzwischen schien es ihm viel erstrebenswerter, dass Paul seinen Schwanz in die Hand nahm oder ihm, noch besser, einen runterholte.

Paul sagte aber klar: »Ich will nicht. Ich bin nicht mehr in dem Alter, Pit«, und schloss die Hose.

»Klar, ich wollte auch nur sehen, wie du reagierst«, sagte Pit. »Du bist voll in Ordnung.«

»Danke«, sagte Paul. »Und jetzt muss ich schleunigst los, ich habe Termine.«

Für den nächsten Tag waren sie zum Schwimmen verabredet, sie gingen jetzt alle zwei Tage zusammen schwimmen. Pit überlegte abzusagen, denn die Sache hatte ein schales Gefühl hinterlassen. Wenn er schwänzte, wurde es aber vielleicht noch schlimmer, also klingelte er Paul heraus wie immer und sagte möglichst locker: »Gehen wir?«

Paul nickte schweigend, und als sie auf die Straße traten, sagte er: »Ich habe mich gestern auf doofe Art verabschiedet, das tut mir leid. Ich hatte aber wirklich Termine.«

»Kein Problem«, sagte Pit.

»Da bin ich froh«, sagte Paul. »Ich muss dir nämlich etwas erzählen. Etwas, das ich dir eigentlich gar nicht erzählen dürfte, aber ich brauche deine Meinung.«

»Du machst es ja spannend«, sagte Pit.

»Also hör zu«, sagte Paul, »ich war gestern in einem Gartenbaucenter. Ich wollte mal sehen, was es so an Sitzrasenmähern, elektrischen Baumscheren und so weiter gibt. Es war eine geführte Präsentation, und einer der Besucher war der Rasenwart des Hardturmstadions, Andi heißt er. Beim Apéro unterhielten wir uns erst über allerhand Technisches, dann erzählte Andi von Gerüchten, dass im neuen Wankdorfstadion Kunstrasen verlegt werden soll. Angeblich, damit im Fußballstadion auch Konzerte gegeben werden können. Andi ist allerdings überzeugt, dass es den Young Boys darum geht, sich einen unfairen Vorteil zu verschaffen. Auf Kunstrasen spielt man nun mal ganz anderen Fußball als auf einer Wiese.«

»So, so«, sagte Pit.

»Ja, warte, es kommt«, sagte Paul. »Ich sagte ihm, ich fände das nicht schön, aber so sei eben die Zeit, in der wir leben, jeder drängelt um einen Vorteil. Ich erzählte ihm von einem Auftrag, den mir die Genossenschaft gegeben hat. Ich soll nämlich die Bewohner aushorchen, was ihnen in der Siedlung zu ihrem Glück fehlt. Der Hintergrund ist ein Kampf der Baugenossenschaften darum, wer die beste ist, es geht um Subventionen der Stadt. Andi erzählte mir nun, dass sie, die Rasenwarte der A-Clubs, einen ganz anderen Weg gehen, sie suchen die Vernetzung. Sie treffen sich regelmäßig, um voneinander zu lernen, mit dem Ziel, dass jeder einzelne Rasen der Liga allererste Qualität hat.«

»Und warum erzählst du mir das?«, fragte Pit, der vergeblich nach einer Verbindung zur peinlichen Situation vom Vortag suchte.

»Weil es mir nicht mehr aus dem Kopf geht«, sagte Paul. »Weil ich Achtung vor dir habe und hören will, was du darüber denkst. Mich beschäftigt dieser Auftrag der Genossenschaft, ich habe dabei ein mulmiges Gefühl.«

»Ach, wenn es nur das ist«, sagte Pit. Er überlegte kurz.

»Ich glaube, das sind zwei Paar Schuhe. Im Fußball geht es darum, dass Mannschaften sich auf möglichst hohem Niveau fair bekämpfen. Wird der Rasen zu einem Faktor, beeinträchtigt das die Reinheit des Kampfes und ist so gesehen tatsächlich unfair. Der Wettbewerb unter den Genossenschaften, den du schilderst, ist mit dem der Clubmannschaften vergleichbar, das heißt, der Kampf ist legitim, solange er sportlich geführt wird. Wenn es deine Aufgabe ist herauszufinden, wie unsere Genossenschaft sich am besten profiliert, bist du quasi der Libero, der die Bälle verteilt und Kommandos gibt wie: ›Jetzt greift über den linken Flügel an.‹«

»Das macht nicht der Libero, du meinst den Spielmacher, die 10«, sagte Paul, »so wie unser Ciri, Ciriaco Sforza.«

»Okay, im Fußball bist du mir über«, sagte Pit leicht gereizt. »Aber hast du zugehört?«

»Ja«, sagte Paul, »und die Rolle als Spielmacher gefällt mir nicht.« Er seufzte und sah sich um, sie standen schon länger vor der Umkleidekabine. »Ich komme nicht mit schwimmen«, sagte er.

»Jetzt nicht oder überhaupt nicht mehr?«, fragte Pit.

»Sag du es mir«, bat Paul. »Irgendwie ist seit gestern der Wurm drin, oder? Ich meine, das war jetzt wirklich hilfreich, aber …« Er zögerte.

»Ich verstehe, was du meinst«, sagte Pit, »mir geht es ähnlich. Irgendwie interessierst du mich nicht mehr.«

»Ja, und das fühle ich«, sagte Paul.

»Wahrscheinlich ging es mir nie um dich«, fügte Pit hinzu.

Paul nickte. »Es waren trotzdem schöne Tage«, sagte er.

»Durchwachsen«, fand Pit. »Aber auch ganz okay.«

Er erwog, ihm auf die Schulter zu klopfen oder die Hand zu geben, aber er wollte ihn nicht mehr anfassen. Daher nickte er nur und ging hinein, um noch etwas gegen die Strömung anzukraulen.

Beständigkeit

Zwei Tage lang sprach Pit kaum ein Wort. Petzi fragte sich manchmal, ob es ihretwegen war, aber sie sagte sich, dass er sie schließlich ansprechen konnte, wenn ihm etwas nicht passte. Sie kam in ihrer Arbeit nicht allzu gut voran und war sehr darauf fokussiert. Für ein Proseminar zur Entwicklungspsychologie sollte sie ein Kurzreferat über Altersdemenz halten. Zweimal hatte sie schon zu schreiben begonnen und wieder abgebrochen, weil ihre Begeisterung für all das Neue, das sie sich anlas, keine Grenzen kannte, alles schien ihr gleichermaßen wichtig und erwähnenswert. Zehn Minuten sollte das Referat dauern, ihr erster Versuch dauerte 70, die auf ein Minimum reduzierte zweite Fassung immer noch 40 Minuten. Ihr war bewusst, dass sie einen völlig neuen Ansatz brauchte, daher erlaubte sie sich schließlich, einen ganzen Tag lang aufs Geratewohl in der Bibliothek zu stöbern, wie sie das im Frühling getan hatte, um so vielleicht auf etwas zu stoßen, das sie weiterbrachte. Diesmal verwirrte die Vielfalt sie allerdings nur, und sie war mehrmals drauf und dran, die Übung abzubrechen und wieder ihre Materialsammlung zu wälzen. Zudem war es stickig in den Handlager-Etagen, das Kunstlicht, der Staub und die abgestandene Luft schlugen ihr aufs Gemüt, und nur weil sie sich sagte, dass es im Lesesaal jetzt brütend heiß war und sie ihr Geld nicht in der Cafeteria verschwenden durfte, machte sie weiter. Dabei traf sie wie so oft zwischen den Regalen auf die alte Frau, die ihr vom Möbiusband erzählt hatte, und diesmal sprach sie sie an. »Das Bild werde ich nicht mehr los«, verriet sie ihr, »es hat mir enorm geholfen, gewisse Dinge zu begreifen.«

»Ich weiß gar nicht mehr, wovon Sie reden«, sagte die Frau. »Aber an Ihr Gesicht erinnere mich. Sie sind das Mädchen, das über Schizophrenie forscht, richtig?«

»Ja, wirklich, damals tat ich das«, rief Petzi leise, »dass Sie das noch wissen! Inzwischen ist es die Altersdemenz.«

»Ach, diese Altersdemenz, das ist ein aufgeblasener Begriff«, sagte die Frau. »Es macht etwas zu einer Krankheit, das eigentlich ein natürlicher Prozess ist. Sehen Sie sich im Herbst das Laub an, wie es braun und spröde wird, die Würmer fressen Löcher hinein, und irgendwann ist es als Blatt nicht mehr erkennbar. So ist das eben im Alter.«

»Lesen Sie immer noch dasselbe Dutzend Bücher?«, fragte Petzi.

»Ja, ja«, sagte die Frau.

»Aber warum sind Sie dann hier?«, fragte Petzi. »Die Bücher haben Sie doch sicher alle zu Hause.«

»Nein, zu Hause lese ich nicht mehr«, erklärte die Frau, »das wäre zu gefährlich. Ein Bekannter von mir ist im Bett verbrannt. Er hat vermutlich beim Lesen geraucht und ist über dem Buch eingeschlafen.«

»Ach, Sie rauchen«, sagte Petzi. »Aber hier müssen Sie zum Rauchen immer raus, das ist sicher anstrengend für Sie.«

»Nein, ich rauche schon lange nicht mehr«, erwiderte die

Frau. »Aber wenn ich zu Hause lese, vergesse ich die Zeit. Und vergesse ich die Zeit, vergesse ich zu trinken. Und wenn ich nicht mehr trinke, werde ich ganz benommen, das ist in meinem Alter nicht ungefährlich.«

»Vor allem bei der Hitze«, sagte Petzi. »Kommen Sie, wir gehen jetzt etwas trinken.« Dabei nahm sie die Frau am Arm, der bereits so dürr und spröde wie ein Herbstblatt war.

»Ich wollte Ihnen noch etwas erzählen, was war das nur?«, sagte die Frau, als sie in der Cafeteria saßen. »Worüber arbeiten Sie schon wieder?«

»Über Altersdemenz«, antwortete Petzi.

»Ja, richtig«, sagte die Frau. »Als ich zehn Jahre alt war, ging ich mit meiner Familie zur Ostermesse. Und als der Pfarrer eben zur Kanzel wollte, stieg ein alter Mann hinauf. Ganz offensichtlich hatte er sich verlaufen und wusste weder, wo er war, noch wo er hinsollte. Er wusste aber, dass er auf einer Kanzel stand und dass man von der Kanzel herab eine Predigt hält. Also hielt er eine, er wusste nur nicht, worüber. Er sagte: ›Hier stehe ich. Hier stehe ich. Hier stehe ich. Ihr sitzt da. Die Tür ist offen. Die Tür ist noch offen. Ihr seht mich an. Was seht ihr mich an? Ich sehe euch an. Hier stehe ich. Die Tür geht zu. Es wird dunkel. Wo bin ich? Hier stehe ich.‹ Ein paar Leute, wahrscheinlich seine Verwandten, wollten ihn herunterholen, aber der Pfarrer hielt sie sanft zurück. Er ließ den Mann reden, bis dieser nach vielleicht einer Viertelstunde sagte: ›Ich muss jetzt nach Hause. Aber die Tür ist zu.‹ Da stieg der Pfarrer selbst hinauf, führte den Mann hinunter und übergab ihn den Verwandten. Danach wollte er selbst predigen, allerdings weinte er. ›Lamm Gottes‹, sagte er, ich nehme an, das waren die ersten Worte seiner Predigt. Über die kam er nicht hinaus. ›Lamm Gottes‹, sagte er nochmals, und wieder: ›Lamm Gottes‹, dann brach er ab und weinte nur noch. Das war seine ganze Predigt. Und natürlich weinten wir alle.« Die alte Frau führte behutsam das Glas zum Mund – sie trank wie ein Spatz –, dann sagte sie: »Ja, so was bleibt. Es ist nicht viel, das bleibt.« Sie sah jetzt müde aus.

»Soll ich Sie nach Hause bringen?«, bot Petzi an.

»Nein, nein, ich werde abgeholt«, sagte die Frau.

Also verließ Petzi die Bibliothek allein. Als sie nach Hause kam, lag Pit in der Unterhose auf der Matratze, die Sonne schien in Streifen durch die Fensterläden. Sie dachte, er schliefe, und wollte sich schon wieder entfernen, da sagte er, ohne sich zu rühren: »Komm bitte her.«

Sie setzte sich auf die Matratze. »Du siehst aus wie ein Zebra«, sagte sie und legte die Hand auf seinen Körper. Müde wandte er endlich den Kopf und sah sie an, sie konnte schlecht sagen, ob er geschlafen oder geweint hatte. »Ist alles in Ordnung?«, fragte sie.

»Wie kommt es, dass du so geduldig mit mir bist?«, fragte er.

»In Bezug worauf?«, fragte sie.

»Auf alles«, sagte er. »Wieso bist du noch hier? Wieso hast du dir nicht längst einen anderen gesucht?«

»Warum sollte ich?«, fragte sie. »Pit, was ist los? Seit zwei Tagen bist du ganz sonderbar drauf.«

Er wandte sich wieder ab. »Ich habe jetzt erst begriffen, was für ein pubertärer Kindskopf ich bin. Mit zwanzig, Petzi!«

»Das ist normal«, sagte sie, »der Frontalkortex ist noch nicht ausgereift, auch bei den Mädchen nicht. Aber Jungens sind nochmals ein, zwei Jahre später dran.«

»Ja, vielleicht ist es so trivial«, sagte er, »aber anfühlen tut es sich brutal existenziell. Irgendwie gut, aber irgendwie auch scheiße.«

»Was ist gut, und was ist scheiße daran?«, fragte sie.

Er dachte nach, aber dann sagte er nur: »Ich weiß nicht. Ich fühle mich einfach nackt und unbedeutend.«

»Wieso ist nackt unbedeutend?«, fragte sie, doch darauf rief er: »Ach, Petzi, komm mir jetzt nicht philosophisch! Was ich brauche, ist ganz was anderes. Ich brauche deine Nähe.«

Petzi konnte sich ein Lachen nicht verkneifen. »Willst du, dass ich mich zu dir lege?«, fragte sie.

»Ja, tu das«, sagte er.

Sie zog das Kleid aus und presste sich an ihn. Es war schön, so zu liegen. Im Sonnenlicht roch die Bettwäsche wunderbar, nach Blumenwiese und Gewitterregen, und im Hof hörte man Kinder Fangen spielen. »Wollen wir miteinander schlafen?«, fragte sie.

»Nein, mir ist nicht danach«, sagte Pit.

»Hast du etwas gegessen?«, wollte sie wissen.

»Jedenfalls bin ich nicht hungrig«, sagte er.

»Ich schon«, sagte sie, stand auf und aß ein Butterbrot, dann legte sie sich wieder zu ihm.

»Du hast noch nicht geantwortet«, sagte er nach einer Weile. »Wieso hast du keinen anderen?«

Sie ließ sich Zeit, schließlich begann sie: »Im Frühling war ich drauf und dran, dich zu verlassen. Aber dann habe ich mit Selina geredet und gemerkt, dass ich gar keinen Grund habe. Ich war nur ungeduldig. Wir sind noch nicht da, wo ich uns gern hätte, aber das gilt für uns beide. Hätte ich einen anderen, Moritz zum Beispiel …«

»Wieso Moritz?«, fragte er.

Sie fühlte, wie sich sein Körper spannte, und biss sich auf die Lippen. »Nur zum Beispiel«, sagte sie. »Hätte ich einen anderen, egal wen, einfach einen, der vielleicht reifer ist als du, wäre ich deswegen immer noch dort, wo ich eben bin. Verstehst du?«

»Ist nicht allzu schwer«, fand er. »Doch wer sagt dir, dass wir, wenn ich mich weiterentwickle und du dich weiterentwickelst, irgendwann da landen, wo du es dir vorstellst?«

»Ich stelle mir gar nichts mehr vor«, sagte Petzi. »Das habe ich am Anfang getan, und da habe ich dauernd gezweifelt. Dann habe ich mir gesagt, dass ich dort, wo ich mich heute hinwünsche, später gar nicht mehr sein will, weil sich in der Zeit ja bestimmt auch meine Wünsche verändern, und dass es also nur Energieverschwendung ist, wenn ich mir jetzt etwas für die Zukunft wünsche.«

»Klingt logisch«, sagte Pit. »Aber so ganz ohne Perspektive leben, das klingt wiederum wahnsinnig öde.«

Sie dachte nach. »Nein, öde fühlt es sich nicht an, nur offen«, sagte sie. »Auf gute Art offen. Ich sehe uns wie zwei Pflänzchen, die sich aneinander hochranken, dem Himmel entgegen. Der Himmel ist auch offen, ohne öde zu sein.«

Pit sagte darauf nichts mehr, und danach lagen sie nur da, bis es Nacht war. Petzi war sich nicht sicher, ob er vielleicht schlief, sie selbst war hellwach. Dann schlug es zehn, und sie sagte: »Ich habe Hunger. Kochen wir Spaghetti?«

Pit brummelte bloß etwas, also stand sie allein auf. Sie machte in der Küche eine Kerze und den Herd an und kochte Nudeln. Er kam, als sie ihn rief, schaufelte schweigend in sich hinein und legte sich wieder hin.

Petzi duschte erst, putzte die Zähne und las einen Brief, den ihre Mutter ihr geschrieben hatte. Danach schmiegte sie sich nochmals an seinen Rücken und umarmte ihn, erst zum Einschlafen drehte sie sich weg.

Sofort wandte auch Pit sich um und umschlang sie wieder.

»Ich weiß nicht, ob ich so schlafen kann«, sagte sie, und er nahm immerhin den Arm von ihrer Brust.

Als am Morgen ihr Wecker klingelte, fragte er: »Kannst du nicht einfach zu Hause bleiben? Wir sind fast nie mehr zusammen.«

»Wir umklammern uns seit gestern um fünf fast pausenlos«, sagte sie, »und nein, ich muss in die Bibliothek, das ist mir wichtig.«

»Und wenn wir uns den ganzen Tag lang küssen?«, fragte er.

Ihr war gar nicht mehr so sehr nach Küssen wie zum Sommeranfang, als sie alles daran gesetzt hatte, aus Pit einen guten Küsser zu machen, inzwischen war ihr mehr nach Vögeln. Und obwohl der Gedanke verführerisch war, einen schwülen Sommertag gemeinsam zu vertrödeln, stand sie auf und nahm neue Kleider aus dem Schrank. »Ich hätte dabei ein schlechtes Gefühl«, sagte sie. »Aber wir sehen uns um fünf. Wenn du magst, hol mich ab.«

Courage

Ihre Lieblingsautoren hatte Julia als Erste angeschrieben: »Ich überlege mir, in Zukunft als freie Lektorin zu arbeiten, um mehr Zeit für mein Kind zu haben. Dich würde ich sehr gern weiter betreuen. Ist es dir recht, wenn ich mit dem Verlag eine entsprechende Regelung treffe?« Praktisch alle hatten Ja gesagt, nur der Zeichner Ror Normann, der seine Kinderbücher selbst betextete, allerdings auf einem Niveau, das ausgesprochen viel Lektorenarbeit erforderte, schrieb diplomatisch: »Ich weiß, wie dürftig meine Dichtkunst ist, liebe Julia. Und ich kann mir denken, was der Verlag dir pro Titel bezahlt. Ich bringe es nicht übers Herz, zu deiner Bitte Ja zu sagen. Aber sollte ich jemals eine Koautorin brauchen, werde ich mich melden.« Damit konnte sie gut leben.

Als Nächstes gab sie Selina die drei Line-outs, die sie zu dem Drehbuch von deren Freund Frank König geschrieben hatte. »Ich habe sie verschlungen«, sagte Selina am nächsten Tag. »Ich würde jeden dieser Filme unbedingt sehen wollen. Deine gewagte Idee, aus einem drei zu machen, geht, wenn du mich fragst, hundertprozentig auf.« Sie zahlte ihr auch gleich die vereinbarten tausend Franken – leider nicht tausend pro Line-out, wie Julia insgeheim gehofft hatte, aber immerhin, und es war ihr erstes beim Film verdientes Geld.

»Bevor wir weitergehen, muss Frank in Berlin aber unbedingt ein Auge darauf werfen«, sagte Selina. »Ich weiß, er will mit seinem Buch eigentlich nichts mehr zu tun haben. Doch irgendwann wird er sich das anders überlegen, und dann will ich ihn im Team haben.« Sie mailte ihm die Texte gleich, doch Frank reagierte nicht.

»Was ist, hat er sich gemeldet?«, fragte Julia jeden Tag, erst aus Neugierde, aber schnell wurde sie richtig nervös. »Davon hängt so vieles ab.«

»Schreib einfach weiter«, meinte Selina. »Schlimmstenfalls war es eine gute Übung.«

»Aber dann bekomme ich kein Geld«, entgegnete Julia.

»Das bekommst du sowieso erst, wenn Heinz Mallaya mich bezahlt«, sagte Selina. »Und ich habe noch nicht mal die Termine der Vorproben für seinen Film, obwohl er im Sommer drehen will.«

Nach drei Tagen hatte sie Frank immerhin telefonisch erreicht.

»Er kommt nicht dazu«, berichtete sie Julia. »Den Sommer über hat er die Kinder, seine Frau nimmt eine Auszeit. Daneben muss er einen Werbefilm für vw schneiden. Es wird frühestens September.«

»September?«, rief Julia. »Ich bitte dich, wie lange dauert es, diese fünf Seiten zu lesen, eine Viertelstunde?«

»Nicht für Frank«, sagte Selina, »er ist der gewissenhafteste Mensch, den ich kenne. Er wird alles anhand des Drehbuchs überprüfen und hundertmal im Kopf wälzen. Das macht ihn so träge, aber auch so gut.«

»Er wollte doch sein Drehbuch gar nicht mehr in die Hand nehmen«, klagte Julia. »Nein, so kommen wir nicht weiter. Und ohne den Auftrag kann ich mich nicht selbstständig machen.«

»Oh, bist du schon so weit?«, fragte Selina. »Ja, das ist Mist. Aber du wirst dich gedulden müssen.«

»Nein«, sagte Julia, »ich habe noch Urlaub, und Mona ist für ein paar Tage bei der Oma. Sag mir nur, wo finde ich diesen Frank? Und wie alt sind seine Kinder?«

Während sie ihre Bücherregale nach den besten Büchern für Zehn- bis Zwölfjährige durchstöberte und damit den Koffer vollpackte, druckte Selina ihr eine Einladung mit aufgemalter Anfahrtskizze aus, die Frank jedes Jahr verschickte. In einer Datsche am Elsensee feierte er jeweils im Juli Geburtstag, und dort war er jetzt mit den Jungs.

Es war Mittag, als Julia zum Flughafen fuhr, und ein Uhr dreißig, als sie flog. Um drei Uhr war sie in Berlin, nahm ein Taxi und war um vier am Elsensee. Die Datsche musste sie etwas suchen, was beschwerlich war auf den Sand- und Waldwegen, denn der Koffer hatte ganz schön Gewicht und viel zu kleine Räder, die dauernd von Steinchen blockiert waren. Aber sie fand sie, und sie fand auch Frank und seine Söhne, die laut Einladungsmail Chris und Vladi hießen. Sie übten gerade Kanufahren.

»Wer ist die?«, fragte der kleinere der beiden Jungen, als sie kam. Das musste Vladi sein.

»›Die‹ arbeitet in einem Buchverlag«, sagte Julia. »Der Koffer ist voll mit den besten Jugendbüchern, die ich kenne. Interessiert ihr euch für Bücher?«

»Logo«, sagte Vladi.

»Ihr dürft euch je drei aussuchen, wenn ihr erlaubt, dass euer Vater mich einmal um den See rudert.«

»Paddelt«, mischte sich Chris ein, »das sind Paddel, keine Ruder.«

»Darf ich auch was dazu sagen?«, fragte Frank.

»Nein«, sagte Vladi. »Zeig mal die Bücher. Und heißt du auch irgendwie?«

»Ja, klar, Julia«, sagte sie, »ich überarbeite Franks Drehbuch.« Sie zog die Schuhe aus und stieg zu Frank ins Kanu. »Tut mir leid, dass ich so reinplatze«, sagte sie, »aber für mich hängt so viel davon ab, dass ich dein Drehbuch bearbeiten kann, eigentlich alles. Und ich habe nur ein paar Tage, um mein neues Leben zu regeln. Danach ist meine Tochter wieder zu Hause, und ich bin alleinerziehend.«

Sie hatte ihn richtig eingeschätzt, er war ein zu guter Kerl, um das nicht zu begreifen, und während er sie den Schilfgürtel entlang um den Elsensee paddelte, las sie ihm die drei Line-outs vor. Irgendwann hörte er auf zu paddeln und ließ das Kanu treiben. Als sie zu Ende gelesen hatte, sagte er: »Sieh mal, da unten steht ein Wels.«

»Schön, aber warum sagst du mir das?«, fragte sie.

»Nur so«, antwortete er. »Es tut mir gut, hier draußen zu sein. Und was wie ein quietschendes Rädchen klingt, sind Eisvögel.«

»Frank, ich sterbe vor Nervosität, was du zu meiner Idee sagst«, erklärte sie. »Lässt du mich weiterschreiben?«

»Es geht mich nichts an«, sagte er, »Selina hat jetzt die Rechte. Ich habe auch keinerlei Gefühl für das, was du mir vorgelesen hast, kein gutes und kein schlechtes. Das Finstere, Verworrene, das mein Drehbuch geprägt hatte, scheint weg zu sein. Ich dachte immer, es ist unverzichtbar. Aber als du gelesen hast, musste ich mir sagen, dass ich wahrscheinlich aus Angst alles so kompliziert verwoben hatte, aus Angst, dass die einzelnen Geschichten, wenn man sie für sich betrachtet, trivial sind. Du hast sie auseinandergedröselt, jetzt müssen wir schauen, was sie taugen. Solltest du scheitern, liegt es jedenfalls an mir, nicht an dir.«

»Wenn ich scheitere, dann ganz gewiss nicht deinetwegen«, sagte Julia. »Die Geschichten sind wunderbar, jede einzelne. Also mache ich weiter, hurra.«

»Ja«, sagte er und begann, zur Datsche zurückzupaddeln. »Willst du übrigens noch etwas bleiben? Wir haben es hier nicht gerade bequem, aber Platz ist genug.«

»Nein, ich will morgen früh gleich weiterschreiben«, sagte sie. »Kannst du mir ein Taxi rufen?«

»Du bist viel konsequenter als ich«, sagte er.

»Mir sitzt aber auch das Messer am Hals«, antwortete Julia.

Chris und Vladi konnten sich nicht entscheiden, also ließ sie ihnen alle Bücher da. Das Taxi kam bald, und kurz vor acht war sie wieder am Flughafen. Sie kaufte Mona eine Tüte Gummi-Ampelmännchen und bekam noch einen Flug, allerdings bei der Swissair, damit war der Tausender weg.

Dafür saß sie neben einem Herrn im Anzug und nicht wie auf dem Hinflug eingequetscht zwischen rastlosen, himmelschreiend parfümierten Teenies. Erst döste sie etwas, dann sah sie, dass er in der NZZ einen Artikel über neue Armut in der Schweiz las, las kurz mit, und darüber kamen sie ins Gespräch. »Was tun Sie beruflich?«, fragte er sie bald, und statt wie sonst zu sagen: ›Ich lektoriere Kinderbücher‹, antwortete sie kess: »Ich bin Drehbuchautorin.«

»Wirklich?«, sagte er. »Ich muss sagen, ich habe keine gute Meinung weder vom deutschen noch vom schweizerischen Filmschaffen. Die Produzenten, die ich kennengelernt habe, sind alles Sesselfurzer ohne Mut, sie benehmen sich nicht wie Unternehmer, sondern wie kleine Staatsangestellte. Sie verwalten brav ihre jährlichen Subventionen, und so sehen die Filme auch aus. Keine Ahnung, ob es überhaupt bessere Drehbuchautoren und Regisseure gäbe als die produzierten, aber was realisiert wird, ist schäbig, klein gedacht und ohne Vision.«

»Oh«, sagte Julia, »das ist gut zu hören. Sie müssen wissen, ich bin Quereinsteigerin, ich komme aus dem Verlagswesen und fange beim Film eben erst an.«

»Das ist gut«, sagte er, »Quereinsteiger sind Querdenker, und Querdenker sind es, die etwas bewegen. Verlagswesen ist ebenfalls gut, die Branche ist wenigstens nicht so verwöhnt, was öffentliche Gelder angeht.«

»Nein, das sind wir wirklich nicht«, sagte sie. »Aber könnten Sie mir etwas genauer erklären, woran das Filmschaffen krankt?«

»Ach, das erfahren Sie schnell genug«, sagte er, »mir ist das Thema zuwider. Ich gebe Ihnen lieber einen Rat: Denken Sie groß, egal, was die Leute sagen. Groß denken und hartnäckig bleiben. Denn vergessen Sie nicht, Ihre Ideen können erst fruchten, nachdem Sie die Dummheit und die Trägheit Ihrer Umwelt durchbrochen haben.«

»Ist das nicht ein etwas böser Blick auf die Welt?«, fragte Julia, während sie zur Landung ansetzten.

»Nein«, sagte er lakonisch, faltete die Zeitung und begann, seinen Gepäckschein zu suchen.

So konnte sie ihn erst, als sie sich verabschiedeten, fragen, wo er eigentlich tätig war.

»Gar nicht mehr«, sagte er und gab ihr seine Karte, »jedenfalls nicht offiziell.« Nur »Jacques Burckhardt« stand darauf und eine Telefonnummer, sonst nichts.

»Das war eine schöne Begegnung«, sagte sie aufrichtig. »Ich bin Julia Sommer. Ich kann Ihnen nur die Hand geben, eine Karte habe ich nicht.«

Er nahm ihre Hand und schüttelte sie herzlich. »Sommer von wo?«, fragte er noch.

»Ich lebe mit meiner Tochter in Zürich«, sagte sie.

»Zürich ist ein teures Pflaster«, stellte er fest, und ehe er ging, überließ er ihr die NZZ.

Bei Selina war kein Licht, als sie heimkam, aber Julia erwischte sie am anderen Morgen, als sie aus dem Haus ging, und begleitete sie zum Bahnhof. Selina fuhr zur ersten Theaterprobe nach Solothurn.

»Hat Frank dir das schriftlich gegeben?«, fragte sie, nachdem Julia erzählt hatte.

»Nein, aber er wirkte sehr aufrichtig«, sagte Julia.

»Ja, trotzdem brauchen wir etwas Schriftliches«, beharrte Selina. »Wir bekommen keine Förderung, wenn wir nicht alle Rechte sauber geklärt haben.«

»Dann bitte du ihn darum, und ich fange schon mal mit dem ersten Treatment an, ja?«, schlug Julia vor.

»Von welchem Stoff?«, fragte Selina. »Weißt du was, schreib als Erstes die Geschichte von der Katechetin.«

»Das kann ich tun, aber warum?«, fragte Julia. »Das ergibt nur einen Kurzfilm, 40, 50 Minuten.«

»Ja, das ist für den Anfang ganz richtig«, sagte Selina.

Das wurmte Julia etwas, am liebsten hätte sie gleich den schwierigsten Stoff angepackt, den des Heimleiters. Aber dann sagte sie sich, dass sie ohnehin alle drei schreiben würde und die Reihenfolge völlig nebensächlich war, *think big*. »Ist das ein Auftrag?«, rief sie Selina nach, als deren Zug schon anfuhr. Selina schüttelte den Kopf, aber das konnte auch bedeuten, dass sie nicht verstanden hatte.

Julia war ausgesprochen fröhlich, und kurz entschlossen bog sie zu den Schrebergärten entlang der Limmat ab. Einer davon gehörte Sebastian, ihrem Verleger, er verbrachte dort fast seine ganze freie Zeit. Diesmal traf sie allerdings nur seine Frau Isabelle an, sie war dabei, Bohnen hochzubinden.

»Diesen Sommer ist es wie verhext«, erzählte Isabelle, als sie nach Sebastian fragte, »dauernd muss er in den Verlag. Er hinkt den Monatsabrechnungen hinterher, ohne Abrechnungen keine Zahlungen, und außerdem hat er Scherereien wegen einer Lizenz.«

»Welcher?«, fragte Julia verwundert, denn davon hätte sie eigentlich wissen müssen.

»Ach, so was kann ich mir nicht merken«, sagte Isabelle, »frag ihn selbst.«

Die Glastür des Verlags war verriegelt, Julia schloss auf und rief nach Sebastian. Als er nicht gleich reagierte, suchte sie ihn.

Sie hatte mehrmals gerufen und war schon fast bei seinem Büro, als er gereizt fragte: »Was ist los, was suchst du hier?«, und ihr entgegenkam. »Wir sind mitten in der Arbeit.«

»Entschuldige, das bist du immer«, sagte Julia. »Ich hatte

gehofft, dich wenigstens in der Sommerflaute mal in Ruhe sprechen zu können.«

Im selben Moment kam Monique aus seinem Büro. »Hallo, Julia«, sagte sie, und zu Sebastian: »Dann gehe ich mal eben Kaffee kochen.«

Julia stellte fest, dass beide etwas verwuschelt aussahen – allerdings sah man so auch aus, wenn man eine Weile über Finanzkram gesessen hatte, und inzwischen war es ihr auch egal, auf welche Weise Monique sich im Verlag etablierte.

»Worum geht's?«, fragte Sebastian.

»Ich will einen neuen Vertrag«, sagte sie unumwunden. »Ich will freie Lektorin sein, aber mit definiertem Mindestpensum und festgeschriebenen Autoren. Dafür räume ich meinen Schreibtisch, sobald du willst.«

»Ist gut«, sagte er sofort. »Mach mir einen schriftlichen Vorschlag. Aber vergiss, dass du heute hier warst. Ich will kein Gerede.«

»Ich war nicht hier«, versicherte ihm Julia. »Und bis wann wärst du mich gern los?«

»Ich wäre dich nicht gern los«, sagte Sebastian, »aber was du vorschlägst, ist eine gute Lösung.«

Und damit war ihr neues Leben so gut wie besiegelt. Sie rief bei der Kreisschulpflege an und meldete Mona endlich für den Kindergarten an – nicht für den im Hof, aber immerhin lag er noch im Kreis 5 –, dann ging sie in »Anas Lädeli« und leistete sich fürs Abendbrot geräucherte Forelle. Als sie nach Hause kam, fand sie eine Notiz an der Tür: »Bitte melden, Koloniewart Paul Lutz.« Es ging um einen neuen Griff für die Kurbel der Balkonjalousie, und er kam gleich vorbei.

»Mir war aufgefallen, dass Ihre Kurbel an der Plastikmanschette eingerissen ist«, sagte er, »und ich dachte mir, bevor Ihr Mädchen sich daran verletzt, wechsle ich sie aus. Kinder können so ungestüm sein.«

»Danke«, sagte Julia, »das ist nett.«

»Ja, mir lag daran«, sagte er. »Es ist meine letzte Tätigkeit als Koloniewart, die wollte ich gern bei netten Menschen … wie sagt man, vollziehen?«

Julia lachte. »Ausüben wohl. Aber warum gehen Sie schon wieder? Wie lange waren Sie überhaupt da?«

»Zwei Wochen«, sagte er. »Ich hatte etwas Beschauliches gesucht, ich wollte Geselligkeit. Aber hier geriet ich gleich unter Beschuss. Und nicht nur das, ich sah mich auch mit Erwartungen konfrontiert, die ich nicht erfüllen kann und will. Man könnte sagen, die Genossenschaftsleitung hat nicht ganz fair gespielt.«

»Oh, dann müsste man das unbedingt zur Sprache bringen«, sagte Julia. »Wir haben bald Jahresversammlung.«

»Nein, bitte nicht«, sagte er. »Ich will nicht noch mehr Unfrieden.«

»Und haben Sie schon Pläne?«, wollte sie wissen.

»Oh ja, sonst hätte ich gar nicht gewagt zu gehen«, sagte er. »Ich werde Assistent des Rasenwarts im Hardturmstadion. Dort arbeitet ein kleines, eingespieltes Team, das seit vielen Jahren harmoniert. Die bisherige Assistentin bekommt ein Kind, ich nehme also niemandem eine Stelle weg.«

»Das klingt gut«, sagte sie, »ich freue mich für Sie.« Dabei schob sie ihn sanft zur Tür, denn sie konnte kaum darauf warten, mit dem Treatment zu beginnen.

Scham

Es dauerte ein paar Tage, bis Erich seinen Enkel Augustin an den Apparat bekam. Das Handy, das Augustin in Zürich gekauft hatte, schien nicht mehr in Betrieb zu sein, und rief er Sepp an, bei dem Augustin noch immer wohnte, hieß es nur: »Der Augustin ist gerade auf Stellensuche. Der hat ein Seminar bei seinem Bewährungshelfer. Der musste zu einer Fortbildung vom Stellenbüro antreten.«

Erst als Erich zu seinem Sohn sagte: »Sepp, wenn der Augustin sich nicht meldet, gehe ich zur Polizei«, rief Augustin zurück.

»Was ist los, Opa?«, fragte er besorgt. »Ich wollte mich schon so lange melden. Aber ich will ja nun alles richtig machen, und das schlaucht ganz schön.«

»Ich habe das Ehepaar Scholl getroffen«, erzählte er. »Sie sagten, sie hätten uns Geld überwiesen, auf ein Konto, von dem ich nichts weiß. Hast du ihnen einen Einzahlungsschein geschickt?«

»Wie könnte ich, Opa, du hast ja alle Unterlagen«, sagte Augustin.

»Nein, die hast du«, widerprach Erich. »Du wollest sie in Berlin digitalisieren, hast du gesagt.«

»Nein, das musst du falsch verstanden haben, Opa«,

sagte Augustin. »Dazu braucht man einen Scanner, und den habe ich gar nicht.«

»Ich habe sie auch nicht«, wiederholte Erich. »Als die Scholls mich ansprachen, habe ich nicht verraten, dass ich keine Ahnung habe, wovon sie reden. Aber es hat mich geplagt, das kannst du dir vorstellen, und inzwischen habe ich sie angerufen, um mehr zu erfahren. Zum Glück gibt es nicht so viele Scholls in Zürich.«

»Das hättest du unbedingt erst mit mir besprechen müssen«, bemerkte Augustin nervös. »Was hast du ihnen gesagt?«

»Du warst ja nie da«, erwiderte Erich. »Den Scholls habe ich gesagt, dass bei mir kein Geld eingetroffen ist, und ich habe sie gefragt, wohin sie es überwiesen haben. Es ging an einen Rainer Hausmann, kennst du den?«

»Ja, sicher kenne ich den«, sagte Augustin. »Wir sind nebeneinander im Ruhewagen nach Berlin gefahren. Er kauft auf dem Mauerpark-Flohmarkt immer Ramsch ein, Uhren und so, und verkauft sie bei euch weiter. Er hat eine Art Brockenhaus, hat er mir erzählt, in der Bertastrasse, glaube ich.«

»Wieso ging das Geld an ihn?«, fragte Erich verwirrt.

»Das kann ich mir auch nicht erklären«, antwortete Augustin, »aber ich rufe ihn gleich an.« Eine halbe Stunde später meldete er sich wieder. »Wir haben die Erklärung. Vermutlich wurden wir damals im Zug betäubt und ausgeraubt – ich habe mich ja noch gewundert, dass wir am Morgen beide solches Kopfweh hatten, aber dann schob ich's auf die Staubmilben. Jedenfalls hat er gerade festgestellt, dass ihm die Postcard geklaut wurde.«

»Wieso jetzt erst?«, fragte Erich.

»Er hat so viele Karten, sagt er, da ist es ihm nicht aufgefallen, bevor ich anrief.«

»Und was wurde dir gestohlen?«, fragte Erich.

»Die Unterlagen mit den Adressen natürlich«, sagte Augustin.

»Aber du sagtest doch, du hattest sie nicht bei dir«, erinnerte ihn Erich.

»Nein, das hast du falsch verstanden, Opa«, sagte Augustin. »Ich sagte nur, ich wollte sie nicht digitalisieren.«

»Ich erinnere das anders«, antwortete Erich. »Jedenfalls müssen wir das der Polizei melden.«

»Warte, warte«, sagte Augustin. »Rainer hat die Karte schon sperren lassen und einen Kontoauszug bestellt. Leider ist damit zu rechnen, dass alles Geld längst abgehoben ist. Trotzdem nützt die Polizei hier gar nichts, schließlich gibt es keine Anhaltspunkte, wie nie bei diesen Eisenbahnraubzügen. Was geschehen wird, wenn du zur Polizei gehst, Opa, ist, dass sie mich verdächtigen. Sie verdächtigen immer die Vorbestraften. Und im Nu ist meine Bewährung weg, ich lande im Knast und gerate unter schlechten Einfluss. Das kannst du nicht wollen.«

»Natürlich nicht«, sagte Erich. »Aber wie kommen wir zu dem Geld? Wir müssen es doch zurückzahlen.«

»Warum?«, fragte Augustin. »Das ist das Problem der Scholls. Offenbar sind sie einem Betrüger aufgesessen. Du und ich, wir haben damit nichts zu tun. Ist Oma da? Gib mir mal die Oma.«

Gerda lag auf dem Sofa. »Ich habe alles mitgehört«, rief sie. »Wir haben jetzt eine Freisprechanlage.«

»Das ist schön für euch«, sagte Augustin, »und du musst gar nicht so schreien, ich höre dich prima. Oma, hör zu, das Wichtigste ist, dass Opa sich beruhigt.«

»Wieso, ich bin doch ganz ruhig«, rief Erich.

»Schon gut, Opa. Euch kann nichts passieren, solange Opa nirgends unterschreibt«, erklärte Augustin. »Und mögen die Scholls noch so schimpfen, die sind ganz selber schuld.«

»Ja, wenn es nur die Scholls wären«, rief Erich. »Der Gauner hat sicher alle angeschrieben.«

»Opa, du regst dich schon wieder auf«, sagte Augustin. »Oma, er muss sich unbedingt beruhigen, sonst macht er noch eine Dummheit.«

»Was wäre denn so eine Dummheit?«, fragte Gerda.

»Das Dümmste wäre, wenn er die Schuld auf sich nimmt«, sagte Augustin. »Er muss unbedingt alles abstreiten. Er hat keine Ahnung, wovon die Scholls reden, hörst du?«

»Habe ich ja auch nicht«, rief Erich.

»Ja, aber genauso von dem ganzen Ungarnprojekt«, sagte Augustin. »Du weißt von nichts.«

»Und was wird dann daraus?«, fragte Erich. »Wir waren so gut unterwegs.«

»Ach was«, sagte Augustin. »Ich habe von diesem Enz nie mehr etwas gehört, und wenn du mich fragst, ist das eine höchst zwielichtige Figur. Außerdem darf ich gar nicht mehr aus Brandenburg raus, und allein packst du das nicht.«

»Also was sollen wir machen, Augustin?«, schaltete sich wieder Gerda ein.

»Einfach nichts«, antwortete er. »Genießt den Sommer. Habt ihr in Zürich schönes Wetter?«

»Heiß ist es, Junge, ich kämpfe mit dem Kreislauf«, sagte sie. »Und Erich findet keinen Schlaf mehr.«

»Aber wieso nicht?«, rief Augustin. »Ihr habt doch mit eurer Alters-WG ein so nettes kleines Projekt am Laufen, daran soll er sich festhalten. Die Leute, die wir auf der Liste hatten, sind ja sowieso nicht die, die du haben willst, Oma.«

»Das ist auch wieder wahr«, sagte Gerda, und als sie auflegten, waren sie für kurze Zeit beruhigt.

Schon beim Abendessen sagte Erich aber: »Und was, wenn er alle angeschrieben hat? Dann geht es in die Hunderttausende.«

»Ja, das ist sogar wahrscheinlich«, sagte Gerda. »Aber selbst dann sind es nur jeweils 5000 Franken, oder?«

»Zehn«, sagte Erich, »fünf pro Kopf. Und man konnte mehr einzahlen.«

»Jedenfalls geht man daran nicht zugrunde«, sagte sie. »Wir haben die 20 000 auch verkraftet, die du in Konstanz gelassen hast. Der Augustin ist der Einzige, dessen Existenz bedroht ist. Es ist schon richtig, dass wir ihn schützen.«

»Und woher weißt du, dass er es nicht selber war?«, fragte Erich.

»Nein, unmöglich«, sagte sie sofort, »nicht bei der Beziehung, die ihr zueinander habt. Ihr seid so innig, und er ist dein Enkel.«

»Man lügt schnell mal«, sagte Erich. »Ich habe Scholls auch angelogen, oder zumindest habe ich verschwiegen, dass ich keine Ahnung hatte. Sogar zweimal, auch als ich sie angerufen habe.«

»Was hast du da genau gesagt?«, fragte sie.

»Ich habe nur gesagt, dass kein Geld bei uns eingetroffen ist«, antwortete er.

»Das stimmt doch«, sagte sie.

»Ja, aber dass wir gar kein Konto eingerichtet und keine Einzahlungsscheine verschickt haben, wissen sie nicht. Das heißt, sie haben keine Ahnung, dass sie betrogen wurden. Sie denken nur, das Geld hängt irgendwo.«

»Darüber hatte ich noch gar nicht nachgedacht«, stellte Gerda fest. »Du, ich glaube, wir brauchen Hilfe.«

»Ja, aber wen könnten wir fragen, außer den Sepp?«, wollte er wissen. »Und der Sepp fragt nur den Augustin.«

Gerda überlegte kurz. »Frau Sommer fragen wir. Sie hat schon damals einiges mitgekriegt, und sie ist eine besonnene Person.«

»Besonnen?«, rief er. »Eine, die sich mit einem Kind am Hals selbstständig machen will? Aber was ein Punkt ist, der für sie spricht: Je weniger Leute wir einweihen müssen, desto besser für uns.« Und er ging gleich zu ihr und bat sie hinunter.

»Viel Zeit habe ich nicht«, sagte Julia, als sie sich zu Gerda in die Küche setzten. »Ich bin mitten in der Arbeit. Hat es mit der Ungarnsache zu tun?«

»Ja«, sagte Erich, und während Gerda kalten Tee eingoss und ihr Mettwurstbrötchen strich, fasste er zusammen, was er wusste.

»Da haben Sie sich ganz schön in was reingeritten«, sagte Julia, als er fertig war.

»Das wissen wir selber, dafür mussten Sie nicht kommen«, fuhr ihr Erich über den Mund. »Die Frage, die Sie uns beantworten sollen, ist, wie kommen wir da wieder raus.«

»Du«, korrigierte Gerda. »Wie kommst du da raus, ich habe bisher nichts damit zu tun.«

»Also wie ich die Geschichte überblicke«, ging Julia dazwischen, »müssen wir von zwei verschiedenen Aspekten reden, einem juristischen und einem moralischen. Juristisch mag es mit etwas Glück so sein, dass Sie unbescholten sind. Das können wir nicht genau sagen, da wir erstens keine Juristen sind, zweitens nicht wissen, ob Ihr Enkel die Wahrheit sagt, und es drittens immerhin möglich ist, dass Sie doch unbedacht etwas unterschrieben haben und sich nicht erinnern.« Erich wollte etwas einwenden, aber Julia sagte: »Warten Sie noch, bitte. Deshalb müssen Sie unbedingt alles tun, um den Schaden in Grenzen zu halten, den Schaden für die betroffenen Paare, meine ich. Sollten Sie nämlich wider Erwarten juristisch belangt werden, ist das ein wichtiger Pluspunkt für Sie. Konkret lassen Sie sich von der Anzeigenredaktion nochmals alle Zuschriften geben, ganz bestimmt gibt es Kopien davon.«

»Darauf bin ich überhaupt nicht gekommen«, sagte Erich.

»Dann rufen Sie jeden dieser Kontakte an, selbst die, die Sie nie getroffen haben. Sie sagen den Leuten, dass einer Unachtsamkeit wegen ihre Adresse in die Hände von Betrügern gefallen ist …«

»Warum einer Unachtsamkeit wegen?«, beschwerte sich Erich. »Wann war ich unachtsam?«

»Das ist nun eben der moralische Aspekt«, sagte Julia. »Sind Sie der Meinung, Sie hätten alles richtig gemacht, können Sie die Sache aussitzen. Aber wenn man Sie so ansieht, denkt man eher, Sie sterben vor Scham. Also war etwas an Ihrem Verhalten für Sie selbst nicht in Ordnung, richtig? Und dafür sollten Sie sich entschuldigen.«

»Und wenn gar nichts passiert ist?«, fragte er störrisch. »Ich meine, vielleicht haben nur die Scholls bezahlt. Wir sollten mindestens so lange warten, bis der Kontoauszug vorliegt.«

»Aber Erich, bis dahin verlieren vielleicht noch mehr Leute Geld«, sagte Gerda.

»Tun sie nicht«, murrte Erich, »denk nach, bevor du redest. Das Konto ist inzwischen gesperrt.«

»Das stimmt zwar«, sagte wieder Julia. »Doch es könnten Leute versuchen, Geld zu überweisen. Wenn sie erfahren, dass das Konto gesperrt ist, und nachhaken, warum, hören sie, dass ein Betrüger es geknackt hat. Nun werden sie sich fragen: Warum bloß hat Herr Wyss uns das nicht mitgeteilt? Das kann nur heißen, dass er es nicht weiß. Sie werden Sie anrufen, um Sie zu warnen, und wie reagieren Sie dann?«

»Die haben meine Nummer gar nicht«, sagte Erich.

»Ach, Erich«, rief Gerda, »dann gehen sie eben da vorbei, wo ihr euch getroffen habt, dort wird schon jemand deine Nummer haben.«

Das stimmte. »Ich finde trotzdem, wir sollten warten«, beharrte er.

»Worauf?«, fragte Julia. »Es ist der Geist, der zählt, Herr Wyss. Die Klemme, in der Sie stecken, mag sich mit wahnsinnig viel Glück von selbst auflösen. Aber Ihre Scham wird bleiben. Die können nur Sie auflösen.«

Erich wand sich noch immer. »Und wenn ich Sie für diese Telefonate engagiere?«, fragte er. »Sie brauchen doch sicher jetzt Aufträge.«

»Vorher mache ich es«, sagte Gerda sofort, »das bürden wir Frau Sommer nicht auf. Und je länger wir reden, umso peinlicher ist mir das alles. Denk mal, wenn Santinis, Meyers oder Kreislers davon Wind bekommen. Vor allem Meyers, Erich, das hieße, wir verlieren die schöne Wohnung in Wallisellen.«

»Was heißt hier schöne Wohnung, wir haben sie noch gar nicht gesehen«, antwortete er. »Wer weiß, ob es sie überhaupt gibt. Die Leute erzählen so allerhand, um sich wichtig zu machen.«

»Du tust das«, sagte Gerda ungewohnt direkt. »Denk bitte daran: Bisher betrifft es nur diese versponnene Ungarnsache. Aber weitet es sich aus, ist alles in Gefahr, die Wohnung in Wallisellen, unser Ruf und, wenn du so weitermachst, vor allem deine Gesundheit.«

Darauf wusste Erich nichts zu erwidern, und Julia nutzte die Gelegenheit, um sich zu verabschieden.

Als die Wyssens schon zu Bett gehen wollten, klingelte das Telefon, und Gerda drückte die Taste.

»Frau Wyss, ist Ihr Mann da?«, fragte Herr Kreisler.

»Ja, sprechen Sie nur, Herr Kreisler«, rief Gerda, »wir haben jetzt auch eine dieser Freisprechvorrichtungen.«

»Und es ist wohl nur richtig, dass Sie mithören«, sagte er. »Über Ihren Mann wird geredet, Frau Wyss, und nichts Gutes. Wir möchten uns von Ihren Plänen distanzieren.«

Offenheit

Nach der Abreise ihrer Familie geriet Efgenia Costa in ein neues Hoch. Einige lieb gewordene Gewohnheiten behielten sie bei, dazu gehörte Sex auf dem Balkon und viel Fischküche, denn Adamo hatte begonnen zu angeln und war dabei sehr erfolgreich. Weniger erfolgreich war er bei den Pferdewetten, in Avenches gewann er immerhin eine kleine Summe. Sie waren für zwei Tage hingereist, schliefen im Stroh und fühlten sich um zwanzig Jahre jünger. Außerdem gingen sie zweimal die Woche Hand in Hand auf den Helvetiaplatz-Markt, probierten viel und kauften wenig, da sie die Preise für unverschämt hielten, gingen aber immer glücklich wieder fort. Es war nun öfter bewölkt, aber es blieb warm. Einmal wurden sie vom Regen überrascht, als sie gerade in der Langstrasse waren. Aus einem der Clubs rannte eine Prostituierte, um splitternackt auf der Straße zu tanzen, und Efgenia tanzte mit.

Adamo genoss den Sommer weniger als sie. Er machte sich Sorgen wegen des Geldes, aber sie sprachen wenig darüber. Nur nach jener Tanzepisode erwähnte er nochmals Giannis Angebot, ihn mit der Pornoszene kurzzuschließen, und als Efgenia wieder abwiegelte: »Bestimmt fällt uns davor noch etwas anderes ein«, sagte er: »Gianni hatte auch die Idee, wir könnten seine Filme hier vertreiben.«

»Was heißt das konkret?«, wollte sie wissen.

»Wir brauchen einen besseren Computer«, sagte er. »Ich richte eine Homepage ein – ich kenne genug Leute, die mir dabei helfen können. Die Leute bestellen online einen Film, ich kopiere die Videokassette oder DVD und verschicke sie. Wir könnten eine fette Marge kassieren.«

»Aber das heißt, wir müssten investieren«, stellte sie fest. »Wie viel?«

»Kommt auf die Technik an«, sagte er. »5000, wenn wir nur unsynchronisierte VHS-Kassetten kopieren, 10 000, wenn wir sie synchronisieren und digital kopieren. Gianni sagt, synchronisiert verkaufen wir das x-Fache, die Leute wollen, dass in ihrer Sprache gebumst wird.«

Efgenia lachte. »Die paar Worte sind bestimmt schnell synchronisiert. Doch wir haben das Geld nun mal nicht. Wenn schon, müsste Gianni die Dinger selbst kopieren, und du bringst sie unter die Leute.«

»Ich dachte daran, einen Kleinkredit aufzunehmen«, verriet er.

Aber Efgenia erklärte sofort: »Das zuletzt.«

Stattdessen machte sie ihre Ankündigung wahr, sich an den See zu setzen und zu singen. Adamo jonglierte erst auf bescheidenem Niveau, dann ging er dazu über, mit Straßenkreide ihre Lieder zu bebildern: sie übten das einen Nachmittag lang im Hof. Da sie nicht die Einzigen waren, die sich am See produzierten, verdienten sie damit so gut wie kein Geld, dafür kamen sie mit vielen Menschen ins Gespräch und wurden oft zu einem Drink und manchmal sogar zum Essen eingeladen.

Auch wenn Adamo angelte – meist zog er im Dunkeln,

gegen vier Uhr morgens, los und war am späten Morgen zurück –, schloss er Bekanntschaft, mit anderen Anglern, mit Damen mit Hündchen, die am Ufer Gassi gingen, und mit Schrebergärtnern. Er lud stets einige zum Essen ein. Die Angler steuerten den Fisch und eine Flasche Wein bei, die Frauen Brot und Kuchen, die Gärtner den Salat. Adamo heizte den Grill, und so lebten sie fast kostenlos.

»Wir müssten nur noch einen Bauern kennen«, meinte Efgenia, »dann hätten wir auch Früchte.« Selbst da fiel Adamo etwas ein. Er fuhr einen Nachmittag lang auf einem geborgten Moped durch die Außenquartiere der Sadt und hängte Zettel auf: »Professioneller Erntehelfer sucht Betätigung. Bezahlung in Naturalien wird akzeptiert.« Danach erhielt er immer wieder Anrufe, nicht von Bauern, sondern von älteren Herrschaften mit Garten, die froh über Hilfe waren und ihn mit Obst überhäuften, wenn er erzählte, dass seine Frau sich von einer Operation erhole und Vitamine brauche.

Am letzten Tag der großen Hitze rief die Genossenschaftsverwaltung an, und zwar Frau Zbindens Ferienvertretung. »Unser Geschäftsführer Herr Häberli würde Sie gern sprechen, alle beide«, sagte sie.

»Worum geht es?«, wollte Efgenia wissen.

»Dazu kann ich nichts sagen«, war die Antwort, »ich soll nur einen Termin mit Ihnen vereinbaren.«

Noch am selben Tag gingen sie vorbei. Sie witzelten unterwegs darüber, was sie ausgefressen haben mochten.

Herr Häberli ließ sie zappeln. »Können Sie sich denken, weshalb Sie hier sind?«, fragte er mit unbewegtem Gesicht.

»Das Gras im Keller« fiel Adamo ein. »Ich habe im

Frühling im Hof gemäht und den Rasenabschnitt, weil mir der Schlüssel zum Container fehlte, in Säcken zuhinterst im Kellerabteil verstaut. Mir fiel schon auf, dass es unten stinkt, aber den Zusammenhang erkenne ich erst jetzt.«

»Das ist es zwar nicht«, sagte Herr Häberli, »aber Sie sollten das bereinigen.«

»Unbedingt«, sagte Adamo, »und zwar noch heute.«

Nun war Efgenia an der Reihe zu raten. »Ich kann mir denken, dass jemand sich beschwert hat«, sagte sie.

»Worüber?«, fragte Herr Häberli.

»Da kommt vieles in Betracht«, sagte sie. »Adamo und ich, wir lassen es uns eben gut gehen. Wir schlafen manchmal draußen auf dem Balkon, und da sind wir nicht immer die Leisesten, wenn Sie verstehen, was ich meine. Tagsüber grillen wir Fisch, das könnte ebenfalls ein Grund sein, nicht alle mögen Fischgeruch. Außerdem ist das Haus hellhörig.«

»Das ist uns bekannt«, sagte Herr Häberli. »Überhaupt hat die Kolonie eine Auffrischung nötig. Wissen Sie, dass Herr Lutz uns schon wieder verlassen hat?«

»Wer ist Herr Lutz?«, fragte Adamo.

»Er war kurze Zeit der Koloniewart«, erklärte Herr Häberli.

»Ich dachte, der hieß Paul mit Nachnamen«, sagte Adamo.

»Nein, Paul Lutz«, versicherte Herr Häberli. »Die Stelle entsprach nicht seinen Vorstellungen. Der Grund, weshalb Sie hier sind: Er hat Sie als Nachfolger vorgeschlagen.«

»Uns?«, fragte Efgenia überrascht. »Da meinte er es mit uns besser als wir mit ihm.«

»Dazu kann ich nichts sagen«, entgegnete Herr Häberli.

»Er meinte, Sie kennen das Haus und seine Bewohner. Dazu kommt, dass Sie sich schon einmal bewerben wollten. Nun ist es allerdings so: Wir haben inzwischen das Stellenprofil angepasst und möchten die Aufgaben aufteilen. Der amtierende Koloniewart der Kolonie Alte Ziegelbrennerei wird alle technischen Belange übernehmen, das Putzen wird dezentralisiert. Sie zwei wären konkret für den Hauswartsdienst der Häuser in der Röntgenstrasse und die Pflege des Hofs zuständig, außerdem wären Sie die persönliche Anlaufstelle, sozusagen der Kummerkasten, für die Bewohner der drei Häuser. Das ergibt natürlich keine volle Stelle mehr, aber Ihre Miete sollten Sie so decken können. Halt, eine Aufgabe käme noch dazu: Wir möchten Informationen darüber sammeln, in welchen Bereichen die Kolonie am dringendsten zu sanieren wäre. Ich möchte, dass Sie die einzelnen Bewohner dazu dezent befragen. ›Dezent‹ heißt, ohne Begehrlichkeiten zu wecken.«

»Diese Informationen kann ich Ihnen aus dem Stand geben«, sagte Adamo. »Frau May wird den Estrich isoliert haben wollen, denn die Dachwohnungen sind eisig im Winter und dampfend heiß im Sommer. Julia Sommer braucht für ihre Tochter ebenerdig Platz für einen Puppenwagen, Dreirad, Schlitten und so weiter, jetzt muss sie immer alles die Treppe hoch- und runterschleppen. Herr Wyss und seine Frau haben einen Lift nötig, wir selbst wünschten uns einen größeren Balkon. Über Moritz Schneuwly weiß ich wenig, ich sehe ihn nur manchmal die Spatzen auf dem Fenstersims füttern, womöglich träumt er von einer Voliere. Das Studentenpärchen unter uns hätte vermutlich gern mehr Schallschutz, wenn es kopuliert, und Herr Brechbühl einen

Übungsraum für seine Tuba, seine Märsche hört man bis in die Nachbarhäuser.«

»Ich sehe, Sie kennen Ihre Nachbarn wirklich«, sagte Herr Häberli. »Leider sind genau solche Dinge nicht durchführbar, ohne dass wir neu bauen. Die Vogelvoliere scheint mir noch am realistischsten.«

Efgenia, deren gute Laune ungebrochen war, erlaubte sich, den Spruch auf dem Tageskalender vorzulesen, der auf Herrn Häberlis Pult stand:

»Die Liebe will überfließend geben,
weil sie die Liebe ist.«
Johann Baptist von Hirscher

»Nicht, dass wir uns falsch verstehen«, sagte Herr Häberli, »ich bin offen für einen Neubau, und das Geld wäre vorhanden. Es sind Sentimentalitäten der Genossenschafter, die uns daran hindern, die Kolonie Röntgen ist nun mal das Flaggschiff der BG Transport. Doch keine Sorge, zumindest längerfristig habe ich eine Strategie.«

Danach sprachen sie kurz über die Anstellung – Efgenia und Adamo wurden aufgefordert, ein Zeit-Kosten-Budget zu erstellen –, dann machten sie sich auf den Heimweg.

»Hast du gesehen, wie er in deinen Ausschnitt gestarrt hat?«, fragte Adamo. »Aus dem können wir noch was rausholen.«

»Das ist kein Ausschnitt, Adamo, sondern ein Dekolleté«, sagte Efgenia, »und es war ein Fehler, nicht zu fragen, warum der Lutz so schnell gegangen ist. Jedenfalls sollten wir es locker angehen lassen.«

Die Frage nach den Wünschen der Bewohner beschäftigte sie aber trotzdem, und weil Adamo das Gras entsorgen und danach in Schwamendingen Erdbeeren pflücken musste, plante sie erst das Budget, dann entwarf sie ein kleines Formular, das sie vervielfältigte und in die Briefkästen warf: *Inoffizielle Umfrage betr. allf. Neugestaltung Kol. Röntgen: Was wären Ihre dringendsten Anliegen? Bitte zurück an Costa.*

Als Adamo wiederkam, wurde es schon dunkel. Zum Abendbrot aßen sie jeder ein Kilo Erdbeeren, dazu brieten sie Marshmallows. Und weil es für Kaffee zu spät war, zelebrierten sie stattdessen die überfließende Liebe.

Efgenias Umfrage geriet übrigens zu einer kleinen Überraschung. Selina May schrieb: »Vermisse einen Gasherd, abgesehen davon bin ich glücklich.« Julia und Mona Sommer schrieben: »Wieso ist im Hof so viel Rasen? Wir könnten alle ein Gärtchen haben, das wäre viel schöner. Und Katzenleitern aus dem Hof in jede Wohnung.« Wyssens regten eigene Waschmaschinen für jeden Haushalt an, dazu baten sie dringend um eine detailliertere Hausordnung betreffend die Nutzung von Estrich und Keller, während Pit und Petzi schrieben: »Hier leben so viele Menschen, und man kennt sich kaum. Wie wäre es mit einem Café im Hof, wir würden auch freiwillig kellnern. Wir stellen uns einen Glaspavillon vor, dann sieht man von der eigenen Wohnung aus gleich, wer drin sitzt.« Sie fügten sogar eine Skizze bei, der Pavillon war sechseckig. Hubert Brechbühl endlich – Moritz Schneuwly gab nicht ab – dachte in einer ganz anderen Kategorie, er wollte das Kapital verteilen. »Hier leben ärmere mit wohlbegüterten Menschen Tür an Tür«, schrieb er. »Die Miete sollte dem Einkommen angepasst sein. Ich bin gern bereit, mehr zu zahlen, da ich sicherlich zu den Wohlhabenden gehöre.« Er legte auch gleich eine Aufstellung seiner Einnahmen und Lebenskosten bei: Einkommen brutto (Rente): 42 700. Regelmäßige Ausgaben inklusive Steuern, Miete, Versicherungen, Haushaltsgeld: 35 000. »Reingewinn«, wie er es nannte: 6300.

Verlässlichkeit

Die lose Verabredung – wirklich geplant war noch nichts –, mit Edith-Samyra für einige Tage wegzufahren, vielleicht sogar nach Paris, beschäftigte Hubert Brechbühl selbst im Schlaf. Er träumte davon, dass sie in endlosen Straßenschluchten erst die Orientierung verloren und dann einander, ein andermal wurde seiner Abwesenheit wegen die gesamte Röntgenstrasse Opfer eines Großbrands, und als er danach im Halbschlaf lag, nahm er sich vor, wenigstens die Tuba, seine erste Trämler-Uniform und das Rosenthal-Kaffeeservice seiner Mutter auf die Reise mitzunehmen.

Von solchen Gedanken verabschiedete er sich natürlich wieder, sobald er aufgestanden war, eine gewisse Vorfreude kehrte zurück, und als er Julia Sommer fragte, ob sie auf seine Wohnung aufpassen könne, sagte sie gleich zu. Das änderte aber nichts an seiner Nervosität, und ihm war nur recht, als Erich Wyss vorbeikam und ihn um einen großen Gefallen bat.

»Es ist so, dass meine Frau und ich Opfer eines Betrügers wurden«, erklärte er, während er in die Wohnung drängte und die Tür hinter sich schloss. »In unserem Namen werden nun weitere Personen betrogen. Sie erinnern sich vielleicht an das Inserat, von dem ich Ihnen erzählt habe, unser

Alterswohnprojekt. Viele Paare waren begeistert, jemand hat die Adressliste gestohlen und erschleicht sich nun eine Art Kaution auf ein Wohnrecht von ihnen. Da er, wie gesagt, meinen Namen dafür verwendet, setze ich selbstverständlich alles daran, die Sache richtigzustellen. Konkret will ich jedem Paar einen Besuch abstatten. Meine Frau hat gestern Schweinsöhrchen gebacken, das kann sie mit ihren Schmerzen gerade noch, wenn ich die Bleche in den Ofen schiebe und heraushebe. Die möchte ich den Leuten bringen, verbunden mit einer Entschuldigung einerseits für die Enttäuschung – denn unser Projekt muss nun leider platzen –, andererseits für die Betrügerei, durch wessen Unachtsamkeit immer sie entstanden sein mag.«

»Das klingt wirklich übel«, sagte Hubert. »Und Schweinsöhrchen sind eine gute Idee, die Leute lieben sie. Auf der Kolonieversammlung jedenfalls sind sie immer als Erste weg. Doch was kann ich dabei tun?«

»Es ist etwas lächerlich«, sagte Erich Wyss, »aber meine Frau befürchtet, ich könnte mich übernehmen. Ich soll Sie bitten, mich zu begleiten. Es sind rund zwanzig Adressen, alle in Zürich und Umgebung. Ich denke, wir werden es in zwei, höchstens drei Tagen schaffen.«

»Wunderbar, das tue ich gern«, sagte Hubert, und nachdem er Edith-Samyra mitgeteilt hatte, dass er leider auf unbestimmte Zeit verhindert sei, wollten sie gleich losgehen.

Erich Wyss hatte alles vorbereitet. Auf einem Stadtplan war ihre Route eingezeichnet, Fußweg, Tram und Bus in verschiedenen Farben. Die Adressliste steckte an einem Planbrett, sodass er sie leicht zücken und abhaken konnte. Außerdem hatte er den Reisepass, ein Familienfoto und, für alle Fälle, einen Betreibungsauszug dabei, das alles steckte mit den Schweinsöhrchen in einer Aktentasche.

»Ich hätte einen bequemen Rucksack«, sagte Hubert, »vielleicht wäre das praktischer. Anfangs bemerkt man es kaum, aber einseitiges Tragen ist auf die Dauer belastend für den Rücken. Wir sollten auch Wanderstöcke mitnehmen.«

»Nein«, sagte Erich Wyss entschieden, »der gepflegte Auftritt ist Teil meines Konzepts.« Er hatte aber nichts dagegen einzuwenden, dass Hubert sich den Rucksack umschnallte und die Stöcke hineinpackte.

Anfangs stritten sie etwas über die Wahl der Verkehrsmittel, doch hier sah Erich Wyss schließlich ein, dass Hubert als ehemaliger Tramchauffeur kompetenter war als er. Dennoch konnte er sich, wenn sie einen Anschluss verpassten, nie die Bemerkung verkneifen, dass seine Verbindung vielleicht nicht die schnellere gewesen wäre, dafür offensichtlich zuverlässiger.

Das erste Paar, das sie besuchten, hieß Rüdisüli, Klaus und Erna, und wohnte bei der Schmiede Wiedikon, oberhalb des Café Stumpf.

»Ich gehe besser allein hinein, Sie können so lange im Café warten«, sagte Erich, und Hubert hätte das gern getan.

Doch als Frau Rüdisüli aus dem Fenster schaute, rief sie gleich: »Der Herr Wyss, das ist aber schön! Haben Sie diesmal Ihren Sohn mitgebracht? Kommen Sie hoch!« Und bevor das Missverständnis aufgeklärt war, drückte sie schon den Türöffner.

Sie erwartete sie oben bei der Wohnungstür. »Das ist

allerdings nicht mein Sohn, nur ein Nachbar, und er kann gern unten warten«, sagte Erich Wyss.

»Nichts da, jetzt ist er schon oben«, sagte sie und schob beide in die Wohnung.

So bekam Hubert Dinge mit, die nicht für seine Ohren bestimmt waren. Noch im Treppenhaus hatte er zwar zu Erich Wyss gesagt: »Keine Sorge, ich sehe nichts, höre nichts, sage nichts. Ich bin wie diese Äffchen.« Dennoch konnte er nicht überhören, dass von einem Großprojekt am Plattensee die Rede war, das leider vor dem Aus stand, von enttäuschten Erwartungen an den Hauptgeldgeber und nun auch noch von dieser »leidigen Bagatelle um einen Kleinbetrüger, der uns gern alle schröpfen würde, wenn wir ihn denn ließen, nicht wahr?«, wie Erich Wyss quasi zur Eröffnung sagte, um hinzuzufügen: »Ich kann nur hoffen, Sie haben keine Post von ihm erhalten, und wenn, dann hoffe ich, Sie haben sie genau gelesen.«

»Nur Ihren netten Brief haben wir erhalten, und wir wollten sofort einzahlen«, sagte Frau Rüdisüli. »Leider wurde die Zahlung irgendwie nicht akzeptiert. Danach haben wir die angegebene Nummer angerufen, doch dort nahm niemand ab.«

»Darf ich den Brief sehen?«, fragte Erich Wyss, las ihn und rief: »Wie schamlos, und wie raffiniert! Man könnte tatsächlich darauf reinfallen. Aber dies ist nie und nimmer meine Unterschrift.« Um es zu beweisen, zog er den Ausweis und nutzte die Gelegenheit, wie nebenbei das Foto zu zeigen, auf dem er mit Gerda und dem Sohnemann posierte, wie er ihn nannte. »Meine Frau hat übrigens Kekse für Sie gebacken«, sagte er dazu und zückte als Drittes das

Tütchen, »eine kleine Entschuldigung für Ihre enttäuschten Hoffnungen und für den Ärger, den jener Betrüger verursacht haben mag«.

Frau Rüdisüli fand die Geste rührend, wenn auch sie und ihr Mann kein Süßes essen durften. »Unsere Putzfrau wird sich aber freuen«, sagte sie und konnte nur kaum glauben, dass das ganze schöne Abenteuer Ungarn schon vorbei war.

Als sie wieder auf der Straße standen, sagte Erich erleichtert: »Na, das ging ja glatt.« Und Hubert schien auch, dass er wieder aufrechter ging.

Bei den nächsten Treffen wartete Hubert jeweils auf der Straße, er hatte sich an einem Kiosk einen Parisführer gekauft und studierte ihn. Erich Wyss schien es bei seinen Interessenten mal besser, mal schlechter zu ergehen, doch er hielt sich tapfer.

Nur einmal sagte er bei seiner Rückkehr: »Nächstes Mal nehme ich Sie wieder mit, Herr Brechbühl. Die drohen mich zu verklagen, aber ich sage Ihnen, dann reiche ich Gegenklage ein! ›Lügner, Aufschneider, Angeber‹, das war noch das Mildeste. Nein, das muss ein Erich Wyss sich nicht gefallen lassen.«

Nach jenem Besuch konnte Hubert ihn überreden zu pausieren. Sie setzten sich ins Coop-Restaurant St. Annahof, tranken etwas Isotonisches und aßen Schweinsöhrchen, denn Erich Wyss wurde längst nicht alles Gebäck los.

Anfangs starrten sie auf ihre Gläser, dann wagte Hubert das Schweigen zu brechen: »Darf ich etwas fragen?«

»Kommt darauf an«, sagte Erich Wyss müde. »Ich will mich nicht weiter rechtfertigen müssen.«

Doch es ging um etwas ganz anderes. »Wenn man sich

mit einer Frau einlässt«, wollte Hubert wissen, »wie erkennt man, dass es die richtige ist? Ich meine, das ist ein großer Sprung in einer Biografie, und sieht man sich um, scheint die Gefahr zu scheitern nicht gering. Was gilt es zu beachten?«

Erich wuchs sichtlich. »Ich und Gerda sind seit über fünfzig Jahren Mann und Frau«, eröffnete er seine Antwort. »Und Sie sehen das nicht falsch, zu Anfang – und auch später gibt es immer wieder solche Phasen – kann man sich nicht sicher sein, dass der andere bleibt. Nun, wir hatten es wohl einfacher als die meisten, Gerda war eine lokale Schönheit und ich das, was man damals eine ›Partie‹ nannte. Ich hätte viele haben können, und nicht nur, weil ich schon so jung befördert wurde. Es wäre also von uns beiden dumm gewesen fortzulaufen. Dennoch, Garantien gibt es nicht. Sie müssen dem anderen Vertrauen schenken und er Ihnen, das ist essenziell. Mit dem Vertrauen nämlich, das man Ihnen schenkt, wachsen Sie, es macht Sie stattlich, und stattlichen Menschen vertraut auch die Umwelt. So werden Sie zu dem, was man einen Charaktermenschen nennt, Ihr Ansehen wächst und wächst, das möchten Sie bewahren, und um es zu bewahren, müssen Sie notgedrungen auch Ihr Privatleben rein halten. So jedenfalls erging es mir.«

»Und Ihre Frau …«, setzte Hubert an.

»Stimmt, Sie fragten nach der Frau«, unterbrach ihn Erich. »Was macht eine Frau verlässlich? Ich will meinen, ebenfalls die Größe ihres Mannes. Wächst der Mann, so wächst sie mit, und irgendwann erreichen beide Sphären, in denen sie nicht viel Gesellschaft haben. Die Luft wird dünn, wenn man so will, und umso mehr brauchen sie einander. Das ist das Glück der langen Ehe.«

»Ein Glück, das ich nicht kennenlernen werde«, sagte Hubert melancholisch.

»Aber was ist denn eigentlich Ihre Sorge?«, fragte Erich.

»Nun«, sagte Hubert, »mein Leben war bisher ganz schön, ich bin von Überraschungen verschont geblieben, habe alles in der Hand und kenne meine Ordnung. Mit einer Frau an der Seite muss man alles neu sortieren, scheint mir, und wenn sie mich verlassen sollte, wieder. Das kostet Kraft, und ich frage mich, ob ich für ein solches Leben überhaupt geschaffen bin.«

»Aber die Frau gibt auch Kraft«, erklärte Erich. »Die Frau gibt Kraft, und auch die Aufgabe tut es, die Sie in der Beziehung übernehmen. Sie leben nicht mehr nur für sich, Sie sind jemand anderem wert und teuer, das dürfen Sie nicht unterschätzen. Vielleicht ist dies das stärkste Band von allen.«

»Danke«, sagte Hubert, »darüber werde ich nachdenken.«

»Und nun möchte ich ins Brockenhaus«, sagte Erich Wyss.

Sie fuhren zur Bertastrasse und betraten kein eigentliches Brockenhaus, mehr einen Ramschladen. Als sie eintraten, sang gerade jemand im Hinterraum, und zwar immer dieselben paar Takte:

U d'Spargle wachse i bluetjung Morge
d'Sunne chunnt 's wird langsam warm

»Verzeihung«, rief Erich Wyss, nachdem sie eine Weile gewartet hatten, »wir suchen einen Herrn Hausmann.«

Ein Mann erschien und fragte: »Wer ist ›wir‹?« Er war vielleicht dreißig und trug ein dickes, rot kariertes Flanellhemd, das nicht in die Jahreszeit passte und das ihm etwas Verwegenes, aber auch Verwunschenes gab. Ohne auf Antwort zu warten, pfiff er wieder vor sich hin, dieselben Takte.

»Wyss ist mein Name«, sagte Erich. »Herr Hausmann und ich sind Opfer desselben Betrügers geworden.«

Der junge Mann stutzte, lachte und sagte: »Allzu viel ist zum Glück nicht passiert. Rainer Hausmann bin ich.« Er begann Spitzendeckchen auf Flecken oder Schäden abzusuchen, und irgendwann fragte er: »Wollen Sie sich nicht umschauen?«

»Nein«, sagte Erich Wyss, »ich kam, um Ihnen gut zuzureden, Ihnen zu versichern, dass ich auf Ihrer Seite bin und Sie unterstütze, wenn es nötig werden sollte. Sie haben ja gewiss auch Geld verloren.«

»Nicht der Rede wert«, sagte Herr Hausmann, »das war mehr ein Pro-forma-Konto. Und in Berlin habe ich gut eingekauft. Haben Sie denn eigenes Geld verloren?«

»Zum Glück nicht«, sagte Erich.

»Na, dann ist ja gut«, sagte Herr Hausmann, ordnete die Deckchen ins Regal und sang nun wieder von der Sonne. »Ist noch etwas?«, fragte er, als Erich sich nicht rührte (Hubert hatte inzwischen begonnen, alte Noten durchzusehen, doch auf Tubanoten stieß er nicht).

»Eigentlich nicht«, sagte Erich. »Ihre Fröhlichkeit tut mir nur gerade gut. Ich habe eine schwere Zeit.«

»Sie können sich auch setzen«, schlug Herr Hausmann

vor. »Der Stuhl da ist einigermaßen bequem. Und im Kühlschrank hat es Bier.«

Das Bier schlugen sie aus, doch Erich setzte sich und sah Herrn Hausmann bei der Arbeit zu. »Ihr Jungen habt etwas, das mit dem Alter verloren geht«, stellte er fest. »Auch Augustin hat es.«

»Sprechen Sie sich ruhig aus«, ermunterte ihn Herr Hausmann, und während Erich ihm erzählte, was sie den Tag über gemacht hatten, pfiff er wieder vor sich hin.

»Diese Hausbesuche klingen nicht nur menschlich interessant«, meinte er, nachdem Erich Wyss geendet hatte, »bestimmt steht auch allerhand interessanter Trödel in den Wohnungen. Wenn Sie wollen, löse ich morgen Ihren Freund ab und begleite Sie an seiner Stelle.«

Hubert erwartete, dass Erich abwinken würde, doch der zögerte und sagte schließlich: »Das muss ich mir ernsthaft überlegen.«

»Ich wäre jedenfalls nicht beleidigt«, bemerkte Hubert.

Herr Hausmann sagte: »Ich bin Rainer«, und gab erst Erich Wyss die Hand, dann auch Hubert. »Du weißt ja, wo du mich findest.« Und als sie gehen wollten, drückte er Erich einen Bergkristall in die Hand. »Trag ihn in der Tasche«, riet er ihm, »an dem prallt alles ab.«

Kopflastigkeit

Wie er sich das Anfang des Jahres vorgenommen hatte, plante Pit zu seinem Geburtstag mit Petzi eine Fahrt ins Unterengadin. Er hatte vor, die Buchhandlung Chantunet da Cudeschs zu besuchen, und das, obwohl das Buch, das er damals im Sechsertram gefunden und das ihn auf die Idee zu dieser Reise gebracht hatte, für ihn nicht mehr so wichtig war wie damals. Sartre war gefühllos, hatte er inzwischen entschieden, ein Relikt des patriarchalen zwanzigsten Jahrhunderts, und wahre Liebe leben hieß nicht ein Konzept zu erfüllen, sondern bereit dafür zu sein, dass alle Dämme brachen. Oder, wie er bei Nietzsche gelesen hatte:

Liebe und Untergehn, das reimt sich seit Ewigkeiten.
Wille zur Liebe: das ist, willig auch sein zum Tode.

Er begriff nicht viel, wenn er *Zarathustra* las, aber gerade das bestärkte ihn in der Erwartung, dass hier Wichtiges und Wahres gesagt wurde. Denn die Welt, das hatte er inzwischen gelernt, war tiefgründig – vielleicht sogar zu tiefgründig für das kleine Hirn des Menschen.

Dass sie dennoch nicht ins Oberengadin fuhren, auf Nietzsches Pfaden, hatte zum einen damit zu tun, dass man ihn vor den Preisen dort gewarnt hatte, zum anderen hatte er nicht nur die Buchhandlung auf dem Plan, sondern auch ein altes Bäderhaus auf dem Talboden bei Scuol, in dem junge Kunstschaffende den Sommer über arbeiteten. Das wollte er besichtigen, um sich vielleicht um einen Platz als Philosoph dort zu bewerben – wenn denn Philosophen zugelassen waren (wobei er sich, waren sie nicht zugelassen, erst recht bewerben wollte).

Ein weiterer Grund für ihre Reise war profan: Pit wollte seine Familie umgehen, die erwartete, dass er sie an seinem Geburtstag zu Kaffee und Kuchen einlud.

»Nur du und ich«, sagte er zu Petzi, »und die Stille der Berge.« Das gefiel ihr offensichtlich, denn den Vorabend verbrachte sie damit, Finger-Sandwiches und Cupcakes herzustellen, Eier zu kochen und Limonade zu brauen. Mit all dem und vielem mehr füllte sie einen Korb, den sie eigens dafür gekauft hatte.

Der Zufall wollte allerdings, dass sie die erste Etappe gemeinsam mit Selina May fuhren, die heute ausnahmsweise nicht zu Theaterproben nach Solothurn fuhr, sondern unterwegs ins Glarnerland zu Filmproben war. Das Nette daran war, dass – nachdem ihr Petzi verraten hatte, dass Pit Geburtstag hatte, und nachdem sie Petzis ausdrückliche Erlaubnis eingeholt hatte – sie auch Pit endlich seinen längst fälligen Zungenkuss gab, »statt Geschenk«, wie sie sagte. Der Preis dafür war, dass sie danach die ganze Fahrt bis Ziegelbrücke von ihren Proben zu *Mutter Courage* erzählte und von A bis Z schimpfte: »Elendes Kopftheater! Als hätte Brecht den Stoff nicht genug verfremdet, muss er ihn auf Biegen und Brechen in die Jetztzeit übertragen.«

›Er‹ war der Regisseur Rolf Alder, eigentlich ein Freund von ihr. »Mutter Courage in der Bankenwelt, ich bitte euch, was ist da der Mehrwert? Wir spielen zwischen Listamöbeln, ich bin Kantinenwirtin, und der Dreißigjährige Krieg ist eine Übernahmeschlacht: Eine Privatbank schluckt die andere. Das alles wohlgemerkt, ohne ein Wort Text zu ändern, denn dann würden Brechts Erben uns sofort vor Gericht zerren. Nichts, aber wirklich nichts bleibt bestehen von dem, was ich mir für die wohl schönste Rolle meines Lebens erarbeitet habe.«

Petzi tröstete sie mit einem Cupcake (während Pit sich fragte, wer gerechterweise die Verfügungsgewalt über seinen Geburtstagskorb hatte), als sie Ziegelbrücke erreichten. Selina stieg aus und bedankte sich vom Bahnsteig aus mit einem Brecht-Lied:

Einst, im Lenze meiner jungen Jahre
Dacht auch ich, dass ich was ganz Besondres bin.

»Was wollte sie uns damit sagen?«, fragte Pit, als der Zug weiterfuhr.

»Ist doch egal«, meinte Petzi. »Wie war der Kuss?«

»Wie so ein Zungenkuss frühmorgens halt ist«, sagte er, »mehr eine Erfahrung als ein Gewinn.«

»Aber ist sie nicht unfassbar schön?«, fragte Petzi.

»Doch«, sagte Pit. »Und es ist gut zu wissen, dass schöne Frauen nicht besser küssen.«

Danach schwiegen sie. Im Walensee bestaunten sie die Spiegelung der Churfirsten, und Petzi fragte: »Wollen wir auch Kuchen essen?«

Als er nickte, servierte sie als Erstes Kaffee aus der Thermoskanne, dann steckte sie zwei rote Kerzen auf seinen Cupcake. »Das ist eine 20«, sagte sie, zündete sie an, sang für ihn und küsste ihn – mit Zunge. »Wünsch dir was«, erinnerte sie ihn, als er die Kerzen ausblies, und er wünschte sich, dass er irgendwann ein Buch wie *Zarathustra* verstehen würde.

Gleich darauf fuhren sie an Maienfeld vorbei, und Petzi sagte: »Auf der Autobahn-Raststätte Heidiland bekam ich meinen ersten Kuss.«

»Das ist nicht dein Ernst«, rief Pit.

»Doch, doch«, sagte sie, »er hieß Maurizio und hatte gerade den Führerschein gemacht. Eigentlich wollten wir nach Rapperswil in eine Disco, aber wir kamen nur bis Maienfeld.«

»Und ihr habt wirklich nur geküsst?«, fragte er.

»Natürlich nicht«, sagte sie, »aber vor allem. Ich habe ihm schließlich einen runtergeholt, weil ich fürchtete, dass er sonst über mich herfällt. So macht man das auf dem Land. Aber das Küssen war schön. Wo hast du das erste Mal geküsst?«

Bevor er antworten konnte, rief der Kontrolleur Landquart aus, sie mussten umsteigen, und weil sie die Schuhe ausgezogen und Petzi richtiges Geschirr gedeckt hatte, Puppengeschirr aus dem Brockenhaus, kamen sie ins Gehetze.

Und kaum saßen sie im Zug nach Scuol, ließ sich einer ächzend neben Petzi in die Sitzbank fallen und sagte: »Der Päschi, ich habe mich nicht geirrt.« Pit brauchte einige Sekunden, bevor er in ihm einen Schulkollegen aus der 9. Klasse erkannte, Conny. Er war damals mitten im Schuljahr von irgendwoher zugezogen und Ende Schuljahr schon wieder weiter, ins Oberengadin. Sie tauschten sich aus, wie man das so tut, und als die Frage aufkam, was Pit und Petzi ins Engadin verschlug, erwähnte Pit unglücklicherweise Nietzsche. Denn Conny hatte das Gymnasium in Zuoz mit einer Arbeit über das Verhältnis Nietzsches zur Natur im Allgemeinen und zu den Bergen im Besonderen abgeschlossen und referierte danach die ganze Fahrt über. Anfangs versuchte Pit mitzuhalten, doch sehr schnell kam er sich dumm vor.

Conny warf mit Wörtern wie Perspektivismus, Sensualismus und Fallibilismus um sich, er jonglierte mit Zitaten *(auf welchen Standpunkt der Philosophie man sich heute auch stellen mag: von jeder Stelle aus gesehn ist die Irrthümlichkeit der Welt, in der wir zu leben glauben, das Sicherste und Festeste, dessen unser Auge noch habhaft werden kann),* und nur im Vereinatunnel schwieg er, weil Pit ihn glauben machen konnte, im Fahrlärm verstehe er nichts. Doch sobald der Zug bei Sagliains den Tunnel verließ, dozierte Conny weiter. Als er seine Jacke nehmen wollte und aus Versehen Pits mit herunterriss, entdeckte er darin den *Zarathustra* und sagte: »Das habe ich auch eine Weile mit mir herumgetragen. Dann las ich darin folgenden Satz: *Und wir, wir schleppen treulich, was man uns mitgibt, auf harten Schultern und über raue Berge! Und schwitzen wir, so sagt man uns: ›Ja, das Leben ist schwer zu tragen!‹ Aber der Mensch nur ist sich schwer zu tragen.* Danach habe ich es fortgeworfen, weil ich mir sagte, ich bin mir auch schon schwer genug zu tragen. Was schleppe ich noch

Bücher mit mir herum.« Dann hielt der Zug, und er sprang grinsend aufs Perron.

Gleich darauf beugte Petzi sich zum Fenster und sagte, als sei nichts gewesen: »Sieh mal, die schönen Berge!« Als der Zug weiterfuhr, setzte sie sich neben ihn, beide sahen hinaus, manchmal sprang Petzi auch auf, wechselte kurz auf die andere Seite, und zweimal kam sie zurück und zog ihn mit sich, weil sie ihm etwas zeigen wollte. Kurz vor Scuol fütterte sie ihn außerdem mit einem Sandwich, da sie nach ihrer Ankunft nicht gleich wieder essen wollten, dann waren sie da und bummelten durchs Dorf. Es war sicherlich nicht so schön wie andere Dörfer im Tal, und weil inzwischen Mittag war, hatte auch die Buchhandlung geschlossen. Doch sie spazierten zwischen duftenden Fichten zum Inn hinab, kosteten vor der Trinkhalle das Heilwasser und schlichen kurz ins Kulturzentrum, obwohl an der Tür stand: *Nur zu Ausstellungszeiten geöffnet.*

Es war still und kühl in den Gängen, hinter einer Glastür ahnte man Menschen beim Mittagessen, und von irgendwoher drang Cellomusik. An den Wänden hingen einzelne Werke, und der Fußboden einer ganzen Halle war mit handgroßen Schalen aus Gips bedeckt. »Sie sehen aus, als sollten sie etwas Kostbares auffangen, das von oben herabfällt«, sagte Petzi im Flüsterton, weil sie Angst hatte, entdeckt und fortgeschickt zu werden, »vielleicht etwas Heiliges.«

Pit hatte Ähnliches gedacht, und er fand, die Arbeit hatte eine große Kraft, trotzdem sagte er nur: »Ich frage mich, was die Relevanz ist.«

Petzi ging gar nicht auf ihn ein. Sie legte den Arm um

ihn, schob die Hand in seine Hosentasche und sagte: »Ich fände es wunderbar, wenn du hier Stipendiat würdest.« Dann schob sie ihn hinaus.

Der Rückweg ins Dorf führte sie über eine alte gedeckte Brücke, deren Holz in der Hitze duftete. Hier blieben sie eine ganze Weile stehen, sahen erst den Bungee-Jumpern zu, die sich von einer neuen, sehr viel höheren Brücke hinabstürzten und fast in den Inn tauchten, dann wandten sie sich flussabwärts und sahen in die Strömung.

»Wie fühlt es sich an, nicht mehr neunzehn zu sein?«, fragte Petzi.

»Dumm«, sagte Pit ehrlich, und da das Schweigen nun einmal gebrochen war, zog er auch das Buch über Sartre und de Beauvoir aus dem Rucksack. »Ich hatte schon in Zürich vor, es in den Inn zu werfen«, sagte er. »Nur, nachdem wir diesen Conny getroffen haben, macht das gar keinen Spaß mehr.«

»So was tut man auch nicht«, sagte Petzi vorwurfsvoll. »Bring es in die Buchhandlung zurück. Vielleicht hat es ja jemand verloren, und so klein, wie das Dorf ist, kennen sie bestimmt ihre Kunden.«

»Nein, es muss weg«, entschied Pit und ließ es aus der Hand gleiten. Dann warf er *Zarathustra* hinterher.

Perfektionismus

Heinz Mallaya schien keine Zeit verlieren zu wollen. Selina war davon ausgegangen, dass sie erst ihr Zimmer beziehen würde (deshalb hatte sie sich im Zug den Gang zur Toilette verkniffen), dann gab es normalerweise ein Projektbriefing oder Brainstorming, oft auch eine Aufwärmübung.

Der Wirt des Hotels Tödi, der sie am Bahnhof abholte, fuhr sie aber gleich zuhinterst ins Tierfehd.

»Es wird bereits geprobt«, sagte er.

»Ich muss erst auf die Toilette«, erklärte Selina.

»Tut mir leid, ich habe Anweisung, Sie direkt in die Schlucht zu bringen«, antwortete der Wirt und fuhr, so weit die Straße reichte. Dann ließ er sie aussteigen und sagte: »Sie sollen einfach durchgehen bis zum Wasserschloss.«

Selina betrat die Schlucht, die senkrecht und so schmal wie ein Haarriss den Berg teilte. Heinz Mallaya stand mit einem alten Mann und einem Mädchen im Flussbett, das Mädchen notierte, der Mann kratzte sich am Kopf. Sie wollte über die Böschung steigen, um noch schnell zu pinkeln, doch schon kam ihr das Mädchen entgegen und rief etwas. Obwohl die Linth wenig Wasser führte, war das Grundrauschen zu heftig, als dass Selina sie verstanden hätte, ehe sie direkt vor ihr stand.

»Ich bin Susanna, Heinz Mallayas Assistentin«, sagte sie. »Er will, dass Sie sofort zu ihm kommen.«

»Ich gehe nur noch eben pinkeln«, sagte Selina.

»Herr Mallaya meint, sofort«, wiederholte Susanna und blieb neben ihr stehen.

»Das dauert nur eine Minute, geh schon vor«, bat Selina. Inzwischen hatten die beiden Männer sich ebenfalls in Bewegung gesetzt.

»Susi, was ist los?«, rief Heinz Mallaya, seine Stimme trug viel weiter. Doch ehe Susanna antworten konnte, wandte er sich an Selina: »Ich wollte Sie um neun Uhr hier sehen, jetzt ist es fast halb zehn.«

»Tut mir leid«, sagte sie, »es gab keine passendere Verbindung.«

»Nächstes Mal nehmen Sie einen früheren Zug«, sagte er.

»Das müsste ein sehr viel früherer sein«, erklärte Selina.

»Dann nehmen Sie einen sehr viel früheren«, antwortete er. »Können wir beginnen?«

»Ich muss erst für kleine Mädchen«, sagte Selina und stellte sich noch eben dem alten Mann vor.

»Heribert Glockner«, sagte der Mann und hielt ihre Hand einen Augenblick länger als nötig, das tat ihr gut.

»Meinetwegen pinkeln Sie«, sagte währenddessen Heinz Mallaya, »aber denken Sie daran, Sie können Ihren Sterbepatienten nicht so lange allein lassen.«

»Was soll das heißen?«, fragte Selina ungeduldig, denn sie musste wirklich dringend.

»Er hat Schmerzen und Schwächeanfälle, er braucht permanente Betreuung«, erklärte Mallaya. »Sie können es sich nicht leisten, ihn allein zu lassen, er könnte stürzen und sich verletzen.«

»Das ist absurd«, sagte Selina. »Ich will nur eben pinkeln gehen.«

»Ich weiß«, sagte er nüchtern, »das will die Ärztin auch.«

Selina zögerte kurz, dann trat sie zwei Schritte zur Seite, wandte sich ab und kauerte sich nieder, um zu pinkeln.

»Das ist gut«, sagte Heinz Mallaya, »Susi, notiere das.«

Selina zog die Hose hoch und wandte sich um, um zu sehen, was er meinte.

Ein dünnes Rinnsal floss den Weg entlang und umspülte Heribert Glockners Sandalen. Er machte keine Anstalten auszuweichen. »Verzeihung«, sagte sie zu ihm, »das war ungeschickt.«

»Auch notieren«, wies Mallaya die Asssistentin an, und zu Selina sagte er: »Nur indem man sich in die Situation begibt, gewinnt man wirklich berührende Bilder.«

»Sollte es nicht ursprünglich eine Patientin sein?«, fragte Selina, weil sie darauf nicht eingehen wollte. »Und wo ist der Junge?«

»Welcher Junge?«, fragte Mallaya.

»Der behinderte«, sagte sie. »Der Bruder der Ärztin.«

»Ach, der ist längst gestorben«, sagte er. »Nein, es sind nur Sie zwei. Sie übernehmen Ihren Patienten am Flughafen. Sein eigentlicher Betreuer ist Asylant und wurde beim Abflug zurückgehalten. Eigentlich sollten Sie nur den Tod des Mannes herbeiführen, jetzt müssen Sie ihn einige Tage begleiten – warum genau, weiß ich noch nicht, entweder trifft das Natrium-Pentobarbital nicht ein, oder Sie warten auf den Sohn des Mannes, der aber nicht kommt.«

»Verzeihung, nun sollte ich auch mal«, meldete sich Heribert Glockner.

Selina versuchte noch immer zu begreifen. »Sie sagen, ich bin Ärztin, was für eine?«, fragte sie.

»Notfallärztin«, erklärte Mallaya, »und offensichtlich überfordert mit der ungewohnten Situation. Ihr Patient nässt sich gerade ein.«

»Scheiße«, rief Selina erschrocken und versuchte, Heribert Glockner die Hose zu öffnen, doch sie konnte nicht mehr verhindern, dass er sich den Schritt nässte, und er pinkelte auch über ihre Hände.

Susanna notierte wieder.

»Dialog«, ordnete Mallaya an.

»Verzeihung«, sagte Heribert Glockner zu Selina. »Gehen Sie sich waschen.«

»Ich bringe Sie erst aus der Schlucht raus«, sagte Selina. »Es zieht hier furchtbar, Sie holen sich eine Blasenentzündung.«

Glockner sagte dazu nichts mehr.

»Dann bringen Sie ihn auch raus«, sagte Mallaya.

Selina zog Glockner wieder an und führte ihn hinab zur Wiese, dort schien die Sonne. Nachdem sie ihm geholfen hatte, sich zu setzen, stieg sie ins Bachbett und wusch sich die Hände. »Ich sehe darin keinen Film, nur kleine Perversionen alternder Männer«, stellte sie fest, als sie zurückkam.

»Das macht nichts«, sagte Heinz Mallaya, »das fällt nicht in Ihre Kompetenz. Ich fand das einen ziemlich vollkommenen Einstieg. Wir sind dem Tod bereits sehr nahe, wenn sich die Zerbrechlichkeit und Schönheit des Menschen in seiner Notdurft zeigt.«

»Ich hasse aber, was hier abgeht«, stellte sie unverblümt fest. »Ich dachte, wir entwickeln gemeinsam einen Stoff.«

»Aber das tun wir doch gerade«, sagte er erstaunt.

»Das ist nicht professionell«, sagte sie. »Ich will eine Figur entwickeln, immer tiefer, immer feiner verästelt, und sie dann im Spiel ausfüllen. Es ist ein Akt fortwährender Differenzierung. Das verstehe ich unter professionellem Spiel.«

»Sie meinen, Sie wollen Ihr Spiel kontrollieren«, sagte Mallaya.

»Ja, natürlich«, antwortete sie, »alles ist bewusst gesetzt. Sonst gelingt es nie, alles einem Gedanken unterzuordnen.«

»Ist es das, was Sie unter Kunst verstehen?«, fragte Mallaya.

»Ja«, sagte Selina, »das ist mein Ideal davon.«

Schweigend zündete er sich eine Zigarette an, während Susanna die letzten Repliken notierte. Heribert Glockner hatte ihnen aufmerksam zugehört und nur ab und zu an seiner Hose gezupft, damit sie gleichmäßig trocknete. Selina stellte fest, dass er ein sehr schöner alter Mann mit tiefen Furchen und wasserhellen Augen war, und ihr kam es vor, als habe sie ihn schon am Burgtheater spielen sehen.

»Ich bin so versessen auf Perfektion wie Sie, Frau May«, sagte Heinz Mallaya endlich. »Nur verstehe ich darunter etwas anderes. Auf dem Theater mag es nötig sein, dass eine Schauspielerin sich kontrolliert, ich kann das nicht beurteilen. Doch im Film ist es kontraproduktiv. Der Film als Kunstprodukt entsteht beim Schnitt und keine Sekunde eher. Für den Schnitt brauche ich nichts weiter als möglichst starke, unabgewandelte Bilder. Sie, Frau May, brauche ich,

fremd. Das unterscheidet sich vermutlich gar nicht allzu sehr von Ihrem Schauspiel-Ideal. Der Unterschied liegt darin, dass ich diese Anverwandlung einer fremden Biografie nicht als Kern Ihres Berufs betrachte, nur als leidige Notwendigkeit, damit Sie überhaupt ins Spielen kommen. Der Kern liegt darin, dass Sie sich vergessen.«

»Und wo ist da die Grenze?«, fragte Selina – sie fragte aus einer diffusen Furcht heraus.

»Ich weiß es nicht«, antwortete Mallaya nach kurzem Nachdenken. »Wo sind die Grenzen der Menschlichkeit?«

Heribert Glockner hatte eine Antwort. »Man fühlt die Grenze«, sagte er, »man fühlt sie in dem Moment, in dem man nichts mehr zu verlieren hat. Doch die wesentlichere oder zumindest interessantere Frage ist: Was liegt dahinter? Was kommt, wenn man die Grenze überschritten hat? Ich glaube jedenfalls nicht, dass dahinter das Scheitern wartet, eher das Glück.«

Diese Antwort schien sogar Heinz Mallaya zu überraschen. »Zielen wir etwa auf ein Happy End hin?«, fragte er eher irritiert als witzelnd.

»Nein«, antwortete Heribert Glockner entschieden – und er sprach nun so sehr auf Heinz Mallaya konzentriert, als seien die beiden Frauen gar nicht da, »denn das Glück gehört zu einer Welt, die sich erst erschließt, nachdem man die Grenze bereits überschritten hat, das Happy End liegt diesseits. Wenn man aber erst die Grenze überschritten hat, kann man nicht zurück, und daher ist das Glück jener wenigen für die übrige Menschheit nur zu erahnen. Darin liegt Melancholie, nicht Happiness.«

Reife

Erich Wyss hatte sich übernommen. Als er am zweiten Tag aufstehen und sich auf seine Absolutionsrunde zu den geprellten Interessenten machen wollte, wurde ihm so schwindlig, dass er es nur bis zum Sofa schaffte. »Gerda, mir ist nicht so gut«, rief er ins Schlafzimmer. »Ruf Herrn Brechbühl an und sag ihm, ich komme später. Oder noch besser, sag ihm, er soll Kaffee bringen, aber richtigen, keinen Kaffee Hag.«

»Warte«, sagte Gerda, und nachdem sie sich aus dem Bett gestemmt hatte, betrachtete sie ihn eingehend. »Du bist ganz käsig«, stellte sie fest. »Bist du sicher, dass ein Kaffee reicht? Ich würde lieber den Notfall rufen.«

»Unsinn«, sagte er, »Kaffee mit viel Zucker, und es geht mir wieder bestens. Aber wir haben nur Kaffee Hag.«

»Nein, wir hatten doch welchen gekauft, für Augustin«, widersprach sie und ging in die Küche. Von dort rief sie: »Aber ganz bestimmt lasse ich dich heute nicht zu den ganzen Leuten gehen. Du gehst mir überhaupt so bald nirgends mehr hin.«

Sie hörte ihn nur ächzen und etwas murmeln.

Nachdem er den Kaffee getrunken und ein Stück Zwieback gegessen hatte, erzählte er: »Wir waren gestern noch beim Hausmann, dem Freund vom Augustin, dem sie im

Zug die Postcard gestohlen hatten. Auf dessen Konto all das Geld ging. Rainer heißt er und ist ein Netter. Er hat angeboten, heute statt Herrn Brechbühl mitzukommen. So, wie der aussieht, könnte der mich sogar tragen. Nicht, dass ich meine, er sollte, aber mit dem fühle ich mich sicher.«

»Nein, du gehst mit niemandem«, erklärte Gerda. »Die ganze Besucherei ist eine Schnapsidee, das hatte ich dir von Anfang an gesagt.«

»Trotzdem hast du die Schweinsöhrchen gebacken«, stellte Erich fest.

»Ja, das war ein Fehler«, sagte sie. »Aber die werden wir schon los.«

Er erhob sich vorsichtig. »Mir geht es schon viel besser«, sagte er.

»Wohin willst du?«, fragte sie.

»Auf die Toilette«, sagte er. »Da wollte ich die ganze Zeit hin.«

»Nimm den Stuhl mit, halte dich an der Lehne fest«, sagte sie. »Wenn dir wieder schwindlig wird, setz dich sofort hin.«

So schaffte er es gut ins Bad, und Gerda rief erst Hubert Brechbühl an, um für Erich abzusagen, dann wählte sie das Ärztetelefon.

»Wir schicken jemanden«, versprach dort eine Frau. »Solange soll er keinesfalls aufstehen oder gar herumlaufen. Er könnte sich etwas brechen.«

Gerda ging zu Erich ins Bad und sagte: »Ich habe einen Arzt gerufen. Du sollst solange im Bad bleiben, am besten legst du dich auf den Teppich.«

Erich saß noch auf der Toilette, und es schien ihm nicht

gut zu gehen, denn statt zu protestieren, legte er sich gehorsam zu Boden.

»Weißt du, wann ich das letzte Mal hier gelegen habe?«, fragte er, nachdem er eine Weile auf dem Rücken gelegen hatte. »Als der Augustin ein Baby war. Da ist er mal hier auf mir herumgekrochen. Ich weiß das noch, weil ich damals schon gesehen habe, dass da oben Schimmel wächst. Ruf die Verwaltung an, Gerda, die müssen einen Maler schicken.«

»Später«, versprach sie, »erst erledige ich alles andere.«

Der Arzt diagnostizierte einen Schwächeanfall, gab Erich eine Spritze und informierte die Spitex, damit sie Gerda bei der Toilette half.

Als er weg war, ließ Gerda sich von Erich die Liste geben.

Erst wollte er nicht. »Die kennen dich gar nicht«, sagte er. »Warum sollten sie dir glauben?«

»Vielleicht eben deshalb«, sagte sie. »Warum sollten sie dir noch glauben?« Sie ging zurück ins Wohnzimmer und begann die Liste abzutelefonieren. »Sie hatten bisher nur mit meinem Mann und meinem Enkel zu tun«, erklärte sie den Leuten. »Es ging um ein Alterswohnprojekt am Plattensee. Leider hat sich mein Mann damit übernommen, und mein Enkel ist länger verreist. Ich fürchte, wir müssen das Ganze abblasen. Haben Sie etwa schon Geld einbezahlt?«

»Du machst das völlig falsch«, rief Erich, sobald sie aufgelegt hatte, »du musst ihnen vom Betrüger erzählen, es geht doch um den Betrüger. Du stellst es ja so dar, als scheitere die ganze Sache an mir.«

»Erich«, erklärte sie ruhig, »ich tue das auf meine Weise.

Wenn die Leute noch nichts bezahlt haben, ist es so am besten, glaub mir. Ich will nicht, dass alle wissen, dass wir einem Betrüger aufgesessen sind. Und natürlich ist alles an dir gescheitert. Wir hatten ein sehr schönes kleines Wohnprojekt in Wallisellen, du hättest dich damit begnügen können.«

»Was für einen Blödsinn du da verzapfst«, rief er. »Als ich mit Augustin das Ganze plante, hatten wir das Angebot in Wallisellen überhaupt noch nicht.«

»Ich schließe jetzt die Tür, und du versuchst zu schlafen«, sagte sie nur. Und dann kam auch schon die Frau von der Spitex, um Gerda beim Duschen zu helfen und sie zu kämmen.

Danach rief sie Scholls an, die sie ja schon kennengelernt hatte und die, wie sie wusste, Geld überwiesen hatten. »Es tut mir leid, das sagen zu müssen, doch mein Mann war nicht aufrichtig mit Ihnen«, sagte sie zu Herrn Scholl. »Es ist so, dass er sich von einem Betrüger hat hinters Licht führen lassen, doch er hat sich zu sehr geschämt, um Ihnen das zu gestehen. Auch ich habe davon erst später erfahren. Es ist schon seine zweite Dummheit in diesem Jahr, und ich begreife langsam, dass ich besser auf ihn aufpassen muss.« Herr Scholl reagierte darauf mit viel Verständnis und war bereit, auf sein Geld zu warten.

Die meisten, die sie anrief, hatten glücklicherweise noch nichts überwiesen, und mit ihnen unterhielt sich Gerda richtig nett. Viele lobten Erichs Mut und seinen vitalen Auftritt während des Beratungsgesprächs, auch Augustin kam gut weg. Was sie zu hören bekam, rührte Gerda, sie konnte sich gut vorstellen, wie fesch Erich gewirkt haben musste, und rief mehrmals: »Ach, da wäre ich gern dabei gewesen!«

Schön war auch das Telefonat mit einem Ehepaar Huber, sie hatten ebenfalls eine Freisprechanlage. Die beiden hatten überwiesen, doch sie schimpften nicht. Herr Huber sagte: »Für Sie muss das ja vor allem schlimm sein, liebe Frau Wyss – zusehen zu müssen, wie der eigene Ehemann sich und andere ins Unglück stürzt.«

»Er wirkte so stattlich«, sagte seine Frau, »und nun stellt sich heraus, dass er, wer weiß, nicht einmal mehr bei Sinnen ist!«

Gerda sagte daraufhin: »Ja, schön ist das nicht, und ich habe Angst davor, ihn einmal bevormunden lassen zu müssen. Ich glaube, es würde ihn umbringen.«

Herr Huber nannte ihr daraufhin die Nummer der Pro Senectute. »Oft ist es ein kleiner Schritt von der Glückseligkeit in die Verzweiflung«, sagte er. »Bevor er oder Sie sich etwas antun, rufen Sie dort an.«

Wirklich schlimm geriet nur ein Telefonat, mit einem Herrn Giovannoli. Er hatte schon gemerkt gehabt, dass etwas faul war, leider erst, nachdem er 20 000 Franken überwiesen hatte. Als Gerda ihm den Sachverhalt erklärte, beschimpfte er sie alle drei ganz übel, Erich, sie und Augustin, und war nicht einmal zufrieden, als sie ihm versprach, das Geld zu erstatten. Stattdessen rechnete er ihr vor, was Erich ihm an Profit verheißen hatte, und war erst halbwegs zufrieden, als Gerda einen Tausender draufschlug.

Als Letzte rief sie Meyers an, die mit der Wohnung in Wallisellen. Sie wussten noch gar nichts von Erichs Ungarnplänen. Gerda klärte sie auf und beschönigte nicht, dass Erichs Abenteuerlust sie so viel Geld kostete, dass sie an neue Unternehmungen zurzeit nicht denken mochte. »Vor allem aber«, sagte sie, »bin ich mir nicht mehr sicher, ob mein Mann überhaupt noch gesellschaftstauglich ist.«

»Uns wiederum«, gestand ihr Frau Meyer, »wurde nie recht warm bei dem Gedanken, gemeinsam mit anderen bei unserem Sohn zur Miete zu wohnen. Viel zu schnell gerät man zwischen die Fronten. Und wenn ich Sie so höre, Frau Wyss, bin ich sicher, Ihr Mann und unser Eugen hätten sich andauernd in den Haaren gelegen, der Eugen ist auch so ein kleiner Diktator. Ich habe daher gar nichts dagegen, dass wir Ihren Vorstoß als schöne Fantasie in Erinnerung behalten, an die wir ab und zu mit Freude zurückdenken werden.«

Kurz nachdem sie aufgehängt hatten, rief Herr Meyer an. »Meine Frau hat mir eben von Ihrem Gespräch erzählt«, sagte er, »und ich möchte mich doch gern gebührend verabschieden. Und etwas möchte ich Ihnen auf den Weg geben, liebe Frau Wyss: Falls Ihr Mann dieser hässlichen Geschichte wegen von manchen verteufelt werden sollte – das geschieht ganz schnell –, dann rufen Sie sich bitte in Erinnerung, dass man die Radikalität und bisweilen Absurdität von uns Greisen auch in gutem Licht sehen kann. Bei manchen von uns versagt zuerst der Körper, andere werden erst launisch, kindisch oder sonstwie verschroben. Wir alle aber geraten irgendwie in Schieflage, bevor wir sterben. Die meisten Menschen bedauern das, ich nicht, oder nicht nur. Die ganze Welt ist so nett und glatt geworden, und die Jungen sind noch braver als der Rest. Dass wenigstens wir

Alten ab und zu ein Körnchen Wildheit säen, ist so gesehen eine Freude.«

Von diesem Anruf wollte Gerda Erich erzählen, als sie ihm Schweinsöhrchen und Orangensaft ans Bett brachte. Doch ihn interessierte nur, wen sie alles am Draht gehabt hatte.

»Alle außer zwei Partien, Romers und Schläpfers, die nicht zu Hause waren«, sagte sie. »Und ich konnte mich mit allen einigen.«

»Was heißt ›einigen‹?«, fragte er misstrauisch, »du hast doch hoffentlich keine Zugeständnisse gemacht?«

»Wir hatten Glück, die meisten hatten noch nichts überwiesen«, sagte sie. »Den anderen habe ich aber zugesagt, das Geld zu erstatten. Es sind 41 000 Franken.«

»Du spinnst«, rief er und verschüttete vor Ärger Orangensaft, »wir schulden niemandem etwas! Ich jedenfalls bezahle keinen Rappen.«

»Doch, das wirst du«, sagte sie. »Und nun sag mir lieber, wie viel wir auf dem Konto haben.«

»26«, antwortete er.

»Und auf dem Genossenschaftskonto liegt nichts mehr?«, fragte sie.

»Doch, etwas mehr als 10«, sagte er unwillig.

»Siehst du, Erich, damit ist es schon fast erledigt«, sagte sie regelrecht fröhlich. »Und Scholls sind einverstanden, dass wir abstottern.«

»Ja, und der Umzug?«, fragte er. »Du wolltest doch nach Wallisellen.«

»Nein, die Wohnung dort wäre nichts für uns«, sagte sie knapp. »Hier haben wir es besser.«

Danach schwiegen sie. Er begann die Schweinsöhrchen zu essen, sie hielt seine Hand.

»Findest du, ich habe Mist gebaut?«, fragte er endlich.

Gerda dachte nach, dann sagte sie: »Ich lebe jedenfalls gern mit dir. Und dass es manchmal drunter und drüber geht, mag ich inzwischen auch noch leiden.«

Kompromissbereitschaft

Einige Tage wurstelte sich Selina in Solothurn durch die Proben, dann kam Rolf in einer Mittagspause auf sie zu. »Was ist los?«, fragte er. »Ich habe den Eindruck, du machst Dienst nach Vorschrift. Hat es mit deinem Filmprojekt zu tun?«

»Nein, überhaupt nicht«, antwortete sie. »Ich finde mich hier einfach nicht zurecht. Wie kann es sein, Rolf, dass wir uns in den Proben für das Bergstück blind verstanden haben, und jetzt beschleicht mich dauernd das Gefühl, ich tanze auf der falschen Hochzeit?«

»Komm, lass uns spazieren gehen«, sagte er. Sie verließen die Kantine und gingen zur Aare. »Ich höre«, sagte er.

»Im Bergstück entwickelte sich alles organisch«, erklärte Selina. »Die Spieler prägten die Inszenierung, du hast sie dezent geführt. Hier dagegen bist du wie mit dem Bulldozer eingefahren. Die Idee, *Mutter Courage* als modernen Wirtschaftskrieg zu inszenieren, ist eine Geste mit dem Holzhammer. Ich finde darin nicht den geringsten Freiraum, um meine Figur zu entwickeln. Inzwischen muss ich mich morgens aus dem Bett prügeln, damit ich überhaupt auf der Probe erscheine.«

Sie wartete, ob er etwas sagte, doch Rolf fragte nur: »Geht es noch weiter?«

»Ja«, sagte sie. »Du gibst mir keinerlei Feedback auf meine Arbeit. Es ist, als würdest du mich ignorieren. Das verstärkt meine Ohnmacht noch.«

»Schön«, sagte er, »fangen wir damit an. Ich wollte mit Feedback warten, bis ich den Eindruck habe, du bist mit deiner Figur in Kontakt. Es war mir klar, dass das dauert, Mutter Courage ist eine der sperrigsten Theaterfiguren überhaupt. Und die anderen Spieler brauchen mich auch.«

»Ich war mit meiner Figur in Kontakt, bis die Proben anfingen«, erklärte Selina scharf.

»Das mag sein. Die Mutter Courage zu denken und sie zu spielen, sind zwei ganz unterschiedliche Dinge«, antwortete er. »Das Umfeld, das ich dir baue, mag erstickend eng sein und deiner Fantasie im Weg stehen, aber das muss nicht verkehrt sein.« Er dachte nach. »Lass mich doch erst etwas zu deiner ersten Kritik sagen. Das Bergstück spielen wir auf kleinen Bühnen, die Zuschauer sitzen vielleicht zehn Meter entfernt. Das ist eine Intimität fast wie im Film. Sie sehen das Zucken deiner Augenbraue, sie riechen den Bühnenschweiß. Darauf baut der Abend auf. Stadttheater funktionieren da ganz anders, selbst so kleine wie Biel und Solothurn. Du glaubst gegen mich zu kämpfen, Selina, aber im Grunde, glaube ich, kämpfst du gegen die Bedingungen des Hauses. Wenn ich zuhinterst auf der Empore sitze, seid ihr nicht viel mehr als Strichmännchen. Du hast noch Glück, deine Stimme dringt weit, aber mach dir nichts vor, nuanciert spielen geht nicht. Die kleine Bühne funktioniert wie ein Schlafzimmer, die Spieler sind ganz körperlich vorhanden. Die große Bühne ist ein bewegtes Landschaftsgemälde, ihr werdet quasi aus sicherer Distanz beäugt, und im Fokus seid nicht ihr, sondern eben die Landschaft. Die Landschaft jedenfalls prägt die Stimmung des Publikums und damit seine Aufnahmebereitschaft für eure Darbietung.«

»Das alles mag sein«, sagte Selina. »Aber es hilft mir noch keinen Schritt weiter.«

»Ich habe auch nicht im Sinn, dir weiterzuhelfen«, sagte Rolf. »Doch vielleicht kann ich dir etwas begreifbar machen. Sag, warum spielen wir *Mutter Courage*?«

»Weil überall Krieg ist«, sagte Selina. »Weil wir hier in der verwöhnten Schweiz sitzen und vergessen, wie es draußen zu- und hergeht. Weil wir auf dem Buckel von zerstörten Ländern Geld verdienen und es uns damit hier gut gehen lassen.«

»Ja, das wäre ein möglicher Grund«, sagte Rolf, »und vielleicht der hehrste. Aber was erreichen wir damit? Dass ein paar Leute aus schlechtem Gewissen etwas spenden? Und wir reichen einander die Hände und freuen uns daran, dass wir die Guten sind?«

»Du bist zynisch«, sagte sie.

»Nein, ich bin nur zielorientiert«, erwiderte er. »In meinen romantischen Stunden – meist nachts zwischen zwei und drei, wenn ich schlaflos liege – wünschte ich mir auch, wir könnten das Stück spielen, wie Brecht es geschrieben hat. Aber wenn ich die Menschen wirklich berühren will, brauche ich Unmittelbarkeit. Die Leute sollen, wenn der Vorhang aufgeht, eine Szenerie sehen, die ihnen vertraut ist. Das Schlachtfeld war den Menschen nach dem Krieg vertraut, deshalb spielt *Mutter Courage* darauf. Heute braucht es für denselben Effekt ein anderes Bild. Das Stück muss hier, bei uns spielen, die Leute sollen sich fragen: Wer bin ich in dem Stück? Denken sie auch nur ein einziges Mal: ›Ach ja, die armen Menschen da drüben!‹, haben wir sie verloren. Ein Stück wie dieses, das ein so hartes Thema hat – ›Wie überlebe ich in einer unmenschlichen Welt, und was macht diese Welt mit mir? Ab wann trage ich zur Unmenschlichkeit bei? Und ist es vielleicht gar dem Menschen eigen, anderen gegenüber unmenschlich zu sein?‹ – ein solches Stück, Selina, lässt das Publikum nur an sich heran, wenn wir seine Sehnsucht wecken, Teil des Settings zu sein. Auf einem Leiterwagen zwischen verwesenden Leichen zu kutschieren, zieht nicht wirklich. Teil der Bankenwelt zu sein aber, schicke Anzüge, Armani-Uhren, der Geruch von Erfolg und Sex, das weicht sie auf. Nicht in dem Sinne, dass wir damit einen Brüller produzieren, sondern ganz subtil.«

»Subtil soll das sein?«, rief Selina. »Du verkaufst eines der wichtigsten Stücke der deutschen Gegenwartsdramatik für eine Charge!«

»Zum einen: Chargen sind Brecht nicht fremd«, sagte Rolf, »die *Dreigroschenoper* ist eine Charge, und nicht seine einzige. Trotzdem trifft dein Vorwurf nicht. Ich versuche nur einen Weg zu finden, ein in die Jahre gekommenes Stück so wirksam zu machen, als sei es neu geschrieben. In einer Zeit wohlgemerkt, in der das Medium Theater generell als ältlich gilt. Denk daran, wir sind am Stadttheater, unser Publikum sind keine Kunstfreaks, sondern Leute, die vor dem Einschlafen Martin Suter lesen und sonntags *Tatort* sehen.«

»Wenn ich anfange, darauf Rücksicht zu nehmen«, sagte Selina mehr aus Trotz, »bin ich nur noch eine Hure.«

Rolf lachte. »Das ist eine Frage des Glaubens, beziehungsweise des Glaubenssystems. Ich selbst sehe mich immer als Hure. Wir sind Teil der Vergnügungsindustrie, egal, welche Form von Vergnügen wir darbieten, es gibt nur unterschiedlich gepolte Kundschaft. Die Edelnutte im Dorfpuff ist ebenso sehr Hure wie alle anderen, sie hat keinen Anlass, die Nase hoch zu tragen. Aber das bringt uns hier nicht weiter.«

»Nein«, stimmte Selina zu. »Also meinetwegen magst du gute Gründe für dein Bühnensetting haben. Doch wo ist die Verbindung zu Brecht? Du willst ja nicht nur ein Publikum erreichen, du willst auch dem Stück gerecht werden.«

»Machst du Witze?«, fragte er. »›Was ist ein Einbruch in eine Bank gegen die Gründung einer Bank.‹ Das ist Brecht, und nirgendwo anders bewegen wir uns. Der Krieg, den wir zeigen, ist ein Krieg des Kapitals. Wenn Mutter Courage heute Kinder hätte, würde sie sie hier verlieren: Einer wird Banker, einer Immobilienmakler, eine wird Greenpeace-Aktivistin. Und es braucht keinen Börsencrash, damit sie daran zugrunde gehen, die Opfer sind Teil des Systems.«

»Das mag alles sein«, sagte Selina, »und ich muss zugeben, irgendwie klingt es plausibel. Aber was kann meine Figur in diesem Rahmen erzählen?«

»Was möchtest du erzählen?«, fragte Rolf zurück.

Sie dachte nach. Sie dachte lange nach.

»Was möchtest du erzählen?«, wiederholte er.

»Ja, ja, ich habe die Frage verstanden«, sagte sie, »nur greifen meine Antworten darauf gerade nicht.« Sie versuchte es in Worte zu fassen. »Angenommen, ich arrangiere mich mit deiner Setzung …«, sagte sie, doch gleich stockte sie wieder.

Dann musste sie wider Willen lächeln. »Irgendwie gefällt es mir plötzlich ganz gut«, gestand sie. »Ich habe immer nach einer Antwort auf die Frage gesucht, warum die Courage so unverdrossen weitermacht. Sie verliert im Krieg drei Kinder und sagt zuletzt doch nur dasselbe, was sie anfangs sagte: *Und was noch nicht gestorben ist, das macht sich auf die Socken nun.* Ich habe das immer als Zynismus verstanden, und das war mein Problem mit deiner Setzung, denn anders als im Dreißigjährigen Krieg, wo tatsächlich nichts als der Hungertod auf sie wartete, wäre es ihr heute hier, in der Bankenwelt, jederzeit möglich zu gehen, bei uns wechselt man einfach den Job.«

»Und wie liest du ihre Sturheit nun?«, fragte Rolf.

Selina fühlte endlich das Feuer, das sie die ganze Zeit vermisst hatte, als sie sagte: »Es ist keine Sturheit, und sie ist auch nicht zynisch. Nein, sie versöhnt sich mit dem Menschsein. Sie lernt – über all die Schicksalsschläge –, das Leben in seiner brutalen Sperrigkeit und Rohheit erst anzunehmen, dann sogar zu lieben. In dem Moment, in dem sie sich selbst vergisst, braucht sie gegen nichts mehr zu kämpfen. Sie hat zuletzt kein Streben mehr, sie ist nur Teil des Flusses, in dem sie treibt.«

»Was unterscheidet sie dann aber von der bloßen Mitläuferin?«, fragte Rolf.

»Ja, was?«, überlegte Selina. »Ich weiß momentan nur, eine Mitläuferin ist blass, aber die Haltung, die ich an ihr sehe, hat eine ungeheure Präsenz. Sie ist geläutert, das ist das Wort.«

»Aber was ist sie zum Schluss des Stücks, eine der Guten oder eine der Bösen?«, hakte Rolf nach.

»Du weißt so gut wie ich, dass sich das im Stück nicht klärt«, sagte Selina. »Sie laviert von A bis Z, das ist nicht gut. Aber es ist auch nicht böse. Es ist menschlich. Mutter Courage ist Mensch, ganz Mensch, und damit jenseits von Gut und Böse.«

»Schön, aber was heißt das für das ganze Stück?«, fragte er sehr neugierig, »was ist seine Botschaft?«

»So, wie wir es inszenieren«, antwortete sie – und es war das erste Mal, dass sie ›wir‹ sagte –, »erzählt das Stück davon, dass wir die Welt erst ändern können, wenn wir akzeptieren, dass ›gut‹ und ›böse‹ keine tauglichen Kriterien sind. Das Menschsein umfasst alles, soll auch alles umfassen, und erst, wenn wir das akzeptieren, nein, erst wenn wir das leben, sind wir wirklich frei zu wählen, wie wir uns verhalten wollen. Erst dann können wir wahrhaft moralisch sein.« Sie lachte und sah ihn unsicher an. »Was meinst du?«, fragte sie. »Ist das zu verschroben für unser Publikum?«

»Nein«, sagte Rolf, »wir predigen das ja nicht, sie brauchen es nur zu ahnen. Das ist es, was Theater so gut kann: die unbegreiflichsten Dinge erahnbar machen.«

Nachahmung

Der Grund, weshalb Moritz Schneuwly seinem Vater den Sommer über in Biel den Laden hütete, war diesem zu peinlich und musste der Kundschaft verschwiegen werden. Beim feierlichen Aufsetzen eines Formsteins auf das neu gedeckte Gartenhäuschen einer Kundin am Beaumontweg war er von der Leiter gestürzt und hatte sich recht kompliziert den Arm gebrochen. Dass der Anlass bei Nieselwetter stattgefunden hatte, war keine ausreichende Entschuldigung, und fast schlimmer als der Armbruch war die Tatsache, dass auch der Formstein, angeblich eine handgefertigte Replik eines gotischen Schmuckfirstziegels, beim Sturz zu Bruch gegangen war. Kosten entstanden Rudolf Schneuwly dadurch keine, die übernahm die Versicherung des verhinderten Dachdeckers, für den er eingesprungen war. Doch der Ziegel war die Krone des Gebäudes und die Lücke deutlich sichtbar.

Offiziell hieß es daher, Schneuwlys feierten ihre Silberne Hochzeit mit einer längeren Reise. Und das war auch nicht gelogen, denn sie nutzten Rudolfs Arbeitsunfähigkeit, um endlich einen Jugendfreund zu besuchen, der mehr als ein Jahrzehnt zuvor nach Bolivien ausgewandert war und dort ein Krankenhaus leitete. So war auch zureichend für Rudolf Schneuwlys ärztliche Betreuung gesorgt.

Die Kundschaft war allerdings ebenfalls verreist, und die meiste Zeit war Moritz allein im Laden. Das machte ihm nichts aus, er lernte zum einen Fante – nicht, weil es ihn besonders gelockt hätte, mit Mary Ghana zu bereisen, doch es schien ihm ein wertvoller Zuwachs an Nichtsnutz zu sein, Sätze zu beherrschen wie *Oedzi sika* (er hat Gelder unterschlagen) oder *Se sor repaapaa mu ma enyinam retsew a, oye de ebehye fie* (es ist ratsam, bei Gewitter im Haus zu bleiben). Und während er sie auswendig lernte, bastelte er an einer neuen Papierserie. Er hatte sich in den Kopf gesetzt, Marys Bleistiftzeichnungen kopulierender Paare als bewegte Skulpturen nachzubauen. Idealerweise sollte man sie nur leicht anpusten müssen, und sie begannen zu vögeln – beziehungsweise stellte er sich vor, Mary auf dem Dach des World Trade Centers ein Schmuckschächtelchen zu überreichen, in das, sobald sie es öffnete, der Wind fuhr, der zweifellos in solcher Höhe blies, und die Papier-Maschinchen – oder eines davon – bewegte.

Seine verschiedenen Versuche bedeckten schnell den ganzen Ladentisch, und kam ein Kunde, waren sie willkommener Gesprächsstoff. Das heißt: Nein, über die Skulptürchen wurde kaum geredet, eher über Moritz' Fingerfertigkeit und über die Lust, etwas zu erschaffen, das den Alltagsnutzen überstieg.

Monsieur Perret zum Beispiel erzählte Moritz, dass er die gesamte Weberei, die ihn 45 Jahre lang beschäftigt hatte, mit Streichhölzern nachbaute, nicht nur die Gebäude, auch die Maschinen, das Lager mit all seinen Beständen und den Wagenpark. Allein die Menschen sparte er aus. »Für sie fehlt mir einfach das Geschick«, sagte er. Nachdem er Moritz' selbstbewegte Figürchen gesehen hatte (oder vielmehr die Idee davon begriffen hatte, denn die Figuren waren weit davon entfernt, sich zu bewegen), träumte er davon, solche könnten auch seine Weberei besiedeln und dort Produktivität vorgaukeln. Das schien ihm umso verführerischer, als die echte Weberei inzwischen geschlossen und abgewickelt worden war, und obwohl Moritz ihm keinerlei Hoffnung machte, kam Monsieur Perret immer wieder in den Laden, um mit Moritz ›über der Angelegenheit zu brüten‹, wie er es nannte.

Ein anderer Mann, der seinen Namen nie nannte, kam mehrmals, um Artikel zu kaufen, die in der Viehwirtschaft Verwendung finden, denn in kleiner Stückzahl hatte Rudolf Schneuwly auch solche Dinge vorrätig. Er kaufte lauter Gummi- und Plastikartikel, darunter einen Sauger, mit dem man Kälber füttert, einen Milchschlauch, einen Tränkeimer und sehr viel Isolierband. Er war vielleicht Ende dreißig, hager, schwarz behaart und trotz des schönen Sommers blass. Als Moritz sich erkundigte, ob er einen Hof habe und wo, druckste er etwas herum, dann sagte er, mit Tieren habe er nichts zu tun. Doch jeweils im Sommer überfalle ihn die Erinnerung an seinen Bruder, der ertrunken sei, als sie noch Kinder waren, und zwar im Auto ihrer Eltern, einem pistazienfarbenen vw Käfer, in dem sie gespielt hätten und dabei dummerweise die Handbremse gelöst, danach sei das Auto in den See gerollt. Nun versuche er immer wieder, sich eine Art Simulator zu bauen, um zu begreifen, wie sein Bruder sich beim Sterben gefühlt haben müsse oder wie es sich überhaupt anfühle zu ertrinken.

Nach dieser Erklärung verließ er die Eisenwarenhandlung sehr schnell, kam aber wieder: Einmal kaufte er einen Kompressor, einmal suchte er bei Moritz Rat. »Ich habe einen Taucheranzug, an ihm will ich diese Gummiteile anbringen«, sagte er, »ich kann nur keinen Klebstoff finden, der zuverlässig hält. Es soll eine Methode geben, die sich Heißvulkanisation nennt, und ich dachte, Sie wüssten vielleicht, wo und wie ich das bewerkstelligen kann, beziehungsweise bewerkstelligen lassen.«

Moritz schrieb ihm die Telefon- und Faxnummern aller Gummilieferanten heraus und bat ihn, sich direkt an sie zu wenden. Er war eine ganze Weile damit beschäftigt, und währenddessen untersuchte der Kunde die kopulierenden Figürchen. »Das ist nun wirklich das vollkommene Gegenteil von dem, was mich beschäftigt«, stellte er endlich fest. »Sie suchen die Leichtigkeit, ich die Schwere, Ihres soll anregen, meines beruhigen. Ihres bewegt sich, meines soll fesseln.«

»Ich würde Ihr Projekt sehr gern auch einmal sehen«, sagte Moritz.

Und wirklich versprach der Kunde: »Ich werde es Ihnen zeigen, sobald es funktioniert.«

»Wenn es funktioniert, wird es Sie dann nicht umbringen?«, fragte Moritz direkt.

»Oh nein«, rief der Mann ganz überrascht, dann lachte er. »Ich habe Familie, einen ganz wunderbaren Sohn, da tut man sich nichts an! Nein, es ist nur ein Hobby.« Er versicherte Moritz mehrmals, er werde sich melden, Moritz seinerseits versprach zu recherchieren, welche zuverlässigen Verbindungsarten von Gummiteilen es geben mochte. Doch der Kunde kam nicht wieder.

Dafür besuchte ihn fast täglich eine etwas verlebte, doch dem Geruch und ihrem Gehabe nach noch sehr geschlechtsbereite Frau, deren zauses, fast orangefarbenes Haar ihr in Strähnen an Wangen, Schultern und Hals klebte, weil sie so sehr schwitzte. Sie nannte sich Mademoiselle Jeannette, kam zu Moritz, um allerlei Gartenzubehör zu kaufen, und fand nicht nur seine Figürchen entzückend, sondern bald auch seine Hilfsbereitschaft.

»Für meinen Nachbarn habe ich im Garten ein Gemälde nachgebildet«, erzählte sie, als sie das dritte oder vierte Mal bei ihm war, und zeigte eine Postkarte mit dem Ölbild eines gewissen Koloman Moser, das ein nacktes Paar in verwirrender Pose zeigte, denn es schien gleichzeitig aufrecht zu stehen und im Bett zu liegen. »Ich habe Begonien in verschiedenen Farben gepflanzt, und für kurze Zeit war die Ähnlichkeit frappierend. Ich hatte nur nicht damit gerechnet, dass der dumme Kerl verreist, er verreist sonst nie im Sommer. Jedes Jahr unterhielten wir uns herrlich über den Gartenzaun hinweg – immer nur über den Gartenzaun, denn wir sind beide schüchtern. Diesmal aber wollte ich ihm sagen: ›Herr Zaugg, da liegen sie – oder stehen, wie auch immer – in der Blüte ihrer Jahre. Das könnten sehr gut auch wir sein, Sie und ich.‹ Doch der Hitze wegen welken die Begonien schon, und die spanische Schnecke geht dran. Dabei können Regenschnecken *Begoniaceae* nicht ausstehen!«

Moritz verkaufte ihr erst eine reflektierende Folie, die sie die Mittagsstunden über auf dem Beet ausbreiten sollte, später ein Substrat, das »Frisch-auf« hieß und blühenden Pflanzen angeblich die Farben erhielt, daneben nach und nach Schneckenkörner, Bierfallen und zwanzig Meter Schneckenzaun zu stolzen 66 Franken der Meter. Den half er ihr nach seinem Feierabend dafür einzugraben, allerdings war Koloman Mosers Liebespaar inzwischen nur noch zu erahnen, und Herr Zaugg war immer noch verreist.

»Wie schade um die ganze Mühe«, sagte Moritz.

Doch Mademoiselle Jeannette verwarf ihr Haar, so gut das ging, und sagte betont leicht: »Ach was, ich hatte einen sehr vergnügten Sommer voller Träume, prickelnder Träume wohlgemerkt, in denen, wie ich gestehe, auch Sie vorkamen, Herr Schneuwly. Denn wissen Sie, die Wirklichkeit ist doch in der Regel nur ein Abklatsch unserer Fantasie. Hier drin, oder auch hier« – und dabei tippte sie sich erst an die schweißbeperlte Schläfe, dann an ihren weichen Busen – »findet das wahre Leben statt, *et honi soit qui mal y pense,* ein Schweinehund, wer schlecht davon denkt. Nicht wahr?«

Seelenverwandtschaft

Meinem Nachbarn geht es nicht gut. Ich hätte ein schlechtes Gefühl, wenn ich jetzt verreise«, erklärte Hubert Brechbühl, nachdem er sich endlich überwunden hatte, Edith-Samyra anzurufen.

»Ja, das verstehe ich gut«, sagte sie. »Aber ist da noch etwas anderes?«

»Nein, nein«, antwortete er etwas zu schnell, »sonst ist alles in bester Ordnung.«

»Es fühlt sich aber an, als wäre da noch etwas, Hubert«, wiederholte sie. »Kann es sein, dass du Angst hast?«

Nein, nein, wollte er schon wieder sagen. Dann dachte er aber nach und gestand: »Ein bisschen Angst ist schon auch dabei.«

»Wie viel?«, fragte sie.

»Wenn ich so darüber nachdenke, ziemlich viel«, sagte er. »Ich glaube fast, seit der Tramfahrprüfung anno '60 hatte ich keine solche Angst mehr.«

»Da wäre es allerdings töricht zu verreisen«, sagte Edith-Samyra. »Doch noch törichter wäre, wir würden uns meiden. Was hältst du von einem kleinen Spaziergang?«

»Ja, auf einen Spaziergang kann ich sicherlich weg«, sagte er – nicht weil er ernsthaft glaubte, die Wyssens hätten seine Hilfe nötig, mehr um das Gesicht zu wahren.

Zehn Minuten später klingelte sie ihn aus der Wohnung. Sie war, obwohl es nicht ganz so warm war, wieder hell und duftig gekleidet, roch nach Maiglöckchen und küsste ihn zu seiner Überraschung nur dezent auf die Wange. »Ich habe deine Zimtsohlen mitgebracht«, sagte sie und schob sie ihm umstandslos in den Briefkasten, dann schlug sie vor, an die Limmat zu gehen. Hubert ging etwas irritiert neben ihr her, denn sie machte keine Anstalten, seine Hand zu halten oder ihn sonstwie zu berühren, ganz anders als bei ihrem Ausflug in die Alpen, der so stürmisch geendet hatte. »Bist du verärgert?«, fragte er schließlich.

»Nein, warum sollte ich?«, fragte sie zurück. »Ach, du meinst, weil ich nicht über dich herfalle?« Sie küsste ihn vergnügt nochmals auf die Wange. »Manchmal braucht ein Mensch Nähe, manchmal braucht er Raum. Ich kann mit beidem gut umgehen.«

Und so war endlich er es, der ihre Hand ergriff, weil alles andere sich zu sonderbar anfühlte. »Es ist ja nicht so, dass ich dich nicht mag oder dass ich dich zu wenig mag, um mit dir zu verreisen, vielleicht gar nach Paris«, sagte er, »ich weiß nur nicht, wohin das führt. Es fühlt sich an wie in meinen Albträumen, wenn ich mit dem Tram die falsche Abzweigung nehme …«

»Die falsche?«, fragte sie nach.

»Nein, hier ist es natürlich nicht eine falsche«, beeilte er sich zu sagen, »nur eine, die ich nicht kenne. Es wäre jedenfalls dumm von mir weiterzufahren, solange ich keine Ahnung habe, ob es am Ende eine Wendeschleife gibt und ich uns überhaupt heil wieder heraussteuern kann. Ach, vielleicht ist das ein schlechtes Bild.«

»Nein, ich verstehe dich ganz gut«, versicherte Edith-Samyra, »und niemals würde ich wollen, dass du dein Tram in die Sackgasse steuerst. Möchtest du denn lieber weiter nur die Strecken fahren, die du kennst?«

»Nein, das eben auch nicht«, rief er. »Ich würde sehr gern Neues probieren, wüsste ich bloß, dass es eine Wendeschleife gibt.«

Edith-Samyra dachte nach, dann sagte sie: »Es wird dir wohl wenig nützen, wenn ich dir versichere, dass es diese Wendeschleife gibt. Lass es mich lieber so ausdrücken: Was immer du tust, ich werde es verkraften. Ich werde nicht zusammenbrechen, wenn du mich verlässt, vielleicht werde ich weinen, ich weine oft und gern, aber ich werde es verkraften. Ich verspreche dir auch, Nein zu sagen, wenn du etwas von mir forderst, das mir widerstrebt. Und nur weil wir eine vergnügte Zeit verleben, heißt das nicht, dass ich erwarte, dass es immer so weitergeht. Was ich hingegen wirklich nicht möchte, Hubert, ist, dass wir uns zurückhalten, nur weil wir uns vor dem Ende fürchten.«

»Das alles kannst du?«, fragte er bewundernd. »Sogar, wenn ich einmal hier lang wollte, einmal da lang? Denn ich schwimme ja noch völlig.«

»Erschreckend, wenn es anders wäre«, sagte sie. »Du hast nie mit einer Frau gelebt, woher sollst du wissen, was dir guttut.«

Hubert fühlte sich unerhört erleichtert. »Ja, aber wenn es so einfach ist«, sagte er, »gibt es gar keinen Grund mehr, nicht nach Paris zu fahren.«

»Doch, deinen Nachbarn«, erinnerte ihn Edith-Samyra. »Was ist eigentlich mit ihm?«

»Er zettelt immer wieder Dinge an, die er nicht kontrollieren kann«, erzählte Hubert. »Und darin verstrickt er sich dann immer mehr. Zum Glück hat er eine Frau, die ihn bremst.«

»Jedenfalls bleiben wir besser in der Nähe«, beschloss Edith-Samyra, »Zürich ist fast so schön wie Paris. Magst du Sashimi?«

Das kannte Hubert überhaupt nicht. Und so kauften sie bei Globus zwei Sashimi-Boxen, setzten sich damit auf den Lindenhof, sahen den Schachspielern zu und stellten sich vor, sie wären in Frankreich.

»Lass uns auch spielen«, sagte sie schließlich.

»Ich habe Schach nie begriffen«, gestand er.

Doch sie hatte gar nicht an Schach gedacht. »Was ist dein liebster Gesichtsausdruck?«, fragte sie.

»Ein Lächeln«, sagte er spontan.

»Meiner ist entspannte Ruhe«, erzählte sie, »dein Gesicht in Ennenda etwa, als du geschlafen hast. Jetzt fragst du.«

»Was ist dein Lieblingsessen?«, wollte er wissen.

»Sashimi«, sagte sie, »und deines?«

»Seit heute auch Sashimi«, antwortete er.

Edith-Samyra jubelte: »Nun haben wir schon einen Punkt. Was ist deine Lieblingsfarbe?«

Das fand er schwierig zu beantworten. »Die Farbe auf deinen Fußnägeln gefällt mir«, sagte er.

»Hurra«, rief sie aus, »Rubinrot ist auch meine Lieblingsfarbe. Der Rubin steht übrigens für Liebe und Leidenschaft. Jetzt brauchen wir noch einen Punkt, dann sind wir seelenverwandt. Dieses Spiel haben wir als Kinder immer gespielt.«

»Wir haben Gänseblümchen gezupft«, sagte er.

»Ja, wir auch, aber das ist nicht dasselbe«, antwortete sie. »Also los, die dritte Frage.«

Hubert fiel auf die Schnelle keine ein.

»Dann frage ich«, erklärte sie. »Was würdest du jetzt gerade am liebsten tun?«

Er wurde rot und sagte: »Ich weiß gar nicht.«

»Ich würde ja gern deine Nachbarn besuchen«, sagte sie, und das hielt auch er für eine gute Idee.

»Dann haben wir drei Punkte«, rief sie und fiel ihm um den Hals. »Drei Punkte bei nur vier Fragen, das ist Rekord.«

Ehe sie Wyssens besuchten, kauften sie bei »Caredda« Stückchen, dann wollte Edith-Samyra noch bei Hubert zu Hause aufs Töpfchen. Währenddessen rief er Wyssens an und fragte, ob ein Überraschungsbesuch willkommen sei.

»Aber ja«, rief Gerda Wyss, »Besuch freut uns immer! Kommen Sie einfach herein, wir sind beide gerade nicht gut zu Fuß und werden uns erlauben, Sie im Sitzen zu begrüßen.«

Also gingen sie hoch, und Hubert genoss es sehr zuzusehen, wie Edith-Samyra Frohsinn verbreitete. Das war, stellte er fest, gar nicht schwer. Sie redete jedenfalls nichts irgendwie Bedeutungsvolles, sondern lachte nur viel, und davon ließen die Wyssens sich anstecken. Erich ließ sich irgendwann sogar dazu hinreißen, ihr ein Kompliment für ihre lackierten Nägel zu machen, worauf sie ihm um den Hals fiel und vergnügt rief: »Hörst du, Hubert? Noch ein Seelenverwandter!«

Vielleicht war diese Geste etwas zu forsch gewesen, jedenfalls war danach die Stimmung gesetzter, und Edith-

Samyra schlug bald vor aufzubrechen. Doch ehe sie das taten, sprach Gerda Hubert kurz auf Erichs missglückte Stadttour an. »Ich habe alle bis auf zwei Parteien nun telefonisch informiert«, erzählte sie ihm, »den anderen habe ich geschrieben. Der Schaden hält sich übrigens im Rahmen. Jedenfalls brauchen Sie ihn also nicht mehr zu begleiten. Wenn Sie uns aber gelegentlich die Post hochbringen, sind wir sehr dankbar. Erich soll sich nämlich noch schonen.«

Das versprach Hubert gleich zu tun, und als er Hand in Hand mit Edith-Samyra die Treppen hinabstieg, fühlte er sich so wohl und aufgehoben, dass er sie gar nicht verabschieden mochte. Doch sie hatte noch etwas vor – was es war, darum machte sie ein Geheimnis –, dafür küssten sie sich vor der Haustür fast wie ein junges Liebespaar. Dann nahm er die Post der Wyssens aus ihrem Kasten und stieg nochmals empor.

»Ein flottes Mädchen haben Sie sich da angelacht«, sagte Erich Wyss, als er eintrat. »Vermasseln Sie es nur nicht.«

»Das wird er schon nicht tun, nicht wahr, Herr Brechbühl?«, sagte Gerda, nahm die Post entgegen und stellte fest: »Sie sind beide sehr herzliche Menschen.«

»Edith-Samyra sagt, wir seien seelenverwandt«, erzählte Hubert, »denken Sie, da ist etwas dran?«

»Ich glaube ja, dass alle Seelen verwandt sind«, antwortete sie. »Es ist mehr ihre Attitüde, in der die Menschen sich unterscheiden. Aber wenn Sie wissen möchten, ob Sie zueinander passen: Ja, das würde ich schon meinen.«

Dezenz

Heinz Mallaya war für seine unorthodoxen Arbeitsmethoden bekannt, aber Selina May war doch überrascht, als sie abends bei ihrer Heimkehr ein Päckchen von ihm im Hauseingang fand, das eine Flasche Wein (Château Lafite), Max Frischs zweites Tagebuch und eine Scherzkarte mit dem Spruch enthielt: »Nüchtern betrachtet war es besoffen besser.« Auf die Rückseite hatte er geschrieben: »Bitte beantworten Sie gemeinsam mit Heribert Glockner Frischs Fragebogen zum Thema ›Hoffnung‹.«

Auf dem Anrufbeantworter war bereits eine Nachricht von Glockner. »Falls Sie das gleiche Päckchen erhalten haben wie ich, Frau May, öffnen Sie die Flasche, damit der Wein atmen kann, und klingeln Sie durch. Und lassen Sie mich bitte nicht zu lange warten, ich habe Durst.«

Sie lachte, und obwohl es fast Mitternacht war, rief sie gleich an. »Schlafen Sie schon?«, fragte sie.

»Nein, und ich bin froh, dass Sie sich melden«, sagte Glockner. »Ich habe die Flasche nämlich schon halb leer. Es ist kein Premier Cru, aber doch ein feiner Wein.«

»Ich verstehe nichts davon«, gestand sie. »Ich könnte meine Flasche für Sie aufbewahren. Sie ist noch zu.«

»Nein, das geht nicht«, sagte Heribert Glockner. »Herr Mallaya wird sich etwas dabei gedacht haben.«

Also öffnete sie die Flasche und schenkte sich ein Glas ein, er las ihr währenddessen den Fragebogen vor. Sie hatte Frischs Tagebücher gelesen, als sie in der Winkelwiese *Biografie. Ein Spiel* aufgeführt hatte, doch das war über zehn Jahre her.

»Mich irritiert, dass er uns nicht den Fragebogen zum Thema ›Tod‹ beantworten lässt«, sagte sie. »Immerhin geht es um Sterbehilfe.«

»Nein, mich nicht«, antwortete Glockner. »Es geht um Sterbehilfe, aber zentral ist nicht der Tod, sondern tatsächlich die Hoffnungslosigkeit. Der Tod ist nur ein möglicher Ausweg daraus. Haben Sie übrigens auch das Formular bekommen?« Und nachdem sie verneint hatte, sagte er: »Dann fülle ich es für uns beide aus.«

»Könnten Sie auch die Fragen lesen?«, bat sie. »Dann mache ich das Licht aus.« Und während er die erste Frage vorlas, öffnete sie die Balkontür und legte sich aufs Sofa. Es hatte wieder begonnen zu regnen, und das Rauschen hallte von den Häusern rings um den Hof wider.

Anfangs war es mehr Geplauder. Heribert Glockner hatte eine hinreißende Telefonstimme, und Selina genoss es vor allem, ihm zuzuhören. Seine eigenen Antworten waren sehr kurz (dabei äußerst präzise), doch er fragte oft nach oder paraphrasierte Selinas Antworten, um sicher zu sein, dass sie dasselbe meinten. Seine Neugierde schmeichelte ihr.

Dann kam die schwierige fünfte Frage:

Welche Hoffnung haben Sie aufgegeben?

»Die Hoffnung, dafür geliebt zu werden, wie ich mich sehe«, sagte er ohne langes Nachdenken. »Ich fürchte, das tue nur ich selbst. Die Frauen in meinem Leben jedenfalls hat meine Sperrigkeit alle in die Flucht getrieben.«

Selina lachte. »Das haben Sie mit Heinz Mallaya gemeinsam.«

Darauf erwiderte er nichts, also war nun sie an der Reihe. Doch nachdem sie eine ganze Weile überlegt hatte, musste sie gestehen: »Mir fällt dazu nichts ein.«

»Liebt Sie der Mann, den Sie lieben?«, fragte Glockner geradeheraus.

»Ich weiß nicht, ob ich einen liebe«, erwiderte sie.

»Haben Sie noch die Hoffnung, einmal richtig zu lieben?«, fragte er weiter, und als sie stutzte, fuhr er fort: »Und wenn nein, haben Sie einmal an die große Liebe geglaubt?«

»Okay, das hat gesessen«, sagte sie. »Nächste Frage.«

Sie folgten dabei dem Formular, das einige Fragen aus dem Tagebuch ausließ. Die nächste war daher nicht leichter:

Kann Hass eine Hoffnung erzeugen?

»Ich weiß nicht, ich habe nie gehasst«, sagte Selina.

»Ich schon«, antwortete Heribert Glockner. »Es ist siebzig Jahre her. Und die Antwort ist Ja, Hass kann eine Hoffnung erzeugen, doch diese Hoffnung ist blutig.«

»Erzählen Sie mehr darüber«, bat sie.

»Nein«, sagte er nur. »Wir sollen die Fragen beantworten, und diese ist beantwortet.«

Die nächste schlug allerdings in dieselbe Kerbe:

»Hoffen Sie angesichts der Weltlage:
a. auf die Vernunft?
b. auf ein Wunder?
c. dass es so weitergeht wie bisher?«

»Sie zuerst«, bat er.

Selina sagte: »In der Mittelschule hat man uns beigebracht, dass bis zum Jahr 2000 die Rohstoffe der Erde so gut wie verbraucht sein würden und um das letzte Öl, das letzte Nickel und so weiter ein globaler Krieg tobe. Der saure Regen und die Borkenkäferplage würden die Wälder zerstört haben, die Atmosphäre hätte sich aufgelöst, die Sonne die Erdoberfläche versengt, und der Mensch hätte keine Lebensgrundlage mehr. Vielleicht würden die Ratten die Herrschaft über die Erde übernehmen, wahrscheinlicher aber wäre, dass nur Mikroben überlebten. Nichts davon ist eingetreten. Die Natur hat sich angepasst, der Mensch sich auch. Natürlich hoffe ich, dass es so weitergeht.«

»Also c«, sagte Glockner, dann stellte er fest: »Gegen Ende der Flasche wird der Wein schal. Entschuldigen Sie mich für einen Augenblick?« Sie hörte ein Möbelstück rücken, dann Geplätscher. Möglich, dass er den letzten Wein fortgoss, vielleicht holte er sich auch Wasser oder war pinkeln. Dabei hatte er offensichtlich nachgedacht. Als er zurückkam, sagte er: »Ich kann nicht das Ganze überblicken. Aber wenn ich mich daran erinnere, was ich während des Kriegs – des Zweiten Weltkriegs – an Elend miterlebt habe, und weiß, dass inzwischen mehr als doppelt so viele Menschen auf der Erde leben, dann muss ich davon ausgehen, dass auch das Leiden sich verdoppelt hat. Für uns vielleicht nicht mehr so sichtbar, vieles haben wir ausgelagert, unsere Kriege, unsere Billigproduktionsstätten. Das ist das eine. Dem steht entgegen, dass ich nicht beschwören kann, ob der Mensch in einer großen Tragödie mehr leidet als in kleinen, alltäglichen Notlagen, wie auch wir sie immer wieder erleben. Vermutlich hat, was ich damals erlebte, einen bestimmten Mechanismus in mir beschädigt, ich kann seither nicht mehr wirklich Schmerz empfinden. Oder sagen wir, ich empfinde ihn, aber ich nehme ihn nicht als meinen Schmerz wahr, sondern ganz unpersönlich. Was ich mit alldem sagen will, falls Sie überhaupt noch wach sind …«

»Doch, ich bin hellwach«, versicherte sie.

»Ich nicht mehr«, gestand er. »Aber diese Antwort kriege ich noch hin. Was ich also sagen will, ist, dass mir die Entscheidungsgrundlage dafür abhandengekommen ist, ob eine Welt ohne Menschheit nicht sogar wünschenswerter wäre. Natürlich fragt man sich dann gleich, wünschenswerter für wen, können andere Wesen als der Mensch überhaupt wünschen, und so weiter. Zu all dem kann ich nichts Schlüssiges sagen. Das magere Fazit ist also, Frage acht bleibt für mich unbeantwortbar. Punkt.«

»Das beantwortet auch gleich die nächste: *Können Sie ohne Hoffnung denken?*«, stellte Selina fest, die inzwischen Licht gemacht und in die Küche gewechselt hatte, um noch etwas Kleines zu essen. Seither las sie im Buch mit.

»Die habe ich hier gar nicht mehr drauf«, sagte Heribert Glockner. »Da steht nur noch eine, die schaffen wir noch, oder? *Hoffen Sie auf ein Jenseits?* Und, Frau May, hoffen Sie?«

Selina hatte gerade herzhaft in ein Salametto gebissen und musste eine Weile kauen. »Nicht wirklich«, sagte sie schließlich mit vollem Mund, wobei sie feststellte, dass sie das Spiel gleich viel leichter nahm, seit sie aß. Vielleicht war es auch das Licht. »Mein Jenseits ist die Bühne. Ich kann mir nicht vorstellen, von ihr jemals abzutreten. Wenn Selina May einst nicht mehr ist, werde ich die Schauspieler und das Publikum als Geist heimsuchen. Wie sieht es bei Ihnen aus?«

Erst notierte er, was sie gesagt hatte, dann las er die Frage nochmals laut – weil er Mühe hatte, sich zu konzentrieren, dachte sie erst. Doch dann begriff sie, dass er sich überwand. Er sprach noch leiser als sonst, und seine Stimme brach immer wieder, als er ihr verriet: »Ganz tief in mir ist das die einzige Hoffnung, die ich je hatte. Und wie sehr mein Verstand sie auch widerlegen mag, die Hoffnung auf ein Jenseits ist so stark und tief verwurzelt, dass nur etwas sie noch übertrifft: die Angst davor, dass ich mich irren könnte. Diese Angst hat vielleicht auch ihr Gutes, jedenfalls ist sie meine einzige Triebfeder, am Leben zu bleiben. Sie ist es seit siebzig Jahren. Die Hoffnung, meinen Eltern und Geschwistern, vor allem aber meiner Mutter nach dem Tod wieder zu begegnen und endlich diese schreckliche Kluft zwischen uns zu beseitigen, wird nur durch die Angst übertroffen, ich könnte sterben und dabei erkennen, dass unsere Trennung nach dem Tod fortbesteht, und zwar endgültig.« Danach schwieg er eine Weile, und weil sie den Atem anhielt, hörte sie, dass er doch wieder trank. Er schien aber auch zu schreiben, denn ab und zu hörte sie ihn einzelne Worte murmeln: Gut, Triebfeder, Kluft. »Vergessen Sie bitte nicht, Frau May«, sagte er endlich, »dass ich gerade recht betrunken bin. Ich rufe Sie morgen Abend an, wir gehen gemeinsam das Protokoll durch und werden sicher einiges zu lachen haben.«

Überraschung

Hubert Brechbühl freute sich sehr, als Gerda Wyss anrief und ihn zu ihrem Geburtstag einlud. »Wir feiern immer ganz bescheiden«, sagte sie. »Aber ich finde, Sie und Ihre sympathische Freundin dürfen dieses Jahr nicht fehlen. Nur bitte keine Geschenke, wir haben mehr als genug.«

Das fiel Hubert nicht leicht, doch Edith-Samyra wusste, was zu tun war. »Ich bringe meine Schallplatten mit und lege auf«, sagte sie. »Du wirst staunen, wie sehr sie das freut.« Und er kaufte wenigstens bei »Ryffel« eine Tischbombe.

Das Fest wurde sehr witzig. Zum Kaffee gab es Gottlieber Hüppen (eine Gabe der Genossenschaftsverwaltung), Lübecker Marzipan, das ihr Sohn Sepp aus Berlin geschickt hatte, und eine sehr schöne Torte »Belle Hélène« von der Migros, die Ernst Wyss in der Schachtel auftischte, weil er »Hélène« durchgestrichen und durch »Gerda« ersetzt hatte. Die Tischbombe ging zwar nicht los, aber Edith-Samyra mimte mit viel Talent eine Explosion und verteilte danach die Hütchen auf die Köpfe. Dann packte sie ihre Platten aus und legte auf.

»Wir werden reisen, liebe Gerda«, sagte sie vor dem ersten Stück – gleich bei der Begrüßung hatte Gerda vorgeschlagen, dass sie sich alle duzten –, »und zwar quer durch den Kontinent.« Es folgte ein wahres Feuerwerk an Evergreens: *Zigeunerjunge, Akropolis adieu, Those were the days my friend, Ne me quitte pas,* Mireille Mathieu, Caterina Valente, Roy Black, Demis Roussos, Ivan Rebroff, Siw Malmkvist – es nahm kein Ende. Obwohl sie sich zu viert nur zwei Piccolos teilten, wurde die Stimmung äußerst ausgelassen. Denn Edith-Samyra legte nicht nur auf, sie holte erst Hubert zum Tanz, dann schwang sie mit Gerda immerhin die Arme, und als sie aus aktuellem Anlass *Der Sommer kommt wieder* auflegte – nach einem schönen August war es zum Monatsende hin empfindlich kühl und nass geworden –, hievte Gerda sich aus dem Sessel, sagte unternehmungslustig zu Erich: »Na los, du Junggemüse, etwas Mut«, und tanzte mit ihm fast das ganze Stück lang.

Danach hatte sie ganz rote Wangen, und beim Essen – es gab Gschwellti mit Käse – fasste sie sich immer wieder ins Gesicht und stellte fest: »Ich glühe ja wie ein Backfisch!«

Sie unterhielten sich blendend. Erich erzählte von ihren ersten gemeinsamen Reisen, und Gerda korrigierte ihn andauernd, dann kabbelten sie sich, bis Gerda jeweils sagte: »Ich bin das Geburtstagkind, Erich, also habe ich recht.« In ihrem Übermut überlegten sie sogar, ob sie nochmals eine Reise wagen wollten, und Hubert und Edith-Samyra waren nicht abgeneigt, sie zu begleiten. Venedig hatten die Wyssens noch nicht gesehen, und an ein Fischerdörfchen in den Cinque Terre, dessen Name ihnen entfallen war, hatten sie besonders schöne Erinnerungen.

»Da bleiben wir dran«, versprach Edith-Samyra, als Gerda sich plötzlich erhob, um zu Bett zu gehen, und Hubert sagte sozusagen zum Abschied: *»Es ist nicht zu* *wenig Zeit, die wir haben, sondern zu viel Zeit, die wir nicht nutzen.«* Diesen Ausspruch Senecas hatte er einmal auf dem Einwickelpapier eines Hochzeitsbonbons gelesen und seither oft und mit viel Erfolg angebracht.

Danach blieben die anderen noch etwas sitzen, Gerda hatte sich das so gewünscht. Das heißt, Edith-Samyra wusch ab, während Hubert sich mit Erich über seine Ehe unterhielt.

»Wir sind nun so lange zusammen«, stellte Erich fest, »und doch ist Gerda mir immer wieder fremd. Jedes Mal an ihrem Geburtstag – sie ist ja jetzt für zwei Monate wieder ein Jahr älter als ich – wird sie irgendwie resolut. Normalerweise würde sie nicht einfach so zu Bett gehen, sie würde mich zumindest fragen, ob ich auch komme. Aber zwischen ihrem und meinem Geburtstag im November kommt sie irgendwie in Fahrt. Sie ist dann diejenige, die bestimmt, und wenn ich mich nicht füge, kann sie sogar richtig schimpfen.«

Er sagte das leicht geknickt, und als Edith-Samyra vom Waschbecken her bemerkte: »Das klingt wunderbar, finde ich. Überhaupt ist sie eine großartige Frau«, wollte er ihr zwar nicht widersprechen, er fand nur, in jenen gut zwei Monaten fühle er sich manchmal etwas einsam. »Irgendwie habe ich auch jetzt wieder das Gefühl, dass sie mir vorauseilt. Sie hatte plötzlich etwas Ungeduldiges, findet ihr nicht? Das setzt mich unter Druck.«

»Unter Druck, was zu tun?«, fragte Edith-Samyra.

»Ja, wenn ich das wüsste«, sagte Erich. »Es ist ja nur ein Gefühl. Aber beispielsweise wird sie heute Abend ihr Gebiss nicht gereinigt haben. Es wird im Waschbecken liegen, und sie verlässt sich darauf, dass ich es für sie bürste und einlege. Ich tue das ja auch sonst, nur sagt sie normalerweise: ›Ach, jetzt muss ich noch mein Gebiss reinigen‹, und ich sage: ›Komm, lass, Gerda. Es fällt dir so schwer zu stehen, und du bist bestimmt müde.‹ Worauf sie wiederum sagt: ›Wenn ich dich nicht hätte, Erich!‹ Das alles fand heute nicht statt.«

»Vielleicht nur, weil wir dabei waren«, vermutete Hubert.

»Nein, so ist sie, wenn sie älter ist«, erklärte Erich. »Sie geht voraus und dreht sich nicht um und rechnet einfach damit, dass ich schon klarkomme.«

»Vielleicht sollte man sagen, sie vertraut darauf«, sagte Edith-Samyra sanft, »und so gesehen hat es ja auch etwas Schönes.«

»Ich will mich überhaupt nicht beklagen«, sagte Erich.

Hubert und Edith-Samyra gingen bald darauf, und auf der Treppe fragte er sie: »Möchtest du heute bleiben?«

»Ja, das ist eine gute Idee«, sagte Edith-Samyra. »Ich habe nur gar nichts dabei.« Doch eine zweite Zahnbürste hatte er bereits gekauft, und Nivea fürs Gesicht hatte er auch.

Bevor sie schlafen gingen, tranken sie Tee, hielten einander dabei die Hand und sprachen über Wyssens. »So gemeinsam alt zu werden, ist schon etwas Schönes«, stellte Edith-Samyra fest.

Und Hubert sagte: »Gerda hat geglüht wie ein junges Mädchen, und das mit zweiundachtzig. Das hast du fertiggebracht.«

»Unsinn«, sagte sie. »Ich kann mir aber vorstellen, dass

es ihr manchmal mit Erich allein zu eng wird. Sie kommt ja kaum unter Leute.« Und sie nahmen sich vor, von nun an oft bei den beiden vorbeizuschauen.

Danach schlief Hubert schnell ein, und so tief war sein Schlaf, dass Edith-Samyra ihn wachrütteln musste, als das Telefon klingelte. »Es ist bereits das zweite Mal«, sagte sie.

Er ging ans Telefon, es war Erich. »Mit Gerda stimmt etwas nicht«, sagte er. »Sie wacht gar nicht mehr auf. Sonst weckt sie mich nachts dauernd und will etwas besprechen.«

»Das macht bestimmt der Sekt«, sagte Hubert. »Ich habe auch tief und fest geschlafen.«

Aber schon stand Edith-Samyra neben ihm und fragte besorgt: »Was macht der Sekt?«

»Es ist Erich«, sagte Hubert, »Gerda wacht nicht auf.«

»Erich, ich komme hoch«, rief sie, »sieh zu, dass die Wohnungstür aufgeschlossen ist.« Und zu Hubert sagte sie: »Lieber einmal zu oft aufstehen als einmal zu wenig.« Dabei war sie bereits in die Schuhe gestiegen, hatte die Toga übergeworfen und zog Hubert, wie er war, in Pyjama und Hausschuhen, mit sich.

Erich erwartete sie an der Tür. »Sie atmet auch sonderbar«, sagte er und ging vor ihnen her ins Schlafzimmer.

Edith-Samyra knipste erst einmal das Licht an. »Sie atmet überhaupt nicht«, sagte sie, setzte sich auf die Bettkante und suchte kurz Gerdas Puls. »Sie ist tot, Erich.«

»Unsinn, sie hat eben noch geseufzt«, sagte er.

Doch Edith-Samyra erklärte: »Das war vielleicht die Thoraxmuskulatur, die sich gelöst hat. Sie ist schon eine ganze Weile tot. Darf ich das Fenster öffnen? Ihre Seele möchte ins Freie.«

Erich nickte verständnislos, und als sie das Fenster öffnete, folgte er ihr wie ein Hündchen. Hubert sah von der Tür aus zu und wusste nicht, was er tun sollte.

Edith-Samyra gab ihm Anordnungen. »Geh runter und zieh dich an«, sagte sie, »dann ruf die Notfallzentrale an, ein Arzt muss den Tod feststellen. Du brauchst dich aber nicht zu beeilen, wir haben hier noch zu tun. Ach, und bring eine Kanne Kaffee mit hoch.«

Hubert fühlte sich benommen, als er hinunter in seine Wohnung ging, doch er erinnerte alles, was sie ihm aufgetragen hatte, und nachdem er in seine Kleider geschlüpft war, rief er einen Arzt.

»Woher wissen Sie, dass die Frau tot ist?«, fragte der Mann in der Zentrale.

»Meine Freundin war Krankenschwester auf der Intensivstation«, sagte Hubert und dachte, dass er, wenn das Gedächtnis ihn nicht trog, das erste Mal in seinem Leben ›meine Freundin‹ gesagt hatte.

Als er mit dem Kaffee nach oben kam, trug Gerda ein schöneres Nachthemd und war frisch gekämmt. Edith-Samyra und Erich waren damit beschäftigt, das Schlafzimmer mit Blumen aus Gerdas Geburtstagsstrauß zu schmücken. Edith-Samyra redete zu Erich wie zu einem Kind, und er hing an ihren Lippen.

»Ich glaube, das Gebiss fehlt noch«, sagte Hubert, als er eine Weile zugesehen hatte.

»Das dürfen wir erst einsetzen, wenn der Arzt da war«, erklärte Edith-Samyra. »Es könnte jemand behaupten, sie sei daran erstickt, und uns verklagen. Alles schon dagewesen.«

»Und was tue ich mit dem Kaffee?«, fragte er.

»Den trinken wir«, sagte sie und nahm ihm die Kanne ab. »Hilf doch bitte Erich noch, sich anzuziehen.«

Viel Hilfe war nicht nötig, danach setzten sie sich zu Edith-Samyra in die Küche. Während es draußen allmählich hell wurde, tranken sie Kaffee und warteten auf den Arzt. Der kam mit Blaulicht.

»Ist die Tür unten offen?«, fragte Edith-Samyra, als sie die Sirene hörten.

Hubert hatte daran gedacht, doch es war möglich, dass jemand sie inzwischen zugezogen hatte, und so ging er zum Schlafzimmerfenster, beugte sich hinaus und sah, wie zwei Männer mit einer Trage im Hauseingang verschwanden. Er schloss das Fenster und betrachtete Gerda, die ganz friedlich dalag, einen Augenblick später kamen alle ins Zimmer. Während der Arzt Gerda untersuchte, lehnte Edith-Samyra neben Hubert ans Fenstersims, berührte seine Hand und wollte hören, wie es ihm ging.

»Gut«, sagte er. »Ich sah gerade Gerda an und erinnerte mich, wie du auf dem Lindenhof fandest, dein liebster Gesichtsausdruck sei entspannte Ruhe.«

»Ja, Tote sind sehr schön«, sagte sie. »Wenn man sie so ansieht, fragt man sich, warum wir uns im Leben derart hetzen. Offensichtlich wäre es nicht nötig.«

Dann fragte Erich den Arzt: »Müssen Sie operieren?«

»Nein, da gibt es nichts zu operieren«, antwortete der.

»Aber sie atmet doch noch«, insistierte Erich.

»Sie ist seit mindestens vier Stunden tot«, sagte der Arzt. »Es sieht nach spontanem Herzversagen aus.«

»Ich will eine zweite Meinung«, sagte Erich.

Edith-Samyra ging zu ihm. »Ich bin die zweite Meinung, Erich«, sagte sie. »Gerda ist tot, und sie ist sehr friedlich gestorben. Wir könnten ihr nichts Schöneres gönnen.«

»Aber du hast doch extra das Fenster geöffnet«, sagte er. »Da war sie noch nicht tot.«

»Sollen wir die Leiche mitnehmen?«, fragte der Arzt dazwischen.

»Nein, lassen Sie sie hier«, sagte Edith-Samyra und wandte sich wieder Erich zu: »Wir haben nur die Seele freigelassen. Gerda hat es schön, Erich, ihr geht es gut. Sie ist nur nicht mehr hier. Du bist aber nicht allein.«

»Sind Sie Angehörige?«, wandte sich der Arzt an Hubert. »Er wird jemanden brauchen, der ihm beisteht.«

»Wir sind nur Nachbarn, meine Freundin und ich«, sagte Hubert. »Aber Herr Wyss hat einen Sohn und einen Enkel, die werden wir benachrichtigen.«

Nachdem der Arzt sich hatte bescheinigen lassen, dass es Erichs Wille war, Gerda in der Wohnung zu behalten, verließen er und der Sanitäter das Haus, und Edith-Samyra führte Erich in die Küche zurück. »Du musst etwas essen«, sagte sie. Sie ging nochmals ins Schlafzimmer, um Gerda das Gebiss einzusetzen, dann sah sie nach, was sie frühstücken konnten. Dabei sagte sie zu Hubert: »Du hast vorhin ›meine Freundin‹ gesagt.«

»Ja«, sagte Hubert und musste lachen. Fast fröhlich berührte er Erich am Arm und fragte: »Wo finde ich die Nummer eures Sohnes, Erich? Ich rufe ihn jetzt an.«

Leselust

Seit Gianni vorgeschlagen hatte, Adamo solle die Synchronisierung und den Weiterverkauf seiner Filme übernehmen – wobei sie sich darauf geeinigt hatten, dass Gianni die ganze technische Seite, also das Schneiden und Kopieren, besorgte –, arbeitete Adamo daran, ein Vertriebsnetz aufzubauen. Ein Freund von ihm führte einen Internetshop, in dem er Trekkingartikel anbot, mit ihm saß er oft bis tief nachts am Computer und ließ sich in die Geheimnisse des Programmierens und des Onlinemarketings einführen. Daneben recherchierte er Kontaktplattformen und Sexshops.

Efgenia war für die Inhalte zuständig. Das war gar nicht so einfach, denn die Filme waren slowenisch gesprochen, und das beherrschten weder Adamo noch sie. Er lachte auch nur, als sie das Problem ansprach, und sagte: »Ist doch völlig egal, was da gesprochen wird. Schlussendlich geht es ums Vögeln.«

Aber sie widersprach: »Beim Vögeln geht es nicht nur ums Loch, sondern auch ums Drumrum. Und wenn ich einen Sexfilm sehe, will ich, dass die Leute etwas auf dem Kasten haben.«

Der erste Film, den sie sich vornahm, spielte in einer Villa am Meer. Ein Mann saß nackt an der Schreibmaschine und schwitzte. Er brütete über einem Text, dazu trank er Whisky. Dann sah er ein Mädchen am Swimmingpool. Offenbar gehörte sie nicht dorthin, denn er sprang auf und rief ihr etwas zu. Sie erschrak fürchterlich und fiel prompt ins Wasser. Als sie aus dem Pool stieg, klebten ihr die Kleider am Körper, und man sah, dass sie schöne, spitze Brüste hatte. Sie war eingeschüchtert, und der Mann redete eine Weile wütend auf sie ein, ehe er merkte, wie sexy sie war. Dann begann er sie auszuziehen, und dabei redete nun sie, leise und freundlich. Kaum war sie nackt, sprang sie zurück in den Pool, schwamm zu einer aufblasbaren Insel, zog sich hoch und spreizte die Beine, damit er ins Wasser kam und sie von dort aus leckte.

Efgenia sah sich die Szene immer wieder an. »Was könnten die beiden wohl reden?«, fragte sie.

»Wenn du willst, rufe ich Gianni an und frage ihn«, sagte Adamo.

»Ja, tu das«, bat sie erst. Doch schon während er anrief, überlegte sie es sich anders.

»Ich wusste ja, es ist trivial«, konnte er noch eben sagen, dann hielt sie ihm den Mund zu.

»Ich will es gar nicht wissen«, rief sie. »Hör zu, wie ich es mir denke: Er ist ein berühmter Schriftsteller. Aber seit ihn seine Frau verlassen hat, kriegt er kein Wort mehr aufs Papier.«

»Ja, und wie weiter?«, fragte Adamo.

»Weiter bin ich noch nicht gekommen«, gestand sie. »Es fällt mir schwer, mich in einen Schriftsteller hineinzuversetzen.«

»Dann würde ich sagen, lies mal ein Buch«, schlug er vor.

Und das tat sie. Im Heilsarmee-Brockenhaus durchstöberte sie erst die Regale, dann sprach sie einen Verkäufer an: »Ich suche etwas mit Sex.« Er führte sie zuerst zum Ratgeberregal, doch sie sagte: »Nein, nicht über Sex. Einen Roman oder so, eine Geschichte. Aber eine mit Sex.«

»Die hier handelt von Sex«, sagte der Verkäufer und gab ihr ein sehr zerlesenes Exemplar von Henry Millers »Opus Pistorum«.

»Haben Sie es gelesen?«, fragte sie, und als er nickte: »Dann sind die Flecken von Ihnen?«

Er wurde rot und sagte: »Nein, die waren schon da. Es ist ein Bibliotheksexemplar.«

Tatsächlich trug das Buch den Stempel der Kantonsbibliothek Baselland. Sie kaufte es für zwei Franken und verbrachte einen vergnügten Nachmittag und Abend damit. Dreimal kam sie während des Lesens, und als sie es ausgelesen hatte, schrieb sie bis vier Uhr nachts am Eingangsdialog für den Film.

Erst als Adamo nach Hause kam – er sprang nun manchmal als Türsteher bei einem Privatclub im Maagareal ein –, legte sie den Kugelschreiber weg und sagte: »Wir müssen unbedingt noch vögeln, Adamo, sonst kann ich nicht schlafen. Und morgen nehmen wir auf.«

Adamo hatte dafür schon ein Gerät und Mikrofone geborgt, doch am anderen Morgen musste er sich erst durch die Bedienungsanleitung kämpfen, und danach störte mal der Lärm der Müllabfuhr, dann polterte es endlos im Treppenhaus. Efgenia riss irgendwann die Wohnungstür auf und rief: »Könnte wohl mal Ruhe sein? Hier wird ein Film vertont!« Es polterte aber tiefer im Treppenhaus ungerührt weiter, und als sie dem Krach nachging, sah sie drei Männer, die sich damit abmühten, einen Sarg durch das enge Treppenhaus zu tragen.

»Wer ist gestorben?«, fragte Efgenia, insgeheim hatte sie sofort gehofft, es sei der Alte von gegenüber.

»Eine Frau Wyss«, sagte aber ein Sargträger, das war die Frau des Alten.

Dies wiederum brachte sie auf Ideen, sie schrieb den Eingangsmonolog von Grund auf neu. Darüber wurde es Mittag, und wieder war an eine Aufnahme nicht zu denken, denn über ihren Köpfen tobte erst das Mädchen, dann, pünktlich um ein Uhr fünfzehn, begannen gegenüber Gerüstbauer, eine Fassade einzukleiden.

»Am besten warten wir bis Sonntagmorgen«, sagte Adamo und nahm die Batterien aus den Mikrofonen.

»Dann haben wir die Kirchenglocken«, sagte Efgenia, »und wenn weiter so schlechtes Wetter ist, trampelt uns das Kind den ganzen Tag lang auf dem Kopf herum. Unter der Woche geht sie jetzt wenigstens in den Kindergarten. Nein, wir nehmen nachts auf.«

Bis Mitternacht probten sie, dann konnten sie endlich ungestört aufnehmen und hatten die Szene schnell im Kasten. Erst als sie sie abhörten, beschlichen sie Zweifel.

»Man hört, dass du liest«, sagte Efgenia. »Und für einen Schriftsteller liest du auch noch schlecht.«

»Mag schon sein« sagte Adamo. »Mich stört etwas anderes. Dafür, dass das Mädchen drei Monate lang in einem Schuppen gefangen war und dabei vom Gärtner und seinem Schäferhund vergewaltigt wurde, sieht sie verdammt strahlend und ausgeschlafen aus.«

»Sie ist ja auch erst sechzehn«, sagte Efgenia gereizt, »mit sechzehn steckt man so was weg.« Doch die Zweifel waren gesät, und am nächsten Morgen zog sie wieder los, diesmal ins städtische Brockenhaus, und ließ sich Bücher von Anaïs Nin und Marguerite Duras empfehlen. An deren Umständlichkeit musste sie sich erst gewöhnen, aber nach der Lektüre fühlte sie sich wunderbar benommen, auch etwas verloren und sehnte sich nach mehr.

Für die nächste Aufnahme bereitete sie eine Szene weiter hinten vor. Sie hatte inzwischen den Hintergrund des Schriftstellers geändert: Seine Frau hatte, was niemand wusste, alle seine Werke verfasst, und durch ihren Tod – an dem er nicht unschuldig war, denn er war betrunken Auto gefahren – hatte er also nicht bloß sie verloren, sondern auch sein Selbstverständnis als Schriftsteller. In der Szene, die sie in jener Nacht aufnahmen, schrie er daher bei jedem Stoß: »Gib mir ... Bücher ... gib mir Sinn ...« Nur war das Mädchen nach wie vor erst sechzehn und hatte also ganz andere Sorgen. Schließlich schob sie ihn recht nüchtern von sich und sagte: »Ich weiß doch selbst noch nicht, wer ich bin. Ich bin ein Mädchen noch ohne Gesicht. Deshalb wende ich mich jetzt auch ab und will, dass du mich von hinten vögelst.«

Sie kamen gut in Fahrt, nur wurden sie leider gegen halb eins unterbrochen, Julia Sommer rief an. »Meine Tochter hat Angst, wenn Sie nachts so schreien«, sagte sie. »Und ich brauche meinen Schlaf. Übrigens arbeite ich inzwischen zu Hause und wäre auch tagsüber dankbar für etwas Ruhe.«

»Wir auch«, sagte Efgenia impulsiv. »Ihr Kind trampelt uns dauernd auf dem Kopf herum.«

»Kinder trampeln nun mal«, sagte Julia Sommer.

»Und Erwachsene vögeln«, antwortete Efgenia. »Wir machen Aufnahmen für einen Film, wir brauchen dazu Ruhe«, erklärte sie noch, dann legte sie auf.

Am anderen Morgen klingelte Julia Sommer sie aus der Wohnung und sagte: »Es lässt mich nicht los, was drehen Sie für einen Film? Ich schreibe nämlich gerade selbst an einem Drehbuch und bin etwas verloren.«

Adamo hatte inzwischen Gianni angerufen und ihm die Aufnahmen vorgespielt. »Was ist das für ein Mist?«, hatte der nur gerufen. »Das ist viel zu viel Gequatsche, wie soll ich das je lippensynchron kriegen?«

Daran hatte Efgenia gar nicht gedacht, und als Julia Sommer kam, war sie etwas verzweifelt. Das vermeintliche Kinderspiel entpuppte sich als Sisyphusarbeit, und auf Julia Sommers Frage reagierte sie entsprechend gereizt.

»Was für einen Film? Wonach klingt es wohl?«, fragte sie zurück. »Und außerdem drehen wir nicht, wir machen Tonaufnahmen.«

Julia Sommer verstand Efgenias Frage allerdings wörtlich. »Oh, es klingt nach allem Möglichen«, sagte sie. »Einmal, als ich Ihnen zuhörte, fiel mir Godard ein, *Je vous salue Marie*, und einmal dieser wunderbare Film mit Romy Schneider, *Swimmingpool* heißt er, glaube ich.«

Und plötzlich witterte Efgenia Rettung. »Wenn Sie sich so gut auskennen, können Sie mir vielleicht helfen«, sagte sie versöhnlich. »Obwohl ich Sie bitten muss, nicht zu viel zu erwarten.«

Julia versprach, sich am Nachmittag eine halbe Stunde Zeit für sie zu nehmen, bis dahin arbeitete Efgenia nochmals fleißig. Als Julia kam, spielte Efgenia ihr als Erstes die Szene im Film vor, dann zeigte sie ihr den Text. Julia las ihn aufmerksam und sagte: »Was immer Sie am Anfang versprechen, müssen Sie am Ende auch einlösen. Ich kann den Beginn daher nicht beurteilen, ohne den Schluss zu kennen. Wie endet der Film?«

Bis zum Schluss hatte Efgenia ihn sich selbst noch nicht angesehen. Sie ließen ihn im Schnelldurchlauf abrollen, danach spulte Efgenia zurück, bis Julia »Halt!« rief. »Ich glaube, hier beginnt die letzte Sequenz.«

Es war eine Gruppenvögelei rings um den Pool, nein, nicht nur am Pool, auch im Haus. Nur der Schriftsteller spazierte unbeteiligt, in einem Morgenmantel, der vorn offen stand und sein halb schlaffes Glied sehen ließ, durch die Szenerie, um sich zuletzt wieder an die Schreibmaschine zu setzen, und diesmal tippte er flüssig.

»Zu schade, dass er hier nichts sagt«, stellte Efgenia fest.

»Warum? Hier ist ganz viel Platz für eine Off-Stimme«, sagte Julia. »Etwas im Stil von: *Er hatte immer geglaubt, um zu schreiben, müsse man reisen, man müsse Unerhörtes, Seltenes, Kostbares zu erzählen haben. Erst nachdem er begriffen hatte, dass das Kostbarste das Profane war, der Alltag, der Mensch in seiner Kleinheit und Verlorenheit, und das Große, Großartige eine Sehnsucht zu bleiben hatte, nicht gezeigt, nur zu erahnen, eine Sehnsucht so unerfüllbar wie der Traum der Unsterblichkeit, erst da konnte er auch schreiben. Und er schrieb nicht nur. Im Schreiben lernte er auch, die Vergangenheit ruhen zu lassen. Und nachdem er den siebenhundertseitigen Roman abgeschlossen hatte, wusste er: Dies ist kein Ende, es ist ein Anfang. Und das war es auch, nicht nur für ihn, sondern für alle, die das Buch lasen.«*

Efgenia war begeistert. Sobald sie Julia Papier und einen Stift gegeben hatte, damit sie sich Notizen machen konnte, rief sie Adamo, der den Regen nutzte, um im Hof die Zementplatten zu bürsten. »Komm schnell hoch, du musst aufnehmen!« Und zu Julia sagte sie: »Ihre Stimme hat mich eben ganz heiß gemacht. Das müssen Sie unbedingt selbst sprechen.«

Unentschiedenheit

Seit seinem 20. Geburtstag durchlebte Pit eine Krise. Ob es mit dem Älterwerden zu tun hatte oder mit den sonderbaren Begegnungen an jenem Tag, konnte er lange nicht sagen. Er fühlte nur, dass sein Leben hohl und schal geworden war und ihm für Dinge, die ihn eben noch ausgefüllt und beglückt hatten, die Begeisterung fehlte.

Er saß an einer Proseminararbeit zu »Wandel und Fortschritt«, einem Thema, das er selbst gewählt hatte. Es war ihm sozusagen im Schlaf eingefallen: Nachdem er mehrere Wochen lang über einem möglichen Thema gebrütet, viel angelesen, einiges skizziert und alles wieder verworfen hatte, war er irgendwann nachts aufgewacht und hatte im Dämmerzustand eine Erleuchtung gehabt: Nicht nur das Thema – eines, das nichts, aber auch gar nichts mit den verworfenen gemein hatte – war plötzlich wie in sein Hirn gemeißelt, er sah sogar die ganze Arbeit schon vor sich. Sie sollte klassisch dreigeteilt sein: Erst wollte er in fast spöttisch anmutender Lässigkeit einen Bogen von Kant bis Sloterdijk schlagen, mit kurzen Rückblenden auf Platon und Sophokles, dann die beiden Begriffe so gegeneinanderstellen, dass sie sich in einem rhetorischen Hochseilakt quasi gegenseitig auslöschten (der Wandel als Wille zum Fortschritt, der Fortschritt als Ende des Wandels, Utopia und

Deutsches Reich), bevor er in die Schlacht der Gegenwart eingreifen würde: Als Sinnbild dafür wollte er die windige Intelligenz eines Gregor Gysi gegen die Zementierung und zwingenderweise endlich Betonierung der Weltmärkte, ja der Welt schlechthin durch Institute wie die Deutsche Bank, Coca-Cola oder Microsoft stellen. Von all dem hatte er natürlich keine Ahnung, in jener Nacht allerdings hatte er sich allwissend gefühlt, und der dadurch ausgelöste Höhenflug währte lange genug, dass er ein Konzept niederschrieb und es dem zuständigen Oberassistenten Klaus-Henner vorlegte.

»Na, wenn du dir das zutraust«, meinte Klaus-Henner und trug Pit und das Thema in die Liste ein. »Wir suchen übrigens noch Leute für die ersten Referate«, sagte er, als er zur dritten Kolonne kam. »Du hast dir da ja einiges vorgenommen, ich nehme nicht an, dass du die Arbeit vor Semesterende vorstellen kannst. Oder wie siehst du das?«

»Doch, klar, gemacht ist gemacht«, sagte Pit etwas großspurig, »ich habe das Gefühl, ich schreibe das in ein paar Nächten durch.« Also teilte Klaus-Henner ihn gleich für den ersten Referatblock ein.

Danach verbrachte Pit zwei Wochen lesend oder besser Material sammelnd, denn er überflog auch jetzt das meiste nur, strich heraus und verließ sich auf sein Glück, um die entscheidenden Stellen zu finden. Sein Grundgefühl änderte sich erst, als er sich ans Schreiben machte. Im Großen schien ihm sein Entwurf weiterhin einleuchtend, wollte er allerdings eine Argumentationskette bilden, scheiterte er jedes Mal bereits im Ansatz. Alles, musste er feststellen, ließ sich ebenso gut auch anders interpretieren.

Zu Beginn machte er die Wahl seiner Lesart lediglich von der Vermutung oder besser Hoffnung abhängig, so auf die Argumentation mit dem größten Knalleffekt zu kommen, denn oberstes Ziel war, mit seiner Arbeit Aufsehen zu erregen. Doch schnell merkte er, dass er auf diese Weise nicht an die Materie herankam. Was er schrieb, blieb Geschwätz, und vermutlich konnte er damit jemanden wie Petzi begeistern, aber sicher nicht die Fachwelt, unter der er sich nicht Klaus-Henner oder seine Professoren vorstellte, sondern eben Sloterdijk.

Also zwang er sich, eine Frage wirklich konsequent zu durchdenken, und zwar jene: »Ist ›Wandel‹ ein rein deskriptiver oder ein moralischer Begriff?« Auch hier fand er für beide Behauptungen gute Argumente, jedenfalls gab es kein schlichtes Richtig oder Falsch. Wollte er der Mode folgen, plädierte er besser für den Moralkontext. Entschied er sich jedoch hierfür, graute ihm vor den Implikationen – nicht weil er sie abgelehnt hätte, so weit kam er gar nicht, sondern weil sie so mordsschwierig zu denken waren und jede Entscheidung gleich wieder derart folgenreich.

»Denken heißt entscheiden«, schrieb er eines Nachmittags in der Küche, als er nicht mehr weiterwusste, auf sein Etui.

Petzi las das. »Darf ich?«, fragte sie, nahm den Kugelschreiber und schrieb darunter: »Entscheiden heißt sich zeigen.«

Pit sagte dazu nichts, doch je länger er um seine Thesen rang, desto klarer trat ihm vor Augen, was für ein Gockel er war, und Selinas Gesang zu seinem Geburtstag ging ihm nicht mehr aus dem Kopf:

Einst, im Lenze meiner jungen Jahre
Dacht auch ich, dass ich was ganz Besondres bin.

Bald fragte er sich, ob er echt so leicht zu durchschauen war und was jemand wie Klaus-Henner oder auch nur seine Kommilitonen von ihm halten mochten. An Sloterdijk wollte er überhaupt nicht mehr denken.

Seine Verunsicherung ging so weit, dass er im Coop an der Frage scheiterte, ob er Madeleines oder Balisto-Riegel kaufen sollte. Welche Entscheidung er auch traf, ihm war, als würde er sich damit in einem Ausmaß festlegen oder einem Weltbild verschreiben, das er niemals überblicken konnte. Selbst die Möglichkeit, beides oder nichts zu kaufen, beschäftigte ihn eine halbe Stunde, in der er ratlos zwischen den Regalen auf und ab ging.

Zuletzt kaufte er wirklich beides, brachte die Artikel heim zu Petzi und sagte: »Hier, such dir etwas aus. Mir ist egal, was davon ich esse.«

»Später, Pit, ich habe gerade keinen Hunger«, sagte sie.

»Dann such dir etwas für später aus«, bat er.

Sie lachte. »Ich weiß doch jetzt nicht, worauf ich später Lust habe.«

Für diese Achtlosigkeit, wie er es empfand, bewunderte er sie irgendwie, gleichzeitig verstärkte sie seine Not. Denn dass auch die Lust bei der Wahl eine Rolle spielen sollte, verkomplizierte alles um den Faktor 2.

Zwei Tage später stellte er fest, dass Petzi auf sein Etui als dritten Satz geschrieben hatte: »Sich zeigen heißt sich mögen.«

Das schien ihm nun wirklich Weiberkram zu sein, und

er ärgerte sich erst, so was auf seinem Etui stehen zu haben. Doch die Implikation, die sich aus Petzis Behauptung ergab, faszinierte ihn immer mehr, je länger er nachdachte. Wenn es stimmen sollte, dass nur Menschen, die mit sich im Reinen waren, frei denken konnten, war vieles, was er bisher als urkapitalistische Waffe gegen eine Vormachtstellung des mündigen Bürgers angesehen hatte – Psychotherapie, Wellness, ja überhaupt die ganze Selbstverwirklichungsindustrie, die zweifellos, und dieser Meinung blieb er vehement, als Volkes Opium gedacht war –, längerfristig betrachtet ein Weg zur Befreiung des Menschen aus dem Konsum.

Kurz war er begeistert und witterte eine spektakuläre Erkenntnis. Doch als er Petzi davon erzählte, sagte sie: »Ich will mir ja nicht anmaßen zu beurteilen, wer mit sich im Reinen ist und wer nicht, Pit. Aber ich glaube schon, dass es auch hervorragende Denker gab, die ihre Kraft gerade daraus gezogen haben, dass sie verzweifelt und innerlich zerrissen waren. Außerdem habe ich Mühe mit dem Begriff ›freies Denken‹, was soll das sein?«

»Na ja, nicht konsumgesteuert«, sagte er und fühlte wieder die ganze Schwere oder Müdigkeit, die ihn die letzten Wochen begleitet hatte.

Petzi überlegte, dann sagte sie: »Aber wer ist das nicht? Ich glaube, die meisten von uns haben das Entscheiden längst delegiert. Ich muss mich gar nicht mehr fragen, was für mich gut ist, wenn die Mode-, Film- und Musikindustrie uns dauernd vorführt, wie der erlöste Mensch zu sein hat.«

»Und funktioniert das?«, fragte Pit.

»Das ist jetzt eine rethorische Frage, oder?«, fragte sie grinsend. »Logisch nicht, sonst würden die Leute ja nicht mehr konsumieren.«

»Und wie kommt man dann da raus?«, fragte er.

»Ganz platt würde ich sagen, es braucht dazu Glück«, sagte Petzi, »das Glück, ein kleines Geschick oder einfach ein Steckenpferd zu haben, dem man sich gern verschreibt. Wie du mal die Musik hattest und ich die Cupcakes habe. Wenn man so was hat, kann man darin alles finden.«

»Und Yoga, Zen, Meditation?«, fragte er, weil er wusste, dass ihre Mutter neuerdings darauf schwor.

»Mama würde sicher so was sagen wie: Zen ist vor allem andern«, antworte Petzi. »Ich kann mir aber vorstellen, dass es keine große Rolle spielt, was ich tue, es kommt nur darauf an, wie. Wenn ich Cupcakes backe, ist das irgendwie auch Meditation.«

»Schön, aber was hat das alles mit dem Entscheiden zu tun?«, fragte Pit. »Ich sehe noch keine Verbindung.«

»Na ja, wenn ich meine Cupcakes gebacken habe, ist mir alles andere nicht so wichtig«, sagte Petzi. »Dann bin ich mutiger und habe nicht mehr solche Angst, falsch zu entscheiden.«

»Es geht also gar nicht um Erkenntniszuwachs, sondern um Gleichgültigkeit«, sagte Pit enttäuscht.

»Nicht um Gleichgültigkeit, um Entspanntheit«, widersprach ihm Petzi. »Ich meine, jede Entscheidung hat etwas Willkürliches, weil wir nie das Ganze überblicken. Jede Entscheidung fußt auf Meinungen, und unsere Meinungen wechseln nun mal. Es gibt also überhaupt keine richtige oder falsche Entscheidung, oder jedenfalls sind wir nicht in der Lage, einen Standpunkt einzunehmen, vom dem aus wir das beurteilen könnten.«

»Puh, das ist aber schäbig«, sagte Pit. »Damit ziehst du dich ganz billig aus der Verantwortung.«

»Wieso?«, fragte Petzi. »Ich trage doch die Verantwortung für meine Entscheidungen. Ich muss nur vielleicht manchmal sagen: Ups, anders wäre es besser gewesen.«

»Aber anders entscheiden heißt, ein anderer Mensch zu sein«, rief Pit, »das ist ja das Fürchterliche.«

»Das stimmt aber nur, wenn du dich mit deiner Entscheidung identifizierst«, stellte Petzi fest.

»Und womit soll ich mich sonst identifizieren?«, fragte Pit.

»Gar nicht«, sagte Petzi. »Oder mit dem Cupcakebacken oder Musikmachen, was weiß ich. Solange ich an was dran bin und mich wirklich reinschmeiße, stelle ich mir diese Frage gar nicht.«

»Du bist auch kein Philosoph«, sagte Pit.

»Du auch nicht, du Angeber«, sagte Petzi. »Du studierst Philo gerade mal im zweiten Semester. Für mich bist du genauso sehr einer, der eigentlich schön Musik macht, du bist kein schlechter Freund, und auch als Wohnpartner machst du dich. Aber wenn übrigens der Staubsauger verstopft ist, stell ihn nicht einfach in die Ecke zurück.«

»Das wollte ich schon noch machen«, wehrte er sich und ging das Rohr entstopfen, dann setzte er sich wirklich hin und versuchte das beschädigte Harmonium zu reparieren.

Das beschäftigte ihn mehrere Tage lang, denn Teile mussten gelötet und sogar neu geschmiedet werden, dafür musste er erst die Handwerker finden. Es gelang ihm auch nicht, das ganze Register zum Klingen zu bringen, doch in drei, vier Tonarten konnte er schließlich spielen.

Dann erzählte Petzi einmal, als sie aus der Waschküche kam: »Der Brechbühl, der im Parterre wohnt, hat mich angesprochen. Man kann dich im Treppenhaus hören, und er fragt, ob du ihn nicht begleiten könntest, es geht um eine Abdankung.«

»Das ist doch der mit der Tuba«, sagte Pit, und weil sie schon öfter über ihn gespottet hatten, fügte sie hinzu: »Vielleicht hat er nicht dein Niveau, aber ich glaube, er wäre ganz froh.«

Und weil Pit ebenso froh war, etwas zu tun zu haben, ging er hinunter und erfuhr, dass Frau Wyss gestorben war, die Frau des Alten, den sie manchmal schimpfen hörten.

Die nächsten Tage übte er Märsche und Gospels, und zweimal trug er das Harmonium zu Hubert Brechbühl hinunter und probte mit ihm.

»Er ist ein interessanter Mensch«, erzählte er Petzi, »und wir klingen nicht mal übel. Vielleicht hat es damit zu tun, dass seine Tuba aus Bukarest ist und das Harmonium aus Krakau. Irgendwie hört es sich brüderlich an.«

Nur einen schwarzen Anzug hatte er noch nicht, doch den fanden sie schließlich im Brockenhaus, ebenso wie einen Trauermantel für Petzi. Denn natürlich wollte sie sich die Show nicht entgehen lassen.

Eloquenz

Sepp hatte versprochen, sofort zu kommen, und Erich war froh darüber gewesen. Doch er hatte vergessen, wie anstrengend sein Sohn war. Erich hatte mit Hubert und Edith-Samyra schon vieles besprochen, aber Sepp warf alles wieder um. Als er vom Flughafen kam, waren gerade die Herren vom Bestattungsinstitut da. Sie hatten Gerda ihr gutes Kostüm angezogen und sie in den provisorischen Sarg gelegt, nun saß Erich auf einem Stuhl daneben, die Herren standen hinter ihm und warteten – einerseits auf einen dritten Mann, der helfen sollte, den Sarg die Treppen hinunterzutragen, andererseits eben auf Sepp, der Gelegenheit bekommen sollte, sich von seiner Mutter zu verabschieden.

»Wir lassen Sie beide allein«, sagte der Bestatter, als er Sepp ins Schlafzimmer führte, und ging mit seinem Gehilfen vor die Tür. Sepp stand eine Weile schweigend und betrachtete seine verstorbene Mutter, dann seufzte er, legte kurz die Hand auf Erichs Schulter und ging wieder hinaus. »Ist das der Sarg, in dem sie beerdigt wird?«, fragte er den Bestatter.

»Nein, in dem bringen wir sie nur zur Aufbahrungshalle«, erklärte der, »Ihr Vater hat einen sehr schönen Eichensarg gewählt.«

»Wir fanden, Eiche passt zu ihr«, sagte Erich leise und folgte ihm, »deine Mutter war für mich wie eine Eiche.«

»Eiche ist aber sicher teuer«, sagte Sepp. »Ich habe mich erkundigt, der Züri-Sarg ist gratis. Ist das ein Züri-Sarg?«

»Ja«, sagte der Bestatter.

»Das ist doch ein sehr schöner Sarg«, stellte Sepp fest. »Und wenn wir schon Geld ausgeben, dann besser für einen Friseur. Wie sieht denn das aus, da dieser graue Haaransatz, Mutter hatte nie graues Haar.«

»Sie wollte das so«, sagte Erich. »Sie fühlte sich so lebendiger.«

Dabei musste er sogar etwas lächeln.

Sepp bohrte auch nicht weiter. »Und welche Urne habt ihr ausgesucht?«, fragte er stattdessen.

»Keine Urne«, antwortete der Bestatter, »wir überführen sie nach der Abdankung nach Andelfingen, wo auch die Familie Ihrer Mutter liegt.«

»Lag«, sagte Sepp, »die Gräber sind längst aufgehoben. Vater, es gibt überhaupt keinen Grund, sie dort zu beerdigen. Die Überführung kostet, das Grab kostet, und die Bepflanzung ist auch teurer als bei einem Urnengrab.«

»Sie wollte das aber immer so«, sagte Erich.

»Wann?«, fragte Sepp und antwortete gleich selbst: »Ganz bestimmt, bevor der Augustin in Not kam. Ich kenne Mutter gut genug, um zu wissen, dass es ihr nicht recht wäre, hier Tausende zu verschwenden, während der Augustin bitter Pfennig um Pfennig abstottert. Wenn du Mutter ehren willst, Vater, beerdigst du sie sparsam. Sieh sie doch an, sie ist die Genügsamkeit in Person. Das Kostüm, in das ihr sie gesteckt habt, kenne ich noch aus der Kindheit.«

»Dann regle du das mit den Leuten«, sagte Erich, und das tat der Sepp auch.

Später begleitete er ihn zum Vorgespräch mit dem Pfarrer, einem Herrn Läuchli. Eigentlich hatte Hubert das vorgehabt, aber als er sah, dass Sepp schon angekommen war, meinte er: »Das ist sicherlich ein Gang, der verbindet. Den sollten Sie genießen, wenn das irgend geht. Ich werde mich inzwischen um die Feier kümmern.«

»Welche Feier?«, fragte Sepp, und als er hörte, dass Hubert während ihres frühmorgendlichen Gesprächs in der Küche angeboten hatte, das »Schwänli« zu reservieren, sagte er: »Meine Mutter war ein stiller, zurückgezogener Mensch, es wäre völlig an ihr vorbeigedacht, wenn wir für sie eine Runde schmeißen.«

»An so was dachten wir auch gar nicht«, sagte Hubert. »Wir möchten nur beisammensitzen und Erinnerungen austauschen. Es gibt sicherlich viel Schönes von ihr zu erzählen.«

»Das stimmt, einen so guten Menschen trifft man nicht bald wieder«, sagte Sepp. »Aber dafür tut's auch der Mehrzweckraum im Hof. Dann stellen wir Teelichter auf und kaufen ein paar Kisten Getränke.«

Zum Pfarrer mussten sie nur über die Kreuzung, sie trafen ihn im Kirchgemeindehaus St. Josef.

»Erzählen Sie mir von Ihrer Gattin und Mutter«, bat er, und Sepp fielen gleich allerhand Geschichten ein. Nach einer Rodelpartie, die er mit Schulfreunden unternommen hatte, hatte sie völlig versalzene Polenta serviert, und alle waren zu anständig gewesen, um etwas zu sagen. Und zu Weihnachten hatte sie immer darauf bestanden, dass er den guten ›Pullunder‹ trug, wie sie das nannte – »dabei zog man den darüber, nicht darunter« –, und das, obwohl es locker 25 Grad heiß wurde, wenn erst am Baum die Kerzen brannten.

In derselben Art erzählte er noch fünf, sechs Episoden mehr, dann fragte der Pfarrer Erich: »Haben Sie auch eine Erinnerung, die Ihnen kostbar ist?«

Erich hatte sich schon einiges zurechtgelegt und begann zu erzählen, nur war er vielleicht zu verdreht, denn Sepp korrigierte ihn immer gleich und hatte Gerda offenbar viel besser verstanden als er.

Danach kam das Beiprogramm zur Sprache. »Unser Vikar ist eigentlich nicht Organist«, sagte Pfarrer Läuchli, »aber er spielt sehr schön, und er hätte auch Zeit, ich habe ihn gefragt.«

»Meine Mutter hielt nie viel von Musik«, sagte Sepp.

»Das stimmt nun aber wirklich nicht«, sagte Erich, »gerade an unserem letzten Abend haben wir Musik gehört und sogar getanzt.«

»Vermutlich hat sie das umgebracht«, murmelte Sepp.

»Wir spielen die Musik ja auch nicht für Ihre Mutter, sondern für die Angehörigen«, wandte der Pfarrer ein. »Musik öffnet die Herzen, und mit offenem Herzen sollten wir die Menschen ziehen lassen, die uns lieb sind. Gerade Ihrem Vater, stelle ich mir vor, täte ein Stück wie Bachs *Largo ma non tanto* gut.«

»Ja, ich möchte Musik«, sagte Erich, »und Bach ist nie falsch.«

Das war jedoch Wasser auf Sepps Mühlen. »Bach wird in jedem Kaufhaus gespielt, auf öffentlichen Klos!«, rief er.

»Und zudem ist Bach nun überhaupt nichts, was irgendwie mit Mutter zu tun hätte. Meinetwegen soll er orgeln, wenn dir so viel daran liegt, aber wir sollten schon erst hören, was das kostet.«

»Nicht allzu viel«, versicherte Pfarrer Läuchli, »wir nehmen Rücksicht auf die finanzielle Lage der Hinterbliebenen. Und sowieso betrachten wir das Geld als Spende, es kommt wieder Menschen in Bedrängnis zugute.«

»Wie hoch müsste denn so eine Spende sein?«, fragte Erich.

»150 oder 200 Franken, etwas in dem Rahmen würde reichen«, sagte Pfarrer Läuchli.

»Nur dass das klar ist: *Ich* habe die nicht«, sagte Sepp. »Mein Sohn, den ich sehr liebe, hat gerade meine ganze Unterstützung und Fürsorge nötig.«

»Nun ja, ich glaube auch, dass Musik nicht so wichtig ist«, sagte Erich endlich, danach standen sie auf und verabschiedeten sich.

»Wann kommt eigentlich Augustin?«, fragte Erich, als sie nach Hause gingen.

»Gar nicht«, antwortete Sepp. »Er hat zu tun.«

»Du hättest bestimmt auch zu tun«, sagte Erich, »und trotzdem bist du da.«

Sepp schwieg erst, dann sagte er: »Er hat mir verboten, darüber zu reden. Sagen wir es so: Er ist noch nicht aus dem Schneider.«

»Sitzt er wieder?«, wollte Erich wissen.

»Nein, das nicht«, antwortete Sepp. »Aber es ist besser, er bleibt jetzt in Berlin.«

Nachts schlief Sepp in Gerdas Bett, und einmal, als Erich

nachts erwachte, schien ihm, als hörte er ihn neben sich weinen.

»Weinst du?«, fragte er, doch Sepp antwortete nicht, und danach hörte er auch nichts mehr. Trotzdem wollte er ihm etwas Tröstliches sagen. »Sie hatte einen sehr schönen Tod«, erzählte er, während er ins Dunkel starrte, »wir hätten ihr keinen schöneren wünschen können. Trotzdem fühle ich mich schuldig. Ich habe ihr in letzter Zeit das Leben schwer gemacht. Manchmal glaube ich fast, ich habe sie davongejagt.«

Sepp sagte noch immer nichts, vermutlich war er gar nicht wach. Und auch Erich schlief wieder ein.

Der Tag der Trauerfeier wurde trotz Nieselschauern unerwartet schön. Gut zwanzig Menschen waren in die Kapelle im Friedhof Sihlfeld gekommen, obwohl Erich keine Einladungen verschickt, sondern nur eine kleine Annonce ins *Tagblatt* gesetzt hatte. Unter anderem kamen die Meyers, Scholls und Kreislers und sogar sein Bruder Adolf, den er erst gar nicht erkannte. Pfarrer Läuchli hielt eine berührende Rede über die Macht der Liebe und die Gabe, diese Liebe im Herzen zu tragen, sie zu pflegen und sich entfalten zu lassen. »Nicht jeder hat diese Gabe«, stellte er fest, und Erich fühlte, dass in diesem Augenblick jeder in der Kapelle dasselbe dachte: »Gerda hatte sie.« Das machte ihn fast glücklich.

Danach spielte Hubert auf der Tuba gemeinsam mit einem Jungen aus dem Haus, der eine Art Harmonium mitgebracht hatte, erst *When the Saints go marching in*, dann ein Stück, das *Unsterbliche Opfer, ihr sanket dahin* hieß. Als auch das vorbei war, stand Edith-Samyra auf und erklärte: »Die Trauerfamilie hat keinen Leichenschmaus vorgesehen, nur eine Kondolenzveranstaltung im Koloniesaal Röntgen. Ich möchte aber vorschlagen, dass wir auf dem Weg dorthin im ›Schwänli‹ einkehren, und zwar so, als wäre Gerda noch unter uns. Es wird ein paar Kleinigkeiten geben, die sie besonders mochte: Galabrötchen, Mon Chéri und Kaffee Hag. Wir werden uns Geschichten über sie erzählen und einige Schlager hören, die sie liebte. Vielleicht werden wir sogar tanzen.«

Und so gut wie alle kamen ins »Schwänli«. Die Wirtin, eine Bekannte Huberts, die Ruth hieß, hatte die Kneipe für den Anlass reserviert und sie mit Sonnenblumen und Duftkerzen auf Schildkrötenpanzern geschmückt. Ihr Freund Alex hatte zudem eine kleine Tonanlage aufgestellt, und Edith-Samyra führte wie ein Conférencier durchs Programm. Mit dem Mikrofon ging sie von Tisch zu Tisch und ließ jeden Einzelnen erzählen, was ihn mit Gerda verband, Julia und Mona sagten gemeinsam ein Gedicht über Blühen und Vergehen anhand der zwölf Monate auf, das Mona im Hort gelernt hatte, zwölf Strophen, die sie nicht mehr alle zusammenbekamen, doch die Trauergäste halfen mit Stegreifreimen aus. Es wurde geweint und gelacht, und von Gerda wussten die Leute so viel Gutes zu erzählen, dass Ruth irgendwann verkündete, sie koche jetzt noch Spaghetti Carbonara, und zwar auf Kosten des Hauses. Das Übrige bezahlten die Leute selbst, und sie bezahlten gern.

Der Einzige, der nicht viel sagen wollte, als die Reihe an ihn kam, war der Sepp. »Ich bin sprachlos«, gestand er, »gerührt und sprachlos. Für den Tod der Mutter zahlt jeder einen hohen Preis, das wisst ihr selbst, oder ihr werdet es erfahren. Doch diese Stunden hier mit euch vergelten mir vieles, nicht in Geld leider, das Gerdas armer, gescholtener Enkel so dringend benötigt, doch in einer ebenso schönen Währung, die ich Herzensgüte nennen möchte. Und will jemand, bevor er fortgeht, auch der Lebenden gedenken und dem Menschen, den Gerda zweifellos am liebsten hatte, ihrem Enkel Augustin, etwas Gutes tun, dann werft einen Obolus in dieses Weinglas, und ich werde dafür sorgen, dass er in ihrem Sinn verwendet wird.«

Bald darauf wollte Erich aufbrechen, er war müde. Doch Edith-Samyra ließ ihn nicht gehen. »Jetzt«, verkündete sie allen, »kommt der beste Teil. Lieber Erich, vor nicht einer Woche saßen wir zusammen, Gerda, du, Hubert und ich, wir hörten Schlager aus aller Welt, und du und Gerda, ihr wusstet so viel zu erzählen. Ich bitte dich sehr, teile das heute mit uns allen, erzähle nochmals aus eurem reichen, schönen Leben.«

»Nein, nein, ich kann das nicht«, sagte er. »Ich bin noch nicht so weit.«

Doch schon ließ sie *Mein bunter Harlekin* laufen, und er musste lachen, denn tatsächlich hatten sie sich am Karneval verlobt, nämlich auf dem Postball, Gerda hatte das gleiche Kostüm getragen wie ganz viele, weil es in der EPA Aktion gewesen war, eben ein Harlekinskostüm, und deshalb tanzte er einmal plötzlich mit der falschen Frau. Und nach dieser Geschichte fiel ihm wieder ein, wie sehr Gerda überhaupt Aktionen geliebt hatte, und nicht nur Aktionen, sie hatte auch Mondo- und Silvapunkte gesammelt und damit Schallplatten von Heintje bestellt, weil nämlich er selbst den Heintje nicht ausstehen konnte und sie, korrekt, wie sie war, deswegen dafür nicht in die Haushaltskasse langen wollte. Natürlich legte Edith-Samyra gleich *Mama* auf. Und so ging es weiter, mit dem *Attenhofer Skizirkus,* mit *Eine Nacht in Griechenland* und *Der Traum vom Fliegen.* Erich kam aus dem Erzählen nicht heraus, manchmal verrannte er sich auch, zum Beispiel, als er die technischen Details in der Modernisierung der Päckchensortierung Anfang der Siebzigerjahre erläuterte *(Please Mr. Postman).* Doch die Menschen hingen selbst da an seinen Lippen, und auch zum Lachen brachte er sie. Betretenheit machte sich nur breit, als er sich, während er von Gerdas Begeisterung für bunte Schürzen erzählte *(Zwei Apfelsinen im Haar),* plötzlich suchend umsah und in die Runde fragte: »Ja, aber wo steckt sie überhaupt?«, weil er kurz vergessen hatte, dass sie tot war.

Doch Edith-Samyra fing auch diese Situation geschickt auf. »Ja, Erich, nun ist sie irgendwo hier und zugleich weit fort«, sagte sie, »auf ewig in unseren Herzen und dank dir, Erich, auf ganz neue, frische, wunderschöne Art in unserem Gedächtnis. Gehen wir jetzt heim, schlage ich vor, und lassen den Samen, den du in jeden von uns gelegt hast, im Verborgenen sprießen.« Dann küsste sie ihn auf die Wange, führte ihn zur Garderobe und half ihm ins Jackett.

Zu sechst gingen sie zurück zur Röntgenstrasse, und während Hubert und Sepp den ungenutzten Vereinsraum der Kolonie wieder aufräumten und Julia Mona zu Bett brachte, begleitete Edith-Samyra Erich hoch, zündete eine Kerze für Gerda an und kochte Tee.

»Der große Schmerz wird erst kommen«, erklärte sie ihm. »Aber weißt du, ich stelle mir immer vor, mit dem

Sterben ist es wie mit dem Kinderkriegen: Es scheint ewig zu dauern, bis sie endlich aus dem Haus sind, und dann ist es viel zu schnell so weit. Auch dir mag das Alleinsein ewig erscheinen, aber irgendwann seid ihr wieder vereint. Und so schwierig es am Anfang für dich sein mag – bist du erst selbst an der Reihe, wirst du denken: Hoppla, so schnell ging das.«

»Ja, ja«, sagte er, ohne recht zu begreifen, »es geht alles sehr schnell.«

Anarchie

Petzi hatte anfangs die Briefe ihrer Mutter nicht allzu ernst genommen, sie las sie als einen Versuch, den Kontakt nicht zu verlieren und sich ein bisschen interessant zu machen. Das änderte sich erst, als ihre Mutter schrieb: »Bedauerlicherweise will dein Vater nicht begreifen, dass es nicht um eine Laune geht, sondern um eine Erkenntnis, die alles erschüttert. Er sagt, ich sei in der Menopause, und das ist zwar nicht falsch, doch ist das keine Entschuldigung oder Entwarnung. Im Gegenteil ist es für mich ein Alarmsignal, ein Weckruf, mein Leben noch in die richtigen Bahnen zu lenken, ehe es dafür zu spät ist.«

Was sie damit meinte, schrieb sie nicht, und sie wollte mit Petzi auch nicht am Telefon darüber reden.

»Dann komm nach Zürich und lass uns bummeln gehen«, schlug Petzi vor.

»Nein, das geht jetzt nicht«, sagte ihre Mutter nur.

Petzi wiederum wollte ihren Arbeitsrhythmus nicht unterbrechen, und so dauerte es eine Weile, bis sie Zeit fand, heimzufahren.

Ihre Mutter sah verändert aus: Sie war dünn geworden, und sie trug Schwarz – genauso wie Petzi übrigens, die gleich danach zur Abdankung von Frau Wyss fahren wollte. »Bist du in Trauer?«, fragte Petzi verwundert.

»Ich weiß es nicht«, sagte ihre Mutter. »Komm, lass uns spazieren gehen.«

Sie gingen an den alten Rhein, obwohl es regnete und die Wege matschig waren. Petzi schnappte sich den riesigen Regenschirm ihres Großvaters und hakte sich eng bei ihrer Mutter ein, so schützte er beide.

»Mir geht es nicht schlecht«, sagte Petzis Mutter, nachdem sie eine Weile still gegangen waren. »Es war zwar ein Schock für mich zu begreifen, in welch repressiven Strukturen ich mich ein Leben lang bewegt habe, und ich bin mir bewusst, dass der Weg heraus mit Kampf und Schmerz verbunden ist. Aber dies zu erkennen, war auch eine große Befreiung.«

»Mama, ich verstehe gar nicht, von welchen Strukturen du redest«, sagte Petzi.

»Als Erstes: Nenn mich bitte nicht mehr Mama«, sagte ihre Mutter.

»Warum nicht?«, fragte Petzi irritiert.

»Weil das schon eine Hierarchie zementiert«, erklärte ihre Mutter. »Ich bin Rosa, einfach Rosa. Das ist nämlich das Problem: die Hierarchien. Alles ist hierarchisch organisiert. Nicht nur die Familie, aber die auch – zuoberst steht der Geldverdiener, dann kommt das Kind, und zuunterst steht die Mutter. Auch der Staat, die Firmen, die Schule, alles hat ein Oben und Unten, und wir haben nicht die Wahl, ob wir oben oder unten sein wollen.«

Petzi wunderte sich, denn zumindest ihre Familie hatte sie nie als hierarchisch organisiert empfunden, und auch im Alltag ihrer Mutter, die neben dem Haushalt halbtags den Strickwarenladen einer Freundin hütete, zweimal in der

Woche Yoga machte und an manchen Wochenenden in der Gruppe meditierte, erkannte sie keine repressiven Mechanismen. Doch da sie darüber nicht streiten wollte, fragte sie: »Wie müsste es denn anders sein, Mama?«

»Rosa«, erinnerte sie ihre Mutter. »Das Herrschen der einen über die anderen muss aufhören. Wir sind so sehr daran gewöhnt, dass wir es kaum wahrnehmen. Aber siehst du genau hin, erkennst du, dass du dauernd und überall von Menschen abhängig bist, die ihre Macht benützen, um dich zu beeinflussen. Wir wissen gar nicht, wie wir wären, hätten wir uns frei entfalten können.«

»Ich fühle mich eigentlich recht frei entfaltet, Mama«, sagte Petzi. »Rosa.«

»Ja, das habe ich zu Anfang auch gesagt«, antwortete Rosa. »Aber was heißt ›recht frei‹? Du hast den Weg eingeschlagen, den wir uns für dich wünschten. Du studierst nach einem Lehrplan, den du nicht mitgestaltet hast, und du kennst die Grundsätze nicht, nach denen er entworfen wurde. Du zahlst in den Geschäften die Preise, die andere dir diktieren und von denen du nicht weißt, wie sie zustande kommen, und zwar für Dinge, von denen andere dir sagen, dass du sie benötigst. Wie du mit Pit zusammenlebst, kann ich nicht beurteilen, doch ich nehme an, du zeigst wie ich immer viel Verständnis, während er sich ausprobiert, wie sich Männer eben ausprobieren. Immer nur die Männer.«

»Was wäre denn die Alternative?«, fragte Petzi und bedauerte, dass es aufgehört hatte zu regnen, denn schon löste ihre Mutter sich von ihr und ging auf der anderen Seite des Fußwegs, den eine Grasnarbe teilte.

»Meine Alternative«, erzählte Rosa, »ist eine Kommune in der Nähe von Stuttgart. Du weißt ja, dass ich mich mit Zen beschäftige. Das klassische Zen ist allerdings auch strikt hierarchisch organisiert, und das war überhaupt der Auslöser von allem. Bei den ersten Meditationstreffen wurden wir mit einem Brett ins Kreuz geschlagen, wenn wir die rechte Haltung verloren. ›Das ist keine Bestrafung, ich wecke dich nur‹, sagte der Mönch dazu. Aber als ich fragte: ›Dann darf ich dich auch schlagen, wenn mir deine Haltung nicht gefällt?‹, sagte er: ›Du bist die Schülerin, ich der Meister. Du kannst mich nicht unterrichten, weil du noch nichts gelernt hast.‹ Das leuchtete mir nicht ein, denn ich fand, dass ich in gewissen Dingen weiter war als er, und als ich im Yoga davon erzählte, machte mich eine Frau, die ich vorher nie wahrgenommen hatte, darauf aufmerksam, dass es den Orden ›Schwarze Rose‹ gibt. Das ist kein eigentlicher Orden, da es nicht um Religion geht, nur um Lebenshaltung. Dort jedenfalls wird Zen ohne Zwang und Unterdrückung praktiziert. Überhaupt ist dort das ganze gesellschaftliche Leben ohne Hierarchien strukturiert. Wir leben zwar nach einem Kodex, doch der beinhaltet im Wesentlichen nur, dass wir die freie Entscheidung jedes Einzelnen respektieren und auf alle Machtausübung verzichten.«

»›Wir‹?«, fragte Petzi.

»Ja, wir«, wiederholte Rosa. »Ich bin nur noch in Rheineck, weil ich die Hoffnung nicht aufgegeben habe, dass auch dein Vater umdenkt.«

»Was sagt er denn zu all dem?«, wollte Petzi wissen.

»Er trotzt natürlich«, sagte Rosa. »Er versucht, alles darauf zu reduzieren, dass ich ihn angeblich nicht genug liebe.

›Wenn du gehst, beweist du mir damit, dass du mich nicht liebst.‹ Das ist auch eine Form von Machtausübung.«

»Und liebst du ihn?«, fragte Petzi.

»Ich beginne eben erst, mich zu begreifen«, sagte Rosa. »Wie soll ich wissen, wen dieses Ich, das so lange verschüttet war, einst lieben wird?«

»Liebst du mich?«, fragte Petzi.

Rosa dachte nach, dann sagte sie: »Du bist das Wertvollste in meinem Leben. Aber ich bemühe mich, daraus nichts abzuleiten.«

Und dann musste Petzi auch schon wieder zum Zug. Vor der Trauerfeier hatte sie keine Zeit, mit Pit zu sprechen, denn er spielte sich mit Hubert noch ein. Der Predigt, die sich vor allem an die Angehörigen richtete, konnte sie kaum folgen. Nur zwei Sätze blieben ihr im Gedächtnis: »Die Liebe ist nicht eine Himmelsmacht, wie es im Volksmund so schön heißt, sie ist das Gegenteil von Macht. Wo Liebe herrscht, ist Macht nicht nötig.«

Pit und Hubert spielten rührend, und sie ertappte sich bei dem Gedanken, wie schön es doch wäre, Pit würde Musiker, nicht Philosoph. Danach versammelten sich die Trauergäste, um zum »Schwänli« zu gehen. Pit und sie waren bei den Letzten, weil Pit das Harmonium auf den Metallrahmen eines Einkaufswägelchens gebunden hatte. Das war eine instabile Konstruktion, und er musste immer wieder halten, um das Instrument zurechtzurücken.

Als sie nach der Andacht zu ihm gestoßen war, hatte er sich gerade mit einem sehr betagten Mann unterhalten, der im Persianermantel gekommen war und Herr Kreisler hieß, dadurch ergab es sich, dass sie sich zu dritt zum »Schwänli«

begaben. Allerdings erstarb die Unterhaltung zwischen den beiden bald, und Petzi erzählte Pit von ihrer Mutter.

»Esoterisches Getue, wenn du mich fragst«, sagte er, und weil Herr Kreisler mitgehört hatte, fragte er ihn: »Finden Sie sich in unserer verweichlichten Welt überhaupt noch zurecht?« Dann erzählte er Petzi: »Herr Kreisler hat nämlich im Spanischen Bürgerkrieg gekämpft und dort in einer ganz ähnlichen Formation Musik gemacht, Tuba, Quetsche und Trompete – er war die Trompete. Natürlich haben sie ganz andere Stücke gespielt, Revolutionsmusik.«

»Ja, das stimmt«, sagte Herr Kreisler, »aber mit Ihrer Annahme irren Sie sehr, die gesellschaftlichen Themen damals waren haargenau dieselben. In den Jahren vor '39 lebte ich in einer Kommune in der Nähe von Saragossa, wir waren Anarchisten. Fast ganz Nordspanien war damals anarchistisch, und sogar Teile von Andalusien. Wir waren stärker als die Sozialisten. Bei uns galt völlige Gleichheit, jeder sollte frei nach seinen Bedürfnissen und Fähigkeiten leben, keiner wurde mit keinem verglichen. Wir nahmen überhaupt in vielem die 68er-Bewegung vorweg: Die Frauen hatten selbstverständlich die Hoheit über ihren Körper, Abtreibungen waren legal, die Abschaffung der Ehe und freie Liebe waren unsere Ideale. Es war eine großartige Zeit. Leider hatten nicht nur die Kapitalisten etwas gegen uns, sondern auch die Stalinisten. Deshalb konnte Franco sich durchsetzen, und als er an der Macht war, ließ er 200 000 von uns töten.«

Petzi hatte Mühe zu begreifen, dass dieser Mann wirklich dabei gewesen war, in einer Zeit, die für sie so unendlich weit zurücklag. Das verlieh ihm fast etwas Heiliges.

»Was Ihre Mutter da macht«, sagte er zu ihr, »verlangt viel Mut, besonders in einer so reglementierten und vom Geld beherrschten Zeit wie heute. Schenken Sie ihr dafür die nötige Achtung.«

Dann wurden sie leider unterbrochen, denn Frau Kreisler, die bis dahin weiter vorn gelaufen war, wartete auf ihn an der Kreuzung zur Hohlstrasse und bat ihn, gemeinsam den Bus zu nehmen, denn es nieselte wieder. Pit und Petzi gingen zu Fuß weiter, und eigentlich wollten sie sich alle im »Schwänli« wiedersehen, doch dort tauchten die Kreislers dann gar nicht mehr auf.

»Was denkst du«, fragte sie Pit auf dem Weg dorthin, weil er so hartnäckig schwieg.

»Irgendwie komme ich mir immer kleiner vor«, sagte er. »Ich weiß nicht mal, ob ich den Mut hätte, mich so gegen alles zu stellen wie deine Mutter.«

Das wunderte Petzi, denn ihr kam es so vor, als stelle er sich andauernd gegen alles. Aber sie wollte nicht nachfragen.

Lust

Die Frage, was die Diakonissin Chantal Diener trieb, sich von ihrer Mutter derart demütigen zu lassen, aber auch, was die Mutter dazu trieb, sie so zu schikanieren, oder was überhaupt das figurenübergreifende Thema war, hatte Julia lange ratlos gemacht. Wenn ein Autor seine Hauptfigur Chantal Diener nannte, lag es nahe, darin ein Programm zu sehen, und zu Beginn hatte sie versucht, alle Charaktere daraufhin zuzuspitzen. Das wollte nicht greifen, bei den Nebenfiguren sowieso nicht, aber nicht einmal die Diakonissin selbst schien ihre Aufgabe darin zu sehen, der Welt zu dienen. Oder zumindest fand sie ihren Antrieb nicht im Dienen.

Den suchte Julia lange Zeit vergeblich. Erst als sie Efgenia und Adamo Costa half, ihren Sexfilm zu vertonen, fiel der Groschen. Dort hatte sie intuitiv dem Protagonisten, einem alternden Schriftsteller, jenen Satz in den Mund gelegt, der in Wahrheit der Schlüssel zu ihrer eigenen Hauptfigur war: *Erst nachdem er begriffen hatte, dass das Kostbarste das Profane war, der Alltag, der Mensch in seiner Kleinheit und Verlorenheit, und das Große, Großartige eine Sehnsucht zu bleiben hatte, nicht gezeigt, nur zu erahnen, eine Sehnsucht so unerfüllbar wie der Traum der Unsterblichkeit, erst da konnte er auch schreiben.*

Die Sehnsucht nach Größe durch Entsagung zu feiern, war lustvoll, und bloße Lust war es, die Chantal Diener dazu trieb, sich zu unterwerfen. Lust trieb ihre Mutter, sie zu drangsalieren, indem sie ins Bett urinierte, das Essen fallen ließ oder im Bad Fäkalien verstrich, und auch den Heimleiter, als er bei den Schülern durchblicken ließ, ihre Katechetin sei einer lesbischen Episode mit einem Schützling wegen vom Mädcheninternat Schloss Gaienhofen geflogen.

Und nachdem Julia nachts die Costas wieder einmal hatte kopulieren oder auch synchronisieren hören, schrieb sie eine ganz schlichte Szene, die ihr von da an die Essenz des gesamten Films zu sein schien: Die Diakonissin war inzwischen zu ihrer Mutter gezogen, um sie rund um die Uhr pflegen zu können. Den oberen Stock hatte die Mutter aus Geldmangel an ein Paar mit kleinem Kind vermietet, beide waren Alkoholiker. Oft stritten sie, bis Möbel oder Flaschen flogen, und jeder Streit endete damit, dass sie lautstark Sex hatten. In jener Szene nun suchte der Pfarrer die Diakonissin auf, sie sprachen darüber, wie es jetzt, da der Dienst an der Mutter sie so sehr beanspruchte, weitergehen solle und ob sie im Schuldienst – sie unterrichtete Heimkinder in Religion und Menschenkunde – oder auch im Haushalt ihrer Mutter Entlastung brauche. Der Pfarrer und die Diakonissin erläuterten das Thema scheinbar unberührt, während über ihnen das Paar tobte, nur öfter fuhr Chantal Diener fast unmerklich zusammen – dann, wenn wieder ein Möbelstück flog. Schließlich begann der Nachbar, seine Frau zu beschlafen, die Dielen knarrten, erst stöhnte nur er, dann auch sie. Die beiden Geistlichen unterhielten sich auch jetzt, als geschehe über ihren Häuptern nichts Nennenswertes, und kamen zuletzt zu einer Einigung. Danach – während das Paar noch kopulierte – verabschiedete sich der Pfarrer und ging, die Diakonissin begleitete ihn zur Tür. Dabei sah man einen nassen Fleck hinten auf ihrem Rock, das einzige Zeichen ihrer großen Erregung. Selbst als sie allein war, ließ sie sich nicht gehen. Sie räumte das Teegeschirr weg, dann verließ sie das Zimmer, um nach ihrer Mutter zu sehen.

Julia notierte auch immer wieder einzelne Sätze, die sie der Diakonissin gern in den Mund gelegt hätte, Sätze wie: *In der Entsagung liegt meine größte Freiheit.* Doch sie fand dafür im Drehbuch nie Raum, die stärksten Szenen waren stumm, oder das Gesprochene lag im Widerspruch zum Eigentlichen.

Eine zweite Schlüsselszene fand sie, nachdem sie mit Mona auf der Trauerfeier von Gerda Wyss gewesen war. Mona war beeindruckt von der feierlichen Stimmung und wollte nach der Zeremonie unbedingt noch mit den Trauernden ins »Schwänli«. Dort wurden die Gäste von Hubert Brechbühls neuer Geliebten gebeten, reihum von ihren Erinnerungen an die Tote zu erzählen, und Mona konnte kaum erwarten, dass sie das Mikrofon bekam. Als sie es glücklich ergattert hatte, erzählte sie, bevor sie ihr Gedicht aufsagte, strahlend: »Ich kannte die Frau Wyss ja überhaupt nicht, aber auf dem Estrich hängen immer ihre riesengroßen Unterhosen zum Trocknen, und das finde ich total gemütlich.«

Die Szene, die Julia in jener Nacht schrieb, zeigte nichts weiter, als wie die Diakonissin die Unterwäsche ihrer Mutter hängte, während der Wind ihre sonst so strenge Frisur zauste und eine Haarsträhne ihr immer wieder ins Gesicht wehte. In der Folgeszene saß sie in ihrem Zimmer im Korbstuhl, las ein Buch über das Totengewand Christi und sah alle paar Sekunden auf, um durchs offene Fenster zuzusehen, wie die Wäsche weit sichtbar auf der Veranda flatterte.

Mit der Zeit übertrug sich die sublime Lust der Charaktere auf Julia selbst. Auch dazu trug der Tod von Gerda Wyss bei. »Seither ist es, wenn ich an Sex denke, gar nicht mehr so sehr das Vögeln, das mich interessiert«, sagte sie, als sie Moritz im Laden seines Vaters anrief, um zu fragen, wann er aus Biel wiederkehrte. »Oder sagen wir, das Vögeln hat – zumindest in meiner Fantasie – eine neue Qualität gewonnen. Das Triviale darin ist verschwunden, in meinen Augen feiert es, und das mit großem Ernst, die Körperlichkeit, das Lebendigsein, das Fleisch als Ort der Mensch- oder Wesenswerdung. Mit einem Mann im Bett liegen, schwitzen, nass sein ist fast eine Art Gottesdienst.«

»Ich weiß nicht, ob ich dich verstehe. Rufst du an, damit wir miteinander schlafen?«, fragte Moritz – offenbar war er auf einem völlig anderen Gleis unterwegs als sie. »Ich frage so direkt, weil ich vermeiden will, dass du dich in mich verliebst.«

Julia lachte und antwortete: »Keine Sorge, Liebe ist für mich inzwischen etwas ganz anderes. Und nein, vielleicht will ich nicht einmal mit dir schlafen. Vielleicht zielt meine Lust nur darauf, auf dein Begehren hin Nein sagen zu können. Nein sagen, damit die Dinge so groß werden können, wie sie in Wirklichkeit nie sind. Denn womöglich hat wahre Lust viel mehr mit Entsagung zu tun als mit Erfüllung.«

Moritz antwortete eine ganze Weile nicht, vielleicht dachte er nach, vielleicht war er auch mit etwas anderem beschäftigt. Endlich fragte er übergangslos: »Was hältst du von Sex im Freien?«

Sie musste wieder lachen. »Hast du diese Woche schon aus dem Fenster gesehen?«, fragte sie. »Kalt und nass, und mit jedem Tag wird es schlimmer.«

»Ja, das ist das Problem«, sagte er müde, und Julia bereute etwas, dass sie ihn angerufen hatte.

In der folgenden Nacht allerdings träumte sie, dass sie miteinander schliefen, und zwar auf dem Labortisch seiner Wohnung. Sie benutzten ein Kondom, und doch wusste sie die ganze Zeit, längst bevor sie kamen, dass sie soeben ein Kind zeugten. Das vervielfachte jedes ihrer Gefühle, beim Orgasmus schien sie vor Lust zu explodieren. Am anderen Morgen rief sie ihre Mutter an, um sie zu bitten, Mona mittags aus dem Kindergarten abzuholen, dann sprach sie Moritz aufs Band, packte Lektüre für die Fahrt ein und nahm den nächsten Zug nach Biel.

Kaprize

Nachdem Moritz einer Vorankündigung des Theaters entnommen hatte, dass sie in Solothurn probte, sprach er Selina immer wieder auf den Anrufbeantworter und wollte sich mit ihr dort treffen.

Einmal rief er an, als sie probenfrei hatte, und sie nahm selbst ab. »Ich erwarte ja nichts Spektakuläres«, sagte er, »aber lass uns wenigstens einen Film ansehen oder etwas essen gehen.«

»Moritz«, sagte sie, »ich fahre jeden Tag um halb neun morgens los und bin um Mitternacht zu Hause. Nachmittags habe ich drei Stunden frei, doch die brauche ich, um Text zu repetieren, die Lieder zu üben und auch mal ein Nickerchen zu machen.«

»Aber es kann doch nicht sein, dass wir den Sommer keine zehn Kilometer voneinander entfernt verbringen und uns nie begegnen«, rief er kokett (in Wahrheit waren es gut dreißig Kilometer).

»Der Sommer ist vorbei«, erklärte Selina, »und in Zürich wohnen wir keine zehn Meter auseinander. Du wirst ja den Laden deines Papas nicht ewig hüten.«

Tatsächlich waren seine Eltern inzwischen aus den Ferien zurück, der Arm des Vaters zwar noch nicht verheilt, doch auf gutem Wege, und Moritz dachte an die Heimkehr.

»Vorher muss ich noch die Sommerdeko abbauen und das Herbst- und Wintersortiment ins Lager schaffen«, sagte er.

Damit war er noch nicht durch, als sie eine knappe Woche später eines frühen Nachmittags durch seine Ladentür spazierte. Für die Endproben war das Ensemble ans hiesige Theater umgezogen, denn in Biel war die Premiere. »Da wäre ich«, sagte sie. »Die Beleuchter bauen gerade Mist, und ich habe Zeit für einen Kaffee. Du auch?«

»Ja«, sagte er und telefonierte kurz mit seinem Vater. »Ich weiß aber etwas Besseres.«

»Das hätte ich mir denken können«, sagte sie. »Ich brauche trotzdem erst Kaffee.«

Er führte sie ins »Lindenegg«, sie aßen Apfelkuchen mit Schlagsahne und hörten dem Regen zu.

»Also schieß los, was kann besser sein als das hier?«, fragte sie, nachdem sie über Armbrüche, Beleuchtungspannen, den zweifelhaften Reiz von Kleinstadttheatern und Moritz' Bieler Kindheit geplaudert hatten.

Moritz dachte eine Weile nach und folgte mit dem Finger einem Regentropfen an der Scheibe. »Ich weiß gar nicht, ob ich dir davon erzählen will«, sagte er dann verträumt. »Eigentlich müsste man es einfach machen.«

»Oh nein«, rief Selina, »bei dir weiß man besser vorher, worauf man sich einlässt.«

Moritz grinste. »Na, einen Versuch war es wert«, sagte er munter. »Also hör zu, bei der Pasquart-Kirche, oberhalb vom Rockhall, liegt ein verlassener Gartenhügel. Als Kind bin ich immer über die Mauer geklettert und habe Kirschen gestohlen. Der Kirschbaum ist riesig, seine Kirschen sind richtige Knaller, jedenfalls in meiner Erinnerung.«

»Hättest du mir das zur Kirschenzeit auf den Anrufbeantworter gesprochen, wäre ich gleich da gewesen«, sagte sie.

»Ja, ich hätte gern mit dir dort Kirschen gepflückt«, gab er zu, »das ist aber nur ein kleiner Teil meiner Fantasie. Als Junge habe ich mir ausgemalt, mit einer Frau – oder damals einem Mädchen – nackt in diesem Hain zu spazieren.«

Sie lachte schallend. »Und das wolltest du mir heute vorschlagen?«, fragte sie.

Er nickte und sagte: »Das wäre immerhin etwas, woran man sich ein Leben lang erinnert.«

»Zumindest die drei Wochen, die man danach mit einer Erkältung im Bett liegt«, sagte sie leichthin und brachte das Gespräch auf etwas anderes. Sie erzählte von einer Laune, die sie jahrelang mit sich herumgetragen hatte: Sie wollte einmal Bungee-Jumping machen. Als dann im Zürichsee ein Turm dafür aufgestellt wurde, ließ sie sich für sündhafte hundert Franken ins Leere fallen. »Das Geld hätte ich gescheiter für ein Nachtessen in der Kronenhalle ausgegeben«, sagte sie. »Ich habe mir beim Sprung nur in die Hosen gemacht.«

»Buchstäblich oder im übertragenen Sinn?«, fragte Moritz.

»Buchstäblich«, sagte sie. »Ich habe das Gefühl gehasst, an einem Seil im Leeren zu hängen.«

Bald darauf zahlten sie, und als sie das Café verließen, stellten sie sich noch für eine Weile an die Balustrade der gedeckten Veranda. Unter dichten Goldregenranken hindurch blickten sie in die hohen Linden, Moritz legte Selina die Hand an die Hüfte, und sie lehnte sich an ihn. Sein Körper war ganz warm, und der Duft von nasser Erde, welken Blüten und Männerschweiß vermischte sich in einer Weise, die sie übermütig machte. »Zeig mir diesen Garten«, bat sie. »Oder ist es weit?«

»Nein, er liegt fast um die Ecke«, sagte Moritz.

Das war nur die halbe Wahrheit, denn sie mussten doch recht weit den Hang hochsteigen, um zu jener Mauerstelle zu gelangen, die sich überklettern ließ. Dafür war es ein wunderbar verwunschener Ort, und dass die Erde von Regen getränkt war, das Gras welk und platt gedrückt und die Berge gegenüber bis tief hinab wolkenverhangen, schmälerte den Zauber nicht.

Nur die Stoppeln in der Wiese waren hinderlich. »Hier möchte ich nicht barfuß gehen müssen«, sagte sie.

Moritz führte sie zu einem halb verfallenen achteckigen Turm, dessen Vorplatz mit Bachkieseln bestückt war. Das spärliche Gras, das dazwischen wuchs, war fein und frisch ausgeschossen. Wenn sie sich an die Turmmauer lehnten, waren sie sogar halbwegs vor dem Regen geschützt.

Als sie einen weit ausladenden Obstbaum entdeckte, fragte sie: »Ist das die Kirsche, von der du erzählt hast?«

»Ja, man sollte sie mal schneiden«, sagte er. »Und was ist, ziehen wir uns aus?«

»Klar«, sagte sie und fing gleich an. Die Kleider schoben sie in eine Fensternische, und weil es sich auf den Kieseln doch ganz gut gehen ließ, stellten sie auch die Schuhe dazu. Hand in Hand balancierten sie durch den Hain, denn bald verlor sich der Pfad, und irgendwelche Ästchen, Röhricht oder abgebrochene Halme bohrten sich immer wieder in ihre Füße.

Endlich erreichten sie humpelnd den Kirschbaum. »Da wären wir nun, lieber Gott, und weit und breit kein Apfel«, flachste sie.

Moritz umarmte sie, vielleicht sollte das der Einstieg in die Erbsünde sein, doch tatsächlich wärmten sie einander nur. Dennoch begann Moritz bald zu zittern. »Mir gefällt deine Gänsehaut«, sagte sie grinsend.

»Ein Mist ist das«, schimpfte er zähneklappernd. »Da wäre man am Ziel seiner Träume und wünscht sich nur eine Badewanne.«

»Also hopp, zurück«, sagte Selina, und während sie sich zurückkämpften, erklärte sie: »Ich kann im Theater duschen, aber dich nehme ich dahin nicht mit.«

»Was heißt das, wir gehen doch nicht schon?«, fragte Moritz, obwohl er nicht mehr nur schlotterte, es schüttelte ihn richtig. »Komm, wir brechen den Turm auf.«

»Da drinnen ist es sicher lauschig«, sagte sie amüsiert und schlug gegen die Tür. Sie hörten es rascheln. »Ratten, die lassen wir besser in Ruhe.« Sie begann sich anzuziehen. »Wenn du als Junge im Baum gesessen und fantasiert hast, hast du es dir da auch gemacht?«, fragte sie währenddessen.

»Sicher hundertmal«, sagte Moritz. »Die Kirschen sind bestimmt heute noch voll von meinen Molekülen. So lange ist das ja gar nicht her.« Und als sie wieder auf der Straße standen, stellte er betrübt fest: »Schon die zweite Chance mit dir verpasst.«

»Ich hatte nie vor, mit dir zu schlafen«, antwortete sie, »ich wollte nur mal eben nackt im Hain spazieren, und das haben wir getan. Ich fand's jedenfalls schön. Und wieder einmal eine Ratte rascheln zu hören, hat mich fast wehmütig gemacht.«

Sie küsste ihn auf die blau gefrorenen Lippen, dann rannte sie zum Theater. In der Kantine bekam sie kochend heißen Pfefferminztee, den nahm sie mit unter die Dusche. Die ganze Garderobe hatte sie für sich allein, und sie stand so lange mit geschlossenen Augen unter der Brause, bis die Haut an den Fingerkuppen schrumpelte. Sie dachte daran zurück, wie sie mit Moritz auf der Veranda gestanden hatte, und ärgerte sich etwas, dass sie da nicht der flüchtigen Versuchung nachgegeben hatte, sich gleich im »Lindenegg« mit ihm ein Zimmer zu nehmen.

Wertschätzung

Während der Zugfahrt las Julia in García Márquez' *Liebe in den Zeiten der Cholera* – zum einen in der ganz intuitiven Erwartung, das Buch werde ihr eine der noch verborgenen Seiten ihrer eigenen Protagonistin enthüllen. Doch ebenso gern wollte sie die Sache mit den 622 Affären (festgehalten in 25 Heften) nochmals überfliegen, die dem Reeder Florentino Ariza die fünfzig Jahre Warten auf die Erfüllung seiner Liebe zu Fermina Daza versüßen. Als sie in Biel ausstieg, war sie halb frivol, halb romantisch gestimmt und wusste gar nicht mehr genau, was sie sich vom Treffen mit Moritz eigentlich erhoffte, nur innigen Sex oder eine Änderung ihres Zivilstands.

Als sie die Eisenwarenhandlung Schneuwly betrat, wusste sie noch nicht mehr, denn der Laden lag keine zehn Minuten vom Bahnhof entfernt am Eingang zur Altstadt. Sie musste kurz warten, dann kam eine hübsche, vielleicht fünfzigjährige Frau vom Lager her und fragte nach ihren Wünschen.

»Ich suche Moritz«, sagte Julia. »Wir haben telefoniert.«

»Sind Sie eine Freundin?«, fragte die Frau, und als Julia nickte, sagte sie: »Er liegt oben, gehen Sie nur hoch.«

Die Treppe führte außen herum und endete vor einer altmodischen Glastür. Julia klopfte, und als niemand antwortete, trat sie ein. Irgendwie hatte sie die Fantasie, Moritz nackt und eigens für sie mit Blumen oder Süßigkeiten drapiert vorzufinden – vielleicht hatte der Blick der Frau im Laden diese Fantasie ausgelöst, der auf gutmütige Weise schalkhaft gewesen war, gleichzeitig höflich und voller Respekt.

Tatsächlich lag Moritz im Bett, allerdings nicht nackt und zum Vergnügen hergerichtet, sondern mit Halswickel und Wärmflasche, und die ganze Wohnung roch nach Eukalyptus.

»Ich habe zurückgerufen, um dich zu warnen, doch du warst schon weg«, sagte er. »Willkommen in der Schnupfhöhle der Schneuwlys. Da steht Tee, die Mischung aus Thymian, Eibischwurzel und Salbei meiner Großmutter, mit der man mich schon in der Kindheit gequält hat. Und in der Küche findest du eine Tasse. Du kannst dir dort aber auch Kaffee kochen.«

»Die Frau im Laden, war das deine Mutter?«, fragte Julia.

»Ja, sie vertritt mich dabei, sie zu vertreten«, antwortete er.

»Sie ist hübsch«, sagte sie, und Moritz nickte.

»Wir Schneuwlys sind alle regelrechte Schnittchen«, stellte er fest, gleich darauf hatte er einen Niesanfall.

Julia ging in die Küche und traf dort auf seinen Vater, der in einem Salzwasserbecken in der Spüle Handgymnastik machte. Er stellte sich Julia als Rudolf vor und bestand darauf, ihr Kaffee zu bringen. »Nehmen Sie den roten Stuhl mit«, riet er, »das ist unser einziger bequemer.«

Sie trug den Stuhl ins Zimmer und setzte sich mit genügend Abstand zu Moritz, um sich nicht anzustecken.

»Du hast ja keine Tasse«, stellte er fest und nieste wieder.

»Dein Vater bringt mir Kaffee«, erklärte sie.

»Dann vergiss nicht, ihn zu loben«, sagte Moritz, »den Kaffee meine ich. Sie haben ihn aus Bolivien mitgebracht und bilden sich ein, er sei besser als der übliche.«

Schlecht war er jedenfalls nicht, und auf der Tasse stand in roten Lettern: *Hecho con amor.* »Das schmeckt man«, sagte sie zu Rudolf, und vor Vergnügen ließ der ein kleines Glucksen hören, das sie schon von Moritz kannte. Dann ging er zu seiner Frau in den Laden, und sie waren allein.

»Warum bist du überhaupt da?«, fragte Moritz. »Ich meine, ich war gestern am Telefon nicht eben unwiderstehlich. Ich denke, ich fühlte schon die Grippe kommen. Entschuldige übrigens.«

»Keine Ursache«, sagte sie. »Heute Nacht habe ich geträumt, wir zeugen ein Kind. Es war mein bester Orgasmus seit Langem.« Sie dachte erst, er lache sie aus, doch er musste nur wieder niesen.

»Ich habe mir ja mal geschworen, keine Kinder in diese irre Welt zu setzen«, sagte er und fügte lakonisch hinzu: »Außer natürlich, es passiert.«

»Du hast am Telefon gemeint, du willst nicht, dass ich mich in dich verliebe«, sagte sie. »Warum nicht?«

Moritz putzte erst ausführlich die Nase, kremte sie ein und trank die Tasse leer, bevor er antwortete: »Wahrscheinlich ist es nur eine fixe Idee. Aber irgendwie befürchte ich, mein Herz ist vergeben. Ziemlich aussichtslos vergeben, in ein Mädchen, das ich fast nicht kenne, das in New York lebt und von dem ich nicht einmal die Adresse oder Nummer habe. Wobei sich so was immer organisieren lässt.«

»Erzähl mir von ihr«, bat Julia, und er gab ihr ein dickes Heft in die Hand.

»Das war Marys Brief an mich«, sagte er. »Ein Heft mit Eindrücken ihrer Reise durch Ghana, außerdem ein Krankenbericht. Auf dem Voltasee hat sie sich Malaria geholt. Viel mehr, als hier drinsteht, weiß ich von ihr gar nicht. Sie ist Automechanikerin, sogar Weltmeisterin oder so ähnlich, und eine tapfere Kranke, davor habe ich immer große Achtung. Vor allem aber ist sie mir in einer Art vertraut, die ich sonst nicht kenne.«

Julia dachte verwundert, dass fast alles, was Moritz erwähnte, auch in dem Buch vorkam, das sie gerade las: die ferne Liebe, das Heft als Tagebuch, die Fieberreise auf dem Wasser, und dachte: Vielleicht galt der Traum letzte Nacht gar nicht mir, sondern ihr. Als Moritz auch noch unanständige Zeichnungen zeigte, die Mary an geheimen Stellen in der Gästewohnung ihres Hauses hinterlassen und die er abfotografiert hatte, sagte sie: »Ich gebe mich geschlagen. Aber wie willst du es von nun an halten? Lebst du keusch, bis ihr euch wiederseht, oder machst du es wie der Held meiner momentanen Lektüre und pflegst bis dahin den gehobenen Seitensprung? Ich frage ganz eigennützig.«

Moritz wollte antworten, doch eine weitere Niesattacke hinderte ihn daran, und gleich darauf kamen seine Eltern aus dem Laden. Auch die Mutter stellte sich Julia unkompliziert mit Vornamen vor, Regula, dann fragte sie Moritz: »Das Essen steht im Ofen parat. Wie ist es, stehst du auf?«

»Bloß nichts essen«, rief er, »lasst mich etwas dösen. Aber nehmt Julia mit, die ist schon ewig auf und stirbt bestimmt vor Hunger.«

»Ich kann mich auch gut verabschieden«, sagte Julia aus Höflichkeit, doch alle drei Schneuwlys stellten unisono fest: »Kommt nicht infrage«, und Rudolf fügte hinzu: »Dazu sind wir viel zu neugierig.«

Während er sie mit in die Küche nahm (und ihr den Stuhl nachtrug), beschwerte Regula sich bei Moritz über seine neue Lagerordnung. »Eigentlich wollte ich mir heute einen schönen Nachmittag machen und die Ferienfotos einkleben, stattdessen renne ich wie ein blindes Huhn durch die Regale.«

»Entschuldige«, sagte Moritz, »ich kam noch nicht dazu, den Plan zu zeichnen. Aber bring mir doch deine Fotos, ich mache eine Vorauswahl. Wenn du willst, klebe ich sie auch gleich ein.«

Rudolf nahm währenddessen eine Spinatwähe aus dem Ofen und schnitt sie auf, Julia deckte. »Ich bin übrigens nicht etwa seine Auserwählte«, dämpfte sie allfällige Erwartungen.

»Das war mir schon klar«, sagte Rudolf, nachdem er ihr das Du angeboten hatte, »aber er schwärmt von dir und deiner Tochter – Mona, nicht wahr? Und wir können uns kaum vorstellen, wie er in Zürich lebt, deshalb ist es doppelt schön, eine seiner Bekannten kennenzulernen.«

»Julia, lass dir von ihm nichts aus der Nase ziehen«, rief Moritz aus dem Zimmer. »Sie sind selbst schuld, wenn sie mich nie besuchen.«

»Wo er recht hat, hat er recht«, sagte Regula und setzte sich. »Erzähl von Mona.«

Das tat Julia auch, doch bald lenkte sie vom Thema ab, denn viel zu sehr interessierte sie, wie die Schneuwlys lebten. »Ich kann es noch nicht in Worte fassen«, sagte sie, »aber bei euch herrscht eine Harmonie, die ich in einer Familie noch nie erlebt habe.«

»Nein, Harmonie nun wirklich nicht«, sagte Regula. »Wir sind alle drei schreckliche Dickköpfe.«

»In den ersten Jahren unserer Ehe haben wir uns dreimal getrennt«, ergänzte Rudolf. »Sogar, als Moritz schon auf der Welt war.«

»Ja, bei uns flogen die Fetzen«, sagte Regula. »Manchmal hätte ich ihn umbringen können.«

»Ich dich auch«, sagte Rudolf. »Wir hatten keinen guten Ton drauf. Schließlich war es – das klingt ein bisschen lächerlich – ein Film, der uns weiterbrachte, *Gandhi* von Richard Attenborough.«

»Gandhi sagt ungefähr«, erzählte wiederum Regula, »jeder Mensch glaubt sich im Recht und den anderen im Unrecht. Haust du ihn auf den Kopf, bestätigst du ihn darin. Bleibst du dir dagegen bewusst, dass du die Wahrheit auch nicht kennst, und verzichtest darauf zurückzuschlagen, machst du es ihm schwer, dich zu hassen. Und wenn deine Sanftmut auch nicht ihn selbst verwandelt, dann doch die Menschen um ihn herum, und irgendwann färbt es auch auf ihn ab.«

»Kurz gefasst, die Feigen streiten, die Starken vergeben«, sagte Rudolf. »Du siehst, wir kämpfen immer noch, nur mit anderen Mitteln.«

»Eine Beziehung ohne Kampf wäre auch keine Beziehung mehr«, sagte Regula.

»Das halte ich jetzt für eine Floskel«, sagte Rudolf. »In Wahrheit sind wir inzwischen meist bei uns und kümmern uns nicht groß darum, ob der andere einen schlechten Tag hat.«

Regula lachte und sagte: »Jetzt spätestens müsste Moritz interveniert haben, ich sehe mal nach ihm.« Tatsächlich schlief er.

»Was ist mit dem Vater deiner Tochter?«, fragte Rudolf, als er den Kaffee servierte.

Julia winkte ab: »Frag besser nicht danach.« Doch der Vergleich ließ sie nicht los, und ehe sie sich erhoben, sagte sie: »Ihr habt Moritz ein großes Geschenk gemacht. Ich kenne keinen Menschen, der so entspannt auf alles um ihn reagiert wie er, und dabei ist er erst dreiundzwanzig. Ich wünschte, ich könnte Mona das bieten.«

»Dafür hat er keine Freundin«, sagte Regula, »das beschäftigt uns etwas.«

»Sie hatte sich schon gesorgt, er sei schwul«, warf Rudolf ein.

»Das ist nicht wahr«, sagte sie. »Ich fürchtete, er wage sein Schwulsein nicht auszuleben, das ist etwas völlig anderes.«

»Ja, das ist es«, gab er zu.

Julia lachte: »Macht euch da mal keine Sorgen, verklemmt ist euer Sohn bestimmt nicht.«

Geiz

Erich Wyss hatte angenommen, dass sein Sohn nach der Abdankungsfeier wieder nach Berlin zurückreisen würde, stattdessen ließ er sich beurlauben. Seinem Chef sagte er am Telefon: »Ich kann meinen Vater in der Trauer unmöglich allein lassen«, und der Chef zeigte auch Verständnis.

Erich wagte Sepp nicht zu sagen, dass er lieber allein gewesen wäre, er bemerkte nur: »Ich hätte schon Verständnis, wenn du möglichst schnell wieder heimwolltest.«

»Nicht, bevor ich meine Auslagen wieder hereingeholt habe«, sagte Sepp. »Der Flug hierher hat mich dreihundert Mark gekostet, dazu kommt allerhand Kleinvieh und der Verdienstausfall.«

»Aber der wird doch jetzt immer größer«, sagte Erich.

»Ja, auch das muss ich reinholen«, antwortete Sepp, »aber mit meinem Pflichtteil wird mir das wohl gelingen.«

»Was für ein Pflichtteil?«, fragte Erich.

»Vater, nun tu nicht begriffsstutzig«, sagte Sepp. »Ihr habt seit bald zwanzig Jahren eine schöne Rente und gebt kaum was aus, da wird sich wohl was zusammengeläppert haben. Mutter gehörte die Hälfte, und von der steht mir wiederum die Hälfte zu. Du siehst, ich habe mich schlau gemacht.«

»Aber wir haben nichts, glaub mir«, sagte Sepp. »Die unselige Geschichte mit Augustin hat uns das ganze Ersparte gekostet.«

Das wollte Sepp natürlich genauer hören. Nachdem ihm Erich gebeichtet hatte, schwieg er lange, dann sagte er: »Ich bin ziemlich sicher, ich könnte dich dafür haftbar machen, Vater. Aber so was liegt mir fern. Trotzdem hast du Mutters Vermögen veruntreut und wirst dafür geradestehen müssen.«

»Ja, aber wie?«, fragte Erich kleinlaut.

»Als Erstes«, schlug Sepp vor, »werden wir versilbern, was sich versilbern lässt«, und ging gleich mit Erich durch die Zimmer. »Dass Mutters Kleider wegmüssen, ist sowieso klar«, meinte er. »Nur bringt so was nichts ein, im Gegenteil, da zahlen wir noch drauf. Dann kann aber auch ihr Kommödchen und der Schrank weg. Das Nähtischchen hat vielleicht antiquarischen Wert, das Röhrenradio sogar bestimmt.«

So ging es weiter, Gerdas Sessel wollte er ebenso verkaufen wie die Anrichte und das Tafelsilber darin, das Gerda jeden ersten Montag im Monat poliert hatte. Selbst vor dem Rosenthal-Service, das Erich und Gerda sich von allen Verwandten und Freunden gemeinsam zur Hochzeit hatten schenken lassen, machte Sepp nicht halt. »Wir kaufen dir dafür solides Edelstahlbesteck und Plastikteller«, versprach er, »das ist nicht nur praktischer, es kann auch Leben retten. In deinem Alter sollte man einen großen Bogen um alles Zerbrechliche machen, es sind schon Leute an einer zerbrochenen Tasse verblutet.« Er erinnerte sogar einen konkreten Fall in Worpswede.

»Aber holen wir damit denn auch etwas heraus?«, fragte Erich.

»Vielleicht nicht genug, aber es ist ein Anfang«, sagte Sepp. »Wir könnten diesen Rainer, von dem du erzählt hast, um eine Schätzung bitten.«

Erich fiel allerdings der Nachname nicht mehr ein, und Augustin, der ihn gekannt hätte, war nicht zu erreichen. Da es aber gerade nicht regnete, beschlossen sie hinzuspazieren.

In der Langstrasse taute Sepp auf einmal auf und machte sich einen Spaß daraus, jede Frau, der sie begegneten – vor allem natürlich die Prostituierten – mit einem breiten berndeutschen *»Grüessech, Frou Trouffer!«* zu begrüßen. »Das haben wir immer getan, wenn wir nach der Schule hier waren«, erzählte er.

»Die Langstrasse hatten wir dir doch aber verboten«, sagte Erich.

»Wir gingen ja nur Frau Trauffer besuchen«, sagte Sepp grinsend.

»Ja, gab es die denn wirklich?«, fragte Erich irritiert, er wusste nicht mehr, was er glauben konnte, aber er freute sich an Sepps guter Laune.

Als sie die Rolandstrasse überquerten, sagte Sepp sogar: »Dort hinten in der Nietengasse soll es die beste Schlachtplatte geben, komm, ich lade dich ein.«

Und so aßen sie um vier Uhr nachmittags Blutwurst, Leberwurst und Siedfleisch, dazu gab es Wein und danach Stumpen. »Siehst du, so ein Junggesellenleben hat auch seine Vorzüge«, sagte Sepp, während Erich sich übergessen hatte und mit Übelkeit kämpfte. Und leider funktionierte

Sepps Karte der Berliner Bank dann nicht, Erich musste ihm das Geld vorschießen.

»Keine Sorge, ich schröpfe dich nicht«, versprach Sepp. »Sobald ich Geld aus dem Automaten ziehen oder irgendwo Mark umtauschen kann, zahle ich es dir zurück.«

D-Mark hatte er allerdings gar nicht eingesteckt, und die Karte funktionierte nirgends. Er borgte sich von Erich, als sie weitergingen, daher noch 1 Franken 30 für Kaugummi und 6 Franken 95 für ein Deodorant.

Rainer wollte seinen Trödelladen eben schließen, als sie kamen. Doch er erkannte Erich, und nachdem er sich angehört hatte, was sie beschäftigte, sagte er unkompliziert: »Am besten steigt ihr in den Lieferwagen, und wir fahren gleich zu euch.«

Erich ging es wieder besser, er genoss die Fahrt und kam sich vor wie früher bei der Post. Während Rainer sich von Sepp das Neueste von Augustin erzählen ließ (der war anscheinend sehr geschickt darin, seine Schulden zu verringern), schloss er die Augen und sah sich wieder fünfzig Jahre jünger und beim Päckchendienst.

Vor dem Haus ließ Sepp sich von Erich nochmals Geld geben, er wollte im Restaurant Frohburg eine Flasche Wein kaufen. »Man soll nie trocken verhandeln«, sagte er dazu, »das rechnet sich nicht.«

Erich ging mit Rainer schon vor und nutzte die Gelegenheit, um ihm zu verraten, dass er die Sachen nur schweren Herzens weggebe und weil Sepp darauf bestehe. Rainer sagte dazu nichts, und an der Wohnungstür hatte Sepp sie wieder eingeholt.

Die Besichtigung war wohl allen unangenehm. Sepp rief

dauernd: »128-teilig, und es fehlt kein Stück, das bringt doch allein einen Tausender, oder?« Und: »Große Röhre, großer Sound, das ist nicht nur was für Sammler«, während Rainer vor sich hin brummte, ab und zu den Kopf schüttelte und schließlich sagte: »Setzen wir uns besser erst mal.«

Sie gingen in die Küche, und Rainer wartete, bis Sepp den Wein geöffnet hatte (14 Franken), dann sagte er: »Also Bares bekommt ihr dafür von mir nicht. Wenn ihr wollt, nehme ich die Sachen in Kommission, aber es kann Jahre dauern, bis der Krempel weggeht.«

Erich sagte nichts, aber er war erleichtert. Sepp dagegen sprach von einem Schock und zog die Flasche näher zu sich. Rainer referierte über die wegbrechenden Märkte im Antiquitätenhandel, bis Sepp sich wieder gefangen hatte und seufzte: »Man braucht eben immer mehr Anpassungsgeschick, um zu überleben.«

»Vor allem muss man blitzschnell reagieren, wenn man eine Chance wittert«, entgegnete Rainer und erzählte von seinen Ferien in Sizilien, genauer in Librino, einer Satellitenstadt bei Catania: »Wir waren mit dem Lieferwagen gefahren, weil ich noch etwas zu transportieren hatte, und machten uns gerade wieder auf den Heimweg, als der Ätna ausbrach, ihr habt sicher davon gehört. Der Flughafen von Catania wurde geschlossen, es herrschte ein heilloses Durcheinander. Schließlich war Ferienende, und tausend Touristen versuchten, auf irgendeine Art von Catania wegzukommen. Ich sah das Gedränge vor dem Flughafen, als wir vorbeifuhren, hielt an mit meinem Schweizer Nummernschild, und gleich stürmte die Menge auf uns los. Jeder wollte, dass ich ihn mitnahm. Ich, nicht faul, stieg aufs Autodach und versteigerte von dort aus die Sitzplätze, natürlich streng gegen Bares. Dann setzte ich Frau und Kind auf die Straße und kutschierte meine Kundschaft in den Norden.«

»Das ist aber nicht schön«, fand Erich. »Hast du ihr wenigstens Geld fürs Hotel gegeben?«

»Nein, habe ich nicht«, sagte Rainer. »Und im Nachhinein bereue ich es etwas. Ich sagte mir, wenn all die Leute auf dem Flugfeld campieren können, kann sie das auch. Und drei Tage später war ich ja wieder da. Inzwischen hatten allerdings die Fluggesellschaften Shuttles eingerichtet, nur Sibylle und Bert saßen noch da, das rührte mir schon ans Herz. Und das Gezanke auf der Heimfahrt könnt ihr euch denken. Jetzt will Sibylle sich sogar scheiden lassen. Aber sie wird sich wieder beruhigen, und die 10 000, die ich mit der Aktion unterm Strich gemacht habe, sind nicht zu verachten, auch wenn sie und ich getrennte Kasse machen.«

Nach dieser Geschichte erhob er sich und klopfte Sepp auf die Schulter. »Dir wird ebenso was einfallen«, sagte er. »Und wenn nicht: Wer nicht viel verdient, kann auch nichts verschleudern.«

Dann sah er die Urne auf dem Küchenschrank und sagte: »Kinder, das geht nun aber wirklich nicht. Wenn du die heilige Asche deiner Frau behalten willst, Erich, brauchst du dafür einen Schrein. Zufällig habe ich so was auf Lager, nichts Antikes, aber in wunderschönem Ultramarin gestrichen, wie es die großen Meister für das Kleid der Mutter Maria verwendeten. Viel könnt ihr ja für eure Frau und Mutter nicht mehr tun, aber diese kleine Geste, lieber Erich, lieber Sepp, solltet ihr ihr gönnen. In einem solchen

Schrein zu ruhen, ist nämlich eine Heimkehr, die Rückkehr in den Schoß der Muttergottes.« Dazu nickte er vielsagend.

»Wir hatten dich geholt, um zu verkaufen, nicht zu kaufen«, sagte Sepp.

»Sepp, du kennst den Preis noch nicht«, sagte Rainer. »Schlappe sechzig Franken, und ihr erspart euch ein Begräbnis.«

Erich lockte die Gelegenheit, aber Sepp sagte kategorisch: »Nein! Eine Kiste kann ich auch selber anmalen. Und überhaupt macht sich die Urne da oben ganz gut.«

»Sepp, du bist noch wütend, weil Rainer uns kein Geld geboten hat«, sagte Erich. »Aber lass es nicht an deiner Mutter aus.«

»Überhaupt nichts lasse ich an Mutter aus«, rief Sepp. »Ich wehre mich nur dagegen, dass jemand deine Trauer ausnützt, um Geschäfte zu machen. Und vorher trinkt er noch unseren Wein.«

»Meinen Wein«, sagte Erich. »Und ich fühle mich nicht ausgenützt, jedenfalls nicht von Rainer.«

»Ja, das Geld entzweit die Menschen«, sagte Rainer noch, dann ging er.

Als Erich sich auch erheben wollte, wurde ihm schwindlig, er musste sich aufstützen, und nachdem ihm eingefallen war, was Gerda ihm bei seinem letzten Schwächeanfall geraten hatte, legte er sich auf den Boden.

»Was tust du da?«, fragte Sepp.

»Mach uns etwas zu essen«, bat er, weil er erst dachte, es sei der Kreislauf. Dann fiel ihm wieder ein, wie viel sie am Nachmittag gegessen hatten. »Nein, warte«, sagte er.

»Was denn nun?«, fragte Sepp. »Mit dir hat man wirklich ein Zeug.«

»Ja, ich weiß«, sagte Erich, »ein Wunder nur, dass deine Mutter das nie zu mir gesagt hat.«

Sepp begann daraufhin zu dozieren, doch Erich hörte nicht zu, sondern dachte an Gerda und wie sie an ihrem letzten Abend aus der Küche gegangen war, um zu Bett zu gehen. Nicht einmal Gute Nacht hatte sie ihm gewünscht.

Frühlingserwachen

Seit Edith-Samyra in sein Leben getreten war, fühlte Hubert Brechbühl, wie er sich verwandelte. »Aus der kleinen Raupe wird ein Schmetterling«, sagte Edith-Samyra dazu, und auch wenn sie nicht sagte »schöner Schmetterling«, sah er sich doch in klaren, zarten Farben, was sich darin widerspiegelte, dass er neue Hemden in Pastelltönen kaufte und – in einem Anfall von Verwegenheit, den er später allerdings bereute –, lindgrüne Turnschuhe.

Edith-Samyra hatte immer viel zu tun, und nicht alles mochte sie mit ihm teilen, manches auch nicht einmal verraten. Beispielweise fuhr sie oft nach Bern, und ihm schien, sie sei bei der Rückkehr melancholisch oder jedenfalls in Gedanken.

Das zu ertragen, fiel ihm nicht immer leicht, doch als er sie darauf ansprach, lächelte sie nur und sagte: »Bist du etwa eifersüchtig? Keine Sorge, so was gibt sich mit dem Älterwerden.«

Als er in sich ging, stellte er fest, dass er in der Tat eifersüchtig war, und irgendwie genoss er das sogar. Auch andere Gefühle lernte er mit ihrer Hilfe kennen, annehmen und lieben – dies nämlich waren die drei Bewusstseinsstufen, die sie ihn lehrte. Schwierige Gefühle lösten sich im letzten Stadium entweder auf oder transformierten sich

(»entpuppen« nannte Edith-Samyra diesen Vorgang), angenehme wurden hell und strahlend.

Eines seiner heftigsten Gefühle war die Scham: Anfangs schämte Hubert sich für nahezu alles: das Nacktsein, den Toilettengang, ja sogar fürs Schnäuzen und seine Schweißfüße. Ihm war peinlich, dass er im Schlaf manchmal sabberte, und Blähungen brachten ihn in Edith-Samyras Gesellschaft in wahre Not. Manchmal lachte sie ihn aus, viel öfter aber führte sie ihn freundlich und bestimmt auf den rechten Weg.

»Hubert, du siehst verkrampft aus, sieh bitte zu, dass du keinen Darmverschluss riskierst«, sagte sie zum Beispiel, und als in der Zeitung stand, dass ein Japaner sich selbst gerichtet hatte, nachdem ihm im Beisein seiner Schwiegereltern ein Lüftchen entfahren war, schnitt sie den Artikel aus, bat Hubert, ihn zu lesen, und faltete danach daraus eine Art Heißluftballon – sie war in solchen Dingen sehr geschickt. Den ließen sie gemeinsam auf dem Balkon steigen, dazu riefen sie: »Ene mene meck, und du bist weg« – genauer gesagt, Edith-Samyra rief, und Hubert brummte unartikuliert mit. Denn auch solche Dinge fand er zu Beginn ihrer Beziehung peinlich. Dennoch schienen sie zu funktionieren, jedenfalls entkrampfte er sich mit der Zeit.

Das war sicherlich auch Edith-Samyras Vorbild geschuldet. Meldete sich ihre Verdauung, sagte sie meist etwas wie: »Herr Hauptmann, die Natur kommt«, wie sie das schon bei ihrer Wanderung auf dem Bärenboden getan hatte (inzwischen wusste Hubert, dass sie damit ein Theaterstück zitierte). Dann ging sie, auch wenn sie nur pupsen musste, aufs Örtchen, wobei sie nicht immer die Tür schloss.

Auch ans Nacktsein musste Hubert sich gewöhnen. Doch Edith-Samyra bewegte sich in der Wohnung ganz selbstverständlich nackt oder halb nackt, und ohne dass sie je darüber gesprochen hätten, wurde es ihm dadurch bald normal.

Er schluckte erst, als sie sagte: »Ich glaube, die Zeit ist reif, dass wir in die Sauna gehen.«

»Wofür soll das gut sein?«, fragte er.

»Für alles Mögliche«, sagte sie, »den Kreislauf, das Immunsystem. Außerdem sind nackte Menschen schön.«

Dem konnte er nicht widersprechen, schließlich hatte er nur deshalb zwei-, dreimal die Zeitschrift »Schlüsselloch« gekauft. Dennoch hielt er es für etwas gänzlich anderes, sich selbst nackt auszustellen.

»Das brauchst du gar nicht«, sagte sie, »von mir aus komm in Badehosen.« Und das tat er auch.

Doch schnell sah er ein, dass Nacktheit in der Sauna nichts Besonderes und Badehosen lästig waren. Das ebnete ihm den Weg zu ganz neuen, sinnlichen Erfahrungen, wenn sie etwa zu zweit unter einem großen Badetuch im Ruheraum lagen oder im Anschluss an die Trockensauna nackt im Mondlicht im Zürichsee badeten.

Und selbstverständlich entdeckte er auch seine Sexualität neu – wenn er sie nicht überhaupt erst jetzt entdeckte. Und hierbei ging es nicht um technische Aspekte. »Technik, Hubert, ist ein Ausdruck für Maschinen«, erklärte ihm Edith-Samyra schon früh. »Wir sind Menschen, wir können fühlen. Und wer fühlt, braucht keine Technik.«

Das klang gut, doch Hubert brauchte lange, ehe er begriff, wovon sie sprach. Wohl fühlte er ihre Hand auf seiner Brust oder dem Schenkel, er fühlte die Wärme, die sich staute, und die Lust, die in ihm wuchs. Doch erst als Edith-Samyra ihm eine Reihe von Gefühlen nannte, die er womöglich in ebenjenem Augenblick empfand, verstand er, wie komplex der Mensch war. Denn tatsächlich fühlte er von allem etwas: Scheu, Scham, Verlegenheit, Betretenheit, Angst, Ekel, Neugierde, Verzauberung, Ernüchterung, Schrecken, Nüchternheit, Ohnmacht, Kitzel, Sehnsucht und Übersättigung.

»Lust war gar nicht dabei«, stellte er fest, als sie schwieg.

»Nein, denn wenn die Lust auch weltweit als Gefühl schlechthin gilt«, sagte sie, »zweifle ich daran, dass es sie als eigenständige Empfindung überhaupt gibt. Jedes der Gefühle, die ich dir eben genannt habe, kann lustvoll oder lusttötend sein, jedes können wir genießen wollen oder meiden, jedes einzelne Gefühl enthält die Lust so sehr wie den Abscheu. Alle sind sie Yin und Yang, Tag und Nacht, und unser Leben wäre arm, wollten wir nur der sogenannten Lust nachrennen und die Vielfalt und die Pracht an möglichen Gefühlen missachten. Das ist, als wollte man in einem voll erblühten Blumengarten nur kitschige, künstliche Zuckerröslein ernten wollen.«

Was er da hörte, fand Hubert so bemerkenswert, dass er ein Tagebuch anlegte, in dem er seiner Gefühlswelt nachging, und es »mein Blumengarten« nannte.

Am tiefsten aber verwandelte ihn ein Gefühl, das Edith-Samyra gar nicht erwähnt hatte, als es um den Körper ging, und das er erst begriff, als sie ihn verließ. Nicht für immer, sie trat ja nur die Reise nach Nepal an, von der sie bereits im Frühjahr gesprochen hatte, doch das traf ihn schon hart.

Ihre letzten Tage vor dem Abflug waren mehr als ausgefüllt, und wollte er sie sehen, musste er in ihre Wohnung kommen.

Dort sah er ihr zu, wie sie wusch, sortierte und packte. Auch basteln tat sie, denn sie wollte im Fluss Bagmati weiße Blüten aus Krepppapier aussetzen, eine für jedes beim Anschlag oder später an seinen Verletzungen gestorbene Mitglied der Königsfamilie – König Birendra, Königin Ayshwarya, Kronprinz Dhirendra, Kronprinz Dipendra, Prinz Nirajan, Prinzessin Shruti, Prinzessin Shanti, Prinzessin Jayanti, Prinzessin Sharada und ihren Gatten Kumar Khadga –, dazu eine für die Überlebenden: Prinzessin Komal, Prinzessin Shova, Prinzessin Shrutis Gatten Kumar Gorakh und Ketaki Singh, eine Cousine des Königs, die alle verwundet worden waren.

»An sie müssen wir ganz besonders denken«, sagte Edith-Samyra. Die Blüten sollten ihr Mitgefühl versinnbildlichen, und damit sie auch im Reich der Toten verstanden wurde, hatte sie jedes einzelne Blütenblatt mit dem Öl der Apothekerrose *rosa gallica officinalis* betupft, das für Trost und Heilung stand.

Sie ging in ihren Tätigkeiten ganz auf, und Hubert konnte ihr kaum zur Hand gehen. Also sah er ihr zu, etwa wie man einem Tier im Zoo zusieht. Und vielleicht eben deshalb, weil er so müßig war, fühlte er immer stärker den Zauber und die Kraft, die von Edith-Samyra ausgingen. So heftig wurde die Empfindung, dass sie ihm schließlich als Verkörperung des Lebens selbst erschien und er zutiefst berührt war, dass das Leben sich ausgerechnet ihm offenbarte, und dazu in solcher Schönheit.

Am Tag vor Edith-Samyras Abflug fand er dafür auch endlich die richtigen Worte: »Ich liebe dich«, sagte er.

Edith-Samyra erwiderte nichts. Nur zeigte sie ihm etwas später ein kleines Foto mit abgerundeten Ecken. »Das bin ich bei der Jungbürgerfeier«, sagte sie, »das muss 1955 gewesen sein. Das schenke ich dir.«

Sie war auch damals schon sehr schön gewesen, trotzdem hätte er sie auf dem Bild nicht erkannt. Er trug es in der Plastikhülle seines Generalabonnements nach Hause, dann schnitt er dafür ein Klarsichtmäppchen zu, so konnte er es ohne Furcht vor Schäden auf dem Küchentisch ans Zuckerdöschen lehnen.

Nachdem er es eine Weile betrachtet hatte, vergoss er ein paar Tränen, denn Edith-Samyra hatte nicht gewollt, dass er sie zum Flughafen begleitete, und der Gedanke, sie drei Wochen nicht zu sehen, schien ihm jetzt so unfassbar, wie es vor Kurzem noch das Wort »Liebe« gewesen war.

Todessehnsucht

Es gab keinen konkreten Anlass, Erich Wyss hatte einfach irgendwann genug von seinem Sohn. Er schickte ihn in die Migros, um das Mittagessen einzukaufen, und während er weg war, packte er Sepps Sachen, stellte sie vor die Tür, schloss sich ein und ließ den Schlüssel stecken. Weil er sich nicht sicher war, ob das ausreichte, damit man die Tür von außen nicht öffnen konnte, füllte er vorsichtshalber ein Litermaß mit Putzessig, den wollte er dem Sepp notfalls ins Gesicht schütten, ihn dann aus der Wohnung prügeln und seinen Schlüssel an sich nehmen.

Das war aber nicht nötig, Sepp bekam den Schlüssel nicht ins Schloss. Daher klopfte er und rief: »Vater, was tut meine Tasche hier draußen? Warum machst du nicht auf?«

Als Erich nicht antwortete, trat der Sepp gegen die Tür. Die war zum Glück solide, die Verwaltung hatte nach Einbrüchen in den Nachbarhäusern Sicherheitstüren einbauen lassen.

»Ich will dich nicht mehr hierhaben«, rief Erich, als der Sepp nicht lockerließ. »Du tust mir nicht gut.«

»Was ist das für ein Blödsinn, wir sind Familie, Vater«, rief der Sepp. »Ich und Augustin sind alles, was du hast.«

»Das stimmt nicht, ich habe noch meinen Bruder Adolf«, rief Erich, obwohl er Adolf das erste Mal seit sicher zwanzig Jahren zu Gerdas Abdankung gesehen hatte, und auch da hatten sie keine zehn Worte gewechselt. Deshalb fügte er hinzu: »Ich brauche niemanden. Und ganz bestimmt keinen, der mir an den Säckel will.«

»Mach auf, und lass uns in Ruhe über alles reden«, rief der Sepp, und etwas in Erich war auch gewillt nachzugeben.

Aber dann rief er doch nur: »Grüß mir den Augustin, wenn du heimkommst«, und drehte das Radio lauter. Es lief gerade eine Sendung über den Instrumentenbauer Fred Gretsch, der mit der Gitarre White Falcon berühmt geworden war. Neil Young spielte eine, und die Musik, die die Moderatorin laufen ließ, war genau die, die Sepp in seinen jungen Jahren gehört hatte, als er noch zu Hause wohnte. Manches konnte Erich daher sogar mitsingen, beispielsweise *Ohio* von Crosby, Stills, Nash & Young, und das tat er auch, während Sepp im Hausflur immer lauter wurde. Das Röhrenradio gab erstaunlich viel her, wenn man es voll aufdrehte, und Sepp war in der Wohnung nur noch zu verstehen, wenn die Moderatorin gerade Luft holte. »Entmündigen« hörte Erich und »alter Irrer«, und einmal rief der Sepp: »Gib mir wenigstens das Geld für den Heimflug« – als hätte er nicht bei Gerdas Leichenmahl ein paar hundert Franken erbettelt. Das rief Erich ihm auch zu, nachdem er das Radio leiser gedreht hatte, und als Sepp entgegnete: »Spinnst du, das gehört dem Augustin, das ist mir heilig«, rief er: »Der wird es wohl verschmerzen können, so begabt, wie er im Schnorren ist«, und drehte das Radio wieder laut.

Als The Who kam, *Won't get Fooled Again,* legte er sich auf sein Bett, streckte die Hand aus, als wäre Gerda neben ihm, und dachte, wie gern er jetzt auf der Stelle sterben würde. »Dann probier's doch«, sagte er zu sich, »wenn alle anderen das können, kannst du's auch.« Und nachdem er eine Weile so dagelegen hatte, meinte er bereits ein Kribbeln unter der Haut zu fühlen, wie wenn die ersten Würmer kämen. Dann war aber das Lied vorbei, und das nächste war viel zu lärmig, um dazu zu sterben, obwohl der Titel noch gepasst hätte: *Taking Care of Business* hieß es. Das nächste konnte er wieder mitsingen, *Highway to Hell* von AC/DC, doch inzwischen war er meilenweit davon entfernt zu sterben. Und dann war die Radiosendung vorbei. Weil er keine Lust aufs »Mittagsjournal« hatte, stand er auf und stellte es aus.

Im Treppenhaus war es still geworden. Nur aus der Wohnung unter ihm drangen Geräusche, offenbar war der junge Schneuwly aus den Ferien zurück, und kurz schämte sich Erich für den Lärm, den er gemacht hatte. Dann hörte er aber auch den Schneuwly schreien und sagte sich, dass so was heutzutage wohl kein Grund mehr war, sich aufzuregen.

Als das Telefon klingelte, dachte er dann doch, der Schneuwly wolle sich beschweren, und nahm ab. Es war jedoch der Sepp, der ihm erklären wollte, dass eine Entmündigung wirklich das Beste für ihn wäre. »Dann bist du alle Sorgen los«, sagte er. »Niemand kann dir mehr so einfach an den Säckel, und sogar, was du mit Mutters Geld getrieben hast, geht niemanden mehr etwas an.«

Erich ging darauf nicht ein. »Bist du schon wieder in Berlin?«, fragte er.

»Unsinn, du hast mich doch erst vor einer Stunde ausgeschlossen«, sagte der Sepp. »Da siehst du, wie verdreht du bist. Ich bin im ›Schwänli‹. Ich hatte gehofft, es renkt sich noch ein.«

»Es renkt sich ein, wenn ich tot bin«, sagte Erich. »Und darauf wirst du hoffentlich noch warten können.«

»Das wäre sicherlich das Beste«, sagte der Sepp, »warten meine ich. Also schön, Vater, ich fliege nach Berlin zurück. In zwei Wochen sprechen wir uns wieder. Überleg dir bis dahin, wie du das Geld für meinen Pflichtteil auftreibst.«

Erich entgegnete darauf nichts. Als er auflegte, sagte er sich, dass er jetzt eigentlich nicht sterben konnte, denn dann erbte der Sepp alles, und das mochte er ihm nicht gönnen. Deshalb ging er nicht ins Bett zurück, sondern beschloss etwas zu essen. Gerda hatte immer darauf bestanden, dass sie ein paar Konservendosen Linsen, Bohnen mit Speck und Sauerkraut vorrätig hatten. »Wenn es kalt wird, müssen wir nicht raus und haben trotzdem schönen Eintopf«, hatte sie gesagt. Und weil es auch bei Hudelwetter immer gute Gründe gegeben hatte, doch hinauszugehen, oder sie im Kühlschrank noch Verderbliches gehabt hatten, hatte er für sicher eine Woche Essen. Das war gut so, denn er wollte in den nächsten Tagen auf keinen Fall vor die Tür – dem Sepp war alles zuzutrauen.

Er hatte nur nicht damit gerechnet, wie schwer es ihm fallen würde, für sich allein zu kochen, er hatte nie für weniger als zwei gekocht, und kurz überlegte er sogar, den jungen Schneuwly einzuladen, nur um nicht allein zu sein. Als er aber deckte, vermisste er plötzlich Gerda so heftig, dass er niemand anderen in der Wohnung haben wollte. Stattdessen ging er zum Sofa, als wäre sie noch da, und tat, als würde er ihr aufhelfen. In der Küche schob er ihr den

Stuhl zurecht, und obwohl es ihm zu viel gewesen war, das Sauerkraut zu erwärmen, sagte er zu ihr: »Vorsicht, heiß.«

Und jetzt erst, als er am Tisch saß und die Küchenuhr ticken hörte, begriff er, dass das von nun an sein Leben war. Das machte ihm die Brust so eng, dass er keinen Bissen mehr herunterbrachte (vielleicht lag auch das Sauerkraut zu schwer im Magen). Als er seinen Kaffee Hag anrührte, warf er den Löffel so heftig in den Spültrog, dass er wieder herausflog. Und als er sich am Kaffee die Zunge verbrannte, weil er diesmal eben nicht mehr gesagt hatte: »Vorsicht, heiß«, warf er gleich die Tasse hinterher. Dann ging er wieder ins Zimmer und legte sich aufs Bett. Diesmal legte er sich auf Gerdas Seite, die aber schon mehr nach Sepp als nach Gerda roch. Ihm wurde nochmals enger ums Herz, und er war sich sicher, dass er sterben würde, dennoch starb er nicht.

Nachmittags tat er nicht mehr viel. Er öffnete mehrmals Gerdas Schrank und sah ihre Kleider an, einmal machte er sich Tee. Viel zu früh beschloss er schlafen zu gehen, beim Zähneputzen nahm er das Glas, in dem er immer ihr Gebiss eingelegt hatte, und roch an den Ablagerungen, weil er hoffte, sie wäre darin noch irgendwie vorhanden. Und nachdem er schon zu Bett gegangen war, stand er nochmals auf, wechselte den Bettbezug und legte Gerda ein neues Nachthemd hin.

Trotzdem wollte er danach nicht wieder schlafen gehen, stattdessen stellte er den Fernseher an. Darin geschahen sonderbare Dinge, er sah einen Turm des World Trade Center brennen und ein Passagierflugzeug, das in den zweiten Turm flog, danach brannte auch dieser, und irgendwann stürzten beide ein. Er konnte sich darauf keinen Reim machen, umso weniger, als auf allen Kanälen dasselbe lief, nur der Verkaufskanal und der Trickfilmsender funktionierten wie üblich. Doch irgendwie beruhigten ihn die Bilder, obwohl viel Geschrei und Hektik war, man hörte Helikopter und Sirenen. Vielleicht war es nur, weil alles sich immer wiederholte, manchmal schnell, manchmal in Zeitlupe. Immer wieder stürzten die Türme ein – ganz weich sah das aus, und die Staubwolken waren so, wie Kinder Wolken malen –, und gleich darauf standen sie wieder da. Auch die Menschen, die in die Kamera schrien, waren einmal voller Asche oder Staub und Blut, dann wieder frisch gekämmt und unbefleckt.

Zweimal stand er auf und trat auf den Balkon, um zu hören, ob man irgendetwas sah, ob es auch in Zürich brannte oder jedenfalls nach Feuer roch, doch es blieb ganz still. Schließlich zeigte ein Sender eines der Pünktchen, die man von den Türmen fallen sah, vergrößert – es war tatsächlich ein Mensch. Auch in den Türmen, als sie so elegant in sich zusammensackten, mussten Menschen sein, das begriff er erst jetzt. Dass man so sterben konnte, schien ihm wunderbar. Und als er schließlich seine Decke holte, sich auf dem Sofa langlegte und das Licht löschte, sodass nur noch der Fernseher flackerte, sagte er zu Gerda: »Siehst du, in New York waren wir auch noch nie. Dort dabei zu sein, das wäre was gewesen. Aber du hast mich ja nicht einmal gefragt.«

Wiedersehensfreude

Petzi hatte sich so sehr daran gewöhnt, dass Moritz fort war, dass sie ganz benommen wurde, als er plötzlich klingelte, ihre Wohnungstür aufriss und rief: »Ich bin wieder da!« Als sie zur Tür kam, war er schon wieder eine Treppe tiefer, er schleppte einen alten Fernseher hoch.

»Meine Eltern rüsten um«, erklärte er grinsend, als er sie sah, und küsste die Luft, bevor sie ihm die Wange hinhalten konnte. »Ich bin noch etwas verschnupft. Aber kommt rüber, das müssen wir feiern.«

Er ließ offen, ob er seine Rückkehr oder den Fernseher meinte, doch Petzi war es egal. Sie holte die Kanne Tee, die sie eben aufgegossen hatte, schrieb Pit eine Nachricht und folgte ihm in seine Wohnung.

»Dir scheint es ja gut zu gehen«, stellte er fest, »du strahlst wie ein Honigkuchenpferd.«

»Ja, mir geht es wirklich gut«, sagte sie verlegen.

Er begann, seine Reisetasche zu durchwühlen. »Dann habt ihr euch wieder gefunden, Pit und du?«, fragte er.

»Das auch«, antwortete sie. »Oder sagen wir, ... er braucht mich mehr, als es in der Vergangenheit der Fall war.«

»Kann er inzwischen küssen?«, fragte Moritz indiskret, doch bevor sie antworten konnte, bemerkte er: »Ich finde das verflixte Antennenkabel nicht. Vielleicht habe ich noch eines im Keller. Kommst du schnell mit runter?«

Seine Geschäftigkeit machte sie etwas nervös, sie war, als er geklingelt hatte, ganz in ihre Lektüre versunken gewesen, *Einführung in die Sozialpsychologie.* Sie rechnete auch nicht damit, dass er auf Antwort wartete, und ging schweigend hinter ihm her in den Keller. Doch nachdem er einige Kisten und Einkaufstüten durchstöbert hatte, sah er sie spöttisch an und fragte: »Was, kann er es noch immer nicht?«

»Doch, doch«, sagte sie. »Überhaupt hat er sich verändert. Ich sollte mich darüber nicht freuen, denn er empfindet es als Krise, aber ich finde, er ist viel netter geworden.«

»›Nett‹ ist ein tolles Wort für den Mann, den du liebst«, feixte Moritz, und gleich darauf schob er sich an ihr vorbei, um zu einem anderen Stapel Schachteln zu gelangen. Sie roch seinen Körper, der viel männlicher war als Pits, und war glücklich, dass er wieder da war. Wieder suchte Moritz eine Weile, schließlich fand er das Kabel und richtete sich auf. Einen Augenblick standen sie einander gegenüber, ohne zu wissen, was sie als Nächstes tun würden, dann sagte Moritz: »Es verwirrt mich, mit dir hier zu sein. Glücklicherweise gibt es eine Frau, die auf mich wartet.«

Diese Neuigkeit hatte eine traurige Note, aber sie erleichterte Petzi auch. Sie wusste nicht, ob sie ihm hätte widerstehen mögen, hätte er sie geküsst, und war froh, dass er die Kontrolle übernahm.

»Nach dir«, sagte er dennoch mit seinem alten provokanten Lächeln und wartete, bis sie sich an ihm vorbeigequetscht hatte, dann schloss er das Abteil.

»Wer ist sie?«, fragte Petzi, als sie hoch gingen.

»Irgendwie eine Irre«, sagte Moritz. »Sie ist Automechanikerin. Ich habe sie kennengelernt, als sie auf den Flug nach Ghana wartete. Sie hat übrigens um Silvester in der Wohnung unter euch gewohnt.« Petzi erinnerte sich aber nicht an sie, und er erzählte weiter: »In Ghana wollte sie in einem Flüchtlingscamp arbeiten. Dann bekam sie ein Jobangebot von einer New Yorker Rechtsanwältin. Und nicht irgendwo in Queens oder Brooklyn, nein, in einem der Twin Towers!«

Inzwischen waren sie wieder in seiner Wohnung, er machte sich daran, den Fernseher anzuschließen, und Petzi fragte: »Was ist nun aber das Irre an ihr?«

»Na ja, vielleicht ist sie nicht irr«, sagte er sorglos, »aber sie hat ein irres Selbstbewusstsein.« Gleichzeitig stellte er den Fernseher an. »Er hat einen tüchtigen Rotstich, aber ich finde so was ja ganz schick«, erklärte er, und als das Bild kam, rief er: »Nein, das gibt's nicht!« Auf dem Bildschirm erschienen die Twin Towers des *World Trade Center,* von denen er gerade gesprochen hatte.

»Da brennt es aber«, sagte Petzi, »oder ist das eine Störung?« Denn das Bild war unscharf. Doch im nächsten Augenblick donnerte ein Flugzeug in den zweiten Turm, und Moritz schrie. Es war kein bloßer Aufschrei, er schrie, bis Petzi seinen Kopf gegen ihre Schulter zog. Kurz verbarg er das Gesicht in ihrem Pullover, dann löste er sich von ihr und starrte wieder auf den Bildschirm. Petzi wusste nicht, wie sie reagieren sollte, schließlich umarmte sie ihn einfach von hinten und hielt ihn fest.

Der Ton war gestört, zwei Tonspuren überlagerten sich,

eine deutsche und eine amerikanische, daher erahnten sie nur, was gesprochen wurde. Er versuchte umzuschalten, doch es waren keine anderen Sender programmiert. Von Terroristen war die Rede, auch von Präsident Bush und einem Kindergarten, und die Straßen waren voller Menschen, die entweder rannten oder starr zusahen, wie die Türme brannten.

»Das könnte sie sein«, sagte Moritz manchmal, oder auch nur: »Da.« Aber sie war es nie, oder jedenfalls war er sich nicht sicher.

»Ruf an«, sagte Petzi, »hast du keine Nummer?«

»Nein, nichts, keine Nummer, keine Adresse«, sagte er. »Sie versprach, sich zu melden, sobald sie in New York ein Zimmer hat.«

»Wie lange ist das her?«, erkundigte sich Petzi.

»Ich weiß nicht, drei Monate«, sagte er. Im selben Moment stürzte einer der Türme in sich zusammen, Moritz versteckte wieder das Gesicht an ihrer Schulter und schrie nochmals auf, dann schluchzte er ein paarmal.

»Der Turm war doch längst leer«, sagte Petzi, um ihn zu beruhigen. Gleich darauf allerdings zeigte die Kamera Menschen, die vom zweiten Turm fielen oder sprangen, und jetzt schrie sie selbst. »Moritz, tu was«, rief sie, »ich halte die Ungewissheit nicht aus.«

Er holte ein dickes, zerlesenes Heft aus der Tasche. »Sie hat eine Freundin in Zürich«, sagte er und suchte die Stelle. »Hier, Bäckermeisterin Gisela.«

Im Internet fand er nichts, daher rief er den Bäckerverband an. Er erfuhr, dass eine Gisela Heim Bäckermeisterin bei der Konditorei Honold war, und bekam auch die Nummer der Filiale. Aber dort teilte man ihm mit, Frau Heims Schicht sei beendet. Ihre Privatnummer wollte man ihm nicht geben, obwohl er die Situation erklärte, und Petzi, die gleich zu suchen begonnen hatte, fand sie auch nicht im Telefonbuch.

Moritz verhandelte noch, als Petzi hörte, dass jemand an ihrer Tür klingelte, sie blickte über den Flur und sah Julia Sommer.

»Ich wusste nicht, dass Moritz wieder da ist«, sagte Julia. »Ich brauche Hilfe. Mona ist im Kindergarten, sie ist ganz aufgelöst, ich muss sie holen. Bestimmt will sie die ganze Strecke getragen werden, und ich habe mir gerade den Rücken verzogen. Wer hilft mir?«

»Warte einen Augenblick«, bat Petzi und wollte Moritz fragen, ob er sie entbehren konnte, der hatte aber mitgehört und winkte sie schon aus der Tür.

»Ich schaffe das«, versicherte er ihr. »Und ich werde Mary finden.«

»Seit wann ist Moritz wieder da?«, fragte Julia, während sie zum Tram gingen.

»Seit zwei Stunden«, sagte Petzi. »Wir haben gerade das schreckliche Attentat in New York gesehen. Er glaubt, er kennt jemanden, der in einem der Türme arbeitet.«

»Mary«, sagte Julia. Von einem Attentat hatte sie noch gar nichts gehört, sie hatte den ganzen Tag lektoriert. Petzi berichtete in drei Sätzen, danach erzählte Julia, was sie über Mary wusste. Und dann waren sie auch schon beim Kindergarten. Mona stürzte gleich auf Julia zu, fiel ihr um den Hals und weinte Sturzbäche. Sie war nicht die Einzige, die heulte. Eine Kindergärtnerin entschuldigte sich bei Julia und erzählte, die Kinder hätten draußen gespielt, als ein älterer Junge gekommen sei und ihnen weisgemacht hätte, es sei Krieg, ihre Eltern seien schon tot, und auch sie würden jetzt getötet. Die Kindergärtnerinnen hatten ihn ausgeschimpft, dann seien aber Passanten gekommen, hätten vom Attentat erzählt und den Jungen in Schutz genommen. Danach sei alles außer Kontrolle geraten, und es sei ihnen nicht mehr gelungen, die Kinder zu beruhigen.

»Werden wir jetzt wirklich alle totgemacht?«, fragte Mona, als sie auf dem Heimweg waren (natürlich musste Julia sie doch selber tragen).

»Nein, bestimmt nicht«, sagte Julia. »Die Polizei wird die Leute finden und bestrafen, die das getan haben.«

»Aber in New York sind jetzt alle tot«, sagte Mona.

»Nein, das kann ich mir nicht vorstellen«, sagte Julia. »Und ich habe eine Überraschung für dich, Moritz ist wieder da.«

Als sie das hörte, vergaß Mona immerhin zu weinen. Sie gingen gleich zu ihm. Inzwischen war auch Pit aufgekreuzt, er saß an Moritz' Schreibtisch, und während Moritz wieder telefonierte, las er im Internet nach, was in New York geschah.

»Der zweite Turm ist vorhin auch noch eingestürzt«, erzählte er, als sie kamen. »Man rechnet mit fünf- bis sechstausend Toten. Und vermutlich ist Mary gar nicht mehr in New York.«

Mona hatte sich Moritz gleich an den Hals gehängt, nun saß sie auf seinem Schoß und spielte mit dem Telefonkabel. Petzi sagte: »Ich koche drüben etwas zum Abendessen. Ich finde, wir sollten alle zusammenbleiben.«

Sie ging in ihre Wohnung und machte Spaghetti, Julia kam bald nach. »Mona ist selig mit Moritz' Kreiseln«, sagte sie. »Mary ist tatsächlich wieder in Europa. Und im Pentagon hat auch ein Flugzeug eingeschlagen, und ein viertes ist in Pennsylvania abgestürzt.«

»Weiß man schon, wer das gemacht hat?«, fragte Petzi.

Julia schüttelte den Kopf. »Sie tippen auf Islamisten«, sagte sie. »Aber es ist ein Rätsel, wie jemand das am CIA vorbei so perfekt planen und durchziehen konnte.«

Als die Spaghetti fertig waren und Petzi den Topf hinübertrug, fragte sie: »Sollen wir nicht noch Selina Bescheid sagen?«

Doch Julia antwortete: »Die hat in ein paar Tagen Premiere, sie kommt immer erst um Mitternacht nach Hause.«

Moritz erzählte Pit eben, dass Mary in Ghana in einem Flüchtlingscamp hatte arbeiten wollen.

»Was heißt ›wollen‹?«, fragte Pit.

»Offenbar war das Lager nur ein Vorwand, um Spendengelder abzuzocken«, erklärte Moritz, und darüber konnten sie schon wieder lachen.

»Was für Flüchtlinge landen überhaupt in Ghana?«, fragte Petzi, während sie servierte. Darauf wusste niemand eine Antwort, und Pit ging nochmals an den Computer.

»Kein Wunder, dass sie uns angreifen, wenn wir sie so wenig ernst nehmen«, sagte er, als er zurückkam. »Ich habe etwas über Unruhen in Burkina Faso gefunden, aber keine Ahnung, ob deswegen Leute nach Ghana flüchten.«

Nach dem Essen – während Mona in Moritz' Sessel schlief – debattierten sie noch länger über den Westen und den sogenannten »Rest der Welt«, über Möglichkeiten, sich zu engagieren, und das Recht der Unterdrückten, sich mit Gewalt Gehör zu verschaffen. Dazwischen blickten sie immer wieder auf den Fernseher, bis Pit sagte: »Irgendwie ist es fast enttäuschend, wenn es das jetzt war. Ich fühle mich nicht gut dabei, wenn ich das so sage, aber es war schon ein Kitzel dabei, nach dem man süchtig werden kann.«

»Ich bin vor allem erschöpft«, sagte Moritz, »erschöpft und leer. In meinem Kopf dreht sich alles. Ich will wissen, wie Mary hiermit umgeht.«

»Was hat die Bäckerin denn gewusst?«, erkundigte sich Petzi.

Doch gleich rief Pit dazwischen: »Seht ihr, so schnell sind wir wieder bei unseren kleinen Sorgen. Wie soll sich in der Welt etwas ändern, wenn ausgerechnet wir nichts tun?«

»Ich habe gar nicht das Gefühl, dass ich nichts tue«, sagte Julia. »Ich versuche mein Kind so zu erziehen, dass es nie jemanden umbringt. Und ich widme meine besten Jahre der Verbreitung von Geschichten, die hoffentlich dasselbe tun.«

»Ich nicht«, sagte Moritz entwaffnend ehrlich. »Ich bin wirklich nur Schmarotzer. Das Einzige, was ich mit gutem Gewissen sagen kann: Die Gesellschaft verdient auch nichts mit mir.«

Petzi wiederum erklärte: »Ich rechne sehr damit, dass ich als Psychologin etwas zu einer besseren Gesellschaft beisteuere. In der Sozialpsychologie etwa geht es genau um solche Fragen: Wieso greift jemand im Konfliktfall zum Gewehr?«

Pit schüttelte aber nur den Kopf. »Bis so was greift,

sind wir alle tot, und wir sterben bestimmt nicht friedlich. Leute, ich rede von wirklichem Engagement«, sagte er etwas großspurig, »Rotes Kreuz, friedensfördernder Einsatz, meinetwegen sogar Kampf.«

»Du würdest wirklich kämpfen, mit Waffen kämpfen?«, fragte Petzi.

»Gegen einen Franco oder Hitler, ja«, sagte Pit. »Und ich schließe nicht aus, dass die moderne Kapitalwirtschaft mindestens so diktatorisch ist. Nicht von ungefähr haben die das World Trade Center in die Luft gejagt.«

»Nur damit du's weißt«, erklärte Petzi, »ich sehe unsere Zukunft nicht in einer Fernbeziehung.«

»Siehst du, das ist schon wieder alles, was dich beschäftigt«, sagte er. Petzi hatte eine Antwort auf den Lippen, doch Julia schob sich dazwischen.

»Wer trägt mein Kind nach oben?«, fragte sie.

»Ich«, sagte Moritz. »Lass mich nur noch schnell die Zähne putzen.«

Diese Antwort war eines der Rätsel, für die Petzi ihn liebte. Während er im Bad war, stellte sie die Teller zusammen, Pit trug den Spaghettitopf in ihre Wohnung.

»Übrigens«, sagte Moritz zu ihr, als er wiederkam, »habe ich beim Zähneputzen kurz die Wahrscheinlichkeit überschlagen, mit der ein Wahrzeichen wie das World Trade Center im Fernsehen erscheint, während man gerade darüber spricht. Sie ist gar nicht so gering. Zumal ich jeden Tag jemandem von Mary erzähle.« Als er das sagte, errötete er.

»Es ist schön, dich wieder dazuhaben«, sagte Petzi und umarmte ihn.

»Danke, dass du heute da warst«, antwortete er. »Ich halte dich auf dem Laufenden.«

»Ich dich auch«, sagte sie und freute sich, dass auch ihr endlich einmal ein geheimnisvoller Satz gelungen war.

Weitsicht

Irgendwann zwischen der Morgen- und der Abendprobe hörte jeder vom Attentat, und alle kamen sofort in die Kantine, starrten auf den Fernseher und sahen zu, wie die Türme brannten. Sie sprachen kaum, und keiner erhob sich, als um 17 Uhr die Inspizientin zur Maske rief. Rolf stand auf und holte auch sie in die Kantine, dann sagte er: »Rückt zusammen, der Durchlauf fällt aus. Maria, sag den Technikern Bescheid, und bitte Emanuele, alles aufzuschreiben, was getrunken wird.« Emanuele war der Kantinenwirt.

Sie schoben zwei Tische zusammen, und nachdem alle etwas zu trinken hatten, fragte Rolf: »Also was glaubt ihr, was hat das alles zu bedeuten?«

»Dass wir die Premiere streichen können«, sagte Selina sofort. »Das sind genau die Bilder, die ich mir vorgestellt hatte, als ich *Mutter Courage* vor Probenbeginn las: Menschen auf der Flucht, Menschen, die nicht merken, dass sie bluten, Aschemenschen. Die geleckte Welt in unserer Inszenierung hält dem Vergleich mit der Realität nicht stand.«

»Moment, ich höre das, Selina«, sagte Rolf. »Aber ich meinte nicht, was bedeutet es für uns, dazu kommen wir später. Was bedeutet es für die Welt? Was geschieht da überhaupt? Was hat es zu bedeuten, wenn das World Trade Center brennt?«

»Oh, mein Gott!«, rief da die stumme Kattrin, und alle sahen wieder auf den Bildschirm. Einer der Türme sackte in sich zusammen, eine immense Staubwolke wälzte sich durch die Straßen, Menschen rannten.

»Also reden wir weiter, solange wir noch reden können«, sagte der Fähnrich schließlich. »Es sieht nach Krieg aus. Irgendjemand greift die USA an, oder besser gesagt den Westen.«

»Wieso gleich den ganzen Westen?«, fragte Eilif. »Die Twin Towers sind New Yorks Wahrzeichen. Bleiben wir bei dem, was wir sehen.«

»Das stimmt so nicht«, widersprach der Fähnrich, »sie sind das Symbol schlechthin für Amerika, und zwar für ein Amerika, das das Flaggschiff des kapitalistischen Westens ist. Es ist das World Trade Center, das da in sich zusammensackt, das brauche ich dir nicht zu übersetzen, oder?«

»Die Al-Kaida hat vor acht Jahren im World Trade Center schon einmal Bomben gelegt«, sagte wieder Rolf. »Ein Kommentator ging davon aus, dass der Anschlag von Islamisten verübt wurde. Das würde schon dafür sprechen, dass der ganze Westen gemeint ist.«

»Ich glaube ja, es ist gar nicht so wichtig, wer es war und warum«, sagte Schweizerkas. »Hier kommen gerade Tausende Menschen um, Leute aus unserem Kulturkreis, und zwar vor laufenden Kameras. Vorhin hat man jemanden zu Tode stürzen sehen – da, diese Punkte, das sind doch Menschen, oder? Jemand von uns wird jemanden kennen, der gerade jetzt dort stirbt.«

»Oh, mein Gott«, sagte diesmal Selina, und alle sahen auf den Bildschirm, doch sie meinte etwas anderes. »Mein

Nachbar hat eine Freundin, die in einem der Türme arbeitet. Jedenfalls hat er so was erzählt.«

Schweizerkas fuhr fort: »Was ich sagen wollte, ist: Diese Bilder haben eine Eigendynamik. Wahrscheinlich wurde nie ein Massenmord so perfekt und effektvoll gefilmt wie dieser hier. Nicht die paar Tausend Toten sind das Schlimme, sondern die Bilder, die sich in Millionen, nein, Milliarden Hirnen festsetzen. Bisher führten die USA – mit Ausnahme von Pearl Harbour vielleicht – ihre Kriege im Ausland, die Bilder waren zensiert, und die Opfer in den eigenen Reihen waren Soldaten. Diese Bilder hier werden das Land in ein Trauma stürzen. Bush leckt sich ja sowieso schon die Finger danach, in den Krieg zu ziehen. Er wird sich irgendein Land aussuchen, dort ein Blutbad anrichten und den vermeintlichen Gegner besiegen. Köpfe müssen rollen. Ob das die Köpfe derjenigen sind, die das hier anrichten, spielt keine Rolle. Klar wird die CIA alles daransetzen, die wirklichen Mörder zu kriegen, aber eine mediengerecht inszenierte Hinrichtung wird es so oder so geben, und die Hingerichteten müssen nicht zwingend mit diesem Attentat zu tun haben.«

»Das heißt …«, Rolf unterbrach sich gleich wieder, denn nun stürzte auch der zweite Turm ein. Gleich darauf sahen sie Bilder eines abgestürzten Flugzeugs auf freiem Feld und stellten kurz den Ton lauter, um zu hören, was vorgefallen war. »Es geht immer noch weiter. Also wenn ich euch recht verstehe«, versuchte er zusammenzufassen, »wird der Westen – wer auch immer im Detail – im großen Stil in die Schlacht ziehen, alles kleinmachen und zum Schluss als strahlender Sieger dastehen.«

»Als strahlender nicht, das kann ich mir nicht vorstellen«, meldete sich der Feldhauptmann zu Wort, ein schmaler, schüchterner Debütant. »Meine Tante lebt in Tennessee, und ich bin oft da. Auch wenn das, was wir bis jetzt gesehen haben, alles gewesen sein sollte, werden die Amerikaner noch sehr lange ihre Wunden lecken. Pearl Harbour ist ein gutes Beispiel, Pearl Harbour ist noch jetzt ein Trauma. Und damit der amerikanische Kleingeist wieder ruhig schlafen kann, wird viel Blut vergossen werden. Ich kann mir gut vorstellen, dass dies der Auftakt für einen dritten Weltkrieg ist. Und in zehn Jahren wird die Welt aussehen wie in den amerikanischen Vorabendserien: sehr weiß, sehr nett, sehr fromm.«

Gleich darauf kam Emanuele an den Tisch. »Schreibt ihr bitte selber auf?«, fragte er. »Ich lasse alle Schlüssel stecken, schließt einfach am Schluss die Kantinentür ab und hinterlegt den Schlüssel bei der Pforte.«

»Machen wir«, sagte Rolf. »Was surrt hier eigentlich so?«

»Das ist der Kühlschrank«, antwortete Emanuele, »er spinnt. Aber er kühlt noch.«

Dann ging er, und die stumme Kattrin sagte: »Ich kann das nicht so schwarz sehen. Die Regierungen sind das eine, aber das Sagen hat in Wirklichkeit doch heute die Wirtschaft. Was kann die für ein Interesse an einem Weltkrieg haben? Die Märkte sind erobert und entfalten sich, das Geschäft blüht. Es ist viel zu riskant, all das abzufackeln. Im Gegenteil, ich tippe darauf, dass der Westen die Gelegenheit wahrnimmt, noch zwei, drei Landstriche für den Kapitalismus zu erobern, die ihm bisher durch die Lappen gegangen waren, und danach geht alles weiter wie bisher.«

»Ja, vielleicht«, entgegnete der Feldmarschall. »Nur dass die ganze Welt nochmals amerikanischer sein wird, weil die USA alle Bündnispartner auf ihre Werte einschwören werden.«

»Das brauchen sie nicht mal zu tun«, sagte Eilif. »In Zukunft wird jeder im Westen, auch wir hier, sich vom Islamismus abgrenzen wollen, und als latent islamistisch wird alles gelten, was nicht amerikanisch ist. Das ist das neue Paradigma.«

»Warum? Ich begreife noch nicht«, sagte Selina. »Bei uns gibt es genügend Amerika-kritische Stimmen. Wo sollen die plötzlich bleiben?«

»So viele sind das nicht mehr«, sagte Eilif, »und die paar werden sich hüten, das Maul aufzumachen, weil Kritik an den USA gleichbedeutend sein wird mit a) Blasphemie den Opfern dieses Anschlags gegenüber und b) Islamismus, oder wer immer als Hauptfeind benannt werden wird.«

»Vielleicht stellt er es etwas verkürzt dar, aber die Stoßrichtung stimmt«, sagte Maria zu Selina. »Ich glaube, wer immer dieses Attentat geplant hat, plant auch weitere. Der Piccadilly Circus, der Eiffelturm, die Börse in Tokio oder Zürich, ein Fußballstadion, alles kann drankommen. Im weltweiten Kampf gegen den Terrorismus wird Amerika natürlich den Ton angeben, weil die USA am meisten Geld reinstecken können und am meisten zu verlieren haben. Damit werden sie wieder – oder noch mehr – unsere Freunde, und seinen Freunden erlaubt man gern, sich etwas breitzumachen. Ich denke auch, der Markt wird weltweit nochmals massiv amerikanisiert werden. Und der Markt ist die eigentliche Macht, denn er hält den Westen zusammen.

Gegen ihn wird keine Al-Kaida bestehen können. Egal also, was uns noch an Anschlägen oder Feldzügen droht, in zehn, fünfzehn Jahren wird der Kapitalismus strahlender dastehen als heute, Amerika wird der Held der freien Welt sein, und die Länder dieser Erde werden sich in zwei Lager aufteilen: diejenigen, die die große kapitalistische Party mitfeiern und ›Danke, Amerika‹ brüllen, und diejenigen, aus denen die Menschen flüchten, weil nur noch Radikale glauben, den USA etwas entgegensetzen zu können, und die werden dort mit allerrepressivsten Methoden regieren. Das wird dazu führen, dass diese Länder eines nach dem anderen ausbrennen, und auf ihrer Asche wird dann ebenfalls der Kapitalismus gesät.«

Danach schwiegen erst einmal alle, nur Eilif konnte das Maul nicht halten und meinte sarkastisch: »Dann können wir uns ja gelassen zurücklehnen.«

»Jedenfalls liegen wir, wenn du recht hast, Maria, mit unserer Inszenierung nicht falsch«, stellte wieder Rolf fest. »Für die Teppichetagen des Kapitalismus ist ein solches Attentat schlimmstenfalls ein Zwischenfall, bestenfalls eine Gelegenheit, neue Märkte zu erschließen. Oder habe ich etwas übersehen?«

»Wir können das Attentat doch aber nicht einfach übergehen!«, wehrte sich Selina. »Auch wenn die Finanzelite mit solchen Bildern nicht zu beeindrucken ist, müssen wir doch Zeichen setzen.«

»Ja, das glaube ich auch«, sagte Rolf, und Maria erklärte etwas unscharf: »Die Folie muss sichtbar sein, vor der Folie des Attentats entwickelt sich das Stück. Das berührt aber das Stück nicht.«

»Wie dieses Flugzeug in den Turm rast und wie die Türme einsinken, das sind jedenfalls grandiose Bilder, und sie sind noch nicht verbraucht«, meldete sich nun der alte Obrist zu Wort. »Wenn wir damit den Abend eröffnen, starten wir mit einem Knaller.«

Das fanden die Übrigen aber abgeschmackt, und Rolf stellte zudem fest: »Gegen solche Bilder kommt nichts an, jedenfalls nicht auf der Bühne.«

»Und wenn wir es ganz klein zeigen?«, fragte Selina, »so wie hier? Unser Schauplatz ist ja auch eine Kantine, wenn auch First class. Wieso soll die Courage nicht einen klitzekleinen Fernseher haben, auf dem genau das läuft, was wir hier gerade sehen? Ich drehe vielleicht mal den Ton lauter, mal drehe ich ihn ab, ansonsten nimmt niemand davon Kenntnis. *Business as usual.* Ist das zu böse?«

»Nicht zu böse, immer noch zu platt«, erklärte Eilif. »Und wir wissen nicht, was noch kommt. Vielleicht war das erst der Anfang. Wir müssten andauernd auf die Realität reagieren. Gut möglich, dass der Anschlag auf die Twin Towers in ein paar Tagen vergessen ist, weil inzwischen die Londoner City in Flammen steht.«

»Dieser Kühlschrank nervt«, stellte der Obrist derweil völlig unpassend fest. »Jedes Mal, wenn ihn jemand öffnet, surrt er danach drei Minuten lang.«

»Drei Minuten?«, wiederholte Schweizerkas.

»Handgestoppt«, flachste Eilif.

Selina rief: »Hört auf!«

»Nein, mich interessiert das«, sagte Rolf. »Maria, sieh dir bis morgen die Übertragungen des Attentats an. Nimm die Tonspuren auf. In den nächsten Stunden wird immer mehr

Filmmaterial auftauchen. Und dann: Was flog da eigentlich durch die Luft, als die Türme noch standen? Das war Papier, oder? Tausende Blätter Papier.«

»Tausende? Viel mehr, das waren Aktenschränke voll«, sagte Eilif.

Eine Viertelstunde später trafen sie sich auf der Bühne wieder. Bei Notlicht – die Techniker waren alle gegangen – probierten sie bis spät in die Nacht Verschiedenes aus und entschieden sich für die dezenteste Variante. Wann immer Mutter Courage den Kühlschrank öffnete, drang daraus – allerdings nicht lauter als der Kühlschrank in der Theaterkantine – der Lärm, der während des Anschlags rund ums Gelände des World Trade Center geherrscht hatte: fassungslose Stimmen, einzelne Rufe, Sirenen. Rolf ging davon aus, dass jeder im Publikum bis dahin die Szenen so oft gesehen haben würde, dass eine Andeutung der Tonspur reichte, um das ganze Ausmaß der Katastrophe in den Köpfen wachzurufen. Außerdem ließen sie ab und an ein Blatt Papier von seitlich vom Schnürboden auf die Bühne flattern. Selina als Mutter Courage räumte es dann so beiläufig weg, wie man eine Kippe oder ein Bonbonpapier wegräumt. Kurz spielten sie mit dem Gedanken, dass die Blätter brennen sollten, doch das ging aus feuerpolizeilichen Gründen nicht, und sie fanden es dann auch zu dick aufgetragen. »Je subtiler das Bild, desto stärker«, sagte Rolf.

Selina liebte die Einladung zu kleinen schauspielerischen Gesten, die Rolfs Änderungen ihr boten. Schloss sie den Kühlschrank nur ein klein wenig schwungvoller oder fing einmal ein Blatt – fast ohne hinzusehen – noch im Flug, öffnete sich jedes Mal die Tür zu einer anderen Welt.

Gemütsvölle

Als Adamo Costa die erste große Schachtel mit Kopien »ihres« Films in die Wohnung schleppte, war das schon ein erhebendes Gefühl.

»Die Frage ist nur«, sagte er, nachdem sie sie geöffnet und nach einigem Suchen auf der Hüllenrückseite ihre Namen gefunden hatten *(German Version A. & E. Costa)*, »wie werden wir sie wieder los?«

Adamo hatte mithilfe eines Freundes eine Homepage eingerichtet, die sie auch gleich auf Kontaktplattformen bewarben, außerdem wollten sie die Sexshops abklappern. Zu gern hätte Efgenia zu Hause Verkaufsparties organisiert, doch dafür fehlte es ihnen an Kontakten, und zudem war die Wohnung denkbar ungeeignet.

»Vielleicht können wir da mit Swingerclubs zusammenarbeiten«, meinte Adamo.

»Warum sollten die das tun?«, fragte Efgenia. »Was haben sie davon?«

»Na, so eine Porno-Release-Party ist doch sicher etwas, das Kundschaft anzieht«, sagte er. »Die Leute zahlen schließlich Eintritt.«

Aber im Grunde kannte er die Gepflogenheiten eines Swingerclubs so wenig wie Efgenia, und daher beschlossen sie, einen zu besuchen.

Dienstags war in Andelfingen sogenannter *Couple Event,* das hieß, dass strikt nur Paare zugelassen waren. Singles waren zwar wohl die bessere Kundschaft für Pornofilme, aber für den Einstieg fand Efgenia es behaglicher, wenn sie unter Paaren verkehrten.

Das Etablissement lag außerhalb, doch der Taxifahrer kannte den Weg, und obwohl sie kurz vor Mittag ankamen, war der Parkplatz schon halb gefüllt. Drinnen verlief sich die Menge allerdings. Zwei, drei Paare saßen an der Bar, eine Gruppe Senioren vergnügte sich im Whirlpool. Nachdem Efgenia und Adamo sich umgezogen hatten (»Tenue: Gepflegte Reizwäsche« hatte auf der Homepage gestanden), machten sie einen Rundgang.

Der Club unterschied sich kaum von einer normalen Sauna, die Räume wirkten hell und sauber, und Efgenia fand die Wärme in diesem nassen, kalten September herrlich. Irgendwie hatte sie erwartet, dass wild gevögelt würde, aber die meisten Leute schwatzten nur. Der Spaß schien mehr zu sein, dass alles möglich und das meiste auch erlaubt war.

»Friedlich ist es hier«, stellte sie nach ihrer ersten Runde fest, und als sie sich mit Adamo zum *Welcome drink* an die Bar begab und ein braun gebrannter Strahlemann im Tanga ihnen Fruchtcocktails servierte, sagte sie: »So etwa stelle ich mir den Himmel vor.«

Beim zweiten Rundgang sahen sie auch Paare, die es trieben. Einem sahen sie länger zu, dabei massierte Efgenia Adamos Geschlecht. Ein anderes Paar, zwei vergnügte rotbackige Deutsche ihres Alters, die sich Heike und Bert nannten, hörte auf, als sie stehen blieben, und Heike fragte

Adamo: »Willst du auch mal? Bert mag es, wenn ich es mit anderen treibe. Oder seid ihr noch nicht so weit?«

»Noch nicht ganz«, sagte Efgenia und fasste Adamo am Penis, als halte sie ein Kind an der Hand, »wir müssen uns erst an alles gewöhnen. Es ist unser erstes Mal.«

»Wie süß«, rief Heike, und Bert sagte: »Kein Problem, hier ist alles ganz locker.«

Und das war es auch. Der Barkeeper hieß Sammy. Als sie die zweite Runde beendeten und automatisch wieder vor der Bar landeten, fragte er: »Was nehmt ihr zwei Hübschen diesmal? Halt, ich frage anders: Habt ihr schon? Dann empfehle ich euch Kaffee-Shake mit Korianderpulver und einem Schuss Rum, das gibt wieder richtig Schub.«

»Ich denke, wir gehen erst noch in die Schwedensauna«, antwortete Adamo, und dort besprach er mit Efgenia, wie es weitergehen sollte. »Eigentlich müssten wir es tüchtig treiben, schließlich vertreten wir die Pornoindustrie«, sagte er.

Efgenia konnte nicht heraushören, ob er es als Vorschlag meinte oder als bloße Feststellung, doch sie fragte lieber nicht nach. »Ich genieße es gerade sehr, eine ruhige Kugel zu schieben«, gestand sie. »Außerdem habe ich einen Anflug von Kopfschmerzen. Und vergiss nicht, wir rekognoszieren nur, wir haben keinen Verkaufsdruck.«

»Stimmt auch wieder«, sagte Adamo, und nachdem sie sich an ihn gelehnt und die Augen geschlossen hatte, ließ sie sich lange Zeit von ihm nur streicheln. Manchmal setzten sich andere Paare zu ihnen, sahen zu und gingen wieder, es war sehr gemütlich.

Bei ihrem dritten Halt an der Bar plauderten sie mit

Heike und Bert, die leider schon wieder aufbrechen wollten, dann lernten sie ein Ehepaar kennen, beide etwa Anfang sechzig, grau meliert, mit vielen Lachfältchen, sie wirkten richtig vornehm. »Wenn wir hier waren, fühlen wir uns danach immer wie frisch verliebt«, sagte Lady X (sie wollten keine Namen nennen). »Es tut so gut, ab und zu fremde Blicke auf sich zu fühlen!«

»Und sie hat auch einen pittoresken Busen, oder nicht?«, fragte Mister Y. Es war der normale Busen einer Sechzigjährigen, aber sie trug ihn mit so kindlichem Stolz, dass er tatsächlich auf berührende Weise schön wirkte.

Sammy saß, wenn nichts zu tun war, am Ende der Theke beim Kondomautomaten und sah sich die Pornos auf einem Bildschirm an, der über einem Biotop mit Gummipalmen hing. Als Adamo auf die Toilette musste, fragte ihn Efgenia: »Habt ihr vielleicht etwas gegen Kopfweh?«, und während Sammy ihr ein Alka Seltzer auflöste, sagte sie: »Adamo und ich, wir haben auch bei einem Porno mitgewirkt. Hättest du etwas dagegen, ihn einzulegen?«

»Einfach ohne Ton«, sagte Sammy und zeigte ihr das Abspielgerät. »Die Ruhe hier ist Teil des Konzepts. Keine Konserven, nicht mal Musik, alles O-Ton.«

Das war bedauerlich, aber sie wagte nicht zu sagen, dass sie nur für die Tonspur verantwortlich waren, sondern holte den Film und legte ihn ein. In den paar Sekunden, in denen keine Kassette im Gerät war, lief auf dem Bildschirm eine Fernsehübertragung, Efgenia sah einen Wolkenkratzer, der in Flammen stand, doch sie war zu aufgeregt, um darauf zu achten. »Unser Film«, sagte sie stolz, als Adamo wiederkam. »Ohne Ton, aber es ist immerhin ein Anfang.«

Dann wurde ihr Kopfweh immer stärker, und sie aßen zwar noch im Club – ab sechs Uhr wurde vor der Außensauna Fleisch gegrillt –, aber bald danach zogen sie sich zurück. Zu ihrer Buchung gehörte eine Übernachtung in der benachbarten Pension, einem umgebauten Zweifamilienhaus. Ihr Zimmer war winzig und bestand nur aus einem Kingsize-Bett mit satinierter Wäsche, einer Minibar und Fernseher. Efgenia legte sich gleich hin, damit Adamo sie massierte.

»Du hast viel zu wenig getrunken«, stellte er nach wenigen Handgriffen fest, »dein Muskeltonus ist im Eimer.« Das stimmte, und so stand sie auf, ging ins winzige Bad und trank und wusch sich, während Adamo den Fernseher andrehte.

»Stell das bitte ab«, bat sie vom Bad aus. »Irgendwie bin ich wie in Trance. Es war ein ganz besonderer Tag, trotz der Kopfschmerzen, findest du nicht? Das will ich mir etwas bewahren.«

Und weil noch nicht die Dämmerung hereinbrach, gingen sie wieder hinaus, spazierten über die Wiesen und ließen den Nachmittag Revue passieren.

»Mich hat gewundert, dass du gar nicht vögeln wolltest«, sagte Adamo.

»Ich will ja«, sagte Efgenia, »aber nur mit dir.«

Deshalb kehrten sie bald um, verliefen sich allerdings etwas und kamen erst im Dunkeln in die Pension zurück.

»Mach kein Licht«, bat Efgenia, als er die Zimmertür aufschloss, »lass uns im Dunkeln zu Bett gehen, Liebe machen und dabei einschlafen.«

Adamo hatte nichts dagegen, und nachdem sie sich ausgezogen hatten und unter die Decke gekrochen waren, drang er in sie ein. Doch dann sagte er: »Mir wollen die Bilder aus dem Fernsehen vorhin nicht aus dem Kopf. Entschuldige, ich weiß, du willst davon nichts hören. Aber das World Trade Center ist eingestürzt. Zwei Flugzeuge sind in die Türme gerast. Wenn ich recht verstanden habe, war es ein Attentat.«

Auf dem Südturm waren sie keine zwei Jahre davor gewesen. Efgenia wusste erst nicht, was sie denken sollte. »Dann habe ich das heute auch gesehen«, stellte sie schließlich fest. »Ich habe nur nichts damit verbunden. Gab es Tote?«

»Ja, natürlich«, sagte er. »Tausende.«

»Und das ist wirklich heute Nachmittag passiert?«, fragte sie, »während wir in der Sauna lagen?« Der Gedanke machte sie wie trunken, sie fühlte eine ganz sonderbare Mischung aus Geborgenheit, Glück und Trauer. Während sie begann, das Becken zu bewegen, um sein Glied in sich zu spüren, sagte sie versonnen: »Ich erinnere diesen schrecklichen Lift. Auf Etage 108 blieb er plötzlich stehen, ohne dass sich die Tür geöffnet hätte.«

»Er blieb nicht stehen, er verlangsamte nur, und das war gut so«, sagte Adamo. »Sonst wären wir durch die Dachterrasse gesaust. Diese Aufzüge haben ein Tempo von fast 30 Stundenkilometern, das hat uns der Liftboy erzählt.«

»Meinetwegen«, sagte sie, »jedenfalls blieb plötzlich die Anzeige stehen, und ich dachte, wir bleiben da drinnen eingeschlossen.«

»Ja, und heute waren ziemlich sicher wirklich Menschen darin eingeschlossen und sind gestorben«, sagte Adamo.

Danach versuchten sie wieder, miteinander zu schlafen,

doch dann war es Efgenia, die aufstand und den Fernseher einschaltete. Es war nicht schwer, Bilder vom Attentat zu finden, sie liefen auf fast allen Kanälen. Mit angezogenen Knien, die Decke bis zum Kinn gezogen, saß sie auf dem Bett, Adamo umarmte sie von hinten – vor allem wohl, damit er nicht frieren musste. Der Bildschirm blendete, weil sie noch immer kein Licht gemacht hatten, und Efgenias Kopfschmerzen kehrten zurück. Dennoch konnte sie sich lange nicht losreißen. Als wieder einmal das zweite Flugzeug in den Nordturm glitt, schwer und unbeirrbar wie ein Adler oder wie ein Engel, sagte sie: »Mein Gott, ist das schön! Wenn man nicht wüsste …« Und als der Turm in sich zusammensank und die ganze Masse sich in Staub auflöste, fragte sie: »Was war noch mal das Wort, das Mister Y für die Brüste seiner Frau gebrauchte?«

»Pittoresk«, sagte Adamo.

»Ja«, sagte sie benommen, »pittoresk.« Mit einem Seufzer stellte sie den Fernseher aus und presste sich an ihn.

Sie schliefen fast die ganze Nacht miteinander, während sich die Bilder aus New York in ihren Köpfen drehten. Zweimal schaltete Efgenia den Fernseher wieder an. »Es ist so unwirklich«, erklärte sie, »ich muss das nochmals sehen.«

»Ich bin froh, dass wir keine Kinder haben«, sagte Adamo beim zweiten Mal. »In eine solche Welt kann man keine Kinder setzen.«

Efgenia sah ihn verwundert an. »Wir sind doch aber gerade sehr glücklich, oder nicht?«, fragte sie. »Ich glaube nicht, dass du mir je zuvor so nah warst.«

Flugangst

Hubert Brechbühl hatte einen ruhigen Tag verbracht. Morgens hatte er als Erstes eine brennende Kerze ins Fenster gestellt und Edith-Samyra in Gedanken einen guten Flug und glückliche Ankunft in Nepal gewünscht. Lange hatte er seine Tubanoten sortiert und einiges angespielt, danach war er zum Musikhaus Jecklin in die Notenabteilung gefahren und hatte drei Stunden lang in allem Möglichen geblättert, ehe er sich für einen Band mit Tangostücken entschied. Die musste er zwar noch in den Bassschlüssel umnotieren, doch das traute er sich zu, und mit Tuba und Harmonium argentinischen Tango zu spielen, stellte er sich äußerst reizvoll vor.

Als er wieder zu Hause war, machte er sich gleich an die Arbeit, obwohl er die Mühe eigentlich nur hatte auf sich nehmen wollen, falls der junge Pit Schmid bereit war, weiterhin mit ihm zu musizieren. Er war stolz auf sich, wie gut er sich konzentrieren konnte, obwohl im Haus allerhand Geschrei war.

Mittags hatte er unterwegs ein Stück Wähe aus der Hand gegessen, das Abendessen hätte er um ein Haar verschwitzt, erst um neun Uhr dachte er daran, dass er Edith-Samyra versprochen hatte, »mäßig, aber regelmäßig«, wie sie jeweils sagte, zu essen und zu trinken. Eben wärmte er eine Büchse Ravioli auf und schälte eine halbe Salatgurke, da klingelte das Telefon.

Erst begriff er gar nicht, dass sie es war, denn er hörte neben allerhand Umgebungsgeräuschen nur ein sonderbares Stöhnen oder Würgen. Dreimal sagte er »Hallo«, doch erst als er drohte: »Wenn Sie jetzt nichts sagen, lege ich auf«, rief sie: »Warte, Hubert, ich bin's.« Dann schluchzte sie los.

»Meine Güte, was ist passiert?«, fragte er.

»Ich kann nicht weiterfliegen«, erklärte sie. »Du musst mich holen. Ich setze keinen Fuß mehr in ein Flugzeug.«

»Wo bist du?«, fragte er.

»In Istanbul«, sagte sie etwas gefasster, »auf dem Atatürk-Flughafen.«

»Immerhin nicht mehr in der Luft«, sagte er, »das ist doch schon mal was. Wann geht der Flug nach Nepal?«

»Ich fliege nicht nach Nepal«, schrie sie fast, »ich setze keinen Fuß mehr in ein Flugzeug!«

Er stellte fest, dass es verbrannt roch. »Auch gut«, sagte er, »warte einen Augenblick.« Das Telefon war fest an der Wand montiert, möglichst sanft legte er den Hörer auf das Beistelltischlein, rannte in die Küche und zog die Ravioli vom Herd.

Dann rannte er zurück. »Hier bin ich wieder« sagte er. »Wo liegt das Problem?«

»Hast du denn nicht ferngesehen?«, fragte sie.

»Nein«, sagte er. »Was hätte ich sehen sollen?«

»Das World …«, begann sie, und schon übermannte es sie wieder. Eine Weile schluchzte sie, dann sagte sie: »Es gab ein Attentat, zwei Jets sind in die Türme des World Trade Center geflogen, Passagierflugzeuge wie meines. Zwei andere sind abgestürzt, wenn ich recht verstanden habe. Ich kann ja kein Türkisch.«

»Warte«, bat er abermals, rannte ins Wohnzimmer, drehte den Fernseher so, dass er vom Flur aus den Bildschirm sah, griff sich die Fernbedienung, schaltete ein, eilte zurück und nahm den Hörer wieder auf. Er fand die Bilder sofort. »Mein Gott«, sagte er. »Wann hast du das erfahren?«

»Nach der Landung«, sagte sie. »Ich hatte lange Aufenthalt, wollte etwas essen, und dort lief der Fernseher. Ich dachte erst, es sei ein Spielfilm, aber dann hieß es, alle Transitreisenden müssten ihr Gepäck identifizieren. Dort erfuhr ich von den Zollbeamten, dass wegen des Attentats weltweit die höchste Alarmstufe gilt.«

»Sie fliegen aber noch?«, erkundigte er sich.

»Ja, außer in die USA«, sagte Edith-Samyra. »Das ist aber nicht alles, es begann schon vorher. Beim Flug nach Istanbul hat es aus der Klimaanlage geraucht. Und hier in der Flughafenhalle wimmelt es von Geckos.« Gleich weinte sie wieder.

»Was hat es mit den Geckos auf sich?«, fragte Hubert.

»Geckos gelten bei den Maori als Diener des Gottes Whiro«, sagte sie. »Whiro ist der Gott der Toten, die Verkörperung des Bösen und der Herr der Finsternis. Will er dich töten, schickt er einen Gecko, der sich in dich bohrt und dir Leber, Herz und Lunge frisst.«

»Das wusste ich nicht«, gab er zu. »Aber ich würde sagen, in der Türkei leben nun mal Geckos, und trotzdem sterben nicht gleich alle Menschen. Und im Flugzeug trat wohl auch kein Rauch aus, sondern Dampf. Das ist normal, jedenfalls bei Zügen ist das so.«

Sie sagte dazu nichts.

»Rufst du aus einer Kabine an?«, fragte er.

»Nein«, sagte sie, »ich habe mein Handy dabei.«

»Ich wusste gar nicht, dass du eines hast«, sagte er.

»Auf Reisen immer. Es könnte ja sein, dass man einen Rettungshubschrauber der Rega braucht«, antwortete sie.

»Siehst du, jetzt klingst du schon ruhiger«, sagte er. »Dass du dich beruhigst, ist das Wichtigste. Lass uns noch etwas plaudern. Ist es ein hübscher Flughafen?«

»Nein, einfach ein Flughafen«, entgegnete sie.

»Bestimmt ist etwas hübsch daran«, sagte er. »Wie sieht die Decke aus?«

»Es sind so dreieckige Waben«, antwortete sie.

»Das stelle ich mir schon mal hübsch vor«, meinte er. »Bienen bauen Waben, und Bienen sind gemütlich.«

»Hubert, du hast keine Ahnung«, rief sie scharf. »Das Dreieck ist im Tarot das Zeichen für Feuer. Die Türme in New York stehen in Flammen. Ich sage dir doch, alle Zeichen stehen auf Alarm. Weißt du, was ich glaube? Ich wollte in Nepal Tote ehren, und seit ich unterwegs bin, winkt von überall der Tod. Verstehst du mich? Sie wollen mich holen.«

»Wer will dich holen?«, fragte Hubert.

»König Dipendra und seine Familie«, rief sie ungeduldig. »Sie haben meine Freundlichkeit missverstanden und glauben, ich wolle in ihren Kreis aufgenommen werden. Ist das nicht irre?«

»Doch, etwas irre ist das wirklich«, sagte er verwirrt. »Warum setzt du dich nicht in den nächsten Zug und kommst nach Hause? Ich freue mich auf dich.«

Sie zögerte, dann sagte sie: »Ich weiß nicht, Hubert, ob ich das packe.«

»Warum nicht?«, fragte er. »Ich glaube, man fährt nach Budapest, von dort nach Wien. Es ist bestimmt nicht so bequem wie fliegen, aber wenn schon.« Gleichzeitig hörte er über Lautsprecher ihren Namen. »Sie rufen dich aus.«

»Es ist nicht das erste Mal«, antwortete sie. »Aber ich gehe nicht.«

»Dann sag wenigstens Bescheid, sonst laden sie womöglich alles Gepäck wieder aus, und wenn sie deinen Koffer haben, sprengen sie ihn. Es könnte ja sein, dass eine Bombe drin ist.« Gleich machte er sich Vorwürfe, dass er so ihre Panik wieder schürte.

Doch sie sagte nüchtern: »Ich habe mein Gepäck bei mir.« Und dann hörte er sie tatsächlich mit jemandem reden. Sein Englisch war zu schlecht, als dass er alles verstanden hätte, sie sagte aber immer wieder: *»No – no, I won't, I can't«,* so viel hatte er drauf.

»Bist du noch da?«, fragte sie schließlich.

»Ja«, antwortete er. »Du kannst aber gut Englisch!«

Darauf ging sie nicht ein. »Du musst mich holen«, sagte sie stattdessen. »Allein steige ich in kein Fahrzeug mehr, nicht mal in den Zug. Es gibt gleich hier beim Terminal ein Hotel, das TAV Airport Hotel, kannst du dir das merken? Da fühle ich mich sicher. *Tav* heißt auf Persisch Licht, und Licht hält die Totengeister auf Distanz.«

»Dein Wissen möchte ich haben!«, rief er bewundernd.

»Hör auf«, sagte sie. »Ich hatte mal einen Kurs bei einer Bauchtänzerin, die Metav hieß, Metav heißt Mondlicht, das hat sie uns erzählt. Also, kann ich mich auf dich verlassen?«

»Natürlich, ich kümmere mich gleich um einen Flug«, versprach er.

»Nein«, rief sie, »du darfst nicht fliegen! Nimm den Zug, und geh vorher bei Alice vorbei, sie soll dir Jasmin und Sandelholz geben, am besten in Form von Räucherstäbchen. Sie kennt sich aus, sag einfach, du brauchst Schutz vor Geistern.«

»Und was tue ich damit?«, fragte er.

»Die brennst du ab«, sagte sie, »egal, was die Leute im Zug sagen. Es kann sein, dass Whiro dich daran hindern will, zu mir zu gelangen.«

»Und wie schützt du dich?«, fragte er.

»Ich muss mich nicht schützen«, erklärte sie, »du kennst mich doch: Solange ich mit beiden Beinen auf dem Boden stehe, bin ich stark.«

»Ja, das bist du«, bestätigte er. »Gib mir deine Nummer. Sobald ich weiß, wann ich ankomme, rufe ich dich an. Sollte das nicht klappen, warte einfach, ich werde kommen.« Für den Notfall gab er ihr Julia Sommers Nummer an. »Sie ist ab jetzt unsere Verbindungsperson«, erklärte er.

Nachdem sie aufgelegt hatten, setzte er sich kurz vor den Fernseher, das Attentat war wirklich fürchterlich. Dann rief er die Fahrplanauskunft an. Den Nachtzug nach Wien hatte er verpasst, so blieb ihm Zeit zu packen, und er musste bei Alice nicht hetzen. Während sie ihm und Edith-Samyra Amulette bastelte, spielte er mit Lizzy und Caruso. Die beiden Katzen waren an jenem Abend so zutraulich, als fühlten sie, dass er Beistand brauchte. Als er wieder zu Hause war, schrieb er Julia Sommer einen Brief, in dem er sie bat, die Pflanzen zu gießen. Und weil die Nacht noch lang war und er überhaupt nicht müde, transkribierte er zwei Tangos (die vereinfachte Fassung), nämlich *Balada para un Angel Loco* und *El Desbande.* Den Klavierpart schob er Pit Schmid in den Briefkasten, versehen mit der Notiz »Bitte üben«, dann ging er in noch finsterer Nacht zum Bahnhof.

Familiensinn

Zwei Tage nachdem Moritz mit Bäckermeisterin Gisela Heim telefoniert hatte, rief Mary ihn an und sagte: »Morgen bin ich in Zürich und möchte dich sehen.« In der Nacht schlief er vor Aufregung kaum, und er zog sich dreimal um, ehe er aus dem Haus ging, um sie vom Zug abzuholen.

Sie erkannte ihn eher als er sie. Sie trug das Haar wieder gestreckt, es war schulterlang und wurde mit einem etwas lächerlichen Haarreif gehalten, rot mit weißen Pünktchen, außerdem hatte sie neuerdings ein Nasenpiercing.

Als sie auf ihn zukam, sagte er: *»Mema wo akoaba. Yeehiahia oo.«*

»Dass es Fante ist, erkenne ich, aber das ist gerade weit weg«, erklärte sie, »ich lerne jetzt Niederländisch.« Dazu zeigte sie ihr breites Lächeln, das ihm wieder sehr vertraut vorkam, und als sie sich umarmten, taten sie es wie Menschen, die einmal gewohnt gewesen waren, sich zu küssen. In seiner Vorstellung hätten sie das nun auch getan, lange und mit Zunge, und dabei alles um sich vergessen. In der Realität schob Mary ihn gleich wieder sanft zurück, hakte sich bei ihm ein und sagte: »Zeig mir deinen Lieblingsort.«

Einen Lieblingsort hatte er in Zürich nicht, ihn interessierte alles, doch da Mary geschlafen hatte, bis der Zug in

Zürich eingefahren war, und noch nicht ganz wach war, versprach er ihr den besten Kaffee der Stadt.

Den gab es in einer kleinen Stehbar im Niederdorf. Auf dem Weg dorthin sprachen sie über Gisela (die nicht nur Bäckermeisterin war, sondern Backweltmeisterin, in Montreal bei der Berufsweltmeisterschaft hatten sie sich auch kennengelernt), dann über den Anschlag aufs WTC, wie Mary es nannte – und zwar mit Yankee-Akzent.

»Eine perverse Tat«, sagte sie. »Aber die Türme waren auch ein perverser Ort, eine Stadt für sich, einfach in der Vertikalen, sie hatten sogar eine eigene Postleitzahl. Fünfzigtausend Menschen aufeinandergestapelt, zusammengehalten von einer Million Tonnen Glas, Beton und Stahl. Als ich dort gearbeitet habe, habe ich mich jeden Tag krank gefühlt, nach dreißig Tagen habe ich gekündigt. Wobei das noch einen zweiten Grund hatte, davon erzähle ich dir später.«

»Sind Menschen gestorben, die du kanntest?«, fragte er.

»Soviel ich weiß, nicht«, sagte Mary. »Aber was spielt es für eine Rolle? Es macht sie nicht zu etwas Besonderem, dass ich sie kannte, und ich hatte auch nicht vor, einen davon wiederzusehen. Ich schaue lieber vorwärts als zurück.«

Das gab Moritz einen leichten Stich, denn er fühlte, seit sie angekommen war, dass sie eigentlich ganz woanders war. Auch er selbst wünschte sich mehr die Nähe zu ihr, als dass er sie fühlte, und wäre nicht im Sommer jene Post von ihr gekommen, wäre er nun neben ihr hergegangen wie neben irgendeiner Mitstudentin.

Dann waren sie auch schon bei jenem Stehcafé, das »Saftladen« hieß, bestellten Cappuccino und setzten sich damit auf die Stufen vor dem Haus. Moritz trug Mary die Tasche nach und staunte darüber, wie schwer sie war und wie unangestrengt sie sie bis hierher getragen hatte.

Dafür schimpfte sie wie die meisten Zugereisten über die Zürcher Preise (sie hatte darauf bestanden, ihn einzuladen), und fragte: »Kommst du etwa oft her? Wie kannst du dir das leisten?«

»Nun, im Nachbarhaus ist ein Kondomgeschäft«, sagte er wenig zwingend. In Wahrheit hatte er es nur einmal betreten und nichts gekauft, doch es schien ihm eine Möglichkeit, die Lage auszutesten.

Mary lehnte sich an die Hauswand, sah ihn prüfend an und zeigte einen Hauch von Lächeln. Er hatte den Eindruck, sie wollte etwas sagen, doch erst steckte sie sich eine Zigarette an, Mary Long. »Die rauche ich nur zum Spaß«, erklärte sie, »sie sind ein Geschenk.«

»Wolltest du nicht etwas anderes sagen?«, fragte er.

»Nichts Wichtiges«, antwortete sie. »Ich habe gerade festgestellt, dass du mich noch immer verführen willst. Das hat mich amüsiert.«

Die Antwort verwirrte ihn. »Verführen? Ich weiß gar nicht«, sagte er. »Offen gestanden glaubte ich, wir wären schon weiter. Was du mir von Ghana aus geschrieben hast, war ein regelrechter Liebesbrief.«

»Oh je, das Heft«, sagte sie, »das hatte ich ganz vergessen. Wirf es weg!«

»Nein, wie könnte ich«, rief er. »Ich habe noch nie so schöne Post erhalten.«

Sie stöhnte leise und sah dem Rauch nach. »Weißt du, Moritz, das war eine spezielle Zeit. In Ghana warst du mir, wenn ich so zurückdenke, tatsächlich sehr wichtig. Nur, das war eben Ghana. In *Big Apple* war schon alles anders, und jetzt sowieso. Du siehst, auf mich kann man sich nicht sehr verlassen.«

»Darf ich auch eine rauchen?«, fragte er.

Mary zündete sie für ihn an. »Ich habe in den Staaten jemanden kennengelernt, Sean«, erzählte sie. »Wir sind einen Monat quer durch die USA gereist – in einem gebrauchten Chevy, das war klasse. Zu der Zeit hatte ich übrigens so etwas Ähnliches wie Rastas auf dem Kopf, ich bin froh, dass ich die wieder los bin.« Grinsend löste sie den Haarreif und verwuschelte ihr Haar, dann setzte sie ihn wieder auf. Währenddessen hielt sie die Kippe mit den Zähnen fest.

»Das heißt, du bist jetzt mit Sean zusammen?«, fragte er nach, als sie nicht gleich weitersprach.

Doch Mary schüttelte den Kopf. »Ich komme gerade von ihm«, sagte sie, »er macht in einem Internat im Bündnerland das Abitur. Das ist ein Ort für sich, sage ich dir, *very posh.* Zuoz, das musst du dir mal ansehen.«

»Ich komme noch nicht draus«, gestand er. »Wie sind denn jetzt deine Verhältnisse?«

Sie holte Luft, dann sagte sie: »Also ich bin hochgefahren, um mich von ihm zu trennen, und das habe ich getan, heute Nacht, um genau zu sein. Am Dienstag, als es die Twin Towers traf, war ich gerade in Amsterdam bei Mama. Meine Eltern leben neuerdings getrennt. Amsterdam ist toll, man ist ganz schnell am Meer, und es gibt dort eine Fachhochschul-Ausbildung, die mich interessiert, eine Art Maschineningenieur, doch sehr zukunftsorientiert, fast Science Fiction. Und als nun das in *Big Apple* geschah, wurde mir bewusst, dass ich noch eine Aufgabe habe. Vielleicht hältst du das für lachhaft, doch ich denke, es hat etwas zu bedeuten, dass ich nicht im WTC war. Wie alles im Leben etwas bedeutet. Konkret glaube ich, dass Mama mich noch braucht. Genauer gesagt glaube ich, es ist meine Aufgabe, meine Eltern wieder zusammenzuführen. Du musst wissen, Moritz, bisher war ich ein Papakind, mit Mama hatte ich wenig zu tun. Und Papa kann auch nicht ewig ohne mich sein. Wenn ich also in Amsterdam studiere, kommt er sicher ab und zu hoch, und ich kann dafür sorgen, dass die beiden sich sehen. Ich werde aber auch oft runterfahren, Krefeld ist unser Familienstammsitz, meine Geschwister leben da. Und ich habe ein Pferd dort, eigentlich ein halbes. Magst du überhaupt noch zuhören?«

»Ja«, sagte er, »noch lange.«

»Gut«, sagte sie und drückte ihre Zigarette aus. »Verstehst du, ich glaube, es kommen echt schwierige Zeiten – ich meine nicht für uns Ardens, sondern für die Welt. Die Sache mit dem WTC ist nur der Anfang. Ich hatte dir, glaube ich, von den Soldaten im *Trotro* geschrieben, die Afrika von den Weißen säubern wollen. Ich hörte in Ghana noch ganz anderes, übrigens auch in den Südstaaten – du musst wissen, Sean ist halb Ire, halb Schwarzer. Ganz offensichtlich ist die Welt dabei, sich umzuordnen, und das ist bestimmt auch nötig. Es wird dabei aber viel zu Bruch gehen, und daher ist es mir so wichtig, dass zumindest die Familie hält.«

»Aber wäre es nicht eher an der Zeit, dass du deine eigene Familie gründest?«, fragte er, obwohl er merkte, dass ihn das in eine sonderbare Rolle brachte.

Mary lachte nur. »Irgendwann ja«, sagte sie. »Aber auch

dafür ist es ein guter Testlauf, ob ich die Beziehung meiner Eltern nochmals kitten kann. Wenn ich nämlich heirate, soll es fürs Leben sein. Aus diesem Grund beschäftige ich mich auch erst damit, wenn ich fühle, dass ich dazu in der Lage bin.«

»Das klingt alles sehr vernünftig«, gab er zu. »Wenn es aber so weit ist, tust du mir den Gefallen und trinkst noch einen Kaffee mit mir, bevor du dich einem anderen versprichst?«

»Ja, das tue ich«, sagte sie ganz ernst, »in fünf Jahren oder so. Jetzt solltest aber auch du dich vor allem um deine Familie kümmern.«

Als sie das sagte, sah er sonderbarerweise nicht seine Eltern vor sich, sondern Julia und Mona, sagte dann aber trotzdem: »Das habe ich den ganzen Sommer lang getan. Ich habe ihren Laden gehütet, damit sie Ferien machen konnten.«

»Gut«, sagte sie. Dann schob sie seinen Ärmel zurück und fragte: »Wie spät ist es?«

Moritz trug keine Armbanduhr, doch er brauchte nur ein paar Schritte, um die Turmuhr von St. Peter zu sehen. Es war kurz nach drei.

Mary hatte sich mit ihm erhoben und schulterte bereits ihre Tasche. »Wenn ich schon in Zürich bin, will ich noch ein paar Orte besuchen, an denen ich lieber allein bin«, sagte sie. »Und danach muss ich auch schon wieder zum Zug.«

»Gibst du mir deine Adresse?«, bat er.

»Klaro«, sagte sie, ließ die Tasche wieder fallen und kramte nach Papier und Stift. Schließlich fand sie eine Zugfahrkarte, schrieb ihre Nummer und eine Mailadresse auf und gab sie ihm.

»Zuoz – Zürich – Amsterdam«, las er auf der Vorderseite, »die brauchst du noch.« Mary lachte, nahm sie wieder an sich und holte im Café eine Serviette.

Dann standen sie voreinander und wussten nicht, wie sie sich verabschieden sollten.

»Einmal küssen?«, fragte er, und Mary küsste ihn tatsächlich auf den Mund, doch nur eine halbe Sekunde lang, dann fiel ihr etwas ein, und sie kramte wieder in der Tasche.

»Hier, für dich«, sagte sie und drückte ihm eine Flasche in die Hand. »Ich wollte sie meinem Vater mitbringen, aber eigentlich ist das kein sehr kluges Geschenk für ihn.«

»Danke«, sagte Moritz, und dann ging sie. Er sah ihr nach, bis sie um die Ecke war, danach studierte er das Etikett. Es war etwas Edles, ein Veltliner Grappa mit Zitronenschale und Salbei. Er öffnete ihn und roch daran, dann ging er nochmals ins Café und kaufte sich ein Stück von jenem Käsekuchen, den er immerhin für den zweitbesten der Stadt hielt.

Freude

Moritz fühlte eine gewisse Leere, aber auch Erleichterung, als er nach dem Treffen mit Mary der Limmat entlang nach Hause ging. Seine Fantasie hatte ihm einen schönen Sommer beschert, nun wartete ein arbeitsamer Herbst (er näherte sich dem Studienabschluss), und eine Fernbeziehung wäre dem sowieso nicht förderlich gewesen. Außerdem gefiel ihm der Gedanke, eine Frau zu kennen, die ihn in Sachen Energie und Eigensinn vielleicht noch übertraf, und er schloss nicht aus, sie zu heiraten, wenn sie wirklich in fünf Jahren oder so wieder auf ihn zukommen sollte.

Damit sah für die Zukunft alles schlicht und klar aus, und so hatte er es am liebsten. Beim Oberen Letten sah er eine Weile den Herbstblättern nach, die mit der Limmat trieben, und einmal glaubte er, einen Hecht zu sehen. Außerdem fand er erste Rosskastanien, sie glänzten und rochen satt nach Fruchtbarkeit.

Zu Hause eröffnete er als Erstes in seinem »Katalog sexueller Enthaltsamkeit« eine elfte Rubrik: »Vertagt zwecks Langzeitplanung«, und legte darin nicht nur Marys Heft ab, sondern auch einen Verweis auf den Turnschuhkarton, in dem er die kleinen Windmaschinen verwahrte, die er nach Marys Zeichnungen angefertigt hatte. Kurz überlegte er, sie Mary nachzuschicken, aller Enthaltsamkeit zum Trotz, doch im Grunde wollte er sich davon nicht trennen, nur das Pathos der Geste hätte ihn gereizt.

Danach ging er hoch zu Sommers. Er hörte Mona toben, und als er klingelte und Julia öffnete, verdrehte sie die Augen. »Dich schickt der Himmel«, sagte sie. »Mona hatte gestern Fieber und darf nicht in den Kindergarten. Sie war den ganzen Tag nicht draußen, weil ich mit einem Lektorat unter Zeitdruck bin, und dreht völlig durch. Die Costas haben schon geklopft. Kannst du sie eine Stunde irgendwie beschäftigen?« Dann küsste sie ihn endlich zur Begrüßung und sagte: »Entschuldige, ich frage gar nicht, was du wolltest.«

»Genau das«, sagte er. »Ich kann mit Mona auf den Estrich gehen. Mal sehen, ob unsere Hütte noch steht.«

Aber inzwischen hatte Mona sich an ihn gehängt und bettelte: »Kreisel, Kreisel!«

Dabei war sie zum Kreiseln viel zu hibbelig, also rannten sie erst die Wände entlang durch seine Wohnung und spielten »Goldfisch im Glas«. Nach zwanzig Runden kreiselten sie dann doch, vor allem aber bemalten sie die Kreisel mit verschiedenen Farben und sahen zu, wie sich diese beim Drehen mischten.

Dann war die Stunde schon vorbei. Julia rief an und sagte: »Das war super, ich habe in der einen Stunde mehr geschafft als vorher den ganzen Tag. Ich bin fast fertig, den Rest erledige ich, wenn sie schläft. Willst du sie hochbringen? Ich würde dich ja gern zum Essen einladen, aber wir haben nur Spaghetti zum Aufwärmen und etwas Koriander im Haus.«

»Dann improvisieren wir«, schlug er vor. »Darf ich mit Mona noch etwas raus? Es ist wärmer als die letzten Tage.«

Da Julia nichts dagegen hatte, pflückten sie im Hof Löwenzahn und Gänseblümchen, sie fanden auch wilden Schnittlauch. Und schließlich entdeckte Moritz, dass draußen an Herrn Brechbühls Fenster noch Begonien blühten. »Die wären auch essbar«, erzählte er Mona, die sofort ausrief: »Wir gießen sie, solange Onkel Brechbühl weg ist. Mama hat den Schlüssel.«

Zurück in seiner Wohnung rief er daher Julia an und fragte: »Dürften wir wohl ein paar Blüten von Herrn Brechbühls Fenster ernten?«

Julia war inzwischen mit der Arbeit fertig. Sie brachte die Spaghetti runter, dann gingen sie zu dritt in Hubert Brechbühls Wohnung, pflückten zwei Blüten und ließen zwei stehen. Mona durfte außerdem für den Nachtisch ein Schokolädchen aus einer Schale nehmen, die Herr Brechbühl extra für sie hingestellt hatte. Sie tanzte vor Freude, denn es war schon ihr zweites heute. »Morgen pflücken wir die anderen Blumen«, kündigte sie an, »dann darf ich wieder zwei.«

»Morgen ist vielleicht Herr Brechbühl schon zurück«, erklärte Julia.

»Das macht auch nichts«, sagte Mona, »dann male ich ihm eben ein Bild, danach schenkt er mir bestimmt die ganze Schale.«

Damit fing sie, als sie wieder bei Moritz waren, auch gleich an. Moritz briet derweil Spaghetti und dünstete ihre Ernte in Grappa.

»Mach mir nicht das Kind betrunken!«, rief Julia, die mit

Mona malte, und er versprach, ihn gut einzukochen. Aber Mona wollte dann sowieso nur »Spaghetti nackt« und war glücklich, vor allem, weil sie beim Essen auf Moritz' Schoß sitzen durfte und er sie fütterte wie ein Baby.

Zum Nachtisch packte sie das Schokolädchen aus. Auf dem Einwickelpapier war das Matterhorn abgebildet. »Wo ist das?«, fragte sie Moritz. »Fahren wir da hin?«

»Das ist ziemlich weit«, sagte er.

»In Amerika?«, fragte sie.

»Nein, schon noch in der Schweiz, aber im Wallis.«

»Fahren wir da hin?«, fragte sie nochmals.

»Ja, warum nicht«, antwortete er, und Julia lachte und rief: »Pass auf, sie wickelt dich um den Finger.«

»Gleich jetzt?«, fragte Mona.

»Nein, jetzt ist Abend«, sagte er.

»Dann aber morgen«, befahl sie.

Moritz zögerte, denn das war eine Zweitagesreise. »Kann es auch ein anderer Berg sein?«, fragte er.

»Nein, der andere Berg war ja nicht auf dem Schokolädchen«, erklärte sie.

»Auf den anderen Schokolädchen gibt es aber andere Berge«, stellte Moritz fest.

»Aber nicht auf meinem«, sagte Mona.

»Na schön, wir könnten aber die Papierchen tauschen«, schlug er vor, und da Mona sowieso ihr Bild in Hubert Brechbühls Wohnung bringen wollte, gingen sie hinunter, Mona suchte einen Platz für ihre Zeichnung, Moritz suchte einen Berg in ihrer Nähe aus, löste das Papierchen, wickelte die Schokolade in dasjenige mit dem Matterhorn und verklebte es mit etwas Spucke.

»Und? Wohin fahren wir?«, fragte Julia, als sie wiederkamen.

»Du nicht«, erklärte Mona, »nur ich und Moritz. Wie zu meinem Geburtstag.«

»Oh, Verzeihung«, sagte Julia. »Meinetwegen. Aber irgendwann möchte ich auch mit.«

»Es geht nur zum Glärnisch«, sagte Moritz.

»Dann danke ich für den freien Tag«, sagte sie zu ihm.

Er schüttelte den Kopf. »Ich bin alles andere als selbstlos«, sagte er.

Und dann musste Mona zu Bett. »Ich möchte hier einschlafen«, sagte sie, »hier auf Moritz' Sessel, und der Fernseher läuft, und die Türme brennen. Das war so gemütlich.«

Moritz wollte aber seine Ruhe haben, und er wollte auch nicht mehr mit hochkommen.

»Auch nicht später, wenn sie schläft?«, fragte Julia leise.

»Heute nicht, ich muss noch etwas trauern«, antwortete er.

»Oh, das tut mir leid«, sagte sie. »Was auch immer der Grund ist.«

»Es braucht dir nicht leidzutun, ich werde es genießen«, antwortete er, dann sagte er zu Mona: »Gib dir bitte Mühe, bald und tief zu schlafen, denn wenn in der Nacht das Fieber wiederkommt, können wir nicht fahren.«

Das nahm sie sich auch vor, aber zehn Minuten später rief sie wieder an. »Nein«, sagte sie, als Moritz abnahm, »du darfst nicht abnehmen, ich will dir auf den Anrufbeantworter singen.«

Und das tat sie auch. Während sie die Zähne putzte, packte sie in ein Lied, was sie alles gern hatte: das Zahnbürstchen mit dem Krokodil, die Kinderzahnpasta, ihre Mama, das Schemelchen, den Wäschekorb, Moritz, ihre Oma, den Teppich, die Haarspange, Mamas Wäsche im Wäschekorb, ihren Pyjama, das Waschbecken, die Badewanne, den Duschvorhang, die Lampe und wieder ihre Mama. Dazwischen rief sie manchmal: »Und fertig ist das Liedchen, gute Nacht!«, um gleich darauf von Neuem loszulegen, weil ihr noch viel mehr einfiel, was sie mochte. Und stellte sich der Anrufbeantworter ab, rief sie gleich wieder an, insgesamt sechsmal.

Dann endlich schlug Julia vor: »Sing ihm den Rest doch morgen im Zug vor.«

»Wir fahren doch nicht mit dem Zug, Mama«, rief sie und ließ offenbar den Hörer fallen. »Auf den Berg fliegt man, und vielleicht fliegt man auch hinein, und dann brennt der ganze Berg.« Gleich darauf spielte sie Flugzeug und wurde leiser, vermutlich flog sie ins Bett.

Julia sagte noch: »Gute Nacht, Moritz«, dann legte sie auf.

Damit war es um seine Trauer geschehen. Stattdessen hörte er dreimal das Band ab, dann installierte er sein Aufnahmegerät und sicherte das Happening auf zwei verschiedenen Datenträgern. Was ihn besonders berührte, war der Augenblick, wenn jeweils nach einer Minute der Anrufbeantworter Monas Lied abwürgte und eine Frauenstimme sagte: »Ende der Nachricht.« Dann klingelte es wieder, und Mona war am Apparat so nimmermüd und fröhlich, als wäre sie nie unterbrochen worden. Die sechs Minuten Band erschienen ihm wertvoller als all seine Basteleien und sogar als der Katalog.

Müßiggang

Die Reise per Zug nach Istanbul wurde Hubert Brechbühl lang. Bis Wien ging es noch, er holte den Schlaf der durchwachten Nacht nach, danach las er in der NZZ erste Mutmaßungen über die Hintergründe der Attentate in New York und Washington. Am Wiener Westbahnhof vertrat er sich die Beine, wechselte Geld (man empfahl ihm amerikanische Dollar) und kaufte weitere Zeitungen. Außerdem versuchte er Edith-Samyra zu erreichen, kam allerdings mit dem Münztelefon nicht zurecht. Die kurze Etappe bis Budapest war dann sogar richtig unterhaltsam, zum einen einiger Fahrgäste wegen, die mit ihrer guten Laune den gesamten Wagen unterhielten, zum anderen kämpfte er mit einem tellergroßen Wienerschnitzel, das er sich an einem Imbissstand als verfrühtes Abendbrot oder spätes Mittagessen hatte geben lassen. In Budapest war er froh darüber, denn er musste rennen, um zur Abfahrtszeit des Nachtzugs Richtung Bukarest auf dem Gleis zu sein (der Zug ließ dann noch eine halbe Stunde auf sich warten). Er konnte daher keinen Proviant mehr kaufen, und das Zugrestaurant war chronisch überfüllt. Er schlief im Großraumwagen und genierte sich, denn in Budapest hatte er geschwitzt, roch seither, und in der Eisenbahntoilette floss kein Wasser.

Überhaupt litt er in jener Nacht. Im Waggon herrschte eine sonderbare Beklemmung, die mit der schwermütigen Nachtbeleuchtung zusammenhängen mochte oder mit den Sitznachbarn, die die halbe Nacht lang stritten und sich wohl bemühten, nicht zu laut zu werden, doch das machte es noch schlimmer. Ihn selbst verfolgten im Halbschlaf die Bilder des zerstörten World Trade Center ebenso wie sonderbare Fantasien, was sich Edith-Samyra in ihrer Not antun mochte. Beispielsweise sah er immer wieder vor sich – auch das war wohl den Fernsehbildern aus New York geschuldet –, wie sie sich, vor einem Gecko flüchtend, aus dem Fenster des Flughafenhotels stürzte. Auch erhängt sah er sie, mit blau geschwollener Zunge, die ihr aus dem Rachen quoll, und er hatte große Angst, zu spät zu kommen. Als der Tag anbrach, ließen solche Fantasien nach, und er mochte sich sogar freuen, als er kurz, im schmalen Streifen zwischen Horizont und Wolkendecke, etwas Sonne sah.

Und Bukarest bescherte ihm dreifaches Glück: Erst fand er eine vollständige Donnerstagsausgabe der *Süddeutschen Zeitung*, die jemand auf einer Sitzbank liegengelassen hatte, dann konnte er im letzten Zug seinen Platz umbuchen und (wenn auch gegen fast sein ganzes Bargeld) ein Bett im Schlafwagen beziehen. Und bis Bjala war er sogar allein im Abteil. Das nutzte er, um die Socken zu wechseln, sich wenigstens unter den Achseln zu waschen und sich zu rasieren. Nur telefonieren hatte er noch immer nicht können, und so lag er fast die ganze Nacht mit beiden Amuletten in den Händen da, sprach Edith-Samyra in Gedanken gut zu und kämpfte darum, selbst ruhig zu bleiben.

Als er nach gut 48 Stunden endlich Istanbul erreichte,

war er dennoch so nervös, dass er zum Taxistand rannte. Dort verwickelte er sich allerdings in eine Diskussion über den Fahrpreis, da der Fahrer 30 $ haben wollte und er nur noch 20 $ hatte. Schließlich stieg er wieder aus und nahm den Zug. Der war nicht leicht zu finden, doch nun halfen ihm Passanten, und ihre Freundlichkeit versöhnte ihn mit jener hässlichen Begegnung.

Auch das TAV Airport Hotel musste er recht lange suchen, und im Hotel selbst irrte er eine Weile durch die Gänge, bis er Edith-Samyra fand. Daran war er aber selber schuld, die Frau an der Rezeption hatte ihn telefonisch ankündigen wollen, doch Hubert, der am Flughafen noch Blumen gekauft hatte, hatte sich in den Kopf gesetzt, Edith-Samyra zu überraschen.

Er war darauf eingestellt, dass ihre Panik nochmals zugenommen hatte, und hatte sich einiges zurechtgelegt, um sie zu beruhigen. In der durchwachten Nacht im Liegewagen zwischen Budapest und Bukarest war ihm sogar ein Lied wieder eingefallen, mit dem seine Großmutter ihn in den Schlaf gesungen hatte:

Jedes Chind, wo schlaft ii
Hät im Himmel obe
Siis ganz eigets Engeli
Das chunnt jede Obe
A siis Bett und haltet Wacht
Jedi einzelni Nacht
Und am Morge, schüch, wiä s' sind
Züglet s' widr ufe i Wind

Doch natürlich war, als er ankam, alles ganz anders. Nachdem er geklopft und leise »Edith-Samyra, ich bin's« gerufen hatte, öffnete sie die Tür mit einer Gelassenheit oder Vergeistigtheit, die in nichts an die Verzweiflung und Angst erinnerte, in der sie ihn drei Tage zuvor angerufen hatte.

»Willkommen in meiner Klause«, sagte sie und winkte ihn hinein. Das Zimmer hatte kein Fenster, und nur ein Nachttischlämpchen brannte, dafür duftete es nach Rosenöl und »Duschdas«. Vielleicht hatte sie gerade meditiert, jedenfalls lag auf dem Boden sorgsam gefaltet der Bettüberwurf, und daneben stand ein halb volles Glas Tee oder Wasser.

»Wie war deine Reise?«, fragte sie, als sie ihn umarmte.

»Anstrengend«, sagte er und bat als Erstes darum, duschen zu dürfen. Währenddessen versuchte er den dummen Groll darüber zu bekämpfen, dass er sich offenbar ganz unnötig um sie gesorgt hatte.

Aber sie half ihm dabei. Als er aus dem Bad kam, zog sie eben fürsorglich die Zimtsohlen aus seinen Schuhen und legte Schuhe wie Sohlen gesondert zum Lüften vor die Tür. Sie hatte auch bereits seine Tasche ausgepackt und das frische Hemd auf dem Bett ausgebreitet, außerdem kochte sie ihm – mit einem kleinen Tauchsieder, den sie aus Zürich mitgebracht hatte – Tee.

Trotzdem wurde ihm schnell eng im Zimmer. »Ich glaube, ich halte es hier nicht lange aus«, gestand er. »Bist du seit Dienstag hier drin?«

»Zum Frühstück gehe ich jeweils nach vorn«, sagte sie munter, »das ist hier wirklich lecker. Die übrige Zeit habe ich meditiert. Ich muss gestehen, Hubert, es war etwas voreilig von mir, dich herzuzitieren. Als ich erst wieder nüchtern war, habe ich alles locker gepackt. Aber es ist trotzdem schön, dass du hier bist.«

»Was heißt nüchtern?«, fragte er verwirrt.

»Ich war blau wie ein Veilchen, hast du das nicht gemerkt?«, fragte sie. »Ich hatte auf dem Flug ein Fläschlein Tullamore Dew getrunken und ein zweites gleich nach der Landung, beide auf leeren Magen. Ich dachte, das macht mir das Fliegen leichter.«

»Trinkst du öfter?«, fragte er.

»Nicht mehr ganz so oft«, antwortete sie ungefähr. »Manchmal einen ganzen Monat über nichts.«

Das beruhigte ihn, und da ihr in diesem Moment so überhaupt nichts Lasterhaftes anzumerken war, fragte er nur: »Dann können wir zurück das Flugzeug nehmen?«

»Oh nein, so weit bin ich noch nicht«, sagte sie. »Aber auf die Zugfahrt kann ich mich schon wieder freuen.«

Sie fuhren gleich am selben Abend. Offenbar aus reiner Nettigkeit hatte sie noch angeboten, in die Stadt zu fahren und zumindest die berühmte Sultan-Ahmed-Moschee und den Basar zu besuchen. Denn sie war froh, als er sagte: »Ich bin noch so aufgeregt und erschöpft von den letzten Tagen, ich könnte gar nichts aufnehmen.« In der Hotellounge aßen sie noch je ein Clubsandwich, dann ließen sie ein Taxi kommen, das sie zum Bahnhof Halkali fuhr.

Die Heimreise war für Hubert völlig anders als die Hinfahrt. Neben Edith-Samyra zu sitzen, beruhigte ihn ungemein. Und nachdem sie ihn ausgelacht hatte, weil er sich die Zeit vertreiben wollte, indem er Belanglosigkeiten breittrat oder einmal auch vorschlug, sie könnten die Fahrgäste beobachten, gewöhnte er sich mehr und mehr daran, einfach nichts zu tun. Das fiel ihm zu Anfang nicht leicht. »Du hast gut lachen, du meditierst«, verteidigte er sich. »Ich dagegen kenne Stillsitzen nur als Faulenzen, und das habe ich nie gemocht.«

»Erstens, mein lieber Hubert« entgegnete Edith-Samyra fröhlich, »hat Meditieren mit dem hier nicht das Geringste zu tun. Meditieren ist harte Arbeit, auch wenn man sich dabei nicht bewegt. Zweitens ist es für die geistige Hygiene ausgesprochen wichtig oder sogar unumgänglich, auch das Nichtstun zu kultivieren. Das Nichtstun im Zug ist dafür ein guter Einstieg, denn wir stehen immerhin nicht still, selbst wenn wir sitzen. Im Stillstand nichts zu tun ist sehr viel schwerer. Wobei das Nichtstun selber mehrere Schwierigkeitsgrade kennt. Nägelkauen beispielsweise kann erlaubt sein – doch nicht Häutchenkauen bis aufs Blut. Träumen kann erlaubt sein, aber nur so weit, dass sich aus dem Träumen kein reales Bedürfnis ergibt. Essen dagegen ist immer eine Unterbrechung, egal, ob wir aus Hunger essen oder aus Langeweile, auch Dinge betrachten ist eine. Küssen zählt als Tätigkeit, während Streicheln auf der Kippe ist. Und allein zu sitzen, ist wieder etwas völlig anderes als in Gesellschaft.«

»Schön, das alles leuchtet mir ein«, sagte er. »Nur was gewinnt man daraus?«

»Du hast zwei Tage Zeit, um das zu begreifen«, sagte sie.

Und die nahm er sich. Als sie Budapest erreichten, war er schon so weit, dass er nicht mehr essen gehen wollte, weil sie sich da gegenübersitzen mussten; lieber ging er Hand in Hand mit ihr das Perron auf und ab, um den Kreislauf anzukurbeln. Sobald der Zug einfuhr, setzten sie sich wieder Seite an Seite, so berührten sich ihre Schultern und Schenkel, und das allein erfüllte ihn ungemein. Denn inzwischen gab es keine klare Grenze zwischen Ich und Du mehr, auch kein Innen oder Außen. Da war nur noch Trägheit und ein Grundgefühl, das er nicht in Worte fassen konnte. Edith-Samyra nannte es »Muße«, doch er war sich nicht sicher, dass sie beide dasselbe fühlten.

»Ich bin nun an einem Punkt«, erklärte er, als sie Wien erreichten und er sich kaum überwinden konnte aufzustehen und den Platz zu räumen, »an dem ich keinen Zweck mehr darin sehe, irgendetwas zu verändern. Allerdings bin ich nicht frei von der Sorge, was das auf Dauer aus mir macht.«

»Ja, kennst du das Maß nicht, ist die Müßigkeit nicht weniger gefährlich als Alkohol oder Sex«, sagte sie. »Auch deshalb pflegt man sie bevorzugt auf Reisen. Du wirst sehen, kurz vor Zürich löst sich der Drang, im eigenen Saft zu garen, wie wir das hier tun, von selbst auf.«

Sie hatte recht. Schon in Wien, als sie Waggon 11 nicht fanden und er sich um ihre Liegeplätze sorgte, fühlte er kurz, wie sein Wesen wieder Kontur bekam.

In der Nacht zerfloss er dafür mehr denn je und verschmolz mit Edith-Samyra zu einem wohlig-warmen, ungewaschen riechenden und auch darin herrlich ungezwungenen Berg Fleisch.

Doch schon um sechs Uhr morgens, als sie bei Buchs die Grenze zur Schweiz überfuhren und er ans offene Fenster trat, fühlte er sich völlig anders. »Frisch gefasst« war der etwas eigenartige Begriff, der ihm dafür einfiel. Ihm war, als habe er noch nie so klar gewusst, wer er sei, und dazu fühlte er sich wie entschlackt, jünger und erstarkt.

Als der Schaffner die NZZ verteilte und er wieder Neues zu den Attentaten las, entdeckte er, dass sogar der Tod ihm neu erschien, ebenfalls entschlackt. Der Tod war nur noch der Tod, hatte nichts Großartiges oder Bedrohliches mehr. Nicht, dass er ihm trivial geworden wäre, doch er war mit nichts verbunden, das ihm nicht – und zwar auf schöne, gute Weise – vertraut gewesen wäre.

Sehnsucht

Fünf Tage lang verließ Erich Wyss seine Wohnung nicht. Er nahm sich auch vor, das Telefon zu überhören, doch es klingelte dann gar nicht. Erst am Sonntagnachmittag machte er sich auf, um Milch zu kaufen, und begegnete prompt zuerst Efgenia Costa, die vor ihm in ihre Wohnung floh, dann Julia Sommer mit ihrer Tochter. Julia bat ihn, sich zu melden, wann immer er etwas benötige – »Hilfe, Essen, Unterhaltung, es gibt wirklich nichts, womit Sie sich nicht an mich wenden dürfen.« Mona tippte währenddessen mit dem Fuß an sein Bein, erst sanft, dann heftiger, schließlich trat sie ihn förmlich. Er glaubte, das sei ihr Tick, und ignorierte ihn, wie man ihm und Gerda das geraten hatte, als Sepp in Monas Alter gewesen war und Zuckungen im Gesicht gehabt hatte. Erst als Julia Sommer ihre erst quengelnde, dann brüllende Tochter hochgetragen hatte, zog er das Bein zurück und sah, dass sein Fuß auf etwas gestanden hatte, einem Bildchen für ein Sammelalbum oder etwas Ähnlichem. Als er es aufhob, erkannte er Heidi aus Johanna Spyris Büchern. Sie stand an einem herrschaftlichen Fenster und sah auf eine finstere Gasse ohne Himmel. »Heidi vermisst ihr Zuhause«, stand auf der Rückseite unter einer Nummer, 56.

Als er eine gute Stunde später mit der Milch und einer

Packung Knäckebrot vom Bahnhof kam und den Schirm ausschüttelte, traf er außerdem die Freundin jenes Jungen, der bei Gerdas Abdankung mit Hubert Brechbühl musiziert hatte. Sie war unterwegs in die Waschküche und konnte es so wenig wie Julia Sommer lassen, ihn anzusprechen.

»Es war eine schöne Feier«, sagte sie, »Ihre Frau war bei allen so beliebt. Wie gern hätte ich sie noch kennengelernt. Wenn Sie irgendetwas brauchen, Herr Wyss, ein paar starke Arme oder Gesellschaft, klingeln Sie jederzeit ungeniert.«

Wie schon Julia Sommer gab er auch ihr keine Antwort, so schnell als möglich stieg er in den dritten Stock und schloss sich ein. »Ich bin wieder da«, sagte er danach wie immer in den letzten fünfzig Jahren, und stellte die Milch in den Kühlschrank.

»Das ist UHT-Milch«, erinnerte er sich, »UHT-Milch braucht man nicht zu kühlen.« Trotzdem ließ er sie dann drin.

Als er etwas zu lesen suchte, fiel ihm ein, dass er die Post nicht mit hochgenommen hatte, und ging nochmals aus der Wohnung. Er war schon einen Stock tiefer, als ihm klar wurde, dass er den Briefkasten fünf Tage lang nicht geleert hatte und womöglich nicht alle Post auf einmal tragen konnte. »Nimm die Tasche mit«, sagte er zu sich, ging wieder hoch und holte Gerdas Einkaufstasche. »Das hätte dir auch vorher einfallen können«, schimpfte er mit sich.

Dann waren aber nur Prospekte und die *Coopzeitung* im Kasten, deshalb beschloss er, wieder einmal in den Keller zu steigen und ein Kilo Zucker aus dem Notvorrat hochzuholen. »Notvorrat ist Notvorrat«, mahnte er sich zwar, »und Zucker wird nicht schlecht.« Doch Gerda hatte schon vor Längerem erklärt: »Zwanzig Kilo Zucker, Erich, so viel süßen wir im Leben nicht mehr!« Und bevor der Sepp ihn erbte, brauchte er ihn lieber auf.

Am Abend hatte er schon die Heftklammern aus den Werbebroschüren entfernt und die Zeitung auf A4 zurechtgeschnitten, damit das Bündel sauber abschloss, als er doch noch einen Briefumschlag entdeckte. Es war eine Vorladung der Polizei, Kreiswache Industrie. Das stellte ihn vor Probleme. Wahrscheinlich ging es ja um Gerda, das Bestattungsinstitut hatte wohl ein Formular falsch ausgefüllt. Es war also angemessen, dass er Schwarz trug, doch es sollte auch am nächsten Tag noch regnen, und seine schwarzen Schuhe hatten Ledersohlen. Die hatten schon gelitten, als er damit nach der Abdankung vom Sihlfeld ins »Schwänli« marschiert war. Er fand beim besten Willen keine Lösung, selbst nicht, als er Stift und Block zur Hand nahm und die relevanten Punkte visualisierte, wie er das in einem Seminar der Poststellenkader zu Beginn der Siebzigerjahre gelernt hatte:

Polizeiposten: 500 m
Regenstärke: unberechenbar
Ledersohlen: angeweicht, bereits gewellt
Alternative: Joggingschuhe, Bergschuhe

Dass er nicht mehr in der Lage war, eigenständig ein Problem von vergleichsweise niederer Komplexität zu lösen, ärgerte ihn maßlos.

Doch er hatte 17 Jahre – seit der Pensionierung – alles stets mit Gerda diskutiert, und hatte er auch kaum je ihren

Rat befolgt – und wenn, dann nur, weil er sowieso schon auf dem Weg zur selben Lösung war –, konnte er doch offensichtlich nur im Dialog noch konstruktiv und nüchtern denken.

»Also los, gib deinen Senf dazu, wenn du es nicht lassen kannst«, murrte er.

»Was glaubst du, Erich«, hätte Gerda ihn gefragt, »wann du die schwarzen Schuhe wieder trägst?«

»Zur nächsten Beerdigung«, hätte er gesagt.

»Wessen Beerdigung?«, hätte sie gefragt, »du gehst doch zu keiner Beerdigung mehr, Erich, außer zu deiner eigenen. Und bei der wirst du getragen. Also kann dir egal sein, ob die Sohlen halten.«

Das war stichhaltig, und so zog er die Zeitungspfropfen aus den Schuhen, mit denen er sie gestopft hatte, als er von der Abdankung heimgekommen war, bürstete den guten Anzug und hängte ihn an die Schranktür. Danach bereitete er das Abendessen zu. Wie stets kochte er genug für zwei, und wie stets, wenn er Büchsenbohnen kochte, gab es einen kleinen Zwist darüber, ob die Semmelbrösel-Butter-Sauce nur zu frischen Bohnen passte. »Überhaupt wollten wir nicht mehr so fettig essen«, schloss er schließlich die Debatte, wendete die Bohnen nur kurz in der Pfanne, die noch ölig war vom Spiegeleierbraten, und zerbrach sich währenddessen den Kopf, wessen Argument das ursprünglich gewesen war.

Als er schon beim Essen saß, klingelte es an der Tür. Es waren Julia und Mona Sommer. Julia Sommer reichte ihm ein Stück Biskuitroulade und behauptete: »Ich backe immer mehr, als zwei Mäuler essen können.«

Mona sagte daraufhin: »Wieso wir aber kommen, ist, weil ich mein Bildchen wiederhaben will.«

»Sie hat ein Heidibild verloren«, schob Julia Sommer nach, »und glaubt, Sie hätten draufgestanden.«

»Ach so, ich dachte, sie hat einen Tick«, sagte er.

»Wahrscheinlich klebt es unter deinem Schuh«, erklärte Mona.

»Nein, da klebt nichts«, sagte er, ohne sich zu rühren.

»Heb ihn doch mal hoch«, schlug sie vor, umschlang sein Bein und stemmte.

»Da klebt ganz bestimmt nichts«, wiederholte er und schüttelte sie ab.

Gleichzeitig zog Julia sie zu sich, vielleicht etwas heftig. »Was tust du da?«, schimpfte sie, und Mona flennte los.

»Kann sie sich kein neues kaufen?«, fragte er.

»Das ist nicht so einfach«, sagte Julia Sommer. »Das Bildchen ist ein Souvenir von einem Ausflug ins Heididorf.«

»Weil der Glärnisch schon getroffen war und ganz dick rauchte, als wir kamen«, sagte Mona und vergaß das Flennen.

»Er steckte in den Wolken«, präzisierte Julia.

Mona explodierte gleich und rief: »Du hast keine Ahnung, du warst nicht dabei!«

Erich Wyss wurde es zu laut, er schloss die Tür vor ihrer Nase und suchte nach dem Bildchen. Es steckte in der Tasche seiner Regenjacke. Er nahm es mit zum Abendbrot und sah es eine Weile an, dann stand er wieder auf und legte es auf Gerdas Nachttisch. Dort schien es ihm gut aufgehoben. Als er wieder in die Küche kam, sah er die Roulade auf dem Tisch liegen. Sie war säuberlich in Klarsichtfolie eingepackt, doch es fehlte ein Produktschildchen, und von außen konnte er beim besten Willen nicht erkennen, woraus sie gemacht war und ob sie im Kühlschrank lagern musste. Schließlich packte er sie aus und spülte sie die Toilette hinunter. Die Folie legte er gefaltet in ein Migros-Plastiksäckchen, in dem er seit Gerdas Tod den Abfall sammelte. Sie hatte viele Medikamente und Anwendungen gebraucht, manchmal füllten sie einen 17-Liter-Kehrichtsack in kaum zwei Wochen. Nun fiel kaum noch etwas an, und so hatte er beschlossen, keine Säcke mehr zu kaufen.

Danach war es Zeit für einen Film. Seit Gerdas Tod verschob sich sein Rhythmus, er wachte erst gegen neun Uhr auf, dafür entdeckte er im Nachtprogramm so einiges, das ihn richtig forderte. Er schätzte das. An jenem Abend sah er einen Spielfilm über einen jungen Mann, der kurzerhand die Frau entführt, mit der er Kinder zeugen und das Leben teilen will. Obwohl er nicht der Sanfteste ist, sie fesselt und auch knebelt, hält sie zu ihm, sogar dann, als ihre Schwester sie befreien will. Das schien Erich so schön und wahr, dass er den Namen des Regisseurs auswendig lernte, während er sich bettfertig machte.

Dann schlich er ins Bett, ohne Licht zu machen, legte seine Hand auf Gerdas Seite und sagte: »Heute, Gerda, hast du richtig was verpasst, einen Film von Pedro Almodóvar, muss man kennen. Dieser Junge, Ricky, hält die Frau gefangen, die er liebt, sie heißt Marina. Sie kann fliehen, doch dann merkt sie, das war Liebe. Also kehrt sie wieder um, stellt ihm heimlich nach, und dann sind sie wieder Mann und Frau, ohne Pardon.«

Kuriosität

Die Bieler Premiere war ein Erfolg. Das Publikum stand, als zuletzt Selina sich allein verbeugte, sogar von den Sitzen auf, und ganz spontan erlaubte sie sich daher, um Ruhe zu bitten und eine kleine Ansprache zu halten.

»Als wir mit den Proben zu *Mutter Courage* begannen«, sagte sie, »dachten wir, das Schreckliche am Wort ›Krieg‹ sei, dass wir kaum noch etwas damit verbinden. Seit dem 11. September ist der Krieg uns wieder ganz nah, und wir können dafür nicht dankbar sein. Hier im Saal werden Menschen sein, die zumindest jemanden kennen, der bei den Anschlägen in New York Familie oder Freunde verloren hat. Rund dreitausend Menschen kamen um, ist das eine große oder kleine Zahl? In Ruanda starben erst kürzlich eine Million Männer, Frauen und Kinder, in Angola eine halbe. Es gibt viele Gründe, betroffen zu sein, und viele, das Grauen von sich wegzuschieben. In Ruanda, bilden wir uns ein, gab es einen Konflikt, der uns weder etwas angeht noch für uns zu verstehen ist. In Angola wird es ähnlich sein. Dass das nicht stimmt, ist das eine. Dass es keine Rolle spielt, ein Zweites. Die Welt ist zu klein geworden, als dass wir uns mit solchen Argumenten von unserer Mitschuld befreien könnten. Beim Einsturz der Twin Towers in New York sollen, habe ich gelesen, Menschen aus 80 Nationen umgekommen sein, Angehörige aller großen Religionen. Macht das diesen Krieg zu einem Weltkrieg? Ich weiß es nicht. Jemand, der in einer Bank arbeitet, hat mir während der Recherchen zu *Mutter Courage* gesagt: ›Die freie Marktwirtschaft ist der beste Friedensgarant. Wenn alle mit allen Geschäfte machen oder Geschäfte machen wollen, werden sie nicht aufeinander schießen.‹ Ich halte das für zynisch. Die Marktwirtschaft ist ein Wettbewerb, jeder Wettbewerb kennt Gewinner und Verlierer. Je nachdem, was ein Mensch verliert, kann er durchaus zur Waffe greifen. In der Verzweiflung kennen viele Menschen keine Grenzen mehr. Solche Fragen beschäftigten uns, als wir Brechts Stück probten. Ich will damit sagen: Das Stück ist kein Klassiker. Natürlich ist es *auch* ein Klassiker. Sie haben mir eben sehr herzlich applaudiert. Während der Proben hat mich eine Frage nie losgelassen: Warum lehnt Mutter Courage sich nie auf? Warum lässt sie zu, dass ihre drei Kinder an Verhältnissen zugrunde gehen, die menschengemacht sind, nicht gottgegeben oder Naturgesetze, und denkt doch keinen Augenblick daran, diese Verhältnisse, dieses System zu bekämpfen? Mir als Schauspielerin stellt sich heute eine ähnliche Frage: Warum bin ich hier, eingebettet in eine gut subventionierte Kulturlandschaft, mäßig bezahlt, doch bezahlt, im Dienst und in Einklang mit einem System, das die herrschenden Verhältnisse munter unterstützt: Waffenproduktion, Waffenlieferungen, Kinderarbeit, Ausgrenzung Andersdenkender, Abschiebung von Menschen mit falschen Papieren. Weshalb haben Sie mir applaudiert? Weil ich käuflich bin? Weil wir alle sind wie Mutter Courage? Wenn unser Kind, Ihres, meines, am 11. September in einem der Türme gewesen wäre, wen würden wir jetzt anklagen, einige Extremisten oder das System, für das das World Trade Center stand und das in anderen Gebieten dieser Erde so viel Hass auf sich zieht? Verstehen Sie mich recht, ich habe auf all dies keine Antwort, ich habe nur ein ganz, ganz tiefes Unbehagen. Ich fühle mich an jenem Mord mitschuldig, am Leid der Opfer ebenso wie am Leid der Täter. Die eigentliche Heldin des Stücks, das Sie eben sahen, ist für mich nicht Mutter Courage, sondern ihre Tochter, die stumme Kattrin. Sie findet ihrer Stummheit zum Trotz einen Weg, sich Gehör zu verschaffen – sie trommelt. Sie greift ein und zahlt dafür mit ihrem Leben. Wir wissen nicht, ob ihr Eingreifen gut ist. Wann ist eine Tat gut? Wenn Sie Hitler hätten töten können, hätte Sie das zu einem guten Menschen gemacht? Anders herum: Sind die Menschen, die jene Flugzeuge kaperten und in die Türme steuerten, böse? Sie haben sich auf blutige Weise Gehör verschafft. Könnten sie damit ein zweites Ruanda verhindern, würden wir sie dann für gute Menschen halten? Dreitausend gegen eine Million? Kann man so rechnen? Ich habe darauf keine Antwort.«

Dann ging sie ab, ohne sich nochmals zu verbeugen. Das Publikum klatschte auch weder, noch buhte es. Die Leute verließen einfach den Saal – viele hatten das schon während ihrer Rede getan –, und auch hinter der Bühne herrschte allenfalls stilles Befremden. Nur die stumme Kattrin hatte Tränen in den Augen und umarmte Selina. »Ich glaube, ich habe gerade etwas ganz Furchtbares gemacht«, sagte Selina mit einem erschrockenen Lachen. »Ich hatte keine Ahnung, was ich da rede. Irgendwie musste es einfach raus.«

Sie war jedenfalls froh, dass ihre Familie sich entschieden hatte, erst zur Solothurner Premiere zu kommen. Und die Premierenfeier wurde trotzdem fröhlich. Unter anderem war Tommy da, der in Zürich das UBS-Personalrestaurant leitete, in dem Selina zwei Tage lang ausgeholfen hatte, während sie sich auf die Rolle der Courage vorbereitete. Sie hatte ihn damals als verklemmten und bornierten Menschen kennengelernt, jetzt war er ganz anders. Als er sie entdeckte, fiel er ihr um den Hals und rief: »Das Stück war klasse, du warst klasse! Ich wusste nicht, dass Theater so toll sein kann.« Später, als nur noch der harte Kern da war, unterhielt er sie mit Episoden aus dem Bankenkreis, und als er darauf angesprochen wurde, wie es denn tatsächlich am 11. September in der Bankkantine zu- und hergegangen war, sagte er: »Nun, die Leute waren schon geschockt, vor allem, weil man ja nicht wusste, wie die Börse reagiert. Aber es kamen auch gleich Witze. ›Wo bleibt King Kong, wenn man ihn mal braucht?‹, war so einer, weil King Kong doch Flugzeuge aus der Luft gefischt hatte. Oder einer ging so: Ein Senior Vice President von Morgan Stanley kann aus dem brennenden Wolkenkratzer fliehen, trifft auf einen Feuerwehrmann und fleht ihn an: ›Rettet meine Sekretärin, die treue Seele!‹ ›Wie sieht sie denn aus?‹, fragt der Feuerwehrmann. ›Groß, schlank, blond, Anfang zwanzig‹, sagt er. ›Ist doch gar nicht wahr‹, sagt einer, der ihn kennt, ›deine Sekretärin ist klein und rund und über fünfzig.‹ ›Meinetwegen‹, sagt der Mann von Morgan Stanley, ›aber wer würde die zurückhaben wollen?‹« Das Gelächter danach war schal, aber gelacht wurde doch.

»Hatte denn niemand das Gefühl, mit diesem Anschlag

ändert sich für uns etwas ganz Grundlegendes?«, fragte Selina.

»Nein, niemand«, sagte Tommy sofort. »9/11 war ein dummer Unfall.«

Davor hatte sie noch ein älteres Ehepaar angesprochen. Sie hießen Ruttishauser und hatten lange in einer Ecke darauf gewartet, dass Selina frei war. »Wir fanden Ihre Rede sehr sympathisch«, sagte die Frau, »gerade deshalb, weil sie auf nichts Konkretes hinzielte. Irgendwie habe ich den Eindruck, dass das Attentat von New York sich gar nicht wirklich von dem System abhebt, das es geißeln will. Es ist enorm effizient ausgeführt, effektvoll inszeniert, die Bilder haben einen großen Sog. In all dem wirkt es ausgesprochen westlich. Ihr Aufritt, Frau May, war das Gegenteil, ratlos und menschlich. Ich weiß nicht, ob Sie sich damit viele Freunde gemacht haben, doch meinen Mann und mich haben Sie für sich gewonnen.« Danach wollten sie sie sogar engagieren, sie führten eine Art philosophischen Salon in ihrem Haus in Bözingen und hätten gern gesehen, dass sie dort auftrat. »Letzten Monat hatten wir einen Spross der Knie-Familie bei uns – der Zirkusfamilie, Sie wissen schon –, der sehr berührend über das Leben in der Sippe erzählte, das ewige Wandern und die Enge der Familie.«

Selina versprach es sich zu überlegen, und als sie gegen zwei Uhr früh mit Rolf nach Zürich fuhr, witzelten sie eine ganze Weile darüber, was Selina auf einer philosophischen Soiree im Kontext eines Zirkus Knie zu bieten hätte.

Rolf hatte übrigens Selinas Rede gar nicht richtig mitbekommen, und wenn er auch lieber gesehen hätte, dass die Inszenierung für sich gesprochen hätte, sagte er doch: »Wir alle sind in diesem Projekt an unsere Grenzen gekommen, und irgendwie ist es nur gut und richtig, dass sich daraus auch grenzwertige Momente ergeben.«

Sie hätte mit ihm darüber streiten können, ob ihr Auftritt grenzwertig gewesen war, aber sie sagte nur: »Ich kann mir nicht vorstellen, dass ich uns geschadet habe, aber wenn doch, dann tut es mir leid.« Und nachdem sie noch etwas nachgedacht hatte, meinte sie: »In einem Jahr lachen wir wahrscheinlich darüber.«

Zu Hause konnte sie wie meist nach einer Premiere nicht einschlafen und las endlich Julias Drehbuch, das sie schon seit einer Woche in der Tasche trug. Sie lachte viel dabei und staunte, welch wunderliche und in ihrer Skurrilität sehr liebenswerte Welt Julia da freigelegt hatte, denn Franks Original las sich viel biederer und moralischer. Das mailte sie ihr auch gleich und endete: »Dieses Drehbuch ist die Antithese zur Nettigkeit und Glätte des gängigen Filmschaffens. Wir müssen nur aufpassen, dass es nicht als Kuriosum abgestempelt wird, denn ich glaube schon, dass mehr in diesem Buch steckt. Der Verzicht als Lustgewinn, den du propagierst oder sogar zelebrierst, wäre vielleicht sogar das Patentrezept, um unsere hoch materialistische Gesellschaft zu heilen.«

Sie freute sich schon darauf, ihren ersten Film zu produzieren, und überlegte beim Zähneputzen, wen sie um die Regie angehen könnte. Doch dann hörte sie vom Bett aus noch den Anrufbeantworter ab. Sie hatte drei Nachrichten. Eine war von Tommy, dem noch ein Witz eingefallen war: »Kommt nach den Anschlägen ein Christ in den Himmel. Petrus weist ihm Zimmer 92 zu. ›Aber sei leise, wenn du

Zimmer 88 passierst‹, bittet er. Danach kommt ein Jude, er schickt ihn in Zimmer 94. ›Aber sei leise, wenn du Zimmer 88 passierst.‹ Gleich darauf kommt ein Moslem. ›Zimmer 90‹, sagte er und bittet abermals, bei Zimmer 88 keinen Lärm zu machen. ›Was zum Henker ist in Zimmer 88?‹, fragt der Moslem. Petrus sagt: ›In Zimmer 88 sind Bin Ladens Leute, und sie glauben doch, sie seien ganz allein hier.«

Die zweite Nachricht war von Heinz Mallayas Sekretärin. »Ich soll Ihnen mitteilen, dass das geplante Filmprojekt aufgrund der Attentate in New York abgebrochen wird. Ihre Agentin wird darüber schriftlich informiert.«

Das war ein Schock, und es fiel Selina auch schwer, einen Zusammenhang zwischen einem verschrobenen Kleinprojekt im hintersten Tierfehd und 9/11 zu sehen.

Doch der dritte Anrufer war Heinz Mallaya selbst. »Sie haben die Neuigkeit gehört, Frau May«, sagte er. »Ich war gerade in L. A., um mit einem Anleger über unseren Film zu reden, als das World Trade Center angegriffen wurde. Ich habe sofort ein Auto gemietet und bin hochgefahren. Und ich sage Ihnen, was hier abgeht, ist ein Fressen für jeden Filmer, ich kann nicht widerstehen. Hier ist der nackte Irrsinn ausgebrochen, alles Menschliche potenziert sich, und mitten auf der Straße. Ich brauche bloß die Kamera draufzuhalten. Amerika ist mehr denn je ein Affenkäfig, und ich mittendrin. Das wäre noch kein Grund, den ›Todesengel‹ aufzugeben. Aber wissen Sie, nach 9/11 finden wir für so etwas nie im Leben das Geld. Alles wird heruntergefahren, außer das Verteidigungsbudget. Außerdem, wer redet jetzt noch über Sterbehilfe? Sie vielleicht?« Und damit hatte er aufgelegt.

Zorn

Am anderen Tag versuchte Selina Heribert Glockner zu erreichen. Er hatte keinen Anrufbeantworter, und Selina musste mehrmals anrufen, ehe sie ihn an den Apparat bekam.

Er hatte Mallayas Entscheidung noch nicht mitbekommen, doch er nahm sie weitaus gelassener auf als sie, die schimpfte und den plötzlichen Abbruch des Projekts einen Skandal und eine Frechheit nannte.

»Es ist doch Mallayas Film«, sagte Heribert Glockner seelenruhig, »da darf er ihn auch sterben lassen.«

»Aber wir haben schließlich Verträge«, rief Selina.

»Ach ja, die Verträge«, sagte Glockner. »So was behindert die Kunst nur. Und wir wurden für die Proben fair bezahlt, finde ich.«

»Sie haben gut reden, Herr Glockner«, sagte Selina. »Ich habe meine Gage schon wieder investiert, in ein Drehbuch. Und die Frau, die es schreibt, hat immerhin ein Kind am Hals.«

»Das ist nun aber allein Ihr Problem, Frau May«, antwortete Heribert Glockner. »In unserer Branche sollte man nie mit Geld rechnen, ehe man es nicht in Händen hält.« Selina wollte schon verärgert auflegen, als er noch hinzufügte: »Ich bin übrigens sicher, Mallaya kommt auf das

Projekt zurück. Ihn hat die Gier gepackt, das ist bei solchen Katastrophen nicht selten, vielleicht kennen Sie das sogar an sich selbst. Regisseure stürzen sich auf spektakuläre Bilder, Schauspieler setzen sich in Szene und empören sich öffentlich. Am ärgerlichsten aber sind die Schriftsteller, die gleich einen kategorischen Imperativ auspacken, um sich über die Allgemeinheit zu erheben. Massenmorde haben etwas Großartiges, und leider können wir uns oft nicht zurückhalten, für ein Weilchen aufzuspringen und mitzufahren, um uns selbst wieder einmal groß zu fühlen. Ich probe hier in Wien gerade das Stück eines jungen Dramatikers, *Furor teutonicus*. Immerhin der Titel ist gelungen, jedenfalls, wenn man ihn selbstironisch liest, denn der Autor beschimpft zwei Stunden lang alles und jeden auf sehr unflätige Weise. Bei uns findet die Uraufführung statt, doch ein halbes Dutzend Theater steht schon in den Startlöchern. Mir ist ein Rätsel, warum. Vielleicht bin ich altersmilde, aber an Bergiffe wie ›gerechte Empörung‹ oder ›heiliger Zorn‹ kann ich nicht mehr glauben, egal, für welche Sache. Sagt Ihnen Tabori noch etwas?«

»Ja, natürlich«, sagte Selina.

»Ich habe viel Tabori gespielt, fast zu viel«, sagte er. »Doch seinen Humor mag ich sehr, er macht vor nichts halt. Kennen Sie den kürzesten Judenwitz?«

»Nein.«

»Auschwitz«, sagte Glockner trocken, und übergangslos stellte er fest: »Ihrer Freundin mag es nichts helfen, doch meist fördert es die Qualität unserer Arbeit, wenn sie sich verzögert.« Und damit wollte nun er auflegen.

Selina fragte aber noch: »Herr Glockner, halten Sie ein

Projekt wie den ›Todesengel‹ wirklich für wichtiger als einen Film über 9/11?«

Er stutzte, dann sagte er: »Ich dachte, diese Frage hätte ich gerade beantwortet. Ich halte jedes Projekt für wichtig, das von Menschen handelt, und keines, das die ›große Sache‹, so es die denn gibt, ins Zentrum stellt.

Ich habe in Stücken und Filmen über die Judenvernichtung, den Völkermord an Armeniern, das Massaker von Srebrenica, über die IRA, die RAF und den Ku-Klux-Klan gespielt und Dutzende Bücher dazu gelesen. Das meiste war gefeierte politische Literatur, und wenn bei Kunst ›politisch‹ steht, heißt das implizit meist ›links‹. Tatsächlich aber war das meiste davon trivial, populistisch oder gar latent faschistisch, die Autoren erhoben sich in einer Art und Weise über ihre Mitmenschen, dass mir übel wurde. Wenn jemand mit einem reaktionären Welt- und Menschenbild einen politischen Stoff behandelt, gibt es nichts zu feiern. Berichtet jemand über einen Völkermord, weil ihn die Unmenschlichkeit fasziniert, weil er sich allmächtig fühlen möchte, weil er es genießt, nochmals – legitimiert durch die Kunst oder auch nur durch das platte Paradigma ›gut‹ und ›böse‹ – Menschenleben wegzufegen, ist das nichts als schändlich. Ein ganz stiller Text dagegen wie *Tod eines Handlungsreisenden,* der den langsamen, traurigen Niedergang eines mäßig talentierten Menschen in den Rädern des Kapitalismus schildert, ohne schreierische Töne, ohne große Gesten, ist in meinen Augen hochpolitisch. Selbst ein Text, der keine Missstände anprangert, sondern nur die Menschlichkeit feiert, wird schlussendlich mehr ausrichten als jedes laute, selbstgerechte Getöse auf dem Trittbrett irgendwelcher menschlichen Entgleisungen und Barbareien, wie sie nun mal unserer Rasse eigen sind. In diesem Sinne, ja, der ›Todesengel‹ scheint mir dringlicher, weil er von zwei Menschen handelt, die in der Not erst ihr Gesicht entdecken. Verzeihen Sie die überlange Antwort.«

Selina dankte ihrerseits für die Lehrstunde, und nachdem sie sich verabschiedet hatten, rief sie Julia an und fragte: »Kann ich rüberkommen?«

Sie setzten sich in die Küche, und Julia explodierte gleich, als Selina ihr die Lage schilderte. »Was soll der Scheiß, erst lässt du mich das Drehbuch schreiben, und dann willst du nicht zahlen?«, rief sie. Allerdings entschuldigte sie sich sofort: »Ich weiß, dass du mich bezahlen würdest, wenn du könntest.«

»Und ich habe nie gesagt, schreib das Buch«, erinnerte Selina sie, »im Gegenteil. Ich sagte, warte.«

Julia zögerte nur kurz. »Trotzdem ist das große Scheiße«, sagte sie. »Ich hatte mit dem Geld gerechnet.«

»Ich auch«, sagte Selina.

Julia fragte: »Kannst du ihn nicht verklagen?«

»Ich glaube kaum, dass Michelle, meine Agentin, da mitziehen würde«, antwortete sie. »Und was glaubst du, wie lange würde das dauern?«

»Dann stellen wir so schnell wie möglich Anträge auf Drehbuchförderung«, sagte Julia.

»Da haben wir ein Problem«, erklärte Julia. »Ich bin keine anerkannte Produzentin. Wir müssen entweder schon einen fertig produzierten Film vorweisen können oder einen gestandenen Koproduzenten. Den muss ich erst finden, und mit diesem Stoff wird das nicht leicht.«

»Halt, was soll das heißen?«, fragte Julia. »Du hast doch gesagt: Schreib die *Katechetin*.«

»Ja, ich weiß«, sagte sie. »Ich dachte, einen Kurzfilm können wir zur Not privat finanzieren. Der hier wird aber verdammt lang, 50 Minuten mindestens, das ist schon fast ein kurzer Langfilm. Zudem besteht die Gefahr, dass der Stoff als geschmäcklerisch abgetan wird.«

»Was bitte ist daran geschmäcklerisch?«, fragte Julia. »Und schieb nicht andere vor, wenn dir das Buch nicht passt.«

»Mir gefällt es«, rief Selina, »das ist nicht der Punkt!«

Bevor sie weiterreden konnte, platzte Mona in die Küche und übertönte beide mit ihrem Geschrei.

»Was ist los, wir sind beschäftigt«, fragte Julia, und Selina erklärte sie: »Immer, wenn ich mal laut werde, will sie noch lauter sein.«

»Oma hat aber immer Grün, ich will auch mal Grün«, rief Mona.

»Was spielt ihr überhaupt?«, fragte Julia.

»Drei gewinnt«, sagte Mona.

»Was hat Grün mit *Drei gewinnt* zu tun?«, fragte Julia. Der Kern von Monas komplizierter Erklärung war, dass sie einen Chip mit einer grünen und einer roten Seite warfen, um zu entscheiden, wer jeweils begann.

»Mir wäre sowieso lieber, ihr geht noch etwas raus«, sagte Julia.

»Aber Oma sagt, draußen ist es frisch«, erklärte Mona, »und auf frisch habe ich keine Lust.«

»Das ist mir egal«, sagte Julia, und während Mona brüllte und sie die gemeinste Mama der Welt nannte, rief sie ihrer

Mutter zu: »Geht bitte noch in den Hof, Mama, oder besser auf die Josefswiese. Mona muss sich dringend noch bewegen, sonst schläft sie mir am Abend nicht ein.«

Mona weigerte sich aber, und das End' vom Lied war, dass sie alle gingen. Julias Mutter führte Mona auf dem Rad, Julia und Selina gingen hinterher.

Kurz sprachen sie über Selinas Premiere, dann sagte Julia: »Ich muss mir dringend etwas einfallen lassen. Im Verlag haben sie nach 9/11 zwei Projekte fallen lassen, die mir schon versprochen waren, Lektorat und Übersetzung, ein sehr schöner Pop-up-Band mit der Skyline von New York und ein Erst-Lese-Buch über ein kleines Flugzeug mit Höhenangst, das sich von einem Wolkenkratzer nicht mehr runtertraut.«

»Ich verstehe«, sagte Selina, »ich kann dir aber höchstens nochmals tausend geben. Dafür setzt du dich so bald als möglich an die Geschichte des Heimleiters. Schreib ein grobes Exposé, und denk dran: Wir müssen die Stoffe irgendwie als aktuell verkaufen. Beim Heimleiter ist das nicht allzu schwierig, scheint mir: 9/11 – Waisenkinder – überforderte Betreuer. Für die Katechetin dagegen fällt mir beim besten Willen kein aktueller Bezug ein.«

»Das ist doch kompletter Blödsinn«, platzte Julia schon wieder der Kragen. »Was hat Franks Vorlage mit 9/11 zu tun?«

»Das ist doch egal«, sagte Selina. »Wenn der Film erst fertig ist, fragt niemand mehr danach. Wir brauchen nur einen Türöffner. Nun tu nicht so stur!«

»Ich tue stur?«, entrüstete sich Julia. »Ich will mich nur nicht dumm und dämlich tippen für eine selbst ernannte

Produzentin, die offensichtlich noch gar nichts weiß, weder was sie will, noch wie man Filme macht.«

»Ach, hör auf, das ist mir echt zu doof«, entgegnete Selina. »Reden wir ein andermal.«

Sie verabschiedete sich noch von Mona und deren Oma und ging heim. Sie war wütend auf sich selbst und setzte sich gleich an den Computer, um tatsächlich erstmals systematisch die Reglements der verschiedenen Filmfördertöpfe zu studieren.

Scharfsinn

Auch abends kämpften Julia und Mona noch. Mona wollte erst unbedingt ihren Sternchenpyjama haben, der aber in der Wäsche war, und als sie schon im Bett lag, wollte sie Kakao, erst kalten, dann doch warmen, erst im Fläschchen, dann in der Tasse, und als sie sah, dass der Kakao inzwischen eine Haut bekommen hatte, warf sie die volle Tasse zu Boden. Julia wischte schweigend auf, dann wollte sie Mona zudecken, stattdessen brach sie in Tränen aus.

»Du darfst nicht weinen, Mama, das gilt nicht«, rief Mona.

»Ich weine auch nicht deinetwegen«, sagte Julia. »Es ist nur manchmal alles etwas viel.«

»Was ist viel?«, fragte Mona, setzte sich wieder auf und nahm Julias Hand, als wäre sie die Mama und Julia ihr Kind. Julia wollte antworten, aber das Weinen war stärker. Sie zog die Decke ans Gesicht und schluchzte hinein. »Arme Mama«, sagte Mona. »Hat die doofe Selina mit dir geschimpft?«

Julia schüttelte den Kopf. Dann seufzte sie, wischte sich die Tränen aus den Augen und sagte: »Ich habe mit ihr geschimpft. Dabei kann sie gar nichts dafür. Oder nicht mehr als ich. Wir hatten eine Idee, und die sah so schön aus. Aber unser Plan geht nicht auf.«

»Ich verstehe dich noch nicht«, sagte Mona, wie Julia das so oft zu ihr sagte. »Noch mal von vorn.«

Julia musste lachen. »Du weißt ja, dass ich an einem Buch für einen Film gearbeitet habe.« Und als Mona nickte, fuhr sie fort: »Ich dachte, ich verdiene damit richtig gut Geld. Ich wollte uns Kleider kaufen, und in den Herbstferien wollte ich mit dir irgendwohin fahren, wo es schön ist.«

»Au ja, aufs Matterhorn!«, rief Mona.

»Aber daraus wird jetzt nichts«, sagte Julia. »Im Verlag verdiene ich auch weniger, als ich dachte. Es reicht nicht mal fürs Nötigste.«

»Sind daran die Flugzeuge schuld, die in den Wolkenkratzer geflogen sind?«, fragte Mona. Darüber war in ihrer Gegenwart viel geredet worden.

»Nicht an allem, aber auch«, sagte Julia. »Zwei Bücher, die ich lektorieren sollte, können wir deshalb nicht machen. Das eine ist von Ror Normann, den du kennst, das hätte richtig viel Geld gebracht.«

»Dann mach doch andere Bücher«, sagte Mona.

»Ich suche die Bücher nicht aus«, entgegnete Julia, »das macht Sebastian, er ist der Verleger. Und Monique, eine Neue, ist seine rechte Hand.«

Mona kicherte über den Ausdruck ›rechte Hand‹, und nachdem Julia ihr erklärt hatte, was er bedeutete, sagte sie: »Dann sollen die eben ein neues Buch aussuchen.«

»Das geht nicht so leicht«, sagte Julia. »Die muss man erst machen.«

»Dann machen wir eines!«, rief Mona und war gleich Feuer und Flamme.

»Und worüber?«, fragte Julia.

Darüber wollte Mona erst mal nachdenken. Sie ließ sich wieder in die Kissen fallen, betrachtete die Lampe, an der seit ihrem Geburtstag Moritz' Papiervögel hingen, und sagte endlich: »Über Vögel. Moritz kann so schöne Vögel basteln.«

»Wir machen aber keine Bastelbücher«, erwiderte Julia.

»Hm«, sagte Mona und dachte weiter nach. »Aber ein Buch über einen Jungen, der Vögel faltet wie der Moritz, fände ich auch schön«, erklärte sie schließlich. »Und wenn der Junge nicht so schrecklich alt wie Moritz ist, heirate ich ihn.«

Julia lachte. »Moritz ist 23, und wenn er sich öfter rasieren würde, sähe er auch so aus. Aber das gefällt mir: ein kleiner Moritz, der in der Eisenwarenhandlung seiner Eltern zwischen riesig hohen Regalen auf dem Boden sitzt und Vögel bastelt. Nur wozu tut er das?«

»Na, damit sie fliegen«, sagte Mona, »du stellst Fragen!«

»Und fliegen sie?«, fragte Julia.

»Hm«, sagte Mona wieder. »Wenn der große Moritz das nicht hinkriegt, kriegt es der kleine auch nicht hin, oder?«

»Muss er auch nicht, finde ich«, sagte Julia. »Hauptsache ist, er gibt nicht auf.«

»Genau«, rief Mona und klatschte in die Hände, »und die Vögel schenkt er kleinen Mädchen wie mir.« Dann fiel ihr ein: »Nein, das geht nicht, er will ja, dass sie fliegen. Wenn sie nicht fliegen, haut er sie kaputt.«

»Das wäre aber auch schade«, sagte Julia. »Vielleicht fliegen sie ein ganz kleines bisschen?«

»Stimmt, die vom großen Moritz fliegen auch ein ganz kleines bisschen«, stellte Mona fest.

»Und immer, wenn er einen Vogel fertig hat«, schlug Julia vor, »geht er mit ihm auf ein Feld vor der Stadt ... Nein, besser, er steigt mit ihm einfach auf das Haus, in dem er wohnt ...«

»Auf einen Wolkenkratzer!«, rief Mona.

»Wolkenkratzer will Sebastian nicht haben«, erinnerte sie Julia. »Ein ganz normales Wohnhaus, das Haus seiner Eltern, von dort wirft er die Vögel runter. Und weil sie nicht gut fliegen, lässt er sie liegen.«

»Und die anderen Kinder finden sie und spielen damit«, strahlte Mona. »Das ist doch ein schönes Buch!«

»Aber warum baut er diese Vögel?«, fragte Julia.

Mona dachte nach. »Ich glaube, er ist viel allein, wie der große Moritz«, sagte sie nach einer Weile. »Er will, dass die Vögel mit ihm spielen.«

»Die Vögel leben ja nicht«, wandte Julia ein. »Aber wie wäre es so: Er hofft, dass die Vögel so gut fliegen, dass sie zu ihm zurückkommen, weil er nämlich nie Besuch hat.«

»Ja, das habe ich gemeint«, sagte Mona. »Aber sie leben ja nicht.«

»Nein, und deshalb wird es auch nichts mit dem Besuch«, sagte Julia.

»Aber die Kinder leben, die die Vögel finden«, fiel Mona ein.

»Du meinst, sie könnten den kleinen Moritz besuchen?«, fragte Julia. »Gegenüber könnte ein Krankenhaus sein, ein Kinderkrankenhaus. Die Vögel fliegen oder fallen verschiedenen Kindern ins Zimmer, und irgendwann beschließt eine Krankenschwester, dass sie alle Moritz besuchen. Oder sie holt ihn rüber.«

»Nein, das ist doof«, widersprach Mona. »Die Vögel fliegen ja nicht alle genau durchs Fenster, wenn sie gar nicht gut fliegen können. Mal einer vielleicht.«

»Und die anderen?«, fragte Julia. »Fallen auf die Straße?«

»Ja, oder einer landet genau bei Frau Friedrich auf dem Kopf«, sagte Mona glucksend. Frau Friedrich war ihre Kindergärtnerin.

»Und einer?«, fragte Julia.

»Einer fällt …« Mona überlegte. »Einer fällt in ein Auto und fährt ans Meer«, sagte sie, »nein, aufs Matterhorn. Oder in ein Flugzeug. Mit dem Auto aufs Matterhorn, das geht ja nicht, oder?«

»Aber Flugzeuge sind tabu«, erinnerte sie Julia.

»Dann fällt einer auf einen anderen Vogel, einen echten«, schlug Mona vor.

»Einen Vogelschwarm«, sagte Julia. »Ein Schwarm Gänse nimmt ihn mit.«

»Aber einen findet das Mädchen, und das geht ihn dann besuchen«, entschied Mona.

»Und das Mädchen heißt Mona«, riet Julia.

»Ja«, sagte Mona knapp. »Und dann heiraten sie.«

»Und Mona trägt eine Schleppe aus Vögeln«, sagte Julia.

Darüber kringelte sich Mona vor Lachen. »Und dann gehen sie aufs Dach und fliegen zusammen weg«, rief sie und hüpfte im Bett auf und ab.

»Das geht wieder nicht, wegen der Flugzeuge in New York«, sagte Julia.

»Macht auch nichts«, fand Mona. »Dafür haben wir jetzt ein Buch, und in den Herbstferien können wir aufs Matterhorn. Aber mit Moritz.«

»Wir müssen es noch zeichnen lassen«, sagte Julia.

»Ich kann das ganz schnell zeichnen«, sagte Mona.

»Ja, das weiß ich«, sagte Julia. »Aber Sebastian würde nicht daran glauben, dass er mit dir viel Geld verdient.«

»Mit wem verdient er denn viel Geld?«, fragte Mona.

»Mit Ror Normann«, antwortete Julia.

»Dann frag Rohrmann«, sagte Mona. »Aber nicht mehr jetzt, jetzt müssen wir schlafen.«

»Genau«, sagte Julia, küsste sie und deckte sie zu. Und Mona schlief wirklich fast sofort ein.

Julia räumte noch die Küche auf, dann setzte sie sich an den Schreibtisch, schrieb die Geschichte nieder und überarbeitete sie mehrmals. Als sie gegen drei Uhr morgens damit fertig war, schickte sie sie Ror Normann mit der Bitte, sie anzurufen. Ein Exemplar druckte sie zudem für Moritz aus. »Monas erstes Buch«, notierte sie an den Rand, dann huschte sie schnell hinunter und klemmte es ihm in den Türspalt.

Schelmerei

Schon als er am nächsten Morgen erwachte, hatte Erich Wyss ein besonderes Gefühl. »Du wirst sehen, heute passiert etwas«, sagte er zu Gerda, und noch ehe er sich daran erinnerte, dass er vorgeladen war, nahm er sich vor, sich herauszuputzen. Beim Frühstück versuchte er mit zwei Löffeln zu jonglieren, und als das Telefon klingelte, meldete er sich mit »Ortsmuseum Wallisellen, Hausdienst.«

Es war Hubert Brechbühl, der wissen wollte, wie er zurande kam. »Alles gut so weit«, sagte er, »gleich habe ich eine Vorladung bei der Polizei.«

Eine Minute später stand Edith-Samyra in der Tür. »Hubert ist noch im Bad«, sagte sie, »aber er stößt zu uns. Wir werden dich begleiten.«

»Meint ihr, ich bin bei der Polizei nicht sicher?«, juxte Erich und stellte sich beim Anziehen etwas ungeschickt an, weil er es genoss, dass eine Frau ihm in den Veston half. Auch als es die Stufen hinabging, hängte er sich tüchtig an sie, und als sie auf den Treppenabsatz kamen, auf dem Hubert wartete, sagte er: »Bietet dir eine Dame den Arm, Hubert, lehne nie ab.«

Auf dem Weg zur Kreiswache erzählten die beiden von ihrem Ausflug in die Türkei, Erich hörte allerdings nur halb zu, weil ihm eingefallen war, dass er keine Dokumente bei sich hatte. Er wartete aber, bis sie vor dem Kreisgebäude standen, ehe er Edith-Samyra fragte: »Hast du eigentlich den Brief eingesteckt?«

»Welchen Brief?«, fragte sie.

»Ich glaube, in der Vorladung stand, was ich alles mitnehmen muss, Gerdas Pass zum Beispiel«, sagte er.

»Wo finde ich den?«, fragte Hubert.

»Im Kommödchen unter den Socken«, sagte Erich, und als Hubert fast schon um die Ecke war, rief er: »Vielleicht auch im Medizinschränkchen, hinter den Pflastern. Oder eher noch unterm Einsatz der Besteckschublade. Meinen bring auch mit, der liegt gut sichtbar in der Früchteschale.« Und als Hubert außer Sicht war, fragte er Edith-Samyra: »Gehen wir zwei Hübschen Kaffee trinken?«

Gleich hinter dem Eingang des Kreisgebäudes lag die Altersheim-Cafeteria. Erich kannte sie von seinen Recherchen im Frühling und empfahl Edith-Samyra die Laugenkipfel.

Einer der Heiminsassen schien ihn sogar noch zu kennen, oder er verwechselte ihn, jedenfalls fragte er: »Bist du auch wieder hier? Und bleibst du?«

»Sehen wir so aus?«, fragte Erich. »Wir sind auf Tournee, meine Partnerin und ich.« Leider fragte der andere nicht nach, er hätte gern etwas angegeben.

Dann kam schon Hubert wieder, er musste gerannt sein. »In der Vorladung steht nichts von Papieren«, sagte er, »deinen Ausweis habe ich aber trotzdem mitgebracht.«

Und den brauchte Erich auch. Erst sollte er allein verhört werden. Er ließ sich aber wieder stützen, und zum Polizeiaspiranten sagte er: »Edith-Samyra ist Krankenschwester, und Hubert hat Arme wie ein Ochse. Es kann jederzeit sein, dass ich umkippe. Hat der Polizist, der mit mir spricht, auch eine Pflegerausbildung?« Danach durften sie mit rein.

Bei der Aufnahme der Personalien tat er brav, dafür sagte er beim Zivilstand aus Gewohnheit »verheiratet«, und Hubert musste ihn korrigieren.

»Wissen Sie, Herr Wyss, warum Sie hier sind?«, fragte der Polizist.

»Ebendeshalb, weil ich jetzt verwitwet bin, Herr Wäckerli«, sagte Erich. »Das Bestattungsinstitut hat bei den Formularen gepfuscht.« Wäckerli nannte er ihn, weil er seinen richtigen Namen nicht verstanden hatte.

»Nein, gegen Sie wurde Klage eingereicht«, erklärte der Polizist. »Sie sollen Gelder erschlichen haben, die Schadenssumme beträgt 10 000.«

»Mark oder Franken?«, fragte Erich, obwohl ihm eigentlich nicht mehr zum Spaßen war.

»Franken«, antwortete der Polizist. »Von Hans und Rita Schläpfer. Sagen Ihnen diese Namen etwas?«

»Ich weiß schon, worum es geht, die Ungarnsache«, sagte Erich. »Das werden welche sein, die Gerda nicht erreichen konnte. Aber das war nicht ich. Dumm ist nur, ich kann dazu nichts sagen, ohne Familienmitglieder zu belasten. Dazu können Sie mich nicht zwingen, oder?«

»Erich, du brauchst einen Rechtsbeistand«, stellte Hubert fest.

Und Edith-Samyra sagte zum Polizisten: »Erichs Frau ist gerade gestorben, er ist verwirrt. Kann man das Verhör nicht verschieben?«

»Wann ist Ihre Frau gestorben?«, fragte ihn der Polizist.

»Das ist Ansichtssache«, sagte Erich. »Die Zweitmeinung steht noch aus.«

»Wohnen Sie denn jetzt allein?«, wollte der Polizist wissen.

Erich zögerte, doch dann bejahte er.

Der Polizist fragte weiter: »Haben Sie schon über einen Umzug nachgedacht?«

»Nicht nur darüber nachgedacht«, sagte Erich, »wir sind zweimal umgezogen, erst von Oerlikon nach Albisrieden, dann in die Röntgenstrasse.«

»Ich meine, in ein Heim«, sagte der Polizist.

»Warum wollen Sie, dass ich umziehe? Wollen Sie etwa auch an meine Möbel?«, fragte Erich.

»Nein, aber in einem Heim wären Sie besser aufgehoben.«

»Solange die Dame hier mich stützt, braucht man mich nicht aufzuheben«, antwortete Erich.

»Herr Wyss, jetzt ist nicht der Moment zu spaßen«, sagte der Polizist.

»Ich spaße nicht, ich rede nur Unsinn«, entgegnete Erich gereizt. »Hier stinkt es gottserbärmlich nach Fußschweiß, wie soll man sich da konzentrieren?«

»Das bin ich«, gab Hubert zu, »ich bin gerannt.«

»Der Sepp hatte das auch, als er in der Pubertät war«, erinnerte sich Erich. »Gerda hat ein Rezept dagegen.«

Dann schaltete sich Edith-Samyra wieder ein. »Brauchen Sie von Erich jetzt gleich noch etwas?«, fragte sie den Polizisten. »Sonst schlage ich vor, er geht mit Hubert an die frische Luft, und wir zwei klären ein paar Punkte.«

»Auskünfte zum Fall darf ich Ihnen nicht geben«, stellte der Polizist klar.

»Das brauchen Sie auch nicht«, sagte sie, »ich habe Fragen zum Prozedere.«

»Kann nicht der Hubert dableiben, und du kommst mit mir raus?«, fragte Erich. Aber als Hubert ihm hochhalf, ging er doch mit. »Bring mich nach Hause«, sagte er zu ihm. »Wir müssen beide die Schuhe wechseln.«

Und nachdem Hubert ihn zu Hause abgeliefert hatte, rief er den Sepp an. »Sag dem Augustin, ich hatte eine Vorladung«, trug er ihm auf.

Der Sepp sagte sofort: »Warte, ich hole ihn.«

»Ich hatte eine Vorladung«, sagte er auch zum Augustin, »die Polizei weiß alles.«

»Was heißt ›alles‹?«, fragte Augustin, »wovon redest du?«

»Das weißt du wohl besser als ich«, sagte Erich. »Jedenfalls haben Schläpfers mich verklagt.«

Augustin schwieg kurz, dann sagte er: »Es darf keinesfalls zum Prozess kommen, sonst hänge ich mit drin, und meine Bewährung geht flöten. Um wie viel geht es?«

»10…, nein, 20000 plus Verfahrenskosten«, antwortete Erich.

»Hast du die nicht noch?«, fragte Augustin.

»Ich habe keinen Rappen«, sagte Erich.

»Was, wenn du deine Sachen verkaufst?«, wollte Augustin wissen.

»Warum sollte ich das tun?«, fragte Erich zurück.

»Mir zuliebe«, sagte Augustin.

»Aber ich habe das Geld nicht genommen«, stellte Erich fest.

»Glaubst du, ich?«, empörte sich Augustin.

»Dir fällt schon etwas ein«, sagte Erich. »Jedenfalls werde ich vor Gericht für dich nicht lügen.«

»Es darf nicht zum Prozess kommen, hörst du, Opa?«, wiederholte Augustin, »sieh zu, dass du es gütlich regeln kannst. Ich schicke dir die 20 000.«

»Plus Verfahrenskosten«, sagte Erich, »und zwar bis Mittwoch.«

»Freitag«, sagte Augustin.

»Jedenfalls noch diese Woche, sonst garantiere ich für nichts«, stellte Erich klar und legte auf.

Dann ging er in die Küche, um sich einen Kaffee Hag zu kochen. »Na, da staunst du«, sagte er zu Gerda. »Senil bin ich jedenfalls noch nicht.«

Wenig später kamen Hubert und Edith-Samyra mit Tirolercake.

Edith-Samyra fasste gleich wieder seine Hand und fragte: »Erich, du Armer, wie geht es dir?«

»Nicht so schlecht«, gab er zur Antwort. »Was hattest du denn mit dem Wäckerli zu reden?«

»Wir wollen versuchen, es gütlich zu regeln«, sagte sie. »Als Erstes bekommst du einen Beistand, dann setzen wir uns alle zusammen, mit den Schläpfers, und finden eine Lösung.«

»Wozu brauche ich den Beistand?«, fragte er. »Ich bin doch nicht senil.«

»Er übernimmt den Papierkram«, sagte sie, und Hubert fügte hinzu: »Ein Beistand ist kein Vormund, Erich.«

»Das musste ich Hubert vorhin erklären«, sagte Edith-Samyra und zwinkerte Erich zu.

»Ihr habt euch also schon besprochen«, sagte er. »Dabei geht euch das Ganze gar nichts an.«

»*Du* gehst uns aber an«, sagte Hubert. »Und wenn dir das Geld fehlt, können wir aushelfen. 10 000 schaffen wir.«

»Damit es zu keinem Prozess kommt«, ergänzte Edith-Samyra. »Das musst du dir nicht auch noch antun.«

»Ich weiß nicht, ob ich das annehmen kann«, sagte Erich. »10 000 sind eine Menge Geld.«

»Wir erwarten gar keine Dankbarkeit«, sagte Hubert. »Betrachte die Summe als geborgt, und danach sprechen wir nicht mehr davon.«

»Dann bestehe ich aber darauf, den Tirolercake zu bezahlen«, sagte Erich und zählte 2,70 Franken ab. »Wisst ihr, ich hatte schon heute früh das Gefühl, dass es ein besonderer Tag wird.«

»Jedenfalls geht das Leben weiter, Erich«, sagte Edith-Samyra und hielt nochmals seine Hand.

»Ich weiß«, sagte Erich. Und schließlich sangen sie zusammen sogar ein paar Takte *Der Sommer kommt wieder.*

Feinsinn

Ganz oben am Zürichberg, in der hintersten Schlaufe des Klosterwegs, wohnte Frau Wichmann, eine Frau von vielleicht fünfzig oder sechzig Jahren, deren Zartheit oder eher noch Manierlichkeit Adamo zu Beginn verwirrte. Mehr und mehr aber fühlte er sich davon auch betört, und wenn er – dafür war er angestellt – den Rasen mähte, Beete umstach oder Büsche schnitt, gab er mehr als anderswo acht, nichts unplanmäßig zu zerstören oder zu verletzen.

Er stellte auch fest, dass sie seine Arbeit überwachte – vielleicht heimlich, doch da war er sich nicht sicher. Ebenso gut war es möglich, dass sie gar nicht anders konnte, als sich so behutsam und fast schwebend zu bewegen. Und dass sie sich selten offen zeigte, sondern hinter einem Maulbeerbusch verborgen oder vom Balkon aus zusah, lässig auf die Lehne der Chaiselongue gestützt, konnte genauso gut damit zusammenhängen, dass sie wenig Licht ertrug, Sonnenlicht schon gar nicht. Deshalb wagte sie sich selbst bei Regenwetter nur frühmorgens oder abends in den Garten. Dann wiederum wollte sie nicht lärmen, der Nachbarn wegen, und deshalb überließ sie Adamo die meiste Arbeit.

Frau Wichmann schien auch einen Mann zu haben, manche Utensilien wiesen darauf hin, doch er sah ihn nie. Und Kinder schienen ab und zu ins Haus zu kommen. Doch

Frau Wichmanns eigentlicher Freund oder Gefährte war ein Hund, ein Golden Retriever, der auf den Namen Mister hörte und ihr wie ein Schatten folgte, jedenfalls, solange sie es zuließ. Ein gehauchtes »Bleib« genügte, und er stand stockstill. Ihre anderen Kommandos waren »Sitz«, »Komm«, »Bring« und »Wärme mich!« Dann legte er sich ihr zu Füßen, oder wenn sie auf dem Sofa lag, drängte er sich von ihren Füßen her in kleinen Schüben zwischen sie und die Sofalehne, bis er ihr die Schnauze auf den Busen legen konnte. Das erlebte Adamo jedoch nur einmal, als Frau Wichmann sich erkältet hatte. Da schickte sie ihn auch nicht in den Garten, sondern bat ihn, Tee zu kochen, ihr ein Bad einzulassen und mit Mister auszugehen. (Sie sagte wirklich »aus«, nicht »Gassi«.)

Als er wiederkehrte und den Hund, wie sie gebeten hatte, in der Hundehütte angebunden hatte, war sie noch nicht wieder im Salon.

Zweimal rief er leise ihren Namen, ehe er sie sagen hörte: »Adamo, komm hoch, ich bin im Bad. Wir brauchen voreinander keine Scheu zu haben, oder?«

Als er das Badezimmer betrat, sah er, dass sie in der Wanne lag. Sie kehrte ihm den Rücken zu – das heißt, er sah nur ihren freien Nacken und das hochgesteckte Haar.

»Was kann ich weiter für Sie tun?«, fragte er und war nicht abgeneigt, seinen Katalog an Dienstbarkeiten zu erweitern.

Doch sie sagte nur: »Ich vermisse unsere Schwalben. Glaubst du, sie sind fortgezogen? Dabei ist erst September. Aber bei der Kälte ist es fast zu befürchten.«

»Ja«, war alles, was er dazu sagen konnte. »Müsste ich

nicht Geld verdienen, würde ich auch irgendwo ins Warme fahren.«

»Hier im Wasser ist es herrlich«, sagte sie, bat ihn aber nicht, dazuzusteigen, und nachdem sie kurz geschwiegen hatte, wechselte sie auch das Thema. »Adamo, ich hätte gern ein weißes Krokusmeer«, erklärte sie, »am liebsten von der Hundehütte bis zum Ginster oder sogar weiter, bis zu den zwei Koniferen. Kannst du mir die setzen?«

»Ja, natürlich«, sagte er. »Das wird allerdings nicht billig, ein paar Kilo Zwiebeln brauchen wir da schon.«

»Geld spielt keine Rolle«, sagte sie. »Ein gut gemaltes Bild ist teurer. Und ich habe nicht so viele Freuden.«

»Und dann sollten wir entscheiden«, fuhr er fort, »ob ich sie gleich in den Rasen pflanze oder alles abtrage und neuen Humus kommen lasse. So kann der Krokus leichter Wurzeln schlagen, und natürlich säe ich auch wieder Rasen. Bis zum Winter ist der Garten dann jedoch verwüstet, und ich weiß nicht, ob nicht Mister darin tobt.«

»Nein, probieren wir es direkt in den Rasen«, bat sie, »notfalls graben wir im nächsten Jahr dann alles um. Bis dahin werde ich Sie nicht verlieren, oder?« Es geschah ihr immer wieder, dass sie ihn siezte, obwohl er sich ihr gleich als Adamo vorgestellt hatte.

»Ich wüsste nicht, warum«, gab er zur Antwort.

»An wen«, sagte sie, »wäre die wichtigere Frage.« Es schien sich um einen ihrer Scherze zu handeln, die er nie begriff.

Als er nicht reagierte, wandte sie sogar den Kopf – jedenfalls so weit das möglich war, ohne dass er ihre Brüste sah – warf ihm einen verschlagenen Blick zu und erkundigte sich völlig unvermittelt: »Adamo, sag, hast du schon getötet?«

Verwundert fragte er zurück: »Getötet? Menschen? Nein, nicht dass ich wüsste.«

Seufzend wandte sie sich wieder ab, legte sich zurück und ließ das Wasser schwappen, dann sagte sie: »Ich wüsste gern, was das für Menschen sind, die töten. Ich kann mir darunter so gar nichts vorstellen. Ich dachte kurz daran, du könntest mich hier überwältigen. Das wäre dir ein Leichtes, oder?«

»Was, um Sie zu töten?«, fragte er. »Das würde Mister nie verzeihen.« Dies war nun seine Art zu scherzen, und wie üblich überging sie ihn.

Dafür ließ sie nochmals heißes Wasser nach, das tat sie mit dem Fuß – einem schmalen, noch sehr mädchenhaften Fuß –, dann sagte sie: »Die Menschheit hat sich sonderbar entwickelt, findest du nicht auch? Doch ich merke auch, je länger ich hier oben lebe, desto mehr vergesse ich, was überhaupt die Regel ist. Was jetzt eigentlich verboten ist und was erlaubt. Oder vielleicht will ich es auch nur vergessen. Sag mir, gibt es etwas, was du tust, obwohl die Menschheit es verurteilt?«

Adamo fiel sofort sein und Efgenias Versuch ein, in der Pornobranche Fuß zu fassen, außerdem, wie er für sie Morphin gestohlen hatte, doch er sagte nur: »Nicht wirklich. Würde Sie das reizen? Grenzen überschreiten, meine ich?«

»Wie gesagt, ich kenne sie schon gar nicht mehr«, gab sie zur Antwort. »Nein, die Grenzen sind mir egal. Was mich beschäftigt, ist die Sterblichkeit. Dass alles derart flüchtig ist. An einem verhangenen, kalten Tag wie heute, wenn man oben auf dem Berg sitzt, ist der Tod sehr nahe. Oder sagen wir es so: Die Zeit von jetzt bis zu meinem Tod erscheint mir völlig leer. Vielleicht ist das aber auch nur richtig so.« Und ganz unvermittelt fragte sie: »Habe ich dich eigentlich gebeten, Misters Wassernapf zu füllen?«

Nein, das hatte sie vergessen, daher ging er nochmals hinters Haus und tat es. Als er wiederkehrte, war sie angezogen und lag wieder auf dem Sofa. »So, nun möchte ich dich nur noch bitten, mir die Crêpes Dentelles zu bringen, sie liegen in der Küche.«

»Welches sind die Crêpes Dentelles?«, rief er, als er dort war, denn er fand auf der Anrichte einen ganzen mit Essen gefüllten Korb.

»Ein Gebäck«, sagte sie. »Und wenn du es dir zutraust, koche mir dazu Jasmintee. Aber nicht mit kochend heißem Wasser. Koch es auf und lass es abkühlen, und zwar auf 65 Grad.«

Das versuchte er, und ihm schien, es sei nicht schlecht gelungen. Dennoch roch Frau Wichmann nur kurz an der Tasse, stellte sie mit stillem, etwas müdem Lächeln auf den Unterteller und bemerkte: »Damit wärst du jetzt entlassen.« Es sah sie verdutzt an, dann lachten sie für einmal beide. »Komm wieder, sobald du die Krokuszwiebeln hast«, fügte sie hinzu. »Bis dahin bin ich hoffentlich auch nicht mehr so verschnupft.«

»Das hätte mir nichts ausgemacht«, sagte er, allerdings so scheu, dass sie ihn vermutlich nicht verstanden hatte.

»Schickst du mir noch Mister hoch?«, bat sie, und das tat er.

Am Abend, als er mit Efgenia schlief, sah er Frau Wichmann in der Wanne vor sich, bis Efgenia rief: »Was zärtelst du denn so? Das ist ja unausstehlich!« Und in jener Nacht träumte er auch von ihr.

Der weiße Krokus hieß »Miss Vain«, doch ein Päckchen lilafarbenen »Elfen-Krokus« bestellte er dazu, nur des Namens wegen.

Zuversicht

Eigentlich hatte Pit sie zur Geburtstagsfeier ihres Vaters begleiten wollen, doch kurz bevor sie aus dem Haus gingen, stritten sie, und so ging Petzi allein. Sie hatte Pit im Verdacht, überhaupt nur deshalb den Streit angezettelt zu haben, denn es ging um eine Bagatelle, etwas mit der Wäsche. Und obwohl sie selbst nicht unglücklich darüber war, dass er zu Hause blieb (bei ihren Eltern wurde er immer schnell verstockt und brauchte ihre Aufmerksamkeit), machte es sie traurig, dass er nicht einfach sagen konnte, dass er nicht mitkommen mochte.

Die kleine Feier geriet nicht rauschend, aber doch überraschend nett. Vor allem hatte Petzi sich völlig umsonst gesorgt, dass die neuen Pläne ihrer Mutter den Tag überschatten könnten. Von einem Umzug war nicht mehr die Rede, im Gegenteil sprachen ihre Eltern davon, vielleicht Petzis eine Oma, die Mutter ihres Vaters, aufzunehmen, die in vielerlei Hinsicht schwere Zeiten durchmachte. Gern hätte Petzi mit ihrer Mutter unter vier Augen geredet und sie direkt darauf angesprochen, was sie denn nun plante und wie es mit ihr und Papa weitergehen sollte, aber das ergab sich nicht.

Dafür äußerte sich Papa sehr versöhnlich. Petzi hatte für ihn in einem Brockenhaus eine schöne, mit nachtblauem

Samt ausgeschlagene Pralinenschachtel gefunden und sie mit Täfelchen aus dunkler Schokolade gefüllt, die sie selbst gegossen und mit Pfefferminzöl verfeinert hatte, und zwar für jedes seiner bisherigen Lebensjahre eines. »Ich will«, sagte sie dazu, »dass du bei jedem Schokolädchen an etwas Schönes denkst, das dir in deinem Leben zugestoßen ist, am liebsten natürlich aus jedem Jahr etwas. Das wird den Glauben stärken, dass es auch so weitergeht.«

Papa nannte das Frauenlogik und meinte, er sei auch ohne Schokolädchen guten Glaubens, aber freuen tat er sich doch. Nur sagte er: »Das sind viel mehr als 52 Plätzchen«, und als er zählte, kam er auf 72. »Ist das nun meine Lebenserwartung«, fragte er amüsiert, »oder mein derzeitiges biologisches Alter?« Tatsächlich hatte Petzi aus Versehen auch die Täfelchen mit dazugelegt, die sie für sich selbst gegossen hatte – und mit Lavendel parfümiert. Lavendel konnte Papa nicht leiden, dafür Mama, und so bat er Petzi: »Lass sie drin. Für die letzten 20 Jahre, seit sie mit dir schwanger ging, essen wir je eines und erinnern uns gemeinsam. Du bist schließlich das Schönste in unserem Leben und das, was uns am meisten verbindet.«

Als er das sagte, kamen Petzi die Tränen, und alle drei umarmten sich. Und weil Mama und Papa sich danach beim Essen immer wieder ansahen, als stellten sie gerade fest, wie sehr sie doch aneinander hingen, hatte Petzi auch kein schlechtes Gewissen, sich früh zu verabschieden und zu Pit zurückzufahren. Denn sie wollte sich mit ihm noch unbedingt versöhnen, ehe sie zu müde für ein klärendes Gespräch war.

Nur war Pit dann gar nicht zu Hause, sondern bei Moritz, und es war Zufall, dass sie durch die Küchenwand hindurch seine Stimme hörte, als sie Wasser kochte, um damit die Wärmflasche zu füllen. Sie ging hinüber, und als sie in Moritz' Küche kam, musste sie lachen, denn es war wieder einmal von Wurst die Rede.

»Stell dir vor«, sagte Moritz gerade zu Pit, »du wirfst einen schön fetten, gut gesalzenen Schüblig in kochendes Wasser, und er platzt. Bei wem liegt das Problem, beim Schüblig oder beim Wasser?«

»Weder noch«, sagte Pit. »Bei mir, weil ich den Schüblig reingeschmissen habe.«

Und Petzi sagte zu Moritz: »Bei deinem Hang zu Würsten hättest du Metzger werden sollen.«

»Wir sprechen über New York«, erklärte er, »über die Ungleicheit in der Welt und darüber, was wir noch erwarten können oder müssen.« Doch bevor sie weiter debattierten, holte er für Petzi ein Glas und goss ihr Wein ein. »Ja natürlich hast du recht«, sagte er zu Pit, »es ist ein doofes Beispiel. Was ich sagen wollte, ist: Die Lage an sich ist instabil. Der Schüblig hat zu viel – in diesem Fall Salz –, das Wasser zu wenig. Also drängt das Wasser in den Schüblig, um Salz auszuschwemmen. Und weil das Gefälle zu groß ist, drängt das Wasser so schnell hinein, dass die Haut des Schübligs keine Zeit hat, sich zu dehnen, sondern platzt. Das Platzen ist in New York passiert. Insofern war meine Frage doch nicht falsch. Die Wurst hat jedenfalls veränderbare Parameter, sie könnte weniger salzig sein oder ihre Haut nach außen hin durchlässiger. Wasser dagegen ist immer Wasser.«

Petzi fragte: »Ist das nicht ein gar saloppes Bild für 9/11?«

»Doch«, gab er zu, »wir haben aber auch fast die ganze Flasche Burgwegler leer getrunken.«

»Du reduzierst damit alles auf ein ökonomisches Problem«, sagte Pit. »Die Attentate sind aber ideologisch begründet.«

»Nicht ideologisch begründet, ideologisch gerechtfertigt«, präzisierte Moritz. »Lass mich dazu ein anderes Beispiel bringen. Es gibt ein ›Gesetz der großen Zahlen‹ und eines der kleinen Zahlen. Das ›Gesetz der kleinen Zahlen‹ besagt: Wenn ich einen Abend lang Roulette spiele, kommen gewisse Zahlen gehäuft, andere wenig oder gar nicht. Das verleitet die Leute zu allen möglichen Gewinnstrategien und Vorhersagen. Nur funktioniert keine davon, weil sich die Häufungen andauernd verschieben, und zwar in beliebiger Richtung. Nur der Endpunkt ist klar, den legt das ›Gesetz der großen Zahlen‹ fest: Es besagt, dass sich langfristig, bei vielleicht 1000 oder 10 000 Würfen, alle kurzfristigen Häufungen ausgeglichen haben werden und jede der 37 Zahlen mit exakt derselben Häufigkeit auftritt.«

»Worauf willst du hinaus?«, fragte Pit.

»Keine Ahnung«, sagte Moritz, »oder doch. Was ich sagen will: Vordergründig spielen die Leute mit System und gewinnen vielleicht auch mal. Doch langfristig macht die Bank 1/37 Gewinn, weil es 37 Zahlen sind, wenn du gewinnst, bekommst du aber nur den 36-fachen Einsatz. Vordergründig spielen auch die Terroristen mit System oder eben nach einer Ideologie. Doch langfristig werden wir erkennen, dass es immer nur darum ging, dass alle Erdregionen sich ökonomisch einander annähern – so weit, bis niemand mehr dazu bereit ist, sich für eine weitere

Verschiebung der Besitzverhältnisse töten zu lassen oder andere zu töten. Solange das Gefälle zwischen Arm und Reich groß genug ist, sind Ideologien die Währung, mit der man Attentäter rekrutiert. Haben sie schon nichts, so sollen sie sich wenigstens einreden können, sie seien auf anderer Ebene bedeutend. Doch egal, welche Ideologie bemüht wird, letztendlich ist der Prozess immer derselbe. Es ist ein Naturgesetz, dass sich Konzentrationen ausgleichen, und wir Reichen können das vielleicht verzögern, aber nicht verhindern.«

»Ist es nicht auch ein Naturgesetz«, fragte Petzi, »dass die Unordnung immer mehr zunimmt?«

»Ja, das nennt sich Entropie«, sagte Moritz. »Aber was die Physik unter Unordnung versteht, begreifen wir als Ordnung. Das Ungleichgewicht, wie es heute herrscht, ist eine Form von Ordnung. Völlige Gleichheit – und damit Freiheit – aller ist physikalisch gesehen Unordnung, weil keine Elemente mehr aneinander gebunden sind.«

»Aber könnte die Unordnung nicht darin bestehen, dass alle einander töten?«, fragte Pit. »Könnte das Gesetz der großen Zahlen nicht ergeben, dass das Gefälle sich immer mehr verstärkt?«

»Doch, natürlich«, sagte Moritz.

»Aber?«, fragte Pit.

»Was aber?«, fragte Moritz zurück.

»Aber was spricht dagegen?«, wollte Pit wissen. »Was macht dich so sicher, dass es sich zum Besseren entwickelt?«

»Nichts«, sagte Moritz. »Ich weigere mich nur, das andere zu glauben.«

Pit sah ihn erst ungläubig an, dann lachte er und fragte

nochmals: »Das heißt, du hast keinerlei Gewissheit über deine Theorie? Und da machst du so viele Worte?«

»Wäre es eine klare Sache, wäre sie auch schnell erklärt«, sagte Moritz. »Aber was bringt es mir, das Schlechte zu erwarten? Pessimismus macht müde, mich jedenfalls, und wenn ich müde bin, mag ich mich nicht mehr engagieren. Engagiere ich mich nicht, steigen die Chancen, dass es schlecht ausgeht. Also ist die Entscheidung, an das Gute zu glauben, schon ein erster Schritt zu einer besseren Welt.«

Das machte Pit fürs Erste sprachlos, doch er fand kein Argument, um ihn zu widerlegen.

Petzi sagte unverblümt zu Moritz: »Ich glaube, das ist es, was dich so attraktiv macht.«

Und nachdem er eine Weile überlegt hatte, sagte sogar Pit: »Ja, das hat Charme. Das ist besser als dieses permanente Zweifeln oder Kritisieren. Wie lernt man das?«

Darüber lachte Moritz schallend. »Wechsle den Beruf, würde ich sagen. Werde Gärtner oder Ornithologe.«

»Geht auch Musiker?«, fragte Petzi.

»Solange du dich nicht zu wichtig nimmst«, sagte Moritz, »und solange du mit wenig Geld auskommst.«

»Arzt?«, fragte Pit.

»Arzt?«, wunderte sich Petzi.

»Ich frage ja nur«, sagte Pit.

»Keine Ahnung«, erwiderte Moritz, »mit Ärzten kenne ich mich nicht aus.«

Genialität

Die Aufregung war groß, auch wenn Ror Normann angekündigt hatte, nur auf einen Sprung vorbeizuschauen, und nicht mit guter Nachricht. Immerhin hatte Julia ihn überreden können, zum Abendbrot zu bleiben, denn Mona war nach dem Kindergarten noch mit ihrer Oma unterwegs und wollte »Rohrmann« unbedingt auch sehen.

Julia hatte vorgekocht und eine Lasagne im Ofen. Als er kam, setzten sie sich ins Wohnzimmer, und Ror sagte: »Was du aus dem Flugzeugbüchlein gemacht hast, ist großartig, Julia, dein Text ist toll. Und natürlich ist es bedauerlich, dass es nicht so bald erscheinen wird. Aber im Grunde spielt es für mich keine Rolle, jedenfalls keine so große, dass ich auf Biegen und Brechen ein weiteres Projekt würde einschieben wollen.«

»Für uns schon«, sagte Julia offen. »Ich werde erst bei Erscheinen bezahlt. Das heißt, wir müssen unsere Ferien streichen, und nicht nur das.«

»Oh, das tut mir leid zu hören«, sagte Ror. »Aber ich arbeite auch als wissenschaftlicher Zeichner für das Zoologische Museum, und wir haben bald Eröffnung mit einer Sonderausstellung. Mir steht die Arbeit jetzt schon bis zum Hals.«

Dann platzte Mona herein. Ihre Oma hatte sie nur unten abgesetzt, in Mäntelchen und Gummistiefeln kletterte sie aufs Sofa und rief: »Rohrmann ist da, jetzt machen wir das Buch!«

Julia zog sie erst mal aus. »Ror hat leider keine Zeit«, erklärte sie. »Er hat zu viel anderes zu tun.«

»Quatsch«, sagte Mona zu Ror, »wir haben die Geschichte ganz schnell vor dem Einschlafen erfunden. Bestimmt kannst du sie auch schnell vor dem Einschlafen malen.«

Doch Ror Normann war für seinen akribischen Stil bekannt, und daher sagte er: »Ich bin furchtbar langsam, Mona, ich brauche mindestens einen Tag pro Bild, und so viel Zeit habe ich nicht.«

»Rohrmann gefällt unsere Geschichte nicht«, sagte Mona und zog einen Flunsch.

»Doch, sogar sehr«, sagte Ror. »Außer dass ich mir unter den gebastelten Vögeln nicht viel vorstellen kann.«

»Die kann ich dir zeigen«, sagte Mona, sprang vom Sofa und zog ihn in ihr Zimmer, wo Moritz' Vögel an der Lampe hingen. »Das sind sie«, sagte sie.

Ror staunte. »Die sind toll, wer hat die gemacht?«, fragte er.

»Na, eben Moritz«, rief Mona. »Hast du die Geschichte gelesen oder nicht?«

Behutsam hatte Ror inzwischen einen abgenommen und bewegte seine Flügel. »Können sie fliegen?«, fragte er.

»Mama, Rohrmann hat die Geschichte gar nicht gelesen«, rief Mona. Julia stand in der Tür und sah zu.

»Doch, habe ich«, sagte Ror, »ich wage nur nicht, einen zu werfen.«

»Dann tue ich es«, sagte Mona, nahm ihm den Vogel weg und warf ihn. Er stürzte regelrecht ab.

Ror lachte. »Großartig«, sagte er. »Könnte er auch noch fliegen, wäre das schon unheimlich.«

»Ich muss in die Küche«, sagte Julia und ging voraus, die anderen folgten.

»Kann ich diesen Vogelbauer kennenlernen?«, fragte Ror.

»Ich rufe ihn mal an«, sagte Julia. »Jemand will dich kennenlernen«, sagte sie, als Moritz abnahm. »Und falls du Wein zu Hause hast, bring ihn doch bitte mit.«

Moritz kam gleich hoch. »Ich habe nur noch einen Schluck Burgwegler«, erklärte er, »aber den könnt ihr euch teilen. Mir reicht mein Kater von gestern.«

Julia stellte Ror und Moritz einander vor, legte noch ein Gedeck dazu und bat alle zu Tisch. »Ror hätte Monas Geschichte illustrieren sollen«, erzählte sie Moritz, »er ist unser Lieblingszeichner. Aber wie alle guten Leute hat er keine Zeit.«

»Schade, denn es ist eine schöne Geschichte«, sagte Moritz. »Natürlich hätte ich lieber gesehen, sie flögen zum Schluss auf einem meiner Vögel nach Sizilien oder Afrika. Doch ich habe sicher hundert Stück gebaut, und nicht einer flog.«

»Dann bist du wirklich so ein Spinner wie der Junge im Buch?«, fragte Ror und fand das großartig. »Kann ich die alle mal sehen?«

»Nicht, bevor ihr aufgegessen habt«, sagte Julia.

»Und der Wein getrunken ist«, ergänzte Ror. »Der ist gar nicht übel.«

Nach dem Essen gingen alle vier hinab in Moritz' Wohnung, und er zeigte Ror nicht nur die zwanzig Vögel, die er aufbewahrt hatte, sondern fast alle seine Experimente.

Ror war begeistert wie ein Kind. »Ich sehe den Jungen im Buch jetzt ganz klar«, sagte er, und schließlich nahm er sich Papier und Bleistift und warf mit ein paar Strichen einen kleinen Jungen auf das Blatt, der so ganz wie Moritz war, dass Mona vor Vergnügen quietschte.

»Und wie sieht sein Laden aus?«, fragte sie.

Wieder brauchte Ror nur ein paar Striche, und der Laden stand. Dann zeichnete er nochmals einen kleinen Moritz zwischen die Regale, und zuoberst ins Regal eine Maus, die auf ihn hinuntersah.

»Die kommt in der Geschichte aber nicht vor«, stellte Mona klar.

»Die brauche ich für die Perspektive«, erklärte Ror. »So wirken die Regale höher und der Moritz noch verlorener.«

»Armer Moritz«, sagte Mona. »Jetzt Frau Friedrich.«

»Ist das die, der der Vogel auf den Kopf fällt?«, fragte Ror und zeichnete sie auf einer Lambretta.

»Meine Frau Friedrich geht zu Fuß«, sagte Mona, »aber egal. Nur wo ist der Vogel?«

»Den stellst du dir vor«, sagte Ror. »Manches muss man gar nicht zeichnen.«

»Stimmt, ich sehe ihn«, rief Mona.

Währenddessen hatte Ror begonnen, die Hände des kleinen Moritz zu zeichnen, wie sie einen Vogel falteten. Für die Hände genügten wieder einige Striche, den Vogel selbst malte er mit fast wissenschaftlicher Genauigkeit. Trotzdem war er ziemlich schnell. »Das könnte ein Prinzip sein«, sagte er, während er die Zeichnung ausschraffierte: »Die Vögel zeichne ich aus, alles Übrige wird nur angerissen. Wie der kleine Moritz fast alle Aufmerksamkeit seinen Vögeln schenkt und kaum die Welt um sich herum wahrnimmt.«

»Aber wie passt dazu das Mäuschen?«, fragte Julia. »Das würde er wohl auch nicht wahrnehmen.«

Ror dachte nach, dann sagte er: »Ich weiß nicht, aber es passt.«

»Das Mäuschen sind wir«, schlug Moritz vor. »Die Geschichte braucht einen Betrachter.«

»Genau«, sagte Ror, »danke.« Und nachdem er gezeichnet hatte, wie ein Vogel ins Gebüsch fiel – er zeichnete ihn ganz nah, wie er in den Ästen eines Rosenbäumchens hing –, stellte er fest: »Wir sind ein richtig gutes Team.«

Dann schlug es acht, und Julia fragte Mona: »Schläfst du noch nicht ein?«

»Quatsch«, sagte Mona, obwohl sie andauernd gähnte. Moritz nahm sie hoch, sie legte den Kopf auf seine Schulter und dämmerte halb weg.

Trotzdem war sie um zehn Uhr noch dabei, als Ror sagte: »Julia, lies mal die Geschichte vor, und wir blättern durch.« Das tat sie, danach zeichnete er noch den Vogelschwarm von Weitem in ein frühes Bild und sagte: »Fertig.«

»Jetzt noch bunt«, verlangte Mona.

»Bunt? Nein«, antwortete Ror.

»Ein bisschen bunt«, bettelte Mona.

»Nein«, sagte Ror.

»Bitte, bitte, Rohrmann«, rief sie.

»Ich denke darüber nach«, versprach er, »aber nicht mehr heute.«

»Nicht vergessen«, sagte Mona, während Ror die Blätter rollte.

»Ich zeige das Sebastian«, sagte er, »doch ich bin fast sicher, dass ihm das zu wild ist. Jedenfalls hat es nichts mit meinen bisherigen Büchern zu tun.«

»Wie auch immer, es war toll, dir bei der Arbeit zuzusehen«, sagte Julia, und das fand auch Moritz.

»Mona ist eine prima Antreiberin«, sagte Ror, »und ich habe viel Neues entdeckt. Nicht zuletzt den Wein, wie hieß er noch mal?«

»Burgwegler«, sagte Moritz.

Ror kam noch mit Julia und Mona hoch, um seinen Mantel zu holen, und bevor er ging, malte er Mona mit Filzstift eine Eule auf die Hand. »Du listiges Kind«, sagte er dazu und rannte, um den letzten Zug noch zu erwischen.

Vielseitigkeit

Nachdem Selina die Kränkung überwunden hatte, dass Heinz Mallaya sie so brüsk vor vollendete Tatsachen gestellt hatte, war sie sogar froh, dass sein Film nicht gedreht wurde. Denn die Wochen füllten sich rasant. *Mutter Courage* lief so gut, dass Zusatzvorstellungen angesetzt wurden. Ihr Bergstück war zu einer kleinen Dreiländertournee eingeladen worden mit je zwei Vorstellungen im Vorarlberg, in Südtirol und in der Surselva. Das war finanziell nicht lohnend, doch sie nahmen die Tournee als eine Art Maturareise, denn es waren die unwiderruflich letzten Aufführungen des Stücks. Sogar Armín, der Maskenbauer, hatte versprochen, im Lauf der zwei Wochen zu ihnen zu stoßen. Und schließlich musste Selina sich dringend wieder mehr in der Blindenhörbücherei zeigen, immerhin war sie dort Stammleserin, und füllte sie den Posten nicht aus, schnappte ihn sich früher oder später jemand anderes.

Sie genoss es auch zurückzukehren. Nicht nur, weil sie die beiden Aufnahmeleiter Mike und Cedric nach anfänglichem Gezank tief ins Herz geschlossen hatte und mit ihnen in der Kaffeepause jeweils tratschte wie mit Busenfreundinnen. Sie las auch Texte, denen sie sonst nie begegnet wäre, das verschob ihr ganzes Denken, und kehrte sie abends heim, fühlte sich ihr Kopf oft so frisch und klar an wie nach langen Ferien. Diesmal las sie (und zwar integral, vom Impressum bis zu den Kleinanzeigen) die Zeitschriften *Blindenführhund*, *Betty Bossi* und *konkret* (ein linkspolitisches Organ aus Deutschland, das sie über alles liebte, weil es so unbestechlich jenseits aller Moden war), zudem einen wunderbar bebilderten Folianten über Sehnsuchtsorte der Schweizer, von Palma de Mallorca bis zum Münstertal (hier gehörte es zu ihrer Pflicht, alle Bilder zu beschreiben) und zuletzt eine Biografie über Franz Werfel, die sie vor allem deshalb berührte, weil Werfel zu seiner Zeit zu den meistverkauften Autoren weltweit gehört hatte und man ihn sechzig Jahre später höchstens noch als zweiten Ehemann von Alma Mahler kannte (die in ihren Briefen sehr gewitzt über Werfels Kaffeekonsum und sein exzessives Onanieren herzog).

Neben all diesen Verpflichtungen kam anderes zu kurz, ganz besonders das Auftreiben von Geld und vielleicht einem Koproduzenten für Franks Drehbuch. Das Einzige, wozu Selina sich bequemen mochte, war, Frank anzurufen und ihn nach Kontakten auszuquetschen. Das ergab eine mittellange Liste, die dann aber auch erst einmal liegen blieb.

Mittlerweile hatten nämlich die Wiederaufnahmeproben für das Bergstück begonnen, und erschrocken stellte Selina fest, dass ihre Rolle sich inzwischen komplett anders anfühlte.

Als sie Rolf darauf ansprach, sagte er: »Ein solches Stück im Herbst zu spielen, ist auch völlig anders als im Frühling. Im April oder Mai stellt man sich das Leben in den Bergen ungemein befreiend vor, vor allem, wenn man selbst halb

Mensch, halb Tier sein darf. Doch im Herbst igeln wir uns ein, wir suchen Schutz, nicht Kitzel, und dieses Grundgefühl nimmt man automatisch auf die Bühne mit. *Wer jetzt kein Haus hat, baut sich keines mehr.*«

Das fand Selina als Theorie interessant, doch weiter nichts. Eher, sagte sie sich, hatte ihre Irritation damit zu tun, dass sie parallel die Courage spielte, die – im Gegensatz zu ihrer Rolle im Bergstück – nun rein nichts Verträumtes oder auch Verspieltes hatte. Andererseits war sie es gewohnt, zwei, drei Rollen parallel zu spielen, das hatte sich noch nie gebissen.

Die Erklärung fand sie im Schlaf: Sie träumte, ihre kleine Wohnung sei eine Kommandozentrale, von der aus sie Unternehmungen leitete, die das Wohl der ganzen Welt betrafen. Das erschöpfte sie außerordentlich, denn während sie ihre Entscheidungen traf, führte sie gleichzeitig in Gedanken eine Statistik über die Menschenopfer, die jeder ihrer Befehle kosten mochte.

Am nächsten Tag sagte sie zu Rolf: »Es sind nicht die Jahreszeiten, Rolf, es ist eine meiner Nebenbeschäftigungen. Mich plagt meine Verantwortung als Filmproduzentin.«

»Und kannst du das regeln?«, fragte er. »Ich meine so, dass der Druck aufhört?«

»Irgendwie muss ich das«, antwortete Selina, »so jedenfalls kann ich auf Dauer nicht spielen.«

Schweren Herzens ging sie am nächsten spiel- und probefreien Abend zu Julia hinüber, um die ganze Drehbuchsache abzusagen. Sie kam jedoch nicht dazu, denn Julia küsste sie sehr herzlich, zog sie in die Küche, zwang sie, sich zu setzen und erklärte stolz: »Du, ich konnte nicht länger warten und habe schon mit dem nächsten Skript begonnen. Allerdings nicht mit der Heimleiter-Story, sondern mit der des Jungen. Ich sah ihn plötzlich glasklar vor mir und konnte das nicht verschenken. Ich hatte Angst, das Gefühl für den Stoff gleich wieder zu verlieren.«

»Und ich bin gekommen, um alles abzublasen«, sagte Selina.

Julia setzte sich erst mal, dann fragte sie: »Was genau meinst du damit?«

»Ich glaube, ich bin nicht dazu geschaffen, andere Leute zu dirigieren« gestand sie. »Die Verantwortung bleibt mir irgendwie im Hals stecken, und das Gefühl verfolgt mich bis auf die Bühne.«

Dazu wusste Julia nichts zu sagen. »Und wenn wir uns die Verantwortung teilen?«, fragte sie schließlich.

»Wie soll das gehen?«, fragte Selina.

»Beispielsweise so: Du pflegst die Kontakte, ich schreibe die Gesuche«, sagte Julia. »Gemeinsam sind wir die Produktionsfirma ›Sommer May‹, ›May Sommer‹, ›Aus May wird Sommer‹, wie auch immer. Hauptsache, es geht vorwärts.«

»Darf ich darüber nachdenken?«, fragte Selina.

»Ich bitte darum«, sagte Julia. »Und überleg dir auch, was aus den Rechten an Franks Stoffen werden soll, falls du dich zurückziehst. Es ist niemandem damit gedient, wenn du sie unnötig blockierst.«

»Gut, aber nicht heute und nicht morgen«, sagte Selina. »Ich brauche jetzt einfach kurz den Kopf frei, um zu spielen.«

»Sag mir noch«, hakte Julia nach, »wenn ich eines der Projekte weitertreiben kann, habe ich dann dein Einverständnis?«

»Woran denkst du?«, fragte Selina.

»Na ja, ich werde versuchen, Geld fürs Drehbuch aufzutreiben«, sagte Julia, und Selina stellte fest, dass sie doch nicht so einfach loslassen mochte.

»Unterschreib einfach nichts, ohne mich vorher zu fragen«, bat sie. Damit war Julia einverstanden.

Zwei Tage später fuhr Rolfs Truppe auf Tournee. Eine Position hatten sie umbesetzen müssen, da Klaas inzwischen Serienschauspieler war mit dicht gestricktem Drehplan.

Doch mit dem Neuen – den sie Michel nannten, weil er aussah wie Michel aus Lönneberga – bekam die Inszenierung nicht nur neuen Schwung, er war auch abseits der Bühne ausgesprochen witzig. Wie Selina konnte er spielend Dialekte nachahmen, und sie verbrachten auf den Fahrten viel Zeit damit, Prominente nachzuahmen, Franz Hohler, Jean Ziegler, Mona Vetsch.

Am vierten Tag begann Michel sich aber immer öfter zurückzuziehen und tippte endlos auf dem Handy herum. Einmal – in ihrer Bludenzer Pension – setzte Selina sich daher neben ihn, legte den Arm um seine Schulter und fragte neugierig: »Ist da vielleicht jemand verliebt?«

»Nein«, sagte Michel, »aber ich hänge an ihm. Ein Junge aus meinem Freundeskreis, der Aids hat. Ich bin so etwas wie der Seelsorger der Schwulenszene. Irgendwie bin ich in diese Rolle reingerutscht. Offenbar bin ich ganz gut darin, den Jungs die Angst vor dem Tod zu nehmen, und ich tue das auch gern. *Wenn d' weisch, wani mein, Schatz«*, quäkte er in deftigem Sanktgaller Dialekt.

»Hä ja«, quäkte Selina zurück, dann sagte sie: »Übernimm dich nicht.«

»Alles cool«, sagte er.

Trotzdem sah sie ihn ein paar Tage später, während ihrer Vorstellung in Ilanz, auf der Bühne plötzlich weinen. Tränen rannen ihm übers Gesicht, doch er schluchzte nicht und spielte normal weiter, wahrscheinlich fiel dem Publikum gar nichts auf.

Nach dem Schlussapplaus suchte Selina ihn längere Zeit vergeblich. Erst als sie wie immer ihre Requisiten zusammensuchte, fand sie ihn im Bühnenbild sitzen, zuoberst auf dem Berggipfel, der während der Aufführung ihr Stammplatz war. Er blickte in den leeren Zuschauersaal oder irgendwie darüber hinaus, und nun schluchzte er zwar, dafür kamen keine Tränen mehr.

»Na«, sagte sie, nachdem sie hochgeklettert war, und quetschte sich neben ihn, denn es war eng auf dem Gipfel. »Ist er tot?«

»Nein«, sagte er. »Aber ich habe einen neuen Klienten, José. Und mit ihm war ich mal zusammen.«

»Aua«, sagte Selina. »Kannst du das überhaupt?«

»Easy«, sagte er, »ich kann kaspern wie kein Zweiter.«

»Ich meinte mehr: Hältst du es aus?«, doppelte sie nach.

Michel lächelte, bevor er sagte: »Auch vor mir kann ich kaspern wie kein Zweiter. Und du hast es gesehen, auf der Bühne lasse ich dann alles raus.«

Danach saßen sie eine Weile schweigend da. Selina hielt Michels Hand fest, während ihr alles Mögliche durch den

Kopf ging – wie Heribert Glockner *Tod eines Handlungsreisenden* gepriesen hatte, aber auch Julias froschgrünes Sweatshirt, in dem sie an die Tür gekommen war und auf dem gestanden hatte: *Warum ist nicht immer Sommer?* Außerdem dachte sie daran, dass der alte Herr Wyss in der Wohnung unter ihr seit dem Tod seiner Frau immer wieder dröhnend laut Rockmusik hörte.

Irgendwann brach Michel das Schweigen und fragte: »Würde es dir etwas ausmachen, mich zu küssen?«

»Nein«, sagte Selina.

»Ich bin auch clean«, versicherte er ihr, »ich meine, nicht infiziert.«

»Das freut mich für dich«, sagte sie. »Und für mich.«

»Also nicht, dass es eine Rolle spielte«, redete er weiter, »mit Küssen überträgt es sich nicht.«

»Uh, weiss dängg scho«, sagte sie in Gassenslang, »und jetzt halt's Maul, Michel.«

Als sie seinen tiefroten Kindermund küsste, konnte sie sich das Lachen nicht verbeißen, denn er verwendete tatsächlich Lipgloss mit Erdbeeraroma. Und eine Headline aus *Betty Bossi* kam ihr in den Sinn: »Wunderbar haltbar – Konfitüren, die den Sommer in die kalte Jahreszeit hinüberretten.«

Hexerei

Fürs Abschlussessen in der »Alpenrose« reiste endlich auch Armín an. Er hatte schon einige Tage früher zu ihnen stoßen wollen, doch ausgerechnet am Morgen seines Abflugs aus Berlin hatte die Swissair den Betrieb eingestellt – ein Ereignis, das die Schweiz erschütterte, doch Armín lachte darüber.

»Das Wunderbare ist«, erzählte er in seiner entrückten Art, während sie unglaublich zarte Rindshaxen mit Schmorgemüse aßen, »dass die Katze meiner momentanen Vermieterin mich gar nicht zum Flughafen fahren lassen wollte und Frieda, die Vermieterin, sagte: ›Du darfst nicht fliegen. Wenn Betty dich nicht gehen lassen will, bedeutet das Gefahr.‹ ›Deshalb fliege ich ja mit der Swissair‹, sagte ich, ›in Billigflieger setze ich mich gar nicht erst.‹ ›Der Bombe ist es egal, in welcher Airline sie hochgeht‹, sagte Frieda völlig richtig. Doch da ich euch versprochen hatte zu kommen, wollte ich das unbedingt tun.«

»Was mag die Katze wohl gespürt haben?«, überlegte Selina. »Ich meine, das Grounding einer Fluggesellschaft ist ja nicht im engeren Sinn eine Katastrophe.«

»Das habe ich mich auch gefragt«, sagte Armín. »Vielleicht hat sie gefühlt, dass dem Flugzeug der Treibstoff fehlt. Jedenfalls ist die Katze pechschwarz mit gelben Augen und grausam scharfen Krallen, ich traue ihr alles zu.« Er zeigte auch die Verwundungen, die sie ihm zugefügt hatte und die mit etwas gutem Willen einen Drudenfuß erkennen ließen.

»Einer meiner Onkel war Autist«, erzählte Michel daraufhin, »und zwar einer mit sogenannten Inselbegabungen. Er sah ebenfalls Dinge vorher oder ahnte sie zumindest. Einmal war er mit meinem Vater auf dem Morteratschgletscher, und irgendwann sagte er: ›Ramseier.‹ Paps dachte erst, er meint den Apfelsaft und hat vielleicht Durst, aber er sah dabei auf das Eis. Und ein paar Jahre später lasen wir, dass mit der Gletscherschmelze drei Tote aus dem Morteratsch aufgetaucht waren, von denen einer tatsächlich Ramseier geheißen hatte.«

»Donnerwetter«, sagte Pierre nicht sehr ernsthaft. »Und hast du etwas von dieser Gabe geerbt?«

»Ja«, sagte Michel ruhig. »Gib mir mal die Zahnstocher zurück.« Er hatte oft einen Zahnstocher im Mund, und seine Schachtel hatte nach dem Essen die Runde gemacht, denn das Rindfleisch war faserig gewesen. Er schüttelte sie und sagte: »Das ist zu einfach, die ist fast leer. Hat jemand eine vollere?« Da niemand eine hatte, wollte Selina die Kellnerin fragen, doch inzwischen hatte Michel eine zweite in seiner Umhängetasche gefunden. Er schüttete die Zahnstocher auf dem Tisch aus und sagte: »87.«

»Was, wie *Rain Man*?«, fragte Pierre und zählte nach. Es waren tatsächlich 87.

»Das klappt nicht immer«, sagte Michel bescheiden, »und es hat mir auch noch nichts genützt. Aber irgendwie gibt es mir Vertrauen in meine Intuition.«

»Und was sagt deine Intuition zur Zukunft der Swissair?«, fragte Armín. »Kann ich zurück nun fliegen, oder muss ich wieder Autostopp machen?«

Michel sah ihm tief in die Augen, während alle warteten. Doch schließlich schüttelte er den Kopf. »Ich brauche Körperkontakt«, sagte er, schob die Gläser und den Aschenbecher beiseite und fasste über den Tisch hinweg Armíns Hände. Der machte erst Faxen, aber bald wurde er ernst, und endlich schien es fast, als hätten die beiden vergessen, wo sie waren. Dann ließ Michel ihn plötzlich los, sagte »Nein«, lehnte sich zurück und zündete sich eine Zigarette an.

»Was heißt ›nein‹?«, fragte Selina, weil auch Armín nur eine Beedee zückte und sich von Michel Feuer geben ließ. »Nein zur Swissair oder nein zum Autostopp?«

»Nein zu beidem«, sagte Michel. »Ich werde ihn fahren. Ich will schon längst in Berlin meine Sachen holen.« Er hatte zwei Jahre dort gelebt.

Sie lachten, und Selina seufzte. »Da käme ich am liebsten mit«, sagte sie, denn inzwischen war es wieder warm geworden, ein milder Herbst winkte, und sie hatte schöne Erinnerungen an Berlin im Oktober (sie hatte oft dort Geburtstag gefeiert). Zudem hätte sie zu gern die Castorf-Inszenierung von Dostojewskis *Dämonen* gesehen, die in Wien so kontrovers besprochen worden war und nun mit großem Erfolg an der Volksbühne lief.

»Komm mit«, sagten Michel und Armín unisono. Und Rolf, mit dem sie in den nächsten Tagen Einrichten der *Mutter Courage* am Theater Solothurn hatte, sagte: »Spann ruhig mal aus, Selina. Es reicht mir, wenn du Ende der Woche zu uns stößt.«

Doch obwohl sie so wieder in Berlin hätte feiern können, wollte sich Selina die Reise nicht gönnen, denn für die Blindenhörbücherei sollte sie eine Einführung in die Theologie auf Band lesen, auf die ein blinder Student bereits wartete.

Dafür lud sie noch alle auf einen Absacker in ihre Wohnung ein. Nur Rolf, Armín und Michel kamen, und während Michel und Armín sich im Wohnzimmer auf der Couch lümmelten und ihre gemeinsame Liebe für Gothic Novels mit einer endlosen Aufzählung von Romantiteln, deren Charakteren und diversen Bühnen-, Film- und Comic-Adaptionen feierten, unterhielten Rolf und sie sich in der Küche über große Bühnenstoffe, die sie eines Tages unbedingt spielen beziehungsweise inszenieren wollten.

Rolf entwickelte in einer Art lautem Denken eine Idee weiter, die ihm während der Proben zu *Mutter Courage* gekommen war und die Selina heute mit dem Hinweis auf *Dämonen* wiedererweckt hatte. Er wollte nämlich Dostojewksis *Verbrechen und Strafe* als schaurig leichtes Plauderstück im Hinterzimmer eines Casinos inszenieren, mit einer Spielmacherin, die, ganz ähnlich wie Selina als Courage, fast wortlos die Geschicke leitete. Da kam Michel in die Küche und bat: »Könntest du nicht deinen AB abhören? Das Piepsen macht einen auf die Dauer ganz kirre.«

»Stell ihn doch ab«, sagte sie.

Aber er hatte Angst, etwas zu löschen, und so stand sie auf und ging mit ihm.

Es war eine Nachricht von Cedric von der Blindenhörbücherei: »Selina, wir hatten einen Rohrbruch«, sagte er, »die ganze Aufnahmetechnik ist lahmgelegt, außerdem stinken die Teppiche zum Himmel. Bleib bloß weg, ich rufe an, sobald es weitergeht. Diese Woche wird es aber ganz bestimmt nichts mehr. Deinen Theologiewälzer würden wir deshalb gern einem Heimleser übergeben und hoffen, du bist einverstanden.«

»Das ist jetzt ziemlich magisch«, sagte sie zu Michel. »Wieso kommt ausgerechnet heute dieser Anruf? Und warum bist du es, der mich darauf stößt? Du hast wirklich einen siebenten Sinn.«

»Unsinn, die Schachtel mit den 87 Zahnstochern habe ich immer in der Tasche«, gestand er. »Das ist ein fauler Türöffner, den ich bei manchen Klienten anwende, um mich aufzuspielen. Sie glauben mir danach eher, wenn ich sage: ›Ich fühle, dass du einen leichten Tod haben wirst. Auf dich wartet etwas sehr Schönes, etwas, das in unserer Welt in seiner Klarheit und Kraft überhaupt nicht zu begreifen ist.‹ In Wirklichkeit habe ich keinen Schimmer, was sie erwartet, genauso wenig, wie ich bis 87 zählen könnte, ohne mich zu vertun.«

»Aber den Onkel gab es, oder?«, fragte sie halb enttäuscht, halb amüsiert.

Er schüttelte den Kopf und spielte zumindest Betretenheit. Selina grinste und umarmte ihn – er roch jetzt nach Armín, und gleich kam wieder ein leichter Kitzel auf. »Trotzdem grenzt dieser Rohrbruch an ein Wunder, und mir bleibt gar nichts übrig, als mit euch nach Berlin zu fahren«, sagte sie.

»Darüber bin ich ausgesprochen froh«, antwortete Michel offenherzig. »Ich brauche dringend eine Anstandsdame. Dieser Armín verdreht mir den Kopf, und ich habe Angst, eine Dummheit zu begehen.«

»Was ist denn erlaubt, und was wäre die Dummheit?«, erkundigte sie sich.

»Keine Ahnung«, sagte Michel, »ohne Gummi wäre dumm. Mich verlieben wäre dumm. Jemandem das Herz brechen – ihm oder einem, mit dem er zusammen ist, oder einem, mit dem ich zusammen bin – wäre dumm.«

»Du bist mit jemandem zusammen?«, fragte Selina. »Ist das neu?«

»Ach, was heißt ›zusammen‹«, sagte er. »Ich habe dir ja von José erzählt. Er pfeift auf dem letzten Loch, und klar haben wir keinen Sex mehr, oder höchstens Fummeln. Aber doch, da ist schon wieder etwas.«

»Junge, mach dich nicht kaputt«, bat sie.

Darauf packte er sein breites Lachen aus und sagte: »Ach, einer wie der Michel ist unkaputtbar. Außerdem ist das Leben kurz.«

Im selben Augenblick kam Rolf aus der Küche. »Die Nacht auch«, sagte er. »Ich muss nach Hause und noch etwas schlafen, die Kinder wecken uns um sechs Uhr früh.«

»Ich kann nun doch nach Berlin«, erzählte sie ihm. »Ich bin gespannt auf Castorfs Inszenierung, ich werde dir berichten. Und wenn du deinen Dostojewksi aufführst, will ich unbedingt mit von der Partie sein.«

»Ich behalte das im Kopf«, sagte er unverbindlich. Doch als sie sich zum Abschied umarmten, fühlte es sich anders an als sonst, und als sie fragte: »Sind wir jetzt Freunde?«, sagte er: »Ich weiß nicht, was wir sind, Selina. Aber du forderst mich immer wieder, und dafür bin ich dir ausgesprochen dankbar.«

Gastfreundschaft

Julia hatte nicht erwartet, dass am anderen Ende tatsächlich jemand abnehmen würde, und schon gar nicht Jacques Burckhardt selbst. Doch obwohl er nur »Ja?« sagte, erkannte sie sofort seine zurückhaltende, wie geölt klingende Stimme.

»Herr Burckhardt, Sie werden sich vielleicht nicht erinnern«, sagte sie, »aber wir sind uns im Flugzeug von Berlin nach Zürich begegnet …«

»Als die Swissair noch flog«, witzelte er, »guten Morgen, Frau Sommer. Ich freue mich, dass Sie meine Visitenkarte aufbewahrt haben. Was macht Ihr Filmprojekt?«

Sie war verdattert, dass er das alles noch wusste, und versuchte sich vergeblich zu erinnern, was sie ihm im Detail erzählt hatte.

»Ich bin dran«, sagte sie daher nur, »allerdings könnte ich einen guten Rat gebrauchen.«

»Vom Drehbuchschreiben verstehe ich leider wenig«, erwiderte er.

»Das Schreiben bereitet mir auch keine Probleme, jedenfalls keine unlösbaren«, antwortete sie. »Es ist die finanzielle Seite, die mich plagt.«

»Wenn Sie wissen möchten, was die üblichen Ansätze sind oder wie Ihr Vertrag aussehen sollte, wenden Sie sich an den Berufsverband«, schlug er vor. »Soviel ich weiß, arbeiten dort tüchtige Leute.«

Julia musste lachen.

»Warum geben Sie mir überhaupt Ihre Karte, wenn Sie mich doch nur abwimmeln möchten?«

»Oh, nein, Sie abzuwimmeln ist nicht meine Absicht«, versicherte Jacques Burckhardt. »Ich möchte nur vermeiden, dass Sie einer Bagatelle wegen zu mir kommen. Meine Zeit ist mir wertvoll, und ich teile sie lieber mit Menschen, die wirklich mich suchen und nicht irgendwen.«

»Ich kenne Sie zu wenig, um zu sagen, ob ich wirklich Sie suche, Herr Burckhardt«, gab sie zur Antwort. »Es ist jedenfalls nicht so, dass Ihr Augenaufschlag mich betört hätte. Was ich suche, ist ein unbestechlicher Mensch, der mir einen Weg zeigt. Sie scheinen ein solcher Mensch zu sein, und außer Ihnen kenne ich nur noch einen, dem ich wahre Unbestechlichkeit zutraue, der ist allerdings erst 23 und hat vom Filmgeschäft keine Ahnung.«

»Hm«, sagte Jacques Burckhardt. »Und was bringen Sie mit?«

»Ein fertiges Drehbuch für einen längeren Kurzfilm und aufbereiteten Stoff für zwei Langfilme«, erklärte sie. »Dazu sehr viel guten Willen und eine gesalzene Portion Dankbarkeit, wenn Sie mir auf die Sprünge helfen.«

»Die können Sie zu Hause lassen«, sagte er. »Engagement, Ausdauer und eine hohe Frustrationstoleranz wären mir lieber. Wie steht es bei Ihnen damit?«

»Dazu können Sie gern meine Tochter befragen«, sagte Julia. »Also darf ich Ihnen das Drehbuch schicken?«

»Nein, kommen Sie her und lesen Sie es mir vor«, verlangte er. »Ein Drehbuch allein verrät mir zu wenig, ich brauche Ihr Gesicht.«

»Gut, ich komme«, sagte Julia, »wann?«

»Ein Auto werden Sie kaum haben, oder?«, fragte er.

»Nein«, sagte sie.

»Dann nehmen Sie den Zug nach Sursee«, sagte er. »Von Zürich aus fährt alle halbe Stunde einer. Dort erwartet Sie ein Taxi und bringt Sie zu mir. Schaffen Sie den Zehn-Uhr-Zug?«

»Heute?«, fragte sie überrumpelt. »Ja, falls ich einen Babysitter finde. Wann bin ich wieder zu Hause?«

»Wenn wir etwas erreichen wollen, nicht vor dem Abend«, sagte er.

»Gut, ich werde es versuchen«, versprach sie. »Melde ich mich nicht mehr, bin ich unterwegs.«

Schnell zog sie etwas Adrettes an und schminkte sich, dann verließ sie die Wohnung und läutete bei Moritz. »Du bist immer da, wenn man dich braucht«, sagte sie strahlend, als er öffnete.

»Kein Wunder, ich muss lernen«, antwortete er. »Allerdings kann ich mich gerade absolut nicht konzentrieren, sieh mal.« Er zeigte ihr eine Postkarte mit bauchigen Fischerbooten, die unter tiefblauem Himmel am Strand lagen. In einer Ecke prangte eine herzförmige Dänemark-Flagge. »Umdrehen«, sagte er.

»Lieber Moritz«, las sie, »ich sagte dir ja schon, ich bin nicht sehr verlässlich: Seit unserem Kaffeetrinken denke ich schon wieder anders. Ich bin mit meinen Eltern in Løkken an der Nordsee, wir haben ein Häuschen gemietet mit einer eigenen kleinen Wohnung für mich. Komm bitte her zu

Flæskesteg und Øl, einem rot lackierten Bett mit gestärkter Wäsche, Strandspaziergängen gegen den Wind und salzigen Küssen. Deine Mary.« Dann stand da noch eine Telefonnummer. »Donnerwetter«, sagte Julia, »dann nichts wie los!«

»Nein, das geht nicht«, antwortete er, »wir haben uns entschieden, Mary und ich. Wir heiraten in fünf Jahren, davor erledigen wir anderes, jeder für sich. Man kann nicht andauernd alles umwerfen. Außerdem habe ich sie schon unter ›Koitus verpasst‹ abgeheftet. Erzähl mir lieber, warum du hier bist.«

»Ach ja«, sagte sie und sah auf die Uhr, »kannst du heute Mona übernehmen? Ich würde nicht fragen, wenn es nicht dringend wäre.«

»Klar«, sagte er, »von wann bis wann?«

»Volles Programm«, erklärte sie, »vom Kindergarten abholen, Mittagessen, bringen, holen, Abendessen. Vielleicht sogar in den Schlaf singen. Ich habe keine Ahnung, wann ich wieder da bin.«

»Geht klar«, sagte er nur. »Bekomme ich bei dir auch salzige Küsse?«

»Ich hoffe nicht«, gab sie zurück. »Meine sind nämlich nur salzig, wenn ich weine.«

Dann rannte sie zum Zug nach Olten, dort stieg sie um. Unterwegs las sie das Drehbuch nochmals durch. In Sursee wartete tatsächlich schon ein Taxi, und nun erfuhr sie auch, wohin die Reise ging.

»Schloss Mauensee«, sagte der Fahrer. »Das liegt auf einer Privatinsel eben im Mauensee.«

Diese Insel erreichte sie zu Fuß über ein Brückchen, danach ging es die Einfahrt hoch. Wie im Märchen, dachte Julia. Schade, dass Mona das nicht sieht.

Das Schlosstor öffnete Jacques Burckhardt selber, in einer Art Kimono, und er entschuldigte sich dafür. »Ich hatte ganz die Zeit vergessen«, sagte er. »Normalerweise klingelt der Taxifahrer durch, wenn er meine Gäste ablädt, und ich kann mich noch schnell umziehen.« Er führte Julia in einen Salon und bat sie, sich zu setzen oder sich umzuschauen, verschwand kurz und erschien in westlicher Kleidung wieder – nicht im Anzug diesmal, sondern im Pullover, einem ausgesprochen edlen Sweater.

»Reicht die Zeit, um noch vor dem Essen das Drehbuch anzuhören?«, fragte er. »Wir essen um halb eins.«

»Nein, das wird knapp«, sagte Julia, »aber ich brauche auch gar nichts. Ich kann lesen, während Sie essen.«

»Nein, so lebe ich hier nicht«, erklärte er. »Multitasking ist ein modernes Wort für Schlamperei. Ich tue jeweils nur eine Sache, und die mit aller Konsequenz. Möchten Sie noch einen Blick aufs Haus werfen?«

Natürlich wollte Julia das, und er zeigte ihr nicht nur das Haus, sondern – in zügigem Tempo und ohne irgendwo stehen zu bleiben – die Nebengebäude, die Inselgärten und sogar den See. Denn auch der gehörte ihm. Doch er erwähnte das nicht, um anzugeben, sondern weil er sie auf zwei Flöße aufmerksam machen wollte, die in einiger Entfernung verankert waren. »Sie sehen aus wie Badeflöße«, sagte er, »nicht wahr? In Wahrheit sind es Aussichtsplattformen. Jedes Floß ist eigentlich eine Galerie, in der Mitte ist eine quadratische Öffnung, durch die man auf den Grund hinabsieht. Balken halten den Wind ab, daher ist das

Wasser in dieser Öffnung glatt und klar wie Glas. Auf dem Seegrund liegen Skulpturen, die natürlich speziell hierfür gemacht sind, eine Nixe und ein Neptun. Es ist das Werk eines isländischen Künstlers.«

Buchstäblich überall fand sich Kunst, im Haus, im Stall, im Park – ja, selbst das Brückentor, die Wetterfahne und das Bootshaus waren künstlerisch gestaltet.

»Etwa die Hälfte der Werke«, erzählte er, »habe ich jeweils in den Ländern gekauft, in denen ich als Botschafter tätig war. Die andere Hälfte wurde für diesen Ort angefertigt. Ich reise nur noch wenig, stattdessen kommen nun die Künstler zu mir.«

»Ich weiß, dass man so was nicht fragt, aber wie kommt man zu so viel Geld?«, erkundigte sich Julia.

»Zeitgenössische Kunst ist gar nicht so teuer«, sagte er, »man muss sie nur früh genug kaufen. Doch das erklärt natürlich nicht alles. Ich bin in einigen Verwaltungsräten tätig, meine Kenntnisse der skandinavischen, osteuropäischen und ostasiatischen Märkte sind gewissen Firmen recht viel Geld wert. Und ab und zu berate ich Museen, Auktionshäuser oder andere Sammler.«

Während seiner Ausführungen hatte er Julia wieder ins Haus geführt, im Salon war jetzt gedeckt. Er schob ihr den Stuhl zurecht und schenkte Wein ein, dann servierte er das Essen, das auf Wärmplatten bereitstand. Es gab Schweinebraten mit Blumenkohl und böhmischen Knödeln. »Ich habe für diesen Monat einen tschechischen Koch eingestellt«, erzählte er. »Ich hoffe, Sie mögen Fleisch. Jakub kocht fast immer Fleisch.«

»Ich esse alles«, sagte Julia.

»Das werden wir noch austesten«, drohte Jacques Burckhardt lachend, und während er das Glas hob, sagte er: »Die meisten Menschen nennen mich Jack.«

»Danke, Jack«, sagte sie, »ich bin Julia. Und zu Hause Hotel Mama.« Dann kam sie auf die Kunst zurück. »Wir sind so gerast, ich konnte gar nichts wirklich sehen«, klagte sie. »Mir schien auch nicht, dass dir die Werke viel bedeuten. Ist das hier ein Kunstfriedhof? Oder warum sind die Werke hier?«

»Du irrst dich«, sagte Jack, »und zwar gehörig. Die Sache ist: Mit jedem dieser Werke verbindet mich eine derart intime Freundschaft – wenn man so sagen kann –, dass ich sie gern vor Fremden schütze. Außerdem möchte ich kein Führer sein. Kunst muss jeder für sich allein entdecken. Jedes Kunstwerk – das gilt zumindest für die Kunst, die ich mir kaufe – ist ein eigenes Reich, oder sagen wir, ein Zimmer. Ein Zimmer, dessen Tür offen steht und dich einlädt einzutreten. Doch jeder erlebt es völlig anders, für den einen ist es eine Kapelle, für den anderen ein Spiegelkabinett, für den Dritten eine Folterkammer, für den Vierten nur ein Wartesaal. Nach dem Essen, Julia, und nachdem wir gearbeitet haben, wirst du so viel Zeit haben, wie du möchtest, um dich zwischen den Kunstwerken zu bewegen und sie dir selber zu Freunden zu machen.«

Julia sagte lachend: »Dafür bräuchte ich Tage – ach was, Wochen!«

»Du kannst so lange bleiben«, sagte Jack ohne einen Hauch von Ironie. »Du wärst nicht die Erste. Viele Künstler, deren Arbeiten hier stehen, haben Zeit auf Mauensee verbracht. Manchen bin ich kaum begegnet, sie lebten ganz für sich. Andere sah ich täglich, und mit einigen Frauen habe ich das Bett geteilt.«

»Bin ich deshalb hier?«, fragte Julia mehr neugierig als erschreckt. »Um mit dir das Bett zu teilen?«

Jack lachte nur. Dann tupfte er den Mund mit der Serviette ab und sagte: »Komm, ich will dir etwas zeigen.«

Sie gingen nochmals in sein Schlafzimmer, das sie schon bei ihrem Rundgang durchquert hatten. Es war wie alle Räume karg möbliert, auch lag nichts herum, Jack schien im Alltag kaum etwas zu benötigen. Diesmal drückte er, als sie eintraten, einen Schalter, und ein Beamer ging an. Er projizierte die sehr rudimentäre Bleistiftzeichnung einer schlafenden Frau an jene Wand, vor der das Bett stand. Was erst aussah wie ein Bild, war in Wahrheit ein kleiner Animationsfilm. Die Frau atmete kaum merklich, und einmal bewegte sich im Schlaf ihre Hand.

»Das ist die Frau, mit der ich lebe«, sagte Jack. »Eine Videoarbeit von Zilla Leutenegger, die mich übrigens gerade einmal 1000 Franken gekostet hat, plus 1000 für den Beamer. Mit ihr bin ich restlos glücklich.«

Er schaltete den Beamer wieder ab, führte Julia hinunter und sagte: »Wir sind erwachsene Menschen, oder? Zwischen Erwachsenen ergeben sich Dinge, die sich weder vorhersagen noch planen lassen. für mich gibt es kein größeres Abenteuer als die kleinen Momente, die sich zwischen zwei Erwachsenen – oder auch einem Erwachsenen und einem Kunstwerk – ergeben, die sich füreinander interessieren. Dieses Haus hier versuche ich so zu führen, dass für vieles Raum ist. Das heißt aber nicht, dass ich auf der Suche wäre. Ich empfange hier ganz einfach Menschen oder ihre Kunst und lasse mich davon überraschen, was geschieht.« Und während er die Tür zum Salon wieder öffnete, die der Wind zugeschlagen hatte, fügte er hinzu: »Du brauchst übrigens zu all dem nichts zu sagen, Julia.«

»Ich wüsste auch noch gar nicht, was«, gestand sie.

Inzwischen stand im Salon der Kaffee parat, dazu ein bezaubernd gestaltetes Schächtelchen mit japanischem Gebäck. »Ich esse nicht viel Süßes«, sagte Jack dazu. »Doch einmal im Monat lasse ich mir von einer japanischen Bäckerei in London eine solche Schachtel schicken. Das ist auch etwas, das mich glücklich macht.«

Geist

Obwohl Jack gesagt hatte, er wolle nicht nur Julias Drehbuch hören, sondern dabei ihr Gesicht sehen, hielt er, während sie ihm vorlas, die ganze Zeit die Augen geschlossen, und sie war sich nicht sicher, ob er nicht schlief. Er regte sich auch nicht, als sie fertig war. Erst als sie die Blätter zusammenraffte und zurück in die Mappe schob, stemmte er sich aus dem Liegesessel hoch, sah sie an und sagte: »Das Buch ist so klar geschrieben, dass alles sich ganz mühelos vor dem inneren Auge entwickelt. Aber muss ein solcher Film überhaupt noch gedreht werden?«

»Oh, und ich fürchtete, es sei zu sperrig«, sagte Julia.

»Was daran könnte sperrig sein?«, wunderte sich Jack.

»Die Charaktere«, sagte sie. »Modisch sind sie jedenfalls nicht gerade.«

»Mode ist ein lokaler Begriff«, sagte Jack. »Wir hatten damals in der Schule eine Religionslehrerin, die so sexy war, dass alle Jungs Pfarrer werden wollten. Jedenfalls ist die Geschichte plausibel und auch relevant. Alltagssadismus ist einer der wunderbarsten menschlichen Auswüchse und in der Literatur bisher viel zu kurz gekommen. Und Bigotterie ist uns so eigen, dass wir sie gar nicht mehr erkennen. Gerade jetzt nach 9/11 treibt sie wieder aus. All die Betroffenheit und Empörung, ›arme Opfer, böse Täter‹ – als wären die Attentate nicht ein im Verhältnis fast zärtlicher Ausschlag eines Pendels, das wir Europäer vor tausend Jahren mit den Kreuzzügen ins Schwingen gebracht haben und seither immer wieder kräftig anstoßen, mit den Entdeckerfahrten, dem Kolonialismus, den modernen Handelsmonopolen. Aber das gehört nicht hierher. Ich mag jedenfalls deine Katechetin, Julia, und wenn ich auch nicht sicher bin, dass das Drehbuch einen wirklich guten Film abgibt, gehe ich doch davon aus, dass er sich in den oberen zehn oder zwanzig Prozent ansiedeln wird. Ich sehe nur immer noch nicht, was ich für dich tun kann. Suchst du einen Produzenten? Suchst du Geld? Suchst du einen Regisseur? Und was sind das für andere Stoffe, die du erwähnt hast?«

Julia schilderte ihm die Lage, danach lehnte Jack sich abermals zurück, schloss die Augen und erklärte: »Treffen wir uns um vier Uhr zum Kaffee.«

»Gern«, sagte Julia, schnupperte noch eben am Nappaleder ihres Sessels, dessen Duft sie während des Vorlesens so angenehm begleitet hatte, und erhob sich.

Sie spazierte durchs Haus, um die Kunstwerke zu betrachten. Aber sie war auf sonderbar unterschwellige Art aufgewühlt und kühlte dann doch nur die Hände am Marmor der Balustrade, danach rief sie Moritz an, um zu erfahren, wie es Mona ging.

»Sie ist begeistert, dass du weg bist«, sagte er. »Wir haben bei mir gegessen und dabei Dinge erfunden, eine Sirupkuh zum Beispiel und ein Gerät, das dumme Jungs, die Mädchen an den Haaren ziehen, in Nackthautschneehasen verwandelt. Deine Tochter wünscht sich nichts sehnlicher, als dass du noch lange, lange fortbleibst.«

»Es ist tatsächlich möglich, dass ich erst spätnachts heimkomme«, sagte Julia. »Hältst du sie so lange aus?«

»Ja«, sagte Moritz, »denn ich lerne viel. Mona hat gesunde Werte. Sie hat mir vorhin beigebracht, dass es wichtiger ist, Spaghetti lang zu lassen und zu schweinigeln, als sie klein zu schneiden und manierlich zu bleiben. ›Flecken gibt es dauernd, Moritz‹, sagte sie, ›aber stell dir vor, es gibt eines Tages keine langen Spaghetti mehr. Auf der ganzen Welt nicht.‹ Dabei hat sie mich mit ihren großen Augen angesehen, und ich habe jetzt erst realisiert, wie wichtig Spaghetti für die Welt sind.«

Als sie auflegten, war es kaum halb vier. Julia setzte sich an den See, sah den flinken Elritzen zu und überlegte sich, was eigentlich wichtig für die Welt war und ob ihr Film dazugehörte.

Zur Kaffeestunde gab es dann gar nicht Kaffee, sondern russischen Weißtee und Birnbrot. Die Dörrbirnen kamen aus einem Familienbetrieb am Mauensee, sie waren im Holzofen gedörrt. »Früher wurde alles makelhafte Obst der Gegend kompostiert«, erzählte Jack. »Ich bin froh, dass ich jemanden gefunden habe, der das Dörren übernimmt. Ich habe den Ofen beigesteuert, dafür bekomme ich jetzt jedes Jahr ein paar Kilo Dörrobst. Ich wünschte, für deinen Film gäbe es eine so elegante Lösung.«

»Gibt es nicht?«, fragte Julia. Sie war nur mäßig traurig, denn ihr Herz schlug bereits für den nächsten Stoff, und irgendwie war es ihr fast lieber, wenn sich Jack später für ihren ersten Langspielfilm engagierte.

»Ich habe etwas telefoniert«, erzählte er. »Ich bin nicht der Einzige, der den Schweizer Filmbetrieb mit einer gewissen Abscheu, oder sagen wir Distanz, betrachtet und nur zu gern ein Projekt unterstützen würde, das abseits des gängigen Markts entsteht. Leider hat fast jeder meiner Freunde direkt oder indirekt Geld in Swissair-Aktien angelegt. Auch fast alle gemischten Fonds enthalten Swissair-Beteiligungen, sie galten bisher als so sicher wie Bankanleihen. Geht die Swissair bankrott, sind sie um ein paar Millionen ärmer.«

»Da lobe ich mir mein leeres Konto«, sagte Julia. »Ich habe wenigstens nichts zu verlieren.«

»Mehr als sie«, widersprach Jack. »Die Reichen berappeln sich wieder, aber dein Kapital ist hier« – er tippte sich an den Kopf –, »und ohne Investoren liegt es brach und stirbt. Du wirst selbst wissen, wie kurz die Halbwertszeit entstehender Kunst ist. Jede neue Idee erschlägt die vorhergehende. Das Ärgerlichste am Finanzdebakel aber ist, dass ein Bankrott wie der der Swissair zwangsläufig Aasgeier anzieht. Irgendeiner wird auch diesmal schamlos genug sein, die Konkursmasse allein zu dem Zweck aufzukaufen, Stück um Stück zu verscherbeln. Er wird sich daran eine goldene Nase verdienen, und schlimmer noch, er wird sich nicht nur für gewieft halten, sondern für genial, er wird mit seinem Vermögen protzen und so noch mehr Schaden anrichten. Unter anderem wird er sich auch mit Kultur schmücken, aber mit was für welcher. Außerdem wird er Firmen gründen, die auf schnellen Gewinn spezialisiert sind, Abwicklungen, Spekulationen, Wucher. Ein, zwei solche Leute genügen in einer kleinen Wirtschaft wie der schweizerischen, um sehr viel zu zerstören.«

»Aber warum wickeln dann nicht deine Freunde die

Swissair ab?«, fragte Julia. »Dann bliebe das Geld doch an der Quelle.«

»Gute Frage«, sagte Jack. »Vielleicht, weil es fast zwangsläufig ein schmutziges Geschäft ist. Oder sagen wir so: Will man die Teilbetriebe wieder gut aufstellen, steckt man nochmals sehr viel Geld hinein. Allerdings gibt es immer auch tiefere Gründe, weshalb Betriebe pleitegehen, irgendwo war schon der Wurm drin. So wie kranke Bäume anfälliger auf Schädlinge sind. Deshalb widmen sich meine Freunde lieber ihren eigenen Projekten, an die sie glauben und die sie von innen heraus kennen.«

»Mit anderen Worten, in Zeiten wie diesen stirbt auch eine Kunst wie meine?«, fragte Julia.

»Ja«, sagte Jack. »Doch vielleicht tröstet es dich, dass solche Prozesse zyklisch ablaufen. In zwanzig, dreißig oder fünfzig Jahren schwimmt die gute Kunst wieder obenauf.«

»Danke, das tröstet in der Tat«, sagte Julia lachend.

»Und wie findest du das Birnbrot?«, fragte er. »Für einen tschechischen Koch ganz leidlich, oder?«

Danach redeten sie nicht mehr über Julias Drehbuch, und sie wollte schon ein Taxi rufen, als Jack sagte: »Nein, so gehst du mir nicht fort, Julia. Lass mich dir noch etwas zeigen.«

Er führte sie in einen Kellerraum, in dem vielleicht zwei Dutzend Holz- und Blechkisten gestapelt waren. Auf einem roh gezimmerten Tisch standen außerdem ein 16- und ein 35-mm-Filmprojektor, dahinter ein Stuhl. »Das ist der Nachlass, oder besser Vorlass, eines schwedischen Filmcutters«, erzählte er. »Er führte gelinde gesagt ein Lotterleben und starb entsprechend hässlich. Ich habe ihm die

Sammlung abgekauft, als er schon sehr krank war und Geld zum Überleben brauchte. Seit seinen Anfängen beim Film in den späten Sechzigern hat er gesammelt, was beim Schneiden abfiel. Auch andere Cutter, Regieassistenten, Studioangestellte haben ihn beliefert, und auch da lief der Handel über Sex. Alles war sehr schmutzig. Egal, die Sammlung ist erstaunlich: Bergman, Lindberg, Hallström, Zetterling und wer nicht alles. Dazu kommen zwei Kisten mit Vorkriegsfilmen aus einer anderen Sammlung, die ich vor zwei Jahren ersteigert habe. Die sind allerdings ausgelagert, der Brandgefahr wegen, sie sind noch auf Zelluloid kopiert.«

Während er redete, legte er einen Filmstreifen ein und spielte ihn ab. Es war die nur Sekunden dauernde Darstellung einer Hand, die einen Apfel hält, in Schwarz-Weiß gedreht. Die Finger waren ausgesprochen zierlich, und die Flüchtigkeit des Filmmoments berührte Julia. Jack zeigte ihr danach noch zwei andere, darunter eine längere ausgespielte Sequenz aus Bergmans *Szenen einer Ehe,* die Julia wiedererkannte und die offensichtlich ausgemustert worden war, weil ein Härchen auf der Linse wehte.

»Natürlich fehlt überall der Ton«, sagte Jack. »Außerdem ist das alles noch urheberrechtlich geschützt und kann nicht öffentlich gezeigt werden, respektive nur mit großem Aufwand. Auf Deutsch: Ich habe keine Ahnung, was ich damit anfangen soll.«

Dann wollte er wieder hochgehen. »Darf ich noch hier unten bleiben?«, fragte Julia.

»Das wäre mir sogar lieb«, sagte Jack, »dann kann ich mich noch etwas um meine eigenen Projekte kümmern.«

Er zeigte ihr, wie der 35-mm-Projektor funktionierte, und ließ sie allein.

Die Filmschnipsel hatten einen großen Sog. Das meiste war jeweils Vorlauf, Klappe und Nachlauf. Dazwischen lagen oft nur wenige Sekunden Spielfilm. Doch in diesen wenigen Sekunden Rohmaterial offenbarte sich jedes Mal eine so eigenständige, in sich so absolute und zugleich so magische Welt, dass jedes einzelne Restchen Julia als große Kunst erschien, als eine nicht im Umfang, doch in ihrem Gestus große Beschwörung der menschlichen Gnade, Kunst zu machen, Kunst zu sehen, die Welt zu verzaubern allein durch den Blick. Ein nicht mehr junger Mann fuhr beispielsweise Fahrrad, und hinter ihm flirrte ein Eisenzaun mit massiven Spitzen. Eine Taube versuchte sich zu kratzen, das fiel ihr nicht leicht, denn ihre eine Kralle war verkrüppelt. Ein Paar stritt sich, beide trugen gestreifte Pullover, und als sie sich endlich umarmten, standen sie so zwischen Liegestühlen, dass deren Lamellen die Streifen der Pullover wiederaufnahmen und die Stühle und das Paar wie eine etwas bizarre, doch harmonische Familie wirkten. Ein Stück Himmel, aus dem Auto heraus gefilmt, davor Telefonmasten in klarem Rhythmus und das Kabel, das sich darin zu wiegen schien, bis es plötzlich abbrach, und als der Blick der Kamera sich senkte, dehnte sich in großer Ruhe das graue, wolkenverhangene Meer. Ein Schwarm sterbender Fische wimmelte wohl auf dem Boden eines Kutters, davor ein lachender Junge mit dicker Strickmütze und Rotznase. Oder auch nur Hände, die am Objektiv nestelten, kaum als solche erkennbar, und danach mehr Staub als zuvor.

Manche Filmabfälle sah sich Julia mehrmals an, sie war

ganz versunken. Als sie entdeckte, dass ihr Handy im Keller keinen Empfang hatte, erschrak sie, denn ihr war, als müsste es schon später Abend sein. Dann sah sie, dass sie kaum eine Stunde allein gewesen war.

Sie ging hoch, um Moritz anzurufen und zu hören, ob alles okay war. »Ich möchte gern noch bleiben«, sagte sie, »vielleicht sogar über Nacht.«

»Tu das«, sagte Moritz, »man gönnt sich ja sonst nichts. Ich schlafe in deinem Bett, wenn es dir recht ist.«

»Dort, wo ich sein werde, habe ich keinen Empfang«, sagte sie noch, »ich werde aber regelmäßig hochgehen und nachsehen, ob du mir geschrieben hast.«

»Alles cool«, sagte Moritz. »Ich schreibe dir auf alle Fälle. Nicht dass du noch meinst, sie hätte mein Handy verschluckt.«

Das Abendessen war erst auf halb sieben angesetzt, und als Julia noch durch die Gänge streifte, hörte sie vom Dachgeschoss her Musik, eine Art Flöte, doch nicht wie westliche Flöten, und auch die Tonfolge war kaum als Melodie zu erkennen. Vor allem waren es lange, sonderbar verzogene Töne, zwischen denen ebenso viel Schweigen lag. Die Musik wirkte auf Julia – vielleicht nur des Augenblicks wegen – ganz ähnlich wie die Filmabschnitte. Beides, die Flötenmusik und die stummen, harschen Filmfragmente, hatte etwas so Ewiges wie Flüchtiges, etwas geradeso Verschwenderisches wie aufs Wesentliche Reduziertes – nein, vielleicht noch nicht einmal aufs Wesentliche. Vielleicht waren die Filmabfälle und die Flötentöne ihrer großen Präsenz zum Trotz völlig unwesentlich und ebendarin das treffendste Bild des Lebens.

All das fühlte Julia mehr, als dass sie es dachte, während sie auf einer Treppenstufe saß und die Klänge ebenso aufsog wie den Geruch des Hauses, die Stille, als die Flöte schließlich endgültig schwieg, die wachsende Dämmerung und zuletzt das Knarren einer Tür im Dachstock.

»Ich bin gerade sehr glücklich«, sagte sie, als Jack die Treppe herabkam – wieder im Kimono.

»Ach«, seufzte er, »und ich habe mit meiner Flöte gekämpft. Es gibt Tage, an denen möchte sie nicht gestört werden, heute war so ein Tag. Nur habe ich nicht oft Zeit zu üben, und übermorgen kommt mein Meister, um mich zu unterrichten.«

»Dein Meister«, wiederholte sie lachend, während sie ihm ins Parterre folgte, »erzähl mir mehr. Was ist das für eine Flöte? Wie kommt es, dass du sie spielst?«

»Es riecht nach Königsberger Klopsen«, sagte er stattdessen. »Das erinnert mich an meine frühen Jahre in Polen, lange vor der Wende. Der Geruch von Braunkohle, Kochgas und Königsberger Klopsen … Damals litt ich darunter, heute werde ich sentimental. Das Hirn des Menschen ist wie eine Zauberkugel: Wenn man sie zu wecken versteht, wird darin alles magisch, selbst das Profanste. Aber du hattest nach der Flöte gefragt.«

»Nein, nein«, sagte Julia, »erzähl weiter von Polen. Ach, mich interessiert alles!«

Begierde

Es war halb neun Uhr früh, als Michel sie vor der Haustür absetzte.

»An solchen Abenteuern merke ich, dass ich nicht mehr zwanzig bin«, sagte Selina zum Abschied und warf ihm einen müden Kuss zu.

Michel sagte: »Sei froh.«

Im Hausflur traf sie Julia, die bei Moritz in der Tür stand. »Ihr zwei seht auch nicht ausgeschlafen aus«, stellte sie fest. »Ich hoffe nur, ihr hattet mehr Spaß als ich.«

»Kein Kommentar«, sagte Moritz, »ich haue mich jetzt hin. Ich weiß nicht, wann ich mich das letzte Mal so sehr nach Schlaf gesehnt habe.«

»Er hat Mona heute Nacht gehütet«, erzählte Julia ihr, während sie die Treppen hochstiegen. »Wo ich war, erzähle ich dir gleich. Jedenfalls war Mona begeistert, dass ich verreise, in der Nacht rief sie aber alle halbe Stunde an, hatte furchtbare Sehnsucht nach ihrer Mama und schrie und tobte, damit ich nach Hause komme. Die armen Costas. Jedenfalls habe ich den ersten Zug genommen, und nun ist sie gar nicht da. Bei Tag sieht die Welt eben ganz anders aus, der Kindergarten macht heute einen Ausflug auf den Bauernhof, und die Kälbchen sind natürlich tausendmal aufregender als eine übernächtigte Mama. – Hast du schon gefrühstückt?«, fragte sie zuletzt und wedelte mit einer Bäckertüte.

»Ein pampiges Sandwich und einen Apfel morgens um vier an der Autobahnraststätte«, sagte Selina. »Komm zu mir, ich habe aus Berlin Schokoladenkaffee mitgebracht.«

»Was zum Teufel ist Schokoladenkaffee?«, fragte Julia, »und was tust du in Berlin?«

Schokoladenkaffee war, wie der Name versprach, Kaffee mit Schokoladenaroma und eines von Selinas Leibgetränken. Davon tranken sie drei Kannen, dazu aßen sie die vier Croissants, mit denen Julia Mona hatte belohnen wollen, ein staubtrockenes Birnbrot und ein ziemlich großes Stück Lachsschinken, auch den brachte Selina sich jedes Mal mit, wenn sie in Deutschland war.

»Die Hinfahrt mit den beiden Burschen war ein Graus«, erzählte sie dabei. »Erst fuhr Michel, ich saß neben ihm. Armín klebte sozusagen zwischen uns, er beugte sich vom Rücksitz aus so weit vor, dass er bei jedem Ruck halb auf die Handbremse fiel, denn Michels Audi A4 Combi ist recht lärmig, und er wollte nichts verpassen. Dann tauschten wir, ich setzte mich nach hinten. Doch gleich begannen die beiden zu grapschen, mitten auf der Autobahn, und nachdem Michel zweimal von der Spur abgekommen war, sagte ich: ›Entweder du lässt mich aussteigen, oder ich fahre.‹ An der nächsten Tankstelle fuhr er raus, Armín kaufte noch zwei Sixpack Lager, sie ließen die Lehne des Rücksitzes runter und machten es sich im Kofferraum gemütlich. Von da an ging es richtig rund. Sie haben gepudert, bis wir Brandenburg erreichten.«

»Was ist pudern?«, fragte Julia.

»Was wohl«, sagte Selina. »Es stank wie im Armeepuff, die Scheiben beschlugen, Gott sei Dank funktionierte wenigstens die Stereoanlage. Allerdings hatten wir nur eine CD dabei, ich habe fünfzehnmal Frank Zappas *Baby Snakes* gehört, und jedes Mal, wenn ›*Titties 'n' Beer*‹ kam, grölten die beiden mit. Das Schlimmste war, dass ich irgendwie selber geil war, aber was wollte ich schon damit anfangen. Ich musste immer wieder an die Katechetin in deinem Drehbuch denken, die mit dem Pfarrer plaudert, während oben die Nachbarn bumsen. Dazu kommt, dass ich im Frühling noch glaubte, Armín und ich landen zusammen im Bett.«

»Das hört sich tatsächlich anstrengend an«, sagte Julia. »Ich weiß nur immer noch nicht, was du in Berlin wolltest.«

»Ins Theater gehen«, erklärte Selina. »Das habe ich auch getan, wobei der erste Abend fast noch schlimmer war als die Fahrt. Ich habe keine Karte für Castorfs *Dämonen* bekommen. Normalerweise kommst du als Schauspielerin immer irgendwie rein, doch diesmal war schon eine Stunde vor Vorstellungsbeginn das Foyer brechend voll, alle suchten Karten, keiner hatte welche. Vielleicht hätte ich sagen sollen, dass ich Geburtstag habe, aber das fand ich irgendwie auch schäbig. Schließlich habe ich mich in die Theaterkantine gesetzt, so habe ich wenigstens die Durchsagen des Inspizienten gehört, und ab und zu kam einer von der Bühne, um eine zu rauchen. Na ja, dafür habe ich an den nächsten Abenden *Die Frau vom Meer* gesehen mit einer zum Heulen guten Corinna Harfouch, und Sophie Rois in *Pension Schöller/Die Schlacht.* Das war Theater von einem anderen Stern, nackter geht nicht, die Schauspieler waren Tiere. Sie haben sich unendlich geschunden, und du wusstest nie, ist jetzt die reine Verzweiflung ausgebrochen, oder zünden sie gerade eine neue Stufe libidinöser Energie. Irgendwie war es beides. Gegen das, was die auf der Bühne leisteten, war das Gebumse der Jungens im Audi Ringelreihen. Gott, wie gern wäre ich bei so was mal dabei!«

»Wobei jetzt?«, fragte Julia und stand zugleich auf, um Selina zu umarmen. »Und herzlichen Glückwunsch noch.«

»Bei Castorf«, antwortete Selina in die Umarmung hinein.

»Ich kann mir darunter gar nichts vorstellen«, gestand Julia, »und als Alleinerziehende werde ich über *Der Zauberer von Oz* und *Oh, wie schön ist Panama* so bald auch nicht hinauskommen. Na, immerhin hatte ich auch mein Abenteuer. Aber erzähl du mir erst, ob du Frank getroffen hast.«

»Kurz«, sagte Selina nur, »wir haben nicht wirklich geredet, und schon gar nicht über den Film. Also schieß los, Julia, was heißt ›Abenteuer‹?«

»Nun, ich habe einen Mann angerufen«, sagte Julia, »der mir im Flugzeug – übrigens auch auf meiner Rückreise von Berlin, sieh mal an – seine Karte gegeben hatte. Er schien Ahnung vom Film zu haben, deshalb wollte ich ihn bitten, *Die Katechetin* zu lesen. Und stell dir vor, er erinnerte sich nicht nur an mich, mit Namen und allem, er sagte: ›Kommen Sie her, lesen Sie mir vor.‹ Das tat ich. Der Mann lebt auf Schloss Mauensee – nein, er besitzt Schloss Mauensee. Er war Diplomat, sammelt zeitgenössische Kunst und hat mir eine Stelle angeboten.«

»Als Drehbuchautorin?«, fragte Selina.

»Nein, als eine Art Archivarin«, sagte Julia. »Er besitzt einen ungeordneten Filmnachlass, den ich aufbereiten soll. Mona und ich hätten sogar eine Dienstwohnung.«

»Du hast aber keine Ahnung von Film«, sagte Selina, »und vom Archivieren wohl genauso wenig.«

»Das habe ich ihm auch gesagt«, erklärte Julia. »Er meinte aber nur: ›Dann lass dich beraten.‹«

»Ihr duzt euch schon?«, fragte sie verwundert. »Bist du sicher, dass es ihm um deine Fachkraft geht?«

»Nein, das bin ich nicht«, sagte Julia offen. »Und ich weiß auch nicht, wie es um seine Familienverhältnisse bestellt ist. Aber Jack ist ziemlich attraktiv.«

»Jack«, wiederholte Selina. »Und was hält er von deinem Drehbuch?«

»Es gefällt ihm«, sagte Julia, »trotzdem kann er nichts dafür tun. Er war da sehr ehrlich.«

»Moment, er besitzt ein Schloss und eine Kunstsammlung und kann es sich nicht leisten, einen Kurzfilm zu unterstützen?«, fragte Selina.

»Vielleicht *noch* nicht«, sagte Julia. »Vielleicht will er mich nicht kaufen.«

Selina lachte und rief: »Er hat dir eine Stelle angeboten, Kind! Das nennt man ›kaufen‹.«

»Zugegeben«, sagte Julia. »Trotzdem ist das nicht dasselbe. Egal, jedenfalls habe ich nicht im Sinn, mit Mona hier wegzuziehen, sie gewöhnt sich gerade erst im Kindergarten ein.«

»Recht so«, sagte Selina. »Aber halt ihn dir warm, diesen Jack, und bietet sich die Gelegenheit, ihn zu heiraten, tu es um Himmels willen.«

Julia lachte. »Du kennst ihn überhaupt nicht.«

»Nein, und das war auch doof von mir«, sagte Selina. »Ich bin nur gerade so gierig darauf anzupacken, Dinge umzusetzen. Doch immer ist dieses verdammte Geld im Weg.«

»Heißt das, du bist wieder mit von der Partie?«, fragte Julia und wollte sie schon umarmen.

»Moment, vor allem will ich spielen«, sagte sie. »Und am liebsten so viehisch wie die Rois.«

Das sagte sie am Nachmittag, als sie in Solothurn zur Probe war, auch zu Rolf. »Bei Castorf ist Theater eine wilde, ausufernde Party«, meinte sie. »Die Schauspieler sind Fleisch und Wut und endlos viel Grips und Witz! Permanent gehen sie über ihre Grenzen, es kann gar nicht anders sein – was sie tun, ist unmöglich kontrollierbar. Und doch haben sie in allem eine Gelassenheit, die schlicht erschlagend ist. Nicht weil sie wüssten: Es kommt schon gut. Was sie erzählen, ist: ›Ich bin auf der Welt, um zu tun, was ich gerade tue. Also tue ich es ganz, ohne Rücksicht auf Verluste, mag es kosten, was es eben kostet.‹ Warum können wir das nicht, Rolf? Warum spielt unsereins so energiesparend? Wir sind andauernd im netten Bereich!«

Rolf lachte. »Berlin ist ein großer Kindergarten, dort werden nur große Gesten überhaupt gesehen. Ich mag Castorf auch, aber nicht, weil sich die Schauspieler bei ihm auskotzen, sondern weil sie bei aller Wucht und pubertären Hampelei scharf und nüchtern analysieren. Wie du sagtest, die Klugheit ist immer Teil des Spiels, diese Klugheit ist es, die Castorfs Inszenierungen heraushebt, nicht der Lärm und das Brachiale.«

Selina zögerte. »Vielleicht hast du recht, was Berlin angeht«, sagte sie. »In unserer so normierten und kleingedachten Schweiz wären aber das Ausufern und die Brüchigkeit des Spiels allein schon ein politischer Akt, findest du nicht? Und es würde sich so geil anfühlen!«

Rolf sagte grinsend: »Ich erkenne dich nicht wieder, Selina. Wo ist die Frau, die alles kontrollieren wollte? Die Künstlerin der kleinen Gesten? Die maximal kultivierte, maximal differenzierte Stimm- und Sprachdrechslerin?«

»Scheiß drauf«, rief sie und wusste selbst nicht, ob sie verärgert oder übermütig war, »ich will einfach auch mal toben! Ich will anfassen und angefasst werden, rumgeschubst – und ich will vögeln dürfen, verflucht noch mal!«

Darüber lachten dann beide, und Rolf sagte: »Ach, wenn es nur das ist.«

»Gott«, sagte Selina, »ich bin so geladen, weiß der Henker, woher das plötzlich kommt. Sag mir, warum sind wir keine Wilden? Warum reißt mir niemand die Hosen runter und nimmt mich einfach, auf der Stelle, ohne Rücksicht?«

»Keine Ahnung«, sagte Rolf. »Mein Bedürfnis ist das leider nicht.« Und nicht einmal, als Selina nachts auf der Heimfahrt – er nahm sie wieder in seinem zwanzigjährigen Toyota mit, in dem es nach Erbrochenem von Kindern und nach Hund stank – von ihrer Fahrt mit Michel und Armín erzählte, zeigte Rolf auch nur das leiseste Anzeichen einer sexuellen Regung.

Dafür hatte Frank mehrmals angerufen, ohne eine Nachricht zu hinterlassen, und sie war kaum zehn Minuten in der Wohnung, als es wieder klingelte.

»Sag mal, was war das gestern?«, fragte er.

»Ich weiß nicht genau«, sagte Selina. »Wir haben was getrunken, und du hast mir erzählt, dass Joëlle einen Geliebten hat. Was erwartest du, Frank – dass ich mit dir heule?«

»Jedenfalls nicht, dass du mir gleich an die Hose gehst«, sagte er.

»Was sollte ich sonst tun?«, fragte sie. »Ich will dich, und das wusstest du. Wenn Joëlle einen hat, sage ich ›Danke schön‹ und greife zu.«

»Aber das ist doch keine Lösung«, rief er.

»Lösung für was?«, fragte sie. »Wofür brauchst du eine Lösung? Menschen paaren sich, Punkt. Darin sind wir auch nur Tiere.«

»Nein«, sagte Frank, »Unsinn, wir sind doch keine Tiere, wir sind leidende und mitleidende Wesen.«

»Ach, geh mir mit dem Schmus, Frank!«, rief sie. »Von mir aus leide du, bis du tot umfällst. Glaub mir, ich habe mit meinem Leben Besseres vor.« Damit legte sie auf.

Im Bett blätterte sie noch im Monatsprogramm der Berliner Volksbühne. Unter dem Titel »Wie Vögel vögeln« stand: »Stockenten haben ein reiches Balzrepertoire, das im Kampf der Erpel untereinander allerdings oft untergeht. Und nicht selten kommt es vor, dass das Weibchen von übereifrigen Männchen ertränkt wird.« Das stellte sie sich interessant vor. Und über die Schwalbe las sie: »Die Schwalbe paart sich dauerhaft. Das ändert nichts daran, dass sich in den Gelegen des Weibchens immer auch Eier befinden, die von anderen als dem festen Partner befruchtet wurden.«

Sie seufzte und löschte das Licht, doch vielleicht, weil sie mittags noch geschlafen hatte, war sie alles andere als müde. Also dachte sie darüber nach, was mit ihr los sein mochte. »Tickt etwa deine biologische Uhr? Oder ist es nur die Hitze?« Denn tatsächlich geriet der Oktober unüblich heiß, und viele Bäume schossen nochmals aus.

Nachdem sie eine Stunde wach gelegen hatte, ging sie – im Nachthemd einer Urgroßmutter, das sie in jungen Jahren beim Stöbern auf dem Estrich ihrer Eltern gefunden hatte – auf den Balkon hinaus, legte die Hände in den Schoß und betrachtete den Himmel. »Einer dieser Sterne könnte dich erschlagen, und nichts Besonderes wäre passiert«, sagte sie zu sich. »Warum haben wir solche Angst zu leben? Worauf warten wir, oder wovor fliehen wir? Warum kann ich nicht, was Armín und Michel können?« Dann hörte sie Herrn Wyss auf dem Balkon unter sich rumoren – offenbar räumte er zu nachtschlafender Zeit noch Blumenkästen hin und her –, ging hinein und aß den restlichen Schinken.

Originalität

Bei den Genossenschaftsversammlungen setzte Erich Wyss sich immer an denselben Tisch, den der ehemaligen Vorstandsmitglieder. Er war sogar zweimal im Vorstand gewesen, in den Siebzigern mehr gezwungenermaßen, weil niemand sonst aus der Röntgenstrasse sich zur Verfügung stellen wollte, dann nochmals Mitte der Achtziger, nach seiner Pensionierung. Damals hatte er sich selbst aufgestellt und eine Kampfwahl gewinnen müssen. Sein Gegner, Peter Lorenz, hatte es aber sportlich genommen und war im Jahr darauf dann auch in den Vorstand nachgerückt, als die amtierende Präsidentin Gret Zuberbühler Großmutter von Drillingen wurde und demissionierte.

Die Kolonieversammlung war also quasi der Stammtisch der Ehemaligen, und er genoss die Treffen. Sie trugen immer etwas Gescheites zur Debatte bei, daneben erinnerten sie sich an »ihre« Zeit, in der alles noch viel improvisierter gewesen war, aber auch zackiger und sowieso politischer. Ihr Tisch musste bei fast jeder Versammlung zur Ordnung gerufen werden, auch das gehörte dazu. Inzwischen war die Runde allerdings gealtert, und als Erich sich diesmal dazusetzte, hatte er eher das Gefühl, am Lumpensammlertisch gelandet zu sein. Gret Zuberbühler kam ganz in Pink, dazu mit Haarmasche, und ihre Leggins saßen so eng, dass nicht zu übersehen war, dass sie Inkontinenzunterwäsche trug. Mauro Tullio, einst ein hoch engagierter Gewerkschafter, der auch in der BGT wahre Brandreden geschwungen hatte, lächelte nach einem Schlägli dauernd schief, und was immer man ihn jetzt fragte, er müeslete nur stets: »Sauglatt, sauglatt.« Am ärgerlichsten jedoch benahm sich der Lorenz, der offensichtlich nicht erkannte, dass er nicht mehr auf der Höhe war, und dauernd die Versammlung mit völlig unnützen Vorstößen aufhielt. Diesmal waren es die Kaffeerahmdeggeli. Zu ihrer Zeit war der Kaffeerahm in Einzelportionen bereitgestellt worden, in einem Schälchen mit den Zuckertütchen. Jetzt standen Halbliterflaschen Rahm und offene Schachteln Zuckerwürfel auf den Tischen. Auf Lorenz' Reklamation hin bat der Präsident die Geschäftsführung um Auskunft. Die erklärte, das geschehe aus ökologischen Gründen. Dagegen führte der Lorenz die Hygiene ins Feld, »Stichwort Milzbranderreger«. Zudem seien Kaffeedeggeli ein Kulturgut, und es werde ohnehin zu wenig für die Kultur getan. Und dabei hatte er am Tisch gerade noch erzählt, dass er seine eigene Kaffeedeggelisammlung weggeworfen hatte, als er zum Sohn gezogen war, weil alle, denen er sie verkaufen wollte, viel zu wenig dafür boten.

Etwas Besseres als den Lorenz hatte die Versammlung aber auch nicht verdient, Ewigkeiten wurden irgendwelche Evaluationsberichte verlesen, danach war das simple Fazit des Geschäftsführers Dr. Häberli: »Summa summarum dürfen wir ergo behaupten, auf gutem Weg zu sein.« Im Anschluss wurde über die Kündigung des neuen Hausmeisters schon während dessen Probezeit orientiert. »Leider stellte sich heraus, dass Paul Lutz sich den Anforderungen einer modernen Wohnungsbaugenossenschaft wie der BG Transport nicht gewachsen sah – womit von unserer Seite her nicht das Geringste gegen seine fachlichen Kompetenzen gesagt sein soll, das haben wir auch in sein Abgangszeugnis geschrieben.«

Hier verlangte Erich ein erstes Mal das Wort, um klarzustellen, dass zu den Kompetenzen eines Hauswarts wohl auch gehören müsse, dass er die Leute nicht ausgerechnet kurz vor zwölf Uhr aus der Wohnung klingle, wenn jedermann beim Kochen sei. »Und wer die zeitweise Überbelegung einer Dreizimmerwohnung um 400 Prozent entweder nicht bemerkt oder gar bemerkt und nicht beanstandet, hat als Hauswart unserer Genossenschaft gleich doppelt nichts verloren.«

Der Präsident nahm es dankend zur Kenntnis, und weil danach der Lorenz vom Erich noch in Zahlen wissen wollte, wie hoch genau die Überbelegung gewesen war, und ihn in eine Diskussion verwickelte, ob sie nun 300 oder 400 Prozent betragen habe, verpassten sie das nächste Traktandum, in dem nämlich die Costas per Akklamation als Nachfolger jenes Paul Lutz begrüßt wurden. Irrtümlich glaubte Erich sogar kurz, der Applaus gelte ihm, und stand auf, um zu danken. Dann begriff er erst, dass es nicht um ihn ging, und klatschte mit, um nicht dumm dazustehen, außerdem rief er: »Recht so!« Dabei hätte er gegen die Costas zwingende Einwände gehabt. Doch abgestimmt ist nun mal abgestimmt, und er verzog keine Miene, als Adamo Costa, der am Nebentisch gesessen hatte, ihm mit Handschlag für seine Unterstützung dankte.

Dafür konnte er unter »Varia« auftrumpfen. »Herr Präsident«, meldete er sich zu Wort, wie sich das gehört, obwohl er den Richi sonst duzte, »das Zelt in unserem Estrich steht noch immer, seit dem Sommer. Ich bitte daher um Auskunft, wann die neue Verordnung bezüglich der Nutzung öffentlicher Räume endlich in Kraft tritt und ob sie wildes Campieren verbietet.«

»Eine solche Verordnung ist überhaupt nicht geplant«, erklärte der Richi verwundert. »Wie kommst du darauf, Erich?«

»Im Juli habt ihr uns einen Fragebogen ausgeteilt«, erinnerte er ihn. »Wir sollten angeben, was wir an Verbesserungen vorzuschlagen haben. Gerda und ich baten dringend darum, dass der gesetzlose Zustand im Estrich behoben und dass klar geregelt wird, was dort erlaubt ist und was nicht. Als Zweites regten wir an, dass jeder Haushalt im Bad eine Waschmaschine eingebaut bekommt. Gerda und ich haben uns auf eigene Kosten eine angeschafft, und unser Leben hat sich damit grundlegend verändert.«

»Wessen Fragebogen soll das gewesen sein?«, fragte der Präsident nach. »Wir haben keine verteilt.«

»Unserer«, sagte Efgenia Costa und stand auf. »Wir hatten von Herrn Häberli den Auftrag, Informationen zu sammeln, welche Anpassungen am dringendsten gewünscht werden.«

»Warum wissen wir davon nichts?«, fragte der Richi mit rotem Kopf den Häberli.

Der war noch röter im Gesicht. »Das hätte eigentlich ganz anders laufen sollen«, sagte er, nachdem er auch aufgestanden war, »von einer Umfrage war nie die Rede. Ich wollte diskrete Informationen, damit wir uns still und konzentriert überlegen können, wie eine allfällige Sanierung, ein Umbau oder Neubau der Kolonie Röntgen auszusehen hat. Dass Handlungsbedarf besteht, ist allgemein bekannt. Das von den Costas initiierte Brainstorming war übrigens in dieser Hinsicht komplett nutzlos, die angefragten Bewohner bewiesen eine blühende Fantasie, doch Konstruktives wurde nicht geboten.«

Beschimpfungen der Mitglieder hörte die Versammlung nie gern, und obwohl die wenigsten wissen konnten, wovon im Detail die Rede war, gab es einige Unruhe, auch Erich rief: »Hört, hört!« und: »Nun mal halblang.«

Es dauerte, bis der Präsident die Ordnung wiederhergestellt hatte. Danach ließ er als Erstes darüber abstimmen, ob das Thema »Fragebogen« angesichts der vorgerückten Stunde auf eine spätere Sitzung verschoben werden solle. Die deutliche Mehrheit war dafür, das jetzt zu klären. »Könnten Sie uns aus dem Stand einen Überblick über die eingebrachten Vorschläge geben?«, fragte er daher die Costas. Das meinten die aber nur halbwegs zu können, und der Häberli überhaupt nicht.

»Dann müssen wir wohl doch vertagen«, sagte der Richi, doch als der Erich rief: »Abgestimmt ist abgestimmt«, bekam er nun auch seinen spontanen Applaus. »Wir wollen die Vorschläge hören«, rief außerdem einer, den der Erich nicht kannte, und der Meierhofer aus dem Vorstand sagte: »Wenn die Geschäftsführung sie uns vorenthält, müssen sie saudoof sein oder irgendwie brisant. Und beides würde ich gern hören.«

Inzwischen hatte Adamo Costa sich auf den Weg gemacht, die Fragebögen zu holen, und Efgenia schlug vor, solange eine Kaffeepause zu machen. Die Situation, die sich daraus ergab, hatte selbst Erich in seinen fünfzig Jahren BGT noch nicht erlebt. Die Leute fassten Kaffee und Gebäck, einige verabschiedeten sich auch, doch die meisten diskutierten ganz aufgeregt, und als Adamo mit den Fragebögen wiederkam, klatschten sie und wollten noch im Stehen hören, was dort stand. Adamo las alle Antworten vor, der Richi konnte gerade noch dafür sorgen, dass er keine Namen nannte. Und die Leute staunten, was da zusammenkam. Ein Vorschlag, die Miete dem Einkommen anzupassen, und einer, im Hof einen Pavillon mit kleinem Wirtsbetrieb zu errichten, wurden spontan beklatscht. Richtig begeistert waren sie aber von der Idee, den Rasen im Hof in Beete umzuwandeln und jeder Wohnung ein Gärtlein zuzuschlagen. Als der Präsident – rein konsultativ natürlich – über die Vorschläge abstimmen ließ, kam das Projekt »Schrebergarten« auf 43 Jastimmen bei zwei Mal Nein und zwei Enthaltungen. Eine dieser Neinstimmen hatte Erich abgegeben – aus Trotz, nachdem seine Anregung »Waschmaschine für jeden Haushalt« deutlich abgelehnt worden war. Die andere Neinstimme kam von Tullio, obwohl er die Idee mit den Gärtchen gerade noch sauglatt gefunden hatte.

Dass Erich dennoch zufrieden heimging, hatte zum einen damit zu tun, dass mehrere – auch der Präsident – nach Versammlungsschluss noch zu ihm gekommen waren und ihm dafür gedankt hatten, dass er ein unsauberes Manöver der Geschäftsführung aufgedeckt und damit nicht zuletzt den Genossenschaftsgeist wieder einmal gestärkt habe. Zum zweiten hatte die gesamte Versammlung über niemand gewagt, ihn auf Gerdas Tod anzusprechen. Ja, selbst als er erklärte: »Jetzt muss ich aber heim, Gerda will abends immer noch Grammophon hören und kann sich nicht mehr zu den Platten bücken«, warfen sie sich am Lumpensammlertisch nur Blicke zu, und Gret, deren Leggins inzwischen trotz Inkontinenzwäsche fleckig waren, sagte philosophisch: »Ja, ja, wir alle werden immer weniger.«

Betroffenheit

Huberts Beziehung zu Edith-Samyra wurde in jenen Wochen auf eine harte Probe gestellt. Die Fröhlichkeit oder vielleicht auch nur Erleichterung, die sie während der Rückreise von Istanbul ausgestrahlt hatte, verlor sich bald nach ihrer Heimkehr. Schon als sie sich eingehender mit den Anschlägen in New York befasste, sagte sie zu ihm: »Hubert, nach so was kann man nicht einfach zur Tagesordnung zurückkehren. Wir müssen beten.« Was sie beten nannte, hatte nichts zu tun mit dem Hersagen des »Vaterunser« oder »Komm, Herr Jesus, sei unser Gast«, das ihn seine Mutter gelehrt hatte, das war ein ungleich komplexerer Vorgang.

Dann erschoss auch noch in Zug ein Amokläufer vierzehn Ratsmitglieder, in den USA wurden Briefe mit Milzbranderregern versandt und töteten oder verwundeten Journalisten und Politiker, und George Bush befahl, Afghanistan zu bombardieren. Edith-Samyra blieb nun die meiste Zeit zu Hause, sie hatte die Fenster mit dünnen Baumwolltüchern verhängt, brannte Rauchwerk ab, sang und tanzte. Dabei trug sie wieder ihre weiße Toga und wünschte sich von Hubert, dass er ebenfalls Weiß trug, wenn er zu ihr kam. Er kaufte sich im Ausverkauf herabgesetzte Slipper.

Mit Alice schien sie sich wieder besser zu verstehen,

jedenfalls meditierten sie gemeinsam für weniger Leid in der Welt. Hierzu trafen sie sich in Alices Wohnung, und zwar jeden Abend zwischen 6 und 8 Uhr. Bald kamen noch weitere verwandte Geister, und selbstverständlich war auch Hubert eingeladen. Vor der eigentlichen Meditation gab es jeweils eine sogenannte Andacht, die zu Beginn abwechselnd Alice und Edith-Samyra abhielten, auch hier beteiligten sich jedoch bald alle.

In einer ihrer Andachten gedachte Edith-Samyra der im Sommer getöteten nepalesischen Königsfamilie, dabei verbrannte sie rituell die Papierblumen, die sie für jedes der Opfer gefaltet hatte, ursprünglich um sie dem Fluss Bagmati zu übergeben, und die sie nach Abbruch der Reise wieder hatte heimtragen müssen. Danach setzte sie eine einzelne, fast kopfgroße rote Blume in Flammen, zum Gedenken an all das Leid, das zu den Anschlägen in New York geführt und das diese wiederum genährt hatten. Zuletzt brannte eine grüne Blume für die Opfer des Massakers in Zug. Das Ritual war nicht ungefährlich, denn zwar verbrannte Edith-Samyra die Blumen über einem Waschzuber voller Wasser, doch lösten sich glühende Papier- und Aschefetzen und wehten unkontrollierbar durch den Raum. Die Katzen jagten danach und versuchten sie zu fressen, und weil die Blumen nicht vollständig verbrannten, verstopften die Überreste schließlich die Toilette. Hubert brauchte zwei Stunden, um sie wieder freizustochern.

Alice legte in ihren Andachten mehr Gewicht auf die kosmischen Zusammenhänge. Sie erinnerte an das Erdbeben in Indien, das im Januar mehr als 30 000 Menschenleben gekostet hatte, und referierte davon ausgehend über vier bereits vergangene Zeitalter: eines der vier Jaguare, eines der vier Winde, eines der vier Regengüsse und eines der vier Wasser. Sie alle hatten in Katastrophen geendet, die die Menschheit auslöschten: Einmal waren alle von wilden Tieren zerfleischt worden, dann hatten Orkane, ein Flammenmeer und eine Flut ihnen den Garaus gemacht. »Unser jetziges Zeitalter«, erklärte Alice zuletzt, »heißt Zeitalter der vier Bewegungen, und den Homo sapiens werden Erdbeben vernichten. Wer weiß, vielleicht hat unser Ende schon begonnen.«

Darüber wollte sie nun meditieren, doch Hubert meldete sich zu Wort und sagte: »Das ist so erschütternd, dass ich gar nicht weiß, worüber ich meditieren soll. Ich würde ja gern an etwas Gutes dabei denken.«

»Ja, Hubert«, sagte Alice darauf nur, »suche darin das Gute.« Das wollte ihm aber nicht gelingen, und den ganzen nächsten Tag wurde er den niederdrückenden Gedanken nicht los, dass die Menschheit schon so gut wie ausgelöscht war.

Am nächsten Abend übernahm ein vierschrötiger Kunstmaler mit Bart und Nickelbrille die Leitung, er hieß Ruedi und empfing sie nackt. Alices Wohnzimmer hatte er mit Leinwand ausgelegt. Im Durchgang zur Küche stand ein Stativ mit Kamera und mitten im Raum ein Kübel rote Farbe. Neben diesem stellte Ruedi sich auf, und als alle um ihn versammelt waren, sagte er: »Heute sind wir Tiere. Ich weiß nichts über sie. Ich weiß nicht, ob sie leiden wie wir. Ich weiß nicht, ob es für sie einen Unterschied macht, ob sie von Menschen getötet werden oder an einer Krankheit sterben, so wenig, wie ich weiß, ob es für uns Menschen einen macht. Doch als im Februar allein in Großbritannien wegen der Maul- und Klauenseuche drei Millionen Schafe und Rinder getötet wurden, habe ich mir vergeblich vorzustellen versucht, wie viel Blut das gewesen sein muss, wie viel Schmerz, wie viel Kadaverfleisch. Und da ich, wie ihr wisst, ein prozesshaft arbeitender Künstler bin, möchte ich euch bitten, hier mit mir dieser Frage nachzugehen. Wir wollen inmitten sterbender Leiber liegen, inmitten von Blut, so viel Blut, dass wir nicht mehr wissen, ist es meines oder deines. Zu diesem Zweck schlage ich vor, ihr zieht euch ebenfalls aus. Wir bemalen einander mit bloßen Händen und wälzen uns auf der Leinwand, sie soll der Bildträger unserer gewonnenen Erkenntnis sein. Ach so ja, und ich wäre froh, wenn jemand von euch – am besten jemand mit technischem Flair – während des Prozesses die Kamera bedienen könnte, sie läuft bereits. Keine Sorge, die Aufnahmen sind nur fürs Archiv bestimmt.«

Dafür meldete sich Hubert und war froh, nicht Teil des Happenings sein zu müssen. Aber auch die anderen behielten zumindest ihre Unterwäsche an, und als Ruedi – der eben noch die Brille ausziehen konnte, ehe er als Erster eingefärbt wurde – sich wild schreiend zu Boden fallen ließ und dort in Zuckungen wälzte, wie offenbar in seiner Vorstellung sich ein Schaf in Agonie wälzt, nahm Alice der Aktion zusätzlich Schärfe. Sie bat um Rücksicht den Nachbarn gegenüber, die, wie sie sagte, nicht alle so aufgeschlossen waren wie Edith-Samyra. Danach half es auch nicht mehr, das Ruedi immer wieder in die Runde rief: »Zweieinhalb Millionen, denkt euch einen Berg von zweieinhalb Millionen toten Schafen.« Statt elend zu verenden, versahen sie einander nur mit einer Art Kriegsbemalung, knieten nieder und pressten die bemalten Gesichter in die Leinwand. So entstand etwas, das Edith-Samyra Totenmasken nannte, Ruedi bezeichnete sie als Gesichtsabwicklungen und verglich sie mit dem Leichentuch Christi.

Schließlich war auch Hubert an der Reihe, eine Andacht zu leiten. Alice forderte ihn dazu auf.

Edith-Samyra, schien ihm, hätte lieber gesehen, dass sie ihn ausließ. »Möchtest du Hilfe?«, fragte sie sofort.

»Nein, ich komme klar«, sagte er.

»Du kannst auch nur Musik abspielen«, erklärte sie. »Ich habe eine sehr schöne Kassette mit Trauer-Ragas.«

»Nein«, sagte er nochmals, »ich komme wirklich klar.«

Und zwar hatte er vor, davon zu erzählen, wie er im Frühling zu herabgesetztem Preis Begonien gekauft und darauf Blattläuse entdeckt hatte. Weil es sich um eine Aktion handelte, hatte er sie nicht umtauschen können und war zu einer Auseinandersetzung mit dem Wesen und der Eigenart der Blattlaus gezwungen gewesen, die ihn letztlich mindestens so sehr bereichert hatte wie die Blüte der Begonien.

Obwohl er nicht wirklich begriff, in welchem Zusammenhang dieses Erlebnis mit den Attentaten in New York stand, dem Krieg gegen Afghanistan oder 30 000 Erdbebenopfern, schien es ihm richtig, davon zu berichten.

Allerdings kam es anders. Am Abend nach Ruedis Happening war er an der Limmat gewesen und hatte das genossen. Als dann zu seiner eigenen Andacht herrlich laues Wetter herrschte, mit ganz zartem und goldenem Licht, sagte er sich: Wer weiß, ob wir dieses Jahr nochmals einen so schönen, milden Abend erleben? Dasselbe sagte er zu Alice, Edith-Samyra und deren Freunden. »Ich möchte«, fuhr er fort, »deshalb mit euch spazieren gehen, und zwar die Limmat entlang. Es wird schon dunkel, und beim Quartierzentrum werden wieder diese fetten Falter sein, die sich wie Kamikazeflieger auf alles stürzen, das ein bisschen leuchtet. Vor allem für diejenigen von euch, die Weiß tragen, kann das lästig werden. Doch sagt euch einfach: Auch diese Kamikazefalter sind Wesen auf der Suche nach etwas Licht oder Erleuchtung, nicht anders als wir. Und wer weiß, vielleicht erkennen sie mehr in uns als wir selbst.«

Also zogen sie los. Edith-Samyra holte noch in ihrer Wohnung einen dunklen Überwurf, angeblich der Herbstluft wegen, die ihre Bronchien reizte, und Hubert wartete auf sie. Währenddessen stellte sich der dritte Mann in der Runde zu ihm, ein Buchantiquar, denn sie Knust nannten. »Ich kann mich ja nur schwer überwinden, an der Limmat zu flanieren, während in Afghanistan Menschen im Bombenhagel sterben«, sagte er.

»Ja, Knust, das verstehe ich«, sagte Hubert, »aber versuch es einfach.«

Und er hatte recht gehabt, es war der letzte richtig warme Abend.

Eigenheit

Ein angenehmer Nebeneffekt davon, dass Edith-Samyra zurückgezogen für das Heil in der Welt betete, war, dass Hubert fast wie früher leben konnte: Er schlief wieder in Unterhose und Socken statt im Pyjama, dazu bei geschlossenem Fenster, er würzte Eier und Salat mit Aromat und aß fast täglich einen Toast Hawaii, meist vor dem Fernseher. Außerdem hatte er viel Zeit, um zu musizieren, und das war doppelt schön, denn Pit – inzwischen duzten sie sich – hatte seine Einladung angenommen, mit ihm Tangos einzuüben. Er kam fast jeden Morgen, gleich nachdem Petzi zur Universität gefahren war. Pit war zwar ausgesprochen schweigsam, dafür probte er diszipliniert, was Hubert umso mehr bewunderte, als Pits Harmonium kaum spielbar schien. Zumindest fehlten Töne, und sie tüftelten oft lange, bis sie einen Weg entdeckten, alle Harmonien – oder Changes, wie Pit sagte – umzusetzen. Das war umso wichtiger, als Hubert auf der Tuba gleichfalls eingeschränkt war und die Melodie nur selten so spielen konnte, wie sie notiert war – eine Tuba ist nun einmal keine Geige.

Einmal kam Moritz Schneuwly zu Besuch, der in der Wohnung über Hubert wohnte und nicht lernen konnte, wenn sie spielten. Das nahm er ihm und Pit nicht etwa übel, ganz im Gegenteil: »Ihr klingt so schräg, am liebsten würde ich gleich mitspielen«, sagte er. Nur war er leider weder musikalisch noch beherrschte er ein Instrument, und als Hubert Moritz vorschlug, auf dem Kamm zu blasen – in der Samstagabend-Show im Fernsehen hatte er einen ganz erstaunlichen Kammbläser gehört, der den *Hummelflug* gegeben hatte –, lachte Moritz Schneuwly nur und meinte: »Lieber bin ich euer technischer Berater.«

Tatsächlich war er mit den Händen sehr geschickt und richtete im Nu den Notenständer, den sie verwürgt hatten, zudem gab er Pit Ratschläge für die Reparatur des Harmoniums, die hochvernünftig klangen. Pit blieb allerdings reserviert, und als sie wieder allein waren und Hubert fragte: »Ist das nicht ein feiner Kerl?«, sagte Pit: »Jedenfalls ist Petzi von ihm ganz begeistert. Aber lass uns lieber spielen als quatschen.« Also spielten sie, und wenn sie Pause machten, saßen sie am Küchentisch und diskutierten Noten oder aßen schweigend weißes Pfünderli mit Gerberkäse – das war auch so eine Sache, die sich Hubert nur traute, weil Edith-Samyra nicht mehr bei ihm ein und aus ging.

Zudem sah er Erich wieder öfter, den Anstoß dazu hatte Moritz Schneuwly gegeben. »In diesem Haus war es mir oft fast zu still, doch nun dröhnt es richtig«, hatte er gesagt, »mal von oben, mal von unten. Herr Wyss hat neuerdings eine Vorliebe für Hardrock, wusstet ihr das? Und er wandert nachts durchs Haus.«

Dem wollte Hubert auf den Grund gehen, denn natürlich hatte er den Hardrock schon gehört, er hatte nur geglaubt, das wären Costas. Als es wieder lärmte, ging er hoch und klingelte, doch Erich konnte ihn unmöglich hören. Also klopfte er kurz und heftig und trat ein.

Gerade lief ein E-Gitarren-Solo, Erich spielte dazu Luftgitarre. Als er Hubert sah, schloss er mit zwei Luftakkorden ab, dann hob er die Nadel von der Platte, wischte sich den Schweiß mit einem Handtuch ab und fragte ihn: »Erinnerst du Uriah Heep? Früher durfte ich so was nicht mögen, das war Sepps Musik. Dabei glaube ich, als Gitarrist hätte ich Karriere gemacht.«

»Kauf dir eine Gitarre«, redete Hubert ihm zu. »Dafür wird es wohl noch langen.«

Erich winkte aber ab: »Gerda kann ich das nicht antun. Zwanzig Jahre haben wir davon gesprochen, ihr eine bessere Nähmaschine zu kaufen, und haben es nicht getan. Da kann ich nicht so aus dem Nichts mit einer E-Gitarre kommen.«

»Erich«, sagte Hubert möglichst sanft, »Gerda ist tot. Und sicher würde sie dir nur das Beste wünschen.«

Erich starrte ihn kurz an, dann ging er in die Küche, nahm drei Tassen aus dem Schrank, stellte eine wieder zurück und brühte sich und Hubert Kaffee Hag auf.

»Natürlich, das weiß ich auch«, sagte er. »Beides, dass sie tot ist und dass sie nur das Beste für mich wollen würde. Sie war immer viel zu weich. Nur nicht mit sich selber.« Dann rührte er sich Blaubeermarmelade in den Kaffee. »Ich wollte gestern Zucker aus dem Keller holen«, sagte er, »doch der Schneuwly hat mich zu Tode erschreckt, er kam mit seinem Fahrrad, nachts um was-weiß-ich. Macht nichts, Heidelbeeren helfen gegen Falten, hat Gerda gelesen.«

In einem Papiersack fand er außerdem eine angebrochene Packung Knäckebrot, die er auftischte. Während er es in den Kaffee brockte, fragte er: »Warum interessieren sich die Leute so dafür, dass Gerda tot ist? Als sie lebte, sahen sie sie auch nicht, Gerda blieb ja immer in der Wohnung, und kein Mensch besuchte sie. Umgekehrt ist sie doch jetzt nicht einfach weg, verschwunden, nur deswegen, weil sie tot ist. Tote sind doch trotzdem da. Wenn man fünfzig Jahre an der Seite einer Frau gelebt hat, ist das jedenfalls wie eingebrannt. Das ist wie bei den siamesischen Zwillingen: Wenn die auseinandergeschnitten werden, bleiben sie trotzdem siamesisch. Weißt du, was ich meine? Da ist ein Austausch, vielleicht nicht mehr körperlich, aber geistig, sie denken gemeinsam.«

»Ja, ja, das habe ich auch mal gelesen«, sagte Hubert.

»Siehst du«, sagte Erich. »Und ich denke gemeinsam mit Gerda. Habe ich immer getan. Warum bitte soll ich das noch ändern? Zwei, drei Jahre, und ich bin auch tot.«

Hubert sagte: »Ja, das leuchtet mir ein. Aber gibt es denn rein gar nichts, das du jetzt noch tun willst? Etwas, das du nicht konntest oder durftest, solange Gerda lebte?«

»Du meinst, ins Puff«, sagte Erich. »Mich hat es nie ins Puff gezogen. Und wenn ich Uriah Heep auflegen will, stelle ich mir vor, sie ist gerade beim Frisör. Das ist das Schöne, in der Erinnerung braucht sie nicht mehr invalid zu sein. Ja, ich kann sie sogar verreisen lassen. Nicht zu lange, höchstens mal nach Bad Ragaz, sonst mache ich mir schon Gedanken – eine wie die Gerda hat Verehrer. Ja, die hatte Zunder. Weißt du, dass sie bis zuletzt darauf bestand, dass wir nackig schlafen? Warte, vielleicht kann ich noch den Satz.« Er stand auf und wanderte durch die Wohnung, dabei hörte Hubert ihn palavern. Dann kam er zurück und sagte: »Tut mir leid, der Satz ist weg. Es war etwas wie: ›Du bist ein Mann, Erich, und ich bin eine Frau. Ich sehe dich noch immer so, wie ich dich vor sechzig Jahren sah, schön und stark. Deshalb will ich weiter mit dir nackt ins Bett.‹ Hat das nicht Klasse, Hubert? Warum sollte man eine solche Frau hinter sich lassen wollen, warum? So dumm kann niemand sein – außer vielleicht der Sepp, der Trottel. Der hat sich ja beim ersten kleinen Streit gleich scheiden lassen.«

Danach schwiegen beide, doch es war ein gutes Schweigen, und als Hubert fragte: »Stimmt es, dass du nachts durchs Haus tigerst?«, sagte Erich ganz ruhig: »Die Nacht ist keine schlechte Zeit, das weißt du selbst, Hubert. Du warst doch als Trämler auch im Dunkeln unterwegs. Nachts fühle ich mich momentan am wohlsten. Tags gaffen alle, oder schlimmer noch, sie wollen nett sein. Warum sollten sie jetzt plötzlich nett zu mir sein, ich bin doch immer noch ich. Und Leute, die nett tun, konnte ich nie leiden.«

»Komm abends mal mit mir ins ›Schwänli‹, Erich«, schlug ihm Hubert vor. »Dort tut bestimmt keiner nett, und du kommst wieder mal unter Leute.«

»Siehst du, das meine ich«, sagte Erich. »Warum soll ich jetzt auf einmal unter Leute? Als Gerda noch lebte, war ich viel mehr verlocht als jetzt, und keiner hat gefragt, ob ich auf ein Bier mitkomme. Aber ihr müsst mit mir zu diesem Treffen, du und Edith-Samyra, schließlich habt ihr mir das eingebrockt.«

Was er meinte, war das Schlichtungsgespräch mit Schläpfers und dem Beistand, und da Edith-Samyra weiterhin in Trauer war, begleitete ihn Hubert allein.

»Vergiss das Geld nicht«, hatte Erich noch gemahnt, »das brauchen wir, und zwar in bar.«

Der Beistand, Treuhänder von Beruf, hieß Müller und war so blass wie sein Name. Als sie in sein Büro kamen, waren die Schläpfers schon da. Als Erstes ging Erich auf Herrn Schläpfer zu, gab ihm die Hand, verbeugte sich dabei und nannte ihn Maestro. Danach küsste er Frau Schläpfers Hand und sagte: »Was auch vorgefallen sein mag, Gnädigste, es ist nur Ihrer Schönheit zu schulden, die mich blind und taub gemacht hat gegenüber der Hinterlist böser Menschen.« Und zu beiden sagte er: »Danke, dass Sie mir noch eine Chance geben. Danke, dass Sie sich hierherbemühen. Meine Frau Gerda ist leider verhindert, doch ich spreche auch in ihrem Namen, wenn ich sage, dass wir tun, was immer nötig ist, um diese beschämende Geschichte hinter uns zu lassen. Nur eines möchte ich noch sagen: Wir sind ebenso Betrogene wie Sie. Doch was will man mit gut achtzig Jahren ein junges, verirrtes Familienmitglied ins Unglück stürzen? Wir werden also alles auf uns nehmen, und fordern Sie für mich Gefängnis, gehe ich auch ins Gefängnis.«

»Das wird hoffentlich nicht nötig sein«, meldete der Beistand sich zu Wort. »Um das zu vermeiden, sind wir ja hier.« Und so war es auch, Schläpfers wollten nur ihr Geld zurück. Erich hatte es sich vorher schon von Hubert geben lassen und zählte es auf den Tisch, Tausender um Tausender. Aus dem eigenen Sack legte er zuletzt noch zehn Franken drauf. »Fürs Tram«, sagte er und bestand darauf, dass sie es nahmen. Auch dem Beistand steckte er zehn Franken zu.

»Siehst du, Hubert«, sagte er danach, als sie wieder nach Hause gingen, »wenn die Leute Bargeld sehen, können sie nicht widerstehen. Sie wären auch zufrieden gewesen, wenn ich 5000 hingeblättert hätte. Nur würde Gerda das nicht dulden.«

»Schon möglich«, sagte Hubert. »Wenn man dich nicht kennt, wirkt es aber arrogant.«

»Na und?«, fragte Erich. »Ich hatte ja nicht vor, Frau Schläpfer zu verführen. Obwohl ich es gekonnt hätte. Und das mit den zehn Franken fand ich selber übertrieben, aber das musste ich tun, Gerda zuliebe. Sie ist immer korrekt bis ins letzte Detail.«

Empathie

Ich fasse es nicht«, sagte Julia, als sie Sebastian endlich am Telefon hatte. »Du gibst Ror Normann einen Korb, und dann verlegst du diesen Schundroman? Ich erinnere mich nicht, wann ich je etwas so Mieses gelesen habe. Hier stimmt nichts, aber auch gar nichts. Die Psychologie der Figuren, die Sprache, die Erzählhaltung, der Aufbau, das Zielpublikum, das Erzählformat – alles mangelhaft. Auch kein Thema ist erkennbar, nicht einmal in Ansätzen. Dazu badet der Autor in Selbstgefälligkeit. An einem solchen Text gibt es nichts zu lektorieren.«

»Bist du fertig?«, fragte Sebastian.

»Nein«, sagte sie spitz, »ich hole nur Luft.«

»Was Ror Normann angeht«, erklärte er, »so habe ich ihm keinen Korb gegeben, ich finde nur euer neues Projekt nicht gut. Der Zeichenstil gefällt mir nicht, und die Geschichte auch nicht. Das mag etwas für ein kleines, auserwähltes Publikum sein, aber du weißt so gut wie ich, dass die Herstellung von Kinderbüchern für eine solche Klientel zu teuer ist, unter 20 000 Exemplaren rechnet es sich einfach nicht.

Ich habe Ror vorgeschlagen, dass er sich mit Monique nochmals dransetzt. Sie hatte einige sehr schöne Ideen, wie man die Geschichte aufpeppen kann. Und dann soll er sich in Gottes Namen die Zeit nehmen, um sie anständig zu illustrieren.«

»Ausgerechnet mit Monique«, sagte Julia. »Ich kann mir sehr gut vorstellen, was die vorschlägt. Und du hast ganz einfach unrecht: Die Geschichte des kleinen Moritz stimmt von A bis Z, die Zeichnungen sind ein Wurf. Das ist endlich wieder einmal ein Buch, das auch die Eltern lieben werden und nicht schon beim dritten Vorlesen entnervt in eine Ecke pfeffern.«

»Mag sein, dass du recht hast«, sagte Sebastian, »trotzdem will ich es nicht haben. Und wegen dem Jugendroman von Spindler … wie heißt er schon wieder?«

»Möwenschreie gegen den Wind«, sagte Julia bitter. »Allein der Titel ist wie eine Fistel im Hintern.«

»Meinetwegen«, sagte Sebastian. »Trotzdem erwarte ich von dir Loyalität. Wir haben eine Lücke im Programm, beziehungsweise zwei. Wenn Paul Spindler ein Buch schreibt, ist das ein Selbstläufer, und dass er damit zu uns kommt, ein Geschenk des Himmels. Der Mann ist quer durch die Generationen Kult, die Alten kennen ihn vom Radio, die Jungen von den Pop-Moderationen auf Pro7. Und ab dem Frühjahr hat er dort sogar eine Primetime-Show. Mehr durfte er noch nicht verraten, aber auf alle Fälle erreicht der Mann Millionen. Der Stoff hat das Potenzial, verfilmt zu werden, und das Beste ist: Paul Spindler zieht um, auf einen Bauernhof, und genau dann, wenn das Buch erscheint. Ich sage nur Homestory, Homestory, Homestory. Wir starten im August mit einer 100 000er-Auflage, und ich gehe jede Wette ein, zu Weihnachten sind wir bei einer halben Million. Statt also über Monique zu lästern, solltest du ihr auf Knien danken, Julia. Sie hat uns den Fisch an Land gezogen und dafür gesorgt, dass wir uns die nächsten fünf Jahre keine Sorgen mehr um unsere Stellen machen müssen.«

»Warum lektoriert Monique dann den Schinken nicht selber?«, erkundigte sich Julia.

»Weil wir einen alten Hasen brauchen«, sagte Sebastian. »Monique ist Anfängerin, sie hat noch nicht die Übersicht, die ein solcher Text verlangt.«

»Ich dachte, der Inhalt des Buchs ist egal«, sagte Julia, noch immer grantig.

»Nein, natürlich nicht«, sagte Sebastian, »wir haben einen Ruf zu verteidigen. Und ich weiß, dass du aus jedem Manuskript das Maximum herausholst.«

»Bis zum Maximum ist es in diesem Fall ein weiter Weg«, sagte Julia. »Für 800 Franken Pauschale ist das kaum zu machen, ich arbeite daran mindestens drei Monate.«

»Die hast du gar nicht«, sagte er. »Ich habe Paul Spindler versprochen, dass wir bis Weihnachten mit dem Lektorat durch sind. Er hat danach zu viel um die Ohren. Und mehr als 800 liegen einfach nicht drin, du weißt doch, wie tief wir in den roten Zahlen stehen.«

»Dann gib mir eine Tantiemenbeteiligung«, sagte sie, »zwei Prozent. Ich fürchte, ich muss wirklich alles neu schreiben.«

»Eine Beteiligung musst du mit Paul Spindler direkt ausmachen, das geht mich nichts an«, antwortete Sebastian.

»Gut, gib mir seine Nummer«, bat Julia.

Sie erreichte Paul Spindler auch sofort. Allerdings setzte er sie nach zwei Sätzen auf *Hold*, weil er noch ein Gespräch beenden musste. Julia öffnete, während sie wartete, die Post, darunter ein Rundschreiben des Vorstands der BG Transport, das sie nur las, weil ihr das Wort »Gärtlein« ins Auge sprang: »Anlässlich der GV von vorletzter Woche erfuhren wir von Ihrem Engagement in Zusammenhang mit einer Befragung, die eine Verbesserung der Wohnsituation in der Kolonie zum Thema hatte. Wir möchten allen herzlich für die eingereichten Vorschläge danken. Einer davon hat es der GV und dem Vorstand besonders angetan. Die Rasenflächen im Hof in Gärtlein umzuwandeln und jeder Mietpartei (so gewünscht) eines zuzuweisen, ist eine frische und überzeugende Art, den Nachbarschaftsgeist zu pflegen und die Kolonie noch etwas menschlicher zu machen. Wir wollen dieses Projekt daher im kommenden Jahr bevorzugt weiterverfolgen.«

Dann meldete sich Paul Spindler wieder. »Können wir uns duzen?«, bat er gleich. »Ich bin der Päuli.«

»Julia«, sagte sie. »Ich bin die Lektorin deines …«

»Ja, ich weiß, meines Machwerks«, unterbrach er gut gelaunt. »Es floss einfach so aus mir heraus. Bestimmt ist ganz vieles noch nicht auf den Punkt gebracht. Aber weißt du, ich fand es einfach herrlich, mich in all die Figuren hineinzudenken. Das war wie in fremden Kleidern spazieren zu gehen. Außerdem war das Buch meine Rettung, ich hatte einen sehr schwierigen Sommer, mit einer Trennung nach zwölf Jahren Beziehung. Im Schreiben fand ich die Geborgenheit, die ich in meinem eigenen Leben verloren hatte.«

Das Gespräch verlief ganz anders, als Julia erwartet hatte, und sie schwamm etwas.

»Es ist nur so«, sagte sie so freundlich wie möglich, »dass dein Text noch ziemlich weit davon entfernt ist, druckreif zu sein.«

»Ist er zu kurz?«, fragte er. »Ich kann locker noch mehr schreiben, allerdings erst nächsten Sommer. Bis dahin ist mein Kalender voll.«

»Nein, zu kurz ist es kaum«, sagte Julia. »Oder anders gesagt: Um diese Frage zu beantworten, müssten wir uns erst darauf einigen, was es werden soll. Für einen Jugendroman ist es eher zu lang, und die Heldin ist zu jung. Wobei ich auch da nicht ganz durchblicke. Irgendwo steht, Sara sei fünf, aber in den Dialogen wirkt sie eher wie drei, sie bringt ja kaum einen geraden Satz zustande. Zum Vergleich, meine Tochter Mona sprach mit zweieinhalb Jahren fließend. Wie Sara die Welt wahrnimmt, ist dagegen viel zu erwachsen: ›Sie sah sie dastehen, an den schieferfarbenen Volvo gelehnt, als sei sie die Herrscherin über die noch menschenleere Straße‹ – das ist einfach nicht, was Kinder in einer solchen Situation denken. Immerhin handelt es sich um Saras erste Begegnung mit der Frau, die ihre Familie auseinandergerissen hat.«

»Ja, das leuchtet ein«, sagte Päuli. »Ich fand es einfach ein schönes Bild. Aber wenn du meinst, kippen wir es.«

»Das war nur ein Beispiel von ganz vielen«, sagte Julia. »Und nicht nur die Metaphern hinken. Sara ist so verzweifelt, dass sie auf den Gulli starrt und vorhat, sich in den Schacht zu stürzen, wenn sie nur jemanden findet, der den schweren Deckel für sie anhebt. Stattdessen kommt dieser schrullige Zwerg daher, der auf seinem Dackel reitet – übrigens eine ganz hübsche Figur –, sie unterhalten sich eine halbe Seite lang, und Saras Schwermut ist vergessen. Ohne dass ihr Meinungsumschwung irgendwie thematisiert würde, geht sie mit den beiden mit, was doppelt merkwürdig ist, weil sie doch Geburtstag hat und nächtelang nicht schlafen konnte, weil sie nicht wusste, ob sie nun das Pony kriegt.«

Darauf hatte Päuli nichts zu sagen. Erst als sie fragte: »Bist du noch da?«, räusperte er sich und stellte fest: »Dein Verleger, dieser Sebastian, war doch aber von dem Buch ganz begeistert.«

»Mag sein«, sagte Julia. »Ich bin Lektorin, meine Aufgabe ist es nicht, begeistert zu sein, sondern Texte zu Büchern zu machen. Und in deinem Fall gibt es da noch höllisch viel zu tun.«

»Ich glaube nicht, dass ich das kann«, sagte er. »Mir leuchtet alles ein, was du sagst, aber ich bin nicht klug genug, um das besser hinzukriegen.«

»Mit Klugheit hat das überhaupt nichts zu tun«, sagte sie, obwohl sie anderer Ansicht war, »und ich bin ja da, um dir zu helfen. Wir müssen uns als Erstes auf ein Thema einigen, Vertrauen beispielsweise, oder vielleicht noch besser Selbstvertrauen – du reißt tausend mögliche Themen an und führst keines durch. Dann suchen wir einen neuen Schauplatz. Du schreibst von diesem Haus an der Nordsee, in dem Sara ihren Vater schließlich zur Rede stellen will und wo sie ihn, wenn ich richtig verstanden habe, vor dem Selbstmord rettet. Denselben Vater notabene, den sie in der Szene davor dabei beobachtet hat, wie er sehr zufrieden mit Freunden den Hafen entlangspazierte und plante, gemeinsam mit ihnen ein Fischerboot zu kaufen.«

»Himmelhochjauchzend, zu Tode betrübt«, »sagte Päuli ohne rechte Überzeugung, »das gibt es doch.«

»Schon«, sagte Julia, »nur ist der Vater nicht der Typ dafür, im Gegenteil wirkt er hundertmal solider als die Mutter. Dass die sich umbringt, kann ich mir gut vorstellen, und ihre Labilität wäre auch ein guter Grund für ihn, sie zu verlassen.«

»Nein, das will ich auf keinen Fall«, erklärte er. »Damit gäben wir ihm ja noch recht.«

»Na ja, vielleicht ist die Wirklichkeit auch nicht so schwarz-weiß, wie du sie darstellst«, sagte sie.

»Aber Sara ist doch ein Kind«, rief er aus, »Kinder sehen nun mal alles schwarz-weiß!«

»Nein, das tun sie nicht«, widersprach ihm Julia, »jedenfalls nicht mehr als Erwachsene. Und ein so reflektiertes Kind wie Sara hätte sich genau diese Frage längst gestellt.«

»Welche Frage?«, wollte er wissen.

»Die nach der Schuld«, antwortete sie.

Päuli schwieg wieder, dann sagte er: »Mir wird übel, wenn ich daran denke, was da auf mich zukommt. Was ist mit dem Schauplatz?«

»Ja, das Meer«, sagte Julia. »Ich habe recherchiert, an der Nordsee gibt es keine Häuser mit Privatstrand, die gesamte Küste ist öffentlich. Der Vater müsste an die Ostsee ziehen. Allerdings lebt dort ein ganz anderer Menschenschlag.«

»Ich habe das Buch auf Sylt geschrieben«, sagte Päuli, »in meinen Augen passte alles. Jetzt weiß ich gar nicht mehr, ob ich es noch herausgeben will. Wie würde das Ganze denn weitergehen?«

»Das entscheidest du«, sagte Julia. »Sebastian denkt, ein

einfaches Lektorat reicht, aber wenn du dir das Überarbeiten nicht zutraust, müssen wir eine andere Lösung finden.«

»Du wüsstest genau, was zu tun ist, oder?«, fragte Päuli. »Kannst du nicht einfach so tun, als seist du ich, und alles so hinbiegen, dass es passt?«

»Doch, vielleicht«, sagte sie. »Nur sind das zwei bis drei Monate Arbeit. Dazu kommt, dass Sebastian das Manuskript bis Anfang Dezember auf dem Tisch haben will, das hieße also doppelte Schicht. Und das für 800 Franken brutto.«

»800 pro was?«, fragte er.

»800 insgesamt«, sagte sie.

»Das ist nicht möglich«, sagte er. »Warum bezahlt dieser Sebastian dich so schlecht? Verdient dein Mann so viel?«

»Ich bin alleinerziehend«, sagte sie, »und das sind eben die Tarife in der Branche. Ein literarischer Übersetzer etwa bekommt 12 bis 15 Franken pro Seite. Übersetz mal eine Seite Dostojewksi und sieh, wie lange du dafür brauchst.«

»Aber davon kann man unmöglich leben«, sagte er.

»Es gibt auch Texte, die es mir leicht machen«, sagte sie. »In guten Monaten komme ich auf 2000 Franken.«

Päuli dachte einen Augenblick nach. Dann sagte er: »Also gut, wir regeln es so: Du machst mein Geschreibsel zu einem guten Buch. Während der Zeit, die du dazu brauchst, lebe ich mit deinem Einkommen, du bekommst meines. Dafür nehme ich mir das Recht heraus, eine Radiosendung darüber zu machen. Nicht darüber, dass du mein Buch umschreibst, das bleibt unter uns. Darüber, dass ich lebe wie jemand aus der Buchbranche. Als Aufhänger nehme ich diese Sache mit der Buchpreisbindung. Das betrifft euch auch, oder sehe ich das falsch?«

»Ja, das betrifft uns sehr«, sagte Julia. »Wir würden noch weniger verdienen, beziehungsweise ein Verlag wie unserer würde wohl eingehen.«

»Wunderbar«, sagte er. »Als Aufhänger, meine ich. Bist du einverstanden?«

»Ja, das klingt gut«, antwortete Julia. »Wenn ich auch keinen Schimmer habe, was jemand wie du verdient.«

»Über den Daumen gepeilt das Fünfzigfache«, sagte er. »Das müssen wir aber auch nicht an die große Glocke hängen. Obwohl es mir momentan schon etwas Bauchschmerzen macht, weil ich glaube, dass du x-mal mehr auf dem Kasten hast als ich. Ich bin eigentlich nur ein begabter Schwätzer und gut darin, auch andere zum Quatschen zu bringen.«

»Stimmt, ich habe gerade auch ziemlich viel gequatscht«, gab sie zu.

»Unter Quatschen verstehe ich etwas anderes«, sagte er. »Dann sind wir im Wort? Ich schreibe dir gleich noch eine E-Mail, damit du etwas Schriftliches hast. Und brauchst du jetzt schon Geld?«

»Ich weiß noch nicht«, sagte sie, »ich muss über alles nachdenken. Du wirfst gerade meine Pläne ziemlich durcheinander.«

Nachdem sie aufgelegt hatten, ging sie ins Kinderzimmer, wo Mona mit ihrer Freundin Jessica Prinzessin spielte. »Rate, was ich erfahren habe«, sagte sie.

»Weiß nicht, Mama«, sagte Mona, »wir spielen gerade, das siehst du doch.«

»Entschuldige, ich rausche gleich ab«, versprach Julia. »Aber erinnerst du den Fragebogen der Genossenschaft diesen Sommer? Wir sollten aufschreiben, was wir uns fürs Haus wünschen.«

»Was ist damit, Mama?«, fragte Mona ungeduldig. »Wir sind gerade dabei zu regieren.«

»Wir bekommen das Gärtlein, das du dir gewünscht hattest«, sagte sie. »Sie finden, dass es die tollste Idee von allen ist. Also es steht nicht im Brief, dass wir die Idee hatten, aber die Gärtlein wollen sie anlegen.«

»Aber ich wollte doch eine Katze«, sagte Mona.

»Stimmt«, erinnerte sich Julia. »Und ich sagte: Da kannst du dir gerade so gut ein eigenes Gärtlein wünschen. Da hast du gerufen: Au ja, ein Gärtlein, also habe ich das aufgeschrieben.«

»Wieso hast du nicht ›Katze‹ geschrieben, dann hätten wir jetzt eine Katze«, meckerte Mona.

Julia seufzte. »Du bist mir eine. So ist das eben mit dem Regieren. Jedenfalls bekommst du jetzt ein Gärtlein. Also ich freue mich.«

»Dann wünsche ich mir jetzt aber eine Katze«, sagte Mona zu Jessica. »Und was wünschst du dir?«

»Ich will auch ein Gärtlein«, sagte Jessica.

»So ist sie dauernd, Mama«, sagte Mona, »sie will immer das, was ich habe, das nervt!«

»Tja, es gibt eben auch solche Prinzessinnen«, sagte Julia nur. »Aber wünscht euch doch mal Schokoladenkuchen, da kann ich vielleicht helfen.«

Beunruhigung

Pit schaffte es nicht gleich, seinen Eltern zu sagen, dass er das Studium an den Nagel gehängt hatte. Erst als der Geburtstag seines Vaters nahte und Petzi sagte: »Dauernd drum rumreden wirst du nicht können, und wenn du dann damit rausrückst, riskierst du, dass du deinen Eltern die Feier ruinierst«, rief er seine Mutter im Friseursalon an und sagte: »Mama, wir kommen heute Abend vorbei. Es dauert aber nicht lange.«

»Was ist passiert, bekommt ihr ein Kind?«, fragte sie sofort.

»Quatsch, überhaupt nichts ist passiert. Wir kommen um acht und haben dann schon gegessen«, sagte er und legte auf, bevor sie weiterfragen konnte.

»Warum willst du nicht bei ihnen essen?«, fragte Petzi. »Essen entspannt, jedenfalls, wenn keiner eine Essstörung hat.«

»Ich will nicht, dass meine Brüder dabei sind«, sagte Pit. »Die haben schon genug gelästert, als ich beschloss, Philosophie zu studieren.«

Als sie ankamen, war Armin tatsächlich schon wieder beim Training. Benjamin saß noch in der Küche und schaufelte in sich rein. »Da bin ich mal gespannt«, sagte er, als sie sich zu ihm setzten, und Pits Mutter sagte: »Deinetwegen habe ich jetzt Bauchweh, Peter. Man kann einen doch nicht so im Ungewissen lassen. Bist du etwa krank?«

»So sieht man wohl aus, wenn man den lieben langen Tag hinter Büchern sitzt«, sagte Pits Vater. Er kam aus dem Wohnzimmer, wo er noch den Wetterbericht zu Ende gesehen hatte. »Man muss nicht gut im Sport sein, um welchen zu treiben, Hauptsache, man bewegt sich. Wenn du so weitermachst, hast du mit dreißig einen Bandscheibenschaden und mit fünfzig Krebs.«

»Ihr habt doch keine Ahnung, wie ich lebe«, entgegnete Pit. »Jedenfalls verbringe ich die Tage nicht hinter Büchern.«

»Was treibt man denn dann als Philosoph so?«, fragte Benjamin.

»Mit einem Blümchen zwischen den Lippen in der Wiese liegen und den Wolken nachsehen«, witzelte der Vater.

»Das ist nicht fair«, mischte Petzi sich ein. »Pit war ein ausgesprochen engagierter und kreativer Student.«

»Was heißt ›war‹?«, fragte Pits Mutter, während sein Vater sagte: »Aha, daher weht der Wind. Hast du schon aufgegeben? Und was soll jetzt werden?«

»Es war einfach zu früh«, sagte Pit, »ich bin zu jung. Mit 20 hat man der Welt nichts entgegenzusetzen.«

»Wer sagt denn, dass du das tun musst?«, fragte der Vater. »Lern einfach mal ein paar Jahre.«

»Und außerdem«, fuhr Pit fort, ohne auf ihn einzugehen, »habe ich gemerkt, dass mir die Uni zu abgehoben ist, jedenfalls die Geisteswissenschaften.«

»Na also«, sagte die Mutter. »Bei uns wird im Frühling wieder eine Lehrstelle frei.«

»Ich will nicht Friseur werden, Mama«, sagte er. »Vielleicht Arzt. Vielleicht auch Journalist. Oder Schriftsteller.«

»Oder Musiker«, sagte Petzi.

»Misch dich nicht ein«, bat er. »Nachher glauben sie das noch. Musik ist mir zu unpolitisch.«

»Was heißt ›unpolitisch‹?«, fragte der Vater, während Benjamin genug gehört hatte und aufstand, um die Spielkonsole anzuschließen.

»Man arbeitet, um Geld zu verdienen, um seine Familie zu ernähren. Wenn du das nicht schaffst, bist du sowieso nichts wert.«

»Das sehe ich anders«, meinte wieder Petzi.

»Misch dich jetzt nicht ein, hörst du?«, wiederholte Pit. »Ich brauche deine Unterstützung nicht, jedenfalls nicht so. Ich kann mich allein durchsetzen.«

»Gegen uns brauchst du dich doch nicht durchzusetzen, Junge«, sagte die Mutter. »Jeder kann sich mal irren. Ich mache mir nur Sorgen, was jetzt aus dir werden soll. Deine Brüder haben beide einen Beruf, und du bist noch gar nichts. Und so viele sind heutzutage arbeitslos.«

»Solange ich im Geschäft bin, finde ich jederzeit etwas für ihn«, beruhigte sie der Vater. »Wenn er allerdings nicht anpacken will, kann ich auch nichts machen.«

Die Mutter wandte sich an Petzi. »Hast du denn auch schon wieder aufgehört?«, fragte sie.

»Nein, mir macht das Studium viel Spaß«, erklärte Petzi. »Ich bin zwar nicht so klug wie Pit, doch ich komme gut mit. Und ich weiß jetzt schon, dass mich die Arbeit als Psychologin ausfüllen wird.«

»Schön, dann ist ja immerhin bald jemand da, der verdient«, sagte der Vater. »Ich frage mich nur, was das für ein Gefühl ist, sich von seiner Frau aushalten zu lassen.«

»Davon ist doch gar nicht die Rede«, verteidigte sich Pit. »Seid nicht immer gleich so polemisch! Ich lerne schon einen Beruf. Ich will nur eben einen, der Sinn macht, in dem ich etwas bewirken kann. Ich denke nicht immer nur an Geld.«

»Kunststück, du kriegst es ja auch in den Hintern geschoben«, sagte der Vater. »Aber damit ist jetzt Schluss.«

Benjamin rief aus dem Wohnzimmer: »Du musst ihn unterstützen, bis er seine Erstausbildung abgeschlossen hat, Papa, so ist das Gesetz.«

»Aber nicht, solange er nichts tut«, rief der Vater zurück.

»Pit tut nicht nichts«, widersprach Petzi.

»Doch«, sagte Pit. »Momentan bin ich gelähmt. Das heißt, ganz allmählich bewegt sich etwas. Ich ahne aber erst, in welche Richtung es gehen könnte. Zurzeit spiele ich vor allem Harmonium. Und ich denke nach. Oder eigentlich versuche ich eher, nicht zu viel zu denken, denn das Nachdenken macht mich immer wieder irre.«

»Das habe ich dir schon hundertmal gesagt«, erklärte der Vater. »Der Kopf schafft nur Probleme.«

»Ernährt ihr euch denn gesund?«, fragte die Mutter. »Es könnte ja sein, dass du eine Stoffwechselstörung hast.«

»Warum sollte ich eine Stoffwechselstörung haben?«, fragte Pit. »Mir fehlt nichts, Mama, ich bin nur auf der Suche. Das ist doch normal mit 20.«

»Nein, normal ist das nicht«, sagte Benjamin und setzte sich wieder dazu. »Wir wussten immer, was wir wollen, Armin und ich. Unsere Kollegen auch. Doch dass du nicht normal tickst, war ebenfalls schon immer klar. Es braucht wohl auch solche Leute. Freddie Mercury war ein totaler Spinner, und doch wurde etwas aus ihm. Übrigens hat der auch mal die Schule geschmissen.«

»Ich schmeiße keine Schule«, sagte Pit, »ich wechsle nur das Studienfach. Vermutlich. Und bis ich weiß, was ich will, verzichte ich auf euer Geld.«

»Zu essen bekommst du hier immer, Junge. Egal, was aus dir wird«, sagte die Mutter.

»Nun macht kein solches Drama«, rief Pit aus. »Ihr verzerrt alles!«

»Deine Mutter wollte nur freundlich sein, dafür solltest du ihr danken«, sagte der Vater. »Überhaupt würde dir etwas mehr Dankbarkeit nicht schlecht stehen, Peter. Du kostest uns einiges mehr, als deine Brüder uns gekostet haben, und wozu hat das bisher geführt?«

»Siehst du, das meine ich«, sagte Pit. »Es zählt doch nicht nur ein Papier. Ich bin nicht niemand, nur weil ich keine abgeschlossene Lehre habe. Zum Beispiel arbeiten Petzi und ich an unserer Beziehung, das hättet ihr besser auch mal getan. Und ich bin ausgezogen, während Armin und Benjamin sich von Mama noch die Wäsche machen lassen.«

»Nein, das stimmt nicht«, sagte Benjamin, »die machen wir inzwischen selber. Und wir gehen Mama auch sonst zur Hand.«

»Bravo«, sagte Pit, »und wie genau?«

»Na ja, ich übernehme zum Beispiel vor dem Mittag das Föhnen ihrer letzten Kundin, damit sie kochen gehen kann«, antwortete er.

»Donnerwetter«, sagte Pit und klatschte.

»Das ist mehr, als du tust«, stellte der Vater fest.

»Das kann man eben nicht vergleichen«, rief Pit, gleich wieder in Rage. »Ich sorge mich um die Welt, während euch vieren piepegal ist, was da draußen vor sich geht. Als würdet ihr die Probleme nicht mit verschulden.«

»Welche Probleme bitte verschulden wir mit?«, wollte der Vater wissen. »Wir schießen keine Leute über den Haufen, wir legen keine Bomben, wir rauben niemanden aus. Wir haben auch nichts gegen Asylanten, solange sie keine Wirtschaftsflüchtlinge sind und sich anständig aufführen. Du dagegen liegst uns auf der Tasche – uns, dem Staat und wohl auch noch deiner Freundin. In meinen Augen ist eindeutig, wer hier der bessere Mensch ist.«

»Ja, auf einer so trivialen Ebene mag es eindeutig aussehen«, antwortete Pit. »Nur ist die Welt nicht so trivial, wie du sie siehst. ›Eindeutig‹ – das Wort allein ist eine Anmaßung. Es gibt nichts Eindeutiges. Jeder Mensch hat seinen Standpunkt, jeder Mensch hat ein Recht auf seine eigene Sicht auf die Welt …«

»Meine Güte, dann eben uneindeutig«, unterbrach ihn der Vater. »Also wirklich, wer keine Probleme hat, der schafft sich welche. Ich schlage vor, Peter, du lässt uns jetzt in Ruhe zu Bett gehen, und meinetwegen brauchst du auch nicht zu meinem Geburtstag zu kommen.«

»Kurt, muss das jetzt sein?«, fragte die Mutter.

»Frag das deinen Sohn, Sibylle«, antwortete der Vater. »Ich glaube, ich war sehr anständig zu ihm. Doch wann immer er hierherkommt, rüttelt er an allem, und man fühlt sich nicht mehr wohl in seiner Haut. Er ist eine richtige Giftwurzel. Offenbar kann er nicht anders, und vielleicht ist er dafür sogar zu bedauern. Aber zu meinem Geburtstag, Sibylle, muss ich mir das nicht antun.«

»Schon gut«, sagte Pit. »Ihr habt es mich immer fühlen lassen, dass ich nicht dazugehöre. Wenigstens musste ich diesmal nicht hören: ›Wenn du so weitermachst, stecken wir dich in ein Heim.‹«

»Weil das nicht mehr unsere Sache ist«, antwortete der Vater. »Irgendjemand wird das noch tun, du wirst schon sehen.«

»Kurt, bitte, das muss doch jetzt wirklich nicht sein«, rief die Mutter wieder. »Wie soll der Peter lernen, sich zusammenzureißen, wenn du selber solche Sprüche klopfst?«

»Was heißt hier ›zusammenreißen‹, wieso muss ich mich zusammenreißen?«, rief Pit wütend. »Wisst ihr was, ich gehe jetzt einfach.«

Petzi stand auch auf und wollte seinen Eltern noch die Hand geben, doch er zog sie mit sich. »Nur raus hier«, sagte er, »bevor ich durchdrehe.« Kaum waren sie auf der Straße und um die Ecke, brach er in Tränen aus.

»Ist ja gut«, sagte Petzi und umarmte ihn. »Alles ist gut, Pit. Das war ein dummes Gespräch, aber darüber kommst du hinweg.«

»Es ist einfach scheiße, wenn deine Familie dich nicht liebt«, sagte er schluchzend. »Wenn sie dich nie umarmen. Wenn sie immer dir die Schuld dafür geben, dass es schwierig ist. Meine ganze Kindheit über haben sie mir das Gefühl gegeben, dass ich nicht richtig ticke. Dabei sind wir vielleicht einfach nur verschieden. Jetzt kriege ich das nicht mehr aus dem Kopf, und das ist es, was mich seit dem Sommer so quält. Bei allem, was ich tue oder denke, ist da dieser

Zweifel, ob ich richtig ticke. Bei allem fühle ich die Eltern und die Brüder im Nacken, dauernd denke ich, ich müsste ihnen beweisen, dass ich mehr wert bin.«

»Mehr wert als was?«, fragte Petzi.

»Siehst du«, rief er, »sogar du denkst so über mich. Du denkst, ich meine ›mehr wert als sie‹, nicht wahr? So sehen sie mich auch. Dabei meine ich nur: mehr wert, als sie mir zutrauen.« Danach schüttelte es ihn regelrecht.

Vielleicht zehn Minuten standen sie nur da, und Pit weinte in Petzis Mantelkragen. Dann wurde er leiser, und Petzi fragte: »Kannst du dich beruhigen?«

»Beruhigen? Nein«, sagte er und richtete sich auf. »Du kannst dir nicht vorstellen, Petzi, welches Glück du hast, dass deine Eltern dich so lieben.«

»Nein, das kann ich wohl wirklich nicht«, gab sie zu. »Ich glaube übrigens auch, dass deine Familie dich nicht liebt. Und das tut mir sehr leid.«

»Danke«, sagte Pit, »das tut gut zu hören. Danke auch, dass du mitgekommen bist.« Dann seufzte er, nahm ihre Hand und fragte: »Gehen wir nach Hause? Und unterwegs kaufen wir noch zwei Bier.«

Toleranz

Nachdem Adamo die Gärten seiner Klienten winterfest gemacht hatte, blieb Efgenia und ihm nicht viel mehr zu tun, als gelegentlich ums Haus Laub zu harken und auf den ersten Schnee zu warten. Adamo hatte ziemlich gut verdient, doch über den Winter würde das Ersparte sie nicht retten, und Efgenia startete einen neuen Versuch, ihren Pornofilm unter die Leute zu bringen. Dazu ging sie bei allen Erotikshops der Stadt vorbei, die sie im Branchenverzeichnis aufgelistet fand. Zu Beginn pries sie ihn jeweils an, indem sie die Handlung erzählte – Schriftsteller in der Krise erkennt in einem Flüchtlingsmädchen seine neue Muse – und darauf hinwies, dass Deutsch gesprochen wurde. Doch die Verkäufer interessierte nur, welche Stars mitspielten, welche riskanten Praktiken geboten wurden und ob Geschlechtsteile mit Sondermaßen zu bestaunen waren. Das alles hatte ihr Film nicht zu bieten, und nachdem ein Boutiquebesitzer ihr geraten hatte, sich – wenn schon ein Schriftsteller dargestellt wurde – an aufgeschlossene Buchhändler zu wenden, startete sie eine neue Tour.

Buchhändler, lernte sie, sind ausgesprochene Frühaufsteher, meist sollte sie vor Ladenöffnung antanzen. Sie lernte auch, dass ›der Buchhändler‹ in der Minderheit ist, die meisten waren Frauen, und das war ganz in ihrem Sinne, denn die Buchhändlerinnen erschienen ihr sehr viel aufgeschlossener als die Männer. Allerdings hieß das noch nicht, dass ihnen der Film gefallen hätte. So erfuhr sie, dass schon die Grundanlage zu wünschen übrig ließ. »Unsere Kundschaft für Erotik ist ausschließlich weiblich«, hörte sie, »und sie sucht etwas Verspieltes, nicht so Schwanzorientiertes. Humor und Poesie dürfen ebenso wenig fehlen wie ästhetische Prinzipien. Und harter Sex ist hier nicht gefragt.«

Und da ihr Film nun einmal ein harter Porno war, wurde Efgenia an einen Sexshop speziell für Frauen verwiesen. Inzwischen war sie müde geworden und schickte erst nur ein Exemplar per Post mit der Bitte, sich bei ihr zu melden, falls der Film gut ankam. Tatsächlich rief zwei Tage später – zu ihrer nicht geringen Überraschung – eine gewisse Sabrina an und schlug ein Treffen vor.

Sabrina wirkte überaus warmherzig, sie begrüßte sie wie eine alte Freundin, bot ihr als Erstes ein Glas türkischen Tee an und führte sie dann durch den Laden. »Wie du siehst«, sagte sie, »führen wir nur hochwertige Produkte. Bei den Filmen verkaufen sich besonders gut Geschichten. Dieser hier, *1520*, ist der momentane Renner. Er erzählt von Roxelane, einer Sklavin im Osmanischen Reich, die nach der Krönung des neuen Sultans, Süleymans des Ersten, seine Hauptfrau wird. Ergänzend verkaufen wir den Tee, den du gerade trinkst, eine CD mit türkischer Musik und dieses Schattenspiel hier.« Sie zeigte Efgenia hübsch gearbeitete Figuren mit beweglichen Geschlechtsteilen.

»Das ist alles hundertmal liebevoller als unser Film«, gestand Efgenia. »Ich weiß gar nicht recht, was ich hier verloren habe.«

»Erst habe ich mir von deinem Film nur den Anfang und den Schluss angesehen, das mache ich meist so«, erzählte Sabrina. »Der Anfang war mäßig spannend, aber der Schluss hat mich richtig begeistert. Das war geistreich, voller Ironie, und natürlich hoffte ich, der ganze Film wäre so. Leider war das nicht der Fall, und ich möchte deinen Film auch nicht in unser Sortiment aufnehmen. Aber etwas im Stil des Epilogs fände ich für uns großartig, am liebsten gesprochen von derselben Frau mit dieser klaren, warmen Stimme. Wir denken nicht an einen Film, sondern an ein Hörbuch, und zwar als Weihnachtsgabe für unsere Stammkundschaft. Inhaltlich und formal bist du mehr oder weniger frei, ich gebe dir aber ein paar schnell niedergeschriebene Gedanken mit, die dich inspirieren mögen.«

»Dann ist das ein Auftrag?«, fragte Efgenia errötend. »Verdiene ich sogar etwas?«

2000 Franken bot Sabrina ihr an, plus 20 Belegexemplare.

Noch auf der Straße las Efgenia die Notizen durch, und da sie kürzlich mit ihrem Fragebogen bei der Baugenossenschaft so unerwarteten Erfolg gehabt hatte, beschloss sie, daran anzuknüpfen. Kaum war sie zu Hause, ließ sie sich von Adamo das Aufnahmegerät einrichten und ging einen Stock höher zu Julia.

»Ich würde dich gern interviewen, es geht um Sex und Partnerschaft«, sagte sie.

Julia lachte: »Und da kommst du zu mir? Dass es bei mir mit Sex nicht weit her ist, dürfte für euch unüberhörbar sein, und was die Partnerschaft angeht, war Monas Vater mein bisher letzter Versuch, und der ist jämmerlich gescheitert.«

»Dann erfinde irgendetwas«, bat Efgenia, »so wie bei den Aufnahmen für den Film. Die Frau, die mich beauftragt hat, fand deinen Epilog – heißt es so? – genial und will unbedingt mehr von dir hören.«

»Na schön«, sagte Julia, und kurz versuchten sie es. Doch irgendwie kam kein Leben in die Sache, bis Julia fragte: »Könnte es nicht auch eine typische Frauenklatschrunde sein? Hol doch Selina und Petzi dazu.«

Die waren allerdings nicht leicht zu begeistern. Petzi wollte ihren Studienalltag nicht durchbrechen, und Selina spielte jeden Abend. Erst als Julia sich einschaltete und den beiden klarmachte, dass Efgenia auf ihre Unterstützung angewiesen war, fanden sie zusammen, am Sonntag früh in Julias Wohnung. Mona hatte versprochen, in ihrem Zimmer zu bleiben, doch natürlich hielt sie sich nur kurz daran.

»Bald ist Weihnachten«, eröffnete Efgenia das Gespräch, nachdem sie das Mikrofon in die Mitte des Tischs gelegt und »Aufnahme« gedrückt hatte. »Wünscht ihr euch von eurem Partner etwas, das mit Sex zu tun hat, ein Spielzeug vielleicht oder einen erotischen Ausflug?«

Die Frauen lachten, weil nur Petzi tatsächlich in einer Beziehung war. Sie antwortete auch als Erste. »Bis vor ein paar Tagen hätte ich gesagt, wahrscheinlich will mein Freund frustvögeln, wenn er erst seinen Familienkram hinter sich hat, während ich lieber noch länger bei meinen Eltern geblieben wäre, wo es so gemütlich ist mit Keksen und Liedern und Christbaumduft. Aber jetzt hat sich bei uns etwas geändert, und ich glaube, mein Freund und ich werden zu zweit noch mal richtig feiern, mit eigenem Baum mit echten Kerzen, und ganz bestimmt werden wir vor dem Baum miteinander schlafen.«

Dann war Selina an der Reihe. »Ich musste bei deiner Frage erst an den Weihnachtsmann denken und habe mir überlegt, wie man mit so dicken Männern überhaupt schläft – für den Fall, dass er bei mir reinschneit. In Wirklichkeit läuft es bei mir darauf hinaus, dass ich auf der Bühne stehe, mal mit *Mutter Courage,* mal mit einem Liederprogramm für Weihnachtsmuffel, das ich jedes Jahr in ein paar Kleintheatern aufführe. Vermutlich flirte ich von der Bühne herab mit einem Gast im Publikum, und ganz vielleicht kommt nach der Vorstellung sogar jemand zu mir und gibt mir verschämt zu verstehen, dass meine Aufführung etwas in ihm ausgelöst hat – das kann ein Mann oder eine Frau sein. Doch die Wahrscheinlichkeit, dass das zu Sex führt, ist gleich null, ich scheine etwas wie einen Bann um mich zu haben. Und so nehme ich an, dass ich danach heimfahre, eines meiner Spielzeuge hervornehme und mir ausmale, was auf der Bühne oder dahinter hätte geschehen können.«

Wieder lachten sie, und Mona kam aus ihrem Zimmer, kletterte auf Julias Schoß und fragte: »Warum lacht ihr?«

»Wir reden gerade über Weihnachten«, erklärte Selina. »Worauf freust du dich besonders?«

»Auf die Aufführung im Kindergarten«, sagte sie wie aus der Pistole geschossen. »Ich darf ein Engel sein. Ich darf sogar richtig fliegen, oder fast richtig.«

»Hast du keine Angst davor?«, fragte Efgenia.

»Nein, wieso? Engel tun sich nicht weh«, antwortete Mona. »Dazu bin ich ein besonderer Engel, weil nicht alle ans Jesuskind glauben, aber an Engel glauben alle. Das hat Frau Friedrich gesagt. Und besondere Engel fliegen bestimmt noch besser.«

»Und was genau ist das Besondere an ihm?«, fragte Selina.

»Na ja, das eben«, sagte Mona. »Dass das Jesuskind fehlt. Wie bei Mama, die ist auch allein.«

Und nachdem sie wieder spielen gegangen war, sagte Julia: »Ihr habt es ja gehört, ich bin auch allein. Und da es kein Christkind mehr gibt, kann ich mir nicht einmal mehr von ihm etwas wünschen. Also werde ich nach Monas Bescherung und nachdem ich sie in den Schlaf gesungen habe, einen Bildband hervornehmen, den ich seit vielen Jahren liebe und der mir so gute Dienste leistet, dass ich ihn gar nicht mit euch teilen will. Ich werde ihn durchblättern, mich dabei berühren und der Autorin danken – so viel verrate ich, es handelt sich um eine amerikanische Künstlerin –, Herrn Gutenberg, der den Buchdruck erfunden hat, und dem Zufall, der mich vor zehn Jahren in eine kleine Buchhandlung im Londoner Eastend geführt hat, in der ebenjenes Buch auslag.«

Dann sagte sie zu Efgenia: »Jetzt musst du aber auch erzählen.«

»Ich?«, rief Efgenia überrascht. »Wir feiern eigentlich gar keine Weihnachten. Aber als ihr so erzählt habt, sah ich mich Kekse backen, nackt, mit nur einer Schürze an. Um den Teig auszuwallen, habe ich ein schönes altes italienisches Nudel- oder Wallholz aus der Emilia Romagna. Verzeiht, ich bin offensichtlich derber gestrickt als ihr. Ich habe mir vorgestellt, wie mein Mann von hinten kommt, mich in den Teig stößt und mir beide Löcher füllt, eines davon mit dem Nudelholz.«

»Ach, das ist ganz okay«, sagte Selina grinsend.

»Und ich weiß jetzt, was ich Mona sage, wenn sie wieder fragt: ›Mama, was tun die Costas da?‹«, sagte Julia. »Sie backen Kekse.«

Petzi schließlich bat Efgenia trocken: »Mir schenk bitte keine von diesen Keksen.«

Aufmerksamkeit

Wie Paul »Päuli« Spindler versprochen hatte, fand Julia zwei Stunden nach dem Telefonat eine Mail in ihrem Postfach, in der er sein Angebot wiederholte, und nachdem sie zurückgeschrieben hatte, dass sie allerdings froh um einen Vorschuss wäre, dauerte es nur zwei Tage, bis auf ihrem Konto 10 000 Franken lagen. Damit war klar, womit sie die nächsten Wochen verbringen würde, und nachdem sie ihre Mutter und Moritz darauf vorbereitet hatte, dass ihnen als Babysitter Extraschichten drohten (Moritz bot sie einen Stundenlohn an, den er auch nicht ausschlug), legte sie gleich los.

Dabei half ihr ein Gespräch mit Hubert Brechbühl, das sie zwischen Tür und Angel führten. Hubert – der ihr bei dieser Gelegenheit endlich das Du anbot – war nicht nur ein treuer Hörer von Paul Spindler. Anlässlich einer Sondersendung »Unterwegs« des Schweizer Radios hatte Päuli ihn auch eine Schicht lang beim Führen des Sechsertrams begleitet. »Mir gefiel am meisten seine Neugierde«, erzählte Hubert, »bei jedem Knopf, jedem Handgriff fragte er nach. Ihn interessierte wirklich alles. Sogar, ob wir unsere Hosen selber bügeln, wollte er wissen, oder ob die VBZ das tut.«

Nach diesem Gespräch fiel es Julia viel leichter, radikal in Päulis Text einzugreifen. Sie erklärte ihm einfach in

Kommentaren den Grund für jeden Eingriff, und als sie ihm zwei Testseiten schickte, war er begeistert. »Wenn du das nur durchhältst«, sagte er, »das ist für mich ein Kurs in höherer Literatur. Es tut mir nur leid, dass ich dir solche Mühe mache.«

»Ach, derart gut bezahlte Mühe nehme ich gern auf mich«, sagte sie. Dabei beflügelte sein Feuer sie fast mehr als das Geld.

Sie genoss es auch, Selina eine Notiz in den Türspalt zu klemmen: »Liebe Produzentin, Frau Sommers Finanzen sind fürs Erste geklärt, werden nicht Hungers sterben.« Dazu legte sie eine Tupperdose mit Mandelmuffins auf ihre Türschwelle, die sie gebacken hatte, während sie auf Päulis Urteil wartete.

Diese Muffins waren äußerst gut gelungen, und da Julias gute Laune gerade grenzenlos war, rief sie Jack an und erzählte: »Ich habe einen Eilauftrag ergattert, der so gut bezahlt ist, dass ich meinem Kind zwei Dutzend Skianzüge kaufen könnte. Aber lieber würde ich dich stattdessen zum Essen einladen, als Dank für dein wunderbares Jobangebot, das ich zumindest fürs Erste ablehnen muss. Der Nachtisch ist bereits gebacken. Das Ganze hat nur einen Pferdefuß: Du müsstest deine verträumte Insel verlassen und dich herbemühen.«

»Das ist tatsächlich ein Pferdefuß«, sagte Jack, »denn einer meiner Söhne ist gerade zu Besuch, und das ist selten. Willst du nicht herkommen?«

Julia war überrascht zu hören, dass Jack Söhne hatte. »Darf ich dann Mona mitbringen?«, fragte sie. »Die lässt sich nicht darin beirren, dass ein Prinz sein muss, wer in einem Schloss wohnt, und will dich unbedingt kennenlernen.«

Der Gedanke gefiel Jack, und damit die Mandelmuffins nicht zu trocken wurden, bis sie fuhren, meldete Julia Mona kurzerhand für den nächsten Tag vom Kindergarten ab. »Dafür bleibst du das Wochenende über bei Oma, und ich arbeite durch«, erklärte sie ihr.

Jacks Sohn holte sie vom Bahnhof ab, und er hatte den Kindersitz nicht vergessen. Er hieß Roger, war bereits dreißig und wie Jack Diplomat.

»Ich wusste bis gestern gar nicht, dass Jack Kinder hat«, sagte Julia.

»Ja, zwei Söhne«, erklärte Roger. »Simon ist Ozeanologe und arbeitet für die Weltbank. Momentan leitet er in Indonesien ein Projekt, in dem Raubfischer zu Wächtern der geschützten Korallenriffe umgeschult werden. Ein großartiger Versuch, der jedoch immer wieder zu blutigen Auseinandersetzungen führt. Die Fischer arbeiten mit Dynamit und sind in bewaffneten Banden organisiert. Wir haben etwas Angst um ihn.«

Roger schien halber Asiate zu sein, war mindestens 1.85 m groß, schmal gewachsen und trug trotz der Kälte nur einen legeren Leinenanzug. Während er erzählte, bestaunte Mona ihn von der Rückbank aus. »Ist das jetzt der König oder der Prinz?«, flüsterte sie Julia ins Ohr, und als Julia zurückflüsterte: »Wenn Jack der Prinz ist, ist das der Sohn des Prinzen«, war sie komplett verwirrt.

Jack empfing sie bei der Brücke und bot Mona galant den Arm. Doch die verkroch sich hinter Julia, und so nahm Julia den Arm und sagte: »Sie ist irritiert, weil Roger nicht der Prinz ist. Apropos, wie nennt man den Sohn eines Prinzen?«

»Wäre ich der Prinz«, antwortete Jack, der als ehemaliger Botschafter in Adelsangelegenheiten kompetent sein musste, »dann wäre ich genauer gesagt Erbprinz. Roger und sein Bruder wären schlicht Prinzen, ihre Kinder Grafen und Gräfinnen. Auf Schloss Mauensee sind allerdings nur Kinder Prinzen und Prinzessinnen, heute ist das Mona.«

Tatsächlich lag an deren Platz, als sie sich zu Tisch begaben, ein Serviettenring mit einer kleinen Krone und einem M darauf. »Der Beweis, dass du hier Prinzessin bist«, sagte Jack zu ihr.

»Darf ich den behalten?«, fragte Mona, die vor Ehrfurcht noch immer flüsterte.

»Nein«, flüsterte Jack zurück, »sonst könnest du das nächste Mal hier nicht mehr Prinzessin sein.« Und weil sie nicht auf einem Kinderstuhl sitzen wollte, holte Roger ihr ein dickes Kissen aus goldenem Brokat.

»Nun will ich aber auch die Familiengeschichte hören«, bat Julia. »Ihr habt einen Kindersitz fürs Auto, ein Kinderstühlchen. Außerdem sehe ich, dass Roger einen Ehering trägt und Jack nicht, und dass Roger ihn am kleinen Finger trägt. Wer lebt denn nun wo in welcher Konstellation? Immerhin sind wir eingeladen, hierherzuziehen, Mona und ich, und sollten Bescheid wissen.«

Roger grinste, und während Jack die Muffins in die Küche brachte, erzählte er: »Unsere Mutter ist vor vier Jahren an Brustkrebs gestorben, Jack und sie waren aber schon länger geschieden. Weder Simon noch ich haben Kinder, wir sind auch nicht verheiratet. Dieser Ring hier war der

Ehering meiner Mutter, sie hat mich gebeten, ihn zu tragen, bis ich heirate, und ihn dann meiner Frau zu geben. Er hat schon öfters für Verwirrung gesorgt, aber Mama wird sich etwas dabei gedacht haben.«

»Und damit kein Kind bevorzugt wird, habe ich meinen Ring Simon geschenkt«, erklärte Jack, der eben mit einer Flasche Heinz Ketchup wiederkam, und frotzelte: »Jetzt sind die beiden quasi verheiratet.«

»Und die Kindersitze?«, fragte Julia.

Jack sagte: »In Norwegen, wo ich zuletzt stationiert war, habe ich mit der schwedischen Botschafterin zusammengelebt. Sie ist immer noch im Einsatz, inzwischen in Kanada. Wir haben aber weiterhin Kontakt, und wenn sie zu Besuch kommt, bringt sie gern ihre Enkelkinder mit.«

»Wie heißen sie, und wie alt sind sie?« fragte Julia, die an Monas Serviettenring dachte.

»Molly und Signe sind inzwischen sieben, sie sind Zwillinge«, sagte Jack und lächelte, weil er offenbar Julias Gedanken erraten hatte.

Dann kam das Essen. Der Koch hatte seit Julias letztem Besuch gewechselt, nun war es ein Franzose. Für die Erwachsenen gab es Bouillabaisse und eine Salade riche, für Mona Fischstäbchen und Pommes frites. »Der Koch macht alles selber«, erklärte Jack Mona, »eigentlich auch den Ketchup. Doch es geht eben nichts über eine gute Flasche Heinz.« Und das fand Mona auch.

Beim Essen unterhielten sie sich über dies und jenes, doch vor allem mit Mona, die sichtlich auftaute. Und nachdem sie wissen wollte: »Habt ihr auch Geld mit eurem Kopf drauf wie die Königin in England?«, zog Roger eine

Handvoll mazedonische Münzen aus der Tasche und sagte: »Nein, eigentlich benutzen wir ganz normales Geld. Aber wenn wir hier im Schloss etwas kaufen wollen, nehmen wir dies hier. Du siehst, hier sind lauter Tiere drauf – ein Fisch, ein Luchs, eine Möwe, ein Pfau –, weil auf dem See und drum herum so viele leben. Außer auf der 50-Denar-Münze, auf der ist ein Engel, und die schenke ich dir. Weil du doch bald einen Engel spielst.« Sie hatten auch von Monas Krippenspiel erzählt.

»Ist das Gold?«, fragte Mona ehrfürchtig.

»So gut wie Gold«, sagte Roger.

»Und was kann ich dafür kaufen?«, fragte sie.

»Du könntest zum Beispiel das Essen bezahlen«, schlug er vor.

»Ich denke, wir sind eingeladen«, sagte Mona.

»Stimmt« sagte er, und danach entwickelte sich ein Spiel, in dem sie durchs ganze Schloss spazierten und Mona überall fragte: »Kann ich das kaufen? Oder das da?« Aber ihr Geld reichte nie aus, bis sie durchs Fenster auf ein Ruderboot zeigte, das am Steg vor dem Bootshaus angekettet war. »Kann ich das da kaufen?«, fragte sie.

»Was, das Boot?«, fragte Jack zurück. »Ja, das kriegst du für 50 Denar.«

»Nein«, sagte Julia.

»Doch, Mama, das kaufe ich«, erklärte Mona. »Dann kannst du mich rudern, während ich regiere.«

»Es ist jetzt viel zu kalt zum Rudern«, sagte Julia, und: »Nein, Jack. Sie glaubt, das sei ernst.«

»Hör zu, Mona«, erklärte er daher, »das Boot gehört hierher, das fährt schon ganz lange auf diesem See. Deshalb soll es auch hierbleiben. Aber ich habe nichts dagegen, dass es dir gehört, und wir können es ›Mona‹ taufen, oder wie immer du willst. Und jedes Mal, wenn du hier bist, fahren wir damit. Außer es ist zu kalt.«

»Wenn ich groß bin, darf ich es dann auch nicht mitnehmen?«, fragte Mona.

»Doch«, sagte Jack. »Das Boot gehört dir. Nachdem du bezahlt hast.«

»Jack, du machst uns das Leben kompliziert«, sagte Julia.

»Wenn die Filmsammlung nicht ausreicht, um dich herzulocken, tut es vielleicht ein altes Boot«, antwortete er schelmisch. »Außerdem ist bald Weihnachten. Also, was ist, Mona?«

»Ich muss mir das noch überlegen«, sagte sie. »Die Münze mit dem Engel gefällt mir auch sehr gut.«

»Dann essen wir doch erst mal Nachtisch«, schlug Roger vor. Und der war ausgezeichnet, denn der französische Koch hatte zu den Muffins eine Art Kompott aus Kirschen und Erdbeeren und Halbgefrorenes aus Sauerrahm bereitet.

»Ich wollte ihm verbieten, zu dieser Jahreszeit Sommerfrüchte zu verwenden«, erzählte Jack, »aber er schwört, die seien aufgetaut. Ich glaube, er belügt mich.«

Das schien ihm aber nicht viel auszumachen, und ebenso sportlich nahm er es, als Mona bei der Abreise entschied, die 50 Denar zu behalten. »Mama verdient nicht viel«, erklärte sie. »Vielleicht brauchen wir das Geld, damit ich weiter in den Kindergarten gehen darf.«

»Dafür wird es immer reichen, mein Schatz«, rief Julia und umarmte sie, doch Mona machte sich gleich wieder frei.

»Und wenn schon, will ich lieber eine Katze«, sagte sie zu Jack. »Habt ihr Katzen?«

»Nein, Katzen fressen Vögel«, sagte er. »Wir haben Vögel.«

»Du musst mal zu uns kommen«, schlug sie vor, »und Roger auch. Moritz macht die schönsten Vögel. Und die schenkt er mir, ganz ohne dass ich was bezahlen muss.«

Tiefgründigkeit

Moritz Schneuwly hatte vorgehabt, sein Forschungsprojekt vor den Weihnachtstagen abzuschließen und danach für paar Tage zu verreisen. Doch wie fast immer hatte er sich tüchtig verschätzt – oder wie er es nannte: die Realität hatte seiner Fantasie nicht standgehalten. Denn in der Vorstellung war alles einfach: Zwei Kreisel, einen davon in Spektralfarben, die sich beim Drehen zu Weiß mischten, und einen in Weiß, das sich beim Drehen in die Spektralfarben auffächern sollte, wollte er so auf einem Magnetfeld schweben lassen, dass sie praktisch unendlich drehten. Dazu wollte er einen kleinen technischen Bericht über Entstehung und Funktionsweise der Versuchsanordnung schreiben, mit dem Titel: *The whole and the hole – Anfang und Ende der Schöpfung.* Doch die Schwierigkeiten in der Ausführung waren zahlreich: Additives Weiß ließ sich beispielsweise nicht durch eine normale Farbmischung erzeugen, die ergab eine Art Schwarzbraun, und selbst Leuchten in Cyan, Magenta und Zitronengelb führten nur zu einem schmierig matten Licht in Grautönen. Für synthetisch weißes Licht musste er entweder Sonnenlicht mit einem Prisma teilen und es irgendwie auf die Kreiselscheibe projizieren oder aber mit einem Neodym-Farblaser arbeiten. Das war ein reizvoller Gedanke, vor allem wenn er ebenfalls Magnete aus Neodym verwendete – damit wäre nicht nur die Reinheit der Materie gewahrt, die Position 60 des Elements Neodym im Periodensystem ließ sich zudem mit etwas Fantasie wiederum als Anfang und Ende lesen, wenn man die Sechs als Keimling sah, der eben erst aus dem Samen sprießt, die Null als Rotation um eine Leerstelle. Doch abgesehen davon, dass ein solcher Farblaser unerschwinglich war, wurde Neodym fast ausschließlich in der Volksrepublik China abgebaut, und unter Arbeitsbedingungen, die verboten gehörten und auf jeden Fall boykottiert. Setzte er wiederum auf Sonnenlicht und beanspruchte damit eine Quelle außerhalb des Versuchskosmos, zerstörte das die – zugegeben tüchtig überhöhte – Behauptung eines in sich geschlossenen Systems, ohne die wiederum der Titel in seiner Absolutheit keinen Sinn mehr machte. Und der Titel war die halbe Miete.

So sah er bald die Hoffnung schwinden, zwischen Weihnachten und Neujahr Mary in Amsterdam zu besuchen, was umso bedauerlicher war, als sie vielleicht nicht gerade der Ursprung, zumindest aber ein zentraler Motor seines neuesten Projekts gewesen war. Nach seiner Absage auf ihre Einladung, mit ihr Ferien in Dänemark zu machen, hatte sie ihm mehrmals geschrieben, lange, ausufernde Weltbetrachtungen, die ihn dennoch nicht ermüdeten, sondern witzig und überraschend waren. Ausgangspunkt von Marys Überlegungen war ihre Sorge, ein Fähnchen im Wind zu sein. »Du hast es ja erlebt«, schrieb sie in ihrem ersten Brief. »Wo ich bin, bestimmt, wer ich bin. Ich komme mir vor wie ein Chamäleon, dauernd wechselt meine Farbe. In Ghana sah ich mich als Partnertierchen und, wie du weißt, an deiner Seite, in New York als Beatnik – alles probieren, nichts abonnieren. Als ich nach Amsterdam zog, erwachte urplötzlich die Lust auf ein ganz gesittetes oder besser noch sittenstrenges Dasein, eine straff geführte Biografie ohne Gefühlsausbrüche. Und kaum kam ich nach Løkken, suchte ich nichts anderes als Schmelz, Romantik und Gekuschel. Was soll der Wankelmut? So was kränkt mein Ego! Ich will ich sein, die unverwechselbare, unnachahmliche Marie-Claire Arden. Deshalb nahm ich mir in Løkken vor zu meditieren. Ich wollte immer tiefer gehen, bis ich auf Grund stieße, und dort Anker werfen. Die Erfahrung war mehr als geil, krassgeil. Am Anfang war es natürlich ein bloßes So-tun-als-ob, ich saß halt da im Schneidersitz, starrte die Tapete an und nahm mir vor, an nichts zu denken. Dabei dachte ich andauernd an Sylvaine, die Nonne am Fuß des Mont Ventoux, von der ich dir im Januar erzählt hatte. Also war ich wieder nicht ich, doch als Krücke nahm ich das in Kauf. Der Umschwung kam, als ich zurück in Amsterdam war und im Buchladen in der Rozengracht den Waschzettel zum Ratgeber eines Zenmeisters las. Zitat: *Was wir ›Ich‹ nennen, ist nur eine Schwingtür, die sich bewegt, wenn wir einatmen und ausatmen.* Du wirst mich auslachen, lieber Moritz, aber dieser eine Satz führte zur Erleuchtung. Als ich wieder meditierte, ging ich nicht mehr davon aus, dass zuinnerst oder zutiefst ein prächtiges Ich mich erwartet. Mein einziger Motor war die Neugierde, was da auf dem Grund wohl sein mag, wenn das Ich tatsächlich nur eine Hülle ist. Und es war ein Trip voll ins Licht. Ich finde nicht leicht die passenden Worte, denn was ich an jenem Nachmittag auf dem Teppichboden meines Zimmerchens in Slotervaart erlebte und seither fast jeden Tag erlebe, ist ganz beiläufig und gleichzeitig monumental wuchtig. Es hat etwas von einem Orgasmus, nur ist es viel größer als meine normalen Orgasmen, größer, aber auch gelassener. Es schüttelt mich nicht, ich sitze nur da inmitten ungeheurer Bewegungen und Energiestürme, die jedoch durch mich hindurchgehen, als wäre ich selbst nur eine Projektion, ein Hologramm, ich bleibe völlig unberührt. Oder ich begreife mich als Hülle, in der aber Innen und Außen verschwimmen, weil ich so völlig durchlässig bin. Und vor allem sehe ich Licht, starkes, klares Licht, wobei auch dieses Licht nicht eine Identität hat, sondern zwei, mindestens zwei. Da ist zum einen einfach dieses strahlend Helle, das sein Zentrum irgendwo in mir oder unter mir oder hinter mir hat. Zum anderen ist da ein Meer von Farben, das strömt, sich überschlägt und etwas zwischen tot und lebendig ist wie Lava. Wenn ich nicht mehr meditiere, sondern mich erhebe und spazieren gehe, sind die Farben fort, dafür sehe ich die Welt in einer Radikalität und Leuchtkraft, wie man sie vielleicht in seinen ersten Lebensjahren sieht. Mir ist, als ob ein Filter weggebrochen wäre, mir fehlt auch plötzlich jede Wertung. Alles hat dieselbe Wucht. So ähnlich muss es sein, wenn man LSD geschluckt hat. Nur dass ich auch zu diesem Zeitpunkt völlig ruhig bin. Nein, was schreibe ich dir da, es ist keine Ruhe, sondern ein Bewegtsein, das nur eben in sich ruht – so etwa, wie ein drehender Kreisel in sich ruht. Moritz, ich glaube (Fazit), das ist Glück. Was meinst du? Kennst du etwas Ähnliches, oder habe ich mich gerade brutal ins Abseits geplaudert?«

Das hatte sie nicht, er schrieb sofort zurück und erzählte

von seinen selbstvergessenen Momenten des Tüftelns, in denen er oft einen Zustand erreichte, den er für sich »Tauchen« nannte, obwohl es – wie er eben da erkannte – vielleicht eher Fliegen war.

Und das war die zweite Frage, der er seither nachging (neben der der selbstilluminierten Kreisel): Gab es überhaupt – im Kern der Sache und mit Ausnahme des unterschiedlich gerichteten Widerstands von Luft respektive Schwerkraft und Wasser respektive Auftrieb – einen Unterschied zwischen den Vorgängen des Tauchens und des Fliegens? Mit Vögeln, insbesondere der Mönchsgrasmücke und ihrer Flugmotorik, beschäftigte er sich schon länger, nun begann er auch den Quastenflosser zu erforschen.

Dass er ausgerechnet dazu kam, war reiner Zufall. Ror Normann hatte ihn kontaktiert. »Das Zoologische Museum plant eine Ausstellung über lebende Fossile«, erklärte er. »Das ist wunderbar, nur stoße ich dabei mit meinen Zeichnungen an Grenzen. Vieles müsste man in der Bewegung zeigen können, doch insbesondere über den Quastenflosser existiert kaum Filmmaterial, der Dunkelheit auf dem Meeresgrund wegen, und mit Computeranimationen möchten wir nicht arbeiten. Wir wollen materiell bleiben – Modelle, Skizzen, Skelette. Der Quastenflosser ist für uns zentral, weil nicht nur die Unterschiede zu den gängigen Fischen so subtil wie drastisch sind, sondern weil er sogar irgendwie ein Knoten zwischen den verschiedenen Wirbeltierkategorien Vogel, Fisch und Säugetier zu sein scheint. Leider ist er ausgesprochen selten, und die letzten Exemplare leben mehr als 100 Meter unter dem Meeresspiegel, bis zu 400 Meter. Viele seiner Funktionsweisen können daher gar nicht beobachtet werden, sondern sind Interpretationssache beziehungsweise müssen physikalisch hergeleitet werden. Das ist der Grund, weshalb ich auf dich kam. Würde es dich reizen?«

»Unbedingt«, sagte Moritz, »und je weniger Fakten gesichert sind, um so reizvoller ist die Aufgabe. Was sind die Unterschiede zu anderen Fischen, was muss ich mir da vorstellen?«

»Die Brust- und Bauchflossen etwa sind mit einem Skelett versehen und haben Muskeln, ganz ähnlich wie unsere Hände und Füße«, sagte Ror. »Vermutlich konnten sie damit wirklich einmal an Land gehen, vor etwa 350 Millionen Jahren. Gleichzeitig haben sie eine Höhlung an der Schnauzenspitze, mit der sie elektrische Ströme von Lebewesen wahrnehmen – das wieder verbindet sie mit Vögeln, die danach ihr Schwarmverhalten ausrichten. Wenn du diese Verbindungen untersuchen und in Modellen sichtbar machen könntest, wäre das großartig. Mein Traum wäre, dass wir eine Art ›Grundtier‹ finden, von dem sich alle Wirbeltiere ableiten lassen. Das muss nicht der Quastenflosser sein, doch vielleicht ist er es.«

»Lass mich mit meinem Professor sprechen«, bat Moritz. »Er hat eine Schwäche für angewandte Forschung. Ich werde ihm vorschlagen, das Thema meiner Abschlussarbeit daraufhin zu ändern. Werde ich übrigens bezahlt?«

»Ja, natürlich«, sagte Ror. »Schlecht wie überall in der Kulturbranche, aber bezahlt.«

»Der Betrag spielt keine Rolle«, sagte Moritz. »Ich brauche nur ein Argument für meinen Prof. Vielleicht suchen wir im Grund dasselbe, du und ich. Ich träume davon, zu universellen Bewegungsmechanismen vorzustoßen. Eigentlich müsste es möglich sein, alles überall und jederzeit zum Schweben zu bringen. Ich habe keine Ahnung, wo der Schlüssel dazu steckt, vielleicht gar nicht in der Mechanik. Aber der Instinkt sagt mir, dass die Tiere – und gewisse Dinge – näher dran sind als wir Menschen.«

Mut

In der Vorweihnachtszeit beendeten Alice und Edith-Samyra ihre Treffen für den Weltfrieden, dafür schmückten sie und ihre Freunde 24 Wohnungsfenster als Adventskalender, um jeden Abend feierlich eines zu enthüllen und sich einen kleinen Apéro mit Glühwein und Gebäck zu gönnen. Auch Hubert war eingeladen mitzutun – oder besser wurde erwartet, dass er mittat. Ohne dass Alice oder Edith-Samyra ihn davon in Kenntnis gesetzt hätten, schrieben sie seinen Namen auf das Plänchen, welches Lage und Enthüllungsdatum der Fenster festhielt, er bekam die Nummer 18 zugeteilt. Das Plänchen fand er eines Morgens im Milchfach seines Briefkastens.

Als er Edith-Samyra darauf ansprechen wollte, war sie nicht erreichbar, und als er eine SMS sandte – inzwischen hatte auch er ein Handy, von Migros Budget –, schrieb sie knapp zurück: »Bin verreist, sehe dich am 1. bei Aurel.« Aurel, ein Freund von ihr mit einem Schuhgeschäft in der Motorenstrasse, eröffnete den Fensterreigen, und als Hubert kurz nach sechs Uhr hinkam, war sein Lädelchen schon voller Menschen. Hubert hörte Edith-Samyra irgendwo lachen, doch es dauerte eine Weile, bis er sich durch das Gedränge geschoben und sie entdeckt hatte. Sie stand hinter der Theke und schenkte Glühwein aus. Er hatte sie eine ganze Weile nicht gesehen und war überrascht, wie strahlend sie aussah, wie sehr ihre Wangen glänzten und wie feuerfarben ihre Haare leuchteten.

»Hubert, mach nicht so ein Gesicht«, rief sie, als er vor ihr stand. »Du hast ja einen ganz verkniffenen Mund.«

Tatsächlich merkte er erst jetzt, wie angespannt er war, und gab sich Mühe, lockerer zu wirken. Trotzdem musste er sein Unbehagen äußern, und durch den Lärm hindurch – alle schwatzten durcheinander, dazu sang Pavarotti Weihnachtslieder – rief er: »Ich bin nicht froh über unsere Entwicklung.«

Daraufhin beugte sie sich so weit vor, dass ihr Oberkörper in seiner ganzen Fülle schließlich auf der Theke lag, küsste ihm die Wange und erklärte: »Ich auch nicht, Hubert, aber das stehen wir durch.«

Und bevor er reagieren konnte, hatte sie sich wieder aufgerappelt, schob ihm einen Becher Glühwein hin und begrüßte einen nächsten Gast.

Hubert setzte sich draußen vor dem Laden auf das Fenstersims und trank seinen Glühwein. Hin und wieder nickte er, wenn er jemanden von den Meditationstreffen her kannte. Dennoch fühlte er sich nicht dazugehörig, und als Alice sich kurz zu ihm setzte und »Alles paletti, Hubert?« fragte, sagte er: »Der Rummel hier erschlägt mich.«

»Toll, was?«, rief sie, »und wie wirst du morgen staunen! Bei mir gibt es ein Engelsfenster, du weißt ja, dass ich Engel liebe.«

»Ich bin gar nicht sicher, dass ich morgen kommen kann«, behauptete er.

»Und ob du kommst«, sagte Alice fast entrüstet, »du bist

doch jetzt einer von uns! Wir alle sehen uns ab heute jeden Abend, bis zum Vierundzwanzigsten.«

Statt darauf einzugehen, sagte er: »Ich mache mir Sorgen wegen Edith-Samyra.« Doch gleichzeitig stand Alice auf, und ziemlich sicher hatte sie ihn gar nicht gehört.

Dafür kam keine Minute später Edith-Samyra aus dem Laden. Sie war schon im Mantel und fragte unbeschwert: »Kommst du mit? Ich habe genug von dem Lärm.« Nachdem Hubert aufgestanden war, hakte sie sich bei ihm ein und führte ihn ganz selbstverständlich Richtung Röntgenstrasse.

»Hast du zu essen eingekauft?«, erkundigte sie sich, und als er nickte, sagte sie: »Ich hätte Lust auf einen richtig gemütlichen Fernsehabend, was hältst du davon?«

Er konnte ihr nicht widerstehen. Dennoch sagte er beim Essen (klaglos aß sie Stocki und Brätkügelchen aus der Dose): »Edith-Samyra, wir sind uns fremd geworden. Du warst ewig nicht mehr hier, und wenn wir uns bei einem deiner Freunde sahen, warst du wie in einer anderen Welt.«

»Ich weiß«, gestand sie, »das ist mein altes Problem. Mit dir hat das überhaupt nichts zu tun. All die Attentate und anderen furchtbaren Dinge dieses Jahr haben mich mehr durcheinandergebracht, als ich vor mir selbst zugeben wollte. Ich bin aus dem Lot geraten, und im dummen Versuch, das zu vertuschen, bin ich mir immer mehr abhandengekommen. Doch inzwischen habe ich erkannt, dass deine Herzenswärme viel heilender für mich ist als das meiste, das ich in der Zwischenzeit getrieben habe.«

»Was hast du denn überhaupt getrieben?«, wollte er wissen. »Ich weiß fast gar nichts mehr von dir.«

»Ach, Dummheiten eben«, sagte sie nur. »Manchmal bin ich noch ein Backfisch.« Mehr verriet sie nicht.

Die Nacht zu zweit war dann wieder so schön, dass er die letzten Wochen gern vergessen hätte. Doch das gelang ihm nicht.

Am nächsten Morgen verließ sie ihn früh mit einem dicken Kuss und sagte: »Heute um sechs bei Alice.« Als er leicht verspätet ankam, war sie aber noch nicht da, und nachdem er bis halb sieben mit Caruso und Lizzy gespielt hatte – Alice hatte beiden Katzen ein Korsett mit Engelsflügeln angezogen –, suchte er sie in ihrer Wohnung. Die Tür war nicht verriegelt, und als sie auf sein Klopfen nicht gleich reagierte, trat er ein. Auf dem Esstisch lag ihr Handy. Er sah nach, ob sie seine Nachricht nicht bekommen hatte (»Bin längst da, wo bist du?«), und entdeckte eine SMS von einem »Bärli«. Er konnte gar nicht anders, als sie lesen, denn sie war so kurz wie seine: »Bin so scharf, ruf mich an.«

Und schon hörte er im Bad Geräusche. Er ging ihnen nicht nach, sondern vergewisserte sich nur, dass das Festnetztelefon nicht in der Ladestation stand, notierte Bärlis Nummer und verließ das Haus. Nachdem er eine ganze Weile durchs Quartier geirrt war, rief er Bärli an. Ein gewisser Oertli nahm ab. »Ich habe Ihre Nummer gefunden und kann sie nirgends hintun«, sagte Hubert. »Haben Sie vielleicht mit dem öffentlichen Verkehr zu tun? Ich selbst war Tramchauffeur.«

»Ich bin Strahler und Bergführer«, sagte dieser Oertli. »Keine Ahnung, wie die Nummer zu Ihnen kommt. Vielleicht wollten Sie mal mit mir auf die Jungfrau?«

»Ja, das wäre möglich«, sagte Hubert. »Doch im Winter wird das sicher nichts.«

»Nein, im Winter unterrichte ich in Thun«, sagte Oertli. »Also überhaupt gebe ich vor allem Kurse: Pilzbestimmung, Steinbestimmung, Wilderkennung, Spurenlesen. Früher außerdem noch Tiefschneefahren und Eisklettern, aber man wird nicht jünger.« Als er das sagte, lachte er kehlig, dann fragte er: »Haben Sie Internet? Dann gehen Sie mal auf *tausendsassa.ch*, dort lernen Sie mich kennen.«

»Nein«, antwortete Hubert. »Verschicken Sie auch Prospekte?«

»Ich schicke Ihnen eine Liste meiner nächsten Kurse«, sagte Bärli, und sie legten auf.

Inzwischen hatte Edith-Samyra ihn erreichen wollen und zwei SMS geschrieben. »Bin schon auf dem Heimweg«, schrieb er zurück, »habe Kopfweh.«

Als am nächsten Morgen nicht gleich Post da war, ging Hubert zu Pit und bat ihn, ihm die Seite *tausendsassa.ch* zu zeigen. Jener Oertli sah aus wie ein Wilderer, bärtig, wettergegerbte Haut, nur die Augenhöhlen waren weiß, vermutlich war er öfters mit Schneebrille unterwegs. Hubert versuchte sich vorzustellen, wie er aussah, wenn er scharf war, dann ließ er Pit die Wohnadresse suchen.

»Was willst du denn mit dem?«, fragte Pit, »Rehe spiegeln?«

»Nein, den stelle ich zur Rede«, sagte Hubert, und nachdem er seine Trämler-Uniform angezogen hatte, nahm er den nächsten Zug nach Thun. Er hatte Glück, dass es regnete, denn der Oertli hatte eine »Feldbegehung« mit Klienten vorgehabt, das erklärte er zumindest. »Aber heutzutage fürchten sich ja alle davor, nass zu werden«, sagte er und ließ Hubert eintreten. Sein schiefes, holzgeheiztes Häuschen war voller Trophäen, und überall lagen getragene Kleider, so als würde er, wenn er sich umziehen wollte, nur immer die am wenigsten verschmutzten aus dem Haufen suchen. Mit warmem Wasser aus der Leitung goss er Ricola Kräutertee auf, dann setzte er sich zu Hubert ins speckige Fauteuil und fragte: »Haben Sie sich denn für einen Kurs entschieden?« Sie saßen sonderbar intim, es war ein Zweierfauteuil. Doch daneben gab es nur noch einen Stuhl, der vollbepackt mit Heften und Geländekarten war.

»Nein, ich brauche keinen Kurs«, sagte Hubert mit möglichst fester Stimme. »Und ich will auch nicht, dass Sie Edith-Samyra weiter unterrichten. Was immer sie bei Ihnen gebucht haben mag.«

Bärli lehnte sich zurück und sagte: »Ach so.« Dann musterte er Hubert erst einmal genauer. »In dem Fall bist du der Hubi«, sagte er schließlich.

»Hubert«, korrigierte Hubert, »und für Sie Herr Brechbühl.«

Doch der Oertli überhörte ihn. »Du sollst ein richtig lieber *Siech* sein«, sagte er. »Wobei *Siech* bestimmt das falsche Wort ist. Edith-Samyra hat Saft für drei von deiner Sorte. Deshalb kommt sie auch zu mir. Im November waren wir noch nackt im Millbach baden, danach stiegen wir ins Heu, letzte Woche hieß es Schneeschuhwandern, willst du Einzelheiten?«

»Nein«, erklärte Hubert. »Und wenn ich es mir so überlege, erwarte ich von Ihnen auch gar nichts. Ich bin einfach froh, dass ich Sie gesehen habe. Ich kann Ihnen jedenfalls nicht vorwerfen, dass Sie Edith-Samyra begehren, ich begehre sie ja auch.«

»Meine Rede«, sagte der Oertli. »Ich nehme dir schließlich nichts weg, Hubi, im Gegenteil. Wenn sie bei mir aus der Tür geht, ist sie selig wie ein Lämmchen, das muss dir doch passen.«

»Nein, so hatte ich das nicht gemeint«, sagte Hubert, aber er sah keinen Sinn darin, sich zu erklären, dankte für den Tee und fuhr zurück nach Zürich.

Die nächsten beiden Weihnachtsfenster-Apéros ließ er aus, und Edith-Samyra schien bereits Bescheid zu wissen, jedenfalls erkundigte sie sich nicht, wo er abblieb. Als schließlich Alice anrief, klang es fast, als tue sie es in Edith-Samyras Auftrag. »Hubert, wir vermissen dich«, sagte sie. »Du hast mir gesagt, dass du dich wegen Edith-Samyra sorgst. Und ich will dir sagen, dass du ihr guttust. Sie hat sich verändert, seit du in ihrem Leben bist. So etwas geht nicht Schlag auf Schlag, oder besser ausgedrückt: Mit Rückschlägen ist zu rechnen. Doch ich glaube, ihr beide könnt einander sehr viel geben.«

»Hast du sie gesprochen?«, fragte er. »Weiß sie, dass ich weiß, wer Bärli ist? Und wie geht es ihr damit?«

»Was glaubst du denn?«, fragte Alice. »Es gab Tränen. Es ist nicht das erste Mal, dass sie sich in eine solche Lage manövriert. Dieser Waldschrat ist kein Mann für sie.«

»Bestimmt der bessere als ich«, sagte Hubert. »Mich bringst du jedenfalls nicht dazu, im November in einem Bergbach zu baden.«

Darauf sagte Alice nichts, sie bat ihn nur, offen zu bleiben. Und als Hubert sagte: »Übrigens möchte ich am 18.

kein Fenster gestalten, also auch an keinem anderen Tag«, sagte sie noch deutlicher: »Schlag nicht alle Türen zu, Hubert, gib euch Zeit.«

Später in der Nacht rief dann auch Edith-Samyra an. »Ich schäme mich so sehr«, sagte sie und klang, als habe sie geweint, getrunken oder beides.

»Das brauchst du nicht«, sagte er. »Höchstens für die Heimlichtuerei. Aber nicht dafür, dass du bist, wie du eben bist. Ich finde dich ja ausgesprochen attraktiv, auch deine Wildheit, falls ›Wildheit‹ das richtige Wort ist. Ich bin nur, fürchte ich, kein Mann, der damit umgehen kann. Im Gegenteil, vor genau so was hatte ich immer Angst.«

»Was heißt ›immer‹?«, fragte sie verwirrt, »seit wir uns kennen? Hast du das etwa kommen sehen?«

»Nein, mein Vater war einer wie dieser Oertli oder wie du«, sagte er. »Einer, der nicht genug hatte. Und meine Mutter litt darunter.«

Edith-Samyra schwieg daraufhin, dann erkundigte sie sich: »Was müsste ich denn tun, damit es mit uns beiden weitergeht?«

»Ich sehe nichts, das du tun kannst«, sagte er. »Ich kann nicht von dir erwarten, dass du dich änderst. Ich finde nicht einmal, dass du das solltest. Wie gesagt, ich finde dich sehr attraktiv so, wie du bist.«

»Aber dann verliere ich dich«, stellte sie fest.

»Vielleicht können wir ja irgendwie Freunde sein«, sagte er vage.

Doch sie ließ nicht locker. »Und wenn wir beide, du und ich, etwas wilder werden?«, fragte sie. »Du musst deshalb nicht gleich in einem Wildbach baden.«

Der Vorschlag irritierte ihn. »Ich weiß nicht, wie ich wilder werden könnte«, gestand er. »Ich glaube, ich bin es einfach nicht.«

»Da bin ich anderer Ansicht«, sagte Edith-Samyra. Deine Meditationsanweisung vor ein paar Wochen war ziemlich mutig, du hast dir damit nicht gerade Freunde gemacht.«

»Ich wollte gar nicht mutig sein«, erklärte er. »Ich fand es wirklich einfach besser, an die frische Luft zu gehen, als die vielleicht letzten warmen Stunden des Jahres summend auf einem Katzenteppich zu knien.«

»Und die Falter?«, fragte sie. »Du wusstest, dass sie uns plagen werden.«

»Ja, das war ein bisschen böse«, gab er zu. »Doch ich dachte, es ist eine gute Übung.«

»Das war es auch«, sagte sie. »An jenem Abend hatte ich jedenfalls große Lust auf dich.«

Hubert stutzte. »Also wenn es nur das ist«, sagte er. »Etwas böser kann ich vielleicht schon sein. Allerdings werde ich dann auch böse wegen Bärli.«

Edith-Samyra musste lachen. »Dann lass es mich spüren, ich halte etwas aus«, sagte sie. »Außerdem finde ich selbst, ich habe eine Strafe verdient.«

Höhenangst

Mona war vor der Weihnachtsaufführung so aufgeregt, dass sie sogar noch im Schlaf ihre vier Zeilen rezitierte:

Liebe Tiere, liebe Welt
Wie mein Licht die Nacht erhellt
Soll von nun an eure Liebe
Stärker sein als Hass und Hiebe

Die Verse – wie überhaupt das ganze Stück – hatte Herr Shala geschrieben, ein junger Pädagoge mit kosovarischen Wurzeln, der zusammen mit Frau Friedrich die Kindergartengruppe leitete. Er hatte als Kind und Jugendlicher fünfzehn Jahre lang im Theater Metzenthin gespielt und führte auch Regie. In einem langen Brief an die Eltern hatte er ausgeführt, dass und warum und in welcher Weise das von ihm kreierte Stück konfessionsneutral sei, und darum gebeten, dass auch zu Hause nicht mehr von Weihnachten und dem Christkind gesprochen werde, sondern – *think global, act local* – vom »Fest der Liebe« und der »Engelsmacht, die Freude schafft«. Er hatte sogar einen neuen Liedtext zu *Stille Nacht, heilige Nacht* geschrieben, den die Familienmitglieder auswendig lernen sollten, damit im Anschluss an die Aufführung alle gemeinsam singen konnten. Auch den musste Julia mit Mona jeden Abend vor dem Einschlafen üben, obwohl sie ihn so idiotisch fand, dass er sich ihr schon beim ersten Durchlesen unerbittlich eingebrannt hatte, außerdem sang Mona das Lied tagsüber fast ununterbrochen.

Helle Nacht, Engelsnacht
Maus und Eul' gemeinsam wacht
Kauz und Rabe mit kräftigem Schall
Selbst die Schäflein im warmen Stall
Rufen einander zu
Liebe im Herzen trägst du

Helle Nacht, Engelsnacht
Alles scherzt, alles lacht
Lernt verzeihen, verbannt die Wut
Jedes Wesen ist rein und gut
Ruft einander zu
Liebe im Herzen trägst du

Und damit, dass alle Anwesenden einander reihum die Hände reichten, sich in die Augen sahen und dem Gegenüber versicherten: »Liebe im Herzen trägst du«, sollte der offizielle Teil des Abends denn auch enden. »Tun wir, was wir können, für eine bessere Welt«, lautete der Schlusssatz von Herrn Shalas Elternbrief.

Mona ihrerseits hatte nicht nur darauf bestanden, dass neben ihrer Oma auch Selina, Moritz, Onkel Hubert, Petzi, »Rohrmann«, Jack und Roger zur Inszenierung eingeladen wurden. Sie malte auch jedem Einzelnen einen Engel, den sie mit »Mona« beschriftete, und Julia musste jeweils eine Kopie von Herrn Shalas Brief beilegen.

Bis eine Stunde vor der Aufführung war Mona Feuer und Flamme. Erst als die Gäste eintrafen, geriet sie durcheinander. Frau Friedrich musste nämlich eine Änderung bezüglich Herrn Shalas Weisungen bekanntgeben: Das Händeschütteln nach dem Lied sollte auf Anraten der Gesundheitsdirektion ausgelassen werden, um die Gefahr einer Grippe- oder Mumps-Epidemie zu minimieren.

Julia übersetzte ihr in Kinderdeutsch, was Frau Friedrich bekanntgegeben hatte, und Mona verstand die Welt nicht mehr.

Nachdem sie sich durchs Gedränge zu Frau Friedrich vorgekämpft hatte, wollte sie wissen, ob das Berührungsverbot auch für sie galt.

»Das gilt gerade für euch Kinder«, sagte Frau Friedrich, »ihr seid nun mal Virenschleudern. Aber eure Familie dürft ihr natürlich umarmen.«

Mona heulte schon vor dem letzten Satz los, und es dauerte, bis Julia sie so weit beruhigt hatte, dass sie ihren Kummer in Worte fassen konnte.

»Jetzt darf ich Moritz gar nicht auf den Schoß klettern, und Selina auch nicht, und Oma auch nicht«, schluchzte sie. »Dabei bin ich doch ein Engel. *Wie mein Licht die Nacht erhellt.* Ich bin lieb, niemand ist so lieb wie ich. Ich bin keine Dingsda-Schleuder!«

»Nein, das bist du nicht«, versicherte ihr Julia, »und wenn du gestern Moritz auf den Schoß klettern durftest, sehe ich keinen Grund, wieso du es nicht auch heute tun darfst. Gefährlich sind die Viren nur für ganz alte Leute und für Frauen mit einem Baby im Bauch.«

Aber Mona fand es schon furchtbar genug, dass die vor ihr Angst haben sollten, wo sie doch ein Engel war und dafür da, dass die Leute keine Angst mehr hatten. Und das Ende vom Lied war, dass sie sich nicht mehr aufs Podest traute, von dem herab sie ihre Verse hätte sagen sollen. »Sie glaubt nicht mehr, dass sie ein Engel ist, und fürchtet abzustürzen«, erklärte Julia Selina, als die kurz hinter die Bühne kam, und als sich die Vorstellung wegen Mona um eine halbe Stunde verzögert hatte, beschloss ihre versammelte Gästeschar, hinter die Bühne zu gehen und ihr gut zuzureden. Außer »Rohrmann«, Jack und Roger, die sich höflich entschuldigt hatten (»Rohrmann« hatte eine Eule mit Engelsflügeln für sie gezeichnet), waren alle gekommen. Selina versuchte sie zu umarmen, doch Mona war ganz außer sich und wollte sich von ihr nicht anfassen geschweige denn trösten lassen.

»Ist sie denn dort oben nicht festgemacht?«, fragte Edith-Samyra.

»Doch«, sagte Julia, »mit einem soliden Karabinerhaken, außerdem ist das Podest gerade mal 1.50 m hoch.«

Während Moritz sich vor Mona hinkniete und mit ihr redete, unterhielt Edith-Samyra die Runde damit, wie sie jeweils ihre Höhenangst bekämpfte. »Es hilft mir, mich mental mit den Mechanismen zu verbinden, die mich sichern«, erklärte sie. »In der Seilbahn stelle ich mir vor, das Seil, die Stützen, die das Seil tragen, und die Sockel, die die Stützen im Boden verankern, seien alle ein Teil von mir, dann fühle ich mich nicht mehr ausgeliefert, sondern stark und raumgreifend. Hänge ich am Kletterseil, bin ich auch der Karabinerhaken, die Klettereisen und der Fels. Nur wenn ich mich frei bewegen muss, auf einem Berggrat beispielsweise oder einem Hausdach, will nichts helfen, da gerate ich in Panik. Seht ihr, ich schwitze bereits, wenn ich davon rede.«

Dann richtete sich Moritz wieder auf. »Wir sind einen Schritt weiter«, berichtete er. »Mona geht hoch, wenn Julia sie begleitet.«

»Na Prost«, sagte Julia. »Hoffen wir, das Podest hält das aus.«

Tatsächlich ging dann alles glatt – außer dass Mona den Text vergessen hatte und Julia ihren Part bestritt. Doch immerhin war Mona schon wieder so weit, dass sie ihren Gästen während der Vorstellung zuwinkte, und als Julia den Einsatz zum Schlusslied verschlief, knuffte sie sie in die Rippen.

Und mit dem Schlussapplaus war dann sowieso alles vergessen, Mona kletterte vom Podest wie ein Zicklein, stürzte sich in die Menge, krähte unablässig: »Liebe im Herzen trägst du«, und umarmte alle, die sie zu fassen kriegte. Dann ließ sie sich von ihren Gästen feiern.

Julia beschloss, aus ihrem Noteinsatz das Maximum herauszuholen, machte sich auf dem Podest ganz klein und entzog sich so Herrn Shalas Weltumarmungsgeste. Moritz fand sie schließlich dort oben und brachte ihr ein Glas Punsch.

»Wie war ich als Engel?«, fragte sie.

»Cool«, sagte er, »oder heiß. Jedenfalls das Licht in Person. Und wie fühlt man sich so über allem?«

»Frag lieber«, antwortete Julia, »wie sich eine Mutter fühlt, wenn das eigene Kind zur gesellschaftlichen Belastung wird und niemand helfen kann als sie – wenn überhaupt.«

»Der Applaus wäre ohne euch bestimmt nur halb so groß gewesen«, sagte Moritz.

Julia grinste. »Und weißt du, was Mona mir dabei ins Ohr geschrien hat? ›Ich will aber nicht berühmt werden, Mama! Ich will ganz normal sein, so wie du.‹ Und ich dachte schon, ich bin ihre Heldin.«

Dann sahen sie, wie Pit Edith-Samyra aus der Weltumarmung weg ins Innere des Podests lotste, und kletterten ihnen nach. Gleich stieß auch Selina zu ihnen.

»Eine Stelle fürs *Häfeli*-Praktikum, wie es jeder Medizinstudent absolvieren muss, kann ich dir leicht verschaffen, Pit«, erklärte Edith-Samyra gerade, »nur nicht in Zürich. Aber Glarus hat ein gutes, kleines Krankenhaus, das die meisten Gesundheitsleistungen abdeckt, und das ist sicher zehnmal spannender als der Dienst in einem Großkrankenhaus, wo du drei Monate lang nur Schulterbrüche pflegst. Du bist dir aber hoffentlich bewusst, dass du dich als Arzt in einem Berufsfeld mit Hierarchien wie im Mittelalter bewegst, und du bist quasi der Hahn auf der Kirchturmspitze.«

»Im Stadttheater ist es auch nicht anders«, warf Selina ein. »Das sind Bananenrepubliken auf Staatskosten.«

»Fürs Pflegepersonal heißt das: sich ducken«, fuhr Edith-Samyra fort, »für die Ärzte: regieren. Und an beidem kannst du nicht rütteln, die Traditionen sind zu stark.«

»Daran hatte ich noch gar nicht gedacht«, erkannte Pit.

»Ich weiß nicht, ob ich damit leben könnte. Gibt es denn keine Mitbestimmung?«

»Als Stationsarzt bist du Vogt wie einst Herodes«, sagte Edith-Samyra, »als Chefarzt bist du Kaiser, und ja, das muss man aushalten können. Es ist dein Kopf, der rollt, wenn an der Basis etwas schiefgeht – wobei du staunen wirst, wie viel sich vertuschen lässt. Und dafür verdienst du 50- oder 100-mal so viel wie deine Untergebenen.«

»Ich will nicht herrschen, so wenig, wie ich will, dass jemand über mich herrscht«, erklärte Pit. »Ich habe mir auch immer den einfachen Dorfarzt vorgestellt.«

»Mach dir nichts vor«, sagte Edith-Samyra. »Zum einen wird die Ausbildung zum Allgemeinmediziner gerade abgeschafft, die moderne Gesellschaft besteht aus Spezialisten, nicht aus Universalisten. Und auf dem Dorf, lieber Pit, ist der Hausarzt Gott. Wie im Busch der Medizinmann.«

»Scheiße«, sagte Pit.

Das hörte Mona, die sie eben da entdeckte. »Pfui, pfui, pfui«, rief sie und zog alle einzeln hoch. »Kommt, ihr Drückeberger, *alles scherzt, alles lacht*!«

Und als Mona ihre Oma und die Gäste aus der Röntgenstrasse zum Ringelreihentanzen zwang, wagte nicht einmal Frau Friedrich einzuschreiten.

Transvestitismus

Erich Wyss wusste nicht recht, was er sagen sollte, als einige Tage vor Weihnachten Hubert bei ihm klingelte, um sich zu erkundigen, was er zu Heiligabend vorhabe. »Die Sache ist die«, erklärte Hubert, »ich habe für drei Personen im ›Schwänli‹ reserviert, wo Ruth und Alex einen Fondueabend geben. Ich hatte vor, dich und Edith-Samyra dorthin einzuladen, und Edith-Samyra hatte mir auch schon zugesagt. Vorhin hat sie mir jedoch gestanden, dass sie eigentlich als Köchin in der Thuner Gassenküche engagiert ist, und die finden keinen Ersatz für sie. Keine Frage, dass das Vorrang hat, auch wenn ihr das Engagement inzwischen nicht mehr in den Kram passt, weil es mit einem gewissen ›Bärli‹ verbunden ist, den sie hinter sich lassen möchte. Doch zugesagt ist zugesagt, finde ich. Und so komme ich, um dich zu fragen, ob wir nicht zu zweit ins ›Schwänli‹ möchten.«

»Wir, zu zweit, wie zwei Schwule?«, fragte Erich. »Nein. Außerdem habe ich schon etwas vor.«

»Ach«, sagte Hubert. »Da kann man nichts machen, dann feiere ich eben allein. Und was tust du zu Silvester?«

»Das entscheidet sich nach Weihnachten«, sagte Erich aus dem Stegreif.

Tatsächlich hatte er für Weihnachten zumindest vage

Pläne. Huberts Bemerkung mit dem Puff war ihm nicht mehr aus dem Kopf gegangen, dazu kam, dass er das Jahr mit einer schwarzen Null abschloss, und das, obwohl er im Frühling im Konstanzer Casino 20 000 Mark verspielt hatte. Das war eine Bilanz, die zu seiner Zeit auf der Post eine kleine Feier wert gewesen wäre, und deshalb wollte er sich nun etwas gönnen.

Zwei Tage vor Heiligabend rief er daher bei einem Escortservice an, dessen Nummer er auf einem Abziehbild gefunden hatte, das im Tramhäuschen Quellenstrasse am Billettautomaten klebte.

Die Frau, die abnahm, hieß Beverly, aber er musste zweimal nachfragen, ehe er den Namen verstand, weil sie dermaßen säuselte.

»Ich würde gern ein Fräulein für den Heiligabend mieten«, sagte er.

»Ui, das wird nicht einfach«, sagte Beverly. »Zu den Feiertagen sind wir praktisch ausgebucht. Außerdem gilt da der Feiertagstarif, das wird nicht billig.«

»Geld spielt keine Rolle«, sagte Erich. »Und ich will auch keinen Sex, falls Sie so was denken, sondern eine Dame um die achtzig, die mit mir den Abend so verbringt, wie ich ihn die letzten zwanzig Jahre mit meiner Frau verbracht habe.«

»Um die achtzehn, sagten Sie?«, fragte Beverly.

»Achtzig«, rief er ungeduldig, »ich bin es doch nicht, der hier so säuselt! Sie kann auch meinetwegen siebzig sein, solange sie eine gewisse Reife hat.«

»Wir vermitteln keine Frauen in diesem Alter«, sagte Beverly. »Ich wüsste auch nicht, wo Sie die finden, vielleicht in einer Freak Agency.«

»Was soll das sein?«, fragte er. »Sprechen die da Englisch? Ich will, dass sie Deutsch spricht.«

»Die sprechen schon auch Deutsch«, sagte Beverly, »wenn sie überhaupt sprechen können. Dort können Sie Zwerge, Transvestiten oder Krüppel mieten.«

»Sie haben wohl falsch verstanden, ich will nur eine Frau im besten Alter«, sagte Erich und legte auf.

Im *Tagblatt* fand er noch weitere Agenturen, doch die Auskunft war jedes Mal dieselbe, Frauen über 40 gab es nicht zu mieten. Das empörte ihn, und er war nahe dran, dem *Tagblatt* einen Leserbrief zu schreiben. Doch dann stellte er sich vor, was Gerda dazu meinen würde: »Wenn du anonym schreibst, Erich, drucken sie ihn gar nicht ab, und setzt du deinen Namen drunter – allzu viele Erich Wyss kann es in der Stadt nicht geben –, stehen danach die Frauen vor unserer Tür Schlange, aber bestimmt nicht die Sorte, die du haben willst.«

Also ließ er es bleiben, dafür verbrachte er zwei Stunden vor dem Kleiderschrank, suchte Gerdas Garderobe aus und überlegte, ob er Hubert nicht voreilig abgewimmelt hatte. Vielleicht hätte der sich überreden lassen, statt im ›Schwänli‹ hier bei ihm zu feiern, und wenn Hubert dazu noch Gerdas Kleid trug und sich Gerda nennen ließ, war das fast so gut wie eine Beverly. Erich war sich nur nicht sicher, ob er einen ganzen Abend lang Huberts Schweißfüße ausblenden konnte.

Dafür schlüpfte er schließlich selber in Gerdas Abendkleid, ein Deluxe-Modell von C&A aus den 70-ern, und darin gefiel es ihm so gut, dass er es nicht wieder ausziehen mochte, bevor er zu Bett ging.

Auch als er am anderen Tag den Tannenbaum vom Balkon holte und ihn schmückte, trug er Gerdas Garderobe – diesmal eines ihrer Haushaltskleider –, und er wunderte sich sehr, um wie viel leichter ihm der Alltag fiel. Eine Weile grübelte er, bis er den Begriff für seinen neuen Zustand fand – »beschwingt« war das Wort, das es traf. Plötzlich lachte er sogar über seine Griesgrämigkeit.

Als es Mittag schlug, stand plötzlich Edith-Samyra im Flur – er musste die Klingel überhört haben – und brachte ihm zwei große Gänsekeulen, Rotkohl und Kartoffelpuffer. »Ich habe für Thun probegekocht«, erklärte sie, »und jemand muss das essen.«

Ihm war es peinlich, dass sie ihn im Kleid antraf. »Ich fand gerade keine Schürze«, log er, »und zu Heiligabend wird bei uns geputzt, das ist so Tradition.«

»Senf und Ocker stehen dir«, sagte sie ganz selbstverständlich. Und nachdem sie ihn auf beide Wangen geküsst und »Merry Christmas« gewünscht hatte, flüsterte sie ihm ins Ohr: »Du machst das ganz hervorragend, Erich. Genießen wir, was wir haben, statt darüber zu jammern, was uns fehlt.«

Und genau das fiel ihm plötzlich ausgesprochen leicht. Als er im Fernsehen *Drei Nüsse für Aschenbrödel* sah, einen von Gerdas Lieblingsfilmen, tanzte er sogar bei jeder Walzerszene mit und wedelte mit einem Schal, als sei es Aschenbrödels Schleppe.

Edith-Samyras Essen stellte er auf den Balkon, zu Heiligabend hatte es schon immer Lachs mit Meerrettichschaum gegeben, dazu Aufbackbrötchen und russischen Salat und zum Dessert Schwarzwälder Eistorte. Allerdings trank er dieses Mal keinen Rimus-Kindersekt, sondern eine kleine Flasche Freixenet, danach war er so guter Laune, dass er lauthals mitsang, als ein Knabenchor mit Karel Gott die schönsten Weihnachtslieder hören ließ.

Und als die Glocken von St. Josef zur Mitternachtsmesse läuteten, zog er kurz entschlossen Gerdas Persianermantel an, legte vor dem Badezimmerspiegel etwas Rouge auf, setzte seine Schiebermütze mit den Ohrenklappen auf – denn das Thermometer zeigte minus 15 Grad – und ging zur Kirche.

Auf dem Vorplatz sah er Hubert und den Jungen aus dem zweiten Stock, doch er hielt sich abseits. Er ging auch nicht zur Kommunion, obwohl ihn die Entscheidung schmerzte, Gerda hätte sie ganz sicherlich nicht ausgelassen. Doch dann meinte es der liebe Gott so gut mit ihm, dass er sogar Messdiener mit Hostien die Gänge entlangschickte. Um eine zu ergattern, brauchte er sich nur bis zum Ende seiner Sitzreihe durchzukämpfen.

Zu Hause feierte er dann zu dritt noch etwas – er, Gerda, und das Jesuskind –, und war, obwohl die zweite Flasche Freixenet ihm sauer aufstieß, auch um drei Uhr früh noch so vergnügt, dass er Beverly anrief, um sich für die Zukunft als gepflegte Herrenbegleitung anzubieten. Leider war Beverly wohl schon zu Bett gegangen, und um auf Band zu sprechen, lag ihm inzwischen die Zunge zu schwer im Mund.

Kompetenz

Eigentlich hatte Pit vorgehabt, den Heiligabend mit seinen Eltern und Brüdern zu verbringen. Doch als er zu Hause anrief, um sich zu erkundigen, wann gegessen wurde und ob es noch etwas zu besorgen gab, stritt er sich mit seinem Vater gleich wieder so heftig, dass er es vorzog, in der Röntgenstrasse zu bleiben. Petzi war schon seit dem Morgen in Rheineck, um ihrer Mutter noch beim Einkauf zu helfen und danach traditionsgemäß gemeinsam mit ihrem Vater den Baum zu schmücken. Natürlich wäre Pit bei Petzis Eltern auch willkommen gewesen, aber er fand es romantischer, in männlicher Askese dem ganzen Festtagstrubel zu trotzen.

Als es eben dunkel wurde, klingelte aber Hubert Brechbühl und stand mit einem großen Kochtopf vor der Tür. »Ich sah Licht bei euch und dachte, vielleicht könnt ihr noch etwas zu essen gebrauchen«, erklärte er. »Edith-Samyra hat für zehn Leute gekocht, dann ist sie nach Thun gefahren, und ich sitze auf den ganzen Gänsekeulchen.« Und als Pit ihm sagte, dass er allein war, schlug Hubert vor, sie beide könnten etwas musizieren und danach gemeinsam essen.

Daraus wurde ein sehr schöner Abend. Erst übten sie Charlie Hadens *Song for Che,* den Pit kurz zuvor bei seinem neuen Zeitvertreib entdeckt hatte – er saß ganze Tage lang im Musikhaus Jecklin in der Jazzabteilung und hörte sich durch die Regale. Dann aßen sie die Gänsekeulchen, und zwar alle, Pit hatte noch nie so zarte Gans gegessen. Während des Essens schwärmte er Hubert von Glenn Gould vor, den Hubert noch nicht einmal dem Namen nach kannte und über dessen beide Aufnahmen der *Goldberg-Variationen* Pit seine Maturaarbeit geschrieben hatte. Als Nachtisch hörten sie sich hintereinander weg erst die 1955er, dann die 1981er-Aufnahme an. Hubert zeigte sich begeistert, was man alles hören konnte und wie plastisch die Musik doch wurde, wenn man Kenntnisse hatte wie Pit. Allein die Tatsache, dass die '81er in einem Beat gespielt war und nicht wie die '55er aus in sich abgeschlossenen Takes bestand, sondern einen großen, radikalen Bogen spannte, innerhalb dessen Gould das Tempo immer wieder mal verdoppelte, sodass es endlich sage und schreibe das 16-Fache der Eingangsaria betrug – eine Zahl, die sich dazu mehrmals spiegelte, beispielsweise darin, dass die Aria zweimal 16 Takte hatte und das ganze Werk in wiederum zwei Sätze mit je 16 Sätzen unterteilt war –, faszinierte ihn sosehr, dass Pit die CD noch ein zweites Mal abspielen ließ, und diesmal dirigierten oder tanzten sie dazu im Sitzen.

Noch vergnügter wurden sie, als Hubert erzählte, sein Hobby in der Jugendzeit habe darin bestanden, Bus- und Lastwagengeräusche nicht nur zu erkennen, sondern auch zu imitieren, und der Reihe nach den kernig hämmernden Saurer Schnauzerwagen FBW der VBZ zum Besten gab – der dem FBW-AS47-Kipper mit DD-Motor akustisch zum Verwechseln ähneln sollte –, das weiche, fast vergnügte

Schnurren oder Singen des CT1D-Motors des Saurer 4HP, den Saurer 5B von 1931, den 2C von 1942 und den 5C (1947), alles Kipper mit Turbolader und einem höchst sonoren Bass, dazwischen einen Dodge, danach die neuen Saurer, die ihr Grundgeräusch mit einem hohen Heulen überlagerten, und zuletzt den kreischenden Motor des BLD, das ratternde Stakkato eines CR1D-4-Zylinders und die blassen, ungeliebten Baumgartner mit mechanischem Lader, die Hubert despektierlich »Furzer« nannte.

Inzwischen läuteten die Glocken zur Mitternachtsmesse, und Hubert prahlte etwas dürftiger mit einem Halbwissen zur Orgel der Sankt-Josefs-Kirche, einer Kuhn Männedorf mit irgendwie besonderen Manualen, das Pit mit einem kurzen Ausflug ins Internet präzisierte.

Spontan entschieden sie, die Orgel nun auch anzuhören. Allerdings verließen sie das Haus recht überdreht und alles andere als weihnachtlich gestimmt. Die gesetzte, feierliche Stimmung in der Kirche irritierte Pit deshalb zuerst. Während Hubert weiterplaudern wollte, holte ihn die Schwere seiner letzten Wochen wieder ein. Er vermisste Petzi und ärgerte sich über sich selbst, weil er nicht mit ihr nach Rheineck gefahren war. Auch der Organist ließ ihn leiden, weil er der allgemeinen Schwäche der Menge, die langen Töne abzukürzen, nichts entgegensetzte. Dazu kam, dass Hubert in seinen geflüsterten Witzeleien weiter kaum zu bremsen war.

Dann hielt aber der Pfarrer eine Predigt, die sie beide ruhig machte. Er sprach von den verborgenen Schätzen der Menschheit. Ausgangspunkt war nicht die Weihnachtslegende, sondern Markus 10, Vers 21: *Und Jesus sah ihn an und liebte ihn und sprach zu ihm: Eines fehlt dir. Gehe hin, verkaufe alles, was du hast, und gib's den Armen, so wirst du einen Schatz im Himmel haben, und komm, folge mir nach und nimm das Kreuz auf dich.* »Ich glaube, wir alle kennen dieses Gefühl, dass uns etwas fehlt«, begann der Pfarrer. »Oft wissen wir nicht, was, und so rennen wir einer diffusen Lücke nach und versuchen sie zu stopfen. Wir geraten in Not, denn dass wir nicht erkennen können, was uns fehlt, lässt dieses Fehlende immer größer erscheinen. Wir wissen nicht, ist die Lücke außerhalb von uns oder in uns selbst? Sind wir selbst vielleicht in irgendeiner Weise beschädigt? Und natürlich erkennen wir, wenn wir uns mit anderen vergleichen oder in uns forschen und grübeln, ganz viele Lücken, viel Leere, viele Mängel. Das macht uns Sorgen, und in unserer Sorge werden wir blind für das, was uns umgibt. Wir haben keine Zeit mehr, uns um andere zu kümmern – beziehungsweise schieben wir die Sorge um unsere Umwelt bis zu dem Zeitpunkt auf, an dem wir uns vervollkommnet haben werden. Was, reden wir uns ein, kann ich anderen schon geben, solange ich selber in der Not bin? *Und Jesus sah ihn an und liebte ihn und sprach zu ihm: Eines fehlt dir. Gehe hin, verkaufe alles, was du hast, und gib's den Armen, so wirst du einen Schatz im Himmel haben, und komm, folge mir nach und nimm das Kreuz auf dich.* Wenn ich eine Mauer baue, und die Mauer hat eine Lücke, und die Sorge darum, wie ich diese Lücke schließen kann, besetzt meine Gedanken, dann bin ich in der Not. Wenn ich mir dagegen sage: Die Mauer hat eine Lücke, aber brauche ich die Mauer überhaupt?, dann wird die Lücke mit einem Mal zum Tor, zur willkommenen Öffnung hinaus in die Welt, und ich bin meine Sorge los. Die Schätze des Menschen sind nicht sein Besitz, seine Schätze sind die Lücken. Der Schönheitsfleck. Der kleine Makel. Ja, das Gefühl oder die Angst, dass uns etwas fehle, kann überhaupt nur entstehen, solange wir besitzen. Solange wir uns an etwas klammern, an unseren Reichtum, unseren Ruf oder auch unser Können. Man kann alles endlos vervollkommnen, man kann sich bilden, sich stählen, sich operieren lassen, und doch bleibt diese Lücke. Denn was den Menschen liebenswert macht, was jeden Einzelnen von uns bedeutsam, einzigartig und unendlich kostbar macht, sind Dinge, nach denen man nicht streben kann. Im Gegenteil, das Streben verschüttet sie. Der Mensch, der nach nichts strebt, ist in sich schön. Der Mensch, der keine Mauer um sich braucht, ist von strahlender Schönheit. Der Mensch, der nichts weiter sein will als Gottes Schöpfung, ist nicht nur unermesslich reich und schön, er entwickelt auch ungeahnte Kraft. Er ist imstande, Jesus nachzufolgen und das Kreuz zu tragen. Das Einfachste ist also zugleich das Größte, Gewaltigste überhaupt, wonach wir streben können. Die Angst macht uns Menschen klein und hässlich. Das Vertrauen darin, dass Gott dich erschaffen hat, wie du bist, weil er dich so – genau so – als vollkommen ansieht, macht dich frei. Frei, andere zu lieben. Sie zu lieben für das, was sich in der Lücke offenbart, im Mangel, für das, was nicht Mauer ist. *Und Jesus sah ihn an und liebte ihn und sprach zu ihm: Eines fehlt dir. Gehe hin, verkaufe alles, was du hast, und gib's den Armen, so wirst du einen Schatz im Himmel haben, und komm, folge mir nach und nimm das Kreuz auf dich.* Amen.«

Als Pit und Hubert danach nebeneinander die Kirche verließen, gab es einen Augenblick, in dem sie sich ansahen und wussten, sie suchten beide die Lücke in der Mauer. Das war schön, und als sie danach noch bei Pit ein Bier tranken, sprachen sie anders miteinander. Hubert erzählte von seiner kleinen Sorge, was Edith-Samyra diese Nacht in Thun treiben mochte. Er schimpfte auch mit sich, dass er sie überhaupt hatte gehen lassen – nein, er hatte sie sogar dazu überredet oder schlimmer noch, fast genötigt, obwohl er gleichzeitig nichts so sehr gehofft hatte, als dass sie auf ihrem Entschluss beharren möge, in Zürich zu bleiben, bei ihm, und mit ihm zu feiern. Und nun meldete sie sich nicht einmal auf eine SMS, die er ihr gleich nach dem Essen geschrieben hatte: »Gänsekeulchen hochgelobt und ratzeputz verspeist. Denke an dich. Frohe Weihnacht.«

Danach kamen sie auf Edith-Samyras Angebot zu sprechen, Pit ein Pflegepraktikum in Glarus zu vermitteln. Pit erzählte von Petzis Sorge, was wäre, wenn sie eine Fernbeziehung führten – eine Sorge, die er selbst allmählich teilte.

»Was genau ist denn die Sorge?«, erkundigte sich Hubert.

»Was wohl? Dass wir uns verlieren«, sagte Pit.

»Hm, ich denke jetzt mit Pfarrer Läuchli«, sagte Hubert. »Wenn ich einem Menschen meine Lücke zeige, werde ich so schön, dass der andere gar nicht anders kann, als mich zu lieben. Habe ich das recht verstanden?«

»Mag sein«, sagte Pit. »Aber was das Glarnerland angeht, so bleibt immer noch mein Ekel vor den Hierarchien. Wenn das Gesundheitswesen wirklich so streng autoritär organisiert ist, wie Edith-Samyra sagt – und sie muss es ja wissen –, kriege ich dort die Krätze.«

»Wirklich? Ich hätte damit keine Probleme«, sagte Hubert. »Mir genügt es, meine Aufgabe zu kennen. Das Drumherum ist mir egal.«

»Das ist wohl eine Frage des politischen Bewusstseins«, sagte Pit und merkte selbst, wie überheblich er klang.

Doch Hubert schien nicht gekränkt. »Ja, vielleicht fehlt mir das politische Bewusstsein«, sagte er nur. »Aber ich habe es bisher nicht vermisst.«

Edelkeit

Als Efgenia und Adamo am zweiten Weihnachtsfeiertag von einem kurzen Nachmittagsspaziergang wiederkehrten, fanden sie auf dem Anrufbeantworter eine Nachricht von Frau Wichmann. Sie bat Adamo, ihren Hund zu füttern. »Die Nachbarn, die das tun sollten, verspäten sich um einen Tag, und Mister hat nicht viele Reserven. Durch die Garage kommst du leicht ins Haus, der Schlüssel liegt in der kleinen Gießkanne. Bedien dich aus dem Kühlschrank, wenn du magst, es ist noch einiges vom Weihnachtsessen übrig. Und gib doch bitte dem Christbaum Wasser.«

Adamo rief gleich zurück – die Nummer gehörte zu einem Hotel in St. Moritz –, um den Auftrag zu bestätigen. Dann sagte er zu Efgenia: »Du hast dich dieses Jahr so tapfer gehalten, und ich kann dich nicht mal zur Belohnung auf eine kleine Reise nach Paris einladen oder so. Komm mit, und lass uns dieses Jahr wenigstens ein zweites Weihnachtsessen haben.«

Sie ging mehr mit, um ihm eine Freude zu machen, denn die Stille in der Stadt zum Jahreswechsel und die Dunkelheit setzten ihr jedes Mal zu, dazu verstärkte die ungewöhnliche Kälte ihre Rückenschmerzen. Am liebsten hätte sie sich für vier Wochen ins Bad verkrochen, rauchend in der Wanne gelegen und Electric Light Orchestra angehört.

Frau Wichmanns Hund freute sich ganz offensichtlich, Adamo zu sehen. Als der sich aufs Sofa legte und befahl: »Wärme mich«, kroch er sogar den Spalt zwischen Rückenlehne und Adamos Körper empor, bis er auf Höhe von Adamos Brust war, und kuschelte sich an ihn. Efgenia fand das nicht sehr witzig.

»Der scheint ja allerhand von dir gewohnt zu sein«, sagte sie. »Ich wüsste gern, was hier geschieht, wenn diese Wichmann nicht verreist ist.«

»Ach, Efgenia, komm her«, bat er, zog sie zu sich herunter und küsste sie – der Hund rappelte sich währenddessen auf und sprang vom Sofa –, dann sagte er: »Frau Wichmann ist keine Frau, die schmutzige Dinge tut.«

»Was redest du für einen Blödsinn, alle tun schmutzige Dinge, und die Verklemmten sind bestimmt die Schmutzigsten«, rief sie.

»Frau Wichmann ist nicht verklemmt«, sagte er leicht verstimmt. »Du kennst sie nicht, also hör auf, sie schlechtzumachen. Ich habe dich mitgenommen, weil man sich hier richtig wohlfühlen kann. Tu mir den Gefallen und versuche wenigstens, es zu genießen.«

Das versprach sie ihm, und während er mit Mister Gassi ging, durchforstete Efgenia die Küche, denn sie hatten seit dem Frühstück nichts gegessen.

Der Kühlschrank war so voll wie ihrer, im Gegensatz zu ihrem duftete er allerdings dezent, alles war hübsch verpackt, und nirgends war auch nur ein Quäntchen Schimmel oder Fäulnis zu entdecken. Im mittleren Fach, gut sichtbar, stapelten sich drei in der Größe aufeinander abgestimmte Glasschüsseln. In der obersten fand Efgenia Gänseklein, in der mittleren Rotkohl mit Kastanien und in der untersten Knödel sowie – in einem Tässchen – etwas Sauce. Sie begann das Essen zu erwärmen, und weil sie es vorzog, es in Sauce zu ertränken, machte sie sich auf die Suche nach etwas, womit sie das Restchen strecken konnte – nichts Kostbarem, denn sie wollte nichts stehlen, nur vielleicht einem Päckchen Kokosmilch mit abgelaufenem Datum. Doch verfallene Lebensmittel gab es in Frau Wichmanns Küche keine, selbst das Senfpulver, die Muskatnüsse und das Kürbiskernöl waren frisch.

»Wie schafft man es«, fragte sie Adamo, als er wiederkam und Mister den Fressnapf füllte, »einen Haushalt so zu führen, dass nichts verfällt?«

»Ich nehme an, sie schenkt die abgelaufenen Sachen ihrer Putzfrau«, sagte er.

Ja, daran hätte sie auch denken können. Während sie das Essen auf zwei Teller gab und Wein aus einer angebrochenen Flasche einschenkte, die vakuumverschlossen auf der Anrichte gestanden hatte, zündete Adamo die Kerzen am Baum an und machte Musik.

»Sonderbar«, sagte er, als er ihr beim Tragen half, »genau diese Platte hat sie gehört, als ich das letzte Mal hier war, und das ist bestimmt zwei Monate her.«

»Vielleicht hört sie nicht so oft Musik«, sagte Efgenia.

»Eigentlich immer, zumindest, wenn ich da bin«, sagte Adamo.

»Ich dachte, du bist draußen im Garten«, sagte Efgenia mit leiser Spitze.

»Erst komme ich immer rein«, erklärte er, »ich muss ja wissen, was ich tun soll.«

Dann schwiegen sie aber und lauschten Ella Fitzgerald, die in bezaubernd katzenhafter Zartheit sang:

And the autumn weather turns the leaves to flame
And I haven't got time for the waiting game
And the days dwindle down to a precious few
September, November

»Ist sie so wie diese Musik?«, fragte Efgenia, als das Lied zu Ende war.

»Wer, Frau Wichmann?«, fragte Adamo zurück, »ja, vielleicht. Jedenfalls hat sie auch dieses leicht Schwermütige.«

Das sagte er in einem Ton, den sie nicht an ihm kannte, und sie fühlte, wie die Eifersucht sich wieder regte.

Doch er lenkte sie ab, indem er sie aufforderte: »Sieh mal den Baum an.«

Es war keine gewöhnliche Tanne, sondern ein Baum mit üppigen Büschen von Nadeln, die sie an den Schwanz von Eichhörnchen erinnerten. Die Zapfen, die daran hingen, waren dick, rund und schienen mehr gefurcht als schuppig, dem Kopf einer Riesenschildkröte ähnlich. Daneben trug der Baum kaum Schmuck, nur einige Bienenwachskerzen und, halb versteckt im Geäst, drei fingerlange Engel aus Wachspapier mit weißblondem Haar.

»Das ist eine Arve«, erklärte er, »deshalb duftet es hier auch so.«

Der Geruch verstärkte sich noch, nachdem die Kerzen ein paar Minuten gebrannt hatten, und fast in Trance saßen sie auf dem Boden, an die Sofakante gelehnt, aßen Gänseklein und sahen in die Flammen, während draußen schon wieder die Nacht hereinbrach. Den Plattenspieler hatte Adamo auf Auto-Repeat gestellt.

Irgendwann entfuhr Efgenia ein dicker Seufzer. »Was ist das?«, fragte sie und erhob sich, um der sonderbaren Kraft entgegenzuwirken, die sie so träge und entrückt werden ließ.

»Arvenduft beruhigt, soviel ich weiß«, sagte Adamo. »Aber es ist ebenso dieses Haus, oder eher noch Frau Wichmanns Ausstrahlung. Man fühlt es auch im Garten, der Ort ist nicht von dieser Welt – und das liegt nicht nur daran, dass wir fast hinterm Zürichberg sind.«

Er schien zu einer längeren philosophischen Betrachtung ausholen zu wollen, doch Efgenia hatte keine Lust, ihm zuzuhören, und trug erst das Geschirr in die Küche, dann machte sie Licht und begann, das Haus zu erforschen. Adamo folgte ihr, augenscheinlich traute er ihr nicht ganz, und das reizte sie zusätzlich, Schränke und Schubladen zu öffnen. Alles war sehr ausgesucht, vieles atmete den Geist der 50er, und das Licht war so gesetzt, dass jeder Raum zwar in sich ruhte und zum Bleiben einlud, gleichzeitig aber auch mit den umliegenden verbunden war – diese sonderbare Ambivalenz schuf eine Atmosphäre, die Efgenia an das Gefühl erinnerte, unter Deck eines großen Schiffs zu wandeln.

Schließlich öffnete sie die Lade eines kleinen Sekretärs und fand darin ein Blatt Papier, das möglicherweise der Entwurf zu einem Testament war, mit Füllfeder geschrieben, und zwar in einer Schrift, die unerwartet schwungvoll und raumgreifend war. Vieles war durchgestrichen, und auch Adamo – der sich erst zierte – konnte nur Bruchstücke entziffern: *Es braucht keine Messe gelesen zu werden. Doch ich will, dass alle, denen ich etwas bedeutet habe, sich hier versammeln, ein Glas Port trinken (das Fässchen steht im Keller) und sich überlegen, wie sie anderen …*

… möchte ich, dass meine Asche im Garten verstreut wird, über dem Meer von Krokus, falls es gut gedeiht und tüchtig blüht. Wenn nicht …

… in eine Stiftung überführen, die …

Auch der Name »Adamo« tauchte auf, allerdings in einer der gestrichenen Passagen. Und irgendwo an den Rand gequetscht stand: *Sagt ihnen: Niemand soll hier traurig fortgehen. Das Leben ist es, das Grund zur Trauer bietet, nicht das Sterben und nicht der Tod.*

Der Eindruck dieser Zeilen hielt sie danach gefangen. Efgenia prüfte wohl noch das Bett, und Adamo sagte: »Wenn wir es tun wollen, dann aber nicht hier, sondern auf dem Boden oder meinetwegen auf dem Sofa.« Doch sie taten es nicht, sondern richteten alles wieder her, wie sie es vorgefunden hatten, wuschen ab und steckten neue Kerzen an den Baum. Dann löschten sie das Licht und wollten schon zur Garage hinaus, als Efgenia bat: »Lass uns nochmals diese Musik abspielen.«

Im Dunkeln hörten sie ein x-tes Mal zu, wie Ella Fitzgerald den *September Song* sang, dabei lehnte Efgenia sich an Adamo und fühlte buchstäblich, wie er sich Mühe gab, nicht zu weinen – ganz so, als wäre die Wichmann schon tot und nicht zur Bäderfahrt in St. Moritz. Doch auch sie selbst fühlte eine gewisse Schwere, die ihr allerdings nicht schlecht gefiel. Ihr war, als würde eine Katze auf ihrer Brust ein Schläfchen machen.

Als sie endlich gingen, hakte sie sich bei ihm ein und zog ihn eng an sich, denn draußen würde es wieder bitterkalt sein. Nachdem sie sich erkundigt hatte, ob er daran gedacht hatte, die Arve zu wässern, fragte sie: »Glaubst du, es ist eine Frage des Geldes, ob man so rein sein kann?«

»Nein«, sagte er sofort. »Eher glaube ich, wenn man so ist wie sie, fällt einem vieles in den Schoß.«

»Offenbar die falschen Dinge«, antwortete sie und dachte nochmals nach, dann sagte sie: »Umso bewundernswerter, wenn man dabei bleibt.«

»Ich glaube nicht, dass sie überhaupt anders könnte«, entgegnete Adamo darauf, dann schwiegen sie wieder – nicht nur, weil die Kälte in den Lungen schmerzte, wenn man sprach, sie waren auch in Gedanken.

Erst als sie die Seilbahnstation erreichten und ins Licht greller Neonröhren treten mussten, sagte Efgenia: »Ich hoffe, dein Krokus kommt gut.«

Er nickte. »Miss Vain«, sagte er, was sie nicht verstand, und fügte hinzu: »Ja, das hoffe ich auch.«

Wildheit

Es mochte an Weihnachten, den Sternen oder am Wetter liegen, jedenfalls schien an diesem Freitag, dem 28. Dezember, die Welt grundsätzlich in Schieflage zu sein. Es begann damit, dass Selina die Aufwärmprobe in Solothurn verpasste, weil ein sogenannter »Personenschaden« ihren Zug kurz vor Lenzburg für eine gute Stunde stillstehen ließ. Während sie zu lesen versuchte (zu Weihnachten hatte sie sich selbst Brechts gesammelte Gedichte in einem kleinen, über tausend Seiten dicken Taschenband geschenkt), sah sie andauernd vor sich, wie Männer in Überziehern die Leichenteile eines weihnachtsgeschädigten Selbstmörders von der Strecke sammeln mochten.

Auch danach im Theater war die Simmung gereizt, und das lag nicht nur an Selinas Verspätung. Ein Bühnenarbeiter war, kurz bevor sie eintraf, wahrscheinlich aus Unachtsamkeit vom Schnürboden gestürzt. Glücklicherweise hatte er sich nur ein Bein gebrochen. Doch nun liefen Untersuchungen, und die Probe verzögerte sich weiter. Schließlich wärmten sie sich nur in der Kantine mit ein paar Liedern auf, und um endgültig wach zu werden, verabreichte Selina sich selbst ein paar Ohrfeigen.

Die Vorstellung verlief glatt, fast zu routiniert, bis zu Szene neun. Als der Koch eben sagte: *Es ist dunkel, noch niemand auf,* und sie: *Zum Glockenläuten muss er aus den Federn kriechen,* klingelte im Zuschauerraum ein Handy. Natürlich gab es Gelächter, und es klingelte mehrmals, ohne dass sich jemand geregt hätte, dann hörte es von selber wieder auf. Doch bald darauf klingelte es erneut, und zwar mitten in Selinas Monolog: *Wozu pflügen? Es wächst nix mehr, nur Dornengestrüpp. Im Pommerschen sollen die Dörfler schon die jüngeren Kinder aufgegessen haben, und Nonnen haben sie bei Raubüberfäll erwischt.* Aus den Augenwinkeln sah sie, dass endlich einer in der zweiten Reihe sich bückte, das Handy aus der Tasche oder aus dem Mantel kramte, es aber nicht etwa ausstellte, sondern abnahm und den Anrufer darauf hinwies, dass er im Theater saß. Das bewegte ihn wiederum nicht dazu, mit leiser Stimme zu sprechen. Und gleich schien ihm der Anruf auch interessanter als die Vorstellung, denn er ließ sich in ein Gespräch über irgendwelche Silvestervorbereitungen verwickeln.

Die Welt stirbt aus, erklärte der Koch noch textgemäß, dann ließ er die Rolle Rolle sein. »Und du stirbst zuerst«, sagte er zu jenem Typen gewandt, stieg von der Bühne, hechtete fast über die Stühle der ersten Reihe und entriss ihm das Telefon. Der Typ wiederum war nicht zimperlich veranlagt, sofort fuhr er die Faust aus und traf den Koch so im Gesicht, dass er niederging. Gleich darauf schwang er sich über die Stuhllehne vor ihm – die Gäste in der ersten Reihe waren inzwischen geflüchtet – und kickte ihn zusätzlich in die Seite. Dann erst waren Schweizerkas und zwei Bühnenarbeiter zur Stelle, schafften den Mann raus, und jemand aus dem Publikum, vielleicht ein Freund, kramte das Handy unter den Sitzen hervor, um es ihnen nachzutragen.

Der Koch stieg danach wieder auf die Bühne, und obwohl er noch eine Weile aus der Nase blutete, setzte er bei seiner Replik *Die Welt stirbt aus* wieder an und spielte durch. Selina nässte ihm im Spültrog des Bühnenbildes ein Küchentuch, mit dem er das Blut zurückhielt, wenn er gerade keinen Text hatte.

Nach der Vorstellung führte der Zwischenfall hinter der Bühne zu einer längeren Diskussion, bei der erst der Inspizient und der Koch aneinandergerieten. Dann, als sich das Ensemble fast geschlossen hinter den Koch stellte, ließ der Inspizient den Intendanten rufen. Die zwei zentralen Fragen waren, ob man damit hatte rechnen können, dass der Typ im Publikum derart austicken würde, und ob die Intervention des Kochs gerechtfertigt war oder überzogen. Für beide Positionen gab es gute Argumente, und so entschied der Intendant zuletzt, dass der Koch mit seiner vermutlich gebrochenen Nase genügend gestraft war und – vorausgesetzt, der Gast reichte nicht Klage ein – keinen Sanktionen ausgesetzt werden sollte.

Es war fast zwölf, als der Disput endlich geklärt war. Selina wollte eben auf den letzten Zug hetzen – immer noch kostümiert und geschminkt –, als sie Frank im Durchgang zu den Garderoben stehen sah. Sie erschrak, weil sie ihn so gar nicht erwartet hatte, und das Erste, was sie in ihrer Verwirrung sagte, war: »Du, ich muss rennen.«

»Nein, musst du nicht«, sagte er. »Ich habe ein Doppelzimmer im Astoria gebucht.«

»Frank, was machen wir in einem Doppelzimmer, wenn ich dir nicht an die Wäsche darf?«, fragte sie und holte ihren Mantel.

»Darfst du ja«, sagte er. »Du sollst sogar. Ich will vögeln, dass die Wände wackeln.«

Das änderte die Lage. Sie setzte sich vor den Spiegel, schminkte sich ab und zog sich anschließend um. »Wo sind die Kinder?«, fragte sie.

»Bei meinen Eltern«, sagte er.

»Und Joëlle?«

»Keine Ahnung«, antwortete er. »Sie wollte eine Auszeit. Ich tippe auf Norderney, dort hat ihr Schwarm ein Ferienapartment.«

»›Schwarm‹«, wiederholte sie. »Nicht mehr als das?«

»Doch, wahrscheinlich«, sagte Frank. »Ich weigere mich nur, es zur Kenntnis zu nehmen.«

Das Theater verließen sie stumm und in sich gekehrt. Zwei vom Schicksal Gezeichnete, dachte Selina, und als sie das Hotel betraten, einen hässlichen Bau in der Neustadt, sagte sie: »Heute ist nicht der beste Tag für ein Stelldichein. Wann hast du entschieden herzukommen?«

»Erst heute Mittag«, sagte er. »Joëlle hat noch mit uns Weihnachten gefeiert, und alles schien sich zu beruhigen. Dann erklärte sie heute früh plötzlich, dass sie Urlaub nehmen möchte, eine Stunde später war sie abgereist. Den Jungs gefällt es bei den Großeltern, deshalb konnte ich sie gut dortlassen – ich musste einfach kurz weg, sonst hätte ich etwas zerschlagen. Ein paar Stunden lang war ich im Wald, das tat gut. Vieles fiel von mir ab, viele Ängste, die Kinder betreffend, das Geld … Auch viel Schmerz. Nur die Wut wurde ich nicht los, immerhin ist sie jetzt fokussierter. Erst war es blinde Verzweiflung, jetzt weiß ich immerhin, was mich wütend macht.«

»Und was ist das?«, fragte Selina, während er die Zimmertür aufschloss.

Doch Frank schüttelte nur den Kopf, und zu ihrem Erstaunen sagte er: »Ich bin nicht gekommen, um dir mein Herz auszuschütten.«

»Das nenne ich Fortschritt«, sagte sie. Und weil sie plötzlich bemerkte, dass er hinkte, fragte sie: »Was ist mit deinem Fuß passiert?«

»Nichts«, sagte er, »ich habe gegen einen Baum getreten, vielleicht ein Kapselriss. Das heilt wieder.«

Selina sah kurz aus dem Fenster, um sich zu vergewissern, wo sie war, dann schlüpfte sie aus den Schuhen und fragte: »Gibt es hier eine Minibar?«

»Hast du überhaupt gegessen?«, fragte er zurück.

»Immer wieder Kleinigkeiten«, sagte sie. »Ich brauche nur eine Handvoll Nüsschen. Und einen Gin Tonic. Ach, bin ich froh, dass die verdammte Weihnachtszeit bald vorbei ist.« Sie warf sich aufs Bett und schloss die Augen.

»Schlaf nicht ein«, bat Frank.

»Dann zieh mich aus«, sagte sie. Er knöpfte ihre Hosen auf, zerrte sie ungeduldig bis zu den Knien hinab und griff Selina zwischen die Schenkel.

»Haben wir es eilig?«, fragte sie im Tonfall einer Krankenschwester und schaffte es mit einigen Verrenkungen, die Hosen noch ganz auszuziehen.

»Ich weiß nicht«, sagte er, »nein, aber ich bin geil. Und ich will nicht länger der nette Junge sein.«

»Das habe ich gehört«, sagte sie und riss ihm den Hosenladen auf. Als sie ihn anfasste, bekam er sofort einen Ständer.

»Du hast eiskalte Hände«, stellte er fest.

»Ich bin ein Eisengel, wusstest du das nicht?«, fragte sie, fasste ihn an den Hüften und zog ihn zu sich herab, weil sie wollte, dass er in sie eindrang.

»Du bist noch ganz zu«, sagte er.

»Egal«, antwortete Selina, »stoß einfach zu. An einem Tag wie diesem darf es wehtun.« Und sie kam auch fast sofort, wenngleich nur flüchtig und ohne dass Frank es spürte.

Und dann klingelte schon wieder ein Handy. »Es kann etwas mit den Kindern sein«, sagte er, »ich muss drangehen.« Er suchte das Handy in der verwickelten Hose und nahm den Anruf entgegen. »Mama«, sagte er, und danach eine Weile gar nichts, offenbar redete seine Mutter durch. »Mama, das ist auch kein Wunder«, versuchte er sie irgendwann zu unterbrechen. »Joëlle hatte Vladi versprochen …« Weiter kam er nicht. Einmal sagte er noch: »Ach so«, dann redete sie wieder ohne Punkt und Komma, bis er rief: »Mama, stopp! Darf ich endlich etwas sagen? Chris ist alt genug, um die Lage zu begreifen. Und er kann auch Vladi sehr gut erklären, was passiert ist. Also hör auf, ihnen etwas vorzumachen, das verwirrt sie nur. Wie ernst es Joëlle ist, kann ich nicht einschätzen, doch auf alle Fälle sind wir in der Krise und brauchen beide eine Auszeit. Ich weiß nicht, wann Joëlle wiederkommt, aber ich werde morgen wieder auf der Matte stehen, versprochen. Mich verlieren sie nicht. Und jetzt …« Dann war es wieder sie, die redete, bis Frank entnervt rief: »Hör jetzt endlich auf zu quasseln, ich bin … Nein, ich bin nicht bei der Arbeit … Nein, ich habe auch nicht geschlafen. Ich bin dabei zu ficken, wenn du es genau wissen willst. Und deshalb lege ich jetzt auf.«

Das tat er, danach ließ er das Handy auf seine Kleider fallen, rieb sich das Gesicht, ächzte übertrieben laut und sagte: »Was für ein beschissener Tag.«

Selina hatte sich inzwischen ausgezogen und ins Bett gelegt. »Was war los?«, fragte sie.

»Die Jungs prügeln sich die ganze Zeit«, erzählte er. »Selbst jetzt noch, um ein Uhr früh. Sie streiten darüber, ob wir sie verlassen haben. Ich hatte ihnen alles erklärt, bevor ich zum Zug bin. Doch meine Mutter belügt sie, sie nennt das ›beschützen‹. Und die Situation ist jetzt so, dass Vladi ihr glaubt und Chris mir.« Dann musste er gähnen. »Ich schlafe seit Wochen nicht richtig«, sagte er.

»Also komm ficken, und dann gute Nacht«, sagte Selina. Er versuchte zu lachen und zog sich aus. Doch seine Lust war dahin, und es gelang Selina nicht, seinen Ständer nochmals zu mobilisieren.

»Jetzt denke ich immer an die Jungs«, erklärte er, »dazu schlafe ich fast ein.«

»Ohrfeigen helfen«, sagte sie.

»Oh ja, schlag mich«, bat er, und sie lachte zwar, doch sie tat es. Und tatsächlich weckten ihn die Schläge immerhin so weit, dass er in sie eindringen konnte und auch kam.

»Zweck erfüllt«, stellte sie fest.

»Na ja, die Wände haben nicht gewackelt«, sagte er.

»Immerhin, in meiner sexuellen Biografie ist das schon ein Highlight«, antwortete sie. Und nachdem Frank eingeschlafen war – das ging sehr schnell –, schaltete sie den Fernseher ein, sah zu, wie in New South Wales die Wälder brannten, und widmete sich endlich dem Gin Tonic und den Nüsschen.

Mordlust

Erich hatte sich gewundert, dass Sepp und Augustin sich über Weihnachten nicht bei ihm meldeten, doch er genoss die Ruhe.

Damit war es vorbei, als am Tag vor Silvester Sepp anrief und schon nach zwei Sätzen in Tränen ausbrach. »Du hattest ja so recht, Vater«, schluchzte er, »der Augustin ist ein Nichtsnutz. Ich habe als Vater versagt. Und ich halte es inzwischen auch für möglich, dass er dich betrogen hat. Mich hat er nämlich belogen, betrogen und sogar beschuldigt, Gelder erschlichen zu haben. Mein eigener Sohn!«

»So, so«, sagte Erich und drehte den Fernseher leiser, dort lief gerade ein faszinierender Film über die wahren Hintergründe von Rasputins Ermordung. »Ist er denn wieder im Gefängnis?«

»Nein, noch nicht«, sagte Sepp, »aber ich hoffe, sie sperren ihn bald weg. Ich habe richtig Angst vor ihm, am liebsten würde ich ausziehen.«

»Wieso schmeißt du ihn nicht einfach aus der Wohnung, wie ich es mit dir gemacht habe?«, erkundigte sich Erich.

»Weil mir dazu der Mut fehlt«, gestand Sepp. »Augustin ist viel stärker als ich, und jetzt macht er auch noch so ein Kampftraining. Ich fürchte, er wird zu einer allgemeinen Bedrohung.«

Im Fernsehen sah Erich, wie Rasputin sein Haus verließ. Es war streng bewacht, weil man ihn schon davor gewarnt hatte, dass ein Attentat geplant war. »Unmögliche Haare hat er«, stellte er fest.

»Warum sagst du das jetzt?«, fragte Sepp. »Außerdem trägt er inzwischen einen Millimeterschnitt.«

»Der Rasputin, meine ich«, sagte Erich. »Allein dafür könnte man ihn umbringen.« Als er sah, wie ein Mann, der Rasputin begleiten sollte, ihn zur Begrüßung umarmte, schüttelte es ihn. »Sie zeigen im Fernsehen gerade etwas sehr Interessantes, und du störst mich dabei«, sagte er zu Sepp, »komm bitte zur Sache.«

»Was heißt stören, Vater, ich bin dein Sohn«, rief Sepp. »Ich dachte, ich komme über Silvester nach Zürich und wir starten gemeinsam ins neue Jahr, du und ich, Vater und Sohn. Mensch, Vater, wir können doch noch so viel teilen!«

Inzwischen war der Rasputin bei diesem gut aussehenden Grafen mit seiner Bombenfrau angekommen und wurde ins Haus oder Schloss geführt. Die Bilder im Flur zeigten Frauen mit Ausschnitt bis fast zu den Nippeln, und Rasputin leckte sich die Finger, bestimmt hatte er gewisse Erwartungen. Stattdessen überrumpelten ihn, sobald er ins Wohnzimmer trat, zwei finstere Gestalten und schlugen ihn nieder. Als er wieder zu sich kam, saß er gefesselt in einem Verlies, Ratten schnüffelten an seinen Füßen, und Schnee wehte durchs vergitterte Fensterloch. »Man sollte aufpassen, mit wem man sich einlässt«, sagte Erich zu Sepp. »Irgendwo habe ich gelesen, dass die meisten Morde in der Familie passieren.«

»Glaubst du, ich könnte dir etwas antun, Vater?«, fragte

Sepp entgeistert. »Im Gegenteil, ich habe gerade so schöne Erinnerungen! Weißt du noch, wie du mit mir in die Berge gefahren bist, als ich ein Bub war, irgendwo ganz weitab von allem, da waren nur wilde Wälder, nackter Fels, und die Sonne brannte. Wir wollten dort einen Grizzly schießen.«

»Wenn schon, dann einen Braunbären«, sagte Erich. »Das war hinterm Ofenpass. Ich habe dir gezeigt, wo ich im Krieg stationiert gewesen war. Aber ganz bestimmt wollte ich mit dir nichts schießen. Außerdem habe ich nicht dich gemeint, sondern mich. Was macht dich so sicher, dass ich dich nicht in die Wohnung locke, niederschlage und dir brennende Streichhölzer unter die Fingernägel schiebe?« Das taten sie gerade mit Rasputin, und weil er ihn schreien hören wollte, stellte er den Ton wieder lauter.

»Um Himmels willen, was ist das, Vater?«, fragte Sepp. »Was tust du da?«

»Das wüsstest du wohl gern«, sagte Erich. »Komm her, und ich zeige es dir.« Dann legte er auf und wollte sich wieder ganz dem Film widmen. Leider war inzwischen die Folterszene vorbei. Als Nächstes – nachdem ein verschnürtes Bündel bei Nacht und Schneesturm im Fluss versenkt und bei Tag wieder herausgefischt worden war – sah man Rasputins nackte Leiche, übersät von Wunden, und einen Polizeiinspektor, der sich darüberbeugte und die Einstiche zählte. Der Rest war ermüdendes Gerede am Zarenhof, Erich sah den Film nicht zu Ende.

Stattdessen suchte er seine Ordonnanzwaffe, einen Karabiner 31, und fand sie endlich im Besenschrank, leider ohne Munition. Während er sie zerlegte, klingelte schon wieder das Telefon. Diesmal war es Rainer.

»Hat der Sepp dich angerufen?«, fragte Erich als Erstes.

»Der Sepp, wie kommst du darauf?«, fragte Rainer. »Nein, ich hätte einen Kunden für ein Grammophon wie deines und für ein, zwei andere Sachen. Kann ich vorbeikommen?«

»Du weißt doch, dass ich nicht verkaufen will«, sagte Erich.

»Ist es nicht immer eine Frage der Summe?«, fragte Rainer. »Ich bin in einer halben Stunde bei dir.«

Als er unten vor dem Eingang stand, versuchte Erich gerade, das Altöl an der Waffe mit Alkohol zu entfernen. Er warf Rainer den Schlüssel in einem Sockenknäuel runter und rief: »Aber wehe, du kommst nicht allein.«

»Wen sollte ich denn bei mir haben?«, fragte Rainer, als er hochkam. »Dein Sepp ist doch wohl in Berlin.« Dann sah er auf dem Küchentisch den Karabiner und sagte: »Nicht schlecht, der bringt auch Geld.« Und nachdem er ihn sich näher angesehen hatte, schlug er vor, ihn mitzunehmen und zu reinigen. »Biodiesel geht besser als Alkohol«, erklärte er. »Und der Schaft braucht einen Ölschliff. Auch den Lauf könnte man reinigen, von wegen Nickel und Tombak.«

»Nein, den Karabiner gebe ich nicht aus den Händen«, sagte Erich gleich. »Und für meine Zwecke tut er es auch so. Ich habe nur keine Munition mehr.«

»Kein Problem, der K31 frisst fast alles«, sagte Rainer. »Irgendeine 7,5 mm-Hohlpatrone: Swiss, Schmidt-Rubin. Völlig egal. Wie viele brauchst du? Ich bringe sie dir.«

»Weiß nicht, eine Schachtel«, sagte Erich. »Aber wenn du denkst, ich gebe dir dafür das Grammophon, hast du dich geschnitten.«

»Ich denke gar nichts, Erich«, sagte Rainer und setzte sich erst mal. »Vor allem bin ich froh zu sehen, dass du überhaupt noch lebst. Die Frau zu verlieren nach so vielen Jahren, das ist ein Einschnitt. Ich habe einen hartgesottenen Großwildjäger zusammenbrechen sehen, weil sein Hund, mit dem er seit zehn Jahren auf Jagd ging, von einem Hirsch aufgespießt wurde. Der Mann hat sich davon nicht erholt. Als er den Hirsch nicht zu fassen bekam, hat er sich selber erschossen.«

»Nein, an so was denke ich nicht«, sagte Erich. »Aber hast du schon gehört, dass der Augustin wieder in die Kiste soll?«

»Sieh mal an«, sagte Rainer. »Aber wieso sagst du ›aber‹?«

»Weil ich glaube, dass der Augustin mir ans Leder will«, sagte Erich. »Und wenn du mich fragst, steckt der Sepp mit ihm unter einer Decke.«

»Ich kenne die beiden nicht gut genug, um dazu eine Meinung zu haben«, sagte Rainer vorsichtig. »Doch soll das bedeuten, dass du um dein Leben fürchtest?«

»Nein, um einen kaltzumachen, haben die das Zeug nicht«, sagte Erich. »Aber ich. Ich lasse mir jetzt nichts mehr gefallen. Im Krieg habe ich am Ofenpass einen Bären erlegt. Es hieß immer, sie sind ausgestorben, aber da war einer, glaub mir, ein Braunbär, so groß wie ein Kleiderschrank.«

»Erich, jetzt flunkerst du«, sagte Rainer.

»Na gut, so groß wie diese Tür«, gab er zu. »Erst habe ich das Magazin leer geschossen, dann bin ich mit dem Messer auf ihn losgegangen. Und dazu habe ich gesungen.«

»Was hast du gesungen?«, fragte Rainer skeptisch.

»Led Zeppelin«, behauptete Erich.

»Die gab es da noch gar nicht«, sagte Rainer.

»Na, dann eben etwas anderes«, sagte Erich. »*Trittst im Morgenrot daher,* oder den Schweizerpsalm.«

»Das *ist* der Schweizerpsalm«, stellte Rainer klar. »Erich, du redest Unsinn.«

Doch Erich überhörte ihn. »Kennst du das Gefühl, bis zu den Ellbogen in Blut zu baden?«, fragte er.

»Zum Glück nicht«, sagte Rainer. »Und ich wette, du auch nicht.«

»Dann wette du mal«, sagte Erich ruhig. »Was glaubst du, wieso ich meine Möbel nicht verkaufen will? Was glaubst du, was man eines Tages darin finden wird?«

Rainer lachte. »Du willst mir Angst machen«, sagte er.

Erich ging nicht darauf ein. »Leg die Socke auf den Tisch«, befahl er, denn die Schlüsselsocke drehte Rainer nach wie vor in den Händen. »Das heißt, nein, leg den Schlüssel separat hin.«

Rainer öffnete das Sockenknäuel, darin war kein Schlüssel mehr. Er fand ihn schließlich in der Jackentasche. »Das muss aus Gewohnheit passiert sein«, sagte er betreten.

»Ja, alles kann einem zur Gewohnheit werden, selbst das Schlimmste«, sagte Erich finster. Dann fasste er nach Rainers Händen. »Du hast Dreck unter den Nägeln«, stellte er fest. »Wenn man dir Streichhölzer darunterschiebt, wird sich das entzünden. An so was solltest du denken. – Da.« Er schob ihm das Fläschlein Wundalkohol zu.

»Danke, nicht nötig«, sagte Rainer und stand auf. »Der Dreck kommt daher, dass ich heute eine Wohnung geräumt habe.«

»An einem Sonntag?«, fragte Erich und setzte flink den Karabiner wieder zusammen, das hatte er noch drauf. »Ihr seid alle drei schlechte Lügner«, stellte er fest, fasste den Karabiner beim Lauf und erhob sich ebenfalls.

»Nein, das stimmt schon, Erich«, sagte Rainer. »Deshalb bin ich jetzt auch müde und haue mich besser mal zu Hause aufs Ohr.«

»Siehst du, so habe ich dem Bären damals den Rest gegeben«, erzählte Erich und zielte mit dem Schaft auf Rainers Schläfe. »Du glaubst nicht, wie das einschlägt. Der hatte eine Delle, so groß wie ein Ei.«

»Schon gut«, sagte Rainer und ging rückwärts zur Tür.

»Warte, ich gebe dir noch Geld für die Munition«, sagte Erich. »Du kannst sie mir ins Milchkästchen legen.«

Rainer sah stumm zu, wie Erich einhändig das Portemonnaie auf das Garderobentischchen legte und eine Zehnernote zückte. »Reicht das?«, fragte er.

»Sicher«, sagte Rainer. »Das Wechselgeld lege ich dir dann in die Schachtel.«

»Mit Quittung«, sagte Erich. »Und sonst weiß ich ja, wo ich dich finde.«

»Du, mach keine Dummheiten«, riet Rainer ihm noch, als er aus der Tür ging, dann stieg er die Treppe hinab.

Erich folgte ihm ins Treppenhaus. »Wieso soll ein alter Mann keine Dummheiten machen dürfen?«, fragte er. »Die Welt ist voll davon. Unsereins war immer viel zu brav.«

Rainer antwortete nicht mehr, und als er die Haustür ins Schloss fallen hörte, kehrte Erich in die Wohnung zurück, schloss sich ein und stellte den Karabiner wieder hinter die Besen.

Neugierde

Als Moritz zum Bahnhof wollte, um Mary abzuholen, stand sie schon im Hauseingang, dick in Jacke und Schal eingepackt und mit roten Ohrenschützern. Sie unterhielt sich mit Erich Wyss, und als sie Moritz sah, erklärte sie ihm: »Der Herr hatte Geld im Milchfach, und der Postbote hat es genommen.«

»Woher weiß man, dass es der Postbote war?«, wollte Moritz wissen.

»Weil das drin lag«, sagte Erich und zeigte ihm einen fotokopierten Zettel: »Die Postboten der Stadt Zürich danken für Ihre Gabe von …« Hier war in ungelenker Handschrift eingetragen: 10. – Franken. »… und wünschen ein frohes neues Jahr.«

»Stimmt, zu Silvester legt man den Postboten Geld ins Milchfach, das tun wir auch in Biel«, sagte Moritz.

»Und sie haben es verdient«, sagte Mary. »Sehen Sie, wie erfroren seine Hände gewesen sein müssen. Er konnte kaum noch schreiben.«

Erich Wyss knurrte nur.

»Ich an Ihrer Stelle würde mich ja freuen«, fuhr Mary munter fort. »Wissen Sie, was ich oft tue? Ich male mit Kugelschreiber ein kleines Herz auf die linke obere Ecke von Geldscheinen. Dann stelle ich mir vor, dass dieses

Herz jetzt mit dem Geldschein wandert und was es alles erlebt und dass manchmal jemand das kleine Herz entdeckt, sich für einen Augenblick daran freut, weil so ein Herz das Geld gleich etwas menschlicher macht, und sich fragen mag: Wer hat wohl dieses Herz gemalt, und warum? Es gibt inzwischen D-Mark mit diesem Herz, Dollars, Lire, Pfund, Cedis, Francs und Franken. Und wann immer ich eine Geldnote erhalte, sehe ich als Erstes nach, ob ich sie schon einmal in der Hand hatte. Eine mit einem Herz darauf habe ich bisher noch nicht entdeckt, aber das ist nur eine Frage der Zeit. Und dann werde ich den Schein zu einem Wahrsager tragen – in Amsterdam gibt es wunderbare Wahrsager – und ihn bitten, dass er mir erzählt, was alles damit gekauft und verkauft wurde, wer bestochen, angeheuert und beschenkt. Das stelle ich mir sehr aufregend vor.« Sie strahlte Erich Wyss nochmals an, dann sagte sie: »Jetzt muss ich aber Moritz begrüßen«, schüttelte ihm zum Abschied die Hand und schlang Moritz die Arme um den Hals, um ihn herzhaft zu küssen.

Erich Wyss blieb währenddessen stehen und sah ihnen zu, und als sie sich voneinander lösten und Moritz Marys Tasche nahm, um sie in die Wohnung zu tragen, sagte er zu ihm: »Da haben Sie einen guten Fang gemacht. Lassen Sie sie bloß nicht wieder laufen.«

»Hörst du?«, fragte Mary.

»Ja«, sagte Moritz nur. Und als sie die Treppe hochstiegen, stellte er fest: »Ich weiß noch gar nicht, was dich hertreibt. Bist du wieder auf Durchreise?« Denn sie hatte ihm nur tags zuvor eine SMS geschrieben: »Feiern wir bei dir Silvester? Komme gegen 9 Uhr morgens an.«

»Nein«, sagte Mary, »ich bin gekommen, um dich zu riechen. Unsere Briefe machen Freude, doch wir sind an einem Punkt angelangt, an dem die Nase mitreden muss. Nicht nur die Nase, logisch, auch die übrigen Sinne. Aber wenn dich meine Nase schon nicht leiden mag, hilft alles nichts.«

Das sah er ähnlich, und so hätte es sich angeboten, einander sofort an die Wäsche zu gehen. Doch weil Moritz extra Zopf gebacken hatte – außerdem wollte er, dass sie seine Lebkuchen probierte –, setzten sie sich erst einmal und frühstückten. Mary lobte die Lebkuchen ebenso wie die Holundermarmelade seiner Mutter, und besonders freute sie sich über die ungesalzene Butter, denn im kleinen Laden um die Ecke ihrer Amsterdamer Wohnung gab es keine. Trotzdem rutschte sie nervös hin und her, und schon nach ein paar Minuten sprang sie auf und sagte: »Ich muss erst mal duschen, Moritz, an mir stinkt alles nach Liegewagen.«

Im Bad pfiff sie fröhlich vor sich hin, und er war nahe daran, ihr nachzugehen und sich mit unter die Brause zu stellen. Stattdessen bezog er das Bett neu und spülte den Mund mit Amaretto, weil er gerade nichts Besseres fand. Inzwischen rief sie aus dem Bad: »Ich nehme dein Handtuch«, und gleich darauf: »Hast du Lust, mit mir zu schlafen, oder soll ich etwas anziehen?«

Um sich zu entschuldigen, dass er ihr kein frisches Handtuch gegeben hatte, ging er nun doch hinein und sah, dass sie es so selbstverständlich um ihren bleichen, knochigen Körper gewickelt hatte, dass er die Scheu verlor, sie von hinten umarmte und über ihren Scheitel hinweg im Spiegel zusah, wie sie sich kämmte.

»Ja, ich habe Lust«, sagte er für den Fall, dass sie es nicht bereits fühlte.

Und nachdem sie sich kurz geküsst hatten, ließ Mary das Handtuch fallen, zog ihn an der Hand mit sich und befahl: »Zieh dich aus«, während sie schon unter die Decke schlüpfte. »Ach, ist das herrlich«, seufzte sie, sobald sie lag. »Als ich in Zürich ausstieg, war es schweinekalt. Vielleicht fühlte es sich auch nur so an, weil der Zug so überheizt und stickig war. Wieso ist es bei dir nicht stickig?«

Moritz erklärte ihr sein System der Luftbefeuchtung, an dem er lange getüftelt hatte, von dort sprangen sie zum Heiz- und Belüftungssystem in holländischen Treibhäusern (Marys Mutter arbeitete in einer Gärtnerei). Und obwohl sie einander streichelten und auch manchmal küssten, fanden sie keinen Punkt, kamen von gefüllten Tulpen auf Anemonen, erst auf die Hahnenfußgewächse (Moritz' Großmutter züchtete Windröschen), dann die von Mary so genannten Blumentiere: Seeanemonen, Weichkorallen, Zylinderrosen. Moritz erläuterte die Fortbewegungsmechanismen von Quallen und Tentakelwesen, und so landeten sie schließlich bei Entwürfen aus der Amsterdamer Zukunftsforschung, die riesigen Müllinseln im Meer zu verdichten, zu überbauen und zu besiedeln.

Nach zwei Stunden fragte Mary: »Ist es wohl ein gutes oder schlechtes Zeichen, dass wir lieber reden, als zu vögeln? Ich hätte ja noch immer Lust, aber wenn wir rüberfeiern wollen, muss ich etwas schlafen.«

»Tu das«, sagte Moritz, »der Sex eilt nicht.« Er wollte neben ihr liegen bleiben, doch dann klingelte es an der Tür.

Er schlüpfte in die Jeans und öffnete. Es war Mona, die

nur gekommen war, um in dicker Wintermontur einmal durch den Flur zu rennen und zu schreien: »Heidi ist zurück, Heidi ist zurück!« Dabei schwenkte sie das Bildchen, das sie bei ihrem Ausflug ins Heididorf als Eintrittskarte erhalten hatte, und ließ die Fäustlinge an ihren Halteschnüren schlenkern.

Danach rannte sie wieder hinaus und hoch in den vierten Stock, während Julia, die schwere Einkaufstaschen trug, erst gerade sein Stockwerk erreichte und kurz stehenblieb. »Das Bildchen lag vorhin im Briefkasten«, sagte sie, »Mona hatte es wochenlang vermisst. Ich wüsste ja zu gern, wo das plötzlich herkommt.«

Moritz fragte aber nur: »Was tut ihr nachher? Sehen wir uns dieses Jahr noch?«

»Na ja, wenn ich dich so halb nackt in der Tür stehen sehe, würde ich am liebsten Mona zu meiner Mutter bringen und dich abschleppen«, sagte Julia direkt.

»Ich habe Besuch«, erklärte er. »Aber lass uns alle zusammen lunchen oder Kaffee trinken oder beides.«

»Dann studiere ich schon mal das Fernsehprogramm für heute Abend«, sagte Julia seufzend. »Doch ja, zusammen lunchen wäre schön. Bei dir? Ich bringe ein gegrilltes Hühnchen mit.«

»Ich frage noch schnell Mary«, sagte Moritz. Aber als er ins Zimmer kam, schlief sie schon, und sie war noch nicht wieder wach, als Mona und Julia eine Stunde später mit dem Hühnchen, einem Partybrot und einer Dose Sylter Matjes wiederkamen.

»Der Hering ist von Päuli Spindler«, sagte Julia. »Er war so angetan von meinem Lektorat, dass er mir ein Fresspaket geschickt hat mit Artikeln von jedem Schauplatz seines Romans.«

»Hattest du nicht erzählt, Sylt sei gestrichen?«, fragte Moritz.

Sie grinste. »Er hat darauf bestanden, dass wenigstens jemand eine Postkarte aus Sylt erhält. Vermutlich hatte er den Hering schon zu Hause.«

Eine halbe Stunde warteten sie noch, dass Mary aufwachte, dann begannen sie zu essen. Und weil Mona irgendwann vor Aufregung platzte, wer da bei Moritz im Bett liegen mochte, schlichen sie schließlich ins Zimmer, und sie sagte – während sie Zopf mit einem Schokoladenaufstrich kaute, den Moritz für sie improvisiert hatte –: »Wie Dornröschen! Was passiert wohl, wenn du sie küsst?«

»Dann quatschen wir«, sagte er.

»Gar nicht wahr«, murmelte Mary und öffnete halb ein Auge. »Wir können auch ganz anders, wirst schon sehen.«

Als sie aufgestanden war, wollte sie etwas essen, und weil nur noch Matjes da war und Mary in Holland dauernd Matjes aß, stellte Moritz sich an den Herd und kochte, was er als Abendessen geplant hatte. Mary saß derweil bei Mona und Julia und sollte eigentlich malen, doch sie interessierte sich mehr dafür, was Moritz tat. »Gibt es wieder Nudelauflauf?«, fragte sie und schielte in die Pfanne.

»Nein, Scaloppine al Limone«, sagte Moritz. »Und heute lasse ich nichts anbrennen.«

»Das werden wir noch sehen«, sagte sie und stand auf, um ihn mit Küssen abzulenken.

Doch Moritz schob sie freundlich weg. »Nicht vor Julia«, bat er.

»Oh«, sagte Mary und setzte sich wieder. »Du hattest mir nur geschrieben, dass du mit ihnen Familie spielst.«

»Ist okay«, sagte Julia, »wirklich. Ihr zwei seht süß aus.«

Und Mona rief: »Wir sind seine Familie! Willst du sehen, was er mir geschenkt hat?« Sie zog das Heidibildchen aus der Tasche ihres Überziehers, strich es umständlich glatt und schob es ihr zu. »Und noch ganz viel mehr«, sagte sie. »Moritz schenkt keinem so viel wie mir. Was hat er dir geschenkt?«

»Noch nichts«, sagte Mary. »Aber ich habe etwas für dich.« Sie kramte in ihrem Geldbeutel und nahm eine Kaurischnecke heraus. »Das ist in Ghana Geld«, erklärte sie, »Ghana ist ein Land in Afrika. Es gibt dort auch modernes Geld, aber auf dem Land kann man immer noch mit Kaurischnecken bezahlen.« Sie zeigte Mona auch eine 20-Cedi-Münze, auf der eine Kaurischnecke abgebildet war.

Mona rannte darauf sofort hoch in ihre Wohnung und holte die mazedonische Münze, die Roger ihr geschenkt hatte. »Ich habe sogar eine Münze mit einem Engel darauf«, verkündete sie, als sie wiederkam. »Und was schenkst du mir jetzt, die Muschel oder die Münze oder beides?«

»Ich dachte, die Muschel«, antwortete Mary. »Die war richtig im Meer.«

»Ich will aber lieber die Münze«, sagte Mona, »dann habe ich schon zwei.«

Inzwischen hatte Moritz die Scaloppine serviert, und Mary begann zu essen. Julia und Moritz sahen nur zu, doch Mona wollte probieren.

»Hier«, sagte Mary und hielt ihr die volle Gabel hin.

»Das geht nicht, Kinder sind Virenschleudern«, erklärte

Mona. »Das sagt Frau Friedrich, und die muss es wissen. Nur Moritz darf mich mit der Gabel füttern, Moritz ist Familie.«

Aber zugleich interessierte sie sich so sehr für Mary, dass sie gar nicht mehr nach Hause wollte. Selbst als Julia sagte: »Oben wartet ein Piratenschaumbad auf dich, und danach stoßen wir auf Silvester an, wir haben doch extra Kindersekt gekauft«, wollte Mona sitzen bleiben und sagte: »Ich will aber wissen, was Moritz und Mary tun, wenn wir weg sind. Ich kann doch auch hier baden.«

Moritz wusste darauf nichts zu sagen, Julia dagegen bemühte sich zu lächeln und verriet: »Die werden genauso fernsehen wie ich. Oder sie lesen einander etwas vor. Wenn du willst, kannst du Moritz aus dem Badezimmer anrufen, wie schon mal.«

»Meinetwegen«, sagte Mona und ging endlich mit.

Danach warteten Moritz und Mary noch ein Weilchen darauf, dass sie anrief. Moritz erledigte den Abwasch, Mary malte an Monas Bild weiter.

Irgendwann sagte sie: »Du hast eine gute Familie, ich mag die beiden.« Moritz antwortete nicht darauf.

Erst als er nichts mehr zu tun fand, sagte er: »Ich glaube nicht, dass Mona sich noch meldet. Was wollen wir tun?«

»Jedenfalls nicht mehr reden«, entschied Mary und stand auf. »Ich küsse dir jetzt den Mona-Trennungsschmerz weg, Moritz. Dann ziehen wir uns wieder aus, legen uns ins Bett und gehen aufeinander spazieren, mit den Augen, mit den Fingern, mit der Zunge, was uns eben einfällt. Gut so?« Und ehe er antworten konnte, begann sie schon damit.

Schlüpfrigkeit

Hubert brauchte einige Tage, um über den Schmerz hinwegzukommen. Er dachte auch darüber nach, sich zu trennen, aber irgendwie kam es nie dazu, denn wann immer er mit Edith-Samyra sprach, schaffte sie es, das Gespräch so zu lenken, dass es sich in sonderbaren Seitenwegen verlief. Das Unheil gewittert hatte er ja schon an Heiligabend. Erst gegen zwei Uhr nachts, geschlagene acht Stunden nach seiner SMS mit Weihnachtsgrüßen, hatte sie geantwortet: »Gekocht bis z. Umfallen. Bin erschöpft. Melde m. morgen.« Doch am ersten Weihnachtsfeiertag kam nichts, und da er sie schonen wollte – er wusste nicht genau, wann sie wieder kochen würde und wann sie Ruhezeit hatte –, rief er auch nicht an. Am Stephanstag dann kam eine wahre Litanei per SMS, Edith-Samyra badete in all dem Lob, das sie für ihre Kochkunst erhalten hatte, und schrieb zuletzt: »Vielleicht sollte ich noch Köchin werden, was meinst du?«

Er gratulierte artig und betonte nochmals, wie hervorragend auch ihm und Pit die Gänsekeulchen geschmeckt hatten. Doch wieder ging sie darauf mit keinem Wort ein, sondern teilte ihm nur mit, dass sie am 28. zurück sein würde.

Inzwischen hatte er Ruth und Axel gefragt, ob er nicht

mit Pit bei der Silvesterparty auftreten könne, und sie hatten zugesagt. Damit war er abgelenkt, denn obwohl sie nur zur Happy Hour spielen sollten, mussten sie noch tüchtig üben.

Und so kam es, dass er Edith-Samyra rein zufällig begegnete, beim Einkauf in der Migros. Sie setzten sich ins Laden-Restaurant, er erzählte von seinem Tango-Duo, dann sagte er: »Als du in Thun warst, hatte ich die dumme Sorge, du könntest wieder etwas mit Bärli haben.«

»Nenn ihn nicht Bärli«, entgegnete sie harsch, »er heißt Ottmar. Und ich habe schon gemerkt, dass du eifersüchtig bist. Das geht so nicht, Hubert, du kannst nicht jedes Mal, wenn ich irgendwohin fahre, eifersüchtig sein.«

»Es war nicht irgendwohin«, antwortete er. »Und ich sage ja, es war dumm. Aber es wirkte auch sonderbar, wie beschäftigt du in Thun die ganze Zeit warst.«

Daraufhin sah sie ihn lange an – so als könnte sie sich nicht entscheiden, ob sie weiter lügen oder Klartext reden sollte –, dann brach sie in Tränen aus. Sie heulte richtig laut, es war ihm etwas peinlich, und er nahm ihre Hand, obwohl ihm nicht danach war. »Na, na, na«, sagte er zwei-, dreimal, und schließlich: »Ist bestimmt alles halb so schlimm.«

»Wirklich?«, schluchzte sie und sah ihn an, als sei er ihr Retter. »Weißt du, ich schäme mich ja so!«

»Also war doch etwas«, stellte er fest.

»Nicht, wie du denkst«, beeilte sie sich zu sagen. »Im Grunde ist alles ganz harmlos. Der Bärli … der Ottmar ist einfach eine Naturgewalt. Eine Droge. Heftig, aber es geht nicht tief. Du, Hubert berührst mich hier.«

Sie fasste sich dorthin, wo unter dem üppigen Busen ein

Herz schlagen musste. »Er dagegen geht mir direkt in die Hose. Wenn der Ottmar in den Raum tritt, Hubert, werde ich nass, und nicht ein bisschen, ich triefe! Mein Denken setzt aus, der Ottmar macht mich zum Tier, zur läufigen Hündin.«

»Also habt ihr, oder habt ihr nicht?«, fragte Hubert.

»Doch, wir haben«, gestand sie endlich. »Aber dabei habe ich die ganze Zeit an dich gedacht.«

»An mich?«, fragte er verwundert, »wieso an mich? Und hast du nicht gesagt, du konntest nicht mehr denken?«

Das brachte sie gleich wieder zum Weinen, und sie rief: »Du treibst mich in die Enge, Hubert, das habe ich nicht verdient. Weißt du, deine Eifersucht ist für unsere Beziehung hundertmal bedrohlicher als alles, was ich getan habe.«

»Ich habe doch nur gefragt«, erklärte er.

»Das ist ja das Gemeine«, sagte sie. »Mir wäre lieber, du würdest mich schlagen.«

Also schlug er sie, aber nur so, dass es im Restaurant nicht auffiel, mit einem Klaps auf die Hand. Dann stand er auf und sagte: »Es tut mir leid, wenn ich dich zum Weinen gebracht habe.«

Er selbst weinte erst, als er zu Hause war, und als Pit zur Probe kam, lachte er schon wieder und sagte: »Nun beschließe ich also das Jahr als Alleinstehender, und irgendwie freue ich mich sogar darüber.«

»Hast du ihr deine Lücke gezeigt?«, fragte Pit. »So, wie Pfarrer Läuchli es empfohlen hat?«

Hubert überlegte. »Ich weiß gar nicht«, sagte er. »Ich glaube, ich habe es probiert, und das fand sie gemein.«

»Siehst du, ich wusste es«, rief Pit. »Solche Theorien machen auf dem Papier viel her. Aber versuch mal, danach zu leben.«

Allerdings dachte Edith-Samyra überhaupt nicht daran, sich von Hubert zu trennen. Weil er das Telefon nicht abnahm – um gar nicht erst in Versuchung zu kommen, hatte er es ausgesteckt –, schrieb sie ihm am 31. per SMS: »Bitte komm zu mir. So gehen wir nicht auseinander, Hubert. Ich bin hier und warte.«

Und sie warten zu lassen, hielt er nicht lange aus. So kürzten sie die Probe ab, und nachdem er alles, was Edith-Samyra bei ihm hatte liegen lassen, in eine Plastiktüte gepackt hatte, ging er zu ihr.

»Es ist offen«, rief sie, als er hochkam, und tatsächlich war die Wohnungstür nur angelehnt. Die Fenster im Flur und im Wohnzimmer waren mit zarten Tüchern in Orange und Dunkelrot verhängt, Kerzen brannten, und es roch nach Weihrauch. Sie saß abgewandt im Schneidersitz auf dem Boden und bat oder befahl, als sie ihn eintreten hörte: »Setz dich zu mir.«

Er setzte sich ihr gegenüber und wollte ihr den Beutel reichen. »Deine Sachen«, sagte er dazu.

»Die wollen wir hier gar nicht haben«, sagte sie, »trag sie raus.« Das tat er auch, und nachdem er sich wieder gesetzt hatte, streckte sie die Arme aus und hielt ihm so lange die geöffneten Hände entgegen, bis er seine hineinlegte. Jetzt sah er auch, dass sie mit entblößtem Schoß dasaß.

»Schließ die Augen«, forderte sie und tat dasselbe, dann erklärte sie mit weihevoller Stimme: »Hiermit gelobe ich, Edith-Samyra, meinen Geist wie auch mein Fleisch mit dir,

Hubert, zu verbinden, es dir zu weihen und zu schenken. Möge es meine Lust von heute bis zu meinem Eingang in die Ewigkeit sein – wenn möglich gar darüber hinaus –, dich in meinem Schoß zu empfangen. Du kannst die Augen wieder öffnen.« Er tat es, und sie schloss mit den Worten: »Jetzt, Hubert, sollten wir den Akt vollziehen.«

Und obwohl er eigentlich ganz anderes im Sinn gehabt hatte, konnte er sich ihren tausend Düften nicht länger entziehen, zog sich aus und legte sich – da Edith-Samyra inzwischen auf dem Boden ausgebreitet war wie eine Opfergabe – auf sie. Sie schlang die Arme um ihn, und er versank in ihr, wohlig eingehüllt in ihre Gerüche, ihre Wärme, ihre Weichheit. Als er in sie eindrang, schien sie ihm so erregt, dass ihm war, als tauche er den Penis in ein Vollbad.

So begattete er sie. Im Anschluss blieben sie noch lange liegen und seufzten ab und zu, bis Hubert irgendwann erkannte: »Man kann sich ja wegen allem Möglichen verrückt machen. Dabei müsste man sich nur umarmen, und alles wäre wieder gut.«

»Ja, nicht wahr«, sagte sie, und er genoss, wie dabei ihr Fleisch, in das er das Gesicht gebettet hatte, bebte: »Jetzt ist alles wieder gut.«

Als er heimeilte, um sich für den Auftritt schick zu machen, war er glücklich. Während er seine guten Schuhe suchte, sah er im Schrank seine Schneebekleidung und vergoss ein paar Tränen, als er daran dachte, wie er zu Silvester vor zwei Jahren in Anorak und Moonboots vor dem Fernseher gesessen und darauf gewartet hatte, dass die Zivilisation zusammenbrach. Das einzige Glück, das er sich damals hatte vorstellen können, war die kleine Genugtuung gewesen, vielleicht als einer von wenigen davonzukommen.

Leider geriet das Konzert mit Pit nicht wie erhofft. Ruth und Axel hatten zu ihrem zehnjährigen Jubiläum als Wirtepaar eine Schaumkanone gemietet, die erst bockte, und während Pit und Hubert recht gekonnt ihre Tangos spielten, war die Installation noch in vollem Gange. Dazu kam, dass der Schaum bald auch auf ihren Instrumenten lag und Pit auf den Tasten des Harmoniums ausglitt. Dafür tat das Einseifen dem Blasebalg gut, er wurde ganz geschmeidig.

Auch das Tanzen wurde zur Rutschpartie, vor allem für jene, die wie Hubert Ledersohlen trugen. Ihm war das nicht unangenehm, denn seine Tanzkunst war bescheiden, und so ging alles in Gelächter auf. Petzi, die ebenfalls toll rutschte, musste von Pit schließlich sogar auf die Toilette getragen werden, weil sie vor Lachen das Wasser nicht mehr halten konnte und jammerte: »Autsch, meine Blase, meine arme Blase!«

Hierüber verpassten sie, wie das neue Jahr eingeläutet wurde, und erst als Axel rief: »Kinder, es ist ja schon nach zwölf, lasst die Korken knallen«, fielen sie einander um den Hals. Edith-Samyra warf Hubert eine Handvoll Konfetti mitten ins Gesicht und wieherte dabei, bevor sie rief: »Willkommen im Jahr des Pferdes, du Rassegaul!«

Und während sie sich ineinanderkrallten, um nicht von anderen umgestoßen zu werden, schrie er ihr ins Ohr: »Du wirst dich noch wundern, was für ein Hengst dein Hubert ist!«

Nachbemerkung

Die Romanserie »Menschliche Regungen« ist *Work in Progress.* Tim Krohns Plan ist, im Rahmen des überschaubaren Kosmos einer Genossenschaftssiedlung im Zürcher Kreis 5 jede erdenkliche Gefühlsregung und jeden erdenklichen Charakterzug eines heutigen Menschen zu beschreiben.

Darüber hinaus ist »Menschliche Regungen« ein Spiel mit einer unabsehbaren Zahl von Mitspielenden, das der Autor 2015 via *Crowdfunding* im Internet lanciert hat. Es funktioniert so: Wer das Projekt unterstützt, kann sich zur Belohnung von einer fortlaufend erweiterten Liste eine menschliche Regung aussuchen (jede wird nur einmal vergeben). Zudem ist er oder sie gebeten, ein bis drei ganz persönliche Wörter oder auch Zahlen einzubringen, die in »seinem« oder »ihrem« Kapitel auftauchen sollen. Auf diese Weise gerieten etwa der Quastenflosser, die Satellitenstadt, das schöne Wort ›überfließend‹ oder die legendäre E-Gitarre ›White Falcon‹ in den Text. Viele Leute lassen sich Zeit beim Wählen »ihres« Gefühls, manchmal debattieren sie mit Tim Krohn, die Rückmeldungen auf die geschriebenen Geschichten an ihn sind oft herzlich und persönlich. So ist aus der Idee des Autors, eine Enzyklopädie der »Menschlichen Regungen« zu schreiben, ein Projekt mit vielen Beteiligten geworden. Tim Krohn wird weiterschreiben, solange er Mitspielende hat. Die Geschichten entstehen chronologisch in der Reihenfolge ihrer »Bestellung«, die man anhand der jedem Band beigefügten »Liste der Unterstützer« nachvollziehen kann. Der erste Band mit 65 Erzählungen ist unter dem Titel *Herr Brechbühl sucht eine Katze* erstmals im Frühjahr 2017 als Hardcover bei Galiani Berlin erschienen (auch als Diogenes Taschenbuch erhältlich). Im Frühjahr 2018 folgt mit *Julia Sommer sät aus* der dritte Band (als Diogenes Taschenbuch in Vorbereitung).

Das Neueste zum Stand des Projekts steht jeweils auf *www.menschliche-regungen.ch.* Dort erfährt man, wie man mitmacht, welche Belohnungen auf die Mitspielenden warten und wo man *rough tracks* anhören kann, das sind Aufnahmen der Kapitel in ihrer Ursprungsfassung, die Tim Krohn jeweils für die Mitspielenden einliest.

Liste der in diesem Band beschriebenen menschlichen Regungen und ihrer Unterstützer

Gemütlichkeit (66)	Generation Espace
Geradlinigkeit (67)	Generation Espace
Unterhaltsamkeit (68)	Generation Espace
Besonnenheit (69)	Generation Espace
Sympathie (70)	Generation Espace
Tatkraft (71)	Generation Espace
Genusssinn (72)	Generation Espace
Interesse (73)	Generation Espace
Beständigkeit (74)	Generation Espace
Courage (75)	Generation Espace
Scham (76)	Walter Denzler
Offenheit (77)	Karin Brack Nussbaumer
Verlässlichkeit (78)	Markus Nussbaumer
Kopflastigkeit (79)	Peter Merz
Perfektionismus (80)	René Waldhauser
Reife (81)	Ronnie Sturzenegger
Kompromissbereitschaft (82)	Vreni & Werner Waldhauser
Nachahmung (83)	Hepp Wenger Ryffel AG
Seelenverwandtschaft (84)	Sandra Engelbrecht
Dezenz (85)	Thomas Wegmüller

Überraschung (86)	Thomas Wegmüller
Leselust (87)	Kantonsbibliothek Baselland
Unentschiedenheit (88)	Claudia Janett
Eloquenz (89)	Thomas Wegmüller
Anarchie (90)	Xaver Schorno
Lust (91)	Thomas Walser
Kaprize (92)	Rahel Holenstein
Wertschätzung (93)	Markus Helbling
Geiz (94)	Regula Stücheli
Frühlingserwachen (95)	Walter Lüssi
Todessehnsucht (96)	Nadja Zela
Wiedersehensfreude (97)	Erich Brumann
Weitsicht (98)	Adriano Maranta
Gemütsvölle (99)	Gisela & Martin Wilming
Flugangst (100)	Oliver Mannel
Familiensinn (101)	Tanja Giuliani
Freude (102)	Leo Hackl
Müßiggang (103)	Verena Mühlethaler
Sehnsucht (104)	Romina Bisig
Kuriosität (105)	Johannes Rebsamen & Rea Furrer
Zorn (106)	Johannes Rebsamen & Rea Furrer
Scharfsinn (107)	Johannes Rebsamen & Rea Furrer
Schelmerei (108)	Claudia Westhues
Feinsinn (109)	Valeria Lenz
Zuversicht (110)	Ursula Hess
Genialität (111)	Hans Wiederkehr

Vielseitigkeit (112)	Christian Rothermund
Hexerei (113)	Ramona Jud
Gastfreundschaft (114)	Hanspeter Achtnich
Geist (115)	Philipp Keel
Begierde (116)	Nina Kägi
Originalität (117)	André Maerz
Betroffenheit (118)	Barbara Curti
Eigenheit (119)	Peter A. Schmid
Empathie (120)	Mireille Audeoud
Beunruhigung (121)	Andreas Abegg
Toleranz (122)	Jürgen Starosta
Aufmerksamkeit (123)	Marc Schneiter
Tiefgründigkeit (124)	Kai Udert
Mut (125)	Caroline Streuli
Höhenangst (126)	Noemi Käser
Transvestitismus (127)	Kosmos Kultur Stiftung
Kompetenz (128)	Hansueli Bosshard
Edelkeit (129)	Daniel Schmid
Wildheit (130)	Rita Illien
Mordlust (131)	Jan-Jesse Müller
Neugierde (132)	Imre Saling
Schlüpfrigkeit (133)	Roger Girod

Bitte beachten Sie
auch die folgenden Seiten

Tim Krohn im Diogenes Verlag

Irinas Buch der leichtfertigen Liebe

Roman

Eigentlich will die in Paris lebende Russin Dunja ihrem Mann ein Fax nach Moskau schicken – dass es bei seiner Ex-Geliebten Ewa in Schweden landen wird, kann sie nicht wissen. Das fehlgeleitete Fax bringt Turbulenz ins Leben und die Phantasie der jetzigen und einstigen Liebenden. Als Ewa sich entschließt, nach Paris zu fliegen, löst dies einen Wirbel von Missverständnissen aus. Und je mehr die Beteiligten die Verhältnisse in den Griff zu bekommen versuchen, desto größer wird die Verwirrung.
Wieder einmal zeigt sich, dass die Welt mehr Vorstellung als Wille ist, dass Erotik vor allem im Kopf entsteht – und dass die Liebe ein zauberhaftes, kompliziertes Ding ist.

»Irina Jurijewna ist Tim Krohns bester Trick oder vielleicht tatsächlich sein Glück. Denn wie auch immer: Sie, die Exilrussin, rehabilitiert das inflationäre Wortgebinde vom Fräuleinwunder. *Irinas Buch* ist eine Charme-Bombe.« *Literaturen, Berlin*

Quatemberkinder

und wie das Vreneli die Gletscher brünnen machte

Roman

Quatemberkinder sind nicht wie andere Kinder – sie leben nicht nur unter Menschen, sondern gleichzeitig in der wundersamen Welt der Sagen und Mythen. Ein solches Quatemberkind ist der Waisenknabe Melchior, genannt der Melk. Er verbringt die Jugend auf der Alp, zwischen rauhen Sennen und wilden Berggeistern, und trifft auf das unbändige Mädchen Vreneli. Bald sind die beiden unzertrennlich. Als aber das Vreneli nach dramatischen Ereignissen verschwindet, treibt es den Melk zu einer rastlosen Reise…

»Ein hintersinniger Heimatroman, ein abenteuerlicher Teufelspakt und eine berührende Liebesgeschichte. Tim Krohn ist ein glänzender Erzähler.«
Süddeutsche Zeitung, München

Vrenelis Gärtli

Roman

Das Vreneli ist nicht wie andere Kinder. Schon über seine Eltern kursieren im Tal die seltsamsten Gerüchte, und als die Mutter früh stirbt, heißt es, der Vater habe mit bösen Mächten paktiert. Das Vreneli soll fort von ihm und auf die Schule, doch lernt es lieber das zwielichtige Handwerk des Zauberns und streicht in Gestalt eines roten Füchsleins über die zerklüfteten Berge und Gletscher. Nachdem es die Tochter eines reichen Fabrikanten aus der Gefangenschaft eines Hexers gerettet hat, verfolgt der es mit Wut und Ausdauer. Bald darauf trifft das Vreneli den Waisenknaben Melk, einen jungen Sennen, ein Quatemberkind wie sie – und spürt ein Sehnen, das sie bis dahin nicht gekannt hat.
Doch bringt der Fluch des Hexers auch den Melk in Gefahr…

»In einer faszinierenden schwiizerdüütsch-hochdeutschen Kunstsprache erzählt Tim Krohn seine wilden, anrührenden und ›meineidig schönen‹ Geschichten.«
BücherPick, Zürich

»Ein von Erzählkunst und Sprachwitz sprühender Roman.« *Roman Bucheli / Neue Zürcher Zeitung*

Ans Meer

Roman

Anna und Josefa waren als Mädchen unzertrennlich. In Lütjenburg an der Ostsee, wo sie aufgewachsen sind, sah man kaum je die eine ohne die andere. Nun lebt Anna in Kiel, Josefa in Zürich, und sie haben seit zwölf Jahren nicht mehr miteinander gesprochen. Anna, die sich nichts sehnlicher wünscht als eine Familie, hat sich gerade von ihrem Freund getrennt. Und Josefa, die impulsive Kindfrau, ist die Mutter des elfjährigen Jens. Zu ihrer Vergangenheit hat sie jede Verbindung gekappt. Aber Jens träumt vom Meer … Als die Freundinnen wieder aufeinandertreffen, stehen sie nach wie vor im Bann der dramatischen Ereignisse von vor zwölf Jahren. Ein Roman über die Sehnsucht nach einem Zuhause und die schwierige Kunst des Verzeihens.

»Eines dieser Bücher, die einen nicht mehr loslassen, bis man auf der letzten Seite angelangt ist.«
Christine Lötscher / Tages-Anzeiger, Zürich

Aus dem Leben einer Matratze bester Machart

Die Hauptfigur in diesem Buch ist – eine Matratze. Von 1935 bis 1992 kreuzen viele abenteuerliche Schicksale ihren Weg. Sie fungiert als Liebesnest, Spielzeug, Bettstatt oder Retterin in der Not und verändert das Leben der Menschen, die auf ihr liegen. In acht federleichten Miniaturen blickt Tim Krohn auf das stürmische 20. Jahrhundert – aus der Horizontalen. Ein literarisches Kleinod.

»Was Tim Krohn hier zusammenschnürt, ist schier brillant. Ein tolles Kleinstpanorama allerbester Machart.« *Moritz Scheper / Die Zeit, Hamburg*

Nachts in Vals

Vals – ein malerisches Dorf in den Schweizer Alpen. Das berühmte Thermalbad und die atemberaubende Landschaft haben sie alle hergelockt: das frischverliebte junge Paar, den erfolgreichen Banker, die alleinerziehende Mutter mit ihrer kleinen Tochter, den berühmten Schriftsteller. Für alle Figuren in diesen Erzählungen von Tim Krohn gilt: Die Tage, und vor allem die Nächte, die sie in Vals verbringen, werden ihr Leben verändern.

»Tim Krohns zarte Geschichten sind stets von einer feinen Melancholie durchwoben. Sie erzählen von jungen und alten Menschen, von Verliebten und Einsamen, von ihren Sorgen, Sehnsüchten und neuen Wegen die sich öffnen.«
Babina Cathomen / Kulturtipp, Zürich

Herr Brechbühl sucht eine Katze

Menschliche Regungen

Roman

Das Jahrtausend beginnt für den pensionierten Tramfahrer Hubert Brechbühl mit großen Plänen und ohne Katze. Für das junge Paar Pit und Petzi mit viel Sex. Für Selina May ohne Arbeit. Für Erich und Gerda Wyss mit Überlegungen, wer von beiden zuerst sterben sollte. Vieles wird sich ändern, anderes nicht. Elf Bewohnerinnen und Bewohner eines Zürcher Mietshauses geraten in einen Strudel der Gefühle.

»Mehr und mehr entwickelt sich beim Lesen eine Sogwirkung. Es bleibt stets so viel offen, dass man unbedingt weiterlesen möchte. Aufhören kommt nicht in Frage.« *Felix Münger / SRF Kultur, Zürich*

»Mehr vermag Literatur nicht, universaler kann sie nicht sein.« *Milo Rau / Tages-Anzeiger, Zürich*

Urs Widmer

Herr Adamson

Roman

Es ist Freitag, der 22. Mai 2032. Einen Tag nach seinem vierundneunzigsten Geburtstag sitzt ein Mann in einem üppig blühenden Garten – es ist der Paradiesgarten seiner Kindheit –, neben sich einen Rekorder, und spricht seine Geschichte mit Herrn Adamson auf Band. Er erzählt sie uns, aber vor allem Annie, seiner Enkelin. Und er wartet – auf ebendiesen Herrn Adamson, den er seit seinem achten Lebensjahr nicht mehr gesehen hat. Es war eine seltsame Begegnung. Ein Blick in Bereiche, die den Lebenden sonst verborgen bleiben.
Ein grandioses Buch, das mit seiner Vitalität und Lebensfreude zu bannen weiß, was der Skandal eines jeden Lebens ist: der Tod.

»*Herr Adamson* ist ein Versuch, den Schrecken des Todes im Schreiben magisch zu bannen und auf die Urangst eine versöhnliche Antwort zu finden. Urs Widmer hat ein Buch geschrieben, das wahrscheinlich sein privatestes ist. Vor allem aber ist es sein kühnster, verrücktester, riskantester und wohl auch bester Roman.« *Pia Reinacher / Die Weltwoche, Zürich*

»Ein raffiniert erzähltes, nachdenkliches und reifes Buch über den Tod. Ein Buch ohne Schlusspunkt.«
Michael Bauer / Focus, München

»Einer der verblüffendsten und erfolgreichsten Schweizer Schriftsteller der Generation nach Frisch und Dürrenmatt.« *Frankfurter Allgemeine Zeitung*

Hugo Loetscher
War meine Zeit meine Zeit

In seinem letzten Buch zieht Hugo Loetscher Bilanz. Die Stoffe und Themen seines Lebens und seines Werks entfaltet er zu einer weltumspannenden Autogeographie, der Entwicklungsgeschichte eines globalen Bewusstseins. Flüssen entlang, an Brücken, Kanälen vorbei, zu neuen Ufern führt Hugo Loetschers Erzählfluss, mäandernd, tiefgründig und sprudelnd vor Einfällen und Witz.

»Hugo Loetschers literarisches Vermächtnis ist mehr als Rückblick und Bilanz. Es ist eine große und letzte Liebeserklärung: an den Fluss des proletarischen Viertels seiner Vaterstadt, an die Mutter und die Großmutter, an die früh verstorbene Schwester, an die Bücher, die in dem Arbeitersohn die Sehnsucht nach Welt geweckt hatten, und an die Menschen, denen er später auf seinen Reisen begegnet ist.«
Roman Bucheli / Neue Zürcher Zeitung

»Pointen, skurriler Humor, überraschende Beobachtungen, witzige Bemerkungen – man langweilt sich keine Sekunde mit Hugo Loetscher.«
Jürg Altwegg / Frankfurter Allgemeine Zeitung

»Der beeindruckende Schlussstein eines Lebenswerks.« *Der Spiegel, Hamburg*

Friedrich Dürrenmatt

Meine Schweiz

Ein Lesebuch

Herausgegeben von Heinz Ludwig Arnold, Anna von Planta und Ulrich Weber

»Ich bin gerne Schweizer«, sagte Dürrenmatt wiederholt. Damit meinte er nicht die Nation, die sich in Mythen feiert, sondern das Nebeneinander und problematische Miteinander der vier verschiedenen Kulturen. Als Kleinstaat, der aus der Niederlage gegen Napoleon hervorging, war die Schweiz für den pragmatischen Schweizer eine politische Chance: ein Staatenbund *en miniature* und als solcher durchaus eine Art Modell für Europa. Als Vaterland war sie ihm oft ein Ärgernis. Belustigt hat ihn die Diskrepanz zwischen der kleinstaatlichen Realität und ihrer ins Heldische entrückten Geschichte. Bedrückt aber hat schon den ganz jungen Dürrenmatt, was heute alle Welt und viele Schweizer an der Schweiz irritiert: die Art, wie sie ihre Vergangenheit – ihre Verschonung und Isolation im Zweiten Weltkrieg – unter Legenden verbarg.
Die Enge der Schweiz war ihm nie ein Problem. »Da liegst du nun, ein Land, lächerlich, mit / zwei drei Schritten zu durchmessen, / mitten in diesem unglückseligen Kontinent.« Doch gilt für Dürrenmatts Verhältnis zur Schweiz, was er einmal in bezug auf einen erfundenen liechtensteinischen Schriftsteller formulierte, »der mit ungeheurem Vergnügen Liechtensteiner ist und nur Liechtensteiner, für den Liechtenstein viel mehr ist, unermeßlich viel größer als die 69 Quadratkilometer, die es tatsächlich mißt. Für diesen Liechtensteiner wird Liechtenstein zum Modell der Welt werden, er wird es verdichten, indem er es erweitert, aus Vaduz ein Babylon und aus seinem Fürsten mindestens einen Nebukadnezar schafft.«

Robert Walser im Diogenes Verlag

Der Spaziergang

Ausgewählte Geschichten. Herausgegeben von Daniel Keel. Mit einem Nachwort von Urs Widmer

»Robert Walser erfüllte bewusst die Erwartungen nicht, die man schon zu seiner Zeit an einen Schriftsteller stellte. Walser wollte nicht analog der Konsumartikelindustrie jährlich irgendwelche neue Hundertprozentigkeit ans Tageslicht gelangen lassen. Eine seiner Qualitäten ist gerade, dass er das nicht wollte.«
Urs Widmer

»Ganz ungewöhnlich zart sind diese Geschichten, das begreift jeder. Nicht jeder sieht, dass nicht die Nervenspannung des dekadenten, sondern die reine und rege Stimmung des genesenden Lebens in ihnen liegt.«
Walter Benjamin

»Dass das keine Spielerei sei, möchte ich eigentlich gar nicht behaupten, aber es ist jedenfalls – trotz der ungemeinen Wortbeherrschung, in die man sich vernarren könnte – keine schriftstellerische Spielerei, sondern eine menschliche, mit viel Weichheit, Träumerei, Freiheit und dem moralischen Reichtum eines jener scheinbar unnützen, trägen Tage, wo sich unsere festesten Überzeugungen in eine angenehme Gleichgültigkeit lockern.« *Robert Musil*

Auch als Diogenes Hörbuch erschienen, gelesen von Stefan Kurt

Maler, Poet und Dame

Aufsätze über Kunst und Künstler
Herausgegeben von Daniel Keel

Dieser Band vereinigt Walsers Aufsätze über Kunst und Künstler, seine Gedanken über Talente, Könner und Dilettanten und nicht zuletzt seine Studien über Balzac, Baudelaire, Beardsley, Brentano, Büchner, Čechov, Cervantes, Cézanne, Dickens, Dostojewskij, Dumas, Eichendorff, Goethe, Gotthelf, Hauff, Hebel, Hölderlin, Jacobsen, Jean Paul, Keller, Kleist, Körner, Kotzebue, Lenau, Lenz, Thomas Mann, Maupassant, Meyer, Molière, Mozart, Poe, Raabe, Rimbaud, Rousseau, Scheffel, Schiller, Shakespeare, Stendhal, Stifter, Van Gogh, Verlaine, Watteau und viele andere mehr.

»Lesen ist ebenso nützlich wie reizend. Wenn ich lese, bin ich ein harmloser, stiller, netter Mensch und begehe keine Torheiten. Eifrige Leser sind sozusagen ein stillvergnügtes Völkchen. Wer liest, der ist weit davon entfernt, böse Pläne zu schmieden.« *Robert Walser*

»Wenn solche Dichter wie der Walser zu den ›führenden Geistern‹ gehören würden, so gäbe es keinen Krieg. Wenn er hunderttausend Leser hätte, wäre die Welt besser. Sie ist, sei sie, wie sie wolle, gerechtfertigt dadurch, dass es Leute wie den Walser gibt.«
Hermann Hesse

»Man kann ihn nicht ernst genug nehmen.«
Neue Zürcher Zeitung

Jeremias Gotthelf im Diogenes Verlag

»Gotthelf war ohne alle Ausnahme das größte epische Talent, welches seit langer Zeit und vielleicht für lange Zeit lebte.« *Gottfried Keller*

»Dieses großartige, alles Literarische sprengende Phänomen.« *Thomas Mann*

»Es hilft nichts, man kann sich um Gotthelf nicht drücken.« *Hermann Hesse*

»Wieviel Nobelpreis-Bekränzte werden schon längst vergessen sein, wenn Jeremias Gotthelf noch in aller Gemütlichkeit fortexistiert.« *Robert Walser*

Ausgewählte Werke
Herausgegeben von Walter Muschg

Zurzeit sind die folgenden
Bände lieferbar:

Uli der Knecht
Eine Gabe für Dienstboten und
Meisterleute. Roman

Die schwarze Spinne
Elsi, die seltsame Magd
Kurt von Koppigen
Ausgewählte Erzählungen

Gottfried Keller im Diogenes Verlag

»So erklärt sich's doch einigermaßen, daß diese Bücher ihre schönste Wirkung, eine seelenhafte Freiheit und Heiterkeit, gar nicht in den Kopf ausstrahlen, sondern wirklich direkt ins Blut, so daß sie einem im Leben weiterhelfen und das nächste leichter machen, was man wirklich selbst von Goethe kaum sagen kann.« *Hugo von Hofmannsthal*

»Kellers eigentliches Gebiet war die kräftige Kleinplastik, und daher ist alle seine Romandichtung Novellenschichtung, auch wo sie dies nicht äußerlich ist. Er schrieb einmal, eine ungeschriebene Komödie gehe durch alle seine Epik, und in der Tat war seinem dichterischen Wesen eine feine Falte lächelnder Ironie dauernd eingekerbt.« *Egon Friedell*

Der grüne Heinrich
Roman. Zweite Fassung von 1879/80
Herausgegeben und mit einer Einleitung
von Gustav Steiner

Die Leute von Seldwyla
Erzählungen. Erster und zweiter Band
Herausgegeben und mit einer Einleitung
von Gustav Steiner

Meistererzählungen
Mit einem Nachwort von Walter Muschg

